Amours et autres obsessions

Liane Moriarty

Amours et autres obsessions

ROMAN

Traduit de l'anglais (Australie)
par Béatrice Taupeau

Albin Michel

Ce livre est un ouvrage de fiction. Les noms, les personnages, les lieux et les événements relatés sont le fruit de l'imagination de l'auteur et sont utilisés à des fins de fiction. Toute ressemblance avec des faits avérés, des lieux existants ou des personnes réelles, vivantes ou décédées, serait purement fortuite.

Édition originale australienne parue sous le titre :
THE HYPNOTIST'S LOVE STORY
Chez Pan Macmillan Australia Pty Ltd en 2011

Pour George et Anna

« On est très fou quand on est amoureux. »

Sigmund Freud

1

« Quand ils pensent hypnose, les gens se figurent un pendule en mouvement, une voix qui leur susurre "Vos paupières sont lourdes" ou des volontaires qui se ridiculisent sur une scène. Pas étonnant que mes clients soient souvent nerveux lorsqu'ils poussent la porte de mon cabinet pour la première fois ! En réalité, l'hypnose n'a rien d'artificiel ni d'effrayant. Il y a fort à parier que vous ayez déjà connu un état comparable à une transe dans votre vie quotidienne. Vous êtes arrivé un jour dans un lieu familier sans le moindre souvenir de votre trajet en voiture ? Je vous le donne en mille ! Vous étiez en transe ! »

Ellen O'Farrell,
brochure *Introduction à l'hypnothérapie*

C'était la première fois que j'essayais l'hypnose. Pour être honnête, je n'y croyais pas vraiment. J'avais prévu de m'allonger et de faire semblant que ça marchait en essayant de ne pas rire.

« La plupart des gens sont surpris du plaisir qu'ils y trouvent », m'a dit l'hypnothérapeute. Elle respirait la douceur et le naturel, ne portait ni maquillage ni bijoux. Sa peau semblait éclatante et translucide, comme si elle se baignait exclusivement dans des ruisseaux de montagne. Elle dégageait le même parfum de bois de santal et de lavande que ces boutiques d'artisanat hors de prix que l'on trouve dans les petites villes de province.

Je l'avais suivie dans une pièce minuscule bâtie sur le côté de la maison, comme un balcon fermé. Il y régnait une atmosphère chaleureuse et étrange. La moquette florale d'un rose délavé lui donnait un air vieillot, modernisé par des parois vitrées qui couraient du sol au plafond comme dans un atrium. En entrant, la lumière m'avait fait l'effet d'une brise fraîche et l'odeur des vieux livres et de la mer avait envahi mes narines.

Nous nous tenions debout près de la vitre. Si près que nous ne voyions pas la plage en contrebas, juste la mer, feuille d'étain lustré qui s'étendait jusqu'au bleu pâle de la ligne d'horizon. « J'ai l'impression d'être à la barre d'un navire », ai-je confié à l'hypnothérapeute qui a semblé ravie au plus haut point. C'était *exactement* ce qu'elle ressentait toujours, a-t-elle déclaré en écarquillant les yeux tel un saltimbanque devant un parterre d'enfants.

Nous nous sommes assises face à face. Moi sur un siège inclinable moelleux en cuir vert, elle sur une bergère à rayures rouges et crème. Entre nous, une table basse sur laquelle se trouvaient une boîte de mouchoirs en papier – pour les clients qui sanglotent à l'évocation de leurs malheurs de paysans affamés dans une vie antérieure, sûrement –, une carafe d'eau glacée où flottaient deux rondelles de citron parfaitement rondes, deux grands verres à eau, une coupelle en argent contenant des chocolats enveloppés dans du papier brillant et un plateau rempli de minuscules billes colorées.

Autrefois, j'avais une grosse bille rétro qui avait appartenu à mon père. Un porte-bonheur que je tenais au creux de la main quand je passais un examen ou un entretien. Je l'ai perdue voilà quelques années, en même temps que ma bonne étoile.

J'ai regardé autour de moi. La lumière du soleil se réfléchissait dans l'océan et ricochait sur les murs : prismes éblouissants exécutant une danse. Quelque peu hypnotique, d'ailleurs. La thérapeute avait les mains croisées sur les genoux, les pieds fichés dans le sol. Ballerines, collants noirs, jupe brodée de style ethnique, cache-cœur couleur crème. Hippie mais chic. New Age teinté de classique.

Dans ma tête, je lui parlais. Quelle belle et paisible vie vous devez avoir. Assise dans cette pièce extraordinaire, jour après jour, baignée de cette lumière dansante. Pas d'e-mails sur votre écran d'ordinateur ni de coups de fil rageurs à longueur de journée. Pas de réunions ni de feuilles de calcul.

Son bonheur était palpable. Il émanait d'elle, écœurant, comme un parfum bon marché ; non qu'elle soit du genre à en porter.

Le goût aigre de la jalousie a empli ma bouche. J'ai pris un chocolat pour le faire passer.

« Oh, bonne idée, je vais en prendre un aussi. » Elle a ouvert un chocolat dans un élan de chaleureuse camaraderie féminine, comme si nous étions de vieilles amies. Elle est ce genre de fille. Elle a probablement tout un cercle avec qui pouffer de rire, des filles adorables, sur qui elle peut compter, du genre à se serrer dans les bras pour se dire bonjour, à passer des soirées entières devant *Sex and the City* ou au téléphone à déblatérer sur ces messieurs en poussant des cris aigus.

Elle a pris un bloc-notes et commencé à parler la bouche pleine d'une manière adorable. « Bien, avant toute chose, je vais vous poser quelques questions. Oh là là, je n'aurais pas dû choisir le caramel. Ça colle. »

Je n'avais pas anticipé autant de questions.

Dans l'ensemble, j'y ai répondu avec sincérité. Elles étaient plutôt inoffensives. Un peu pathétiques, même. « Quel est votre métier ? » « Que faites-vous pour vous détendre ? » « Votre aliment préféré ? »

Pour finir, elle s'est calée au fond de son fauteuil, a souri, puis : « Et dites-moi, pourquoi êtes-vous ici aujourd'hui ? »

Bien sûr, là, je n'ai pas été cent pour cent honnête.

*

« J'ai quelque chose à te dire. »

Il avait placé son couteau et sa fourchette au bord de son assiette et était assis bien droit, les épaules en arrière, comme s'il était enfin prêt à assumer les conséquences. Il avait l'air inquiet et un peu honteux.

Ellen, jusque-là tout sourire, sentit son ventre se nouer instantanément. (Une partie de son esprit observa que son corps réagissait en premier. La connexion corps-esprit était à l'œuvre. Tellement fascinant.)

Son sourire heureux et franc resta bêtement figé sur ses lèvres.

À trente-cinq ans, elle connaissait la musique. Ce qu'avait à lui annoncer cet homme charmant, géomètre expert indépendant qui vivait en banlieue, père célibataire féru de camping, de cricket et de musique country, allait la dégoûter de son barramundi cuisiné au vin blanc. Et lui gâcherait la journée. Elle avait été si agréable. Et son plat de poisson si bon.

Elle posa sa fourchette à regret.

« Quoi donc ? » dit-elle d'un ton aimable et curieux alors que tous les muscles de son corps se contractaient comme pour parer le coup qu'elle allait recevoir. Quoi qu'il dise, elle ferait face. Ce ne serait pas la fin du monde. Ce n'était que leur quatrième rendez-vous. Elle n'avait pas tant donné de sa personne. Cet homme, elle le connaissait à peine. Et puis, au secours, il aimait la musique country. Un détail qui aurait dû la mettre en garde dès le début. Alors oui, elle s'était abandonnée à quelque fol espoir tout à l'heure dans son bain mais n'était-ce pas un piège fréquent lorsque l'on commence à fréquenter quelqu'un ? Elle s'employait déjà à passer à autre chose. Elle serait remise d'ici mercredi. Jeudi au plus tard. Heureusement qu'elle n'avait pas couché avec lui !

Elle ne pouvait pas contrôler ce qu'il allait dire, uniquement sa propre réaction.

L'espace d'un instant, elle revit sa mère lever les yeux au ciel. *Ellen, dis-moi, ma chérie, tu crois vraiment à ces inepties de développement personnel ?*

Oui, elle y croyait. De tout son cœur. (Sa mère lui avait présenté ses excuses par la suite. « Ma remarque était peut-être condescendante », avait-elle concédé ; sur quoi, Ellen avait feint un malaise lié au choc.)

« En fait, je reviens dans une minute. » Il se leva, fit tomber sa serviette par terre, la ramassa, tout rouge, avant de la poser soigneusement à côté de son assiette.

Elle le regarda.

« Je vais juste… » Il fit un geste en direction du fond du restaurant.

« Très bien.

– Tout au fond sur votre gauche, monsieur », dit un serveur discrètement en passant.

Elle le suivit du regard.

Patrick Scott.

Elle n'aimait pas vraiment son prénom, de toute façon. Trop gnangnan dans le genre. Pour un coiffeur, d'accord. À la rigueur. Sans compter qu'apparemment, ses amis l'appelaient « Scottie », ce qui était vraiment… soit, parfaitement acceptable et typiquement australien pour une bande de copains.

S'il mettait fin à leur relation, ça lui ferait mal, assurément. Comme une petite piqûre, mais la sensation serait cinglante. Il n'y avait rien d'extraordinairement merveilleux chez Patrick Scott. Visage ordinaire quoique plaisant (allongé, fin, le front quelque peu dégarni), corps ordinaire (taille moyenne, plutôt belle carrure sans pour autant trahir des heures de gym), métier ordinaire, vie ordinaire. Ce qui était extraordinaire, c'est à quel point elle s'était sentie bien avec lui – quelques minutes à peine avaient suffi – dès leur toute première rencontre dans ce café qu'elle avait elle-même suggéré. Certes, les lieux étaient pratiquement vides et, entre la nervosité qui perçait dans leurs voix trop fortes, le désœuvrement des trois jeunes serveuses qui écoutaient discrètement leur conversation empruntée et la façon qu'il avait de jouer avec une dosette de sucre tandis qu'ils attendaient leurs cappuccinos, le malaise était palpable. Mais à un moment, leurs regards s'étaient croisés et tous deux s'étaient fendus d'un large sourire, manière de convenir du caractère affreusement gênant de la situation. Ellen avait alors senti la tension accumulée dans son corps se relâcher, comme si elle avait avalé un puissant analgésique. Elle avait eu la sensation qu'elle le connaissait déjà, qu'elle le connaissait depuis des années. Si elle croyait en la réincarnation (et elle ne pouvait pas dire qu'elle n'y croyait pas – dans son travail, elle avait tout vu, tout entendu et était ouverte à tous les possibles, si bizarres soient-ils), elle aurait dit qu'ils s'étaient, à n'en pas douter, connus dans une vie antérieure.

Elle avait souvent ressenti ce genre de connexion immédiate avec des femmes. Ellen était championne de l'amitié au féminin – mais jamais avec un homme.

Alors oui, elle connaissait à peine ce gentil géomètre qui répondait au nom de Patrick Scott, mais s'il mettait un terme à leur relation, elle aurait mal. Probablement plus qu'après une petite piqûre.

Elle songea aux centaines, peut-être aux milliers d'expériences de rejet racontées par ses clients au fil des ans. « Je suis en train de faire la vaisselle après avoir reçu *sa* famille à dîner – entrée, plat, dessert maison pour treize convives – et là, il m'annonce qu'il ne m'aime plus. » « On boit une coupe de champagne dans l'avion après un séjour fantastique aux îles Fidji et là, elle me dit qu'elle déménage ! Autour d'une coupe de champagne – comme s'il y avait de quoi fêter ça ! »

La souffrance nue qui troublait encore leurs visages, même lorsqu'ils évoquaient un épisode vieux de plusieurs années. Être rejeté par un amoureux, ou même par un partenaire potentiel, c'était tellement dur pour notre Enfant Intérieur. Peur de l'abandon, souvenirs de blessures anciennes, sentiment d'infériorité, haine de soi, tout remontait à la surface en un inextinguible torrent d'émotions.

Elle essayait d'examiner sa situation objectivement, comme s'il s'agissait d'un client, dans l'espoir de prendre du recul. Cela ne fonctionnait pas.

Bien sûr, toute cette agitation n'avait peut-être pas lieu d'être.

Pourquoi s'imaginer que Patrick s'apprêtait à la plaquer ? Elle n'avait perçu aucun signe avant-coureur, or elle savait décrypter les gens. C'était son métier, après tout. Quand elle lui avait ouvert la porte tout à l'heure, il avait déclaré la trouver « superbe » en arborant l'air ravi de celui qui vient de recevoir un cadeau, et il n'était pas du genre à adresser des compliments machinalement sous prétexte que les femmes aiment à les entendre. Au cours du dîner, ils avaient échangé de nombreux regards – des regards « appuyés », pour certains – et il s'était souvent penché vers elle (ce qui pouvait toutefois signaler une légère perte d'audition ; incroyable, le nombre d'hommes un peu sourds – elle avait pu le constater lors de rendez-vous galants aussi bien que professionnels).

Elle avait senti que leur langage corporel et leur respiration s'harmonisaient, sans qu'elle se soit adaptée à lui, ou du moins pas délibérément, comme elle l'aurait fait avec un client.

Il n'y avait eu ni blancs ni moments gênants. Il s'était montré à la fois curieux et respectueux de son métier. Il n'avait pas dit « Montre ! Fais-moi faire n'importe quoi ! », « Il y a une formation pour faire ça ? », « Tu arrives à gagner ta vie avec ça ? ». Il n'avait pas ricané ou, pire, déclaré sur un ton condescendant qu'il n'était pas branché « médecines alternatives ». Il n'avait pas paru effrayé. Certains hommes avec qui elle était sortie semblaient sincèrement redouter qu'elle les hypnotise à leur insu. Patrick, lui, avait manifesté de l'intérêt, point barre.

Et puis, quelques minutes plus tôt, il lui avait montré des photos de son fils ! Son adorable fiston de huit ans, tout blond et tout maigrichon, sur un skateboard, en train de jouer du trombone avec la fanfare de l'école, en pleine partie de pêche avec son père. Il ne les lui aurait certainement pas montrées s'il avait déjà décidé que ça ne marcherait pas entre eux, n'est-ce pas ?

À moins qu'il ait eu une révélation. Maintenant qu'elle y repensait, c'était venu de manière étrangement abrupte, sa façon de poser ses couverts, de regarder derrière elle comme s'il venait d'avoir une vision d'avenirs divergents. Il l'avait même coupée en plein milieu d'une phrase ! (Elle était en train de lui raconter une anecdote sur un client obnubilé par Jennifer Lopez. Par Michael Jackson en réalité, mais elle modifiait toujours les détails pour des raisons de confidentialité. Et l'histoire était plus drôle avec Jennifer Lopez.)

Et cette tristesse sur son visage. À supposer qu'il ne mette pas fin à leur relation, elle devait s'attendre à entendre quelque chose de déplaisant, voire d'intolérable.

Peut-être n'était-il pas veuf comme il l'avait prétendu, et qu'il vivait toujours avec son épouse même s'ils faisaient chambre à part.

Il ne gagnait pas du tout sa vie comme géomètre ; il appartenait à la pègre. Le FBI allait la contacter et l'obliger à porter un micro caché. Ils ne retrouveraient jamais son corps. (Elle avait regardé l'intégrale des *Soprano* en DVD l'été précédent.)

Ou alors il se savait condamné par la maladie. Une nouvelle terrible mais, au moins, la blessure n'aurait rien de personnel.

Dans tous les cas, elle pressentait que la sensation qui l'avait habitée toute la journée, cette impression de flotter sur un petit nuage, n'allait pas durer.

Elle but une bonne gorgée de vin et regarda en direction des toilettes pour voir s'il revenait. Négatif. Eh bien ! Il en mettait du temps. Elle l'imagina planté devant le miroir, les yeux rivés sur son reflet, les mains agrippées au lavabo, le souffle court.

Un fugitif.

Voilà que sa propre respiration devenait irrégulière.

Trop d'imagination. Appréciation de Mrs Pascoe sur son bulletin de CM2.

Elle regarda autour d'elle. Les autres clients étaient tout à leurs conversations, le tintement discret des couverts sur les assiettes se mêlait aux rires feutrés. Personne ne se préoccupait de la femme assise face à une chaise laissée vide.

Avait-elle le temps ? Était-ce nécessaire ? Oui.

Elle se redressa, posa les mains à plat sur ses cuisses et ferma les yeux. Elle prit une longue inspiration par le nez puis expira par la bouche, laissant une puissante lumière dorée emplir son corps en pensée. D'abord ses pieds, puis ses jambes, son ventre, ses bras et enfin, dans un tourbillon, *wizz*, sa tête, si bien qu'elle ne percevait plus qu'un rayonnement doré, comme face à un coucher de soleil, et pendant un instant, elle fut habitée par une telle énergie, une telle force, qu'elle eut le sentiment de flotter à quelques centimètres au-dessus de sa chaise.

Ça va aller. Son annonce, quelle qu'elle soit, ne touchera pas à l'essence de mon être. Je ferai face. À trois. Un… deux…

Elle rouvrit les yeux, revigorée. Coup d'œil dans la salle. Pas de regards braqués sur elle. Bien sûr, elle savait qu'elle n'avait pas lévité au-dessus de sa chaise, rougeoyant telle une ampoule, mais parfois ses sensations étaient si incroyablement réelles qu'elle avait peine à admettre qu'elles ne s'étaient pas manifestées concrètement d'une manière ou d'une autre.

L'autohypnose était un outil tellement prodigieux. Elle parvenait toujours à identifier les étudiants ou les clients qui en faisaient l'expérience. Ils étaient abasourdis par ce que leur esprit pouvait accomplir. La première fois qu'elle-même avait éprouvé cette sensation de lévitation, elle avait cru se découvrir le pouvoir de voler. Si seulement elle pouvait enseigner l'autohypnose aux adolescents, elle éradiquerait le fléau de la drogue.

Patrick n'était toujours pas revenu. Elle regarda son plat devant elle. Pas la peine de le laisser perdre. Un serveur interrompit sa course pour remplir de nouveau son verre de vin. Breuvage agréable, poisson goûteux. Ne lui manquait qu'un bon livre.

Elle repensa à sa journée.

Jusqu'au moment où Patrick avait posé ses couverts, elle avait été parfaite. Exquise, même.

Bercée par le rythme de la pluie sur le toit, Ellen avait dormi d'un sommeil profond et sans rêve puis s'était réveillée tard avec la caresse du soleil sur le visage. La première chose qu'elle avait vue en ouvrant les yeux ? Le rameau qu'elle avait accroché au plafond pour se rappeler le sutra bouddhiste de la pleine conscience. Après quoi elle avait inspiré et expiré doucement trois fois en pratiquant le « demi-sourire ».

(Elle aurait aimé n'avoir jamais parlé de cet exercice à son amie Julia, laquelle l'avait exhortée à lui montrer son demi-sourire et ri aux éclats pendant dix bonnes minutes quand Ellen avait enfin cédé.)

Quand elle s'était levée, les vitres étaient glaciales mais le nouveau chauffage au gaz que ses grands-parents avaient fait installer avant de mourir (grâce au ticket de loto gagnant de sa grand-tante Mary !) avait transformé la maison en un agréable nid douillet. Elle avait pris son petit déjeuner – porridge saupoudré de sucre roux – tout en écoutant le bulletin d'information ironiquement enjoué d'ABC. La récente pandémie de grippe n'avait probablement rien de pandémique finalement. (Sa mère, médecin généraliste, le disait depuis le début.) Un bambin porté disparu avait refait surface sain et sauf. Le dernier assassinat imputé à la pègre relevait selon toute vraisemblance d'une simple querelle de famille. Le dernier scandale politique qui avait secoué le pays… Quel scandale ? La circulation n'avait jamais été aussi fluide. Les vents de sud-ouest souffleraient modérément. Pour une fois, le monde semblait tout à fait gérable.

Après son petit déjeuner, elle s'était couverte chaudement pour faire une marche sur la plage dont elle était rentrée exaltée et les lèvres au goût de sel sous l'effet de l'air marin.

Elle avait eu quatre rendez-vous. Une session de fin de thérapie avec un homme qui voulait dépasser sa phobie de l'avion afin d'emmener son épouse en France pour leurs noces de rubis. Il avait pris congé avec une poignée de main vigoureuse non sans avoir promis à Ellen de lui envoyer une carte postale de Paris. Elle avait ensuite reçu deux nouvelles clientes – elle appréciait toujours beaucoup les premières séances –, l'une qui souffrait depuis quatre ans d'une douleur débilitante à la jambe qu'aucun des innombrables médecins, kinésithérapeutes et autres chiropracteurs qu'elle avait consultés n'avait su expliquer, l'autre qui s'était engagée auprès de son fiancé à arrêter de fumer d'ici le jour de leur mariage. Dans un cas comme dans l'autre, la prise de contact s'était bien passée.

Pour finir, elle avait accueilli une femme dont la thérapie ne compterait probablement pas parmi ses réussites. Elle peinait à identifier le véritable objectif que Mary-Kate poursuivait en venant la voir et quand elle avait proposé de l'adresser à un confrère, elle avait refusé, tenant à continuer le travail avec Ellen. Aussi cette dernière avait-elle opté pour une séance de relaxation, rien de trop compliqué. Dans son jargon, un « massage de l'âme ». En quittant le cabinet d'un pas lourd, Mary-Kate avait déclaré qu'elle ne percevait pas le moindre changement dans son âme, merci quand même. Mais ce n'était guère étonnant de sa part.

Ellen avait ensuite rangé sa maison, veillant à laisser traîner quelques petites choses pour ne pas montrer qu'elle s'était donné cette peine ; l'idée était de passer pour une femme au tempérament ordonné. Elle avait envisagé de retirer certaines citations bouddhistes visibles un peu partout dans la maison. Son ex-petit ami, Jon, prenait toujours une voix stupide et moqueuse en lisant les Post-it parmi collés sur son réfrigérateur. Mais cacher sa vraie nature n'était certainement pas la meilleure façon de commencer ce qui pouvait se transformer en une relation, n'est-ce pas ?

Elle avait également changé les draps, choisissant sa plus élégante parure. Le moment était probablement venu de coucher avec lui. Eh oui, tout cela manquait quelque peu de passion, mais voilà ce qui arrivait quand on n'était pas en couple la trentaine passée. Fini le sentimentalisme. Ils n'étaient ni ados ni dévots. Ils avaient matché sur un site de rencontres, alors tout était très clair avant même que le premier rendez-vous ait lieu. Tous deux cherchaient une relation durable. Ils avaient coché les cases correspondantes.

Ils s'étaient déjà embrassés (plutôt agréable) et il était temps à présent de passer à l'étape suivante. Presque un an qu'elle était chaste. Pour une femme qui aimait le sexe... Certains hommes, qui au début voyaient en elle une femme éthérée et gentiment innocente, s'en étonnaient. Peu lui importait l'image qu'ils avaient d'elle ; elle en jouait même un peu. Mais ce n'était pas tout à fait elle.

(Elle aimait également les films d'horreur, le café et le steak cuit à point. Un tas de gens s'imaginaient qu'elle était végétarienne – végétarienne et buveuse de tisanes, comment pouvait-il en être autrement ! –, allant jusqu'à lui préparer un plat spécial quand ils organisaient un dîner, tout en ajoutant qu'ils « se souvenaient clairement » l'avoir entendue dire qu'elle ne consommait pas de viande.)

Puis le moment de se préparer pour la soirée était venu : elle s'était longuement prélassée dans un bain bien chaud avec un verre de vin et un disque des Violent Femmes. Leurs accords dissonants et leurs voix stridentes différaient tellement des carillons des cassettes de relaxation qu'elle écoutait toute la journée qu'ils lui faisaient l'effet d'un seau d'eau froide sur la tête. Ce groupe lui rappelait les années quatre-vingt, son adolescence, le sentiment de déborder d'hormones et d'espoir. Quand Patrick avait frappé à la porte, elle était d'humeur si follement joyeuse qu'une petite voix n'avait pas manqué de s'inviter dans son esprit : *Toi, tu cours sûrement à ta perte.*

Elle l'avait ignorée. Et voilà qu'à présent… *J'ai quelque chose à te dire.*

Elle prit sa fourchette. Mais qu'est-ce qu'il fichait ? Elle surprit le regard furtif d'un serveur qui, de toute évidence, se demandait s'il devait lui venir en aide et comment.

Elle considéra l'assiette de Patrick, à moitié pleine. Il avait commandé la poitrine de porc. Un choix malheureux, avait-elle songé, mais elle ne le connaissait pas suffisamment pour le taquiner à ce sujet. La poitrine de porc ! Rien que le nom, c'était dégoûtant, et maintenant, on aurait dit un gros bout de graisse froide et solidifiée.

S'il mangeait tout le temps ce genre de plats, bonjour les artères. Il était peut-être tombé raide mort dans les toilettes ? Crise cardiaque ? Ne devait-elle pas envoyer ce serveur à la mine inquiète vérifier ? À moins que son plat ne lui ait pas réussi, auquel cas il serait mortifié. Dans pareilles circonstances, elle, elle serait mortifiée. Mais peut-être qu'un homme s'en moquait complètement.

Les affres des rendez-vous galants, ce n'était vraiment plus de son âge. Elle aurait dû être chez elle, occupée à faire des gâteaux si c'était bien à ça que les parents de petits écoliers consacraient leurs soirées.

Elle leva les yeux et… le voilà qui revenait. L'air ébranlé, comme après un accrochage en voiture, mais également penaud, comme un braqueur qui sort de la banque les mains en l'air, genre « OK, je me suis fait prendre ».

Il se rassit en face d'elle, remit sa serviette sur ses genoux, prit ses couverts, regarda son assiette, soupira et reposa ses couverts.

« Tu dois te dire que je suis cinglé.

– Eh bien, tu as piqué ma curiosité ! répondit Ellen, d'une voix mature et enjouée.

– J'espérais ne pas avoir à te parler de cette histoire avant qu'on… mais je me suis rendu compte que je ne pouvais plus repousser.

– Prends ton temps, poursuivit-elle du ton calme et légèrement chantant qu'elle adoptait avec ses clients. Je suis certaine que tout ira bien, quoi que tu aies à me dire.

– Rien de si terrible ! C'est gênant, surtout. En fait – OK, je vais le dire comme ça vient. »

Il marqua une pause et sourit bêtement.

« Il y a quelqu'un qui me harcèle. »

Ellen eut un moment de flottement, pas sûre de comprendre ce qu'il voulait dire. Comme si l'anglais n'était plus sa langue maternelle et qu'elle avait besoin de traduire.

Il y a quelqu'un qui me harcèle.

Enfin, elle articula : « Tu es victime de harcèlement ?

– Depuis trois ans, oui. Mon ex-petite amie. Parfois, elle se fait oublier quelque temps, mais elle revient toujours de plus belle. »

Ellen fut submergée par un délicieux sentiment de soulagement – elle n'était pas en train de se faire plaquer ! –, signe révélateur et manifeste qu'elle l'aimait vraiment beaucoup. Oui, elle espérait que ça marche ; oui, en appliquant son mascara tout à l'heure, elle s'était surprise à penser « Je pourrais tomber amoureuse de cet homme ». La félicité absolue qui l'avait habitée aujourd'hui ne s'expliquait aucunement par la météo, le porridge, le nouveau chauffage, ni même les informations. La vraie raison, c'était lui.

Une ex le harcelait ? Pas de problème !

C'était même fascinant.

Cela dit, le harcèlement…

Elle se figura des mots écrits avec des lettres découpées dans des magazines et des journaux. Des messages sur des murs en lettres de sang. Des admirateurs dérangés plantés devant la maison d'une vedette. Des brutes tuant leur ex-femme d'une balle.

Mais quel genre de personne peut bien harceler un *géomètre* ? (Même doté d'une mâchoire particulièrement sexy.)

« Quand tu dis qu'elle te "harcèle", ça se manifeste comment concrètement ? Elle est violente ?

– Non. » Patrick arborait la mine de quelqu'un qui répond, contraint et forcé, à un questionnaire médical éminemment personnel. « Jamais de violence physique. Parfois elle hurle. M'insulte. M'appelle au beau milieu de la nuit, m'envoie des lettres, des e-mails, des SMS. Mais la plupart du temps, elle est là, tout simplement. Où que j'aille, elle est là.

– Tu veux dire qu'elle te suit ?

– Oui. Partout.

– Oh là là, mais ça doit être horrible pour toi ! » De nouveau, la voix de la maturité. « Tu as prévenu la police ? »

Il grimaça, comme s'il préférait ne pas s'en souvenir. « Oui. Une fois. J'ai eu affaire à une femme flic. Je ne sais pas si elle… en fait, elle a dit et fait tout ce qu'il fallait, mais je me suis senti bête et geignard. Elle m'a suggéré de consigner tous les faits de harcèlement dans un journal, ce que j'ai fait. Elle m'a informé que je pouvais demander une injonction d'éloignement et j'y songeais, mais quand j'ai prévenu mon ex que j'étais allé voir la police, elle m'a menacé de leur dire que c'était *moi* qui la harcelais, que je l'avais battue – alors, tu vois, comme je suis l'homme dans cette histoire, je me suis dit, qui vont-ils croire ? *Elle*, bien sûr. Du coup, j'ai fait marche arrière. Je continue d'espérer qu'elle va arrêter. Et les années se succèdent. Je n'arrive pas à croire que ça dure depuis si longtemps.

– Ça doit être... » Ellen s'apprêtait à utiliser le mot « angoissant » mais, jugeant que cela pourrait blesser son ego – elle avait la conviction que l'ego masculin était aussi fragile qu'une coquille d'œuf –, elle préféra le mot « stressant ». Sans parvenir tout à fait à étouffer la joie qui perçait dans sa voix.

« Au début, je me suis beaucoup laissé atteindre par tout ça. Maintenant, j'ai accepté, si l'on peut dire. Ça fait partie de ma vie, mais ce n'est pas simple quand je rencontre quelqu'un. Certaines femmes sont complètement paniquées, d'autres disent que ça ne pose pas de problème mais au final, elles ne le supportent pas.

– Ce ne sera pas mon cas », répondit Ellen du tac au tac, comme pour montrer à un futur employeur qu'elle pouvait relever le défi. Découvrir les points faibles des ex de son homme provoquait toujours en elle une envie irrépressible et néanmoins gênante de prouver qu'elle valait mieux.

Confuse, elle but une gorgée de vin. Elle venait d'abattre son jeu. En gros, elle venait de dire : Je veux aller plus loin avec toi.

Le nez dans son verre, elle fit la moue, comme si elle s'apprêtait à critiquer le vin, mais quand elle releva enfin les yeux, elle découvrit un large sourire sur les lèvres de Patrick. De ceux qui plissent les yeux et trahissent le plaisir à l'état pur. Il avança la main et prit la sienne.

« Je l'espère, dit-il. Parce que ça me plaît ce qui se passe, là. Je veux dire, entre nous. La possibilité d'un nous.

– La possibilité d'un nous », répéta Ellen en savourant les mots et le contact de sa main. Passé la trentaine, les gens étaient dépassionnés, désabusés ? N'importe quoi ! Elle sentait déjà les endorphines affluer dans son système sanguin. La science de l'amour n'avait aucun secret pour elle – en ce moment même, son cerveau libérait un flot de « molécules de l'amour » (noradrénaline, sérotonine et dopamine) –, mais son organisme n'en était pas moins réceptif aux hormones que les autres.

À présent, lui aussi avait joué cartes sur table.

« Qu'est-ce qui t'a poussé à m'en parler ce soir ? » demanda-t-elle tandis qu'il faisait tourner son pouce dans le creux de sa main. *Tourne, tourne, petit moulin.* « De cette ex qui te harcèle ? »

Son pouce s'immobilisa.

« Je l'ai vue.

– Tu l'as vue ! » Ellen regarda furtivement autour d'elle. « Tu veux dire, dans le restaurant ?

– Assise à une table près de la fenêtre. » Il désigna l'endroit derrière Ellen d'un geste de la tête. Elle commençait à se retourner quand il ajouta : « Ne t'inquiète pas. Elle est partie.

– Elle faisait quoi ? Elle… nous regardait ? »

Ellen sentit son rythme cardiaque s'accélérer. Elle ne savait pas trop ce qu'elle ressentait : de la peur, peut-être un peu d'excitation.

« Elle envoyait des textos, répondit Patrick avec lassitude.

– À toi ?

– Possible. J'ai coupé mon téléphone.

– Tu ne veux pas savoir ce qu'elle a écrit ? » Ellen mourait d'envie de le savoir.

« Pas particulièrement. Pas du tout, en fait.

– Elle est partie quand ? » Si seulement elle avait su avant, elle aurait pu la voir.

« Quand je me suis levé pour aller aux toilettes, elle m'a suivi. On a eu une petite discussion dans le couloir. C'est pour ça que j'ai tardé à revenir. Elle m'a dit qu'elle partait justement, et c'est ce qu'elle a fait, heureusement. »

Ainsi, elle était passée juste à côté ! Ellen essaya de se rappeler une femme marchant en direction des toilettes, en vain. Ça avait dû se passer pendant sa petite séance d'autohypnose, merde.

« Qu'est-ce qu'elle t'a dit d'autre ? Elle n'était pas mal à l'aise ?

– Elle fait toujours mine de tomber sur moi par hasard. Pathétique. Et ne va pas t'imaginer une bonne femme qui rôde, l'air à moitié folle, échevelée… non, elle semble toujours tellement normale et posée. J'en viens à douter de moi-même, comme si je me faisais des films. Elle a une brillante carrière. Elle est respectée. C'est incroyable. Je me demande souvent ce que ses collègues penseraient s'ils apprenaient comment elle occupe son temps libre. Bref… si on parlait de choses plus agréables ? Ton poisson était bon ? »

Tu plaisantes ? Ellen n'avait aucune envie de changer de sujet. Elle voulait tout savoir dans les moindres détails. Elle voulait comprendre ce qui se passait dans la tête de cette femme. D'ordinaire, elle appréhendait le point de vue féminin dans n'importe quelle situation. Elle se sentait en parfaite osmose avec les femmes. Elle avait de véritables affinités avec elles, alors que les hommes, eux, la laissaient souvent perplexe. Mais traquer son ex-petit ami depuis trois ans ? Le concept lui échappait. S'agissait-il d'une psychopathe ? Patrick l'avait-il maltraitée ? Était-elle toujours amoureuse de lui ? Quelle excuse se trouvait-elle lorsqu'elle se regardait dans le miroir ?

« Délicieux. » Ellen s'efforça de réprimer sa soif d'en savoir davantage. Une soif quelque peu déplacée, sachant que cette affaire était manifestement une grosse épine dans la vie de cet homme. Sans compter que cette curiosité vorace pour la vie privée d'autrui n'était pas une qualité.

« Qui garde ton fils ce soir ? demanda-t-elle pour l'aider à rebondir.

– Ma mère. » Son visage se radoucit. « Jack adore sa mamie. »

Il cligna des yeux, regarda sa montre et dit : « Justement, j'ai promis de l'appeler pour lui souhaiter une bonne nuit. Il était un peu patraque quand je suis parti. Ça ne te dérange pas ? » Il prit son téléphone dans sa poche.

« Non, bien sûr.

– Je ne le fais pas d'ordinaire quand je suis de sortie, précisa-t-il en rallumant son portable. Je veux dire, c'est un gamin plutôt indépendant maintenant. Il fait ses trucs.

– Pas de souci.

– C'est juste qu'il a eu un très gros rhume qui a viré à une infection des voies respiratoires. Il est sous antibiotiques.

– Pas de souci, je te dis. » Elle avait très envie de l'entendre parler à son petit garçon.

Son téléphone émit plusieurs bips. Bip, bip, bip.

Patrick fit une grimace. « Des textos.

– De ton, euh, ton ex ? » Ellen essaya de refréner l'envie de se pencher pour regarder le téléphone qui continuait de biper.

« Oui, dit-il, les yeux rivés sur l'écran. Généralement, je ne me donne pas la peine de les lire. Je les supprime.

– Je vois. » Impossible de résister. « Ils sont si moches que ça ?

– Parfois. La plupart du temps, ils sont juste pathétiques. » Elle scruta son visage tandis qu'il lisait les messages en jouant des pouces sur le clavier de son téléphone. Un sourire ironique se dessina sur ses lèvres, comme s'il se livrait à un échange peu amène avec un ennemi. Il leva les yeux au ciel. Se mordit la lèvre.

« Tu veux les lire ? proposa-t-il en tournant l'écran vers elle.

– D'accord », fit Ellen sur un ton désinvolte. Elle se pencha en avant et lut les messages à mesure qu'il les faisait défiler.

Vous ici ! Quelle coïncidence ! Je suis installée près de la fenêtre.

Elle te va bien, cette chemise.

Tu as commandé la poitrine de porc ? Quelle idée !

Elle est jolie. Vous allez bien ensemble.

Ellen eut un mouvement de recul.

« Désolé. Je n'aurais pas dû te montrer celui-là. Je te promets, tu ne… comment dire, tu ne risques rien.

– Non, non, tout va bien. » Elle inclina la tête vers le téléphone. « Continue. »

Sympa de se croiser comme ça ce soir. On devrait prendre un café un de ces quatre.

Je t'aime. Je te hais. Je t'aime. Je te hais. Absolument, je te hais.

Ellen s'adossa à sa chaise.

« Ton avis de thérapeute ? Complètement folle, non ? Pour mémoire, on s'est séparés il y a trois ans.

– Vous êtes restés ensemble combien de temps ?

– Deux ans. Euh, non, trois. Ma première histoire après le décès de ma femme. »

Elle brûlait de demander comment ça s'était terminé ; au lieu de quoi elle suggéra : « Pourquoi tu ne changes pas simplement de numéro ?

– Je le faisais tout le temps avant, mais le jeu n'en vaut pas la chandelle. Je travaille à mon compte. J'ai besoin que les gens puissent me trouver. Hé, je ferais bien d'appeler mon fils. Je ne serai pas long. »

Ellen le regarda composer un numéro et porter le combiné à l'oreille.

« C'est moi, mon grand. Comment tu te sens ?... Ce que j'ai mangé ? De la poitrine de porc. » Il regarda tristement son assiette. « Pas terrible, non. Mais dis-moi, comment tu te sens ? Mieux ? Tu as pris tes antibiotiques ? Et mamie, qu'est-ce qu'elle fait ? Ah bon ? Super. Ouais. D'accord. Bon, tu me racontes vite fait alors. » Il se tut et écouta. Son regard croisa celui d'Ellen et il lui fit un petit clin d'œil. « Vraiment ? OK, bien – d'accord. Un volcan ? En parachute ? La vache. »

Il tendit de nouveau l'oreille tout en tapotant la nappe des doigts. Ellen regarda sa main. Une belle main. Avec des ongles larges et carrés.

« OK, mon grand. Tu sais quoi, tu vas devoir me raconter la suite demain. Parce que là, je fais attendre mon... amie et c'est très mal élevé. D'accord. À demain matin. Des gaufres, oui, bien sûr. Oui, sans problème. Bonne nuit, bonhomme. Je t'aime. »

Il raccrocha et glissa le téléphone dans sa poche non sans l'avoir éteint. « Désolé. Il voulait me raconter le film qu'il a vu, en long, en large et en travers. Il tient ça de moi, j'en ai peur.

– Vraiment ? » dit Ellen.

Une bouffée de plaisir intense se répandait dans son cerveau. Elle aimait la façon dont il parlait à son fils, décontractée, drôle, masculine, aimante. Elle aimait l'idée qu'ils mangent des gaufres le lendemain matin. (Elle adorait les gaufres !) Elle aimait le naturel avec lequel il avait dit « Je t'aime ».

Un serveur débarrassa leurs assiettes et les posa en équilibre sur son avant-bras. « La poitrine de porc ne vous a pas plu, monsieur ?

– Si, répondit Patrick en lui adressant un sourire. Mais j'ai eu les yeux plus gros que le ventre.

– Vous laisserez-vous tenter par un dessert ? Un café peut-être ? »

Patrick interrogea Ellen du regard.

« Non, merci.

– L'addition alors, merci », conclut Patrick.

Ellen consulta sa montre. Vingt-deux heures à peine. « J'ai une boîte de chocolats de dégustation à la maison. Si tu veux venir prendre le café. Si tu as le temps.

– J'ai le temps », répondit-il en la regardant dans les yeux.

Naturellement, le café et les chocolats passèrent à la trappe. Tandis qu'ils faisaient l'amour pour la première fois dans les draps tout propres, une ondée s'abattit en bourrasques sur le toit et Ellen pensa un court instant à l'ex de Patrick – où se trouvait-elle en ce moment même ? Postée sous un réverbère peut-être, sans parapluie, la pluie coulant avec insouciance sur son (beau ?) visage pâle et torturé ? – avant de bientôt laisser toutes les sensations liées à la découverte d'un nouvel amant envahir chaque recoin de son esprit et d'oublier tout à fait l'inconnue.

2

> « Je suis à un âge où la plupart de mes amies sont engagées dans des relations longues, et dans mon métier, je n'ai guère l'occasion de rencontrer de nouveaux partenaires potentiels. Je vois dans ce site un moyen amusant d'élargir mon cercle. Je me définis comme une romantique, ce qui ne m'empêche pas d'être réaliste. »
>
> Extrait du profil d'Ellen68
> sur un site de rencontres en ligne

Tôt le lendemain matin, tandis qu'elle marchait pieds nus sur la plage, les jambes de son pantalon retroussées jusqu'aux genoux, laissant les vagues se briser sur ses chevilles, Ellen repensa à Patrick (elle aimait bien ce prénom, il n'avait rien de gnangnan !) et à tout ce qui s'était passé la veille.

Son fils. (Tellement mignon !)

Son ex détraquée. (Intriguant ! Bien que peut-être un peu flippant aussi. Elle n'était pas sûre.)

Son corps. *Bonté divine*, avait-elle songé, telle une héroïne en pâmoison dans un roman sentimental du dix-neuvième siècle, quand il avait déboutonné sa sobre chemise à rayures. Rien qu'à revoir en pensée son torse viril et poilu, elle se sentit submergée par le désir. Elle posa deux doigts sur ses lèvres endolories par tous ces baisers.

Il était parti à minuit pile. Comme Cendrillon. Non sans lui avoir confié que même si sa mère passait la nuit chez lui pour garder son fils – elle dormirait déjà dans la chambre d'amis à son retour – il avait le sentiment d'abuser d'elle lorsqu'il rentrait très tard.

« Je déteste partir comme ça. Bien sûr, si on… tu sais… je pourrais la prévenir que je ne rentre pas, avait-il ajouté en reboutonnant sa chemise.

– Pas grave », avait-elle répondu d'une voix endormie. Elle était contente qu'il s'en aille. Elle préférait penser à lui seule dans son lit que l'avoir à ses côtés et s'inquiéter de la tête qu'elle aurait au réveil.

« Je t'appelle », avait-il dit en l'embrassant.

Puis, à six heures du matin, un bip de son portable avait annoncé la réception d'un texto.

Quand puis-je espérer te revoir ? Je crois que tu m'as hypnotisé !

Nunuche. Mais absolument adorable.

C'était donc apparemment en train d'arriver. Ellen vivait les prémices de quelque chose de nouveau. *Nous y revoilà.* Elle prit une profonde bouffée d'air marin qui resta coincée dans sa gorge. Un court instant, le poids de toutes ses déceptions passées se fit écrasant.

Faites que ça marche cette fois-ci, songea-t-elle piteusement.

Puis, avec davantage de détermination : *Allez, je le mérite !*

Ellen avait eu trois hommes importants dans sa vie : Andy, Edward et Jon. Parfois elle avait l'impression de traîner les souvenirs de ces histoires d'amour comme autant de boulets aux pieds.

Andy, le jeune banquier anormalement grand. Leur relation, qui avait duré trois ans, apparaissait toujours aux yeux d'Ellen comme une vague imposture, comme s'ils avaient seulement joué les amoureux. En donnant le change avec talent bien sûr. Quand Andy avait obtenu un poste à l'étranger, la possibilité qu'Ellen l'accompagne n'avait même pas été évoquée. Après quoi elle s'était sentie sale, comme après un repas au McDonald's.

Edward, le professeur de lycée doux et sensible. Ils étaient tombés éperdument amoureux et formaient un de ces couples à l'avenir tout tracé, mariage, enfants, animaux de compagnie. Puis, pour des raisons complexes qui ne lui semblaient plus du tout claires aujourd'hui, et à la surprise de tous, la relation avait subitement implosé. Délicieusement douloureux.

Quant à Jon, elle l'avait rencontré le jour de ses trente ans. Forcément, avait-elle songé, celui-ci, c'est le bon. La relation adulte, la vraie. Ingénieur de métier, il était intelligent et s'exprimait bien. Elle l'adorait. Il avait fallu qu'il lui brise le cœur en mille morceaux pour qu'elle se rende enfin compte que ça n'avait jamais été réciproque.

Elle avait toujours considéré ces amours ratées comme des échecs. À présent, elle se demandait si elles ne constituaient pas en réalité des étapes essentielles sur une trajectoire prédestinée menant à cet instant précis, sur cette plage. À un géomètre expert aux yeux verts qui répondait au nom de Patrick Scott.

Elle repensa à son ex-petite amie, cette femme qui le harcelait. Saskia. Un prénom inhabituel fait de courtes syllabes acérées. Ellen fit rouler le nom dans sa bouche, comme un fruit étrange qu'on goûte pour la première fois. Saskia n'apprécierait pas d'apprendre qu'Ellen sentait en ce moment même son cœur s'emplir d'un espoir frémissant.

Ellen donna un coup de pied dans l'eau, projetant des gouttelettes glacées en l'air. Non mais franchement, cette fille, elle était un peu spéciale, non ? N'avait-elle donc aucun amour-propre ? Ellen grimaça à l'idée que ses ex apprennent qu'elle puisse leur accorder ne serait-ce qu'une seconde en pensée. En réalité, le trio occupait un coin de son esprit en permanence. Chaque fois qu'elle descendait de sa voiture, elle reculait le siège conducteur pour les longues jambes d'Andy : un automatisme dont elle ne s'était pas débarrassée après avoir partagé un véhicule avec lui pendant des années. Chaque fois qu'elle coupait une tomate, elle pensait à Jon qui lui avait dit un jour que les couper dans le sens de la largeur rendait davantage de jus. Chaque année, le 26 décembre, elle se rappelait que c'était l'anniversaire d'Edward.

Bon, elle pensait à eux. Et alors ? C'était à prévoir, non ? Pendant un temps, ils avaient été la personne qui la connaissait le mieux, lui parlait tous les jours, savait où elle se trouvait à chaque instant, la personne qui se serait tenue au premier rang à son enterrement si elle avait trouvé la mort tragiquement.

Parfois, il lui semblait tellement étrange et injuste qu'on puisse partager une telle intimité avec un homme, se coucher et se réveiller dans le même lit, passer son temps à faire des choses extraordinairement personnelles ensemble, et puis, tout à coup, ne plus connaître son numéro de téléphone, son adresse, son lieu de travail ou n'avoir aucune idée de ce qu'il avait fait dans la journée, la semaine dernière ou même quelques mois plus tôt.

Les yeux rivés sur l'horizon, Ellen regarda une gigantesque vague s'enrouler puis se casser dans un grondement lointain.

Voilà pourquoi les ruptures faisaient l'effet d'être écorché vif. À vrai dire, c'était étonnant qu'il n'y ait pas davantage de Saskia. Les gens étaient si bien élevés, si dignes lorsqu'ils se séparaient.

« Bonjour ! » lancèrent deux octogénaires en croisant Ellen. Ils marchaient d'un bon pas, propulsés par le mouvement de leurs bras à quatre-vingt-dix degrés. Ellen accéléra la cadence pour ne pas être en reste.

De leur vivant, ses grands-parents marchaient sur cette plage tous les jours avant le bulletin d'information de dix-huit heures.

Ils avaient passé soixante-trois ans ensemble. Soixante-trois ans à se réveiller aux côtés de la même personne, dans la même chambre, celle-là même où Patrick et Ellen avaient fait l'amour la nuit dernière. (Ce qui, maintenant qu'elle y pensait, lui paraissait terrible. Elle qui aimait à penser que l'âme de ses grands-parents habitait toujours la maison ! Pourvu que son grand-père ne soit pas resté coincé dans la chambre, obligé de se réfugier derrière les rideaux les mains sur les yeux !)

Ellen était toujours partie du principe qu'elle se marierait jeune et vivrait une relation identique à celle de ses grands-parents. Elle pensait être ce genre de personne. Conventionnelle. *Chouette.* Comme si les chouettes filles tombaient toujours sur de chouettes garçons. Comme si être chouette suffisait à faire durer une relation.

En toute honnêteté (et parvenir à une véritable conscience de soi était la quête qu'elle poursuivait au quotidien), cela ne tenait pas tant à sa conviction d'être une chouette fille qu'à celle d'être totalement différente de sa propre mère : sa mère qui l'avait élevée seule, sans même un homme à l'horizon.

Et pourtant, voilà qu'à trente-cinq ans, elle cherchait un partenaire sur Internet. Chaque fois qu'elle se connectait au site, elle avait le sentiment de faire quelque chose de vaguement inconvenant.

Inconvenant pour *elle*. Que ce soit clair. Il n'y avait rien d'inconvenant pour les autres à fréquenter ces sites de rencontres en ligne. Non, pour le commun des mortels, c'était tout à fait acceptable ! Mais pour Ellen, qui gagnait sa vie en aidant les gens dans leur vie personnelle…

C'était ça, le nœud du problème. Elle pensait qu'il était de son devoir d'être douée pour les relations amoureuses mais apparemment, elle ne l'était pas. Ah oui ? Et pourquoi ne devrait-elle pas souffrir et avoir le cœur brisé comme tout le monde ? Pourquoi ne devrait-elle pas galérer pour trouver le partenaire idéal comme tant d'autres femmes ? S'inquiéter du tic-tac de son horloge biologique, même si c'était un cliché ? Pourquoi ne devrait-elle pas être un cliché ?

Elle avait honte d'avoir honte. Pour se racheter à ses propres yeux, elle s'efforçait toujours d'être très ouverte au sujet de son célibat. Elle disait à qui voulait l'entendre qu'elle fréquentait ces sites. En dépit du malaise qu'elle ressentait à chaque nouveau rendez-vous, elle y allait la tête haute, le cœur et l'esprit ouverts à toutes les possibilités, optimiste.

Mais quel effort parfois !

Elle venait d'atteindre la piscine naturelle creusée dans les rochers où elle avait l'habitude de faire demi-tour et, les mains sur les hanches, reprit son souffle. Elle avait marché plus vite qu'elle n'en avait eu conscience.

Elle regarda en direction de la maison de ses grands-parents, la sienne à présent, dont la pièce vitrée à l'arrière étincelait sous le soleil du matin tel un diamant coincé au petit bonheur sur son flanc. « Fabuleux. Il l'a rendue encore plus moche », avait dit sa mère lorsqu'elle avait vu l'extension que le grand-père d'Ellen avait construite grâce au ticket gagnant de la grand-tante Mary.

La sœur cadette du grand-père d'Ellen était célibataire et sans enfant. Elle avait gagné un demi-million de dollars au loto et, tout juste six semaines plus tard, cassé sa pipe sans avoir décidé ce qu'elle allait faire de cette aubaine. (Une nouvelle télé, peut-être ? Un de ces « écrans plats » ? Mais franchement, quand elle regarderait *À prendre ou à laisser*, ça ne changerait rien à l'image, n'est-ce pas ? Ce serait juste plus grand.) La totalité de son argent était revenue aux grands-parents d'Ellen qui l'avaient utilisé pour ajouter la pièce vitrée, installer le chauffage au gaz et s'offrir une croisière de dix jours tous les ans jusqu'à leur mort. Autre décision qui avait résulté de cette manne : léguer la maison à Ellen et le capital à leur fille et à Amnesty International. Cela convenait à tout le monde car la mère d'Ellen n'avait aucune envie de vivre dans la maison de son enfance. « Aucune somme d'argent ne pourra la sauver », se plaisait-elle à dire d'un ton triste et catégorique, comme si on lui avait demandé de donner son avis d'experte.

C'était une maison biscornue, construite dans les années soixante-dix et dotée de tous les attributs tendance de la décennie : poutres et briques apparentes, escalier en colimaçon en acier inoxydable, arcades en vis-à-vis, moquette à poils longs vert citron, cuisine orange pétant. Mais Ellen l'avait toujours adorée. Elle lui trouvait un charme rétro chic et refusait d'y apporter la moindre modification, en dehors d'une place de parking supplémentaire pour sa clientèle. Même si son activité d'hypnothérapeute lui avait permis dès le départ de subvenir à ses besoins « de manière tout à fait remarquable » (comme sa mère le disait toujours aux gens, avec un mélange de déception et de fierté), elle était encore locataire, d'un appartement et d'un bureau, à la mort de sa grand-mère. À présent qu'elle vivait dans la maison et avait installé son cabinet dans l'atelier de couture de sa grand-mère, Ellen n'avait jamais été aussi à l'aise financièrement.

Un galet blanc sur le sable attira son attention et elle se baissa pour le ramasser. Il avait une forme et un toucher agréables ; il pourrait s'avérer utile à un de ses clients.

Elle se redressa, regarda l'océan et sentit quelque chose se relâcher dans sa poitrine, comme si une main invisible l'avait libérée d'un corset. Pas facile d'avouer, y compris à soi-même, à quel point on avait besoin d'amour. Un homme dans sa vie, c'était censé être la cerise, pas le gâteau. La profondeur de son bonheur la gênait un peu. Heureusement, personne ne voyait les bouchons de champagne sauter dans sa tête.

En rentrant, elle répondrait au texto de Patrick et lui proposerait d'aller au cinéma dans la soirée. Pas très original mais n'était-ce pas l'une des choses les plus sympas à faire avec un nouveau petit ami ? Elle tâcherait de ne pas avoir l'air trop enthousiaste.

Elle s'approcha du rivage et enfonça les orteils dans le sable. Elle repensa à ses doigts courant sur le dos de Patrick, à ses lèvres sur sa clavicule.

Désolée, Saskia. Je crois que je vais le garder.

*

Il a couché avec l'hypnothérapeute.

Je le sais. Je l'ai su à la seconde où j'ai vu sa main posée sur la chute de ses reins quand ils sont sortis du cinéma. Le geste était confiant, voyez-vous, un geste de propriétaire.

Il se croit bon amant. La faute à sa femme. Un jour, elle lui a dit qu'il était « extraordinaire au lit ». Et puis elle est morte. Alors tout ce qu'elle a jamais dit est devenu parole d'Évangile. Ainsi parla Colleen.

Colleen a dit un jour à Patrick que la lessive en poudre devait être complètement dissoute dans la machine avant d'y ajouter les vêtements. Le linge était mieux lavé comme ça. Colleen l'a dit alors c'est comme ça. Le truc enquiquinant au possible : il faut attendre que la machine se remplisse d'eau, et parfois, je vaque à mes occupations et j'oublie d'ajouter le linge mais… je le fais encore. Vous y croyez ?

C'est vrai qu'il était bon amant. Pas de raison que ça ait changé. Il prononce probablement les mêmes mots, fait probablement les mêmes gestes.

Je l'imagine allongé près d'elle, respirant son parfum de bois de santal, caressant sa peau douce et détoxifiée.

J'aimerais bien voir. Être là, assise au pied du lit, et le regarder baisser la tête vers son téton. Elle a de plus gros seins que moi. Je suppose que ça lui plaît.

Peut-être qu'elle l'hypnotise gratuitement.

Sa voix est pareille à du miel tiède qui coule goutte à goutte d'une cuillère.

Ils ont vu ce film avec Russell Crowe hier soir. Pas mal. Il aurait dû savoir comment ça allait finir, le film s'inspire de la série qu'on regardait le lundi soir. Je me suis demandé s'il s'en souvenait et je me suis dit, sûrement pas, alors je lui ai envoyé un texto pour le lui rappeler.

Ensuite, ils ont dîné dans ce restaurant thaïlandais qui fait l'angle ; c'est là qu'il m'a dit pour la première fois qu'il m'aimait.

Étaient-ils assis à la même table ?

Y a-t-il pensé, ne serait-ce qu'une seconde ? Je vaux quand même bien une pensée fugitive, non ?

Je n'ai pas réussi à avoir de table. Ils avaient dû réserver – enfin, elle, parce que lui, il ne se serait jamais donné cette peine. Alors je suis allée dans un café et je lui ai écrit une lettre, juste pour essayer de lui expliquer, pour qu'il comprenne, avant de la laisser sur son pare-brise.

J'ai hâte d'être à mon prochain rendez-vous avec l'hypnothérapeute.

3

« “Tel que l’homme s’imagine être il sera, et il est ce qu’il imagine.” Ainsi parlait Paracelse au quinzième siècle. L’idée de la puissance de l’esprit n’est pas nouvelle, mesdames et messieurs. Bonjour. »

Introduction au discours donné par Ellen O’Farrell
au petit déjeuner du mois d’août
organisé par le Rotary Club des Plages Nord,
discours que la majorité des gens présents
n’ont malheureusement pu entendre
en raison d’un problème de microphone

« On devrait y aller, dit Ellen en bâillant.

– Tu as raison », fit Patrick en l’imitant.

Ils ne bougèrent ni l’un ni l’autre.

À presque vingt-trois heures un jeudi, ils contemplaient le ciel allongés sur un plaid depuis une pente herbeuse en contrebas du Sydney Harbour Bridge. Plus tôt dans la soirée, ils avaient assisté à une pièce de théâtre idiote dans le quartier de Kirribilli, dîné dans un minuscule bar à nouilles japonais plein à craquer puis flâné le long de la promenade du port d’où l’on pouvait voir le flot de voitures filant à toute allure sur le pont et les ferries glissant dessous. Ils étaient convenus de rentrer de bonne heure et chacun chez soi car c’était une jeune voisine qui gardait le fils de Patrick – elle était étudiante et avait cours tôt le lendemain, inutile de la faire veiller jusqu'à pas d'heure – mais ils n'avaient pas envie que ce moment s'achève.

Ils se fréquentaient depuis trois semaines à présent, et tout avait encore cette odeur de voiture flambant neuve. Même la façon dont ils parlaient tout en bâillant avait ce lustre affecté : *Tu entends, ça, c'est ma voix quand je suis fatigué.*

« Tu as une grosse journée, demain ? demanda Patrick.

– Une journée normale. Cinq séances. Bien assez pour moi. Au-delà, je me sens vraiment… épuisée. »

Elle avait conscience d'être sur la défensive concernant son travail, un mécanisme hérité de sa dernière relation. Le mépris de Jon avait toujours été subtil ; un effluve léger qu'elle ne parvenait pas à identifier clairement, ce qui ne lui permettait pas d'aborder le problème de front. Il était encore plus farouchement athée que sa mère. Son livre favori ? *Pour en finir avec Dieu.* Une de ses phrases préférées ? « Tu as des preuves empiriques à fournir ? » Dès qu'Ellen parlait de son métier, Jon penchait la tête sur le côté et lui adressait un sourire patient à la manière d'un oncle face à une adorable petite fille devisant sur les bonnes fées et les princesses. Après quoi, il s'autorisait une plaisanterie taquine qui, sans aller jusqu'à nier l'existence desdites créatures, était destinée à amuser les adultes à portée de voix. « Ellen a une licence ès hypnothérapie », disait-il, façon de souligner qu'elle n'avait pas de diplôme universitaire. (Elle avait abandonné son cursus de psychologie au milieu du deuxième semestre pour suivre une formation en hypnothérapie. Sa mère ne s'en était toujours pas remise.)

Il lui avait fallu attendre leur séparation pour enfin se rendre compte du combat qu'elle avait dû mener tout au long de son histoire avec Jon pour ne pas se perdre. Comme si, dès qu'elle ouvrait la bouche, elle essayait tout à la fois de ne pas se prendre trop au sérieux – *je peux bien supporter deux ou trois taquineries, hein !* – et de justifier toute son existence à ses propres yeux :

Oui, être qui je suis, ça le fait. Oui, je crois en moi et en ce que je dis. Je ne suis pas une personne insignifiante et frivole, à moins que, peut-être…

« Est-ce que c'est fatigant parce que… » Patrick fronça les sourcils en se grattant la mâchoire. « Euh, pourquoi… comment dire, en quoi c'est fatigant au juste ? »

Il était perplexe mais respectueux.

« Parce que c'est impossible de faire les choses à moitié, je crois. Je dois rester totalement concentrée sur le client. Je n'utilise jamais de scripts tout prêts. Je personnalise chaque induction…

– Induction ?

– C'est le procédé que j'utilise pour induire l'état de transe hypnotique, par exemple : imaginez que vous descendez un escalier ; marche après marche, débarrassez-vous progressivement des tensions de votre corps. Je l'adapte aux intérêts ou à l'histoire du client – ça peut être plus visuel ou plus analytique, c'est selon.

– Tu as des clients difficiles ? » Patrick roula sur le flanc et appuya sa tête sur sa main. « Des gens que tu as du mal à hypnotiser ?

– Presque tout le monde est hypnotisable jusqu'à un certain point. Mais certaines personnes ont une susceptibilité hypnotique plus importante, probablement parce qu'elles possèdent de bonnes capacités d'imagination, de visualisation et de concentration.

– Je vois. Je serais curieux de savoir si j'entre dans cette catégorie.

– Je vais te faire un test de suggestibilité. » Elle se mit sur les genoux, gagnée par l'enthousiasme. Elle n'aurait jamais fait une chose pareille avec Jon.

« Comme un test de crédulité ? demanda Patrick.

– Non, pas du tout, c'est juste un petit exercice pour évaluer le pouvoir de ton imagination. Détends-toi ! Ça n'a rien de bizarre. Tu l'as même sûrement déjà fait au cours d'une réunion de commerciaux ou autre.

– D'accord. » Patrick s'agenouilla face à elle, épaules ouvertes dans une posture de guerrier. Le parfum de son après-rasage lui était déjà familier mais encore suffisamment nouveau pour éveiller son désir. « Je dois fermer les yeux ?

– Non. Mets simplement tes mains comme ça. »

Elle entrelaça ses doigts et redressa ses index sans qu'ils se touchent. Patrick l'imita et la regarda droit dans les yeux. Très sexy, tout ça.

« Maintenant, imagine une puissante force magnétique qui attire tes doigts l'un vers l'autre. Tu résistes mais c'est dur. Regarde bien tes doigts. L'attraction est de plus en plus forte. Elle augmente encore. Encore… *et voilà.* »

Les doigts de Patrick se touchaient.

« Tu vois ! Ton subconscient a cru à la réalité des aimants. »

Il regarda le bout de ses doigts toujours collés l'un à l'autre. « Eh bien. Oui. Je veux dire, je ne sais pas. Peut-être bien que j'y ai cru, mais c'est juste parce que je suis entré dans ton jeu. »

Ellen sourit. « Exactement. L'hypnose est en fait de l'autohypnose. Pas de la magie.

– Essaie autre chose.

– D'accord. Ferme les yeux cette fois et tends les bras devant toi. »

Il s'exécuta. Elle prit le temps d'observer les reliefs et les creux de son visage éclairé par la lune.

« Qu'est-ce que tu fais ?

– Désolée. Bon. Imagine que j'accroche un énorme ballon d'hélium à ton poignet droit. Il exerce une traction vers le haut. Prends conscience de cette force. Maintenant je te tends un seau. Prends-le de ta main gauche. Il est rempli de sable mouillé, il est très lourd. »

Le bras droit de Patrick monta à la verticale, le gauche descendit. Soit il cherchait à lui faire plaisir, soit il était réellement un sujet parfait pour l'hypnose.

« Ouvre les yeux. »

Il obtempéra et regarda ses bras. « Oh. » Il la prit par la taille et se pencha comme pour l'embrasser, avant de suspendre son geste pour regarder derrière lui.

« Qu'y a-t-il ? demanda Ellen, surprise.

– Désolé, répondit-il. J'ai cru entendre un bruit. J'ai cru que c'était elle. »

Aucun doute quant à l'identité de ce « elle ». Ellen scruta les zones sombres en contrebas du pont à la recherche d'une femme aux aguets. Elle sentit en elle une légère excitation, une agréable montée d'adrénaline, en imaginant l'ex de Patrick les observer en cachette.

« Tu ne l'as pas vue ce soir, si ? » L'autre jour, ils étaient allés au cinéma puis au restaurant et Patrick avait attendu de revenir à la voiture où il avait trouvé une lettre d'elle sur son pare-brise pour dire à Ellen qu'il l'avait repérée dès le début de la soirée.

Patrick regarda autour de lui, les yeux plissés, avant de se rasseoir.

« Non, du tout. Je crois qu'elle a décidé de nous laisser quartier libre aujourd'hui. » Il l'enlaça. « Je suis désolé. Ça me rend nerveux parfois.

– J'imagine en effet », compatit Ellen. Venait-elle de voir quelque chose bouger près du pylône, là-bas ? Non. La lumière lui jouait des tours. Merde.

« Donc ton activité tourne autour du pouvoir de l'esprit, dit Patrick.

– C'est ça. Le pouvoir du subconscient.

– J'admets l'idée, ne te méprends pas… »

Nous y voilà. Ellen sentit une boule se former au creux de son ventre.

« Mais il y a des limites au pouvoir de l'inconscient, non ?

– Que veux-tu dire ? » *Ce n'est pas Jon. Il ne fait qu'énoncer une opinion. Calme-toi.*

« Simplement que ça ne peut pas tout soigner. Quand Colleen – ma femme – est tombée malade, les gens n'arrêtaient pas de lui dire de positiver. Comme si elle pouvait combattre le cancer rien que par la pensée. Après sa mort, j'ai vu une femme à la télévision qui disait : "J'ai refusé de laisser le cancer gagner. J'avais deux enfants en bas âge, alors, voyez, je *devais* rester en vie." Ça m'a mis dans une rage folle. Comme si Colleen était responsable de sa mort. Comme si elle ne s'était pas assez battue. »

Sujet sensible, vas-y doucement, songea-t-elle. Elle ouvrit la bouche pour parler mais se ravisa.

Patrick posa la main sur son genou. « À propos, ne va pas croire que tu dois prendre des pincettes quand il s'agit de ma femme. Tout va bien. Je ne vais pas devenir tout bizarre, promis. »

Mouais, songea Ellen. « Ma mère est médecin, commença-t-elle. Alors… »

Alors quoi ? Ça me rend plus crédible ? Ma mère ne croit pas vraiment à ce que je fais elle non plus.

« Il m'arrive de travailler la gestion de la douleur ou du stress avec des clients en phase terminale, mais jamais, jamais je ne leur ferais croire que je peux les guérir.

– Ce n'est pas ce que je sous-entendais, dit Patrick en lui pressant le genou.

– Je sais. » Ellen posa sa main sur la sienne et se demanda si, à ce moment précis, il revoyait le visage de sa femme.

En réalité, elle était convaincue que l'esprit avait des pouvoirs miraculeux inexploités mais elle le garda pour elle.

Tu as des preuves empiriques à fournir ? résonna la voix de Jon dans sa tête.

Ils restèrent silencieux. Le son de la sirène d'un ferry leur parvint de l'autre bout du port. Des pas se firent entendre derrière eux. Ils se retournèrent en même temps ; une femme en tailleur noir et baskets blanches descendait le chemin dans leur direction.

« Ce n'est pas…, fit Ellen.

– Non », répondit Patrick visiblement soulagé quand il distingua le visage de la femme à la faveur d'un lampadaire.

De nouveau le silence. Ellen repensa à sa relation avec Jon et à la façon dont elle avait mis sous clé une part si importante de son identité pendant toutes ces années. Si elle voulait que cette histoire fonctionne, elle devait ouvrir toutes les portes ! Laisser entrer la lumière ! L'air ! Le... *Ellen, ça suffit, la métaphore de la porte grande ouverte.*

« J'aime vraiment mon travail », dit-elle, toujours sur la défensive. Elle fit un effort conscient pour baisser la garde, pour simplement *être*. « Et je suis plutôt douée. »

Patrick lui jeta un regard en coin, amusé. « Tu es la reine des hypnothérapeutes ?

– Exactement.

– Quelle coïncidence ! Moi, je suis le roi des géomètres !

– Vraiment ? »

Patrick soupira. « Non, pas vraiment. Je suis plutôt un dinosaure dans mon métier.

– Pourquoi tu dis ça ?

– Je n'aime pas trop toutes les nouvelles technologies. Je dessine encore à la main, je préfère. Du coup, je suis plus lent, moins efficace. Donc moins concurrentiel, comme mon frère cadet aime à me le rappeler.

– Il est géomètre aussi ?

– Non, il est graphiste et il ne jure que par l'informatique. Tu es geek, toi ?

– Pas spécialement, mais j'aime bien faire des recherches sur Internet. Je consulte Google tous les jours. Comme un oracle !

– Qu'est-ce que tu lui as demandé aujourd'hui ? »

Aujourd'hui, dans sa barre de recherche, elle avait tapé « fréquenter un veuf : quels écueils ? », « enfants de conjoint – désastre ? » puis « traitement pour vaisseaux éclatés autour du nez ».

« Oh, je ne sais plus, répondit-elle avec un geste évasif. Des trucs sans intérêt. » Puis, changeant de sujet : « Qu'est-ce qui t'a poussé à devenir géomètre ?

– Les cartes, répondit-il sans hésiter. J'ai toujours adoré ça, l'idée même de la carte, savoir précisément où je me trouve par rapport à tout le reste. Mon oncle était géomètre et quand j'étais petit, il m'a dit : "Patrick, tu te repères bien dans l'espace, tu ferais un bon géomètre." Je lui ai demandé en quoi consistait ce métier, alors il m'a dit : un géomètre détermine la localisation des choses à la surface de la terre en rapport avec tout ce qui se trouve au-dessus et en dessous de la surface. Ce sont ses mots exacts. Je m'en souviens encore. Et pour je ne sais quelle raison, ça m'a parlé. Je me suis dit, ouais, c'est ça que j'ai envie de faire.

– Je crois que je suis vraiment nulle pour me repérer dans l'espace, commenta Ellen. Je suis incapable de me situer par rapport à quoi que ce soit. Par exemple, là, je ne pourrais pas te dire dans quelle direction se trouve ma maison. »

Patrick montra un point derrière elle. « Ta maison ? Là-bas. Direction nord.

– Si tu le dis !

– Tu as du papier ? Je vais te dessiner une carte. »

Ellen mettait un point d'honneur à avoir toujours un joli carnet relié et un stylo dans son sac à main afin de coucher sur le papier les pensées qui pouvaient lui venir à l'esprit, des idées pour son travail ou autre. Elle en déchira une page soigneusement. Hors de question de le laisser lire ses griffonnages incohérents ; la plupart d'entre eux étaient l'essence même de l'anti-cool.

Patrick prit un fin stylo à plume doré dans sa poche. « Le stylo Parker de mon grand-père. Je pourrais retourner dans une maison en feu pour le récupérer. »

Il posa la feuille volante sur la couverture du carnet puis, prenant appui sur son genou, dessina une rose des vents traditionnelle dans le coin. Il esquissa ensuite les criques et les courbes du port. Ajouta un ferry, des yachts, le Harbour Bridge et l'Opéra. C'était comme voir apparaître sous ses yeux une vieille carte au trésor.

« Là, c'est où nous avons dîné. » Il traça un restaurant miniature. « Là, c'est où nous avons vu cette pièce ridicule. Si on prend la direction des plages nord... » Il représenta une plage et une maison sur deux niveaux. « ... on arrive chez toi. » Il écrivit *Maison hypnotique d'Ellen*. « Si on repart en direction des banlieues arborées de la North Shore, on tombe sur ma maison. » *Tanière mal rangée de Patrick et Jack*, ajouta-t-il d'une belle écriture, digne d'un calligraphe du début du vingtième siècle.

Elle n'était encore jamais allée chez lui. Une tanière, vraiment ?

« Tiens, là, c'est le café où nous nous sommes rencontrés la première fois, poursuivit-il tout en dessinant. Je crois que j'ai fait le tour – ah, j'oubliais. »

Il ajouta une petite croix près du port puis à côté : *NOUS SOMMES ICI*.

« Je n'ai jamais vu plus belle carte », dit Ellen en toute sincérité. Elle ne s'était jamais intéressée aux cartes jusqu'à ce jour et savait déjà qu'elle garderait celle-ci toute sa vie.

Une ombre passa sur le visage de Patrick. Si fugace qu'Ellen ne sut s'il était triste, en colère ou même gêné ; peut-être l'avait-elle imaginée ?

Il lui sourit. « Cadeau de la maison pour cette fois, ma p'tite dame. »

Ellen sentit son cœur fondre dans sa poitrine.

*

Il y a cette boîte que je garde.

Parfois je me dis que si je m'en débarrassais, j'arriverais peut-être à m'arrêter. Une fois, j'ai réussi à la porter jusqu'aux poubelles. J'ai ouvert le couvercle d'un bac, senti l'odeur des déchets alimentaires en putréfaction, entendu le bourdonnement des mouches et j'ai pensé, *Ce ne sont pas des ordures, c'était ma vie.*

Ce soir, j'ai perdu leur trace. Ils allaient je ne sais où du côté de Milsons Point ou Kirribilli. J'avais faim alors je ne me suis pas donné la peine de sillonner les rues à la recherche de sa voiture. Je suis rentrée à la maison, j'ai mangé des sardines et des toasts en regardant *Cold Case : Affaires classées* avec la boîte par terre à côté de moi.

À chaque page de publicité, j'y plongeais la main pour y récupérer un objet au hasard et l'examiner comme s'il s'agissait d'un indice ou d'une réponse, comme si j'étais un des inspecteurs de *Cold Case* tentant de débrouiller les secrets du passé.

Une carte d'anniversaire ; carton toujours rigide et brillant, couleurs intactes. J'aurais aussi bien pu la recevoir hier :

Chère Saskia,
Joyeux anniversaire de tes hommes,
On t'aime,
Patrick et Jack

Une photographie de Jack et moi posant derrière une de nos villes en pâte à modeler. Qu'est-ce qu'on a passé comme temps à construire ces villes ! J'étalais un carton sur la table de la salle à manger puis on y disposait routes, ronds-points et feux tricolores, boutiques et maisons, le tout sur plusieurs jours. Jacksville, Jackland, Jack Town. Je prenais autant de plaisir que lui à jouer les urbanistes affranchis de la politique et de la paperasse.

Une carte d'embarquement pour Queenstown en Nouvelle-Zélande. Témoignage d'une semaine de snowboard en amoureux. La mère de Patrick avait gardé Jack. Je me souviens de ce baiser qu'il avait déposé sur mes lèvres avant qu'on se réfugie à l'intérieur pour boire un chocolat chaud. La chaleur de sa bouche ; la douce caresse des flocons de neige autour de nous.

Une carte que Patrick a dessinée pour m'indiquer comment aller chez un promoteur immobilier près de l'aéroport.

« Je n'ai jamais vu plus belle carte », lui ai-je dit ce jour-là.

4

> « Par “harcèlement”, le législateur entend également le fait de suivre un individu dans ses déplacements, de l’observer, d’approcher ou de se tenir aux abords immédiats de son domicile, de son lieu de travail ou de tout autre endroit qu’il fréquente dans ses activités sociales ou de loisir. »
>
> ARTICLE 8 – loi relative aux violences sur les personnes et au sein du foyer

« Tu veux dire qu’elle vous suit ? Partout ? Comment est-ce possible un truc pareil ?

– Non, pas partout. La dernière fois, on était au cinéma de Cremorne.

– Elle était peut-être là par hasard.

– Peut-être, mais ensuite elle a essayé de dîner dans le même restaurant que nous et a laissé une lettre sur le pare-brise de Patrick. Lettre qu’il n’a d’ailleurs pas lue. Apparemment, elle l’attend au bout de sa rue et le prend en filature quand il sort. S’il va dans un endroit inhabituel, il parvient souvent à la semer. Sinon, comme dans le cas du cinéma, elle comprend vite où le retrouver.

– Oh là là.

– Comme tu dis.

– Ça doit être horrible pour toi. Ces moments magiques qu’on vit au début d'une histoire, fichus en l'air par cette folle qui t'oblige à regarder par-dessus ton épaule au lieu de te noyer dans les yeux de ton mec !

– Ça ne me dérange pas. À vrai dire, je trouve ça assez fascinant.

– T'es un drôle de phénomène, toi. »

Au ton sans appel de Julia, Ellen éclata de rire. Après quoi, elle s'étira avec délice dans les volutes de vapeur du sauna. On était samedi matin. Elle avait les jambes et les épaules douloureuses après leur séance de natation. Julia poussait toujours Ellen à nager plus dur et plus vite qu'elle ne le ferait si elle était seule. Les gouttes de transpiration glissaient sur sa peau, dans son dos, dans son décolleté. Elle laissa ses mains posées sur ses cuisses et se sentit lisse, douce, sensuelle. Au début d'une relation, c'était tellement facile de pratiquer la pleine conscience. Tout ce sexe. Toutes ces hormones qui vous parcourent le corps.

Et ce sentiment d'être tellement *appréciée*. Voilà ce qui était si merveilleux quand on tombait amoureux. Patrick semblait approuver sans réserve tout ce qu'il découvrait sur elle, son corps, son passé, sa personnalité. Ce qui ne la rendait pas seulement plus sexy, mais plus drôle, plus intelligente, plus gentille, plus chaleureuse, en tout point plus charmante. Invincible ! Sa vie semblait couler, onduler dans un mouvement d'exquise harmonie, comme si elle avait atteint l'état de grâce. Ses clients se montraient aimables et reconnaissants, ses amies adorables, sa mère pas du tout exaspérante. (« Alors, quand est-ce que tu me le présentes ? » avait-elle demandé au téléphone d'un ton enthousiaste et ravi, comme une mère normale le ferait, pour autant qu'Ellen pouvait en juger.) Quand elle faisait ses courses, les produits qu'elle voulait se trouvaient juste sous ses yeux ; les feux tricolores passaient au vert à son approche ; ses clés de voiture, lunettes de soleil et portefeuille l'attendaient docilement sur la console dans l'entrée. Ce matin encore, alors qu'elle disposait d'une toute petite heure pour passer à la banque, au service d'immatriculation des véhicules et au pressing, elle n'avait pas eu à se dépêcher et tous ses interlocuteurs avaient été charmants. Elle avait eu une conversation plutôt émouvante avec l'employé de banque au sujet de la météo. (Il était britannique et trouvait les hivers australiens « divins », ce qui avait empli Ellen d'une fierté larmoyante, comme si, dans son invincibilité, elle était elle seule responsable du climat australien.)

Si seulement elle pouvait mettre cet état émotionnel en bouteille et le faire durer éternellement. Impossible, son esprit rationnel le savait, ce à quoi son cœur, son cœur imbécile, répondait gaiement : « Mais si, c'est possible ! Pourquoi pas d'abord ? Ce sentiment, c'est toi, à présent ! Cette vie, c'est la tienne, dorénavant ! »

« Je ne m'humilierais jamais comme ça », reprit Julia.

Quoi ? Ah oui. L'ex.

« Eh bien, j'imagine qu'elle n'arrive tout simplement pas à lâcher prise. » À ce moment précis, une douce compassion pour l'humanité tout entière habitait Ellen.

Allongée sur le banc d'en face, une serviette enroulée en turban autour de la tête, Julia poussa un petit ricanement. Avec son corps allongé, fin et musclé et ses incroyables boucles blondes elle frisait la beauté parfaite. Quand Ellen marchait avec elle dans la rue, elle voyait le regard des hommes qui revenait automatiquement, involontairement sur Julia, façon de la jauger. Malheureusement, la beauté de Julia semblait attirer un certain profil d'hommes. Le genre à apprécier la qualité et à payer sans hésiter le prix fort pour se l'offrir. Le problème, c'était qu'ils couraient sans cesse après la version la plus performante en matière d'ordinateurs, de voitures, de partenaires. C'était dans leur nature. Des consommateurs dévoués, quelle aubaine pour l'économie. Après presque cinq ans de mariage, le mari de Julia, William, avait décidé qu'il était temps de s'offrir la toute dernière mise à jour en termes de compagne et il était passé à une petite brune de vingt-trois ans.

(Ellen aimait à penser qu'elle-même attirait un genre d'hommes forcément plus qualitatif que ceux qui choisissaient Julia car ils ne laissaient pas la pub leur dicter ce qui était beau. Ils n'étaient pas superficiels ; ils avaient leur individualité propre. Hélas, sa vie amoureuse, aussi médiocre que celle de son amie, ne lui permettait pas de corroborer cette idée.)

(En fait, quand elle creusait un peu, elle se rendait bien compte que toute cette théorie ne servait qu'à une chose : la consoler du fait que les hommes, dans leur grande majorité, ne ressentaient pas le besoin de laisser leur regard s'attarder sur elle.)

(Il n'empêche, William s'était comporté comme un gros nul superficiel.)

(Pour être honnête, elle l'avait beaucoup aimé au début.)

« Non mais elle n'a aucun amour-propre, cette femme ! s'indigna Julia. Qu'elle passe à autre chose, sans déc'. Elle donne de nous une image déplorable. »

Une véritable dureté perçait dans sa voix, comme si elle se sentait insultée personnellement.

« Et par "nous", tu veux dire les femmes ? D'habitude, ce sont plutôt les hommes qui se livrent au harcèlement. Elle, elle montre qu'on peut être aussi fortes qu'eux à ce jeu-là. Je trouve ça bien.

– Pfff. » Julia se redressa et se pencha pour prendre la louche posée à côté du seau d'eau. Elle la remplit et en versa le contenu sur les pierres chaudes. Un nouveau nuage de vapeur sifflante envahit le sauna.

« Julia, souffla Ellen. J'étouffe.

– Va falloir t'endurcir, rétorqua Julia en se rallongeant. Elle s'appelle comment, cette fille ?

– Saskia », répondit Ellen en prenant de petites goulées d'air chaud et lourd. Prononcer son nom à voix haute était intimidant, comme s'il s'agissait d'une célébrité.

« Tu l'as déjà vue ? En photo, au moins ?

– Non. Quand il la repère, il ne me le dit qu'une fois qu'elle est partie. Je donnerais cher pour voir à quoi elle ressemble.

– Si ça se trouve, c'est dans sa tête, cette histoire, et le dingo, c'est lui.

– Je ne crois pas. »

Patrick, dingo ? Pas du tout, il était charmant.

« Je suppose que c'est lui qui l'a quittée ?

– Il dit que ça s'est étiolé avec le temps.

– Donc il lui a brisé le cœur, commenta Julia d'une voix sévère.

– Euh, je ne...

– Cela dit, ce n'est pas une excuse. Ça nous arrive à tous. Patrick devrait demander une injonction d'éloignement contre elle. Il ne l'a pas fait ? »

Pour Julia, chaque problème avait sa solution.

« Il m'a dit qu'il était allé au commissariat... », commença Ellen avant de s'interrompre. Patrick n'avait pas été au bout de la démarche mais elle ne savait pas s'il avait été complètement transparent avec elle sur le pourquoi du comment.

« Quoi qu'il en soit, c'est une idiote. Il faut qu'elle se reprenne, déclara Julia, comme s'il appartenait à Ellen de lui transmettre le message.

– Oui. »

Un silence s'installa. Ellen réfléchit au plat qu'elle allait préparer le soir même pour Patrick. Il avait déjà cuisiné pour elle, un soir où Jack dormait chez un copain. Un rôti accompagné de légumes, délicieux sans être trop sophistiqué, ce qui lui convenait parfaitement car elle avait déjà fréquenté des hommes qui se prenaient pour des professionnels de la gastronomie. Un véritable atout au début, mais ensuite ces vaniteux vous tournaient autour dans la cuisine et critiquaient votre façon de hacher l'ail.

Du porc, peut-être ? Des médaillons bien tendres ?

« Tu te souviens d'Eddie Masters ? demanda Julia.

– L'apprenti boucher ? » Ellen visualisa un garçon maigre aux cheveux longs doté d'un tablier de boucher à rayures bleues et blanches. Julia était sortie avec lui au lycée. Oui, du porc. En rentrant de la piscine, elle passerait chez ce boucher qui pratiquait des prix exorbitants dans la galerie marchande.

« Après moi, il s'est mis avec Cheryl, de la pharmacie.

– La fille au look effrayant. En fait, je crois que je la trouvais intimidante juste parce qu'elle avait deux boucles d'oreilles de chaque côté !

– Celle-là même, oui. Eh bien, quand Eddie m'a larguée, je me suis mise à appeler chez elle. Quand elle répondait, je ne disais rien, j'attendais, jusqu'à ce qu'elle raccroche. Elle m'inondait d'insultes en hurlant et moi, je restais là, tranquille, à respirer. Pas spécialement fort, mais de manière audible, pour qu'elle sache que j'étais bien là.

– Julia Margaret Robertson ! » Ellen se redressa d'un coup, arborant un air indigné, mi-factice mi-sincère. Elle observa son amie qui, présidente du conseil des lycéens dans leur école privée très snob, n'avait pourtant pas hésité à s'encanailler avec l'apprenti boucher. Toujours allongée les mains sur le ventre et les yeux fermés, Julia esquissa un sourire diabolique.

« C'est ta folle furieuse qui m'y a fait repenser. J'avais complètement oublié.

– Mais c'est tellement éloigné de toi !

– Je sais, mais j'avais le cœur en mille morceaux quand il m'a larguée. Je n'arrêtais pas de penser à elle, de me demander pourquoi il l'avait préférée à moi. J'avais l'impression d'être invisible. L'appeler me rendait une part d'existence. C'était comme une addiction. Après chaque coup de fil, je me détestais. Je me disais “C'est la dernière fois”, mais je finissais toujours par recomposer son numéro.

– Comment tu as fait pour arrêter ?

– Aucun souvenir. J'imagine que je suis passée à autre chose… Tu sais quoi ? Eddie le boucher embrassait merveilleusement bien !

– Il n'avait pas un bouc ? Fin et clairsemé, genre barbe à papa qui pendouille du menton ?

– Si, et tu te rappelles comment il glissait son paquet de cigarettes dans la manche de son tee-shirt ?

– On aurait dit une excroissance.

– Je trouvais ça atrocement sexy. »

Elles se turent quelques secondes puis partirent d'un rire sonore incontrôlable, propre à celles qui ont grandi ensemble.

« Ah, Eddie ! reprit Ellen. Tu devrais le chercher sur Facebook. Il doit avoir sa propre boucherie maintenant.

– Oh, arrête, je ne suis pas désespérée à ce point-là. En plus, je suis parfaitement heureuse seule. »

Ton langage corporel dit tout le contraire, ma très chère amie, songea Ellen en observant les mains serrées et les lèvres pincées de Julia. Cela faisait deux ans que son ex-mari était monté en gamme avec la brunette.

Julia leva tout à coup la tête. « Mais dis-moi, ton histoire de harceleuse, tu ne l'as pas inventée au moins ? Ce n'est pas une fable destinée à m'envoyer un message subliminal, genre "Julia, tu déraillES toi aussi, il est temps que tu passes à autre chose et que tu te remettes sur le marché" ?

– Mais qu'est-ce que tu racontes ? » Ellen comprenait pourtant très bien le sous-entendu.

« Je n'ai pas oublié ce que tu m'as dit un jour sur cet hypnothérapeute célèbre, là, celui qui portait toujours une cape violette !

– Milton Erickson, soupira Ellen. Et… de quoi tu te souviens au juste ? »

Les gens sous-estimaient toujours Julia. Parce qu'elle était si belle et parce qu'elle avait le sens de l'humour d'un garçon de quatorze ans.

« Tu as dit qu'il soignait ses clients en leur racontant des histoires.

– Des métaphores thérapeutiques, oui.

– Eh bien, j'ai remarqué que depuis que William m'a quittée, tu me sers des petites histoires inspirantes, l'air de rien – qui a surmonté tel obstacle, qui a retrouvé le bonheur après un chagrin d'amour…

– Je n'ai absolument pas fait ça, mentit Ellen.

– Mouais… »

Julia leva le menton et se fendit d'un large sourire ; un rictus penaud se dessina sur les lèvres d'Ellen.

« Donc la folle furieuse de Patrick n'est pas une métaphore thérapeutique ?

– Non. »

Elles se turent un instant.

« Donc en résumé, ton nouveau mec a deux ex, une frappadingue et une morte. J'ai comme l'impression que tu as décroché le gros lot. Aucune complication en vue...

– Je ne trouve pas ça compliqué.

– Pour l'instant.

– Merci pour ton soutien et ton enthousiasme.

– Je dis ça comme ça. » Julia se redressa, retira la serviette de ses cheveux et essuya doucement ses joues roses et brillantes. « Ça te plaît qu'il soit veuf, hein ? Ça en fait une figure tragique et romantique. Comme Miles.

– Miles ?

– L'unijambiste dont tu es tombée amoureuse au lycée.

– *Giles*. Et on est toutes tombées amoureuses de lui. Il était beau comme un dieu. »

C'était ça le problème avec les très vieilles copines. Elles ne vous prenaient jamais vraiment au sérieux parce qu'elles voyaient toujours en vous l'adolescente pas finie.

D'accord, Ellen n'était pas mécontente que Patrick soit veuf. Ni que leur relation en soit plus compliquée. Embrasser la complexité de la vie (et de la mort), ça lui ressemblait et ça lui permettait de montrer l'étendue de ses compétences professionnelles. À l'inévitable question « Les sentiments qu'il a pour sa femme, ça ne t'inquiète pas ? », elle répondrait sereinement, « Non, franchement, pas du tout ». Elle comprendrait pleinement qu'il aime toujours son épouse. Elle saurait d'instinct quand se mettre en retrait pour le laisser pleurer sa perte.

« Pas moi, corrigea Julia.

– Parce que tu étais trop occupée à harceler la nouvelle copine de ton ex !

– Ha ha, touchée ! » Julia brandit une épée imaginaire d'un geste expert. Elle était championne d'escrime au lycée. Elle enroula de nouveau la serviette autour de sa tête et se rallongea.

« En tout cas, moi, j'ai une excuse : j'avais dix-sept ans. Le cerveau des ados n'est pas complètement formé. C'est un fait médicalement avéré. Elle a quel âge, ta foldingue ?

– Ce n'est pas ma foldingue, c'est celle de Patrick. La quarantaine, je crois. » Ellen avait remarqué que Patrick n'appelait jamais Saskia par son prénom – il disait « cette femme » ou « l'hystérique » – et il fallait lui tirer les vers du nez pour obtenir la moindre information sur elle.

« Voilà ! C'est une adulte. D'âge mûr, même. Zéro excuse. Elle est timbrée. Bonne à enfermer. »

Ellen soupira et s'étira de tout son long avant de relâcher la tension et de s'abandonner sur le banc. « On est tous un peu fous, Julia. »

5

« “Vous perdrez du poids” / “Vous pouvez devenir aussi mince que vous le souhaitez !”
Examinons les différences entre ces deux suggestions. On pourrait décrire la première comme autoritaire, paternaliste et directe. Et la deuxième comme permissive, indirecte et maternelle. Milton Erickson pensait que l'inconscient résistait aux suggestions autoritaires. Il a été le premier à recourir à la confusion stratégique. J'aime bien cette expression, pas vous ? »

Extrait d'une formation en hypnothérapie,
niveau avancé, avec Ellen O'Farrell.
Trois participants opinèrent du chef,
les autres se contentèrent de la fixer du regard,
stratégiquement confus

Apprendre qu'elle allait rencontrer le fils de Patrick le soir même sans s'y être préparée plongea Ellen dans une panique totalement disproportionnée.

« Oui, bien sûr, pas de problème ! » répondit-elle en agitant la tête comme une marionnette hystérique lorsque Patrick lui demanda au téléphone s'il pouvait venir dîner avec Jack car le camarade de classe chez qui il devait passer la nuit était subitement tombé malade.

« Il peut manger comme nous, ajouta-t-il. Ou alors on lui commandera une pizza ou autre. Ne te stresse pas. Et puis, il apportera un DVD. »

Oh là là, mais qu'allait-elle faire ? Donner au petit une fine tranche de leur médaillon de porc ? Courir à la boucherie pour lui acheter une côtelette d'agneau ? Elle n'avait pas le temps. Elle recevait deux clients cet après-midi et le premier allait sonner dans cinq minutes.

Elle n'avait rien d'autre à boire que du champagne et du vin. Il lui fallait du Coca-Cola, du sirop, ou au moins du jus de fruits. Le dessert qu'elle avait prévu – framboises à l'eau-de-vie accompagnées de crème fraîche King Island – était totalement inapproprié pour un enfant.

Il s'attendrait à de la glace. À un gâteau. Des cupcakes ? Trop bébé ? Ne surtout pas lui faire un affront en le traitant comme un bébé. Au secours ! Elle avait besoin de temps pour se préparer à ces présentations. Elle avait besoin d'appeler son amie Madeline – les enfants n'avaient aucun secret pour elle. D'envoyer un texto à Julia – elle lui dirait d'arrêter de faire l'idiote – et un mail à Carmel, installée à New York – elle lui commanderait sur Amazon un livre du genre *Être une belle-mère hors pair, mode d'emploi*. Ah, et de faire une recherche sur Internet : « Comment parler avec un garçon de huit ans sans lui donner l'impression de mourir d'envie d'être sa mère ».

Quand Patrick et elle avaient discuté de sa rencontre avec Jack, ils s'étaient mis d'accord sur un moment *en journée*, pas le soir, et sur une activité – une visite à l'aquarium probablement –, histoire de ne pas se mettre la pression. Elle avait prévu de partager avec lui ses observations sur les poissons – des remarques drôles et intéressantes aux yeux d'un garçon de huit ans –, le tout d'un air spontané même si, bien sûr, elle les aurait soigneusement préparées.

Sa nervosité monta d'un cran lorsqu'elle se souvint que son lecteur de DVD ne fonctionnait pas. Pauvre petit orphelin de mère, il allait mourir d'ennui.

Des jeux ! Voilà ce qu'il fallait proposer ! Les jeux de société avaient-ils toujours la cote auprès des enfants ? Ou mieux valait-il simplement discuter ? Mais de quoi ?

L'espace d'un instant, elle se sentit au bord des larmes.

Il fallait qu'elle repense cette soirée sous un jour plus positif.

Ellen, c'est un enfant, pas la reine d'Angleterre ni le président des États-Unis.

En fait, ça ne l'aidait pas du tout ; elle serait bien plus à l'aise si elle devait rencontrer la reine ou le président. La première lui rappelait sa grand-mère, à qui elle pensait tous les jours, et Obama semblait être un homme jovial et volubile. En tant que fille unique, Ellen avait grandi entourée d'adultes et, grâce à son métier, elle rencontrait en permanence des gens nouveaux. Elle n'était pas timide et même si elle avait une tendance à la haine de soi (elle y travaillait continuellement dans sa quête d'accomplissement personnel), elle ne se sentait jamais vraiment en position d'infériorité.

Sauf avec les enfants. Oui, en toute sincérité, les enfants lui inspiraient un sentiment d'infériorité.

Ils formaient une espèce à part entière, avec leur propre langue, leur propre culture. Ils semblaient avoir une telle confiance en eux aujourd'hui. Ce matin, en allant chez le boucher après la piscine, Ellen avait croisé une fillette de huit ans tout au plus, qui semblait glisser au-dessus de la chaussée et babillait gaiement au téléphone, portable rose collé à l'oreille. Elle portait un manteau à capuche doublé de fourrure, un maquillage tigre sur le visage et des baskets dotées de roulettes miraculeusement dissimulées dans les semelles. Sans parler des lumières roses qui clignotaient sur les côtés. Ellen l'avait regardée fixement, émerveillée par cette exotique princesse tigre sur patins à roulettes invisibles.

Quelques-unes de ses amies avaient des bébés. Mais avec eux, c'était facile. On pouvait les prendre dans les bras, les faire rire rien qu'en chatouillant le creux de leur main ou en déposant un bisou-prout dans leur adorable cou tout doux. Oh, elle adorait les bébés, mais les enfants…

En fait, dans son entourage, la plupart des femmes de son âge n'avaient pas d'enfants. « Vous vous imaginez que vous avez tout votre temps, lui avait dit sa mère un jour. Mais vous avez quand même conscience que vous n'aurez jamais plus d'ovocytes que ceux avec lesquels vous êtes nées, n'est-ce pas ? Non que je sois particulièrement pressée que tu fasses de moi une grand-mère fripée aux cheveux gris. » Rire sec.

Alors oui, Ellen n'avait que peu d'expérience avec les enfants. Mais l'état de panique qui l'habitait ne pouvait pas être dû à cette seule réalité. Elle fouilla dans sa conscience avec une brutale efficacité pour laisser émerger l'effrayante vérité dans toute sa crudité.

Elle voulait être la belle-mère de cet enfant. Elle voulait le voir vêtu d'un adorable petit costume à son mariage. Elle voulait qu'il soit un grand frère pour son petit bébé à elle, parce qu'elle avait trente-cinq ans et qu'elle n'aurait jamais plus d'ovocytes que ceux avec lesquels elle était née. Elle voulait que son papa soit le bon parce qu'elle ne pouvait pas supporter l'idée de se remettre à éplucher le moindre profil sur cet horrible site de rencontres où elle tomberait sur un autre quadragénaire chauve et rondouillard arborant un air suffisant et exigeant « une femme mince qui prend soin d'elle, pour des moments câlins et de longues balades sur la plage ». Oui, elle voulait que cet enfant l'aime, l'accepte et la sauve de tout moment câlin avec un type rondouillard et suffisant.

Et *oui, elle le savait*, c'était excessif, bien trop tôt, carrément gênant, et si cet enfant percevait son désespoir insensé (et elle suspectait que les enfants, comme les chiens, flairaient d'instinct la peur), alors il la...

Un coup de sonnette impatient retentit.

Ellen jeta un œil à sa montre. Son client de quatorze heures. Elle dévala les marches deux à deux, marqua une pause dans l'entrée pour réciter la phrase d'encouragement rituelle qu'elle se murmurait avant chaque rendez-vous : *Inspire, je suis à présent entièrement disponible pour ce client ; expire, je donnerai tout ce que j'ai à donner.*

Elle ouvrit la porte, un sourire calme et professionnel sur les lèvres. Ellen la névrosée était désormais gentiment reléguée dans un coin de sa tête.

Sur le seuil, Rosie, sa cliente qui allait bientôt se marier et avait promis à son futur époux qu'elle ne fumerait plus d'ici le jour J.

Petite et pulpeuse, elle avait de grands yeux ronds confiants et un minuscule espace entre les deux dents de devant qui lui donnait un air innocent et enfantin. Ellen avait toutes les peines du monde à l'imaginer une cigarette à la bouche.

Lors de leur première séance, Rosie avait mentionné le nom de son fiancé, « Ian Roman », et guetté la réaction d'Ellen.

Ce nom est censé me dire quelque chose, avait songé Ellen.

« Il est dans les médias, avait-elle poursuivi. Il est… assez connu. »

Mais oui, Ian Roman ! Il comptait parmi les gens dont le nom reste dans le subconscient par osmose. Il possédait des journaux ou des chaînes de télévision, quelque chose comme ça. Et il apparaissait régulièrement dans les pages financières. Non qu'Ellen ait l'habitude de les lire.

« Rosie Roman. » Petit rire affecté. « Ce sera mon nom d'épouse.

– Rien ne vous oblige à changer de nom.

– Non, mais rien ne m'oblige à garder le mien, ni carrière ni quoi ni qu'est-ce. » Rosie avait ponctué ses propos d'un geste dédaigneux, l'air de dire « Faire carrière, très peu pour moi ». « Je suis une femme ordinaire. »

Aujourd'hui, Rosie semblait de mauvaise humeur, elle bougeait la tête de gauche à droite comme si elle avait mal au cou et tirait sur l'ourlet de son pull comme s'il avait rétréci au lavage.

« Comment se passent les préparatifs ? demanda Ellen en la précédant dans l'escalier.

– Ne m'en parlez pas.

– Aïe, aïe, aïe.

– Quelle idée d'arrêter de fumer à un moment où je suis super stressée !

– Détrompez-vous. Ça peut être un bon timing de se défaire d'une habitude quand on n'est pas dans son train-train quotidien.

– Mouais », fit Rosie, peu convaincue.

Elles entrèrent dans le cabinet aux parois de verre. Aussitôt, les épaules de Rosie se relâchèrent. Le pouvoir combiné de la lumière et de la vue sur l'océan. Parfois, Ellen se disait qu'elle n'avait probablement pas grand-chose de plus à faire pour ses clients que de les laisser s'asseoir dans sa pièce.

« Bien, où en êtes-vous ?

– Je fume toujours comme un pompier », répondit Rosie d'un ton sec.

Avant même qu'Ellen puisse répondre, elle ajouta : « Désolée. Ce n'est pas votre faute. C'est la mienne, je le sais. Je n'ai même pas écouté votre CD. »

Ellen lui avait donné un des disques qu'elle avait enregistrés quelques années plus tôt – un script hypnotique spécialement conçu pour le sevrage du tabac. Elle détestait écouter sa propre voix mais ses clients lui faisaient souvent des retours enthousiastes.

« Pourquoi vous ne l'avez pas écouté ? »

Manque de temps, pour beaucoup. D'ailleurs, quand ils passaient aux aveux, c'était avec un air mi-coupable mi-défiant, comme s'ils étaient conscients de ne pas avoir fait leurs devoirs mais savaient qu'ils ne risquaient pas grand-chose car non seulement ils étaient adultes mais en plus ils *payaient* pour être là.

Rosie haussa les épaules. « Je ne sais pas. Je suis complètement obnubilée par le mariage. Et j'ai bien peur d'avoir des moments de folie passagère. Par exemple, pour les demoiselles d'honneur, j'ai opté pour une robe abricot. Mais je déteste cette couleur ! »

Elle prit un chocolat dans le bol puis se ravisa. « Mon fiancé a arrêté de fumer il y a des années. Sur un coup de tête. Un jour qu'il roulait sur l'autoroute entre Sydney et Newcastle, il a baissé sa vitre et jeté son paquet à moitié plein pour ne plus jamais retoucher une cigarette.

– C'est passible d'une amende, ça. »

Rosie la regarda d'un air surpris et laissa échapper un petit gloussement. « C'est vrai ! » Puis son sourire disparut d'un coup, comme si elle s'était trahie.

Il y avait quelque chose qui clochait. Ellen avait le sentiment que Rosie ne lui disait pas toute la vérité. Les gens mentaient toujours, bien sûr, consciemment ou pas.

« Vous voulez vraiment arrêter de fumer ? »

Rosie écarquilla les yeux. « Bien sûr !

– Voyez, parfois, il y a des blocages inconscients qui empêchent de renoncer à une habitude. Je me dis qu'on pourrait faire une séance un peu différente aujourd'hui et explorer cette idée.

– D'accord, soupira Rosie. Mais je peux vous dire qu'il n'y a rien de mystérieux dans tout ça. Je manque de volonté, rien de plus.

– Eh bien, voyons cela. » Ellen prit le temps de réfléchir à l'induction la plus pertinente. La métaphore parfaite lui vint à l'esprit rapidement. « Quelle couleur auriez-vous aimé choisir pour vos demoiselles d'honneur ?

– Le bleu, répondit Rosie sans hésiter.

– Bien. À présent, vous voulez bien choisir un point sur le mur et vous concentrer dessus ? N'importe où, c'est vous qui choisissez. »

Rosie haussa les épaules avec un soupir. Elle balaya la pièce du regard et s'arrêta sur le même point que la plupart des clients d'Ellen, dans l'angle côté droit. « C'est bon.

– Bientôt, vous clignerez des yeux. »

Rosie cligna des yeux.

« Voilà, très bien, poursuivit Ellen d'une voix chaleureuse. Et à un moment donné, vos yeux se fermeront. Peut-être tout de suite ou peut-être plus tard. »

Rosie ferma les yeux.

Ellen regarda la poitrine de Rosie se soulever et retomber puis laissa sa propre respiration épouser le même rythme. Elle reprit d'une voix douce et rapide, imaginant ses mots se déverser dans l'esprit de Rosie comme un liquide qu'elle y transvaserait.

« Vous pouvez peut-être visualiser un mur. Un mur qui, j'ai le regret de vous le dire, se trouve être abricot. Mais heureusement, vous êtes en train de le repeindre en bleu. Un bleu exquis. Votre rouleau monte et descend sur le mur dans un mouvement régulier. En haut… en bas… en haut… en bas… »

Trop compliqué ? Ellen savait qu'elle devait faire attention avec ses métaphores. Les hommes avaient tendance à les prendre de manière trop littérale. Dans ce cas précis, un homme pourrait très bien lui dire ensuite : « Vous auriez dû me faire passer une sous-couche d'abord. » Les femmes quant à elles partaient dans des digressions. Une de ses premières clientes lui avait dit adorer se faire bronzer ; Ellen avait alors opté pour une induction sans risque, l'invitant à visualiser une plage sous les tropiques. Après quoi, la cliente lui avait avoué qu'elle avait passé son temps à essayer de trouver le maillot de bain le plus seyant.

Ellen vit les yeux de Rosie s'agiter derrière ses paupières et la tension s'accumuler dans son corps : épaules montées, mains agrippées au siège, doigts enfoncés dans le cuir. Les diamants de la grosse bague de fiançailles de Rosie chatoyèrent sous la lumière du soleil.

« À chaque mouvement du rouleau, observez votre corps se détendre, de plus en plus profondément. Vous sentirez probablement le rythme de votre respiration se fondre avec celui du rouleau. En haut… en bas… inspirez… expirez… en haut… en bas… inspirez… expirez. »

Les petites bottes de lutin noires de Rosie s'ouvrirent pour former un V. « Regarde leurs pieds, lui disait Flynn. C'est le meilleur indice. »

« Le mur est pratiquement terminé. Quand il sera complètement bleu… ou peut-être un instant plus tard… vous apprécierez cet état de profonde relaxation que vous n'aviez jusque-là jamais atteint. »

La bouche de Rosie se relâcha, son visage s'affaissa, sa tête pencha sur le côté. Certains de ses clients seraient horrifiés s'ils savaient à quoi ils ressemblaient lorsqu'ils étaient en transe. Ellen n'avait jamais abordé le sujet avec qui que ce soit, pas même avec d'autres thérapeutes. C'était là quelque chose de profondément intime qu'elle partageait avec ses clients.

Bien, Ellen, que vas-tu faire exactement de ce mur bleu à présent ?

Mais elle savait. Parfois, elle avait l'impression que ses inductions étaient malhabiles et artificielles. D'autres fois, comme maintenant, elles étaient naturelles et fluides. Elle était elle-même dans une légère transe. Dans le « flow ».

« Rosie, vous avez le pouvoir de transformer ce mur en un épais rideau bleu profond, comme ceux que l'on voit au théâtre. Et derrière ce rideau, quelqu'un d'important vous attend. Je ne sais pas qui, mais c'est une personne dotée d'une immense sagesse, une personne en qui vous avez une confiance absolue. Vous tirez le rideau et cette personne est là. Peut-être qu'elle s'avance pour vous prendre dans ses bras. »

Elle attendit et observa.

« Vous êtes avec cette personne ? »

Rosie leva son index droit, geste qu'elles avaient choisi ensemble pour dire « oui ».

« Maintenant, je crois que cette personne a quelque chose à partager avec vous. Peut-être pourra-t-elle vous dire pourquoi arrêter de fumer vous paraît si difficile, ou vous donner les ressources ou la force dont vous avez besoin pour effectivement arrêter. Je vais me taire à présent, de sorte que vous puissiez écouter ce qu'elle a à vous dire. »

Ellen sentait sa poitrine se soulever et retomber au même rythme que celle de Rosie. Celle-ci arborait un visage impassible mais elle se mordillait la lèvre.

« Rosie, reprit Ellen après quelques instants. Voudriez-vous partager avec moi ce que vous venez d'apprendre ? La décision vous appartient. »

Rosie resta silencieuse un moment puis, d'une voix lente,

rauque et monotone : « Je ne veux pas l'épouser. C'est pour ça que je ne veux pas arrêter de fumer. Parce que je ne veux pas me marier. »

Interloquée, Ellen regarda la grappe chatoyante de diamants au doigt de Rosie.

« Je ne l'aime pas tant que ça. »

*

« Alors ! Je te présente mon fils, Jack ! »

Patrick se tenait dans l'allée d'Ellen, les mains posées sur les épaules maigrelettes de son garçon.

« Hé, salut, Jack ! Comment vas-tu ? » Exactement comme elle l'avait craint, Ellen venait de prendre une voix de bibliothécaire à l'heure de l'histoire.

« Bien, merci. » Le garçon lui jeta un bref coup d'œil avant de détourner le regard. Il avait les yeux vert clair légèrement en amande de son père et une épaisse tignasse blonde qui lui donnait l'air d'une rock star des années soixante.

« Tant mieux ! Euh… super ! Bon, j'espère que tu aimes les sandwichs aux saucisses ! » À son immense soulagement, elle avait découvert des saucisses dans le congélateur avant qu'ils arrivent.

Jack ne sembla pas l'avoir entendue. Le menton baissé, il tirait sur le devant de son tee-shirt comme pour tester la solidité du tissu.

Patrick s'éclaircit la gorge. « Ellen t'a posé une question, mon grand.

– Non.

– Si ! Elle t'a demandé si tu aimais les saucisses. Tu *adores* les saucisses, pas vrai ? »

Jack se libéra de l'étreinte de son père d'un haussement des épaules. « Je ne dirais pas que j'*adore* les saucisses, papa. Et puis, elle n'a pas demandé si j'aimais ça. Elle a dit : "J'espère que tu aimes les sandwichs aux saucisses." Ce n'est pas une question. C'est une phrase.

– Oui, bon..., tenta Ellen.

– Ce que j'adore, moi, c'est la pizza. Tu as dit que je pourrais commander une pizza ce soir.

– J'ai dit que *peut-être* on commanderait une pizza, mais si Ellen t'a préparé des sandwichs aux saucisses, c'est ce que tu vas manger. » Patrick regarda son fils d'un air sévère et quelque peu paniqué.

« Je ne les ai pas encore préparés, interrompit Ellen. Je peux te commander une pizza, Jack, si c'est ce que tu préfères, pas de problème.

– Ouais, je préférerais. Merci. » Jack poussa un long soupir, l'air de dire : enfin, quelqu'un de raisonnable. « Je peux regarder mon DVD maintenant ?

– Jack, s'il te plaît. Tu n'as pas besoin de regarder ton film tout de suite. Où sont passées tes bonnes manières ? »

Ellen remarqua que Patrick avait les joues rentrées, comme s'il serrait la mâchoire. Il voulait à tout prix que Jack lui fasse bonne impression. Sa propre nervosité s'évapora.

« C'est OK pour moi, Jack, dit-elle. Mon lecteur de DVD ne marche pas mais je peux te mettre ton film sur mon ordinateur portable. Qu'en dis-tu ?

– Ouais, d'accord, répondit-il gentiment. Je sais utiliser un portable. » Pour la première fois, il leva la tête vers elle et lui accorda un vrai regard.

« Tu dois être déçu que ton copain soit malade.

– Ouais, fit-il impatiemment. Hé, tu pourras m'hypnotiser ? Et m'apprendre à hypnotiser mes copains ? Pour qu'ils obéissent à mes ordres ? Ce serait trop cool ! Ils pourraient être mes esclaves.

– Ce ne serait pas très éthique.

– Hein ?

– Bon, occupons-nous de ce film, intervint Patrick en tapant des mains.

– Papa, tu es vraiment bizarre », dit Jack en fronçant les sourcils.

Patrick regarda Ellen avec un sourire gêné. « Plus bizarre que d'habitude, tu dirais ? »

Jack secoua la tête avec gravité. « Sérieusement, papa. »

Dans l'entrée, Jack posa un doigt sur un pois argenté de la tapisserie orange. Il regarda de nouveau Ellen. « Elle est chouette, ta maison.

– Merci. » Elle le trouvait tellement craquant qu'elle faillit l'appeler « mon chéri ».

Vingt minutes plus tard, Jack était installé dans le salon avec l'ordinateur portable sur les genoux, un casque audio sur les oreilles, les yeux rivés sur l'écran et ses grosses baskets sur la table basse rétro magnifiquement restaurée d'Ellen.

Patrick ne lui demanda pas d'enlever ses pieds de la petite table et Ellen ne savait pas comment le faire sans passer pour une horrible belle-mère. Quelques rayures, ce ne serait pas un drame, n'est-ce pas ?

« Adorable, dis donc ! » dit-elle à voix basse une fois qu'ils furent installés dans la salle à manger d'où ils voyaient la tête de Jack dépasser du dossier du canapé. Elle avait servi de grosses olives vertes et un assortiment de sauces apéro avec du pain au levain.

« Ça ne l'empêche pas d'avoir ses moments de craquage. » Patrick se racla la gorge. « Tu es la première femme que je lui présente depuis la mort de sa mère.

– Eh bien, quel honneur ! Mais, attends un peu, il a connu Saskia, non ? Tu m'as bien dit que vous aviez vécu ensemble pendant deux ou trois ans ? Vous étiez tous les trois sous le même toit, non ? »

Elle n'y avait jamais pensé jusque-là. Saskia avait également rencontré le petit garçon de Patrick.

Les narines de Patrick tressaillirent, comme s'il était gêné par une odeur désagréable. Il cracha un noyau d'olive dans le creux de sa main. « Je ne la compte pas. »

Voilà qui était troublant. Il ne pouvait pas simplement faire comme si Saskia n'avait jamais existé. Il avait dû l'aimer à un moment, au début au moins. Et Ellen n'était pas la première femme qu'il présentait à son fils. Il arrangeait la réalité. Ce qui ne lui plaisait pas du tout.

« Quel âge avait Jack quand Saskia vivait avec vous ?

– Deux ou trois ans, quelque chose comme ça.

– Et… ils s'entendaient bien tous les deux ? Jack n'a pas été chagriné quand elle est partie ?

– Il ne se souvient même pas d'elle », lâcha Patrick d'un air dédaigneux, ce qui ne répondait pas du tout à la question. Il regarda en direction du salon et tout à coup s'écria : « Jack ! Tes pieds ! »

Comment pouvait-il voir que Jack avait les pieds sur la table, de là où il se trouvait ? À moins qu'il l'ait remarqué plus tôt et considéré qu'il n'était pas utile d'intervenir ?

« Excuse-moi. » Patrick se leva et alla dans le salon.

Quand il revint, il était prêt à passer à un autre sujet.

« Alors, comment s'est passée ta journée ? Tu as eu deux rendez-vous, c'est ça ? Contente de tes… séances ? »

Si elle l'avait mieux connu, elle aurait dit *Nous n'avons pas terminé la conversation à propos de Saskia et Jack*, mais elle s'efforçait toujours de contenir la curiosité peut-être malsaine que son ex déclenchait chez elle. Après tout, Patrick ne semblait pas du tout intéressé par les précédents partenaires d'Ellen.

Alors elle lui raconta sa séance avec Rosie – comment celle-ci avait découvert qu'elle ne parvenait pas à arrêter de fumer parce qu'elle ne voulait pas vraiment se marier. Le sujet n'était-il pas intéressant ? Ne donnait-il pas d'elle une image favorable ? Bien sûr, elle veilla à passer sous silence l'identité des protagonistes et le fait que l'annulation des noces figurerait probablement dans la rubrique mondaine des journaux de Sydney.

Tandis qu'il l'écoutait attentivement, Patrick se mit à plisser les yeux, comme aveuglé par le soleil. Son visage parut plus vieux. Il avait de profondes rides au niveau des tempes, probablement à cause de tout ce temps que son métier l'obligeait à passer dehors.

« Elle a décidé d'annuler le mariage ? À cause de toi ?

– Eh bien, je ne sais pas exactement ce qu'elle va faire. Le choix lui appartient. Je crois que je l'ai simplement aidée à comprendre comment elle se sentait vraiment.

– Mais ce gars, tu te rends compte de ce qu'il va ressentir ? Tu ne crois pas que c'est juste qu'elle a la frousse ? Ou qu'elle se cherche des excuses parce qu'elle n'arrive pas à arrêter de fumer ? »

Ellen se laissa gagner par l'agacement. Elle s'attendait à ce qu'il soit fasciné, émerveillé même, par les résultats de l'hypnothérapie. Elle se gratta le poignet. (L'irritabilité se manifestait toujours chez elle par une démangeaison au poignet droit, à l'endroit même où elle avait développé une dermatite quand elle était enfant.)

« Je ne manipule pas mes clients. Je les aide à contourner le facteur critique pour qu'ils accèdent à leur inconscient. Ma cliente a eu ce que les maîtres zen appellent un petit *satori*. Une révélation. »

Ellen songea à la fin de sa séance avec Rosie. Après sa révélation, elle lui avait fait une suggestion posthypnotique : « Quand vous sortirez de cette transe, vous vous sentirez calme et vous resterez maîtresse de vous-même lorsque vous déciderez quoi faire. »

À son réveil, Rosie avait cligné des yeux et, aussitôt après, levé la main pour regarder sa bague de fiançailles. Elle l'avait retirée et tenue du bout des doigts dans la lumière, l'examinant avec curiosité comme s'il s'agissait d'un spécimen scientifique étrange et déplaisant. Puis, adressant un sourire à Ellen : « Vous savez quoi ? Même la bague, je ne l'aime pas tant que ça. »

« Désolé, il n'y avait aucune critique sous-jacente dans mes propos, reprit Patrick. Je crois que je me suis un peu trop identifié à cet homme.

– Ce n'est pas grave », dit Ellen en songeant que pour la

première fois, il y avait eu une légère friction entre eux. Il fallait bien que ça arrive. Pas de quoi s'inquiéter.

« J'ai assisté une fois à un de ces spectacles d'hypnose, poursuivit Patrick. Tu sais, le genre où des volontaires montent sur scène pour se faire hypnotiser. Je dois avouer que… j'espère ne pas te froisser en disant ça, mais bon, je suppose que les hypnotiseurs de foire sont très différents des *vrais* hypnothérapeutes comme toi… bref, ce jour-là, j'ai détesté ce que j'ai vu. »

Ellen ne put s'empêcher de sourire face à son air coupable. « Pas de souci. Ce sont deux choses complètement différentes.

– Ils avaient l'air tellement stupides. » Il imita la posture desdits volontaires en s'affalant sur sa chaise et laissant pendre sa tête sur sa poitrine avant de se redresser. Il but une gorgée de vin, puis : « Stupides et pathétiques. On aurait dit que le type les avait drogués et qu'il pouvait leur faire faire tout ce qu'il voulait.

– Ce qui n'était en réalité pas le cas. Ils avaient toujours le contrôle. Il les a juste aidés à perdre leurs inhibitions.

– Moi, j'aime bien être dans la maîtrise. C'est pour ça que je n'ai jamais été un gros buveur ni pris de drogues. Tenir les rênes en toutes circonstances, ça me va bien, si on peut dire. »

Il marqua un temps d'arrêt, prit une olive du bout des doigts avant de la reposer délicatement dans l'assiette devant lui. Puis, les yeux rivés sur l'olive : « C'est ça que je déteste le plus, dans cette histoire avec Saskia. C'est elle qui est aux commandes. Elle a un impact sur ma vie, je n'ai pas mon mot à dire et je ne peux rien y changer. Alors, je suis désolé si je te semble parfois un peu bizarre par rapport à elle. C'est juste que quand on en parle, j'ai l'impression qu'elle est dans la pièce avec nous. »

Il la regardait avec le même air implorant et désespéré que les nombreux clients qui venaient la voir en quête d'une solution qu'ils ne la pensaient pas vraiment capable de leur apporter. Comprenant que le soir où il lui avait parlé pour la première fois de son ex, il avait fait montre de bravade, elle éprouva un élan de compassion pour lui. Évidemment que tout ça le blessait :

il était victime de harcèlement ! Et elle s'en rendait tout juste compte ! Quel incroyable manque de sensibilité de sa part ! Dans son désir de comprendre les motivations de Saskia, elle n'avait même pas pris deux secondes pour réfléchir à l'impact que la situation avait sur Patrick. Elle se comportait comme si seules les femmes avaient des émotions, comme si les hommes étaient une forme de vie moins complexe.

« Je suis désolée, dit-elle. Je t'ai posé tellement de questions sur Saskia sans me rendre compte que c'est la dernière personne dont tu as envie de parler. Je veux dire, tout ça doit t'affecter… ça doit être… enfin, de toute évidence, je n'ai aucune idée de ce que tu vis. »

Patrick la regardait droit dans les yeux. Il essayait de partager un sentiment complexe. Peut-être avait-il lui aussi un petit *satori*.

Il se pencha en avant. Elle l'imita. Génial. Il allait s'ouvrir. Et leur relation s'en trouverait plus spirituelle, plus profonde.

« On va dans ta chambre quelques minutes ? »

*

« Moi, je me dis qu'il va partager un truc profond, important, et là, il me propose un petit coup rapide dans la chambre ! Alors que son fils est juste à côté ! J'étais à mille lieues de penser à m'envoyer en l'air, moi !

– Contrairement aux hommes ! L'idée n'est jamais bien loin dans leur esprit », répondit Madeline.

Ellen classait des papiers dans son bureau tout en téléphonant à son amie qu'elle devinait, à en croire les sifflements et les cliquetis à l'autre bout du fil, en train de cuisiner – un plat bio, sans aucun doute –, son ventre déjà bien rebondi sanglé dans un tablier à motif floral. Madeline était enceinte de son deuxième enfant. Toutes deux avaient partagé un appartement lorsqu'elles étaient étudiantes, à l'époque où Madeline aurait eu un énorme fou rire à l'idée de porter un jour un tablier à fleurs.

Ellen aurait volontiers appelé Julia mais cette dernière s'était quelque peu désintéressée de sa relation avec Patrick à mesure qu'elle avait évolué. Julia avait toujours été le genre d'amie qu'on appelle quand ça ne va pas fort plutôt que quand tout se passe bien ; même avant son divorce. À présent que Patrick tenait le rôle du « petit ami » officiel, un soupçon de mépris perçait dans la voix de Julia quand Ellen parlait de lui. Sauf si ça concernait son ex frappadingue ; les frasques de Saskia, elle adorait ! Ce n'était pas tant qu'elle n'aimait pas savoir son amie heureuse ; simplement, elle trouvait qu'il n'y avait pas grand-chose à dire sur le bonheur.

L'intérêt de Madeline, au contraire, ne se démentait jamais, mais quand les choses tournaient mal, elle n'assurait pas du tout. Il suffisait que la voix d'Ellen tremble d'émotion pour qu'elle panique et change aussitôt de sujet.

« Faux. C'est un cliché ce que tu dis, Madeline. Je suis sortie avec des hommes qui n'étaient pas du tout obsédés par le sexe. Toujours est-il que c'est arrivé pile quand je venais de me dire que je devais le voir comme un individu, un autre être humain, et pas juste comme un homme…

– Ce n'est pas parce qu'il avait envie de faire l'amour qu'il n'est pas humain. »

Madeline ne comprenait vraiment rien.

« D'accord, mais quand même, il y avait son fils dans la maison !

– Eh bien, si tu comptes vivre avec lui, il va falloir que tu arrêtes de bloquer là-dessus.

– Les parents n'attendent pas que leurs gosses soient au lit ?

– On dérive, là. Tu me parlais de la tête qu'il a faite.

– Oui, j'y reviens. Donc, quand j'ai décliné la proposition de monsieur, il a eu cette expression sur le visage, et… je ne sais pas mais je crois que c'était une mine renfrognée.

– Comment ça, tu ne sais pas mais tu crois ?

– Ça a duré une fraction de seconde. Il me semble qu'on appelle ça les micro-expressions ; on s'appuie dessus pour détecter les mensonges. D'ailleurs, après, il s'est comporté normalement. On a partagé un dîner très agréable, on a joué au Monopoly avec son petit garçon, c'était chouette. Mais je n'arrêtais pas de penser à cette moue, cette micro-expression, en mode : Est-ce que c'est un signe ? Est-ce qu'un jour, je vais regarder en arrière et me dire : C'est à ce moment-là que tu aurais dû prendre tes jambes à ton cou ? Parce que précisément, les micro-expressions ne mentent pas !

– Ellen, je n'ai jamais rien entendu d'aussi ridicule. Ce pauvre gars est tellement amoureux de toi qu'il ne pense qu'à te faire l'amour, et toi, tu ne supportes pas qu'il ait l'air déçu un quart de seconde quand tu repousses ses avances !

– Je sais, je sais, je suis horrible. Hystérique. Tout le temps dans l'analyse. C'est juste que je voudrais tellement que ça marche cette fois.

– Oui, naturellement », répondit Madeline sèchement.

*

C'est donc sérieux. L'hypnothérapeute a rencontré Jack. À ma connaissance, c'est la première femme qu'il lui a présentée depuis moi.

Je me demande ce qu'il en a pensé.

Elle n'a pas franchement l'air d'avoir le truc avec les enfants. Trop spirituelle, trop éthérée. Les enfants, ils aiment les gens pragmatiques, ancrés dans le réel, capables de se mettre par terre avec eux pour jouer. Je vois mal quelqu'un qui vous demande de « visualiser la lumière qui envahit votre corps » s'asseoir dans un bac à sable.

J'imagine que Jack a passé l'âge mais il y est toujours, le bac à sable, dans leur jardin. Parfois, quand Patrick est au travail et Jack à l'école, je vais chez eux et je déjeune dans le jardin. Je m'installe sur le banc qu'on a acheté sur eBay – celui où je prenais toujours mon thé le matin – et je me remémore le temps où c'était ma maison, mon jardin, ma vie.

Je répétais tout le temps à Patrick qu'il fallait mettre un cadenas sur le portillon du fond du jardin.

Je m'asseyais dans ce bac à sable avec Jack et on jouait avec ses voitures miniatures pendant des heures. Son père était meilleur que moi question bruitages – mon fort à moi, c'était la patience – et il se comportait lui-même comme un gosse. Il construisait ce circuit incroyable sur le sable, avec des tunnels, des ponts, des lacs, et ensuite il s'énervait quand tout à coup Jack se levait et piétinait tout. Et moi de dire, « Patrick, il n'a que deux ans ».

Jack m'a paru si dégingandé quand il est descendu de la voiture devant chez l'hypnothérapeute. J'étais garée en face. J'étais restée après ma séance. Je me doutais que Patrick allait venir dîner. Quand elle m'a précédée dans son bureau, j'ai senti une odeur de marinade, un mélange d'ail et de vin. Mais je ne m'attendais pas à le voir arriver avec Jack. Ça m'a fichu un coup. Un de ces coups inattendus qui provoquent une peine indescriptible, comme quand tu joues au basket dans la cour de récré et que tu te prends le ballon en pleine figure alors qu'il fait froid et tu n'en reviens pas tellement c'est douloureux, et tous tes copains se mettent à rire et tout ce que tu veux, c'est voir ta maman.

Je ne crois pas que Jack était particulièrement impatient de la rencontrer. Il n'avait pas l'air très content. Il était tout voûté. J'ai cru le voir se moucher. J'espère qu'il n'a pas la grippe. Ça peut être grave quand on a un terrain asthmatique.

Une fois, Jack a fait une crise d'asthme en plein milieu de la nuit. Il venait d'avoir trois ans, son père était en déplacement, et j'ai dû l'emmener aux urgences. Je me souviens encore de la terreur que j'ai ressentie en voyant sa petite cage thoracique se creuser alors qu'il s'efforçait de prendre plus d'air, et ses beaux yeux verts qui me suppliaient de l'aider. Et puis je l'ai pris sur mes genoux et j'ai essayé de l'empêcher de retirer ce masque en plastique à la noix pendant qu'ils lui administraient de la Ventoline. Les docteurs et les infirmières sont tous partis du principe que j'étais sa mère. « Comment va la maman ? » « Et la maman, elle veut une tasse de thé ? »

Ç'aurait été saugrenu de les corriger et de dire que je n'étais que sa belle-mère. « Et la belle-mère, elle veut une tasse de thé ? »

Jack m'appelait Sas, comme son père. Le soir, quand j'allais lui dire bonne nuit, il sortait sa tétine de la bouche (il l'a gardée jusqu'à presque quatre ans ; oui, c'est nul, on a été trop permissifs avec lui) et disait « Je t'aibe, Sas » avant de la reprendre. Chaque fois, j'avais l'impression que mon cœur allait exploser.

Jack a été la plus belle surprise de ma vie, une surprise dont je n'aurais jamais osé rêver.

Cette nuit-là donc, ils nous ont laissés rentrer à la maison au petit matin. Je n'ai pas voulu mettre Jack dans son lit à barreaux alors je l'ai gardé avec moi et on s'est vite endormis. Quand je me suis réveillée, Patrick était rentré, il se tenait au bout du lit et nous regardait, et dans ses yeux, il y avait ce mélange de tendresse, d'amour et de fierté. « Salut, ma p'tite famille », il a dit. Je n'oublierai jamais ce regard.

Deux ans plus tard – Jack avait fait sa rentrée à l'école trois semaines plus tôt –, Patrick a dit : « Je crois que c'est terminé.

– Quoi donc ? » ai-je demandé gaiement. Je n'avais aucune idée de ce dont il parlait. Une série télé ? L'été ? Oui, c'était inattendu à ce point-là.

Il parlait de nous. De notre histoire. Terminée.

6

« “Le harceleur rejeté est souvent un ancien partenaire qui nourrit des sentiments complexes et explosifs, entre désir de réconciliation et désir de vengeance.” (Vengeance ? Que lui a-t-il fait ?) »

Notes griffonnées par Ellen O’Farrell
au cours d’une recherche Google
sur les « motivations des harceleurs »

La « micro-expression » de Patrick resta un cas isolé, du moins Ellen n’en décela pas d’autres. Ses doutes se dissipèrent comme neige au soleil.

Les deux premières semaines de juillet furent une succession de magnifiques journées d’hiver, grand soleil, ciel bleu, le temps idéal pour vivre un amour naissant, se tenir la main dans les transports en commun, s’abandonner à tous ces gestes qui font pleurer les cœurs brisés et exaspèrent tous les autres.

Ellen engrangeait les souvenirs : un baiser incroyablement lascif contre un mur de briques devant le Musée d’art contemporain – de vrais ados –, un petit déjeuner dominical au cours duquel elle le fit tellement rire que tout le monde les regarda, une partie de gin rami légèrement alcoolisée qui s’acheva au lit, un énorme bouquet de fleurs avec un mot qui disait « Pour ma chérie » trouvé sur son paillasson en rentrant du yoga.

Ils cessèrent de prendre des gants l'un avec l'autre. « La vache ! s'exclama Patrick la première fois qu'il vit Ellen terminer un steak XXL.

– C'est moi que tu traites de vache ?

– Oui, enfin, ce que je veux dire, c'est que tu as un sacré coup de fourchette ! Moi qui croyais sortir avec une baba cool un rien distraite et végane ! Voilà que je dîne en face d'une carnivore assoiffée de sang !

– Dépêche-toi, sinon je m'attaque au tien. »

Saskia disparut de la circulation pendant un temps.

« Je l'ai peut-être fait fuir », dit Ellen, qui, l'air de rien, continuait de s'informer sur la psychologie des harceleurs quand elle avait un moment.

« Mouais ! » Patrick lui tapota le bras dans un geste de sollicitude inquiète, comme un médecin face à un patient en phase terminale croyant pouvoir être l'exception qui confirme la règle.

Les mots « Je t'aime » commencèrent à résonner dans la tête d'Ellen à la manière d'une chanson qui tourne en boucle sans qu'on y puisse rien. Elle se rappela avoir lu, probablement dans un article inepte, que c'était fatal pour une femme de se déclarer en premier. Ce qui était on ne peut plus ridicule, sexiste et superstitieux mais… pourquoi se presser ? Ils ne se fréquentaient que depuis six semaines. Le bon moment finirait par se présenter.

Elle se repassa l'historique des premiers « Je t'aime » dans sa vie amoureuse.

Avec Andy, elle s'était déclarée la première. Un voile de terreur était passé sur son visage avant qu'il se reprenne et dise, en bon petit ami, qu'il l'aimait aussi.

Idem avec Edward, mais pour être honnête, elle ne le pensait pas vraiment sur le moment. Elle venait de boire un daïquiri à la fraise particulièrement délicieux et ce qu'elle voulait dire, c'était qu'elle adorait ce cocktail.

Quant à Jon, elle le lui avait écrit sur sa carte d'anniversaire – il fêtait ses trente-huit ans – et monsieur avait mis pas moins de quarante-deux jours – l'humiliation – pour lui rendre la pareille. Donc en fait, elle avait toujours été à l'initiative.

C'était peut-être plus prudent de laisser Patrick se déclarer le premier. À tous les points de vue.

Ce qu'il fit.

Un matin, en semaine, alors qu'il était en retard pour son premier rendez-vous de la journée, il s'était penché au-dessus du lit, avait déposé un baiser sur sa joue et dit : « Allez, je file. Je t'aime. » Sur quoi, il était parti.

Il avait le même ton naturel et décontracté que lorsqu'il l'avait dit à Jack au téléphone. Clairement, ça lui avait échappé.

Et tandis qu'elle y réfléchissait, plutôt amusée, elle l'entendit remonter lourdement l'escalier en colimaçon. Elle se redressa dans son lit au moment où il réapparut sur le seuil.

« Désolé, commença-t-il, hors d'haleine, les mains sur le chambranle. C'était un lapsus. Enfin, non, pas un lapsus ! J'attendais le moment parfait pour te le dire, au clair de lune ou sous un arc-en-ciel. Mais bon, là, c'est loupé. Je suis vraiment un abruti », conclut-il en se frappant le front.

Il vint s'asseoir sur le lit à côté d'elle et la regarda avec une intensité qu'elle n'avait jusqu'alors jamais vue dans les yeux de personne – ni d'un amoureux, ni d'un proche.

« Je veux que les choses soient bien claires.

– Je t'écoute, dit Ellen en prenant un air sérieux.

– Je fais cette… euh… déclaration, de manière tout à fait officielle. Je suis bien évidemment prêt à le mettre par écrit s'il le faut.

– D'accord.

– Ellen. » Il se racla la gorge. « Je t'aime. Je t'aime, c'est officiel.

– Je t'aime aussi. Je veux dire, officiellement.

– D'accord. Bien. Voilà une affaire rondement menée. »

À son initiative, ils se serrèrent la main en bonne et due forme, comme s'ils venaient de conclure une affaire satisfaisante pour les deux parties, à ceci près qu'avant de la lâcher, il l'attira vers lui, la fit rouler sur le dos et l'embrassa tandis qu'ils riaient à l'unisson.

Ils se redressèrent, un sourire béat sur les lèvres. Après quoi, Patrick jeta un coup d'œil à sa montre. « Bon, c'est moche mais…

– File. »

Il l'embrassa de nouveau et s'en alla. Ellen se rallongea, inondée de bonheur. L'amour ne devrait pas être autrement que comme ça : simple, paisible, drôle. Évident. Rien à décortiquer. Il lui sembla qu'elle n'avait jamais ni aimé ni été aimée ainsi. Toutes ces autres fois n'avaient été qu'une pâle imitation du grand amour.

Dire qu'elle aurait pu ne jamais connaître ça !

(Et puis… il l'avait dit le premier. Non que ce soit si important, simplement, c'était intéressant d'en prendre bonne note pour référence ultérieure.)

*

J'ai été contrainte d'annuler mon rendez-vous avec l'hypnothérapeute à cause d'un déplacement professionnel de dernière minute à Melbourne.

J'ai bien tenté d'y échapper mais Trish a soi-disant attrapé un épouvantable virus et qui d'autre pouvait se rendre disponible au pied levé ? Célibataire, sans enfant… qu'est-ce que tu as d'autre à faire ? C'est vrai. Rien.

Patrick et moi ne sommes jamais allés à Melbourne ensemble, je n'avais donc pas de souvenirs prêts à ressurgir à chaque coin de rue. Au début ce voyage m'a paru profitable. Le ciel menaçant et l'impitoyable brise m'ont apaisée après le temps implacablement radieux de Sydney. Le travail m'a permis de m'occuper et de penser à autre chose. Le soir, la fatigue m'a aidée à m'endormir tout de suite.

Mais à mesure que les jours ont passé, je n'ai pu contenir mon désir de les voir. Le jeudi, je me suis réveillée tôt, avide d'informations. *Qu'étaient-ils en train de faire, là ?* Avait-il passé la nuit chez elle ? Ou elle chez lui ? J'avais besoin de savoir, c'était physique, comme une carence alimentaire.

Le lendemain, j'ai pris le premier vol retour pour Sydney – mains agrippées aux accoudoirs, buste en avant, comme si je pouvais faire accélérer l'avion. Un vampire en manque de sang.

*

On était vendredi après-midi ; Ellen pratiquait un exercice de respiration et d'affirmations positives entre deux séances.

Un week-end quelque peu stressant l'attendait.

Au programme : dîner de présentations entre Patrick et la mère d'Ellen le soir même – ses marraines seraient aussi de la partie ; repas chez ses parents à lui samedi soir ; et dimanche, rendez-vous était pris pour manger un *fish and chips* sur le port de Watsons Bay avec Julia et un copain de Patrick surnommé Pépé le Putois, lequel pourrait ne pas déplaire à Julia, même si son nom ne présageait rien de bon. (« Oh, en vrai, il ne pue pas, avait dit Patrick en ricanant à l'idée que son ami ait une hygiène douteuse. C'est juste un surnom. – Pourquoi avoir choisi celui-là, alors ? » avait demandé Ellen mais Patrick s'était contenté de rire. Les hommes… tellement bizarres parfois.)

Enchaîner toutes ces présentations en un seul week-end n'avait pas été une volonté de leur part. Les choses s'étaient organisées ainsi car la mère d'Ellen avait subitement décalé leur dîner et Pépé avait improvisé un petit séjour à Sydney.

Ellen n'était pas plus enchantée à la perspective de ce week-end qu'elle l'aurait été à celle d'une semaine d'examens suivis d'un rendez-vous chez le dentiste. Elle s'était réveillée ce matin-là prise d'une désagréable sensation de nausée, manifestation d'un vague sentiment d'effroi. Elle avait l'impression que tout un bataillon allait débarquer au pas de charge dans leur fragile relation, qui émettant des opinions sans ménagement, qui posant question sur question, qui mettant au jour tel ou tel défaut. Les deux tourtereaux verraient leur nouveau partenaire dans le regard d'autres gens, des gens importants dont les points de vue répandraient une lumière crue et peu flatteuse sur ce qui restait d'ombre, à la manière de gros projecteurs.

Inspire.

L'opinion des autres ? Elle s'en moquait complètement !

Expire.

À d'autres ! Elle ne s'en moquait pas le moins du monde. Elle voulait que tous ceux qu'elle aimait apprécient Patrick et inversement.

Inspire. Expire. Inspire…

« Arrête d'y penser », dit-elle à haute voix.

Elle renonça à accéder à son moi supérieur et préféra prendre un chocolat qu'elle laissa fondre lentement dans sa bouche. La coupelle argentée se trouvait sur la table basse à des fins thérapeutiques. Le chocolat libérait des neurotransmetteurs – endorphines, sérotonine –, lesquels donnaient une sensation de bien-être et même d'euphorie. Ce qui, du point de vue de Julia, n'était qu'une façon recherchée de dire que c'était bon.

Assise dans le fauteuil inclinable où s'installaient ses clients, Ellen ferma les yeux un instant, la caresse du soleil sur le visage. Ainsi à leur place, elle essayait souvent de se figurer ce que ça leur faisait de la voir assise en face d'eux. Leur arrivait-il de percevoir ses doutes, ou pire, ses vanités ? De la trouver cruche dans sa façon de se tenir, les jambes croisées dans un souci de professionnalisme et d'élégance ? De distinguer ses ridules et ses petits poils au-dessus de la bouche à la faveur de la lumière du soleil ?

Elle n'imaginait pas Patrick s'interroger une seule seconde sur le regard des autres lorsqu'il travaillait dehors, penché sur son théodolite un bras en l'air. Mais ce n'était pas comparable ; elle avait un métier « pépère » et certaines personnes continuaient de la considérer comme une magicienne, une guérisseuse ou une mystificatrice. Elle n'oublierait jamais la réaction d'une vieille copine avocate d'affaires, croisée un jour par hasard, qui lui avait dit, on ne peut plus surprise, « Tu n'es quand même pas *encore* dans des trucs d'hypnose ? », comme s'il ne pouvait s'agir que d'une phase, d'une lubie. « C'est mon métier », avait répondu Ellen, mais l'autre, croyant à une plaisanterie, avait ri poliment.

En fait, c'était plus qu'un métier. C'était sa passion, sa vocation, sa mission.

Le fauteuil était encore tout chaud après le passage de sa dernière cliente, Deborah Vandenberg, la femme qui déclenchait une douleur débilitante inexplicable à la jambe droite dès qu'elle marchait plus de dix minutes. Avant de se tourner vers Ellen, elle avait consulté kinésithérapeutes, chiropracteurs, médecins du sport, et subi radios, IRM, chirurgie exploratrice. Aucun facteur physique à la douleur n'avait été identifié. Et le corps médical de hausser les épaules en disant : « Désolé, on ne sait pas. »

« J'étais très active avant, avait-elle confié à Ellen. J'adorais randonner. Maintenant, certains jours, j'ai du mal à faire mes courses. Cette douleur a complètement bouleversé ma vie.

– Typique des douleurs chroniques. »

Ellen n'en avait pas fait l'expérience personnellement, néanmoins, année après année, elle avait entendu de nombreux clients lui décrire l'effet corrosif de la douleur qui rongeait sans merci tous les plaisirs simples de l'existence.

« Mais je peux peut-être vous aider.

– Tout le monde croit pouvoir m'aider. » Deborah lui adressa un sourire poliment cynique. « Avant de renoncer. »

Elle lui rappelait un peu Julia. C'était une grande femme pleine d'assurance et, avec ses courts cheveux bruns et son jean noir, elle avait révélé une grâce de garçon manqué lorsqu'elle s'était calée dans le fauteuil, entortillant une jambe autour de l'autre.

Elle avait mentionné un goût pour la cuisine qu'Ellen avait exploité lors de leur précédent rendez-vous, lui suggérant d'imaginer utiliser le bouton d'un four pour apaiser sa douleur. Aujourd'hui, à peine s'étaient-elles assises face à face que Deborah avait déclaré avoir « possiblement » réussi le matin même à diminuer sa douleur d'un cran tandis qu'elle traversait un parking.

« Mais c'était probablement dans ma tête », avait-elle ajouté, comme si le doute s'était insinué en elle. Elle n'avait jamais caché son scepticisme à Ellen. À la fin de sa dernière séance, elle avait fièrement déclaré : « Vous ne m'avez pas endormie, j'étais consciente tout du long. – Ce n'est pas grave », avait répondu Ellen. (Elle entendait souvent ce genre de phrases, la plupart du temps dans la bouche de clients qui quelques minutes plus tôt bavaient la bouche ouverte, signe manifeste d'une transe profonde.)

« Nous allons travailler sur un autre curseur aujourd'hui, avait proposé Ellen. Je crois qu'on va l'appeler le "curseur de l'énergie positive".

– C'est... mignon comme nom, fit Deborah en esquissant un sourire quelque peu méprisant.

– Je pense que ça va vous parler », dit Ellen d'un ton ferme, sans s'arrêter sur la moue de sa cliente. La négativité cachait la peur.

Elle avait utilisé une induction rapide et simple, invitant Deborah à porter son attention sur l'état de profonde relaxation qui la gagnait à mesure qu'elle descendait les marches d'un escalier ; ses traits sévères s'étaient détendus, la transe la faisant paraître beaucoup plus jeune (car, en dépit de son scepticisme, Deborah était, sans l'ombre d'un doute, entrée en transe). Son visage ainsi lissé lui donnait un air vulnérable, celui d'une femme mise à nu, qui contrastait avec la belle assurance qu'elle affichait en état d'éveil. La fibre maternelle d'Ellen en fut titillée.

« Vous allez maintenant penser à un moment où vous vous sentiez remplie de confiance ou de joie. Fouillez dans vos souvenirs jusqu'à trouver ce moment unique de perfection. Faites un signe de la tête quand vous y êtes. »

Elle avait attendu sans lâcher sa cliente des yeux et remonté elle aussi le temps jusqu'à son instant magique à elle quand, du haut de ses onze ans, elle avait pratiqué l'hypnose pour la première fois de sa vie. Assise dans cette même pièce, elle venait de finir la lecture du *Guide pratique de l'hypnose*, emprunté à la bibliothèque, et avait demandé à sa grand-mère maternelle, qui s'émerveillait sans cesse de ce que faisait sa petite-fille, d'être sa première cliente. Munie d'un collier en guise de pendule, Ellen avait regardé sa grand-mère suivre ledit collier de ses yeux marron.

« Tu es drôlement forte », lui avait dit ensuite sa grand-mère avec une admiration non feinte – rien à voir avec la façon dont elle l'applaudissait quand elle jouait de la flûte à bec. « Je me demande si tu n'as pas un don. »

Je me demande si tu n'as pas un don...

Quels mots plus doux, plus surprenants, pouvait-on imaginer ? N'était-ce pas ce que devaient ressentir les superhéros lorsqu'ils découvraient leur pouvoir, ou même les religieuses lorsqu'elles entendaient pour la première fois la voix troublante et charismatique de Dieu qui murmurait à leur oreille chaste ?

Deborah, les yeux toujours fermés, les joues légèrement rosées, fit le signal. Ellen se demanda fugacement quel était son souvenir.

« Cette sensation que vous vous rappelez à présent, vous devez pouvoir y faire appel dès que vous en avez besoin. Chaque fois que vous presserez votre pouce au creux de votre main droite, vous pourrez générer cette sensation. Plus forte sera la pression de votre pouce, plus intense sera la sensation, de sorte qu'elle circulera dans tout votre corps comme un courant électrique. »

Dans la voix d'Ellen résonnaient l'énergie et la puissance qu'elle voulait que Deborah ressente.

« Voilà donc ce que vous pourrez faire la prochaine fois que vous aurez mal. D'abord, utiliser le curseur de la douleur pour réduire son intensité, puis utiliser le curseur de l'énergie pour recréer cette sensation de puissance. »

Un voile d'indécision passa sur le visage de Deborah, aussi Ellen poursuivit-elle sur un ton plus autoritaire et paternaliste : « Vous avez ce qu'il faut pour le faire, Deborah. C'est là, en vous. Vous allez exceller dans ces techniques. Vous pouvez ne plus avoir de douleurs. *Vous pouvez ne plus avoir de douleurs.* »

Quelques minutes plus tard, elle ramena Deborah à l'instant présent. Celle-ci cligna des yeux, l'air fatigué et désorienté, comme un passager qui se réveille à bord d'un avion, puis elle jeta un coup d'œil à sa montre. Elle passa les mains dans ses cheveux, dit « Je n'ai toujours pas sombré » et prit son portefeuille dans son sac d'un geste vif.

Ellen hocha simplement la tête et lui tendit la coupelle de chocolats. Une fois dans l'entrée, Deborah enfila son manteau et, les yeux rivés sur ses boutons, dit : « Il se peut que vous me guérissiez en réalité, vous savez.

– Je ne vous guéris pas, rappela Ellen. La cause physique de votre douleur, quelle qu'elle soit, peut tout à fait être toujours là. Je vous aide simplement à trouver un moyen de gérer votre douleur.

– Oui, mais il se peut qu'en fait, ça marche », répondit Deborah avec le même regard à la fois surpris et respectueux qu'avait eu la grand-mère d'Ellen lorsqu'elle avait onze ans.

Toujours sur le fauteuil, Ellen sourit en repensant à la séance de Deborah. C'était ça, le sentiment du travail bien fait.

Elle ouvrit son agenda et son sourire se dissipa en découvrant le nom de sa dernière cliente de la journée : Mary-Kate McMasters. Voilà une paire d'yeux dans laquelle il n'y aurait ni étonnement ni admiration.

Elle regarda l'heure. Mary-Kate pouvait encore annuler. À trois reprises déjà, elle avait téléphoné à la dernière minute pour lui dire qu'il lui était impossible de s'échapper du travail. Secrétaire juridique, elle se décommandait toujours d'une voix pleine de suffisance, comme si le cabinet d'avocats pour lequel elle travaillait ne pouvait pas se passer d'elle.

Ellen se reprocha aussitôt cette pensée peu charitable. Peut-être que Mary-Kate était indispensable après tout. Et puis elle mettait toujours un point d'honneur à s'acquitter des honoraires liés à toute annulation moins de vingt-quatre heures avant la séance – cinquante pour cent du tarif habituel, comme indiqué dans la plaquette d'Ellen –, même si cette dernière n'exigeait jamais le respect de cette règle. Elle détestait être payée à ne rien faire.

La sonnette retentit et Ellen laissa échapper un juron, comme si elle venait de se cogner le petit doigt de pied.

À noter : que Mary-Kate annule ou honore sa séance, elle était agacée. Bizarrement, elle éprouvait une profonde antipathie à l'égard de cette pauvre femme triste. Mais comment l'expliquer ? Elle avait déjà eu des clients pénibles, d'autres qu'elle appréciait tout particulièrement, mais aucun n'avait jamais suscité en elle une insatisfaction si viscérale rien qu'en sonnant à sa porte.

Si elle n'y prenait pas garde, son aversion allait s'insinuer dans la thérapie de Mary-Kate, ce qui serait inadmissible.

Elle se remémora la doctrine bouddhiste : *Nous ne faisons qu'un.* Elle était Mary-Kate et Mary-Kate était elle.

Mouais.

Elle ouvrit la porte, un sourire accueillant et chaleureux sur les lèvres. « Mary-Kate ! Quel plaisir !

– Oui, c'est tellement réjouissant de me voir, n'est-ce pas ? » fit-elle, les yeux brillants de sarcasme.

Elle n'avait quand même pas entendu Ellen jurer, si ?

Comme à son habitude, Mary-Kate était tout de noir vêtue. Petite et ronde, elle avait de longs cheveux ternes qu'elle portait la raie au milieu – comme les hippies, à ceci près qu'elle n'avait pas le visage de poupée censé aller avec. Au contraire, elle arborait un air aigri et abattu.

Quel personnage déprimant, songea Ellen. Comme elle aimerait la relooker ! À commencer par ses cheveux : une bonne coupe courte, histoire de leur redonner du volume, et une coloration. Ensuite, elle lui interdirait de porter du noir. Son visage était plutôt joli en fait. Une touche de rouge à lèvres suffirait à l'illuminer !

Au secours, la voilà qui jouait les mères détestables !

« Vous avez besoin de passer aux toilettes ? » dit-elle.

Une proposition qu'elle ne manquait jamais de faire à ses clients car en hypnose, il n'y avait rien de pire qu'une vessie pleine.

« Non, merci. Passons aux choses sérieuses. »

Mary-Kate s'installa, donnant l'impression que le fauteuil relax vert était le plus inconfortable qui soit, puis Ellen ouvrit son dossier sur ses genoux.

« Comment ça va depuis notre dernière séance ?

– Comme d'habitude. Je me fais l'effet d'une baleine. Et vous, comment ça va ?

– Vous vous inquiétez de votre poids ? demanda Ellen en levant les yeux de ses notes.

– Non, enfin, si, bien sûr, c'est *évident*, mais bon. » Mary-Kate soupira dans un bâillement. « C'est vendredi aujourd'hui. Des projets intéressants pour le week-end, Ellen ? Vous allez voir des amis ? Votre famille ?

– Rien de particulier, non. Alors, dites-moi, vous voudriez qu'on travaille sur la perte de poids ? »

Lors de sa première séance, Mary-Kate avait déclaré vouloir recourir à l'hypnose car, depuis peu, elle était prise de panique lorsqu'elle traversait le tunnel du port de Sydney ; elle tenait à mettre fin au problème avant de devenir « une de ces bonnes femmes barges et fragiles ». Elle n'avait rien dit sur son poids, mais c'était courant avec les clients. La véritable raison de leur venue n'émergeait pas avant plusieurs séances.

« J'ai peut-être connu la famine dans une vie antérieure, dit Mary-Kate. Et maintenant, j'essaie de compenser. Ça expliquerait mon irrépressible envie de manger.

– Eh bien, l'hypnose peut être très efficace…

– Je ne crois pas à la réincarnation, l'interrompit Mary-Kate d'un ton agressif. Quelle connerie !

– Il me semble que nous avons déjà parlé de ça la dernière fois », dit Ellen doucement, réprouvant l'usage du mot « connerie » et le scepticisme de Mary-Kate en matière de réincarnation.

« Donc vous ne ramenez pas les gens dans leurs vies antérieures ?

– Je ne suis pas spécialisée dans l'hypnose régressive, mais j'ai des clients qui pensent avoir eu des expériences de vies antérieures sous hypnose. Je reste ouverte à cette possibilité. »

Mary-Kate ricana avec mépris.

« Avez-vous eu à traverser le tunnel depuis notre dernière séance ?

– Ouais, fit-elle en haussant les épaules. Et ça a été. J'ai passé le cap, faut croire. »

Ellen l'observa. « Dans ce cas, quel bénéfice espérez-vous tirer de la séance d'aujourd'hui, Mary-Kate ? »

Mary-Kate soupira. Elle regarda autour d'elle d'un air dédaigneux, comme si elle se trouvait dans une chambre d'hôtel bas de gamme, se pencha en avant, prit un chocolat avant de le reposer dans le bol.

Puis : « En fait, je crois que j'ai besoin d'utiliser vos toilettes. »

*

La revoir a été un soulagement.

Je ne sais pas ce qu'elle pense de moi mais moi, quelque part, je l'aime bien. Que ce soit clair, son existence même me rend malade, ça va de soi, mais je la trouve étrangement irrésistible.

C'est une attirance malsaine en quelque sorte. Comme lorsque vous rencontrez un homme qui vous inspire du dégoût mais que vous voulez quand même coucher avec lui ; vous le faites, c'est génial, mais ensuite vous regrettez tellement que vous en avez la nausée. C'est ce qui m'est arrivé l'année dernière à une fête de Noël organisée par un client. Il y avait ce mec, un vrai gorille ; il empestait l'après-rasage et portait plus de bijoux que moi. Au lit, très bien, mais sous la douche après, je me suis frotté le corps comme si je venais de me faire violer et j'ai pleuré tant que je pouvais en pensant à Patrick. Le boulimique ressent, je suppose, la même haine de soi après s'être bâfré de cochonneries bien grasses.

Ellen, les cochonneries, ça n'est pas son genre. Elle est plutôt tofu et lentilles, à mon avis. Je me demande si elle porte déjà un regard mi-effaré mi-attendri sur l'addiction de Patrick aux pizzas.

Attention, je ne dis pas que j'ai envie de coucher avec elle. C'est juste que je veux tout savoir sur elle. Je veux l'observer dans toutes les situations possibles et imaginables. Entrer dans sa tête, dans son corps aussi. Je veux être elle, rien qu'une journée.

Je n'ai jamais ressenti ça avec les autres filles que Patrick a fréquentées. Le truc avec Ellen…

Ça me fait du bien de prononcer son nom.

Je n'ai pas arrêté pendant notre dernière séance. « Merci, Ellen. » « À la semaine prochaine, Ellen. » Chaque fois que je le dis, c'est comme si je décochais une claque à Patrick.

Tu crois peut-être que tu es passé à autre chose, avec ton petit air autosatisfait ; que tu refais ta vie sans m'y laisser aucune place. Je suis toujours là. Je joue avec son nom. Je rentre dans sa maison. J'utilise sa salle de bains. Je sais quel déodorant elle achète, quels tampons elle met. Elle n'a rien d'extraordinaire.

Mais peut-être que je me trompe. Si ça se trouve, coco, elle est trop bien pour toi. Peut-être même que tu ne lui arrives pas à la cheville. Que nous ne lui arrivons pas à la cheville.

Le truc avec Ellen, c'est qu'il n'y a aucun écart entre ce qu'elle renvoie et ce qu'elle est profondément. Enfin… c'est l'impression qu'elle donne, comme si elle agissait sans artifice ni faux-semblant, comme si elle n'avait pas besoin de filtrer ses pensées pour que ses paroles expriment vraiment ce qu'elle veut dire.

D'accord, n'avoir aucun filtre, ce n'est pas possible. Tout le monde en a. Simplement, dans son cas, l'opération est rapide et facile : elle écarte sagement tout ce qui pourrait être malencontreusement blessant. Alors que moi, mon filtre, c'est tout un labyrinthe – tuyaux, entonnoirs, tamis – qui convertit la moindre de mes pensées en parole socialement acceptable, en fonction de la situation, de la personne à qui je m'adresse et de ce que je cherche à prouver sur le moment.

Elle n'a rien à prouver. Le « pouvoir de l'esprit » et toutes ces conneries, elle y croit vraiment. C'est son dada. Sa religion.

Au début, elle peut paraître un peu moralisatrice mais je crois vraiment que c'est quelqu'un de bien, au sens désuet de l'expression. Elle ne veut que le bien d'autrui. Alors que toi et moi, on a des failles, en quelque sorte. On peut vouloir du mal à quelqu'un, pas vrai ?

J'ai l'impression d'être la reine de l'imposture quand je suis avec elle. Pas seulement pour les raisons évidentes. Même si je me présentais à elle sous ma véritable identité, je serais toujours habitée par la conscience de cette différence fondamentale entre elle et moi.

Je peux comprendre pourquoi tu penses pouvoir être amoureux d'elle, Patrick. Vraiment. Moi aussi, je l'aime un peu.

C'est juste que quand nous avons passé notre premier réveillon de Noël ensemble, toi et moi, nous nous sommes allongés sur le dos, main dans la main, comme si nous prenions un bain de soleil, la bouche pleine du goût framboise de cette délicieuse liqueur que Pépé nous avait servie ; le ventilateur de plafond tournait au-dessus de nos têtes, la pièce tanguait légèrement, et je me rappelle avoir pensé que nous étions comme deux enfants sur un radeau descendant un fleuve magique, et nous nous sommes endormis.

Il a eu lieu, ce moment. Peu importe qu'Ellen ait le cœur pur, il a eu lieu. Et les personnages, c'était nous.

Elle n'existait même pas à l'époque.

Tu te souviens comme on l'a trouvée craquante, Cameron Diaz, dans ce film ?

Eh bien, avec Ellen, ce devrait être pareil. On aurait dû la rencontrer à un dîner, et en rentrant à la maison, on aurait parlé d'elle, super chouette, cette fille, hyper intéressant et un peu bizarre aussi tout son truc autour de l'hypnose, et une fois au lit, on l'aurait oubliée.

Elle est absolument adorable mais elle est comme Cameron Diaz, Patrick. Elle n'est pas censée être une véritable personne dans nos vies. Elle n'a rien à voir avec nous.

*

« Donc, après ton père, ta mère n'a rencontré personne. Oh là là, cette circulation, c'est n'importe quoi, fit Patrick en donnant un grand coup de frein. Désolé. »

Il était indéniablement nerveux. Et pour cause, ils se rendaient chez la mère d'Ellen. Cela ne l'avait pas empêché de prendre le volant. Il était homme à considérer qu'il lui appartenait de conduire. Ellen, qui était une conductrice timorée, n'y voyait aucun inconvénient. (Elle se rappelait que Jon prenait toujours soin de partager équitablement cette responsabilité. « C'est ton tour », disait-il en lui lançant les clés. Après quoi, il passait le trajet à soupirer, grogner et critiquer sa façon de conduire.)

Ellen aurait voulu le rassurer en lui disant quelque chose du genre « Ma mère va t'adorer ! ».

Mais ce ne serait probablement pas le cas. De tous ses anciens petits amis, c'était Jon que sa mère avait préféré. Évidemment. Jon et ses remarques caustiques. L'homme auprès duquel l'amour-propre d'Ellen avait le plus souffert. Celui qu'elle avait aimé sans être réellement payée de retour.

Si seulement elle avait pour mère une de ces femmes un peu enrobées, douces, pipelettes, sans réelles convictions à défendre sur la politique, les affaires ou tout autre domaine éloigné de la sphère domestique. Et un père grisonnant à lunettes qui accueillerait Patrick avec une poignée de main chaleureuse et l'interrogerait d'homme à homme sur son métier de géomètre tandis que sa tendre épouse ferait toute une histoire pour que ces messieurs reprennent une part de cheesecake.

Mais les choses ne se passeraient pas de cette façon.

« Maman a eu plusieurs histoires longues, mais pas depuis un moment.

– Et ton père… ne fait tout simplement pas partie du tableau ?

– C'est comme ça depuis toujours. » Elle marqua une pause, consciente de la légère irritation qui pointait en elle. « Comme je te l'ai dit. »

Elle lui avait raconté son histoire familiale quelques semaines après leur rencontre. Un récit qu'elle avait rodé avec le temps, de sorte que c'était devenu l'anecdote idéale au cours d'un dîner, ni trop courte ni trop longue, inhabituelle, intéressante et intime, mais sans débordement émotionnel susceptible de mettre ses interlocuteurs mal à l'aise.

Elle commençait toujours de la même façon. « Ma mère était une femme en avance sur son temps. » Puis elle expliquait qu'au petit matin du 1er janvier 1971, Anne O'Farrell, médecin de son état, avait pris la résolution de devenir mère célibataire. Trentenaire accomplie, indépendante et éminemment pragmatique, elle n'était pas spécialement portée sur le mariage mais voulait néanmoins (bizarrement) un bébé. Avec l'aide de ses deux plus proches amies, elle avait établi une liste de géniteurs potentiels, précisant leurs attributs positifs et négatifs : niveau d'éducation, dossier médical, traits de personnalité.

Anne avait conservé ces fiches qu'elle avait données à Ellen à l'adolescence. Son « père » se résumait à une série de points écrits en pattes de mouche par sa mère avec le nombre quatre-vingt-cinq pour cent dans un petit cercle à côté de son nom. Le meilleur score. De dix points.

Parmi les forces de son père : « diplôme de troisième cycle universitaire » (il était chirurgien, Anne l'avait rencontré à la fac), « bonne dentition », « petites oreilles » (sa mère détestait les oreilles à la Dumbo), « belle peau », « pas d'antécédents familiaux de maladies cardiaques, troubles respiratoires ou diabète », « sociable ».

Ses faiblesses : « vue (lunettes) », « tendances spirituelles », « mère cartomancienne », « sens de l'humour un peu bizarre » et « fiancé ».

Ces dernières années, Ellen avait écarté ce dernier point de son récit. Elle ignorait si la tendance était à davantage de moralité partout dans le monde – un niveau accru de pruderie à l'échelle planétaire – ou si c'était juste son entourage qui devenait de plus en plus conformiste.

Quoi qu'il en soit, les fiançailles de son père n'avaient pas représenté un obstacle pour sa mère. L'attirer dans son lit avait été un jeu d'enfant, non pas une fois, mais le nombre optimal de fois, aux dates appropriées, avant et après ovulation.

Et Anne de commenter : « C'était les années soixante-dix après tout ! »

Et voilà. Une affaire rondement menée. Son « père » avait convolé en justes noces dans les mois suivants puis quitté l'Australie pour s'installer au Royaume-Uni sans jamais être informé de l'existence d'Ellen.

« Et si je veux retrouver mon père, hein ? » avait-elle lancé à sa mère au cours de sa très courte et très timide phase d'adolescente rebelle. Elle avait frémi en entendant le mot « père », si peu familier et presque sexuel, sortir de sa propre bouche.

« Ce n'est pas moi qui vais t'en empêcher. » Anne n'avait même pas levé le nez de son journal. « Mais ce serait particulièrement cruel et blessant pour sa femme. »

Bien sûr, Ellen n'était pas du genre à agir de manière sciemment cruelle et blessante. Et puis… l'idée de rencontrer cet inconnu lui donnait envie de rentrer dans sa coquille. Les pères de ses copines, des quadragénaires balaises, poilus et dotés de grosses voix, pouvaient parfois être drôles, mais la plupart du temps, ils étaient ennuyeux comme la pluie et, curieusement, complètement déconnectés de la vie réelle.

Ses deux marraines, Melanie et Phillipa, n'avaient jamais eu d'enfants. Elles avaient habité sous le même toit que sa mère pendant une bonne partie de son enfance. Elles avaient eu divers petits amis, des hommes qui venaient les chercher pour sortir, ou débarquaient à la table du petit déjeuner (mal rasés, voix enrouée), mais ils ne représentaient qu'une gentille petite distraction dans la vie d'Ellen, leurs manies et leurs apparitions faisant l'objet d'une dissection hilare avant qu'ils disparaissent. (À la cinquantaine, Mel s'était finalement mariée avec un homme aussi timide qu'impénétrable, lequel semblait la rendre très heureuse sans trop impacter sa vie sociale.)

« On peut dire que j'ai eu trois mères », racontait Ellen, et c'était vrai. Ces trois femmes célibataires, aussi accomplies qu'affirmées, avaient participé à parts égales à son éducation.

« C'était comme grandir dans une communauté lesbienne », poursuivait-elle, même si en vieillissant, elle avait préféré se passer de cette phrase, prononcée dans l'espoir de paraître subversive et sophistiquée. Et puis ce n'était peut-être pas très respectueux des homosexuelles… Qui était-elle pour dire à quoi ressemblait la vie dans les communautés lesbiennes ? Est-ce que seulement ça existait ?

Et de conclure : « Donc en gros, mon père a été donneur de sperme… à l'insu de son plein gré. » S'ensuivaient d'exaltantes discussions. Certains croyaient enfin comprendre d'où elle tenait son penchant pour l'hypnose : « Ha ha ! Un père spirituel et une grand-mère cartomancienne ! » (très original, n'est-ce pas ?), d'autres applaudissaient les décisions de sa mère, d'autres encore exprimaient leur désapprobation poliment, ou pas tant.

Dans ce dernier cas, Ellen n'en prenait pas ombrage. Primo, elle-même n'était pas certaine d'approuver ; deuzio, elle savait que sa mère se moquait complètement de l'opinion des autres ; tertio, elle avait raconté l'histoire de sa conception tellement de fois qu'elle lui inspirait une sorte de détachement. Comme Julia lorsqu'elle évoquait cet épisode où, ses parents se livrant une bataille acharnée pour la garde des enfants, son père l'avait enlevée avec son frère, n'hésitant pas à leur teindre les cheveux en brun. Pour finir, il y avait eu une incroyable course-poursuite avec la police. Julia avait bien dû à un moment éprouver une émotion, quelle qu'elle soit, en évoquant ce souvenir, et aujourd'hui encore, peut-être était-elle enfouie dans son subconscient, mais c'était surtout une excellente anecdote. Un sketch.

Patrick l'avait écoutée attentivement ; à la fin, il avait dit :

« C'est très bien pour ta mère, mais c'est triste pour toi d'avoir grandi sans père. »

Et Ellen de répondre : « On ne peut pas regretter ce qu'on n'a jamais eu. » Elle n'adhérait pas vraiment à cette phrase mais elle n'avait assurément pas passé son enfance à pleurer à gros sanglots dans son oreiller parce qu'elle n'avait pas de père. « Les choses auraient peut-être été différentes si j'avais été un garçon.

– Les filles ont pourtant besoin de leur père, à mon avis. » La solennité de Patrick n'avait fait qu'accroître son amour pour lui, et elle l'avait imaginé berçant tendrement une toute petite fille (oui, d'accord, sa petite fille à elle), comme dans une publicité pour du talc.

Et voilà qu'à présent, il osait dire « Et ton père… ne fait tout simplement pas partie du tableau ? », comme s'il avait fait semblant de l'écouter ou entendu son histoire au cours d'un dîner des années plus tôt. Quelle déception. Ellen se sentit de nouveau envahie par cette sensation de nausée, d'effroi. Se pouvait-il que ses sentiments pour cet homme ne soient que le fruit d'une volonté farouche d'être follement amoureuse ? D'une gigantesque illusion ? Et si Patrick n'était en réalité qu'un crétin superficiel et égoïste ?

Aurait-elle été mieux armée pour choisir les bons partenaires si elle avait eu un père ? Probablement. En fait, sans l'ombre d'un doute. Après que sa mère l'avait mise au défi de contacter son père, elle avait rassemblé des articles sur la psychologie des filles privées de figure paternelle et surligné les passages les plus pertinents avant de laisser traîner un jeu de photocopies à l'intention de sa mère. « Que veux-tu que j'y fasse au juste ? lui avait alors demandé cette dernière. Que je retourne dans le passé et que je ne tombe pas enceinte ? – Que tu te sentes coupable », avait rétorqué Ellen.

Sur quoi Anne avait éclaté de rire. La culpabilité ne faisait pas partie de sa cartographie émotionnelle.

« Je suis désolé, dit Patrick en passant la première. Je sais parfaitement que ton père ne fait pas partie du tableau. Je suis nerveux. J'ai l'impression d'aller à un entretien d'embauche. Et en général, je ne suis pas au top, surtout si je veux vraiment le job. »

Elle le regarda du coin de l'œil et perçut un éclair de vulnérabilité et de peur sur son visage. L'espace d'un instant, on aurait dit son petit garçon.

« Quand je suis mal à l'aise, je me mets à débiter des inepties, des trucs qui ne veulent rien dire. » Il fronça les sourcils, les yeux rivés sur le rétroviseur. « Et puis, je suis distrait parce que notre amie est de retour.

– De qui tu parles ?

– L'hystérique de service. Derrière nous.

– Saskia nous suit de nouveau ? » Ellen se retourna et scruta les voitures derrière eux. « C'est quelle voiture ?

– Non, vraiment, super, marmonna Patrick. Pile ce dont j'avais besoin, mon ex qui me colle au train alors que je m'apprête à rencontrer la mère de ma nouvelle petite amie.

– Oui, bon, mais *c'est laquelle* ? » La ceinture de sécurité l'étranglait presque. Juste derrière eux, un homme à bord d'un camion ; les yeux fermés, frappant des mains sur son large volant, il chantait en chœur avec la radio.

« Dans la file d'à côté, deux ou trois voitures plus loin. Ne t'inquiète pas. Je vais la semer. »

Il donna un bon coup d'accélérateur. À peine était-il au milieu du carrefour que le feu passa au rouge, obligeant les véhicules derrière eux à s'arrêter.

« Quelle couleur ? fit-elle d'une voix insistante. Sa voiture, quelle couleur ?

– Je l'ai eue ! chantonna Patrick. Ah, et en plus, ça roule mieux.

– Super », marmonna Ellen en frottant son cou endolori.

*

Je les ai perdus à un feu tricolore et je n'ai pas été capable de deviner où ils allaient.

Probablement chez des amis à elle. Patrick ne connaît personne dans ce coin-là.

Je l'ai vue qui se retournait sur son siège. Elle essayait de me voir si ça se trouve. Patrick avait dû me repérer. Je m'en rends compte tout de suite quand il sait que je le suis. Il conduit plus vite, de manière imprévisible. Parfois, il me fait un gros doigt d'honneur. Un jour, il s'est pris une amende pour avoir ignoré une interdiction de tourner à droite alors qu'il essayait de me semer. Je m'en suis voulu parce qu'il tirait une grande fierté de n'avoir jamais été verbalisé en vingt ans de conduite. Je lui ai fait livrer une bouteille de vin au bureau pour me faire pardonner. Pas n'importe quel vin. Un blanc du domaine Pepper Tree que nous avions découvert au cours d'une escapade dans la Hunter Valley lors de notre dernier été ensemble. On en avait acheté toute une caisse ; on l'adorait. Je ne vois pas comment il pourrait boire ce vin sans penser à moi. Cela dit, j'ai attendu devant son travail ce soir-là et j'ai vu une de ses collègues regagner sa voiture avec la bouteille. Je l'ai reconnue au joli emballage en papier de soie bleu que j'avais fait moi-même. Il n'avait même pas pris la peine de l'ouvrir. Il l'a juste refilée à cette fille.

J'essaie d'imaginer ce qu'il dit sur moi à l'hypnothérapeute. À *Ellen*. Sûrement que je suis « psychotique ». C'est ce qu'il m'a hurlé un jour. Il faisait ses courses dans son quartier ; je le suivais de loin et, tout à coup, il s'est retourné et est revenu sur ses pas. Je me suis arrêtée, et j'ai attendu en souriant qu'il arrive jusqu'à moi. Lui aussi il souriait. Je me suis dit que nous allions enfin avoir une vraie conversation. Mais à mesure qu'il s'est approché, j'ai vu que son sourire tenait davantage du rictus furieux. Il a pointé son doigt vers moi et a hurlé : « Tu es psychotique, bonne à enfermer ! »

Ç'aurait pu être drôle dans d'autres circonstances, mais j'avais peur qu'il m'en colle une.

Il était tellement en colère qu'il tremblait.

En fait, quelque part, j'avais envie qu'il me frappe. J'avais besoin qu'il me frappe. S'il devait ne plus jamais me prendre dans ses bras, il pouvait au moins me cogner. Qu'on se touche de nouveau. Peau contre peau.

Mais il n'en a rien fait. Il a joint les mains derrière sa nuque, tête rentrée, et s'est balancé d'avant en arrière comme un enfant autiste. Moi, tout ce que je voulais, c'était le réconforter. Il ne fallait pas se mettre dans un état pareil. Ce n'était que moi. Aujourd'hui encore, ce n'est que moi. On dirait qu'il ne le comprend pas. Alors j'ai dit : « Chéri. »

Il a relevé la tête, ses yeux étaient rouges de larmes. « Ne m'appelle pas comme ça. » Et il est parti. Je suis restée plantée là, à regarder les promotions du jour affichées sur la devanture du traiteur où nous prenions toujours des *fish and chips* le dimanche soir.

C'est ça le truc. Maintenant, je suis irrémédiablement coincée dans ce rôle de folle à lier. Il me verra toujours comme une cinglée. Avant, j'étais son « adorable chieuse », « la fille aux beaux yeux », « la générosité faite femme ». Oui, il me disait toutes ces choses. Il les pensait à l'époque.

À présent, je suis juste folle.

La seule façon pour moi de ne pas l'être serait de disparaître de sa vie. Comme doit le faire une ex digne de ce nom. De me fondre discrètement dans le passé.

Et c'est ça qui me rend… folle.

*

À peine étaient-ils entrés chez sa mère qu'Ellen vit Patrick passer en mode survie.

Pauvre amour, songea-t-elle. Ses yeux vert clair papillonnaient dans tous les sens, évoquant un animal à la recherche d'une issue, et il n'arrêtait pas de s'éclaircir la gorge. Le souvenir de Jon dans la même situation lui revint à l'esprit : il avait promené son regard autour de lui d'un air décontracté, assumant sans complexe le sentiment de sa propre supériorité.

L'opinion que la mère d'Ellen aurait de lui importait à Patrick. Ça lui importait, ce qui signifiait qu'Ellen lui importait.

Sa nervosité se comprenait aisément. En dehors de Jon, qui faisait exception, quel homme ne serait-il pas intimidé par un tel comité d'accueil ?

Trois sexagénaires extrêmement élégantes et sûres d'elles, toutes étrangement vêtues de blanc, histoire de créer une harmonie parfaite avec la pièce – canapés blancs, murs blancs, accessoires blancs –, descendant dans un même mouvement des tabourets de bar où elles sirotaient du vin dans de délicats verres à pied qu'elles tenaient du bout des doigts pour faire non pas une, mais deux bises à ce pauvre garçon obligé de se pencher gauchement sans savoir quelle joue tendre.

« Pourquoi vous êtes toutes en blanc ? demanda Ellen. Vous cherchez à vous fondre dans le décor ? »

Rires.

« Nous-mêmes on n'y croyait pas quand on s'est vues ! dit Pip gaiement.

– Ça me fait penser aux trois copines dans ce film avec Bette Midler, *Le Club des ex*. À ceci près qu'on n'a jamais été mariées. » Ellen suivit le regard de sa mère se poser sur la tenue de Patrick – jean, chemise à carreaux à manches longues retroussées –, typique de l'artisan qui fait la tournée des bars avec ses potes. Jon, lui, s'habillait en Armani et en Versace, ou dans une autre maison de mode italienne si confidentielle qu'Ellen n'en avait jamais entendu parler.

« Enfin, Anne, Mel est mariée, intervint Pip.

– Oui, bien sûr, mais je n'arrive pas à la voir comme une épouse. Ce qui est un compliment, Mel.

– Tu m'en vois flattée, Anne.

– Qui était la troisième actrice dans ce film, déjà ? demanda Pip. Il y avait Bette Midler, Goldie Hawn et… ? Une que j'aime bien. Une idée, Patrick ?

– Euh, fit-il, surpris. Je ne suis pas…

– On a fini par comprendre qu'on s'était toutes mises en

blanc parce qu'on a lu le même article dans *Vogue*, dit Mel. Sur les couleurs qui flattent les quinquas. Même si, *techniquement*, on n'entre plus dans cette catégorie.

– Parle pour toi, s'offusqua Anne.

– Désolée de te le rappeler, mais tu as trente-quatre jours de plus que moi, Anne O'Farrell.

– *Diane Keaton !* s'écria Pip. La troisième actrice ! Ouf, je m'en suis souvenue ! Ça m'aurait obsédée toute la soirée !

– Patrick, qu'est-ce que je vous sers ? Bière, vin, champagne, alcool fort ? Vous m'avez l'air asséché. » Anne fixa ses yeux violets sur Patrick, tel un oiseau de proie.

(Elle avait des yeux remarquables. Dans sa jeunesse, ses amies avaient voulu l'inscrire à un concours de sosies d'Elizabeth Taylor ; elle l'aurait sans doute gagné si elle n'avait pas jugé ledit concours indigne d'elle. Malheureusement, elle n'avait pas jugé opportun de faire bénéficier Ellen de ce gène exceptionnel. Certes, la décision ne lui appartenait pas vraiment, mais Ellen avait toujours soupçonné que, dans le cas contraire, Anne aurait choisi d'en conserver seule la gloire. Elle tirait un orgueil démesuré de ses yeux.)

Patrick s'éclaircit de nouveau la gorge. « Une bière, ce serait super, merci, euh…

– Tu ne nous as pas présentées en bonne et due forme, Ellen. Ton ami doit se demander s'il n'a pas atterri dans un harem de vieilles dames, le pauvre.

– Vous n'avez pas arrêté de parler. » Ellen posa une main sur le bras de Patrick. « Patrick, voici ma mère, Anne.

– Vous voyez la ressemblance ? fit-elle en battant des cils.

– Je ne… je ne suis pas sûr, répondit Patrick en prenant le verre de bière qu'elle lui tendait.

– Et voici mes marraines, Mel et Pip. À moins que tu préfères Phillipa ce soir ? Elle change tout le temps d'avis.

– Je change en fonction de mon poids. » Adressant un sourire radieux à Patrick, elle désigna sa silhouette dodue d'un geste de la main. « Facile de deviner qui je suis ce soir, n'est-ce pas ? »

Une expression de pure panique passa sur le visage de Patrick.

« Phillipa, gronda Ellen.

– Ah ! Je n'ai pas assez minci pour mériter mon diminutif ! Je vais revenir te voir pour quelques séances d'hypnothérapie supplémentaires. » Puis, se tournant vers Patrick avec un air on ne peut plus sérieux : « Je souffre d'une addiction débilitante au sucre.

– C'est... » Rien d'autre ne sortit de sa bouche. Incapable de finir sa phrase, il but une longue gorgée de bière, comme si sa vie en dépendait.

« J'ai essayé de me débarrasser du problème avec Ellen...

– Mais elle passe sa séance à glousser », soupira cette dernière en prenant le verre de vin blanc que sa mère venait de lui servir d'office. Dommage, elle aurait préféré un jus de fruits.

« Venez vous asseoir près de moi, Patrick, dit Melanie en tapotant le tabouret à côté d'elle. C'est votre meilleure chance d'avoir une conversation sensée. Vous êtes géomètre si j'ai bien compris ? Mon grand-père m'a légué sa fabuleuse collection de cartes anciennes. Je crois que la plus vieille date de 1820.

– Oh, vraiment ? » répondit Patrick de sa voix habituelle.

Mel l'encouragea à goûter un toast aux rillettes de saumon et continua de lui parler gentiment. Ellen vit les épaules de son homme se détendre tandis que sa marraine l'amenait sur un terrain familier, factuel, masculin, un terrain où il ne risquait pas d'être désarçonné. Ellen avait toujours pensé qu'avec sa facilité à parler de n'importe quel sujet aussi gracieusement que savamment, Mel aurait fait une parfaite femme de diplomate.

(Même si Mel aurait trouvé l'idée incroyablement sexiste. « Pourquoi pas carrément diplomate, d'abord ? » aurait-elle protesté.)

« Viens, on va aider ta mère, dit Phillipa en prenant Ellen par le bras.

– Comme c'est aimable à toi, Pip », commenta Anne, les yeux toujours braqués sur Patrick.

« Oh, ma chérie, je le trouve absolument adorable ! s'exclama

Phillipa une fois dans la cuisine immaculée d'Anne. Je parie que c'est un de ces hommes forts et taiseux ! Je l'imagine au sommet d'une montagne avec son attirail de géomètre, les yeux plissés face au soleil.

– Non, fit Ellen (même si c'était tout à fait comme ça qu'elle aimait se le figurer). Il n'est pas du tout comme ça. Il est très bavard quand on le laisse en placer une. Et la plupart du temps, il fait des levés sur des maisons.

– Ah, être jeune et amoureux ! soupira Pip avec nostalgie. J'adorais être amoureuse. Je perdais toujours tellement de poids !

– Je me souviens de t'avoir entendue nous dire la même chose, à Julia et moi, quand on avait dix-sept ans. Ici même d'ailleurs. Tu devais avoir à peu près le même âge que moi aujourd'hui !

– À propos de Julia », dit sa mère qui, loin d'avoir besoin d'aide, apportait la touche finale aux immenses assiettes carrées blanches sur lesquelles elle avait servi un plat délicatement élaboré et sans aucun doute divinement savoureux – même si Patrick s'arrêterait probablement pour acheter une pizza en rentrant à la maison et que Phillipa se rattraperait sur le pain. « J'ai vu sa mère au yoga samedi. Elle raconte que ton nouvel ami a une admiratrice indésirable.

– Les nouvelles vont vite, à ce que je vois. » Ellen avait parfois l'impression de n'avoir jamais quitté le petit monde étriqué de son ancienne école privée où les mères appartenaient toutes aux mêmes comités.

« Une admiratrice indésirable ! s'exclama Pip, les yeux écarquillés. Palpitant !

– Oh, oui, Pip, ce sera palpitant quand on retrouvera le corps de ma fille dans un fossé, ironisa Anne depuis le cellier.

– C'est une de ses ex ? Une femme dont il n'a pas voulu ? Ou juste une maniaque sanguinaire croisée au hasard qui a jeté son dévolu sur lui ? »

Anne revint dans la cuisine et posa une bouteille de vinaigrette sur le comptoir avec plus de force que nécessaire. « Est-ce que cette femme a manifesté des tendances violentes ? Patrick l'a-t-il signalée à la police ?

– C'est juste une ex qui a du mal à passer à autre chose, dit Ellen. Il n'y a pas de quoi fouetter un chat. »

Elle se demanda comment sa mère réagirait si elle apprenait que Saskia les avait suivis ce soir ou qu'elle-même avait été déçue, oui, déçue, que Patrick réussisse à la semer au feu tricolore.

« Promets-moi de rester vigilante, insista Anne. Tu vois toujours le *bon* chez les autres, Ellen, ce qui est vraiment adorable mais aussi terriblement naïf. »

Ellen lui décocha un sourire. « Adorable, tu dis. Je dois tenir ça de mon père. »

Anne demeura impassible. « Certainement pas de moi en tout cas.

– C'est bien vrai, ça ! » conclut Pip avec un petit rire porcin.

*

Je ne savais pas où les attendre.

Chez lui, chez elle ? Ça dépendait de ce qu'ils avaient prévu de faire de Jack. La plupart du temps, j'ai l'impression que c'est la mère de Patrick qui vient le garder, mais parfois, il va chez elle. Il doit dormir dans la pièce qui donne sur le jardin. Ce n'est pas juste pour Maureen. Je me souviens que ça l'épuisait quand on lui laissait Jack à l'époque. Il la menait par le bout du nez. Les choses ont probablement changé : il a huit ans maintenant. Je suppose qu'il fait ses trucs dans son coin – télé ou autre. J'espère que son père ne le laisse pas s'abrutir devant la télé. J'espère qu'il lit. Il adorait que je lui fasse la lecture. Je me rappelle qu'un jour j'ai voulu tester combien de fois je pouvais lui lire *La chenille qui fait des trous* avant qu'il n'en puisse plus. Quinze fois ! Et c'est moi qui ai arrêté. Quand j'arrivais à la dernière page, il réclamait avec le même enthousiasme : « Encore ! » Je le revois, assis sur mes genoux dans son pyjama rouge *Thomas le petit train*, ses petites joues toutes roses, toutes rebondies, ses lèvres retroussées dans un effort de concentration tandis qu'il enfonçait son doigt dans les trous que la chenille avait laissés en croquant dans les fruits.

J'aurais pu le garder, moi, ce soir, pendant qu'ils sortaient, les deux. Pas de problème. « À plus ! » aurais-je lancé gaiement depuis le canapé, collée contre Jack sous une couverture avec un paquet de chips.

Je devrais peut-être lui envoyer un SMS pour lui proposer mes services. Ha ha.

J'aurais pu jouer les baby-sitters toutes ces années. Parfois, je me dis que ça aurait fait toute la différence – si Patrick n'avait pas décidé de m'arracher Jack, mon petit garçon, mon adorable petit garçon.

Je me souviens de cette maman de l'école maternelle de Jack qui m'a téléphoné quand elle a su. « Il ne peut pas te faire ça, Saskia. Ça doit être illégal. Tu dois avoir des droits. Tu es la mère de Jack. »

Sauf que je n'étais pas sa vraie mère. Juste la petite amie de son père. Quel juge tiendrait compte de ça ? Une relation de trois ans. Et encore, les douze premiers mois, officiellement, je ne vivais même pas avec eux. C'était presque rien.

Mais suffisamment long pour le voir devenir propre, apprendre à nager, dire ses premières blagues, utiliser un couteau et une fourchette. Suffisamment long pour le voir perdre ses boucles de tout-petit. Suffisamment long pour qu'il m'appelle quand il faisait un cauchemar. Moi. Pas son père. Il m'appelait toujours, moi.

Un cri soudain qui fendait mon sommeil et j'avais parcouru la moitié du couloir avant même d'avoir vraiment ouvert les yeux. Une fois, je l'ai trouvé assis dans son lit en train de pleurer à gros sanglots. « Je voulais juste souffler les bougies ! » m'a-t-il dit en se frottant les yeux. Et moi de lui répondre : « Tout va bien, souffle-les, les bougies », en lui tendant un gâteau imaginaire. Alors il a gonflé les joues, soufflé, et voilà, problème résolu : il m'a souri avec ses yeux pleins de larmes et s'est rallongé pour aussitôt se rendormir. Patrick n'en aurait rien su si je ne le lui avais pas raconté le lendemain.

Je suppose que les cauchemars de Jack ne sont pas aussi édulcorés et naïfs à présent.

Question : à quel moment passe-t-on de nounou à mère ? Si on garde un enfant le temps de quelques heures ou d'une nuit, on ne devient pas sa mère sous prétexte qu'on lui donne son bain et qu'on le nourrit, ça va de soi. *Idem* pour une semaine. Ou un mois. Mais qu'en est-il après un an ? Ou deux ? Ou trois ? Y a-t-il un stade où l'on franchit une ligne invisible ? Ou bien n'y a-t-il d'autre ligne que celle de la légalité, quand vous apposez votre signature sur les papiers d'adoption ? Les enfants adoptifs peuvent être réclamés n'importe quand par leurs parents biologiques, même après des années.

J'aurais dû adopter Jack. C'est là mon erreur. Encore aurait-il fallu que j'en aie l'idée.

Pour moi, prendre soin de Jack était un privilège, un cadeau. Un autre élément constitutif merveilleux de ma relation avec Patrick.

Alors quand il m'a quittée, j'ai compris que j'allais devoir renoncer à Jack au même titre qu'à tout ce que j'aimais chez lui. Ses mains veinées par exemple – j'adorais ses mains ; son écriture, il avait une si belle écriture pour un homme ; sa façon si particulière de me sourire après l'amour ; sa manie de fredonner des chansons de country quand il bricolait dans la maison. Je déteste la musique country mais j'adorais l'entendre chantonner. C'était la bande originale de ma vie.

Je ne me suis jamais renseignée sur mes éventuels droits sur Jack. Peut-être que j'en avais.

Mais j'étais en état de choc quand Patrick m'a annoncé qu'il ne m'aimait plus.

Incapable de sortir du lit. De parler. De manger. Comme si j'étais atteinte d'une maladie terrible. Comme si une bombe avait explosé au beau milieu de ma vie, faisant voler en éclats tout ce que je croyais savoir.

Si Patrick m'avait juste laissée voir Jack le week-end. Comme un père divorcé. Ça m'aurait peut-être suffi. Peut-être que je ne me livrerais pas à ce... ce truc que je suis vraisemblablement incapable d'arrêter de faire malgré tous mes efforts. Car oui, j'ai essayé. De toutes mes forces. Avant, je ne comprenais pas les alcooliques et autres joueurs invétérés. Quand j'entendais parler de quelqu'un qui fichait sa vie en l'air à cause d'une addiction stupide, j'avais envie de lui dire, Arrête et puis c'est tout. Mais maintenant, je saisis. C'est comme dire à quelqu'un d'arrêter de respirer. *Retiens ton souffle et tu vas reprendre pied.* Essayez, vous allez voir, on manque d'air très rapidement. Je sais que je m'humilie. Je sais que je suis pathétique. Je m'en moque. Je suis physiquement incapable d'arrêter.

Alors je suis restée assise dans ma voiture devant la maison d'Ellen. Elle m'a dit que sa grand-mère la lui avait léguée à sa mort. C'est un bon résumé de ce qui nous différencie, elle et moi. Un compotier, voilà ce qu'elle m'a laissé, ma grand-mère. Ma vitre était baissée et j'entendais le bruit des vagues qui se brisaient sur la plage. Le bruit qu'Ellen doit entendre quand elle va se coucher. Le bruit que Patrick doit entendre quand il passe la nuit chez elle.

J'ai fini par m'assoupir, et quand je me suis réveillée au petit matin, le dos bloqué, j'ai vu que la voiture de Patrick n'était pas là. Ils étaient rentrés chez lui.

Je les ai imaginés endormis dans ce lit qui était autrefois le mien, probablement dans des draps choisis par mes soins. Peut-être avançait-il sa main vers elle dans la lumière de l'aube, caressant délicatement son bras du bout des doigts, elle ne sachant pas trop si c'était un rêve. Faire l'amour dans un demi-sommeil au point du jour. Il adorait ça.

J'ai ouvert la portière et je suis descendue de la voiture toute voûtée, comme une vieille dame. Les kookaburras ont bien ri.

7

« N'oubliez pas…
1. Toute hypnose est de l'autohypnose.
2. On ne peut pas rester coincé en état d'hypnose.
3. Vous gardez toujours le contrôle.
Vous pouvez arrêter à tout moment.
4. L'hypnose est un état naturel de l'esprit.
5. Prenez un chocolat ! »

Carte plastifiée accrochée au mur
du cabinet d'Ellen O'Farrell

Dans un demi-sommeil, Ellen sentit Patrick lui caresser le bras du bout des doigts, lentement, délicatement.

Il commençait toujours comme ça.

Jon lui effleurait la nuque du bout des cils. Des petits baisers papillons.

Edward lui léchait le lobe de l'oreille. Des coups de langue humides et enthousiastes qui la chatouillaient atrocement. Il interprétait à tort ses cris et soubresauts comme une envie folle de faire l'amour, malentendu qu'elle n'avait jamais trouvé le temps de dissiper.

Andy lui chuchotait à l'oreille, son souffle chaud et irritant : « Tu as envie… ? » (« De quoi ? brûlait-elle de lui dire. Envie de quoi ? Finis ta phrase ! »)

Jon embrassait-il la nuque d'une autre femme en ce moment même ? Edward léchait-il une oreille ? Andy chuchotait-il une phrase inachevée ?

Pourquoi tu penses à tes ex ?

Les yeux toujours fermés, elle se tourna vers Patrick pour qu'il la caresse plus facilement. Elle aimait bien cette caresse sur son bras. Elle adorait cette caresse sur son bras.

Elle adorait les baisers papillons de Jon à l'époque.

Et alors ? Concentre-toi sur ton bras.

Patrick avait probablement utilisé la même technique avec Saskia, dans ce même lit, sans doute dans ces mêmes draps.

Ce qui était intéressant mais aucunement pertinent.

Une fois qu'on a perfectionné sa gestuelle sexuelle, on en change rarement. Elle-même continuait d'embrasser exactement comme le lui avait appris ce garçon dans cette caravane alors qu'elle avait quinze ans. Il avait un goût de bière. Répugnant et délicieux à la fois. Comment s'appelait-il déjà ? Chris ? Craig ? Un truc dans le genre.

Patrick tira sur sa nuisette. « Et si on enlevait ça… »

Tout ce qu'elle désirait en ce moment même, c'était être au lit avec Patrick. Rien d'autre. Pourtant, l'idée que Jon effleure la nuque d'une autre femme ne lui plaisait pas spécialement.

Elle aida Patrick à la débarrasser de sa chemise de nuit.

Et Saskia ? Que faisait-elle ce matin ? Où était-elle allée hier soir après les avoir perdus au feu tricolore ? Était-elle rentrée chez elle pour regarder de vieilles photos de Patrick et elle ? Avait-elle pleuré ?

Ellen était-elle responsable du chagrin d'une autre femme ? Devrait-elle lui rendre Patrick ? Bien sûr que non ! Il ne voulait pas de Saskia. Il la voulait, elle.

Ainsi allait le monde. Les relations prenaient fin. Sinon, elle serait toujours avec le garçon à l'haleine de bière dans ce camping caravaning.

Julia avait raison à propos de Saskia. Il fallait qu'elle grandisse et qu'elle passe à autre chose.

Cela dit, n'y avait-il pas une certaine noblesse dans son refus de laisser tomber ? Elle était folle de passion. Ellen n'avait jamais laissé la passion lui faire faire des folies.

« À quoi tu penses ? »

Appuyé sur le coude, Patrick la regardait, tout sourire. Il lui dégagea le front.

« À Saskia », répondit-elle sans réfléchir.

Patrick se figea. « Je ne peux pas échapper à cette femme, apparemment.

– Désolée. » Ellen essaya de le ramener tout contre elle mais il avait les lèvres serrées en une fine ligne tel un instituteur acariâtre qui en a par-dessus la tête de sa classe.

« Cette salope s'invite jusque dans notre lit. »

Il se leva et rejoignit la salle de bains attenante dont il ferma la porte avec plus de brusquerie que nécessaire.

Ellen se réinstalla confortablement sur son oreiller et regarda le ventilateur de plafond tourner lentement. (Tourne, tourne, tourne. Une bonne métaphore pour une induction. « Imaginez que vous regardez un ventilateur de plafond. » Elle la garda en mémoire.)

Tu as vu, Saskia. Tu nous empêches de faire l'amour. Il est en colère contre moi par ta faute.

Chaque fois qu'elle se trouvait avec Patrick, une partie d'elle imaginait la réaction de Saskia si elle avait été là à les observer. Comme si elle jouait dans sa propre émission de téléréalité pour un public d'une seule personne. Si Patrick savait le temps qu'elle consacrait à penser à Saskia, il serait furieux.

Dehors, les kookaburras rirent de concert.

*

Si on est longuement observé de dos, on sent le regard peser sur nous et on se retourne. On ne voit pas nécessairement l'observateur, mais on perçoit quelque chose de différent dans l'atmosphère.

Voilà pourquoi j'ai toujours cru que si je pensais vraiment

longtemps et vraiment fort à Patrick, il le saurait. Si on sent une paire d'yeux sur soi dans une pièce, ne devrait-on pas sentir un torrent de pures émotions, un tsunami d'émotions, en provenance d'une banlieue plus ou moins voisine ?

Je me représente mes sentiments comme un nuage compact qui flotte au-dessus de Sydney ; un jour, Patrick prend sa douche (il aime prendre des douches longues et brûlantes), fenêtre ouverte, et tout à coup, il le sent – mon amour –, il respire le nuage de mes sentiments, ferme le robinet et pense : « Saskia. »

Puis, en se séchant, il se dit : « J'ai commis une erreur. »

Puis, avant même de s'être habillé, il m'appelle. Et tout redevient normal.

Il y a des gens qui se remettent ensemble. Ça arrive tout le temps. Pourquoi pas nous ?

*

Ellen entendait la douche couler.

Elle avait dû le contrarier. Lui qui se réjouissait d'avance de ce moment. Patrick avait confié Jack à ses grands-parents et n'avait pas à le récupérer avant ce soir puisqu'ils devaient dîner là-bas. Il lui avait fait tout un topo : grasse matinée, petit déjeuner au lit – il avait acheté des croissants exprès – et lecture des journaux. À présent, elle avait tout gâché.

Comment s'étonner que ce pauvre homme n'ait pas envie de l'entendre prononcer le nom de cette femme qui le harcelait quand il essayait de lui faire l'amour ?

Submergée de remords, elle repoussa les couvertures. Elle se leva, toujours toute nue, et tourna la poignée de la porte. Il n'avait pas fermé à clé. L'eau de la douche crépitait. La vapeur était si épaisse qu'elle voyait à peine.

« Qu'est-ce que tu attends pour me rejoindre ? » La voix grincheuse de l'instituteur s'était envolée.

Elle ouvrit la paroi.

Quelques minutes plus tard, les jambes enroulées autour de la taille de Patrick, elle ne pensait plus du tout à Saskia.

*

J'ai erré un moment dans le jardin de l'hypnothérapeute.

J'ai cueilli une pâquerette et l'ai coincée derrière mon oreille. Comme si j'étais ce genre de fille, le genre qui sait qu'une fleur derrière l'oreille va lui donner un air fantaisiste et irrésistible. Comme si je me figurais que la pâquerette pouvait transformer la situation dans son ensemble, me rendre mignonne et attachante, comme s'il s'agissait d'un amusant petit triangle amoureux, comme si Ellen et moi étions à une fête et tâchions d'attirer l'attention du même garçon. Puis je me suis avancée sous le porche et j'ai aperçu mon reflet dans la vitre à côté de la porte d'entrée. Une fille plus toute jeune et à la mine assez pitoyable. Voilà ce que j'ai vu. J'ai pris la fleur, l'ai écrasée au creux de ma main puis j'ai frappé à la porte, assez fort, même si je savais qu'elle n'était pas chez elle. De nouveau, j'ai frappé, avec colère. La fille qui a un message à faire passer. *Je suis là !*

Puis j'ai haussé les épaules, comme une cliente qui se présente à son rendez-vous mais trouve porte close. J'ai descendu le porche et remarqué un chemin qui faisait le tour de la maison et donnait accès à la plage.

Je l'ai emprunté puis j'ai retiré mes chaussures et marché pieds nus sur le sable froid.

Vous imaginez ? Pousser la porte de derrière et être directement sur la plage.

Je me demande si elle apprécie la chose. Elle n'a pas l'air particulièrement sportive. Je ne me la représente pas en nage ou haletante. Je la vois plutôt assise en tailleur à méditer et à psalmodier. Ou à faire du yoga. Salutation au soleil et toutes ces conneries.

En dehors du bruit des vagues et du cri occasionnel d'une mouette, la plage était déserte et silencieuse. Encore trop tôt pour les coureurs, marcheurs rapides et autres promeneurs de chiens. C'était marée haute et le ciel nacré semblait flotter très bas.

Sans réfléchir, j'ai enlevé tous mes vêtements, couru dans l'océan et plongé sous une vague.

L'eau était si outrageusement froide que mes poumons se sont complètement vidés. Quand je suis remontée à la surface, j'ai hurlé et j'ai de nouveau plongé, encore et encore. À chaque plongeon, j'ai gardé les yeux ouverts et vu des tourbillons de sable et des rais de lumière vaporeux.

Oublie-le.

Délivre-le.

Libère-toi de lui.

Les mots ont résonné dans ma tête, parfaitement limpides, chaque fois que j'étais sous l'eau, comme autant de messages murmurés à mon oreille par les sirènes.

Puis, tandis que je marchais nue sur la plage en direction de mes vêtements, la caresse du soleil du matin sur mes épaules, j'ai décidé d'aller dans un de ces bistrots pour boire un café et lire le journal, et tout à coup, j'ai éprouvé une sensation étrange, une sensation que je n'avais pas ressentie depuis longtemps, et il m'a fallu plusieurs minutes pour l'identifier. C'était le bonheur. Le bonheur pur et simple. J'avais oublié à quel point j'aimais nager dans l'océan. Ça faisait une éternité. Je ne sais pas pourquoi. Il fallait que la journée soit caniculaire et que l'eau soit presque tiède pour que Patrick se trempe. « Chochotte ! » je lui criais tandis que je me baignais, et lui d'acquiescer ironiquement d'un geste sans même lever les yeux de son journal.

Sa mère m'a raconté un jour qu'il avait toujours eu un problème avec la température de l'eau. Déjà à l'école, elle devait lui écrire des mots d'excuse pour lui éviter les sorties à la piscine. Et quand il prenait sa douche, son frère avait pris l'habitude de lui jeter de l'eau froide dessus, lui arrachant des hurlements tels que son père le traitait de fillette.

Je me suis demandé si l'hypnothérapeute avait déjà rencontré ses parents. Sa mère m'adorait. Un Noël, alors qu'elle avait abusé du punch, elle m'a dit que j'étais comme une fille pour elle.

Je vais peut-être écouter les sirènes et faire relâche ce soir. Aller à cette fête avec mes collègues plutôt que de suivre Patrick et son hypnothérapeute. Je pourrais peut-être mettre cette robe rouge que je remise toujours au placard ?

Et sur le trajet, je pourrais m'arrêter chez la mère de Patrick. Lui faire un petit coucou. Lui montrer que je suis passée à autre chose.

*

« Alors comme ça, vous êtes hypnotiseuse, Ellen ? dit la mère de Patrick. Ma foi, vous êtes la première que je rencontre.

– Hypnothérapeute, maman, corrigea son fils.

– Oh, pardon ! fit-elle, visiblement consternée de sa bévue.

– Rien de grave ! » répondirent en chœur Patrick et Ellen pour la rassurer.

Maureen Scott était une mère et une grand-mère standard. Cheveux ternes, coupe quelconque, visage légèrement affaissé, silhouette informe, vêtements pastel confortables.

« Ma mère est beaucoup plus âgée que la tienne, avait prévenu Patrick dans la voiture. Elles ne sont pas de la même génération.

– Quel âge a-t-elle ? avait demandé Ellen.

– Bientôt soixante-dix. »

La mère d'Ellen avait soixante-six ans, soit seulement quatre de moins, mais Ellen n'avait pas relevé et s'en félicitait à présent : Maureen faisait effectivement vingt ans de plus qu'Anne. L'une semblait dépourvue de contours quand l'autre n'était que lignes nettes et angles aigus. Si Maureen était une des patientes d'Anne, cette dernière lui recommanderait de prendre du calcium contre l'ostéoporose et de faire une mammographie régulièrement, le tout d'un ton brusque et condescendant, comme si pour elle ces problèmes de vieille dame étaient encore très loin.

« Donc, hyp-no-thé-ra-peute, articula Maureen. Je suis curieuse d'en apprendre davantage, Ellen. » Elle lui fit passer un plateau sur lequel on devinait le Harbour Bridge sous un bol de sauce apéritive à l'oignon et un assortiment de biscuits salés.

« Méfions-nous ! plaisanta le père de Patrick en tapant dans ses mains. Elle pourrait nous hypnotiser pendant tout le dîner ! »

George et Patrick se ressemblaient tellement que c'en était déconcertant et comique. Ellen, qui n'avait jamais vu un parent et un enfant si semblables, devait sans cesse se rappeler de ne pas les dévisager. Si elle ne les avait pas eus tous les deux sous les yeux, elle se serait probablement dit que Patrick avait enfilé un déguisement de vieux monsieur – pas particulièrement convaincant, le déguisement – pour lui faire une farce. George avait la même coiffure, à ceci près que ses cheveux étaient blancs et non plus bruns, et c'étaient les yeux de Patrick qui la regardaient, mais sur un visage plus ridé. Forme du nez, menton, maintien des épaules ; même la façon dont ils se tenaient assis sur une chaise, jambes tendues, grosses paluches autour d'une canette de bière, était identique.

« Ce sont de véritables clones », lui chuchota le frère cadet de Patrick tout en déposant un dessous de verre au décor d'Ayers Rock sur le napperon en crochet devant elle.

Petit, la peau mate, Simon exhibait un bouc soigneusement taillé, façon créateur de mode. Il n'avait que vingt-quatre ans et, vu son look, Ellen l'aurait davantage imaginé passer son samedi soir à prendre de la drogue en boîte de nuit plutôt qu'à servir l'apéritif dans le salon de ce pavillon de briques rouges où s'affichait un crucifix au-dessus de la télévision allumée en mode silencieux tandis que les bibelots et assiettes de collection s'accumulaient dans des vaisseliers.

« Ellen va m'apprendre à hypnotiser mes copains, annonça Jack qui jouait à la console allongé sur le ventre.

– Je peux t'apprendre, moi aussi », dit George. Il prit une petite cuillère qu'il fit balancer entre ses doigts comme un pendule, puis : « Tes paupières… sont de plus en plus… lourdes. »

Il se tapa les cuisses, content de lui.

« Super, ta blague, papi, fit Jack.

– Je parie qu'on ne la lui a jamais faite, celle-là, renchérit Simon.

– George ! gronda Maureen. Je suis sûre que l'hypnose ne se résume pas à ça ! » Elle se tourna fébrilement vers Ellen. « N'est-ce pas ?

– Pas complètement ! » Ellen goûta la sauce apéritive – un sachet de soupe déshydratée à l'oignon simplement incorporé à de la crème aigre – et se retrouva au temps de son enfance.

« Parfois, reprit Maureen, quand j'éteins la télévision, j'ai l'impression de sortir d'un état d'hébétude. Comme si j'avais été hypnotisée.

– C'est en effet une forme d'hypnose.

– Vous m'en direz tant ! s'exclama la vieille dame, visiblement ravie.

– Ellen aide les gens à arrêter de fumer, à perdre du poids ou à dépasser leur peur de parler en public », dit Patrick.

Il citait mot pour mot une de ses brochures. Elle ignorait qu'il l'avait lue.

Elle avait le sentiment que leur relation avait passé un nouveau cap aujourd'hui : elle lui semblait plus riche, plus complexe, plus profonde. La façon dont ils avaient fait l'amour sous la douche le matin même avait été si extraordinaire qu'elle avait envie d'en parler à tout le monde ! Quand, plus tard dans la journée, le primeur lui avait demandé d'un ton familier : « Belle journée ? », elle avait dû se retenir de ne pas répondre : « Eh bien, puisque vous me le demandez, figurez-vous que ce matin, j'ai vécu une expérience sexuelle des plus intenses ! » Après leurs ébats, ils étaient retournés au lit et Patrick s'était excusé de lui avoir mal parlé avant de lui avouer qu'il avait songé à consulter, tellement Saskia le rendait dingue parfois.

« Oh, vous aidez les gens à parler en public ? demanda Simon. Pour mon travail – je suis concepteur de sites Internet –, je dois faire des présentations à mes clients. Quand je me lance, je ne me sens pas du tout stressé mais, au bout d'un moment, j'ai ce truc bizarre qui m'arrive. Attendez, je vous montre. » Il se leva et imprima un mouvement vers l'intérieur à sa jambe gauche. « C'est comme un spasme.

– Ouais ! fit Patrick. Moi aussi, ça m'arrive. Sauf que c'est plus comme ça. » Il se leva et bougea sa jambe vers l'extérieur.

« Voilà qu'ils se prennent pour Elvis ! gloussa Maureen.

– Moi, je suis super fort pour parler en public, intervint Jack qui avait enfin levé le nez de son jeu vidéo. J'ai pas de problème avec mes genoux. Et toi, papi ?

– Moi non plus, répondit George. Tu as des nerfs d'acier, comme ton grand-père !

– Des nerfs d'acier, murmura Jack. J'ai des nerfs d'acier ; trop cool.

– Et vous, Maureen ? demanda Ellen.

– Eh bien, je suis plutôt à l'aise pour parler en public, répondit-elle contre toute attente. Ça fait quarante ans que je prononce le discours de fin d'année au club de tennis et je m'en sors bien en général.

– Maman raconte toujours une bonne blague, dit Patrick.

– La plupart des mères sont nulles pour raconter des blagues, mais pas la nôtre », renchérit Simon.

Maureen se fendit d'un grand sourire sous le regard plein de fierté de ses deux fils.

« Parfois, elles sont carrément graveleuses, commenta George.

– Oh, quel menteur !

– J'ai une blague ! s'écria Jack. Toc toc toc ! »

Quelqu'un frappa à la porte. Tout le monde éclata de rire.

« J'ai pas fini de raconter, protesta Jack.

– Quelqu'un a frappé à la porte pile quand tu as dit "Toc toc toc", expliqua Maureen. On a ri de la coïncidence. Qui ça peut bien être ? On n'attend personne. À moins que… les garçons ?

– Non, répondit Patrick. Ça doit être un démarcheur. Je te parie un billet qu'il va essayer de te faire changer d'opérateur téléphonique !

– Franchement, qui ça peut bien être ? » répéta Maureen

sans bouger. À croire qu'elle tenait à résoudre cette énigme avant d'aller ouvrir.

« Qui sait ? Des témoins de Jéhovah ? » proposa George sans bouger davantage.

De nouveaux coups se firent entendre.

« Je ne vois vraiment pas qui viendrait sans prévenir à cette heure-ci, réfléchit Maureen, circonspecte. C'est drôle quand même, juste avant le dîner.

– Ma parole, c'est le truc le plus dingue qui nous soit jamais arrivé ! » Simon avait pris une voix tellement surprise qu'Ellen mit un moment à percevoir l'ironie. « On cultive le sens de l'imprévu dans cette maison ! On vit sur...

– Je vais voir qui c'est, l'interrompit Patrick.

– Non, moi ! » Jack bondit sur ses pieds et sortit du salon comme une flèche.

Le bruit de la porte qui s'ouvre suivi d'une voix féminine inintelligible.

« Sûrement une déesse qui me cherche désespérément, dit Simon en adressant un clin d'œil à Ellen. Ça arrive tout le temps.

– Dans ses rêves », commenta Patrick.

Jack était manifestement en grande conversation avec l'invitée mystère.

« Je crois qu'il lui raconte sa blague ! plaisanta Simon.

– Bon, eh bien, je crois que je devrais... mais vraiment je ne vois pas qui ça peut être... » Maureen quitta la pièce en se tapotant les cheveux.

Le rire de la visiteuse parvint jusqu'à eux et soudain Patrick posa son verre si brusquement sur la table qu'il répandit de la bière partout. « J'y crois pas.

– Qu'est-ce qui se passe ? » s'étonna son père.

Patrick se dirigea vers la fenêtre qui donnait sur la rue et écarta le rideau. Un sourire mauvais et amer se dessina sur ses lèvres. Après quoi, il laissa tomber le rideau et sortit du salon à grandes enjambées sans regarder Ellen.

Cette dernière sentit son rythme cardiaque s'accélérer. Sur

le trajet, il avait gardé un œil sur le rétroviseur. « Aucun signe de l'hystérique », avait-il lancé gaiement en se garant devant chez ses parents.

« Que se passe-t-il ? demanda George.

– Je crois que tu-sais-qui a décidé de nous rendre une petite visite », répondit Simon. Il adressa un regard triste et étrange à Ellen.

« Merde ! s'exclama George. Je ferais mieux d'y aller ! Au cas où il faudrait un arbitre !

– Je suppose que vous êtes au courant, se risqua Simon, une fois seul avec Ellen. Pour son ex.

– Oui. » Elle plaqua ses mains sur son ventre et respira pour ne pas se ruer dans l'entrée. *Je veux juste voir à quoi elle ressemble !*

Elle tendit l'oreille dans l'espoir d'entendre ce qui se disait.

Simon fit la moue. « Ça doit être un peu bizarre... perturbant, non ?

– Pas vraiment. Je ne l'ai même jamais vue », précisa-t-elle en s'efforçant de ne pas avoir l'air de s'en plaindre.

La voix de Patrick résonna haut et fort jusque dans le salon. Une voix âpre et désagréable qu'Ellen ne lui connaissait pas. De celles qu'on entend dans la bouche de gros balaises rougeauds qui vocifèrent, main devant la caméra, dans les émissions d'actualités d'avant-soirée. « Saskia, si tu ne t'en vas pas sur-le-champ, j'appelle la police. Tu dépasses les bornes. C'est inacceptable. »

Puis Jack, que la peur ou l'excitation rendait véhément : « Papa ! Pourquoi tu appelles la police ? »

Simon grimaça. « Je vais tâcher de sortir Jack de là. »

Il sortit à son tour. Ellen resta clouée à son siège. Elle n'avait aucune excuse valable pour intervenir.

Devait-elle s'inquiéter pour leur sécurité ? Peut-être Saskia s'apprêtait-elle à sortir un pistolet ou un énorme couteau de boucher dans cette entrée. D'après le livre qu'elle s'était procuré, la grande majorité des victimes de harcèlement ne subissaient pas d'agression physique (leurs bourreaux se contentaient de les terroriser) mais certaines, par malheur, finissaient bel et bien entre quatre planches.

Ou peut-être devait-elle craindre pour sa propre sécurité ? Sa mère s'était inquiétée que Saskia la choisisse pour cible. Elle serait tellement en colère si sa fille trouvait la mort.

« OK, tout le monde se calme », dit le père de Patrick. Ellen n'avait toujours pas entendu la voix de Saskia.

Elle reposa son verre et se mit à faire les cent pas. Elle s'arrêta devant une bibliothèque remplie de cadres photos.

Sur l'une d'elles, Patrick avec une autre femme. Elle s'en empara avidement. Se pouvait-il que ce soit Saskia ?

En regardant de plus près, elle vit que la photo avait été prise à l'hôpital et que la jeune femme blonde adossée aux oreillers tenait un nourrisson dans une couverture bleue avec un lapin. Ce devait être Colleen. L'épouse de Patrick. Celle qui était morte. Ellen se demanda si les cellules tumorales qui devaient lui ôter la vie tout juste un an plus tard circulaient déjà dans son corps, alimentant leur croissance pour leur attaque maligne.

Assis au bord du lit, le dos contre les barreaux, Patrick était blotti contre elle et serrait fort sa main libre qu'elle avait posée sur sa jambe.

Colleen, échevelée, souriait au bébé ; Patrick, mal rasé, souriait au photographe. À peine huit ans s'étaient écoulés depuis mais Patrick semblait beaucoup plus jeune sur la photo : les yeux plus ronds, les joues plus rebondies, les cheveux plus épais et plus longs – c'était un autre homme. Même son tee-shirt respirait la jeunesse. Face au petit Jack, probablement né quelques heures plus tôt, les jeunes parents arboraient cet air ébahi qu'Ellen avait déjà vu sur d'autres photos prises à la maternité. *Regarde ce qu'on a fait !* Ah, la naissance d'un premier enfant ! Un événement si exceptionnel pour ceux qui le vivent, quand bien même ça arrive tous les jours !

Ellen éprouva un vague sentiment de gêne. Elle venait de passer la journée à repenser à cette incroyable partie de jambes en l'air sous la douche avec le mari de cette jeune femme. C'était de très mauvais goût. Patrick avait eu une véritable relation avec Colleen. Une relation d'adulte. Il l'avait épousée, lui avait fait un enfant. Rien qu'à sa façon de se lover contre elle, on voyait à quel point il l'avait aimée.

Ellen se sentit de profondes affinités avec Saskia, cette pauvre idiote devenue folle qui s'accrochait et se ridiculisait sur le perron. Si l'adorable Colleen (ça se voyait sur la photo, qu'elle était adorable) n'était pas décédée, Patrick n'aurait jamais accordé un regard ni à Saskia ni à elle-même.

Mourir. Quelle manière élégante de mettre fin à une relation. Rien à voir avec l'infidélité, l'ennui ou les démêlés sans fin tard le soir. Aucune chance de tomber sur elle à une fête ou à un mariage, d'entendre qu'elle est « toujours célibataire », qu'elle a « drôlement forci » ou « pris un sacré coup de vieux ». Mourir donnait à l'histoire un caractère définitif et mystérieux et au survivant le dernier mot jusqu'à la fin des temps.

« C'est ma maman. »

Ellen sursauta. Jack, près d'elle, regardait la photo. « C'est le jour où je suis né. Ma maman est morte.

– Oui. » Elle remit soigneusement le cadre à sa place tout en se demandant si Jack éprouvait pour sa mère décédée les mêmes sentiments qu'elle-même nourrissait à l'égard de son père inexistant : un genre d'émotion sans émotion. « Je sais.

– C'est l'ex-petite amie de papa qui a frappé à la porte. Saskia. Elle a habité avec nous pendant un temps.

– Tu te souviens d'elle ? » demanda Ellen, curieuse.

Jack se dandina, le regard fuyant. « Un peu. Je me souviens, elle venait me chercher à l'école, et quand on rentrait, elle disait toujours “Bienvenue à la maison, Jack !” en me montrant cette petite assiette avec des biscuits, des fruits et d'autres trucs. » Puis, avec un regard éloquent : « Papa aime pas qu'on parle d'elle.

– Je sais. » *Pourquoi Saskia allait-elle le chercher à l'école ? Elle n'avait pas besoin de travailler ? Pourquoi elle et pas Patrick ?*

Un éclat de voix féminine retentit à l'extérieur, suivi d'un claquement de portière et d'un crissement de pneus.

*

Il m'a menacée d'appeler la police si je ne partais pas sur-le-champ.

Je ne savais même pas qu'il serait là. J'étais toute contente d'avoir osé la robe rouge – je me trouvais canon – et je sentais toujours l'effet purificateur de ce bain, nue dans l'océan. Et puis, dans mon esprit, rendre visite à ses parents, c'était adopter un comportement social, normal, ordinaire. Je me disais à moitié qu'il était peut-être temps pour moi de renouer le contact avec d'anciens amis, alors pourquoi pas commencer par eux ?

Pour moi, ça n'avait rien à voir avec mon « habitude ». Ma vilaine petite habitude.

La preuve, je n'ai même pas remarqué la voiture de Patrick devant la maison ! Je suis pourtant carrément obsédée par cette voiture. La suivre fait tellement partie de ma vie que mes yeux peuvent zoomer dessus même quand je suis coincée dans les bouchons à des kilomètres derrière elle.

En remontant l'allée, je ne pensais à rien d'autre qu'à la première fois où Patrick m'avait amenée ici pour me présenter sa famille. Jack courait devant nous. J'étais nerveuse parce que la mort de Colleen remontait à moins d'un an. Je me disais qu'ils trouveraient peut-être que j'avais sauté un peu trop vite sur le veuf éploré.

Je me souviens que Simon portait encore son uniforme de lycéen – il était en dernière année – et, pour une raison ou pour une autre, il s'était fait plein de minuscules couettes qui se dressaient sur son crâne comme autant de piquants de porc-épic. Maureen a passé la soirée à s'excuser pour lui.

Ils s'étaient tous montrés si gentils avec moi, me disais-je donc sans autre arrière-pensée en arrivant devant la porte d'entrée restée identique.

Quelle idiote. Pour une femme intelligente, parfois, je suis tellement, tellement idiote. Ai-je vraiment cru que, parce que leur *porte d'entrée* était identique, les dernières années n'avaient jamais existé ? Que j'étais une vieille amie ordinaire qui passait faire un petit coucou ? Ma capacité à me mentir à moi-même est colossale.

J'ai frappé à la porte et entendu un concert de rires, comme s'ils se moquaient tous de moi. Je suis brusquement revenue à la réalité. Alors j'ai tourné la tête et là, j'ai vu la voiture de Patrick, et je me suis dit, comment as-tu pu la rater, et j'ai compris, il a emmené Ellen, il leur présente Ellen.

J'ai envisagé de filer en courant mais ils m'auraient vue, et puis, une partie de moi ne résistait pas à l'envie d'entrer d'un pas déterminé dans cette maison pour dire : « Comment vous pouvez rencontrer cette autre femme comme si je n'avais jamais existé ? Comment vous faites, hein, pour lui servir avec soin vos questions intéressées, votre vin médiocre, vos crackers, dans le même plateau avec le pont, je parie ! Tout exactement pareil, si ce n'est que la femme est différente ! Ça ne vous paraît pas bizarre ? Faux ? »

Et puis Jack a ouvert la porte. Bien sûr, je l'ai vu depuis que je suis partie, plus souvent que ce que Patrick imagine, mais pas d'aussi près. J'aurais pu m'approcher de lui à de nombreuses reprises mais je ne voulais pas le déboussoler ou le bouleverser.

Il m'a souri. D'un sourire adorable et franc. Ses yeux sont toujours aussi magnifiques. Et il a commencé à me faire la causette, sur un ton parfaitement naturel, disant que j'avais toqué à la porte pile quand il avait dit « toc, toc, toc » parce qu'il racontait une blague et il y avait quoi, une chance sur mille, une chance sur un million, pour que ça arrive ? Résultat, je riais quand Maureen est apparue derrière lui, arborant un air poli et perplexe qui a disparu aussitôt qu'elle m'a reconnue. Ensuite, elle a eu l'air horrifiée, comme si j'étais une cambrioleuse.

Puis Patrick est arrivé, le visage déformé par la colère, puis son père, la mine grave et contrariée, comme s'il y avait eu un accident de voiture, puis Simon, adulte jusqu'au bout des ongles, sans ses couettes, sans même un regard dans ma direction, prenant Jack par la main, comme s'il fallait le sauver de mes griffes.

Rien de ce que j'ai dit n'y a changé quoi que ce soit. Ils voulaient que je m'en aille, point.

Et moi je voulais hurler : Mais je vous aimais ! Vous étiez ma *famille.*

*

« Nous l'aimions, dit Maureen à Ellen. Nous l'aimions vraiment.

– On peut changer de sujet, parler de quelque chose de plus intéressant, s'il vous plaît ? » l'interrompit Patrick dans l'indifférence générale.

Le dîner terminé, Jack s'était endormi sur le canapé et les langues se déliaient gentiment, tout le monde ayant bu un peu plus que d'ordinaire, en contrecoup du stress généré par l'incident avec Saskia.

« Alors bien sûr, ça nous a tous chamboulés quand Patrick l'a quittée, poursuivit Maureen. Je me suis sentie horriblement mal pour elle. Elle n'avait aucun proche ici, voyez-vous, elle a grandi en Tasmanie, alors on était comme sa famille.

– Je suis sûr qu'Ellen n'a pas envie de savoir tout ça, maman.

– Ça ne me dérange pas, répondit cette dernière, ce qui constituait l'euphémisme du siècle.

– Les gens s'aiment, puis ne s'aiment plus, commenta George. On ne peut pas en vouloir à Patrick pour ça.

– Je *sais*, George, dit Maureen, agacée. Ça ne m'empêche pas d'avoir de la peine pour cette pauvre Saskia.

– Elle doit laisser Patrick tranquille maintenant. Ça a assez duré.

– Elle était comme une mère pour Jack, reprit Maureen en s'adressant à Ellen.

– Tu aurais dû la laisser continuer de voir Jack, intervint Simon en regardant son frère.

– Combien de fois faudra-t-il que je vous le dise ? Elle n'a jamais *demandé* à le voir. À la minute où je lui ai dit que je voulais mettre fin à notre relation, elle est devenue folle, complètement tarée, bonne à enfermer.

– Elle avait le cœur brisé, rappela sa mère.

– De toute façon, j'ai jugé que Jack n'était pas en sécurité avec elle.

– En plus, elle venait de perdre sa mère, ajouta Maureen.

– Ah, ça, tu as mal choisi ton moment pour rompre, renchérit Simon.

– Elle était très proche de sa mère, expliqua Maureen. Elles se parlaient tous les jours au téléphone. Ils deviendraient dingues, ces deux-là, si je m'amusais à les appeler tous les jours ! Évidemment, je suppose que c'est différent avec les filles. » Un voile de mélancolie passa sur son visage. « Vous parlez tous les jours à votre mère, Ellen ?

– Non », répondit Ellen en souriant, même si en réalité elles communiquaient d'une manière ou d'une autre – mail, texto, téléphone – presque quotidiennement.

« Saskia a perdu son père très jeune, vous savez, et elle était fille unique, alors sa mère était sa seule famille. Sa mort a été un vrai coup dur pour elle.

– Je l'ai quittée un bon mois après la mort de sa mère qui, par parenthèse, était malade depuis un an. Combien de temps fallait-il laisser passer ? Je n'allais pas continuer à faire semblant, ça n'aurait pas été juste pour elle.

– Un mois, ce n'est rien du tout », objecta Simon.

Entièrement d'accord, songea Ellen.

« Oh, écoutez-le, l'Homme au grand cœur qui a quitté sa dernière copine par *texto* ! ironisa Patrick.

– Un texto très gentil. Et moi, je ne vivais pas avec elle.

– Quand Patrick s'est mis à son compte, repartit Maureen, il était très pris, vous vous en doutez, alors Saskia est passée à temps partiel pour pouvoir s'occuper de Jack. Elle a été une mère formidable pour lui.

– C'était *Colleen*, sa mère.

– Personne ne dit le contraire, mon chéri, mais Colleen n'était plus là.

– Comme si c'était sa faute.

– Bien sûr que non. J'essaie juste de rendre justice à Saskia qui a fait un super boulot.

– Colleen s'en serait mieux sortie. Et Colleen n'était pas folle.

– Tu ne l'as pas quittée, dit Simon. Tu ne sauras jamais comment elle aurait réagi…

– Si, je le sais. Je le sais. Et de toute façon, je n'aurais jamais quitté Colleen », articula Patrick d'une voix tremblante d'émotion. S'ensuivit un silence pendant lequel tout le monde essaya de ne pas regarder Ellen. Elle sentit le délicieux rôti d'agneau accompagné de pommes de terre en robe des champs lui peser sur l'estomac. *Bien, voilà qui est clair, il est toujours amoureux de la morte. Quelle peste, il a fallu qu'elle meure avant de casser les bonbons.*

George inspira profondément et sourit à Ellen sans vraiment la regarder. « Bon, je suis sûr que vous ne m'avez pas tout dit sur l'hypnotisme. »

Elle sourit mollement. Ils avaient largement fait le tour de la question pendant le dîner.

« J'ai lu quelque part qu'Hitler pratiquait l'hypnose, dit Simon.

– La plupart des hommes politiques maîtrisent parfaitement les techniques d'hypnose conversationnelle », répondit-elle en mode automatique. Quand elle donnait des conférences, la question revenait systématiquement. « Des choses simples, comme la répétition…

– Il y a une publicité en ce moment à la télévision, dit Patrick les yeux rivés sur la table. Je ne sais pas pour quel produit, mais on voit un homme dans une piscine et il y a un vieux pansement plein de sang qui se colle à sa bouche et il l'enlève avec un énorme frisson de dégoût, comme pour dire virez-moi ça, *virez-moi ça*.

– Je la connais. C'est pour une voiture, dit Simon.

– Quel rapport entre un pansement et une voiture ? demanda Maureen en fronçant les sourcils.

– Peu importe. Ce que je veux dire, c'est que chaque fois que je vois la voiture de Saskia dans le rétroviseur, chaque fois que je reçois une de ses lettres enragées pleines d'élucubrations, ou un mail, ou un texto, chaque fois que j'entends sa voix sur mon répondeur, ou qu'elle fait livrer un *putain de bouquet de fleurs*, désolé pour mon langage, maman, mais elle fait livrer des *roses* à mon travail, je ressens la même chose que ce type dans la pub, j'ai juste envie de dire virez-moi ça, *virez-moi ça*.

– Elle t'envoie des roses ? s'étonna Maureen. Elle envoie des fleurs à un homme ?

– Alors non, je n'ai pas envie d'entendre que Saskia était une mère formidable, ou que j'ai mal choisi mon moment quand je l'ai quittée. Si je lui ai fait du mal, j'en ai payé le prix. Le prix fort. »

Sur ces mots, il se leva de table et quitta la salle à manger.

« Oh là là, soupira Maureen.

– Bienvenue dans la famille, Ellen ! s'exclama Simon.

– Il a commencé à fréquenter Saskia trop vite après la mort de Colleen, reprit Maureen. Voilà le problème. Beaucoup trop vite. Il n'a jamais fait son deuil. Les hommes ne savent pas faire. Dès qu'ils ressentent des émotions négatives, ils cherchent juste à les mettre sous le tapis.

– Alors que les femmes, elles, parlent, parlent, parlent jusqu'à ce que mort s'ensuive, commenta George.

– Ça aide, de parler ! » Puis, se tournant de nouveau vers Ellen : « Quand Colleen nous a quittés, Patrick a mis un point d'honneur à ce que Jack ne manque de rien. Mais c'est devenu obsessionnel. Il s'est jeté à corps perdu dans le travail. C'est pour ça que Saskia a pris une si grande place auprès de Jack. Patrick passait son temps à travailler.

– Maman, je crois qu'on a assez partagé de choses avec Ellen pour ce soir.

– Tu as peut-être raison. » Elle se leva et commença à empiler les assiettes. Puis, sans lever les yeux : « Dites-moi, Ellen, à tout hasard, vous êtes catholique ? »

Simon pouffa de rire.

« À vrai dire, non, répondit-elle d'un air désolé.

– Oh ! Eh bien, c'est… puis-je vous demander de quelle confession vous êtes ? » Maureen prit l'assiette de son mari. « Non que ce soit important, rassurez-vous. Je suis juste curieuse.

– Euh, je ne me définirais pas comme étant adepte d'une religion en particulier. Je n'ai pas été élevée comme ça. Ma mère est une athée convaincue. »

Maureen eut l'air interloquée. « Comment ça ? Elle ne croit pas en Dieu ? Du tout ? Mais vous, vous y croyez, n'est-ce pas ?

– Il n'y a pas une règle qui dit qu'on ne doit pas parler religion ou politique à table ? fit Simon.

– Je dirais que la spiritualité me parle davantage qu'à ma mère. Le bouddhisme m'intéresse beaucoup par exemple. J'aime ses enseignements – la pleine conscience, ce genre de choses.

– Ah, oui, j'ai cru comprendre que c'est très “à la mode” en ce moment. » Ellen voyait bien qu'elle perdait des points.

« Ommmmm, psalmodia George en baissant la tête, les mains jointes sous le menton. C'est ça que vous faites, vous les bouddhistes, non ? Ommmmm, ommmmm.

– George ! Elle n'est pas vraiment bouddhiste ! » Maureen regarda Ellen d'un air anxieux. « Enfin… si j'ai bien compris, n'est-ce pas ? »

Simon éclata de rire.

« Je trouve juste que c'est intéressant, acquiesça Ellen docilement.

– Bien ! » Maureen redressa les épaules, manière de dire qu'il faut avancer, quels que soient les obstacles de la vie. Elle se tapota la bouche de son index. « Ellen, vous aimez les bébés ?

– Maman ! » Simon se frappa le front du plat de la main.

Ellen surprit une lueur malicieuse dans les yeux de Maureen. Elle savait exactement ce qu'elle faisait.

« J'adore les bébés.

– Merveilleux. Moi aussi. » Elles se comprenaient parfaitement.

« Un bébé, ce serait la cerise sur le gâteau, n'est-ce pas ? » taquina George.

Maureen leva les yeux au ciel. « À propos de gâteau, j'ai fait un crumble aux pommes avec de la crème ; il y a de la glace aussi.

– Un tout petit bout pour moi, dit Ellen.

– Oh, vous êtes maigre comme un clou, la gronda Maureen. Je vais vous servir une bonne grosse part. »

Au moment de partir, Maureen insista pour que Jack, endormi sur le canapé, reste chez elle. Patrick le porta dans la chambre d'amis sans le réveiller avant de prendre un taxi avec Ellen car tous deux avaient trop bu. Une fois allongés dans le lit de cette dernière, une pastille antiacide dans la bouche, ils reparlèrent de la soirée.

« Je suis désolé, commença Patrick.

– Ne le sois pas. Je trouve ta famille adorable. »

Elle était sincère. Les Scott avaient ce quelque chose qui mettait les gens étonnamment à l'aise, si bien qu'Ellen avait eu l'impression d'avoir partagé leur table cent fois.

« J'aurais dû mettre le holà à cette conversation sur Saskia. Je ne peux pas m'empêcher de leur en vouloir quand ils ont l'air de prendre parti pour elle.

– Je comprends. » Ellen posa la main sur son épaule. Elle était dure comme la pierre, comme s'il souffrait d'une contracture. Elle se mit à pétrir sa chair, essayant d'apaiser la tension. « Je comprends.

– Et je n'aurais jamais dû hurler sur Saskia devant Jack. C'est juste que quand j'ai entendu sa voix, j'ai senti cette fureur délirante m'envahir. J'ai pensé un temps que je pouvais accepter qu'elle fasse partie de ma vie, comme une infirmité. Mais en ce moment, on dirait bien que je prends le contrepied. Comme si j'étais au bout du rouleau. Parfois, je me dis que je pourrais la tuer. Je comprends à présent que les gens puissent en arriver là. En arriver au meurtre. Je pourrais la tuer.

– J'aime autant que tu t'abstiennes. » Elle arrêta de le masser. Ça n'avait pas l'air de le soulager. « Les visites conjugales en prison, très peu pour moi.

– Je veillerais à ne pas me faire prendre. » Il prit une autre pastille antiacide et la suça d'un air sombre.

Conscient qu'Ellen le dévisageait avec inquiétude, il sourit. « Ça va. Je plaisante. De toute façon, je me ferais attraper. Je ne m'en sors jamais impunément ! Regarde, je tourne à droite en dépit d'une interdiction, et les flics sont là à m'attendre !

– À propos...

– Oui, je sais. » Sa mâchoire se raidit, sa lèvre trembla. « C'est juste que... je ne sais pas. Je ne suis pas convaincu que ce soit la meilleure solution. »

De toute évidence, il n'avait aucune envie de retourner au commissariat. Mais Ellen ne parvenait pas à en identifier la raison. Était-ce simplement la peur que Saskia mette ses menaces à exécution ? Y avait-il autre chose ?

« Réfléchis-y.

– D'accord. » Mais elle savait qu'il n'en ferait rien.

Elle bâilla à s'en décrocher la mâchoire. « Je me sens épuisée, c'est fou.

– Moi, je vais rester éveillé pendant des heures avec mes pensées qui tournent en boucle. Tu ne pourrais pas me faire un petit coup d'hypnose pour m'endormir ?

– Ha ha !

– Je suis sérieux. Tu peux faire ça, non ?

– D'un point de vue éthique, hypnotiser son partenaire n'est pas franchement une bonne idée », dit-elle d'un ton moralisateur. La situation s'était déjà présentée, mais dans ses précédentes relations, la désinvolture de la requête lui avait permis de s'en sortir avec une pirouette.

« Je ne te dénoncerai pas. Je veux juste débrancher mon cerveau. »

Le pauvre, songea-t-elle, consciente que sa détermination faiblissait. « Je croyais que tu n'aimais pas trop l'idée de te faire hypnotiser. Tu as dit que tu détestais perdre le contrôle.

– C'était avant de te rencontrer. Maintenant, je comprends mieux ce que c'est. Et je te fais confiance. »

Ellen pensa à son mentor, Flynn. La soixantaine passée, autrement dit, de la vieille école, il détestait au plus haut point l'hypnose de spectacle et croyait que la seule façon de protéger l'intégrité de la profession était de ne jamais, jamais pratiquer son art en dehors d'un cabinet. Puis elle pensa à Danny, le jeune homme décontracté qu'elle-même supervisait. Il lui avait confié, non sans fierté, recourir à la poignée de main à induction pour séduire dans les bars (avec apparemment un tel succès qu'Ellen savait d'avance qu'il était vain de réprouver sa conduite). Si Flynn apprenait ce qu'elle laissait passer à Danny, il serait scandalisé, à la manière d'un grand-père qui reproche à sa fille de trop gâter son enfant. Conclusion : sur l'échelle de mesure de l'éthique, Ellen se situait quelque part entre Flynn et Danny.

« Bon, je suppose qu'il n'y a rien de mal à faire un exercice de relaxation. »

8

> « À propos, je ne te harcèle pas. Alors, fais-moi plaisir, arrête d'utiliser ce mot, tu sais que c'est ridicule. Je veux juste te parler, c'est tout. »
>
> Extrait d'un e-mail non lu
> dans la boîte de réception de Patrick Scott

« Vous n'avez pas entendu parler de ce type, aux États-Unis, qui avait porté plainte contre son ex qui le harcelait ? demanda Patrick. "Vous devriez être flatté", lui a dit le juge. Quelques jours plus tard, elle le tuait. D'une balle ou d'un coup de couteau, je ne sais plus. Véridique. »

En ce dimanche après-midi, Ellen et Patrick mangeaient un *fish and chips* sur un plaid à Watsons Bay en compagnie de leurs amis respectifs, Julia et Pépé (son véritable nom demeurait un mystère et ni Ellen ni Julia, en dignes héritières de leurs mères des banlieues chics, ne pouvaient se résoudre à l'appeler Pépé).

C'était Julia qui avait évoqué le sujet quelques minutes à peine après qu'ils s'étaient installés : « Alors comme ça, tu as une ex qui te harcèle, Patrick ! » avait-elle lancé gaiement, comme elle aurait dit « Alors comme ça, tu es géomètre, Patrick ! ». Ellen avait été surprise qu'il n'essaie pas de noyer le poisson, surtout après la soirée chez ses parents. À vrai dire, sa façon de répondre frisait l'enthousiasme. Ainsi, sa personnalité variait légèrement en fonction des personnes avec qui il se trouvait… Fascinant. En famille, il s'était montré plus bavard, plus doux, puéril. Avec Pépé et Julia, il jouait le mec cool, relax, pas de quoi s'en faire.

« Mais toi, Scottie, tu n'as pas peur pour ta vie quand même ? » demanda Pépé.

Trapu, le crâne dégarni, doté de deux fossettes sur les joues, il ressemblait à un bébé – un bébé version XXL, barbe grise de trois jours et voix grave. Par ailleurs, il était plutôt petit pour un homme, ce que Patrick avait omis de mentionner. Cela dit, Ellen n'avait pas non plus précisé que Julia était plutôt grande pour une femme. Aujourd'hui, avec ses bottes en cuir à talons aiguilles et sa veste cintrée rehaussée d'une écharpe, elle avait la taille mannequin et l'allure particulièrement cosmopolite. Aussi, quand elle avait serré la main à Pépé, lui-même affublé d'une chemise décontractée, d'un jean délavé et de chaussures de sécurité éraflées, elle avait lancé un regard éloquent par-dessus sa tête à Ellen, laquelle avait levé les mains en signe d'impuissance. Ce moment deviendrait une anecdote que Julia se plairait à monter en épingle à l'avenir : *La fois où tu as voulu me brancher avec un nain chauve qui s'appelait Pépé.*

Mais, d'une certaine manière, ce n'était pas plus mal que Julia n'ait pas vu en Pépé un partenaire potentiel car elle était totalement détendue, enfournait ses frites chaudes comme une machine et flirtait même un peu avec lui. Dans le cas contraire, elle aurait évité son regard, prétendu ne pas être intéressée en étant agressive et perdu tout appétit.

« Pour ma vie, non, mais pour ma santé mentale, sans aucun doute. Ce que je veux dire, c'est que personne ne prend au sérieux les hommes victimes de harcèlement.

– Tu l'as déjà rencontrée, cette fille, toi ? s'enquit Julia. Oui, c'est à toi que je parle ! Mais franchement je ne peux pas t'appeler Pépé, d'autant que tu as l'air d'avoir une odeur tout à fait acceptable.

– C'est Bruce, mon prénom.

– Non !

– Qu'est-ce qui ne va pas avec Bruce ? Je vais me vexer.

– OK, Bruce, tu la connais, la foldingue de Patrick ?

– Je la connaissais bien, oui. Et je l'appréciais. Je l'appréciais vraiment beaucoup. »

Il jeta un coup d'œil à Patrick qui haussa les épaules et lança : « Tu veux son numéro ? Te gêne pas pour moi, mon pote.

– Donc tu ne l'aurais pas crue capable de… ces trucs de malade ? demanda Julia.

– Ben, je sais pas », répondit Pépé. Ses fossettes se creusèrent. « Est-ce qu'on n'en est pas tous capables ? Pour moi, l'amour est une forme de folie.

– L'amour est une forme de folie, répéta Julia. Très, hum, poétique, comme façon de voir les choses pour un homme qui s'appelle Bruce.

– Il essaie d'impressionner ces *daaames*, dit Patrick.

– Ce que je veux dire, poursuivit Julia, c'est qu'on a tous été blessés par quelqu'un, mais il faut surmonter son chagrin, on n'a pas le choix. C'est la vie, quoi.

– Tu n'as jamais tapé le nom d'un ex dans ta barre de recherche Google ? Quand ma dernière petite amie m'a quitté, j'ai passé des heures à la traquer sur les réseaux, avoua Pépé. Je ne la suivais pas physiquement, mais dans ma tête, j'étais en mode traque.

– Oui, bon… Moi, j'ai peut-être un peu hurlé sur mon ex-mari mais ce dont on parle là, comme tuer son ex, ou même le suivre partout, ça n'a rien à voir.

– Oui, mais ça ne t'aide pas à comprendre comment les gens peuvent en arriver là ?

– Absolument pas.

– Je vois, tu es au-dessus de tout ça.

– La bonne blague ! fit Ellen en lançant un regard lourd de sens à Julia.

– Bon, très bien. Une fois, j'ai passé des coups de fil anonymes à la nouvelle petite amie de mon ex. Ça n'a duré que quelques semaines et j'avais *dix-sept ans* !

– Ha ha ! s'exclama Pépé triomphalement. Toi-même, tu as un passif de harceleuse !

– Mais non, j'étais juste une ado idiote.

– Je te rassure, tu n'appartiens pas à la même catégorie que l'autre hystérique », dit Patrick. Il soupira. « Je crois que parfois elle rentre chez moi en mon absence.

– Tu ne m'en as jamais parlé ! s'écria Ellen.

– Dénonce-la aux flics, bon sang ! s'indigna Julia. Et change les serrures !

– Qu'est-ce qui te fait penser qu'elle rentre chez toi ? questionna Pépé.

– J'ai déjà changé les serrures plusieurs fois. Et je ne sais pas... juste une impression que j'ai en rentrant. Il n'y a rien de changé ou quoi que ce soit. Mais je sens sa présence. Quelque chose dans l'atmosphère. Une trace de son parfum peut-être. »

Patrick n'avait pas relevé le conseil de Julia sur la police.

« On se croirait dans un film d'horreur ! reprit Julia en tremblant de manière théâtrale. Tu as de la chance, ta nouvelle petite amie adore les films d'horreur.

– C'est vrai ? demanda Patrick en posant une main sur le genou d'Ellen. Je ne savais pas. Moi, je suis un trouillard. Je ne peux pas rester devant des trucs pareils.

– Film d'horreur, pop-corn et boule glacée enrobée de chocolat, la combinaison parfaite, confirma Ellen. Je n'aime pas l'idée que Saskia farfouille chez toi, mais alors pas du tout. » Elle ponctua ses propos d'un frémissement, pour faire bonne mesure, elle en était consciente. Car si elle compatissait de tout cœur avec Patrick et comprenait son anxiété, elle n'avait à la vérité aucunement peur pour elle-même. Peut-être parce qu'elle n'avait pas rencontré Saskia, laquelle n'avait pas de réelle existence à ses yeux. Ou peut-être parce qu'elle ne croyait pas les femmes capables de violence, même si bien sûr elle savait que c'était faux. Quelle qu'en soit la raison, elle continuait de trouver Saskia plus intéressante qu'effrayante.

« Désolé, dit Patrick. J'aurais dû garder ça pour moi. Sans compter que je me fais probablement des films.

– Elle ne ferait pas de mal à une mouche, dit Pépé en regardant Ellen. Si ça peut te réconforter, c'était une pacifiste. Elle a manifesté contre la guerre en Irak.

– C'était politique, ça, commenta Patrick. On parle d'un truc personnel, là.

– Elle n'a pas travaillé pour un refuge animalier pendant un temps ?

– Un refuge animalier ! ricana Julia.

– Qu'est-ce qu'il y a de drôle ? demanda Ellen.

– Je ne sais pas. C'est tellement cliché.

– Va dire ça à ces malheureux chatons et chiots, dit Pépé, la mine éplorée.

– À quoi tu joues ? s'énerva Patrick en lui donnant un coup de poing sur le bras. Pourquoi tout le monde a l'air de vouloir la défendre ?

– Désolé, Scottie. Je voulais rassurer Ellen, lui faire savoir qu'elle ne risque rien.

– Eh bien, Scottie, contrairement à Pépé, moi, je ne la défends pas, trancha Julia. Je dis qu'elle est complètement cinglée ; à votre place, je serais terrorisée.

– Merci », dit Patrick.

*

Je suis retournée à la plage aujourd'hui.

Pas celle où vit l'hypnothérapeute, ni aucune de celles où j'allais avec Patrick. Je suis allée à Avalon. Je n'y avais jamais mis les pieds, donc pas de souvenirs.

J'ai fait une indigestion de souvenirs hier soir. Une overdose.

Après ma visite chez les parents de Patrick, je ne suis pas allée à la fête. Peut-être que je savais dès le début que je n'irais pas. Les fêtes, ce n'est pas mon truc. J'ai roulé pendant six heures non stop, à l'exception d'une pause pour faire le plein et acheter une bouteille d'eau.

J'ai fait la tournée de tous les lieux de Sydney où je me suis rendue avec Patrick.

J'ai traversé le Harbour Bridge aller et retour au moins trente fois.

J'étais totalement amoureuse de cette ville quand je suis arrivée. Sydney. Rien que le nom me faisait de l'effet, comme « New York » doit impressionner les gens plus sophistiqués que moi, les gens qui n'ont pas grandi dans une minuscule bourgade grisâtre au milieu de nulle part en Tasmanie.

« Vous venez de Tasmanie ? » répétaient les gens d'ici avec un sourcil levé et un sourire en coin, façon de dire « Sérieux ? Cet adorable petit caillou ? ». Pour toute réponse, je baissais la tête humblement, comme pour m'excuser. Ça n'arrive plus. À présent, les gens murmurent : « Oh, la campagne est magnifique en Tasmanie. » Je ne sais pas si c'est moi qui ai changé ou la Tasmanie.

Sydney, mon grand amour, ex impétueux, flamboyant, tapageur. Sydney m'a éblouie avec ses plages, ses bars, son soleil, ses restaurants, ses cafés, sa musique, et cet énorme saphir scintillant en guise de port.

Telle une petite amie idiote et follement éprise, je me suis jetée à corps perdu dans la découverte de cet endroit. Je connais mieux Sydney que n'importe quel natif ou chauffeur de taxi. Je peux vous dire où manger les meilleurs dim sum, sushis ou tapas. Vous conseiller les théâtres, les musées et les pubs les plus cool. Je sais où faire de la plongée, où randonner, où garer sa voiture. Je ne vivais à Sydney que depuis six mois quand j'ai rencontré Patrick. Il ne connaissait même pas la moitié des lieux où je l'ai emmené alors qu'il y avait toujours vécu.

Patrick et Sydney m'ont offert les plus beaux, les plus heureux moments de ma vie. On a échangé des baisers sur des ferries, bu du champagne près du port, vu des pièces de théâtre, des films, des concerts. On a fait de longues promenades dans les parcs nationaux éclaboussés de lumière avec Jack qui, perché sur les épaules de son père, me souriait de toutes ses dents. On lui a donné la main sur la plage et on a compté jusqu'à trois avant de le soulever au-dessus des vagues qui moussaient autour de nos chevilles.

Je les aimais tellement tous les deux. Je me rappelle avoir dit un jour à ma mère au téléphone : « Je ne savais pas que ça pouvait être aussi simple d'être aussi heureuse. »

Quand elle m'a répondu « Rien ne pouvait me faire plus plaisir que d'entendre ça », je l'ai imaginée, le sourire aux lèvres, en train d'astiquer sa cuisine avec une lavette et un spray décapant.

Parce que tout ce que maman a toujours voulu pour moi, c'était que je sois heureuse.

Je l'ai toujours trouvée étrangement altruiste. Jusqu'à ce que je m'occupe de Jack. Là, j'ai commencé à percevoir comment les humeurs de votre enfant dictent les vôtres et comment peut-être ça devient une habitude.

Une fois, je m'en souviens parfaitement, elle m'a demandé : « Tu crois que Patrick est aussi heureux que toi ? » Et moi de répondre : « Évidemment. »

Après un silence, elle a ajouté, de façon très précautionneuse, très incertaine : « Ça fait moins d'un an qu'il a perdu sa femme. Il doit toujours avoir beaucoup de chagrin, Saskia, c'est tellement long ces choses-là, alors… peut-être… garde ça en tête. »

Elle parlait en connaissance de cause parce que mon père est décédé quand je me déplaçais encore à quatre pattes. Je n'ai aucun souvenir de lui. Je ne risque pas de souffrir d'un sentiment d'abandon refoulé.

Je sais que ma mère considérait mon père comme l'amour de sa vie et qu'il lui a manqué jusqu'à sa propre mort. Elle le disait d'ailleurs, mais ça ne signifie pas pour autant que Patrick ressentait la même chose. D'abord, maman n'a rencontré personne qui aurait pu la rendre heureuse. Alors que lui, il m'a rencontrée. Et je l'ai rendu heureux. Je le sais. Je ne suis pas stupide. Je ne l'ai pas inventé.

Bien sûr, j'avais conscience qu'une partie de lui était toujours en deuil. J'ai scrupuleusement respecté les souhaits de Colleen quant à l'éducation de Jack. Elle avait laissé une liste. Écrite d'une main tremblante – elle devait être déjà très malade à ce moment-là – et dans une orthographe franchement médiocre. Ce n'était guère charitable de ma part de le remarquer, j'en conviens, mais de fait, je ne me suis jamais considérée comme une personne particulièrement gentille. Colleen était une adepte des vitamines, j'en ai donc donné à Jack quotidiennement. Colleen croyait que les maillots de corps protégeaient les enfants de tous les maux, j'en ai donc fait porter à Jack, même lorsqu'il faisait doux, au risque que ce pauvre petit ait trop chaud. Je suis certaine que Colleen ne serait pas allée jusque-là, mais Patrick prenait chaque élément de cette liste au pied de la lettre.

Mais il était heureux avec moi. Il l'a dit. Et aussi, « Tu m'as sauvé la vie », « Je te garde pour toujours », « J'aurais été perdu sans toi ».

Aujourd'hui donc, toujours vêtue de ma robe rouge, je me suis endormie sur la plage et j'ai rêvé de Colleen. Un rêve débile et franchement gênant dans lequel je lui criais dessus à cause de son orthographe : « Il y a un seul *m* à "vitamines" ! »

Puis j'ai entendu une voix : « Grosse bringue, hein ? »

J'ai ouvert les yeux. Debout à côté de moi, un homme me regardait. J'avais le soleil en pleine face alors je n'ai pas vu grand-chose de lui sinon qu'il avait une combinaison courte, un bodyboard sous le bras et des cheveux crépus aussi fins que ceux d'un enfant.

Je me suis redressée et j'ai jeté un coup d'œil à ma tenue. J'avais effectivement l'air de quelqu'un qui a perdu connaissance après une grosse fête, sauf que j'ai passé l'âge de me comporter comme ça. J'ai dit : « Si on veut. »

Manifestement à court de mots, il a souri et porté deux doigts à son front dans un geste de salut avant de rejoindre l'océan. Je suis restée assise sur la plage à le regarder surfer. Il n'était pas très doué. Il essayait d'attraper des vagues, le plus souvent en vain, mais chaque fois qu'il y parvenait, il était tellement drôle avec son air ravi et ses cheveux plaqués sur son crâne qui dépassait de l'écume.

Dans l'après-midi, je suis entrée dans un de ces magasins de surf et je ne sais pas ce qui m'a pris, mais j'en suis ressortie avec une combinaison et un bodyboard.

Il ne me reste plus qu'à apprendre à surfer. Ou à *rider*, si c'est comme ça qu'on dit. Je suis super contente.

*

Le lundi, Ellen se réveilla exténuée et un simple coup d'œil à son carnet de rendez-vous acheva de l'anéantir. Une succession ininterrompue de séances l'attendait, sans même une pause déjeuner.

Elle se rappelait vaguement s'être dit gaiement « Oh, j'y arriverai ! » en programmant tous ces rendez-vous. À présent, elle songeait avec envie à son lit et au plaisir absolu qu'elle aurait à se replonger sous la couette pour la journée entière. Si seulement elle se sentait à proprement parler souffrante, voire contagieuse, avec de vrais symptômes, alors elle pourrait prendre son téléphone et tout annuler. Mais elle était juste épuisée. Elle avait trop mangé, trop bu, trop stressé à cause de ces présentations trop rapprochées et de ces émotions trop intenses. Et tout ce sexe ! Elle allait avoir une cystite carabinée, elle le sentait.

Et elle n'avait plus de lait, ce qui, l'espace d'un instant, lui avait paru la fin du monde. Plantée devant son réfrigérateur ouvert, elle avait carrément tapé du pied. Car comment se passer du contraste entre le croquant des céréales et la fraîcheur du lait ?

Elle mit du pain rassis à griller avec des gestes vifs et boudeurs, comme si elle se savait observée par la personne qui avait fini le lait et voulait ajouter à sa culpabilité. Elle sortit pour ramasser le journal qu'elle trouva au beau milieu de la haie, ce qui l'obligea à fourrer le bras dans le feuillage fâcheusement couvert de rosée, merci le livreur.

Puis, comme si ça ne suffisait pas, tandis qu'elle mangeait sa tartine (au goût étrangement acide) et lisait le journal (plein de nouvelles désastreuses : meurtres, accidents mortels, guerres, attentats-suicides – le monde dérivait sur un océan de larmes), elle tomba sur un article titré « Ils se disent OUI devant tout le gratin ».

Dessous, une photo de sa cliente Rosie, flanquée de quatre demoiselles d'honneur grandes et maigres dans leurs robes ultra-longues. Elle avait perdu beaucoup de poids depuis la dernière fois qu'Ellen l'avait vue, environ deux mois plus tôt. Elle n'avait plus de formes. Sa robe de mariée bustier laissait voir ses épaules décharnées et voûtées. Le mariage avait donc eu lieu comme prévu. Elle n'avait pas tenu compte de la révélation qu'elle avait eue sous hypnose. Soit elle s'était persuadée qu'en réalité elle aimait son fiancé, soit elle avait décidé de l'épouser malgré tout, pour l'argent ou le prestige, ou parce qu'elle n'avait pas eu le courage d'annuler les noces, le « gratin » ayant déjà reçu les invitations.

Dans un cas comme dans l'autre, la nouvelle ne fit que déprimer Ellen davantage. Elle se sentit inutile et incompétente.

Le téléphone sonna. Elle se hâta de répondre, espérant une annulation. De la première séance, idéalement, comme ça elle pourrait retourner se coucher.

« Bonjour, dit-elle sèchement. Ellen, j'écoute.

– Eh bien ! Tu t'es levée du mauvais pied, on dirait ! »

Elle reconnut la voix de Harriet, la sœur cadette de Jon, avec qui elle était restée en contact après leur rupture.

Harriet était une femme minuscule, froide et autoritaire. À très petites doses, sa conversation quelque peu malveillante ne déplaisait pas le moins du monde à Ellen, à l'image du goût âcre et amer de la réglisse dont elle avait parfois une étrange envie.

Mais aujourd'hui, sa voix légèrement nasale lui porta sur les nerfs.

Telle une coureuse qui s'élance dans une côte, elle prit une grande inspiration et dit : « Harriet, comment vas-tu ?

– Bien, bien. Je me suis dit, tiens, si j'appelais Ellen pour papoter ? Ça fait des mois. »

À sept heures trente un lundi matin. Qui d'autre que Harriet pouvait s'imaginer que c'était le bon moment pour papoter ?

« Mais oui, ça fait trop longtemps ! » Ellen ferma les yeux un court instant, envahie par une absurde envie de hurler.

Chaque fois qu'elle avait Harriet au téléphone, Jon repassait soudain au premier plan de sa conscience. Sa façon de s'exprimer, identique à celle de sa sœur ; son sourire mi-figue mi-raisin qui lui plissait les yeux. Harriet lui rappelait que Jon existait toujours.

Aussi, lors de leurs échanges, Ellen préférait être gaie, pétillante, investie dans mille projets, de sorte que Jon reçoive les bons messages. (Car Harriet ne manquerait pas de lui parler desdits échanges. Elle amassait les informations et les régurgitait à la ronde comme autant de boulettes de pouvoir, c'était sa spécialité.) Idéalement, Ellen devrait mentionner Patrick sur-le-champ (*Tu ne sais pas la dernière ? Ellen a rencontré quelqu'un*), mais elle n'avait pas l'énergie de déployer l'enthousiasme qu'il méritait.

« Comment va Jon ? » préféra-t-elle demander. Autant le mettre au centre de la conversation plutôt que de le laisser rôder en périphérie.

« C'est marrant que tu demandes. Figure-toi que l'éternel célibataire qui me sert de frère se marie. Tout le monde hallucine dans la famille ! Tu imagines le truc, toi ?

– Non. » Ellen s'éclaircit la gorge. « C'est dingue. »

En quatre ans de vie commune avec Jon, pas une fois le mot « mariage » n'avait été prononcé. Elle avait supposé qu'il ne croyait pas au mariage, à l'institution, et il n'avait jamais songé à lui demander ce qu'elle en pensait. En réalité, il ne croyait pas au mariage avec *elle*.

Ellen en conçut une douleur atroce. En fait, elle sentit son cœur exploser en mille morceaux telle une pièce de porcelaine fragile et délicate dont les fragments envahirent son corps ; certains, minuscules, vinrent lui picoter les sinus, un autre, énorme, vint se ficher dans ses entrailles. *Mais enfin, tu t'en moques ! Tu en aimes un autre ! Pour la première fois de ta vie, tu es vraiment amoureuse ! Tu t'en moques ! Tu t'en moques ! Tu t'en moques !* Sauf qu'elle ne s'en moquait pas du tout.

« Il ne la connaît que depuis quelques mois, poursuivit Harriet. Elle est assistante dentaire. »

Quelques mois. Au bout de quelques mois seulement. Peut-être que Jon était vraiment amoureux pour la première fois de sa vie lui aussi. Ce qui n'allait pas du tout ! Autant l'idée qu'Ellen n'ait jamais véritablement aimé Jon ne posait pas de problème, autant l'inverse était proprement insupportable. Pourquoi ? Parce que la gentille dans l'histoire, c'était *elle* !

« On sait bien que ça ne durera pas de toute façon. » La voix de Harriet faiblit un peu, comme si elle reculait à présent que le mal était fait.

Était-ce un choix délibéré de sa part d'annoncer cette nouvelle – qu'Ellen prendrait mal, elle devait s'en douter – un lundi à la première heure, moment où toute personne normalement constituée est vulnérable ? Dans quel but ? La blesser ? Pourtant, Ellen savait que Harriet lui était sincèrement attachée.

« Eh bien, j'espère pour eux que si, répondit-elle d'un ton détaché qui l'impressionna elle-même. Dis-moi, Harriet, je peux te rappeler plus tard ? C'est dur-dur ce matin. Je n'ai plus de lait et je me sens d'humeur exécrable.

– Tes hormones qui t'embêtent avant tes règles ? » Harriet avait toujours fait partie de ces femmes qui ne ratent jamais une occasion de parler de leur cycle menstruel.

« Je me suis juste levée du mauvais pied. »

Elle raccrocha et éclata en sanglots. Des sanglots rauques emplis de colère. Ridicule. Disproportionné.

« C'est ton ego qui pleure. » Sa voix enfantine, brisée, résonna dans la cuisine. « Ce n'est que ton ego. »

À ses yeux, rien ne pouvait être pire que d'être mariée avec Jon. Il avait systématiquement démoli sa personnalité, la faisant douter de chacune de ses pensées, après quoi elle avait mis un temps fou à se retrouver. Jon ne lui manquait pas.

C'était un homme égoïste, prétentieux, nombriliste, mauvais, et pourtant elle l'avait aimé éperdument. Être sa femme, non merci, mais pas question qu'il en épouse une autre. Elle ne voulait pas de lui, mais la réciproque ne devait pas être vraie.

Oui, elle réagissait de manière stupide et immature, mais voilà, elle était incapable de lutter contre ses sentiments. Elle pleura, pleura, pleura encore. Une orgie de sanglots et de gémissements indécents. Elle se prit à vouloir l'appeler. À vouloir crier : « Qu'est-ce qui n'allait pas chez moi d'abord ? » À vouloir voir cette fille. À les observer ensemble. À espionner leurs conversations.

Oh, Saskia. Je comprends. Je sais. Je réalise.

Enfin, mouvements saccadés des épaules, reniflements bruyants et effusions renouvelées de larmes cessèrent et Ellen se sentit incroyablement purifiée ; épuisée, fragile et pâle, mais soulagée, comme si elle venait juste de vomir l'ultime aliment avarié que contenait son estomac.

Eh bien ! Voilà qui était insensé ! Et franchement bizarre ! Harriet avait peut-être raison, c'était un coup de ses hormones, même si d'ordinaire elles se tenaient tranquilles et ne provoquaient pas ce genre de raz-de-marée émotionnel.

Elle prit son agenda pour vérifier la date de ses prochaines règles.

Elle feuilleta les pages lentement, quelques jours en avant, puis plus vite, quelques jours en arrière. Non ! Impossible ! À moins que…

Elle reposa son agenda et regarda fixement l'océan.

*

Je vais arrêter. C'est fini. Terminé.

Ironiquement, voilà les mots qui résonnaient dans ma tête aujourd'hui tandis que je me rendais chez l'hypnothérapeute.

Elle n'avait pas l'air dans son assiette quand elle m'a ouvert la porte. Sa peau semblait marbrée, ses cheveux ternes, et elle avait une tache de gras sur son haut. La voir ainsi m'a mise de bonne humeur.

Et puis, avant de commencer la séance, quand elle m'a invitée à utiliser la salle de bains si besoin, comme à son habitude, j'ai dit oui. J'avais vraiment envie.

Par automatisme, j'ai ouvert le meuble miroir au-dessus du lavabo. Non que j'étais particulièrement intéressée. Je savais exactement ce que j'allais y trouver : sa crème hydratante de supermarché, sa solution pour lentilles de contact, son déodorant, ses rasoirs, ses tubes de rouge à lèvres, ses flacons d'huiles essentielles.

J'ai failli passer à côté. Je m'apprêtais à refermer la porte quand quelque chose d'inhabituel a attiré mon attention : une boîte rectangulaire longue et plate.

Je l'ai prise, histoire de, et puis j'ai senti quelque chose dans ma poitrine, comme une déchirure, une déchirure faite par un crochet aiguisé qui lacérait mon cœur.

C'était une boîte de tests de grossesse. J'ai tout de suite reconnu la marque pour l'avoir moi-même utilisée. De nombreuses fois.

La boîte était ouverte.

J'en ai sorti deux bâtonnets en plastique blanc. Elle les avait déjà faits. Les deux. Pour être sûre du résultat.

Sur chacun des bâtonnets, dans la petite fenêtre, apparaissait le même symbole. Le symbole que j'avais tant désiré voir s'afficher, en vain.

L'hypnothérapeute est enceinte.

9

« Rien tu ne verras, rien tu n'entendras, rien tu n'auras à l'esprit, en dehors de Svengali, Svengali, Svengali ! »

Instruction de l'hypnotiseur Svengali
à Trilby O'Ferrall dans *Trilby*,
roman classique de George du Maurier

Son cerveau ne cessait d'oublier la chose, des amnésies de plusieurs minutes, puis soudain, elle se rappelait.

Sept heures à peine s'étaient écoulées depuis qu'elle avait fait le test. Après avoir reposé son agenda et fixé l'océan pendant au moins dix minutes, elle avait eu un accès de frénésie, comme si quelqu'un d'autre avait pris le contrôle de son corps. Elle avait enfilé des vêtements sales et sauté dans sa voiture pour rejoindre le bourg où elle s'était garée en double file devant la pharmacie qui ouvrait juste. Quand Ellen lui avait demandé un test de grossesse, la sympathique dame aux cheveux gris qui lui vendait d'ordinaire des médicaments contre le rhume des foins avait conservé un air poliment impassible puis parlé de la météo inhabituelle à cette période de l'année tout en lui tendant le sachet en papier blanc bien fermé.

Quand son premier client de la journée avait frappé à la porte, Ellen était toujours assise sur le bord de la baignoire de sa grand-mère, les deux tests indéniablement positifs au creux de la main.

La matinée s'était écoulée dans une sorte de brouillard. Au point qu'elle n'aurait su dire si elle avait fait un travail épouvantable ou génial. Elle avait discuté, écouté, induit des transes, rédigé des reçus alors que, dans un recoin de sa tête, une voix stupéfaite chantait en boucle : *Je suis enceinte, je suis enceinte, je suis vraiment enceinte.*

C'était beaucoup trop tôt ! Trois mois seulement qu'ils se connaissaient ! Les mots « Je suis enceinte » n'avaient pas leur place dans une relation si récente. Le truc de mauvais goût, vulgaire. Digne d'un couple d'adolescents dans un feuilleton télévisé.

Et trop médical aussi. *J'ai un retard de règles en raison de la rencontre accidentelle entre ton sperme et mon ovule ; ladite rencontre résulte d'une anomalie, d'une erreur quelconque, ou de notre utilisation des préservatifs ; j'ai donc fait un test qui a confirmé la présence de l'hormone de grossesse dans mon urine, voilà voilà.*

En dehors de ça, Patrick avait-il seulement *envie* d'un autre enfant ? Un jour ? Dans l'absolu ? Elle s'était dit que oui, mais maintenant qu'elle y réfléchissait, elle voyait bien que cette conviction reposait sur des indices aussi maigres qu'insignifiants, comme le fait qu'il adorait son fils, ou qu'une fois elle l'avait vu sourire avec tendresse au bébé d'un inconnu, ou que sa *mère* – pour qui il avait beaucoup d'affection – souhaitait qu'il ait d'autres enfants. Ah, et aussi, c'était un homme charmant, de ceux qui devraient automatiquement vouloir plus d'enfants car c'est un impératif biologique de transmettre le gène du charme.

En réalité, il se pouvait tout à fait qu'en souriant à ce nourrisson, il se soit dit : *Heureusement, tout ça est derrière moi.*

À cette pensée, un frisson la parcourut. C'était ridicule. Elle savait tant de choses sur lui – il avait peur des araignées, trouvait les concombres sans intérêt, une fois il avait flanqué un coup de poing à un dénommé Bruno –, mais elle ignorait ce point pourtant essentiel.

Et, à supposer qu'il veuille effectivement un autre enfant, qu'allaient-ils *faire* ? Au sens propre, s'entend.

Emménager ensemble ? Chez elle, chez lui ? Se marier ? Elle ne voulait pas vivre chez lui. La baignoire était trop petite, la cuisine trop exiguë, la couleur de la moquette du salon néfaste pour son âme. Elle aimait la maison de sa grand-mère, cette pièce où elle travaillait, le bruit de l'océan quand elle s'endormait. Mais peut-être que ça perturberait Jack de quitter la maison où il vivait depuis toujours ? Et d'ailleurs, Jack était-il prêt à avoir un petit frère ou une petite sœur ?

Un petit frère ou une petite sœur... Voilà qui la fit sursauter. Garçon ou fille. Le sexe du bébé était déjà fixé. Ça alors ! Elle allait avoir un *bébé* ! Elle se sentit soudain toute chose, envahie par un sentiment étrange qu'elle pourrait définir comme un mélange à parts égales de terreur hystérique et de joie aveuglante. Un bébé.

« Ellen ? On peut commencer ? »

Son rendez-vous de quatorze heures. Luisa. Elle revenait juste de la salle de bains et la regardait d'un air légèrement irrité. Ellen avait toujours perçu sur son beau visage sculpté une colère sous-jacente à peine contenue. Fille d'une amie de la mère de Julia, Luisa avait assez récemment poussé la porte du cabinet d'Ellen en raison d'une « infertilité inexpliquée », non sans préciser qu'elle ne croyait pas vraiment à ce « truc de hippies » mais qu'au point où elle en était, autant tout essayer. D'ailleurs, elle consultait aussi un acupuncteur, un naturopathe et un diététicien. Comment réagirait-elle si elle apprenait qu'Ellen était tombée enceinte *accidentellement*, maladroitement, bêtement, inopportunément ? Le monde était décidément incroyablement injuste.

*

J'approchais de la quarantaine quand j'ai rencontré Patrick, alors je savais que si je voulais être maman, il était ma seule chance. Je n'ai pas eu à le supplier ou quoi que ce soit. Il a dit oui tout de suite. L'idée semblait même l'enthousiasmer – il n'arrêtait pas de dire qu'il ne voulait pas que Jack reste un enfant unique – mais les mois ont passé sans qu'il se passe rien et il s'est désintéressé de la chose.

Il refusait d'en parler, de consulter un quelconque médecin. Il ne voulait même pas tenir compte de mon cycle. « Je n'ai pas envie d'entendre que tu *ovules* », disait-il, comme si ovuler était dégoûtant.

En toute honnêteté, il s'est un peu comporté comme un con sur ce coup-là.

Je lui ai pardonné. Pour les hommes, c'est différent, je l'ai compris. Ils n'ont pas la même pulsion biologique.

Il m'a dit : « Saskia, mon amour, si ça ne doit pas arriver, ça ne doit pas arriver. »

Soit. Et on avait Jack.

Sauf qu'en réalité, c'était lui qui avait Jack. Moi, je n'avais pas Jack. Et je n'étais pas son amour.

Au final, ça devait arriver. Qu'il ait un autre bébé. Mais pas avec moi.

*

« Quoi ? Qu'est-ce que tu as dit ? Tu m'invites à une réunion Tupperware ? dit Ellen.

– Ouais, genre ! » cria Danny qui semblait appeler depuis une boîte de nuit. Le jeune hypnothérapeute qu'elle supervisait depuis un an appartenait, tout comme Simon, le frère de Patrick, à une génération qui semblait s'exprimer dans un dialecte différent. À moins que ce soit leur accent. Teinté d'une pointe d'américain. Et leur rapport au monde était empreint d'une désinvolture amusée, comme si rien n'était hors d'atteinte pour eux. L'effet de la technologie peut-être. Le pouvoir au bout des doigts.

Ou peut-être Ellen renvoyait-elle la même image quand elle avait vingt-quatre ans ? Non. Elle n'avait jamais été désinvolte.

« Attends, je vais sortir une minute », dit Danny.

Je suis enceinte, Danny. Enceinte. Ça veut dire que je vais avoir un bébé. Avec un mec que je vois depuis trois mois à peine. Tu ferais quoi, toi, si ta copine t'annonçait qu'elle était enceinte au bout de trois mois ?

« Bon, tu m'entends mieux, là ? » Le bruit de fond s'était tu. « Non, ce que je te disais, c'est : le principe des réunions Tupperware, ça te parle ? Donc, j'étais au comptoir à écouter ces deux femmes, la quarantaine, genre mamans quoi, et elles parlaient de tous ces kilos qu'elles avaient à perdre, de leurs coachs respectifs, de ces heures passées à courir sur leur tapis pour éliminer une malheureuse pomme de terre au four, et elles étaient, genre, *à fond* dans leur truc à la con.

– J'ai du mal à te suivre.

– Je vais organiser des séances d'hypnose collective axées sur la perte de poids. Des Hypno-Fest' ! L'idée, c'est de mettre toutes ces femmes ensemble et d'utiliser les techniques d'induction rapide de Flynn ; tu sais, celles dont tu m'as parlé. Il serait OK, tu penses ? De toute façon, ces femmes seront hyper réceptives. Ensuite, script standard avec deux ou trois affirmations positives – peut-être une suggestion de nature aversive : dégoût à chaque fois qu'elles voient une pomme de terre ou qu'elles ouvrent la porte du frigo. À voir, parce qu'elles doivent préparer à manger pour leurs gosses. Bref, c'est du détail, je m'en occuperai. T'en penses quoi ?

– Je ne suis pas absolument…

– C'est parfait, hein ! Bon, et question tarif, jusqu'à combien je peux aller, tu crois ?

– Eh bien, je ne sais pas. Je préfère personnaliser le traitement pour un…

– Tu n'imagines pas ce qu'elles lâchent à leurs coachs. Avec moi, elles auraient de meilleurs résultats.

– Peut-être. »

Elles tomberaient toutes amoureuses de lui. Car Danny était séduisant et charismatique, mais pas dans le genre tapageur, si bien que vous pouviez avoir l'impression d'être la seule à vous en rendre compte. Au cours de la formation « Introduction à l'hypnothérapie » qu'elle avait animée, Danny était l'unique mâle et Ellen n'avait pu que remarquer la façon dont les autres étudiantes se penchaient inconsciemment vers lui telles des fleurs poussées par le vent.

Une voix féminine s'éleva derrière lui. « Danny ! Je t'ai cherché partout ! »

Sans blague, songea Ellen. Danny avait la capacité de soutenir le regard sans avoir l'air d'un fou. Peu d'hommes pouvaient en dire autant. C'était un don.

« Bon, je dois y aller, je voulais juste avoir ton avis vu que je viens d'avoir l'idée ! Je te rappelle, d'ac ? Mais au fait, Ellen, comment tu vas ? Désolé, je ne t'ai même pas demandé. »

Ce n'était pas une question de pure forme. Sa voix semblait sincèrement intéressée. À moins qu'il excelle dans le rôle du commercial.

« Je vais bien, Danny. Allez, file. »

*

Ce soir-là, Ellen se vautra dans son canapé pour regarder *Beauty and the Geek* tout en mangeant des pommes de terre rôties avec les doigts – rien d'autre ne l'avait tentée.

Ce n'était pas la première fois de sa vie qu'elle avait envie d'un aliment en particulier mais à présent qu'elle était enceinte, elle se sentait le droit d'appeler ça une « envie irrésistible ». Le bébé avait peut-être besoin de pommes de terre.

À moins que son inconscient ait docilement répondu à la suggestion de Danny après qu'il avait parlé de pommes de terre.

À présent que je suis enceinte… le bébé… envie irrésistible… Ces pensées, ces mots, qu'elle laissait lui venir à l'esprit, lui donnèrent l'impression de commettre une infraction. Elle ne pouvait quand même pas entrer dans ce monde compliqué de la maternité comme dans un moulin ! Il lui fallait un laissez-passer officiel, non ? C'était quoi, ce laissez-passer ? Un certificat de mariage ? Incroyable… Hier encore, l'idée d'avoir des enfants lui semblait tellement lointaine, et aujourd'hui, après un simple aller-retour à la pharmacie, elle pensait au « bébé » et avait des envies de pommes de terre. Bientôt, elle mangerait des cornichons avec de la glace pour le dessert.

La combinaison des féculents et de cette émission à la noix la plongeait dans une sorte de léthargie. Comme si sa tête était remplie de boules de coton.

La mamnésie.

Arrête, Ellen !

Le téléphone sonna. Elle posa son assiette sur le côté et s'extirpa du canapé en grognant. Voilà qu'à présent elle marchait comme une femme enceinte, une main sur les reins ! Elle se força à se redresser. Elle était d'une réceptivité hors du commun.

C'était Melanie, sa marraine. Parfait. Elle n'aimait pas spécialement parler au téléphone. Elle serait brève et Ellen pourrait retourner à ses beautés plaisamment idiotes et à ses génies adorablement coincés.

« Je voulais juste te dire que j'ai trouvé Patrick vraiment chouette, dit Mel. Il est adorable. Et tellement mieux que ce Jon. Quel con arrogant, celui-là ! J'espère que tu ne m'en veux pas de te dire ça.

– Eh bien figure-toi que le con arrogant va se marier.

– Oh, comme je la plains. Quand je pense que ç'aurait pu être toi. Savoure ta chance. »

Et comme par magie, Jon se retrouva enfermé à double tour dans le petit coin de sa mémoire où il devait rester. Ellen fut submergée par une vague de gratitude et d'affection pour ses deux marraines. Pip avait également appelé dans la journée. Elle avait laissé un long message sur son répondeur, évoquant pêle-mêle le bonheur d'avoir trouvé l'âme sœur, la marche nuptiale qu'elle entendait déjà retentir et… était-elle trop vieille pour être sa demoiselle d'honneur ? Le tout entrecoupé de gloussements. Évidemment, sa propre mère n'avait pas encore décroché son téléphone.

« Ta mère aussi l'a trouvé chouette, ajouta Mel.

– Ce sont ses mots ?

– Euh, non. Mais je l'ai senti. À propos, tu ne l'as pas trouvée bizarre vendredi soir ?

– Je ne crois pas. » Elle essaya non sans mal de se rappeler l'attitude de sa mère au cours du dîner organisé chez elle. Anne n'avait-elle pas été Anne ? Ellen était tellement centrée sur Patrick et elle-même qu'elle n'avait pas vraiment pris le temps de l'observer. « Toi oui ?

– Oh, pas vraiment, mais… C'est juste qu'elle est un peu, euh, secrète ces derniers temps. Comme si elle nous cachait quelque chose. »

Hé ! Je dois moi-même gérer un très gros secret, là. Je n'ai pas le temps pour ceux de ma mère. Et, vu nos âges respectifs, c'est moi qui suis censée être le centre d'intérêt. Pourquoi sa mère ne pouvait-elle pas mener une vie ennuyeuse et paisible, à l'abri de tout nouveau bouleversement majeur, comme la mère de Patrick ?

Telles furent les pensées puériles qui lui traversèrent l'esprit tandis qu'elle regardait avec envie son assiette de pommes de terre et les images clignotantes sur son écran de télévision.

« Tu ne crois quand même pas qu'elle est malade ? demanda Ellen, soudainement paniquée à l'idée d'être punie pour son égoïsme.

– Non, non, répondit Mel. Voilà que tu t'inquiètes à cause de mes bêtises. Ta mère est en parfaite santé. Si tu avais vu la claque qu'elle m'a mise au tennis la semaine dernière ! Je me fais sûrement des idées, ou alors je suis en manque de ragots ! Oublie ! Si je t'ai appelée, c'était pour te dire que j'ai trouvé Patrick super. Je ne t'embête pas plus longtemps. À très vite ! »

Bip, bip, bip. Personne ne terminait une conversation téléphonique aussi abruptement que Melanie. Avec Phillipa, c'était tout le contraire. Elle mettait vingt bonnes minutes à conclure. Si c'était elle qui avait remarqué quelque chose d'étrange chez sa mère, Ellen aurait tout de suite chassé l'idée de son esprit. Mais Mel n'était pas du genre à imaginer des choses. Sa mère cachait à coup sûr quelque chose. Pas forcément un truc horrible d'ailleurs. Les gens ont le droit d'avoir des secrets.

« J'en ai bien un, moi », dit Ellen à voix haute, pénétrée d'une sensation inhabituelle. À quand remontait la dernière fois qu'elle avait eu un secret d'une telle ampleur ? Était-ce seulement arrivé ? Un secret si gros que les gens le vivraient comme un vrai petit tremblement de terre.

C'est entre toi et moi, p'tit bout. Toi et moi, on est les seuls à savoir.

Et elle veillerait à ce qu'il en soit ainsi encore quelque temps.

Elle venait d'attaquer une autre pomme de terre rôtie quand le téléphone sonna de nouveau. Cette fois, Julia.

« Je n'arrive pas à croire que tu as voulu m'arranger un coup avec un type qui m'arrive à peine sous le bras, glapit-elle.

– Désolée, fit Ellen, la bouche pleine. Je ne savais pas. »

Comme c'était tentant d'arracher un nouveau glapissement à Julia en lâchant ces trois petits mots : Je suis enceinte.

« En plus, il avait l'air tout droit sorti de *L'amour est dans le pré* !

– Moi, je l'ai trouvé plutôt sexy en fait. » Résister, il fallait résister. Patrick devait être le premier informé.

« Je n'ai pas dit qu'il ne l'était pas.

– Je *vois*..., fit Ellen, en écarquillant les yeux.

– Quand vous êtes partis, Patrick et toi, il m'a raccompagnée jusqu'à ma voiture et m'a invitée à boire un verre.

– Et tu as accepté ?

– Oui. En mode copains, bien sûr.

– Bien sûr. » Quelle métamorphose dans la voix de Julia ! La fragilité avait disparu. Ellen ne l'avait pas entendue parler comme ça depuis des années. Ça lui faisait chaud au cœur.

« Et je sais comment il s'appelle en vrai ! Sam ! Je savais que ça ne pouvait pas être Bruce. Mais, au fait, j'ai oublié de te dire : j'ai adoré Patrick ! Je le trouve formidable. Un vrai bonhomme. Ne fais pas tout foirer cette fois.

– Merci pour ce témoignage de confiance.

– Je suis sérieuse, Ellen. Celui-là, faut pas le laisser s'échapper.

– OK. » *Ça tombe bien, je suis enceinte de lui.*

« Je veux dire, Jon était tellement suffisant…

– Pourquoi la vérité sort-elle toujours plus tard ? Tout le monde avait l'air d'adorer Jon quand j'étais avec lui. Vous riiez tous comme des perdus à ses blagues.

– Ouais, il était plutôt drôle, concéda Julia distraitement. Tu regardes *Beauty and the Geek*, là ? Tu as vu la blonde aux yeux globuleux ? Tu ne trouves pas qu'elle a une tête de meurtrière ? À propos, tu ne m'avais pas dit que l'ex de Patrick s'introduisait carrément chez lui !

– Je l'ignorais. » Ellen regarda la fille aux yeux globuleux sur son écran de télévision. Elle avait complètement oublié cette dernière révélation sur Saskia. Comment réagirait-elle si elle apprenait qu'Ellen était enceinte ? La nouvelle suffirait-elle à la guérir ? Ou peut-être la ferait-elle basculer dans la folie pour de bon ? Peut-être avait-elle désiré un enfant avec Patrick ?

« Oh, je dois te laisser. Quelqu'un m'appelle sur mon mobile. C'est peut-être Sam ! À plus ! »

À peine Ellen fut-elle réinstallée dans son canapé avec son assiette de pommes de terre que le téléphone sonna de nouveau.

« Salut, chérie », dit Patrick de la grosse voix de cow-boy qu'il prenait pour lui dire bonjour. C'était devenu un rituel. Étrange. « Qu'est-ce que tu fais de beau ?

– Je regarde la télé et… je mange des pommes de terre. » Une bouffée de culpabilité envahit Ellen, comme si chaque seconde qui passait sans qu'elle lui parle de cette grossesse constituait une trahison. Elle ne pouvait pourtant pas lui annoncer au téléphone, si ? Et puis, franchement, pour l'instant, elle n'avait pas envie d'entendre ce que Patrick en pensait. C'était déjà assez déroutant d'essayer de comprendre comment *elle* vivait la chose. Connaître son sentiment à lui ajouterait un nouveau niveau de complexité à la situation. S'il se réjouissait, elle s'imaginait déclarer forfait : trop tôt, totalement inopportun, la seule chose sensée serait de ne pas poursuivre cette grossesse. S'il paniquait et suggérait lui-même un avortement, elle serait anéantie. Elle le voulait, ce bébé ! S'il disait « Je te soutiendrai quoi que tu décides », elle serait franchement contrariée. Cette grossesse, c'était *leur* problème, pas seulement le sien. En gros, elle voyait bien que la réaction de ce pauvre Patrick, quelle qu'elle soit, ne pouvait la satisfaire.

« Comment s'est passée ta journée ? demanda-t-elle d'une voix qu'elle espérait naturelle.

– Bien, jusqu'à ce que tu-sais-qui débarque au bureau.

– Tu-sais-qui ? Oh, oui. J'y suis. » Pauvre Saskia. Il refusait toujours de prononcer son nom.

« Elle a fait une crise démentielle, pire que d'habitude. À pleurer. À parler de bébés.

– De bébés ? » répéta Ellen. Son sang se glaça. Se pouvait-il que Patrick soit déjà au courant ? Auquel cas sa façon de le lui faire savoir était plutôt perturbante. « Qu'a-t-elle dit au juste ? » Elle passa ses doigts dans le cordon en spirale du téléphone de sa grand-mère. (C'était un combiné vert, vieux de plus de trente ans, doté de ce cadran rond qu'on faisait tourner du bout du doigt pour composer les numéros.)

« Ma foi, je ne sais pas. Sérieusement, je n'écoute pas. Je lui ai dit qu'elle avait besoin d'aide psychiatrique. Elle m'a tendu une nouvelle lettre et m'a supplié de la lire.

– Tu l'as fait ?

– Certainement pas. Je ne les lis plus depuis des années. C'est toujours les mêmes délires. Bref, je voulais te demander, un week-end prolongé loin de Sydney, ça te tenterait ? J'ai eu une subite envie de chaleur et, comme par hasard, j'ai reçu une offre pour un vol bon marché pour Noosa. J'y ai vu un signe qu'on devrait s'offrir une escapade romantique. Après le week-end qu'on vient de passer, je voudrais bien t'avoir tout à moi quelques jours. »

Ellen resta silencieuse un instant. Rien que d'y penser, elle se sentait submergée par une fatigue étourdissante. Il faudrait qu'elle prépare un sac. Qu'elle y glisse un de ces grands chapeaux à large bord que les filles portent en week-end en amoureux. Qu'elle retrouve ses lunettes de soleil, disparues depuis plusieurs jours. Les lunettes égarées lui parurent un problème insurmontable.

« Tu sais, poursuivit Patrick, siroter des cocktails au bord de la piscine, traîner au lit, faire bronzette sur la plage… » Sa voix se fit plus hésitante. « Mais peut-être que… comme tu vis au bord de l'océan, tu n'as pas spécialement envie d'aller dans un endroit comme Noosa ? »

Ellen se secoua. Son adorable nouveau petit ami lui proposait de s'évader le temps d'un week-end. Elle devrait être aux anges.

« Non, non, ça m'a l'air parfait. Pile ce dont nous avons tous les deux besoin.

– Super, dit Patrick, soulagé. J'ai déjà demandé à ma mère si elle pouvait prendre Jack, elle est d'accord. Au fait, ma famille t'adore. Mon frère t'a trouvée canon. Je lui ai dit, pas touche, petit.

– Tu es sérieux ? » Ellen se sentit flattée. Simon était si jeune. *Et toc, Jon !*

Que penseraient les parents de Patrick s'ils savaient qu'elle était enceinte ? Il les avait décrits comme des catholiques vieux jeu. Elle se rappela le crucifix au-dessus de la télévision. Enfin, à notre époque, ils devaient bien se douter que leur fils et Ellen couchaient ensemble. Mais de là à pouvoir fermer les yeux sur cette réalité aussi vite, peut-être pas. Sa mère la verrait-elle dorénavant comme une dévergondée ?

« Tu peux prendre ton lundi la semaine prochaine ?

– J'ai quelques rendez-vous mais je devrais pouvoir les déplacer.

– Super. J'ai hâte. Je t'aime.

– Moi aussi. »

Elle raccrocha, prit son assiette et alla jeter le reste de pommes de terre dans la poubelle.

Elle lui annoncerait à Noosa. Bonne idée. En terrain neutre. Ni chez lui, ni chez elle. Elle attendrait qu'ils soient allongés l'un contre l'autre dans leur lit king-size, loin du fouillis de leur quotidien, et ils trouveraient une solution aussi propre et élégante que leurs draps d'hôtel.

« Patrick, mon amour », dirait-elle, les cheveux ébouriffés façon sexy, l'étoffe blanche remontée sur sa poitrine, comme dans les films, « j'ai quelque chose à te dire. »

Elle posa son assiette dans l'évier et aperçut ses lunettes de soleil au-dessus du réfrigérateur.

Oui, tout allait bien se passer.

*

Après mon rendez-vous chez l'hypnothérapeute, je suis allée directement au travail. Je suis entrée dans les bureaux avec des gestes précautionneux et lents parce que j'étais brisée en mille morceaux et qu'au moindre petit mouvement, je risquais de me désintégrer, comme dans un film de science-fiction.

« Vous semblez souffrante », m'a dit mon patron. Il pense que je vais chez le kinésithérapeute pour des problèmes de dos. C'est l'excuse que j'ai choisie car il a lui-même eu des problèmes de dos l'année dernière et le sujet le fascine.

J'ai répondu que oui, j'avais mal, et on a parlé hernies discales, étirements, anti-inflammatoires jusqu'à ce qu'il se souvienne qu'il était en retard pour une réunion.

Ensuite j'ai travaillé.

J'ai répondu à des mails, rappelé des clients, traité le courrier entrant, écrit les cinq premières pages d'un compte rendu.

Efficace. Vive, appliquée, productive. Je suis tenue en haute estime dans ma profession. Je me demande ce que mes collègues se diraient s'ils savaient que j'ai passé la pause déjeuner à pleurer dans le bureau de mon ex. Que, sous le vernis, je suis brisée.

Je lui ai donné une lettre que j'ai écrite en sortant du cabinet de l'hypnothérapeute. Une lettre pleine de rage qui n'a probablement aucun sens.

Le truc inutile car je pense que mes lettres, il ne les lit plus.

Et c'est le problème avec cette rage. Elle n'a nulle part où se déverser vu qu'il ne me voit plus. C'est comme si je me cognais la tête contre la paroi d'une énorme falaise, une falaise impassible et silencieuse, encore et encore, jusqu'à ce que je sois en sang. Quoi que je fasse, rien ne le fera changer d'avis sur moi. Rien ne me rendra visible à ses yeux.

Et apparemment, je ne peux pas l'accepter.

S'il était mort, comme ma mère, je comprendrais. Il ne serait plus de ce monde. Mais ce n'est pas le cas. Il est toujours là. Il vit sa vie comme si *moi* j'étais morte – comme sa femme. Comme s'il avait parfaitement le droit de me rayer de la carte, de me remplacer, de mettre une autre femme enceinte.

Si seulement quelqu'un me disait quoi faire pour que la colère et la douleur s'en aillent.

C'est étrange. Parfois, quand je suis assise dans le cabinet de l'hypnothérapeute avec toute cette lumière qui rebondit sur les murs, c'est elle que j'ai envie de solliciter. « Ellen, aidez-moi, s'il vous plaît. »

Elle le ferait, je pense.

10

« Vous voulez perdre du poids ? Vous avez déjà tout tenté ? Mincissez par la pensée dans le confort de votre salon, entourée de vos amies, avec l'aide d'un hypnothérapeute clinicien diplômé et expérimenté ! Accueillez une réunion Hypno-Fest' et recevez un cadeau-surprise ! »

Brochure en couleurs (tirage : 10 000 exemplaires)
réalisée par Danny Hogan

Le jeudi soir, veille de son départ pour Noosa, Ellen s'efforçait de préparer son sac quand quelqu'un frappa à la porte.

« Que se passe-t-il ? » demanda-t-elle en découvrant sa mère sur le seuil avec une bouteille de vin et un sourire mondain accroché aux lèvres comme si elle arrivait à un dîner.

« Je viens juste te faire un petit coucou, dit Anne. Ne prends pas cet air paniqué. Tu es d'une pâleur, c'est fou ! J'ai dîné dans le coin et j'ai décidé de faire un saut chez ma fille. Ce n'est quand même pas la première fois !

– Si, répondit Ellen en s'effaçant pour la laisser entrer. Tu ne viens jamais me faire un petit coucou.

– Tu n'as toujours pas changé la tapisserie ? Incroyable, lâcha Anne avec dédain en passant la main sur le mur de l'entrée. J'arracherais tout ça...

– Et tu repeindrais l'ensemble dans une jolie couleur neutre. Je sais. Tu me l'as déjà dit. Et tu sais très bien que moi, cette tapisserie, je l'aime beaucoup. Elle me rappelle grand-mère.

– Précisément », murmura Anne. Elle entra dans la cuisine et, fidèle à elle-même, grimaça en voyant le comptoir orange comme si elle le découvrait. C'était en quelque sorte un numéro destiné à montrer le chemin qu'elle avait parcouru. Sa mère avait eu une enfance parfaitement idyllique dans cette maison parfaitement charmante et spacieuse, sur la *plage*, excusez du peu, mais étrangement, elle aimait se comporter comme si elle avait grandi dans un quartier rempli de cas sociaux dont elle s'était heureusement extraite.

« Un verre de vin ?

– Non, merci. J'ai trop bu le week-end dernier. J'essaie de faire une semaine sans alcool. »

Et je suis enceinte, maman.

L'idée de cette grossesse lui traversa l'esprit mais lui sembla curieusement dénuée de sens. Même si rien n'avait changé depuis qu'elle avait fait le test lundi, la surprise initiale s'était estompée et elle avait commencé à se dire qu'il était de moins en moins probable qu'elle soit vraiment enceinte. Primo, en dehors de cette soirée où elle avait eu une « irrésistible envie » de pommes de terre rôties, elle n'avait eu aucun symptôme ; elle se sentait comme d'habitude. Deuzio, elle s'était dit qu'elle ferait probablement une fausse couche. Elle avait trente-cinq ans après tout, un âge auquel un projet bébé nécessitait des compléments vitaminés, un rendez-vous chez le médecin, une prise de sang. Il avait suffi qu'elle y pense pour avoir la certitude que c'était ce qui l'attendait. Si elle n'en faisait pas toute une histoire, si elle n'y réfléchissait pas trop, cette grossesse s'arrêterait probablement gentiment puis son corps se préparerait pour la prochaine, planifiée comme il se doit.

« Dans ce cas, moi non plus. » Anne posa la bouteille de vin et pianota doucement sur la table. Un geste inutile qui ne lui ressemblait guère. Ellen se rappela alors le coup de fil de Melanie qui avait dit trouver sa mère « secrète ».

« Comment vas-tu ?

– Moi ? Bien. Très bien. » Anne sembla hésiter. « On boit un thé alors ? Qu'est-ce que tu fabriquais quand je t'ai si scandaleusement interrompue ?

– Je faisais mon sac. » Ellen alluma la bouilloire et choisit délibérément deux tasses avec soucoupes assorties, le tout en porcelaine au motif fleuri on ne peut plus vieillot – la vaisselle de sa grand-mère. « Je pars en week-end avec Patrick. On va à Noosa.

– Ah, Patrick. » Elle s'assit. « Un simple mug suffira. Je n'ai pas quatre-vingts ans. »

Ellen ignora la remarque et sortit la théière.

« Je te dis qu'un sachet dans un mug suffira ! Ma parole, c'est toi la vieille dame !

– Alors, qu'as-tu pensé de Patrick ? demanda Ellen en passant la théière à l'eau chaude juste pour embêter sa mère. Mel et Pip l'ont trouvé super, elles m'ont appelée exprès pour me le dire.

– Ah oui ? » Le bruit de la bouilloire électrique l'obligea à parler plus fort. « Eh bien, il ne m'a pas déplu. Tu devrais remplacer cette bouilloire. »

Ellen posa la théière. « Qu'est-ce que je suis censée comprendre ?

– Qu'elle est affreusement bruyante. On dirait un avion qui décolle.

– Non, je parle de Patrick. Il ne t'a pas déplu… qu'est-ce que ça veut dire ?

– Il est incroyablement quelconque.

– C'est tellement insultant ! s'esclaffa Ellen, incrédule.

– Si tu veux tout savoir, je trouve qu'il y a quelque chose qui cloche chez lui. Une sorte de froideur. »

Une froideur ! Venant de sa mère, si chaleureuse, si câline, si maternelle !

« Oh, mais c'est vrai que tu n'as pas ton pareil pour cerner les gens. » Ellen s'assit et versa l'eau dans la théière d'une main tremblante. Elle était furieuse. Furieuse pour Patrick.

« Écoute, tu m'as demandé mon avis. Je me trompe peut-être. Je te dis juste ce que j'ai ressenti.

– Par contre, tu trouvais Jon fantastique.

– Jon était de tellement bonne compagnie, répondit Anne avec tendresse, comme si elle parlait d'un vieil ami.

– L'autre soir, Mel l'a traité de con arrogant. Il était sarcastique et froid. À la limite de la violence verbale. Il se comportait avec moi comme si j'étais la dernière des imbéciles.

– Oh, Ellen, n'importe quoi ! N'essaie pas de réécrire l'histoire. Surtout si c'est pour te placer en victime. Je déteste cette tendance victimaire qu'ont les femmes aujourd'hui. Cette relation n'a pas marché, c'est tout. Jon n'avait rien d'un monstre.

– Il m'a rendue très malheureuse. » *Et il avait tout d'un monstre.* Sa voix chevrotait. Elle avait l'impression de revivre l'année de ses quinze ans, quand, sous l'effet du déchaînement de ses hormones, elle finissait en larmes chaque fois qu'elle parlait avec sa mère. « Alors que Patrick me rend très heureuse.

– Eh bien, ma foi, c'est tout ce qui compte », répondit Anne sur le même ton vif, pratique et pacificateur qui rendait Ellen dingue à l'adolescence. « Quel besoin as-tu de m'écouter ? Il suffit de regarder ma vie amoureuse ! Qu'est-ce que je connais aux hommes, moi ?

– Rien, tu n'y connais rien. »

Anne leva les sourcils et prit sa tasse de thé. « Je ne voulais pas te contrarier.

– Raté », fit Ellen, boudeuse. Une véritable adolescente ! Où était passée son intelligence émotionnelle supérieure aujourd'hui ?

« Je suis désolée. Sincèrement désolée. » Anne lui tapota l'épaule maladroitement. « Tu es toujours très pâle.

– Sûrement parce que je suis *enceinte* », révéla Ellen, qui donna libre cours à un déluge de larmes salées.

*

Mardi, je me suis fait porter pâle et je suis retournée à Avalon Beach avec mon nouveau bodyboard.

Je n'ai jamais fait une chose pareille. Ce n'est pas comme ça que j'ai été élevée. Ma mère n'en reviendrait pas. Elle pensait que recevoir un salaire était chose merveilleuse, une aubaine que personne – surtout pas une femme – ne devrait tenir pour acquise. J'entends encore la déférence dans sa voix quand elle annonçait à quiconque que j'avais décroché mon tout premier emploi en sortant de la fac. « Saskia a trouvé un *travail.* »

Je me rappelle à quel point elle était décontenancée la fois où j'ai parlé de « satisfaction au travail ». « Mais, chérie, ils te paient ! » Elle s'inquiétait que je manque de politesse à l'égard de mon patron. Se faire porter pâle lui aurait paru fou, risqué et très mal élevé.

Pardon, maman. J'avais besoin d'un jour de repos pour préserver ma « santé mentale ».

« Ta santé mentale ? Qu'est-ce qu'il ne faut pas entendre », aurait-elle rétorqué.

Les maladies modernes, comme la dépression ou l'anorexie, elle n'y croyait pas. Quand le fils d'une de ses amies avait été diagnostiqué dépressif clinique, ça l'avait révoltée. « Triste ? Quel idiot ! Il a tout pour être heureux ! Un bon *travail* ! Une femme ! Un bébé ! »

Ce en quoi elle croyait, c'était le chagrin causé par un décès, la joie liée à une naissance, l'amour, le mariage, une alimentation saine et simple et une maison impeccable. Tout le reste, c'était des « idioties ».

Aurait-elle pensé que je faisais l'idiote quand je me suis effondrée après que Patrick m'a quittée ? Elle l'adorait. Elle adorait Jack aussi, bien sûr. Elle les considérait comme son gendre et son petit-fils.

Je suppose que Patrick a rencontré les parents de l'hypnothérapeute à présent. Rien que de l'imaginer bavarder poliment avec sa mère et essayer de lui faire bonne impression, comme si ma douce maman n'avait jamais existé, comme si elle devait seulement le préparer à rencontrer sa véritable belle-mère, ça me remplit d'un torrent de rage destructrice.

J'ai cessé de décrocher le téléphone pour appeler ma mère. Après sa mort, je l'ai fait pendant plusieurs mois. Il y a même des fois où j'ai composé son numéro avant de me souvenir et de raccrocher violemment de peur qu'un étranger me réponde. De même que, lorsque la sonnerie retentit, je ne me dis plus : « Tiens, ça doit être maman. » Mais elle me manque toujours. Tous les jours.

Je comprends – mon cerveau comprend – que la mort d'un parent fait partie de la vie, c'est naturel, acceptable. Personne ne qualifierait de tragédie le décès d'une dame de quatre-vingts ans très malade. À son enterrement, il y a eu des pleurs discrets et des yeux rouges larmoyants. Pas de sanglots déchirants. Aujourd'hui je me dis que j'aurais dû me laisser aller à sangloter. J'aurais dû gémir, me frapper la poitrine, me jeter sur son cercueil.

J'ai lu un poème. Un joli poème émouvant qui lui aurait plu. J'aurais dû lui rendre hommage avec mes propres mots. Voilà ce que j'aurais voulu dire : *Personne ne m'aimera jamais aussi fort que ma mère. Vous pensez tous assister aux funérailles d'une gentille vieille dame, mais vous assistez aux funérailles d'une fille qui s'appelait Clara ; elle coiffait ses longs cheveux blonds en une épaisse tresse qui lui arrivait à la taille ; elle est tombée amoureuse d'un homme timide qui travaillait dans les chemins de fer ; ensemble ils ont essayé pendant des années et des années d'avoir un bébé, et quand Clara est finalement tombée enceinte, ils ont dansé dans leur salon, mais très lentement, pour ne pas faire de mal au bébé, et les deux premières années de la vie de sa petite fille ont été les plus heureuses que Clara ait jamais connues, mais ensuite son mari est mort et elle a dû élever sa petite fille toute seule, avant qu'on invente l'allocation pour mère isolée, avant même qu'on invente l'expression « mère célibataire ».*

J'aurais dû leur raconter que lorsque j'étais à l'école, s'il se mettait à faire froid sans crier gare, maman débarquait dans la cour de récréation avec une veste pour moi. J'aurais dû leur dire qu'elle détestait tellement le brocoli qu'elle ne pouvait même pas en regarder, qu'elle était folle du personnage principal de la série britannique *Judge John Deed*. Qu'elle aimait lire et qu'elle était très mauvaise cuisinière, justement parce qu'elle essayait de cuisiner et de lire en même temps le livre qu'elle venait d'emprunter à la bibliothèque ; résultat : le dîner finissait toujours brûlé et le livre du moment maculé d'éclaboussures de nourriture qu'elle passait un temps fou à essayer de faire partir en tamponnant les pages avec le coin humide d'un torchon. J'aurais dû leur dire que maman considérait Jack comme son propre petit-fils, qu'elle lui avait confectionné une housse de couette avec une voiture de course qu'il adorait. J'aurais dû parler et parler encore, les mains de part et d'autre du pupitre. *Ce n'était pas seulement une gentille vieille dame. C'était Clara. C'était ma mère. Et elle était merveilleuse.*

Au lieu de quoi j'ai lu mon petit poème, un poème bref, convenable, et je suis retournée m'asseoir près de Patrick qui m'a pris la main. Ensuite, il m'a aidée à apporter des tasses de thé aux amis de ma mère et a discuté de manière absolument charmante avec les vieilles dames. Alors à aucun moment je ne me suis dit *Je n'ai plus de famille*. Parce qu'il était tout près de moi, parce que Jack se jetterait dans nos bras quand on arriverait à l'aéroport de Sydney, parce que Maureen laisserait une pleine marmite de son bœuf Stroganoff – mon plat préféré – dans le réfrigérateur.

Quatre semaines plus tard, il a dit : « Je crois que c'est terminé. »

Dans ma tête, les pensées tournaient en boucle. Si j'appelle maman pour lui annoncer, je me sentirai mieux, mais maman est morte. Si je dis à Patrick que je n'arrive pas à croire que maman est partie, je me sentirai mieux, mais Patrick ne veut plus de moi. Si j'emmène Jack au parc ou au cinéma, je me sentirai mieux, sauf que je ne suis plus sa mère. Si je vais voir

Maureen, je me sentirai mieux, sauf qu'elle ne fait plus partie de ma vie.

Je n'étais pas assez entourée pour compenser la perte de tant de monde en même temps. Ni tantes, ni cousins, ni grands-parents pour les remplacer. Pas de cercle de secours. Ma police d'assurance ne couvrait pas ce genre de sinistre.

Et la douleur, si physique. Comme si on m'arrachait d'énormes lambeaux de peau qui n'ont jamais cicatrisé.

À présent, l'hypnothérapeute est enceinte.

Alors oui, maman, je sais, c'est un bon poste, pour lequel je suis *payée*, mais depuis que j'ai vu le test de grossesse de l'hypnothérapeute, j'ai des drôles d'images qui me viennent quand je suis au bureau. Parfois, je m'imagine jeter une tasse de café brûlant à la figure d'un collègue, ou enlever tous mes vêtements et courir nue dans la salle de réunion en criant des obscénités, ou empoigner une paire de ciseaux et planter la pointe dans ma cuisse, encore et encore. Mais tu ne comprendrais pas. Tu n'avais pas d'idées insensées qui te passaient par la tête, toi.

Bref, je me suis fait porter pâle et je suis allée à la plage pour apprendre à faire du bodyboard.

Ce qui s'est révélé plus difficile que je croyais. La planche glissait. Pourquoi était-elle si glissante ? Je n'arrivais pas à la maintenir sous mon ventre. Elle n'arrêtait pas de s'échapper. Problème que je n'avais jamais observé chez les autres surfeurs. Ça m'a énervée et j'ai juré. Je me suis dit, même le bodyboard ne veut pas de moi.

Et puis quand j'ai finalement réussi à rester dessus, je n'ai jamais pu prendre une vague.

Je me suis dit, des garçons de six ans y arrivent, qu'est-ce qui cloche chez moi ?

Les autres trouvent l'amour, se marient et ont des enfants, qu'est-ce qui cloche chez moi ?

Les autres ne font pas de fixation sur leur ex, qu'est-ce qui cloche chez moi ?

Dans un accès d'irritabilité, j'ai songé à laisser l'océan emporter ma planche, mais le geste m'a semblé vraiment déraisonnable, d'autant que j'avais déjà honte de ne pas être allée au travail.

En retournant à la voiture, j'avais la goutte au nez, j'étais gelée et d'humeur grincheuse – je n'arrivais même pas à caler la planche sous mon bras. Et j'ai croisé cet homme aux cheveux crépus que j'avais vu le jour où je me suis endormie dans ma robe rouge. Il n'avait aucun problème pour marcher avec sa planche, lui.

« Alors, cette session ? a-t-il demandé.

– Nulle. » Je ne me suis pas arrêtée.

Quand je suis rentrée dans ma voiture, mon téléphone sonnait. C'était l'hypnothérapeute.

*

Prendre l'avion ensemble pour la première fois mit Ellen et Patrick d'humeur bavarde et exaltée. La mine on ne peut plus sinistre de l'hôtesse qui fit sa démonstration des consignes de sécurité les rendit hilares, même si les autres passagers ne semblaient nullement amusés. Ils passèrent ensuite le vol à discuter, incapables de se concentrer sur les romans qu'ils avaient achetés pour l'occasion.

Patrick se montra particulièrement enthousiaste.

« Tu es déjà allée à Noosa ? Je ne t'ai même pas demandé !

– Non, jamais. Et toi ?

– Une fois seulement. C'est d'ailleurs à cette occasion que j'ai rencontré Saskia.

– Vraiment ? » fit Ellen non sans remarquer que, pour une fois, il ne parlait pas d'elle comme d'une folle furieuse. « Et ça s'est passé comment, cette rencontre ? demanda-t-elle d'une voix qu'elle espérait légère et indifférente.

– Nous étions tous les deux venus pour participer à un colloque. Elle est urbaniste, je te l'ai dit ? Bref, je me suis assis à côté d'elle à une des séances. C'est étrange, parce qu'à cette époque je me faisais l'effet d'être un peu dérangé – je crois que j'étais encore sous le choc de la mort de Colleen –, et Saskia m'a paru tellement *équilibrée*. Elle était à fond dans la randonnée pédestre et elle m'a proposé de l'accompagner dans ses longues marches dans le parc national. Je ne faisais plus de sport depuis un moment et tout à coup j'ai senti mon cœur battre, mes poumons se remplir d'oxygène, et en regardant ces magnifiques paysages, je me suis dit que je pourrais de nouveau être heureux.

– Les endorphines, commenta Ellen. On va devoir marcher ce week-end. »

Et quand ton organisme regorgera d'hormones du bonheur, je te dirai pour le bébé.

« Oui, bonne idée. Pendant un temps, Saskia et moi, on a randonné tous les week-ends, mais ensuite elle a eu ce problème à la jambe. Elle ne pouvait plus marcher sans avoir mal, même sur une courte distance. Ça l'a beaucoup affectée.

– Qu'est-ce qu'elle avait ? » Cette histoire de jambe lui rappelait vaguement quelque chose. Patrick lui avait-il déjà parlé de la jambe de Saskia ? Non, elle s'en serait souvenue. Elle avait soigneusement enregistré tout ce qu'il lui avait confié sur Saskia.

« Personne n'a jamais trouvé. Elle a pourtant consulté tous les médecins possibles, des kinés et autres, mais personne n'a pu lui dire de quoi elle souffrait. Un jour, un spécialiste a suggéré que c'était dans sa tête, ça l'a mise hors d'elle et elle est partie en claquant la porte. »

Ellen sentit une étrange sensation de panique monter en elle, comme si elle venait de se rappeler qu'elle avait oublié d'éteindre le four.

« Parfois, elle ne pouvait même pas rester debout pour préparer le dîner, poursuivit Patrick d'un ton songeur. Cette douleur, ça l'a changée. Elle était tellement sportive avant. J'ai essayé d'être compatissant mais au bout d'un moment je me suis surtout senti frustré, parce que je ne pouvais rien y faire. Elle croyait que je perdais patience avec elle, mais ce n'était pas ça. J'étais désolé pour elle, vraiment. Simplement ça me rendait dingue de ne pas pouvoir l'aider. Ça me rappelait la maladie de Colleen. Cette impression de ne servir à rien. De mener un combat perdu d'avance. »

Patrick se laissa distraire par l'arrivée de l'hôtesse. « On commande un verre ? C'est payant – vive les vols low cost – mais ça semble moins décadent. »

Simple coïncidence ?

Ellen faillit le dire à voix haute, histoire de tester cette hypothèse. « Euh, c'est marrant, j'ai une cliente qui a exactement le même problème. » Mais elle savait que ce n'était pas une coïncidence, et elle savait qu'il serait du même avis.

Deborah.

C'était quoi, son nom de famille, déjà ?

Vandenberg.

Elle visualisait son visage si clairement. Deborah Vandenberg était arrivée en retard à son premier rendez-vous. Elle lui avait semblé un peu bizarre, un peu fuyante, mais n'était-ce pas le cas de la majorité de ses clients ? N'ayant jamais consulté d'hypnothérapeute avant, ils ne savaient pas à quoi s'attendre. Ils regardaient autour d'eux avec circonspection, comme s'ils pressentaient être bientôt victimes d'une farce.

« J'ai cette douleur à la jambe depuis un moment », avait-elle dit à Ellen en passant la main sur sa longue cuisse fine.

Et d'ajouter que, parfois, elle avait besoin de s'asseoir quand elle préparait à manger ; qu'un jour, après qu'un « médecin obséquieux » lui avait demandé si elle n'était pas « stressée » ces derniers temps, sous-entendant qu'elle imaginait peut-être sa douleur, elle était sortie de son cabinet sans un mot tellement elle était furieuse.

Deborah était Saskia.

Saskia était Deborah.

Tous ces moments où elle avait été obnubilée par Saskia alors qu'elle la connaissait déjà ! Elle lui avait parlé. Sous son propre toit. C'était une femme grande et impressionnante. Avec des yeux couleur noisette. Presque dorés. Des yeux intéressants.

Des yeux pareils à ceux d'un tigre. (Ellen remarquait les yeux des gens. Et pour cause, sa mère, avec ses yeux violets, lui avait toujours fait de l'ombre.) Elle s'habillait bien. S'exprimait bien. Ellen n'aurait jamais imaginé qu'elle puisse harceler quelqu'un. Sans avoir une image précise de Saskia en tête, elle se l'était représentée petite, atteinte de strabisme, le genre à détaler comme une minuscule souris détraquée. (Pourquoi pensait-elle que les grandes ne pouvaient pas être folles ? Parce qu'elle avait l'impression qu'elles dominaient le monde ? Parce qu'elle les admirait et leur enviait leurs jambes ?)

Elle sentit la main de Patrick sur son bras. « Ellen ? Tu veux un verre ? »

Fait notable, Ellen aimait bien cette fille. Deborah – Saskia. Elle avait apprécié leurs séances. Leurs discussions. Une fois, elle l'avait complimentée sur ses bottes et Deborah – Saskia – lui avait dit qu'en plus d'être belles, elles étaient vraiment confortables ; sur quoi Ellen s'était offert exactement les mêmes, dépensant plus d'argent qu'elle n'en avait jamais dépensé pour une paire de chaussures.

Elle les avait aux pieds, là, ces bottes, d'ailleurs.

« Non, merci », répondit-elle en glissant les pieds sous son siège.

Saskia avait-elle vraiment besoin d'aide avec sa jambe ? Ou n'était-ce qu'un prétexte ? Et quel était son objectif exactement ? Voulait-elle simplement observer Ellen ? (Tout comme Ellen aurait bien aimé pouvoir observer en secret la nouvelle fiancée de Jon, l'assistante dentaire, sauf que jamais elle ne prendrait réellement rendez-vous ; sa curiosité n'allait pas jusque-là et, honnêtement, elle serait mortifiée si quelqu'un la démasquait.)

Patrick soupira et étendit ses jambes.

« Ce qui me fait le plus plaisir dans le fait de m'éloigner de Sydney, c'est de ne pas avoir à m'inquiéter de voir Saskia surgir de nulle part. J'ai même laissé mon portable à la maison. Ma mère a le numéro de l'hôtel et ton numéro à toi. J'espère que ça ne te dérange pas, je voulais te demander mais j'ai oublié.

– Oh, oui, pas de problème. » *Oh, non, non, non.*

« C'est donc la dernière fois que je mentionne cette femme de tout le week-end. Je ne vais ni parler d'elle, ni penser à elle, ni la voir apparaître. Nous entrons à présent dans un espace-temps libéré de Saskia. »

Oh là là. Ellen se tapota le front avec deux doigts. Si ce n'était pas si horrible, ce serait presque hilarant. Ou du moins relativement amusant.

« Qu'est-ce qu'il y a ?

– Je viens de me rappeler un truc. Un truc que j'ai oublié de faire avant de partir. »

Deborah, Saskia donc, savait exactement où les trouver ce week-end. Ellen le lui avait dit. Ainsi que le nom de leur hôtel. L'autre jour, elle l'avait appelée pour déplacer leur séance de lundi. « Je pars en week-end prolongé. Une escapade impromptue à Noosa.

– Quelle chance, avait répondu Saskia, adoptant la voix décontractée de Deborah. J'adore Noosa. Vous descendez où ?

– Je crois que mon partenaire a réservé une chambre au Sheraton. » Partenaire ! Elle avait dit partenaire ! Pourquoi appeler Patrick ainsi ? Elle qui détestait ce mot ! La faute à Deborah qui, elle le devinait, trouverait probablement la formule « petit ami » trop puérile. Mais pourquoi avait-elle eu besoin d'évoquer Patrick ? Bizarrement, elle avait tenu à ce que Deborah sache qu'elle avait un homme dans sa vie. Bizarrement ? Pas tant que ça. Elle voyait Deborah comme une séduisante quadragénaire à la brillante carrière, une femme qui vivait à coup sûr une histoire d'amour distinguée entre visites de vignobles, canotage et sexualité épanouie – une histoire sans grossesse accidentelle, inutile de le préciser. Elle avait tenu à ce que Deborah s'imagine qu'elle vivait le même genre de relation.

Résultat, à cause de son désir idiot d'impressionner une *cliente* (un désir si peu professionnel, si déplacé), elle avait obligeamment informé Saskia que Patrick et elle partaient, le temps d'un week-end en amoureux de dernière minute, à l'endroit où elle-même avait rencontré Patrick.

Ellen jeta un coup d'œil à son homme. Installé confortablement la tête contre le siège, il avait le visage détendu.

« Ce n'est qu'une fois loin de chez moi que je me rends compte à quel point elle me tend », dit-il, les yeux fermés.

Ellen baissa la tête et se frappa le front dans un geste de désarroi silencieux. Au lieu de lui faciliter la vie, elle s'était faite complice de la femme qui le harcelait. Elle releva la tête, la bouche sèche. Saskia ne les suivrait quand même pas *jusqu'à Noosa*, si ? Se pouvait-il qu'elle ait réservé un billet sur *ce vol-ci* par exemple ?

Ellen détacha sa ceinture, leva les fesses de son siège et se retourna pour voir le visage des passagers alentour. Ceux qui n'étaient pas plongés dans un livre ou dans une conversation évitèrent son regard. Seule une petite fille qui, assise sur les genoux de sa mère, suçait frénétiquement sa tétine l'observa avec curiosité. Ellen se laissa retomber sur son siège, réprimant une envie insensée de rire ou de pleurer.

Voilà qu'à présent elle allait passer ce week-end à traîner non pas un, mais deux lourds secrets. À tout moment, elle pouvait en quelques mots faire disparaître cet air détendu du visage de ce pauvre homme.

Il ouvrit les yeux, des yeux d'un vert que la lumière du soleil qui affluait par le hublot rendait incroyablement pur. « Ça va ?

– Oui, bien. » Elle lui caressa le genou et regarda au-dehors. « Très bien. »

*

J'ai réussi à monter dans le même avion qu'eux.

Ils sont passés devant moi. D'abord Patrick, les yeux rivés sur sa carte d'embarquement. Puis Ellen, le nez en l'air. *Pas besoin de vérifier mon numéro de siège sur ma carte d'embarque-*

ment, mon « partenaire » va s'en charger. Je suis tellement cool et heureuse et enceinte.

Madame part en week-end avec son « partenaire ». Je déteste ce mot. Il faut être de Sydney pour parler comme ça. « Petit ami », ce n'est pas assez bien ? Quand on était ensemble, il était mon petit ami et j'étais sa petite amie.

Et nous voilà tous partis à Noosa pour le week-end. Un joyeux trio.

Quand elle a prononcé le mot « Noosa » au téléphone, j'en ai fait tomber ma planche. Juste au moment où je me dis qu'il ne peut pas me faire plus de mal. Pourquoi Noosa ? Il y a mille endroits pour une escapade romantique dans ce pays, et lui, il choisit Noosa.

Je les croyais à l'abri, mes souvenirs de cette semaine. Je croyais que rien ni personne ne pourrait y toucher. J'ai l'impression que je me rappelle chaque minute. Chaque son, chaque saveur, chaque odeur.

Je sens encore la forme exacte de la clé de ma chambre au creux de ma main et le goût des margaritas – le mélange précis de sel, de glace et d'alcool – que j'avais dans la bouche tandis que nous regardions le numéro des étages s'allumer dans l'ascenseur de l'hôtel, sachant tous deux que nous allions faire l'amour pour la première fois. Je revois le coup de soleil sur le visage du jeune garçon qui nous a apporté le petit déjeuner le lendemain matin. Le lourd chariot. L'odeur du café, celle du bacon. Les miettes de croissant sur le journal que nous avons lu au lit.

Quand je pense qu'il descend au Sheraton avec elle ! Pourquoi réserver dans cet hôtel précisément ? Parce que ses souvenirs de cette semaine lui sont aussi chers qu'à moi et qu'il s'imagine – il pouvait être tellement *stupide* parfois – pouvoir revivre ce bonheur avec une autre ?

Il ne peut pas. Il ne peut pas juste m'effacer de tous ses souvenirs et me remplacer par une autre femme.

C'est pour ça que sitôt après l'appel de l'hypnothérapeute,

j'ai su que je devais y aller. Être là-bas. Et m'assurer qu'il le sache. J'y serai, encore et toujours.

Je choisirai le moment parfait pour leur dévoiler ma présence. Il sera furieux mais ce n'est pas grave. Je préfère sa colère à son indifférence. Je préfère qu'il me crie dessus plutôt qu'il m'ignore totalement.

*

Patrick était dans la salle de bains tandis qu'Ellen, déjà au lit, regardait un film en vidéo à la demande tout en mangeant du chocolat qu'elle avait trouvé dans le minibar.

La chambre était absolument ravissante. Lit king-size, draps blancs impeccables, grandes serviettes de toilette douces, lumières tamisées, couleurs neutres.

En tout point semblable aux chambres d'hôtel où elle avait pu séjourner avec d'autres hommes.

« Dans quel hôtel étais-tu descendu la dernière fois que tu es venu ici ? avait demandé Ellen dans l'ascenseur.

– Celui-ci, avait répondu Patrick, les yeux rivés sur les numéros des étages qui s'allumaient tour à tour.

– Donc c'est dans cet hôtel que tu as rencontré Saskia ?

– Comment j'aurais su que c'était un chouette hôtel sinon ? » Sur quoi, il avait posé un doigt sur les lèvres d'Ellen et dit : « Interdit de parler d'elle ce week-end, tu te rappelles ? »

Ainsi donc, il avait fallu que la pauvre Saskia apprenne que Patrick emmenait sa nouvelle amie dans l'hôtel où elle-même l'avait rencontré. Celui-là même où ils avaient sans aucun doute fait l'amour pour la première fois. Aïe, aïe, aïe. Quel effet une telle nouvelle pouvait-elle avoir sur son esprit tordu ?

Ellen jeta un coup d'œil en direction de la porte et se projeta dans un film d'horreur. Les tourtereaux appelleraient le service de chambre puis Saskia, déguisée en employée de l'hôtel, apparaîtrait sur le seuil, penchée sur le chariot, au son d'une musique annonçant une scène terrible. Quand la bande-son atteindrait son paroxysme, elle se *jetterait* sur eux, brandissant un couteau de boucher et...

« Tu as pris du dentifrice ? demanda Patrick en passant la tête dans l'embrasure de la porte.

– Oui. Il y en a dans ma trousse de maquillage. »

Il n'osait pas encore regarder dans ses affaires sans sa permission.

Et elle était enceinte.

Trop tôt. Trop tôt.

« Comment ça ? Bien sûr que tu vas avoir ce bébé, avait dit Anne.

– Pas nécessairement », avait répondu Ellen, surprise du ton catégorique de sa mère. Elle s'attendait plutôt à quelque chose du genre : *Je te soutiendrai quoi que tu décides mais dis-moi, quel type de contraceptif utilisais-tu déjà ?*

« Ça dépendra de ce que dira Patrick, avait-elle poursuivi. Et, tu sais, je suis... pro-choix. » Elle avait utilisé l'expression américaine. L'espace d'une seconde, elle se demanda si elle avait choisi le bon camp. Comment s'appelait l'autre ? Pro-vie. Euh, elle était pour la *vie*, elle.

Et Anne de ricaner. « Tu as trente-cinq ans, pas seize. Tu meurs d'envie d'avoir un bébé.

– Quoi ? D'où ça sort, ça ? Je ne meurs pas d'envie d'avoir un bébé.

– Tu crois que je n'ai pas vu ta tête à la fête prénatale de Madeline, quand tu tenais le bébé de cette jeune maman dont j'ai oublié le nom – un bébé particulièrement vilain, d'ailleurs ?

– Maman !

– Il ressemblait à un petit crapaud. Bref, ce que je veux dire, c'est que tu souhaites avoir des enfants, tu es indépendante financièrement, tu aimes bien le père, il se peut même que tu sois amoureuse de lui. Si tu te fais avorter et que par la suite tu n'arrives pas à tomber enceinte, tu ne te le pardonneras jamais. Donc tu vas avoir ce bébé. Tu lui dis, c'est tout. Tu es enceinte, ce n'était pas prévu, mais voilà, c'est arrivé, et on n'est pas en 1950 alors rien ne l'oblige à t'épouser, et c'est lui qui choisit son degré d'implication auprès de cet enfant. Il n'y a rien de plus simple. Il aura des obligations légales à respecter, une pension à te verser, mais à ta place, je ne m'en ferais pas trop pour ça. Tu as la maison de ta grand-mère. Je suis là, tu as tes marraines aussi. Tu n'as pas besoin de son argent.

– J'imagine, oui. » L'argent de Patrick. Ellen n'y avait pas songé une seconde.

« Il n'y a rien de plus simple », avait répété Anne en pianotant gaiement sur le comptoir. Ellen avait alors compris qu'elle était ravie de cette grossesse. Peut-être même carrément aux anges.

Un silence s'était fait.

La douceur sur le visage de sa mère avait disparu. « Naturellement, tu n'en es qu'au début, dit-elle d'un ton brusque. À ton âge, le risque de fausse couche au premier trimestre est relativement élevé.

– Merci, maman.

– Dis donc, c'est bien toi qui parles de mettre fin à cette grossesse ; tu ne peux décemment pas t'offusquer que j'évoque la possibilité d'une fausse couche !

– Je n'ai pas dit que... Bon, oui, ça marche. »

Sa mère avait raison. Ellen n'avait jamais eu le moindre doute. Elle allait l'avoir, ce bébé. La question épineuse, ce n'était pas si elle voulait ou non un enfant. La question épineuse, c'était l'impact que cet enfant aurait sur sa relation avec Patrick.

Car Ellen ne voulait pas juste un bébé. Elle voulait tout le package. Le mari. Le papa. L'homme qui lui tiendrait la main dans la salle d'accouchement.

Impossible de dire à sa mère ce qu'elle pensait vraiment : *Je ne veux pas faire les choses à ta manière. Je n'ai jamais voulu faire ça comme toi. Je ne veux pas élever un enfant seule. Je ne veux pas être différente des autres. Je veux juste faire comme tout le monde.*

Patrick sortit de la salle de bains et se glissa sous les draps avec elle. Il lui prit un carré de chocolat.

« Tu viens juste de te brosser les dents !

– Je sais. Ne le dis pas à Jack. Vilain papa. »

À propos, que dirais-tu d'avoir un autre enfant ? Elle l'avait sur le bout de la langue, mais elle n'avait vraiment pas l'énergie pour une conversation. Demain. Ils en parleraient demain. Heureusement que Patrick n'était pas un gros buveur. Au dîner, quand elle avait déclaré ne pas vouloir de vin, il avait répondu : « Ah, d'accord. Je n'en prends pas non plus. » Partager une bonne bouteille de vin avait tellement fait partie de sa relation avec Jon qu'il aurait immédiatement remarqué qu'elle évitait de boire.

Ils se concentrèrent sur le film mais l'intrigue était compliquée. Impossible de comprendre qui était qui. « Quoi ? Attends, c'est qui, lui ? » Ils finirent par convenir qu'ils étaient soit trop fatigués soit trop vieux et éteignirent le téléviseur avant de se tourner l'un vers l'autre.

Leurs ébats amoureux furent tranquilles et tendres, comme ceux d'un vieux couple marié. Ellen sentit les larmes lui monter aux yeux. Tout allait être parfait.

« Tu veux bien m'aider à dormir avec une petite séance d'hypnose ? demanda Patrick quand ils éteignirent la lumière.

– Je suis plutôt fatiguée », bâilla Ellen.

C'était devenu une habitude en un rien de temps. Elle lui faisait faire un exercice de relaxation de cinq minutes et il s'endormait. Il semblait sincèrement ébahi. Il disait trouver ça génial, magique ; qu'écouter sa voix était son moment préféré de la journée, qu'il n'avait pas aussi bien dormi depuis l'adolescence, qu'elle l'aidait à gérer le stress lié à « cette satanée bonne femme », son travail, tout. Ellen n'avait jamais fréquenté un homme aussi impressionné par ses talents.

« Ce n'est pas grave. J'abuse de toi, hein ? Moi, à l'heure qu'il est, je n'aurais aucune envie de faire un levé topographique. »

Oh, comme il était gentil. Et elle avait besoin qu'il soit d'humeur détendue demain.

Elle se redressa et lui posa la main sur le front. Un geste qui lui semblait parfois plus intime que le sexe. Elle utilisait si rarement le toucher avec ses clients, même si elle connaissait d'autres thérapeutes qui le faisaient. Au lit avec lui, dans le secret de l'obscurité d'encre, sachant que ses mots avaient le pouvoir de mettre des images dans sa tête, de ralentir son rythme cardiaque, elle se sentait puissante, nourricière, mystique. Une gentille sorcière, une magicienne. Une hypnotiseuse plutôt qu'une hypnothérapeute.

« Je vais compter jusqu'à dix. À trois ou quatre, tu sentiras peut-être ta respiration ralentir et tes paupières s'alourdir. À cinq ou six, tu trouveras probablement très difficile de garder les yeux ouverts. À sept ou huit, peut-être même neuf, tu ne pourras certainement plus lutter et tu fermeras les yeux. À dix, tes yeux seront fermés, ta respiration profonde et régulière. »

Elle distingua l'éclat de ses yeux dans le noir. Déjà elle sentait sa respiration devenir plus lente. Elle utilisait une technique d'induction différente chaque fois, selon ce qui lui venait à l'esprit. Elle était plus libre, plus audacieuse, plus créative qu'avec ses clients.

Elle commença à compter, augmentant peu à peu la pression de sa main sur son front et donnant à sa voix une note tout à la fois plus douce et plus insistante.

À sept, il avait les yeux fermés.

« Et maintenant, je veux que tu imagines du miel liquide qui s'écoule doucement d'une cuillère. »

Patrick adorait le miel. Il en agrémentait copieusement ses céréales au petit déjeuner et Ellen avait pu l'observer debout dans la cuisine, manifestement subjugué par la vision du filet de miel qui coulait de la cuillère qu'il tenait bien haut.

« Ce miel n'est pas n'importe quel miel. Ce miel a la couleur de la lumière du matin. Ce miel évoque la chaleur, la douceur, la sécurité. Ce miel représente chaque moment de bonheur de ta vie. Chaque joli souvenir. Chaque seconde où tu t'es senti vraiment vivant. »

Elle savait qu'il visualisait le miel. Elle le visualisait aussi. Elle était elle-même dans une légère transe. Quand une séance se passait bien, ça arrivait, et c'était toujours un plaisir.

« Continue de regarder le miel. Regarde-le couler jusqu'à ce que tu n'aies plus rien d'autre à l'esprit. »

Elle se tut et sentit la courbe de son crâne sous sa main et la chaleur de son corps contre le sien. *Il est le père de mon enfant*, songea-t-elle. *Il sera son papa et moi, je serai sa maman.*

Ellen avait possiblement une vision exagérément romantique du concept de paternité.

« Et maintenant je veux que tu portes ton attention sur tes pieds. Imagine que tes pieds se dissolvent dans le lit comme du miel liquide. Ils se dissolvent… se fluidifient. »

Elle l'invita à se concentrer sur les différentes parties de son corps, les unes après les autres, jusqu'à la tête, tout en filant la métaphore du miel et suggérant une transe de plus en plus profonde. Elle ne l'avait jamais emmené aussi loin.

Elle lui pinça le bras ; pas de tressaillement. Anesthésie spontanée.

Avec un client ordinaire, c'est à ce stade qu'elle implanterait une suggestion posthypnotique. Dans le cas d'un fumeur, elle pourrait dire : « Chaque fois que vous ouvrirez votre paquet de cigarettes, vous serez submergé par une sensation de nausée, de dégoût. » Dans le cas d'un mangeur compulsif : « Vous mangerez lentement et en conscience et uniquement ce dont votre corps a besoin. »

Mais Patrick ne l'avait pas sollicitée pour traiter un problème ciblé. Il voulait juste être moins stressé. Il voulait juste une bonne nuit de sommeil.

Si elle était sa thérapeute, elle n'en saurait pas davantage que ce qu'il lui aurait dit.

Mais elle était sa petite amie et elle savait que ce week-end pouvait devenir extrêmement stressant.

« Tout au long de ce week-end, tu vas ressentir un merveilleux état de relaxation et de bien-être », suggéra-t-elle.

Qu'y avait-il de mal à ça ? Rien. De toute façon, il était déjà dans cette disposition d'esprit.

« Si quelque chose se passe mal, si tu entends ou vois quelque chose qui te contrarie ou t'inquiète, le contact de ma main sur ton épaule droite – comme cela – t'apportera immédiatement une sensation de profonde relaxation », poursuivit-elle en joignant le geste à la parole.

« Quoi que la vie te réserve, tu seras capable de le gérer. Si un imprévu se présente, tu auras les ressources pour faire ce qui, en ton for intérieur, te semble bien pour toi. Tu ne te souviendras pas de ces suggestions. Et maintenant, je vais compter jusqu'à trois et à trois, tu sortiras de ta transe et tu t'endormiras tout de suite, tu dormiras d'un sommeil sans rêve et sans interruption, et demain matin, tu te sentiras frais et dispos. Un. Deux. Trois. »

Sa respiration se fit moins profonde et il émit un drôle de bruit, mi-grognement, mi-ronflement.

« Merci, marmonna-t-il en se mettant sur le côté et en glissant un oreiller sous sa tête. Bonne nuit, chérie. »

Et il sombra dans le sommeil.

Ellen se colla contre lui, dos à dos.

Venait-elle de franchir la ligne, sur le plan éthique ?

Flynn dirait qu'elle l'avait franchie la première fois où elle avait accepté de pratiquer toute forme d'hypnose sur Patrick.

Danny, lui, s'esclafferait, ajoutant qu'il ne croyait nullement au concept de ligne. Le propre d'une relation, c'était ça : essayer de manipuler l'autre pour obtenir ce qu'on voulait. « Tout le monde cherche à endormir son partenaire, lui avait-il dit une fois. Nous, on est mieux armés pour le faire, c'est tout. »

Et elle, qu'en pensait-elle ? Eh bien… elle ne pensait pas avoir franchi la ligne, pas vraiment, mais peut-être l'avait-elle mordue.

Du bout de l'orteil. Elle pensa à Saskia. Sur qui elle pouvait mettre un visage à présent. Un beau visage intelligent. Saskia n'avait pas peur de dépasser les bornes pour essayer de récupérer Patrick.

Les lignes étaient faites pour être franchies.

Peut-être qu'Ellen faisait simplement ce qu'elle avait à faire. Pour son *bébé*. Elle agissait telle une lionne qui protège son lionceau. Ou une mère qui s'élance dans un bâtiment en feu pour sauver son enfant. Ou alors elle se racontait des histoires dans une piteuse tentative de justifier l'injustifiable.

Bon. D'accord. Elle ne le ferait plus. Elle lui apprendrait l'autohypnose. C'était ça, la solution. Sans compter qu'il y avait quelque chose de légèrement… sordide dans leur petit rituel. Elle y prenait trop de plaisir. C'était la dernière fois.

Elle se sentit comme un enfant de chœur qui promet de ne plus se masturber.

Elle s'endormit et rêva de Deborah-désormais-Saskia. Assise en tailleur dans le fauteuil relax réservé aux clients d'Ellen, elle plongea une cuillère dans un énorme pot de miel et, tendant le bras bien au-dessus de sa tête penchée en arrière, laissa couler un long filet du liquide doré dans sa bouche.

Puis elle regarda Ellen et, lentement, sensuellement, passa la langue sur ses lèvres collantes.

« Vous avez franchi la ligne, dit-elle. Vous le savez.

– Attention à ne pas mettre de miel sur mon fauteuil », répondit Ellen sèchement, pour dissimuler sa honte.

*

À la descente de l'avion, je me suis postée près d'un énorme pilier à l'autre bout du terminal pour les observer en cachette tandis qu'ils attendaient leurs bagages devant le carrousel.

Ellen n'arrêtait pas de regarder autour d'elle, comme si elle s'attendait à voir un visage familier. Patrick, lui, était complètement focalisé sur le carrousel, les yeux plissés, tout son corps en alerte, prêt à bondir, comme chaque fois qu'on voyageait. À croire que pour lui, récupérer un sac relevait du test de force et d'agilité avec obligation de foncer sur ledit sac sitôt apparu pour le plaquer au sol dans une lutte au corps à corps. Ça me faisait toujours rire.

Ça a aussi amusé Ellen. Je l'ai vue sourire quand il a soudainement pris son élan pour se jeter sur leurs deux bagages en même temps et revenir d'un air triomphal avec ses proies.

C'est moi qui lui ai offert ce sac pour son anniversaire la dernière année où on était ensemble.

Ellen fait partie de ces gens qui attachent un ruban autour de la poignée de leur sac pour le repérer facilement. Le sien était un gros nœud flottant d'un bleu brillant, féminin, fantaisiste et pourtant si pratique. Ce ruban résume à lui seul tout ce que j'aime et que je déteste chez elle.

Je les ai regardés s'éloigner en direction du comptoir de location de voitures. Il portait leurs deux sacs. Je suppose qu'il se montre particulièrement attentionné et chevaleresque maintenant qu'elle est enceinte.

Je pensais que c'était mon droit naturel en tant que femme de vivre, au moins une fois, cette période où votre homme vous traite comme une princesse, vous massant les pieds le soir, vous posant la main sur le ventre, vous interdisant sur un ton magistral de porter quoi que ce soit de trop lourd.

Mais apparemment non.

Ça m'aurait probablement rendue folle de toute façon. Je suis trop grande pour être traitée comme une princesse. Même si l'idée me plaît.

Tandis qu'ils parlaient avec l'employée de l'entreprise de location, je l'ai vu lui pétrir la nuque. À un moment, ils ont éclaté de rire tous les trois. Quand ils sont enfin sortis du terminal, je suis allée récupérer mon sac. Il n'y avait plus que lui sur le carrousel. Il tournait lentement, seul, ignoré, invisible. Dépourvu de joli ruban. Vieux, fatigué, affaissé. Je me demande à présent… À qui ça peut bien me faire penser ?

« N'aie pas l'air si désolé pour toi », ai-je dit d'un ton sec en le ramassant. Un homme qui passait à côté de moi a détourné le regard.

Je me suis adressée au même comptoir de location de véhicules. Pas de rire chaleureux pour moi. Juste des papiers posés d'un geste désagréable, une mise en garde pressante concernant d'une part la franchise de l'assurance et d'autre part la nécessité pour moi de vérifier que la voiture n'était pas endommagée avant de la prendre.

« En fait, je pense que ça devrait être de votre responsabilité », ai-je dit.

La dame m'a dévisagée. « Laissez tomber », ai-je ajouté.

Sur le trajet vers le Sheraton, je me suis préparée à affronter mes souvenirs mais en entrant dans le hall, je n'ai pas reconnu l'endroit qui avait été rénové. À croire qu'ils l'avaient fait exprès. *Tu n'existes plus, Saskia. Nous avons fait appel à des décorateurs d'intérieur pour effacer toute trace de toi.*

Aucun signe d'Ellen ni de Patrick.

Je suis allée me promener sur la plage et j'ai essayé d'utiliser la technique du curseur d'Ellen pour gérer ma douleur à la jambe. Peut-être que ça marche. Je ne sais pas si ce n'est que dans mon imagination. Elle dirait que c'est justement le but : *utiliser* mon imagination pour ne pas ressentir la douleur dans le réel.

Je suppose qu'elle aura l'occasion de tester ses techniques pour accoucher sans douleur. Elle m'a parlé de femmes qui ont subi une césarienne sans analgésique, « en utilisant le pouvoir anesthésiant naturel de leur corps ». Bien sûr. On vous ouvre le ventre avec une lame et vous ne sentez rien. Il suffit simplement d'y *croire*. Le genre de réplique qu'on entend dans les films de Noël.

L'idée ne m'avait jamais effleurée qu'elle pourrait effectivement m'aider à gérer ma douleur à la jambe. C'est juste la première chose qui m'est venue à l'esprit quand elle m'a demandé : « Pourquoi êtes-vous ici aujourd'hui ? » Je ne me voyais pas répondre : « Parce que vous avez eu plusieurs rendez-vous avec Patrick et la façon dont il vous regarde me laisse penser que vous pourriez être la première candidate sérieuse, alors je vous ai suivie jusque chez vous et qu'ai-je vu au beau milieu de votre pelouse ?

Votre adorable petite pancarte, “Ellen O’Farrell Hypnothérapie”, avec, comme c’est pratique, votre numéro. Ni une ni deux, j’ai téléphoné pour prendre rendez-vous. Enchantée. »

Après chacune de nos séances, je lui ai dit que je ne pensais pas qu’elle m’avait hypnotisée, mais elle s’est contentée de son petit sourire suffisant, façon Mona Lisa, comme si elle savait mieux que moi.

Pour être honnête, je n’ai jamais été vraiment certaine de ce qui se passait dans cette pièce vitrée baignée de soleil. Chaque fois que je m’assois dans ce fauteuil vert, je commence par me dire que ce n’est pas vraiment la peine d’écouter ses instructions, que je devrais juste penser à autre chose, car en vrai, je ne suis pas là pour me faire hypnotiser. Si je viens, c’est pour nos petites discussions, avant et après la séance, ces moments où l’on parle aussi bien de rhume des foins que de la difficulté à trouver des chaussures confortables. Mais ensuite ses mots parviennent toujours à s’insinuer dans mon esprit, et je me retrouve à écouter et à penser « Oh, quel mal y a-t-il à sentir que mes paupières sont lourdes ! » et, l’instant d’après, tout mon corps s’affaisse dans le fauteuil et quand elle me dit d’essayer d’ouvrir les yeux, je n’y arrive pas. Mais bon, j’imagine que j’y arriverais si j’en avais *vraiment* envie.

Une fois qu’elle se met à parler, je ne pense plus du tout à Patrick.

La dernière fois, elle m’a demandé de me rappeler un « moment unique de perfection » où je m’étais sentie remplie de confiance, de joie, de paix ou de puissance, alors j’ai pensé aux petits déjeuners estivaux du dimanche avec ma mère quand j’étais gosse. Je préparais une tonne de pancakes, maman faisait toujours mine d’être impressionnée, puis on s’asseyait sur un plaid dans le jardin de derrière et on mangeait les pancakes avec du citron et du sucre tout en lisant chacune notre livre et parfois on restait là jusqu’à l’heure du déjeuner.

Je suis censée me servir du « pouvoir de ce souvenir » pour soulager ma douleur à la jambe.

C'est des conneries, bien sûr.

Je crois.

Je me souviens de la première fois où j'ai ressenti cette douleur dans la jambe. Maman venait juste de m'annoncer sa maladie. Je faisais des courses avec Jack et ça prenait un temps fou parce qu'il n'arrêtait pas de voir telle ou telle chose qu'il me réclamait, alors il fallait négocier, et en plus on avait des clients de Patrick à dîner, et comme je voulais les impressionner, je cherchais des ingrédients rares. « Fais quelque chose de simple », répétait Patrick dans ce genre de situation, mais vos invités se sentent spéciaux quand vous vous donnez du mal, que vous dressez la table avec une nappe en lin, des serviettes en tissu, des verres étincelants et un bouquet de fleurs. J'aimais beaucoup les belles tables. Maintenant, je mange assise sur le canapé, l'assiette sur les genoux, ou debout sur le comptoir de la cuisine, ou même au lit.

J'ai perçu cette douleur qui remontait peu à peu dans ma jambe. Elle n'était pas insoutenable, juste pénible, comme si je m'étais froissé un muscle, et au bout d'un moment j'ai dû m'appuyer contre le bac de produits surgelés et reposer ma jambe. « Qu'est-ce que tu fabriques, Sas ? » a demandé Jack.

Le jour suivant, elle est revenue. Là non plus, je n'ai pas spécialement fixé mon attention dessus. En tout cas, je ne me suis pas dit un seul instant que cinq ans plus tard, j'en serais toujours à devoir la supporter.

J'étais tellement confiante quand j'ai consulté cette première kinésithérapeute. Elle allait m'arranger ça. Ce n'était qu'un point de plus à rayer de ma liste de choses à faire, du même ordre que m'occuper de la révision de ma voiture ou me faire épiler les jambes. Vite, débarrassez-moi de cette douleur, elle m'agace !

Au début, Patrick compatissait, mais ensuite il s'est montré impatient et indifférent. On ne pouvait plus faire nos randonnées. Ni même marcher plus de quatre cents mètres en ville pour aller au restaurant sans que j'aie besoin de trouver un arrêt de bus pour m'asseoir. On ne pouvait pas discuter debout avec les gens en soirée sans que je finisse par demander une chaise. J'ai surpris une lueur d'exaspération dans ses yeux un jour où, en rentrant du travail, il m'a trouvée assise par terre dans la cuisine en train de couper des carottes avec la planche sur les genoux. Je suppose que c'était vraiment trop barbant pour lui d'avoir une petite amie qui se comportait comme une vieillarde.

Ensuite maman est morte et il a « mis fin à notre relation ». Peut-être qu'il s'était déjà lassé de moi et que ma jambe a été la goutte d'eau qui fait déborder le vase.

Ma douleur n'est plus aussi intense qu'avant, mais elle s'est stabilisée à un certain niveau et n'a jamais disparu. C'est comme un rappel physique permanent de cette période de ma vie où tout a changé à jamais. Une balise entre la femme que je suis à présent – étrange, obsessionnelle, molle et inapte – et celle que j'étais avant – normale, heureuse, en pleine forme, pouvant se passer de toute visite chez le médecin pendant des années. Dès que je commence à sentir cette douleur insidieuse, j'éprouve un sentiment tout aussi insidieux de désespoir, d'impuissance, de vide.

Et de tous les professionnels que j'ai consultés pour cette douleur, Ellen est la première à s'intéresser, même de loin, au véritable impact qu'elle a sur moi.

« Ça doit être incroyablement frustrant », m'a-t-elle dit avec une mine tellement compatissante que, l'espace d'un instant terrifiant, j'ai cru que j'allais pleurer.

Oui, Ellen, c'est incroyablement frustrant, d'autant que j'ai pour passe-temps de suivre mon ex-petit ami qui, par parenthèse, est votre petit ami actuel, le plus souvent à pied, et cette douleur rend la chose très compliquée, même si je peux m'enorgueillir de n'avoir jamais renoncé : je continue, quelle que soit son intensité, et les gens me dévisagent, probablement parce que je grimace. Tiens mais qui voilà, une vieille sorcière déformée qui poursuit clopin-clopant sa vie d'avant, une vie sans douleur, qu'elle essaie de saisir, toutes griffes dehors.

11

« Tout le monde essaie de nous hypnotiser et ce, dès notre naissance. Nous sommes tous, dans une certaine mesure, en transe. Nos clients pensent que nous les “endormons”, mais notre but ultime est le contraire. Nous essayons de les éveiller. »

Extrait d’une contribution d’Ellen O’Farrell
à la revue *Hypnothérapie moderne*

Quel merveilleux samedi ! Grasse matinée. Petit déjeuner et journal au lit. Longue promenade sur la plage et baignade rapide. (Très rapide ; Patrick se mit à trembler de froid au bout de quelques minutes seulement.) Café et gâteau près de la rivière. Déjeuner au bord de la piscine. Sieste.

Tandis qu’ils descendaient Hastings Street, Ellen remarqua que ses sens étaient plus vifs que d’ordinaire. Elle sentit la caresse du soleil et de la brise sur sa peau. Huma toutes les odeurs – café, mer, parfums, lotions après-rasage, crèmes solaires. Perçut chaque fragment de conversation, chaque éclat de rire.

Noosa semblait être le théâtre d’une explosion démographique. Partout, des nouveau-nés, des bambins qui marchaient à peine, des femmes au ventre bien rebondi. Les bébés, absolument craquants, fixaient tous Ellen de leurs yeux attendrissants comme s’ils connaissaient son secret. Les femmes enceintes semblaient être dans la confidence elles aussi. Derrière leurs lunettes de soleil, elles lui adressaient des sourires empreints de douceur et de mystère.

Elle s'était sentie tellement exclue de ce club de mères avec leurs enfants. Chaque instant, elle se surprenait à penser : Alors je pourrais avoir le droit *moi aussi* ? De marcher avec une poussette aussi grosse que compliquée ? De prendre un bébé dans les bras sans avoir à demander la permission à quelqu'un ? De tenir la main d'un petit bout pour traverser la rue ?

Pourquoi tu n'aurais pas le droit ? se demandait-elle. *Pourquoi ?*

Pourtant elle ne se résolvait toujours pas à le lui annoncer.

Les heures passèrent et avec elles mille occasions de le faire. Ils avaient tout leur temps. Elle ne l'avait jamais vu si détendu. Son front paraissait plus lisse. Il la touchait sans cesse.

Aucun signe de Saskia. Son ventre se dénoua peu à peu et elle cessa de scruter les foules. Quel soulagement pour Patrick. Le pauvre, il méritait bien un week-end sans avoir à regarder en permanence par-dessus son épaule.

Et *elle*, qu'éprouvait-elle de savoir que Saskia était entrée dans sa maison ? Peur, colère, sentiment d'avoir été violée dans son intimité ?

Elle y réfléchit longuement quand elle se réveilla la première de la sieste, le corps de Patrick toujours lové contre le sien, leurs doigts toujours entrelacés.

Tous ces sentiments appartenaient au champ du possible. Oui, quand elle pensait à Saskia qui, assise dans son cabinet aux parois de verre, jouait un jeu de dupes et l'observait en secret, un tremblement de peur et une vague de rage la parcouraient, cela ne faisait aucun doute. Que lui voulait cette femme ? Quelles étaient ses intentions ? Et comment osait-elle ? Quelle audace !

Mais elle n'en demeurait pas moins intriguée. Elle l'était même encore plus qu'avant. Fascinée. Sous la peur, il y avait toujours… non, certainement pas. Et pourtant si ; si inapproprié que cela puisse être, c'était bien ce qu'elle éprouvait : un léger sentiment de plaisir. Être l'objet d'un tel intérêt lui plaisait. Cela donnait à sa vie du tranchant. De l'éclat. Peut-être était-ce là un petit aperçu irrésistible de la vie de star : l'impression que le moindre de vos gestes comptait, méritait d'être remarqué. Ou peut-être Ellen présentait-elle un défaut de la personnalité qui complétait à merveille celui de Saskia. Elle était le yin et Saskia le yang, et à elles deux, elles formaient un tout psychopathique.

(Ou essayait-elle juste de se rendre aussi curieusement étrange que Saskia ?)

De toute façon, il faudrait bien, à un moment ou un autre, informer Patrick du subterfuge de Saskia. Alors pourquoi gâcher cette petite parenthèse dans la vie réelle ? Elle attendrait leur retour à Sydney. Et puis, il y avait toujours la grossesse. *Le bébé.*

Elle sentit la main de Patrick se resserrer autour de la sienne tandis qu'il changeait de position et se réveillait.

« Salut, toi. » Il bâilla, faisant courir son autre main de son épaule à sa taille avant de la laisser sur sa hanche. « Bien dormi ?

– Comme un bébé, répondit-elle sans même un tremblement de la voix.

– Mmmm, moi aussi. »

Une fois levés, Patrick proposa une marche. Il l'attira près de la fenêtre. « Tu vois le promontoire ? Il y a un petit coin juste à côté de l'entrée du parc national d'où nous pourrions regarder le coucher du soleil. Qu'est-ce que tu en dis ?

– Que ce serait parfait. »

Et ce le fut.

Sur le promontoire, une table et des chaises. Le vert luxuriant de la forêt contrastait avec le bleu profond de l'océan. Le ciel arborait des teintes pastel : rose, bleu, orange.

Patrick avait acheté une coûteuse bouteille de champagne, du fromage, des crackers et des fraises. Il avait soigneusement emballé dans sa serviette de plage deux flûtes trouvées dans le minibar de la chambre d'hôtel.

« Très impressionnant, s'exclama Ellen.

– N'est-ce pas ! » répondit Patrick fièrement.

Ellen décida qu'elle s'autoriserait une coupe. D'après sa mère,

« le verre de vin occasionnel ne risque pas de causer le syndrome d'alcoolisme fœtal ».

« À nous. » Patrick fit tinter son verre contre le sien. « Et à tous nos futurs week-ends en amoureux, que je nous souhaite nombreux.

– Et à toutes nos futures coupes de champagne ! » Celui-ci était sec et onctueux, un délice.

« Et à… Oups, que je suis maladroit.

– Qu'est-ce que tu as fait tomber ? » demanda Ellen, troublée, tandis que Patrick cherchait quelque chose à tâtons sur le sol.

Pas de réponse. Il se redressa très péniblement, très lentement, comme un vieux monsieur perclus d'arthrose.

« Tu t'es fait mal ? » Ellen se leva pour l'aider.

– Asseyez-vous, gente dame ! Je vais bien. » Patrick essayait manifestement de ne pas rire.

« Mais qu'est-ce que tu *fabriques* ?

– Ellen », poursuivit-il d'une voix plus grave et empesée. Il arborait un air idiot, gêné, comme s'il faisait un jeu de mime.

Un genou à terre, il tendit la main et lui présenta un petit écrin en velours noir.

Oh mon Dieu, il était en train de *la demander en mariage*. Une de ces demandes en bonne et due forme, un genou au sol, bague de fiançailles prête à être glissée sur son doigt. Fantastique.

Et pourtant curieusement atroce.

Quelque chose derrière lui attira son regard. Un mouvement infime. Quelqu'un prenait des photos du coucher de soleil depuis le belvédère.

« Ellen. » Il s'éclaircit la gorge. « Bon, je me sens un peu stupide. Et il y a un truc qui me rentre dans le genou. Ça a l'air tellement plus facile dans les films. »

Ellen rit et posa sa coupe de champagne d'une main tremblotante. Submergée par une pudeur orgueilleuse, elle refoula ses larmes d'un battement de cils. *Une demande en mariage au coucher du soleil.*

Elle vit la femme à l'appareil photo se tourner vers eux. Elle souriait.

« Ellen, veux-tu… je veux dire… pourrais-tu… me ferais-tu l'honneur… voudrais-tu, euh, m'épouser ?

– Il y a deux choses que je dois te dire d'abord, fit-elle, surprise par la clarté de sa propre voix.

– D'accord. » Patrick baissa la main sur laquelle reposait l'écrin de velours noir et faillit perdre l'équilibre. Il se rattrapa à la table de pique-nique. « Euh, je dois me relever ?

– Je suis enceinte. » Pause. « Et je suis à peu près sûre que la femme là-bas est Saskia ; elle arrive vers nous. »

Puis elle posa une main ferme sur son épaule droite et croisa les doigts mentalement.

12

« Un des effets de l'urbanisation croissante est l'augmentation de l'isolement et de la solitude des individus. Il semble donc utile d'inviter psychiatres et psychologues aux commissions d'urbanisme afin qu'ils partagent leurs réflexions sur cette question complexe. »

Extrait d'une contribution de Saskia Brown
lors du colloque « Développement urbain
pour aujourd'hui et pour demain », Noosa, 2004

« Hé, Patrick ! Ellen ! Je pensais bien vous avoir reconnus ! » Saskia s'approcha d'eux à grands pas ; une fois près de la table, elle retira ses lunettes de soleil et leur adressa un sourire radieux. Vêtue d'un short (sur de belles jambes longues et lisses, remarqua Ellen), d'un tee-shirt et d'une casquette de baseball, elle avait une allure sportive et séduisante. Toute son attitude suggérait une femme parfaitement normale et saine d'esprit. Quiconque observerait la scène verrait là une promeneuse qui venait de tomber sur des amis, rien d'autre. À la rigueur, de l'extérieur, c'étaient Ellen et Patrick qui se comportaient de manière étrange. Ils dévisageaient Saskia d'un air renfrogné sans dire un mot.

« Quelle belle soirée ! » Saskia essuya les verres de ses lunettes avec le bord de son tee-shirt et les remit sur son nez tout en montrant le ciel. « Un coucher de soleil digne d'une carte postale !

– Saskia », fit Patrick d'une voix rauque. Il commença à se lever, le dos voûté, tel un vieillard.

« Oh, non, Patrick, je ne veux pas interrompre une demande en mariage ! » Elle l'invita à rester à genoux d'un geste amical de la main. « Reprends où tu en étais ! Ça m'a fait plaisir de vous voir ! »

Et elle tourna les talons pour repartir comme elle était venue.

Patrick s'assit lourdement sur le banc en face d'Ellen, prit sa coupe de champagne et la vida d'un trait.

Saskia se retourna et dit : « On se voit vendredi à votre cabinet, Ellen ! » Elle fit claquer sa main contre sa cuisse. « Ma jambe va beaucoup mieux ! » Puis elle fit au revoir de la main.

Ellen lui rendit son geste machinalement.

« Tu la *connais* ? » s'étrangla Patrick. Un voile de panique passa sur son visage. « Tu la connais depuis le début ? C'est quoi, un genre de traquenard que vous avez monté ensemble ?

– Non, non, non ! Laisse-moi t'expliquer ! Je la connais sous le nom de Deborah. Deborah Vandenberg. C'est le nom qu'elle m'a donné quand elle est venue au cabinet. Pour sa douleur à la jambe.

– Deborah », répéta Patrick. Une lueur de suspicion apparut dans ses yeux. « Mais tu savais que c'était Saskia. À l'instant, tu savais que c'était elle.

– Je l'ai compris dans l'avion. Quand tu m'as parlé de sa jambe. Mais je ne voulais pas te contrarier alors j'ai préféré me taire. C'est ma faute si elle est ici. Je lui ai dit qu'on partait à Noosa… quand je la prenais pour Deborah. Je suis navrée. Vraiment navrée. »

Elle avait l'impression d'avoir effectivement pris part à une odieuse conspiration avec Saskia.

Patrick ouvrit l'écrin et le referma d'un coup sec. Il rit d'un air incrédule, comme pour lui-même. « Moi qui croyais être tranquille. J'imaginais pouvoir te faire ma demande à l'abri de son regard scrutateur, mais même ça, c'est impossible.

– Je peux la voir ? demanda Ellen en montrant l'écrin.

– C'est une bague ancienne. J'ai pensé qu'elle te plairait. Elle a une histoire. L'histoire de quelqu'un d'autre, je veux dire. Je ne la tiens pas de ma propre famille, mais je me suis dit que tu aimerais l'idée. » Il rouvrit la boîte et la referma sans regarder. « J'ai pensé que les bagues habituelles, avec un gros diamant brillant, ce n'était pas ton truc. Jack m'a aidé à la choisir. »

Il parlait d'une voix triste et nostalgique, comme s'il évoquait un événement lointain.

« Ça me semble parfait, dit Ellen. Alors, je peux… ? »

Il plaça la boîte devant elle et elle l'ouvrit.

« Oh, Patrick. » La bague en or blanc était sertie d'une petite aigue-marine ovale couleur océan. « Elle est magnifique. C'est exactement ce que j'aurais choisi. »

Ellen ne s'était jamais particulièrement intéressée aux bijoux. Elle ne comptait pas parmi ces femmes expertes en carats ou en taille de diamants. « Waouh ! Ça brille ! » s'exclamait-elle chaque fois qu'une amie nouvellement fiancée lui mettait sa main gauche sous le nez. Pour elle, leurs bagues se ressemblaient toutes.

Mais le choix de Patrick, d'une justesse absolue, lui donnait envie de pleurer. C'était la preuve tangible qu'il la voyait vraiment. Cette bague, qu'elle n'aurait jamais pu imaginer ou décrire, semblait proclamer : « Tu ne savais pas ? *Voici* qui tu es. »

Ellen referma l'écrin à regret, ne sachant trop quoi faire ; elle n'avait pas encore vraiment accepté sa demande. Pour la première fois depuis qu'elle connaissait l'existence de Saskia, elle se laissa envahir par une vague de rage aussi bienvenue que justifiée. Ce moment, c'était *le sien*. À cet instant précis, comme toutes les femmes qui disaient oui, elle était censée émettre un drôle de bruit, mi-sanglot mi-rire, enfouir la tête dans le torse de Patrick et relever le nez de temps en temps pour examiner la bague à son doigt. Ce qui devait devenir un souvenir à chérir était révolu à jamais.

« C'était probablement trop tôt pour que je te fasse ma demande, dit Patrick. Mais ça me semblait tellement aller de soi que je me suis dit, et puis merde, fonce, c'est elle, tu le sais, et… »

Il s'interrompit et cligna lentement des yeux, comme le faisaient ses clients sortant de transe.

« Tu as bien dit que tu étais enceinte ? »

*

Eh bien voilà, il l'a demandée en mariage.

Il était en train de lui rejouer la formule tout compris, comme dans les films. Ciel rose de coucher du soleil. Champagne. Genou à terre.

Ce qui m'est passé par la tête ? Ils vont vraiment vivre cette vie-là. Eh oui, ça arrive pour de vrai à certaines personnes. Ils vont s'offrir un mariage magnifique, élégant, probablement sur la plage, et il fera beau, mais s'il pleut, ce sera marrant, les hommes ouvriront de grands parapluies et les femmes se mettront à courir avec leurs talons hauts en riant. Elle ne boira qu'une seule coupe de champagne – grossesse oblige. Et ensuite le bébé naîtra et tout le monde lui rendra visite à la maternité et il y aura des fleurs, des plaisanteries, des appareils photo. Puis ils auront un autre bébé, de l'autre sexe que le premier. Ils recevront leurs amis à dîner, auront des week-ends trépidants, écraseront une larme sentimentale en voyant leurs chers petits chanter sur scène ; une fois les enfants grandis, ils voyageront, auront de nouveaux loisirs et emménageront finalement dans un sympathique village senior ; à leur mort, leurs enfants et petits-enfants se réuniront pour les pleurer.

Qui me pleurerait si je mourais aujourd'hui ? Mes collègues ? Je pense qu'ils se remettraient rapidement et ensuite ils se battraient pour avoir mon bureau. Mes amis ? En l'espace de quelques années, j'ai réussi à me faire rayer de la liste de cartes de vœux de chacun d'entre eux. Je ne peux m'en prendre qu'à moi-même. Je ne les rappelais jamais et leurs e-mails restaient lettre morte. Je n'avais pas envie de m'embêter. J'étais trop occupée à suivre Patrick. C'est un passe-temps assez chronophage. Ma coiffeuse a l'air de beaucoup m'aimer mais qui la préviendrait que je suis morte ? Elle s'imaginerait simplement que je l'ai abandonnée pour une autre coiffeuse. Ce que je ne ferais jamais. Peut-être devrais-je laisser un petit mot quelque part : *Si je meurs, merci d'en informer ma coiffeuse.*

L'hypnothérapeute et son mari ne connaîtront ni chagrin ni souffrance ; dans le cas contraire, ça finira toujours par passer. Ils se soutiendront l'un l'autre jusqu'à ce qu'ils soient remis. Le médecin leur prescrira ce qu'il faut pour soulager la douleur.

C'est étrange mais, maintenant que c'est arrivé, je constate que je ne peux plus m'imaginer me remettre avec Patrick. Quelque chose a changé. Il ne m'a jamais demandée en mariage, moi. Nous n'avons même jamais évoqué le sujet. Il l'avait déjà eu avec Colleen, le grand mariage. J'ai passé des heures à parcourir leur énorme album rectangulaire relié en cuir, à la regarder dans sa robe blanche à manches bouffantes en me demandant ce qu'elle aurait pensé de moi.

Un matin, tandis que nous étions au lit, Patrick m'a dit, comme ça, sans crier gare : « Je te garde pour la vie. »

Et c'était tout ce dont j'avais besoin. Cette déclaration tout-en-un qui conjuguait ma demande en mariage romantique, ma bague de fiançailles, les noces et la lune de miel. Dans ma tête, après ça, nous étions mari et femme.

Manifestement ce n'était pas le cas dans la tête de Patrick.

Ellen est le genre de femme qui pousse un homme à mettre un genou à terre pour prononcer les mots magiques. Moi, non.

Quand je me suis approchée d'eux installés à cette table de pique-nique, je me suis fait l'effet d'une sorte de créature hideuse, à moitié humaine seulement. L'odeur de ma propre laideur m'a assailli les narines.

Je l'accepte. C'est bon. Ils seront à jamais dedans et moi dehors.

Mais je m'assurerai qu'ils n'oublient jamais que je suis toujours là, pour leur faire un petit coucou, tapoter à la vitre ou simplement les regarder. Je ne m'en irai jamais.

*

« Elle ne s'en ira jamais, dit Patrick. Si tu m'épouses, tu seras obligée d'accepter qu'elle fait partie du lot. Mon fils. Ma mère. Mon père. Mon frère. Mon ex psychopathe.

– Oui, dit Ellen. Je comprends.

– J'espère que c'est une fille. Le bébé. J'espère que c'est une petite fille. Une jolie petite fille. Voilà ce que j'aimerais. Et toi, une petite fille, ça te plairait ?

– Bien sûr. »

Patrick n'était pas ivre, mais le contour de ses mots était ramolli. Assis avec Ellen sur le balcon de leur chambre d'hôtel, il terminait la bouteille de champagne.

Fiancés, ils étaient fiancés. Ellen portait la bague à la main gauche. Ses yeux n'arrêtaient pas de revenir dessus. Elle avait dit « oui ».

Patrick était ravi pour le bébé. Extatique, même. Quand l'information lui était enfin parvenue au cerveau, il avait attiré Ellen dans ses bras et l'avait serrée comme un objet précieux. « Un bébé, avait-il murmuré. Waouh, la vache ! Tout le reste, on s'en fout. On va avoir un *bébé*. »

Tout était parfait, à ceci près que le visage de Saskia semblait flotter irrémédiablement dans le champ de vision périphérique d'Ellen, comme le souvenir choquant d'un grave accident de voiture : le froissement de la tôle, la tête qui part violemment en arrière. Elle se repassait sans cesse le moment où Saskia s'était avancée vers eux : le grand sourire chaleureux, les yeux sans expression à cause des lunettes de soleil.

La fureur légitime d'Ellen était retombée et à présent elle se sentait étrangement épuisée, vide de toute émotion, comme si elle avait été victime d'un accident traumatisant.

« C'est bizarre, mais je n'ai pas éprouvé la même colère que d'habitude quand Saskia est apparue aujourd'hui, dit Patrick. J'ai juste ressenti ce calme. Un genre d'acceptation. »

Sa suggestion posthypnotique avait donc fonctionné à merveille. La professionnelle qu'elle était en conçut tout à la fois de la fierté et de la culpabilité. Elle resta silencieuse. Elle avait mal au dos. Elle se tortilla sur sa chaise, à la recherche d'une position plus confortable, et tritura sa bague.

« Elle est trop serrée ? demanda Patrick. On peut la faire ajuster.

– Elle est parfaite. C'est juste que je n'ai pas l'habitude de porter une bague. »

Patrick versa les dernières gouttes de champagne dans sa flûte et s'adossa de nouveau à sa chaise, les jambes étendues devant lui, les doigts de pied enroulés autour des barreaux du garde-fou.

« Oui. Une magnifique petite fille blonde qui te ressemble, reprit-il d'une voix béate en admirant la nuit étoilée.

– Tu oublies que je ne suis pas blonde, rit Ellen.

– C'est vrai, je suis bête », fit-il en levant les yeux au ciel. Il lui effleura les cheveux. « Je crois que je l'imaginais ressemblant à Jack. »

Ellen repensa à la photo qu'elle avait vue chez ses parents – Colleen assise sur son lit avec Jack dans les bras à la maternité. Ses longs cheveux ondulés étaient, elle s'en souvenait, très blonds.

*

De retour à Sydney, ils annoncèrent leurs fiançailles à tout le monde, et la grossesse – chut – uniquement à leurs familles et amis proches.

Les gens semblèrent étonnamment heureux pour eux. Larmes aux yeux. Livraisons de fleurs et de cartes. Visites avec bouteilles de champagne et embrassades extravagantes.

« Pourquoi ça t'étonne ? demanda Patrick.

– Je ne sais pas. Peut-être que j'imaginais qu'à notre âge, ça laisserait notre entourage plutôt indifférent.

– Pour une fois qu'on leur annonce de bonnes nouvelles, ils sont contents, tout simplement. Et puis les gens aiment bien les happy ends. »

Curieusement, Ellen n'apprécia pas spécialement toutes ces manifestations de joie et autres attentions. Elle préférait être observatrice que sous le feu des projecteurs. L'avalanche de questions – « L'accouchement est prévu pour quand ? », « La date du mariage est fixée ? », « Vous allez vivre où ? » – la rendit nerveuse et pour cause, ils n'avaient encore rien décidé. Aussi, elle était inquiète à l'idée de décevoir les gens d'une manière ou d'une autre.

Il n'y avait pas eu de larmes dans les yeux violets de sa mère quand elle lui avait annoncé les fiançailles, juste un haussement de sourcils, après quoi Anne s'était parée de son masque le plus affable – celui qu'elle aurait pris pour communiquer avec Sa Majesté la Reine – et avait conquis Patrick avec son charme raffiné, « Rien ne pouvait me faire plus plaisir », assorti d'un chèque de cinq mille dollars.

En privé, elle dit à Ellen : « Il n'est pas obligé de t'épouser simplement parce que tu es enceinte ! Tu le connais depuis quoi, cinq minutes ?

– Il m'a fait sa demande avant de savoir que j'étais enceinte. Et je sais tout ce que j'ai à savoir sur lui.

– Que tu crois », commenta Anne dans sa barbe. Ellen fit mine de ne pas avoir entendu. Elle inspira profondément et décida de ne pas se laisser affecter par sa mère.

Quant à Julia, difficile de dire exactement ce qu'elle pensait de tout ça. Quand elle avait appris pour les fiançailles, elle avait hurlé, pris Ellen dans ses bras et fait les remarques exubérantes que toute femme attend de ses copines à propos de la bague, mais une ombre fugace était passée sur son joli visage lorsqu'elle avait su qu'Ellen était enceinte.

« Par *accident* ? Qu'est-ce que tu veux dire ? Les ados tombent enceintes par accident ! C'était quoi, ton contraceptif, le pouvoir de l'esprit ? »

Ellen ne lui révéla pas qu'après son premier rendez-vous chez le gentil obstétricien recommandé par son amie Madeline, elle avait daté sa grossesse du jour où ils avaient comme qui dirait « oublié » de prendre leurs précautions après cette partie de gin rami. Ce qui faisait en effet très ado.

« Et toi, tu es sortie avec Pépé – je veux dire Sam ? s'enquit Ellen pour changer de sujet.

– Il a annulé à la dernière minute, répondit Julia sèchement. Il a dit qu'il avait la grippe. Qu'il était cloué au lit.

– Donc il a repoussé ?

– Ouais. Ne prends pas ta voix douce et apaisante avec moi, ça me rend dingue. S'il est pas intéressé, il est pas intéressé.

– Julia, il avait probablement réellement la grippe.

– Arrête ! J'aime pas du tout cet air paisible et condescendant que tu prends. »

Ellen laissa tomber et lui parla de l'apparition de Saskia à Noosa, précisant que tout était de sa faute, ce qui remonta considérablement le moral de Julia.

Du côté de Patrick, tout le monde fut adorable. Sa mère avoua qu'elle avait prié pour qu'ils se fiancent dès sa première rencontre avec Ellen.

« Tu as aussi prié pour un nouveau bébé ? demanda Patrick innocemment.

– Bien sûr, répondit Maureen. Je reconnais que je ne pensais pas que ça arrive si tôt mais si tu crois que je désapprouve, Patrick, désolée de te décevoir, mais je ne suis pas si vieux jeu ! » Elle adressa un sourire radieux à Ellen. « Naturellement, vous allez vous marier *avant* la naissance du bébé, n'est-ce pas ? »

Le père de Patrick la prit dans ses bras dans un geste tout paternel, l'enveloppant du parfum d'une lotion après-rasage qui lui rappela tellement son grand-père qu'elle dut se retenir de s'accrocher à sa chemise. Le frère de Patrick, Simon, lui offrit des fleurs et leur concocta un excellent dîner de fête (il était bien meilleur cuisinier que Patrick) dans son appartement. Il taquina Ellen fraternellement, ce qui était inédit pour elle. Elle apprécia.

Ellen s'était demandé avec inquiétude comment Jack réagirait à la nouvelle du mariage et surtout de la grossesse, mais l'enfant se montra parfaitement insouciant. « J'espère que le bébé est un garçon, dit-il. Je lui apprendrai des trucs. Comme conduire une voiture. Piloter un avion. » Il s'interrompit et regarda Ellen de côté. « Utiliser un pistolet.

– Utiliser un pistolet ! répéta Ellen en prenant un air horrifié.

– C'est pour te charrier », fit-il, ravi. C'était sa nouvelle expression favorite.

Question logistique, il n'y eut pas de difficultés.

Patrick et Jack se déclarèrent heureux d'emménager chez Ellen. « Si ça te va de nous faire une place, dit Patrick. On va garder notre maison et la louer, on sera des magnats de la propriété !

– J'irai à la plage tous les jours de ma vie ! annonça Jack. Même quand il pleut ! Même quand il grêle ! Non, quand même pas. C'est pour vous charrier. »

Jack ne changerait pas d'école. Elle se trouvait à vingt minutes mais pas de problème, le bureau de Patrick était dans la même direction.

Affaire classée.

Ellen faisait désormais partie d'une nouvelle famille et sa vie entière allait changer. Elle parcourait sans cesse sa maison, l'imaginant remplie de nouveaux habitants et de nouvelles affaires tout en faisant tourner sa nouvelle bague de fiançailles sur son doigt. Une chambre pour Jack. Une autre pour le bébé. Elle serait mère de deux enfants. Les bulletins d'information de l'école de Jack seraient aimantés à son réfrigérateur. Son vélo traînerait couché dans le jardin de devant. La collection de gravures d'équipements anciens de géomètre de Patrick devrait trouver une place sur les murs. Il y aurait un lit à barreaux, une table à langer, une baignoire pour bébé. Un siège bébé à l'arrière de la voiture, une poussette et un cartable d'écolier dans l'entrée.

Extraordinaire.

Absolument terrifiant.

*

« Deborah Vandenberg » avait une séance prévue à onze heures le vendredi suivant.

« À mon avis, elle ne viendra pas, dit Ellen. Maintenant qu'elle sait que je sais qu'elle est Saskia. » (Bien qu'elle ait dit : « À vendredi. »)

« Je vais prendre ma journée, répondit Patrick. Je ne veux pas que tu te retrouves seule avec elle.

– Elle ne viendra pas. Mais dans le cas contraire, tout ira bien. Elle n'a jamais été violente. »

Elle n'avait aucune envie que Patrick reste. Si Saskia se présentait effectivement à son rendez-vous, Ellen voulait pouvoir lui parler. Avoir une bonne discussion de femme à femme avec elle. « Pourquoi faites-vous cela ? Aidez-moi à comprendre. »

Naturellement, Ellen ne pouvait plus être sa thérapeute mais rien ne l'empêchait de l'adresser à un confrère, lequel pourrait lui venir en aide pour sa douleur à la jambe et son incapacité à lâcher Patrick. En étant gentille et ferme, elle mettrait fin à toutes ces bêtises.

(Son raisonnement – l'idée que Saskia s'effacerait poliment si seulement elle voyait à quel point Ellen était sympathique et compréhensive – était stupide, une partie d'elle-même le reconnaissait.)

« C'est mon problème, cette histoire, pas le tien. Et puis, poursuivit-il, inquiet, tu es enceinte, je te le rappelle, tu dois éviter toute forme de stress.

– Elle ne viendra pas. J'en suis certaine.

– Il faut que je m'occupe de cette injonction d'éloignement. »

Depuis qu'ils étaient rentrés de Noosa, il avait évoqué le

sujet à plusieurs reprises, mais pour une raison qui continuait d'échapper à Ellen, il ne trouvait jamais le temps de le faire. Elle était convaincue qu'il ne s'agissait pas seulement d'une question de fierté, sa procrastination cachait autre chose, mais elle préféra ne pas insister. De toute façon, d'après ce qu'elle avait lu, une injonction d'éloignement n'offrait pas de réelle protection contre un harceleur zélé.

Finalement, le vendredi matin, Patrick décida d'aller au travail car Ellen ne serait pas seule à la maison. Un plombier baraqué y serait pour remplacer le chauffe-eau qui avait subitement rendu l'âme depuis leur retour.

Ledit plombier, un ami de Patrick, avait promis de rester à portée de voix si jamais Saskia pointait le bout de son nez. (Ce qui lui ferait une belle jambe si Saskia sortait de son sac à main un pistolet doté d'un silencieux pour l'abattre d'un geste vif, ou si elle lui plantait une seringue dans le bras pour lui injecter un produit provoquant une paralysie totale, cordes vocales incluses. Ellen avait vu trop de films d'horreur pour croire que même le plus baraqué des plombiers pouvait la protéger d'une vraie psychopathe.)

À l'imminence du rendez-vous de Saskia, Ellen s'assit à son bureau comme si de rien n'était. Elle essaya de faire de la paperasse mais son cœur tapait si fort dans sa cage thoracique qu'elle ne parvenait pas à se concentrer.

Elle ne viendra pas, songea-t-elle.

Mais en réalité, elle n'y croyait pas vraiment. Lors de leur précédente séance, Ellen lui avait prêté un de ses livres sur l'hypnose et la gestion de la douleur et toutes deux s'étaient découvert une allergie commune aux gens qui ne se donnaient pas la peine de rendre les livres qu'on leur prêtait. « Ne vous inquiétez pas, avait dit Saskia. Je vous le rendrai. »

Les minutes s'égrenèrent sans que personne vienne toquer à la porte. Déception ou soulagement ? Dans un cas comme dans l'autre, ne pourrait-elle pas se convaincre que l'émotion était authentique ?

À onze heures vingt, le téléphone sonna. Ellen décrocha aussitôt.

« Ellen O'Farrell, hypnothérapeute, en quoi puis-je vous aider ? » Dans sa voix, un très léger tremblement.

Silence. Ellen crut percevoir le bruit étouffé de la circulation sur une route très fréquentée.

« Allô ? »

Rien. Elle colla le combiné contre son oreille. Oui, c'était bien le bruit de la circulation. Un coup de klaxon.

Doucement, elle dit : « Saskia ? »

La ligne fut coupée.

*

Ma voiture est tombée en panne tandis que je me rendais à mon rendez-vous avec Ellen. Sur la voie centrale de l'autoroute. Un concert de coups de klaxon rageurs a retenti. Comme s'il s'agissait de me convaincre de redémarrer ma voiture…

Je suis descendue et j'ai crié aux automobilistes : « QU'EST-CE QUE VOUS VOULEZ QUE JE FASSE AU JUSTE ? VOUS CROYEZ QUE JE FAIS EXPRÈS ? »

Aucune chance qu'ils m'aient entendue, vu le bruit de la circulation. « Timbrée », voilà ce qu'ils ont dû murmurer derrière leur volant en me voyant gesticuler et vociférer en mode silencieux.

S'ils savaient.

En attendant la dépanneuse, j'ai décidé d'appeler Ellen pour la prévenir que je n'arriverais pas à temps. Ça m'a paru être l'attitude normale, la moindre des politesses. C'est ce que j'aurais fait pour n'importe quel autre rendez-vous. Ce que Deborah aurait fait, après tout.

Moi qui me réjouissais d'avance de la surprendre en venant à ma séance comme si de rien n'était. J'étais curieuse de voir comment elle allait gérer la situation. Me laisserait-elle seulement entrer ? Peut-être me claquerait-elle la porte au nez ? Peu probable ; ça ne doit pas être dans son ADN doux et spirituel de claquer les portes. Je m'étais dit que Patrick m'attendrait avec elle, prêt à appeler la police, prêt à enfin brandir cette injonction d'éloignement qu'il a si souvent menacé de demander, prêt à protéger sa si précieuse et radieuse *fiancée* qui porte son bébé.

Mais si Patrick n'était pas là, et si elle me laissait effectivement entrer, je comptais bien admirer sa bague et lui poser plein de questions. C'était pour quand, l'heureux événement ? Prévoyait-elle un mariage en grand ? Ça la dérangerait si je portais aussi du blanc ou peut-être était-ce trop offensant ? Mais au fait, j'étais bien sur la liste des invités ? Ha ha ha. Et Patrick, il aimait toujours s'envoyer en l'air sous la douche ? Avoir sa petite gâterie du dimanche matin ? Je comptais bien la regarder voler en éclats, la belle sérénité de madame.

Autre possibilité : ne même pas mentionner Patrick. Me glisser comme d'habitude dans la peau de Deborah, lui rendre son livre, me délecter de la voir faire mine qu'elle n'est pas en train de « flipper sa race ». J'ai beaucoup regardé la télévision cette semaine. Des programmes avec des jeunes Américaines. Leur langage est contagieux.

J'allais voir le moment venu. J'aurais pu gérer n'importe quel scénario. C'est ce que je me disais en tout cas, mais quand j'ai entendu sa voix à l'autre bout du fil, la mienne s'est éteinte.

Cordes vocales paralysées. Il m'a été littéralement, physiquement impossible de dire : « Oh, bonjour, Ellen, c'est moi, Saskia. Je ne peux pas venir à ma séance ce matin parce que ma voiture vient de tomber en panne. »

Eh oui, impossible d'agir à nouveau comme une personne normale maintenant qu'elle a fait connaissance avec la folle. Car ça impliquerait que j'ai le choix. Que je peux choisir d'être folle ou d'être normale. Et si je peux choisir, alors ça signifie que folle, je ne le suis pas du tout, alors basta, ça suffit, je dois vivre ma vie.

Mais quelle vie ? Ma vie, c'est eux. Sans Patrick et Ellen, il y a juste un boulot, un appartement, une voiture qui a besoin d'une nouvelle transmission automatique et ma foi, c'est tout.

*

Dans l'après-midi, après le départ du plombier, Ellen entendit la sonnette retentir tandis qu'elle étudiait le panneau de configuration ultrasophistiqué du nouveau chauffe-eau.

Patrick avait opté pour un système qui permettait de prérégler la température de l'eau au robinet. Selon lui, ce serait parfait pour le bain du bébé. Ellen ignorait l'existence de tels systèmes. (Et puis, *le bain du bébé* ! Cette façon tellement décontractée qu'il avait de faire référence à quelque chose de si ordinaire et si extraordinaire à la fois ! Elle s'en émerveillait.) Il avait listé une multitude de choses à faire dans la maison avant la naissance : installation de caches sur les prises électriques ; sécurisation de l'escalier en colimaçon – piège mortel pour les tout-petits –, et ainsi de suite. « On va devoir faire faire des devis alors », avait dit Ellen, dont le stress était monté en flèche face à la liste.

« Je vais m'en charger, avait répondu Patrick en bombant le torse et en jouant des mâchoires tel un superhéros. Ne t'inquiète pas de tout ça, ma jolie. » Sur quoi, elle avait porté la main à son front et fait mine de s'évanouir dans ses bras. (À vrai dire, l'évanouissement n'était pas si feint que ça.)

Ellen regarda l'heure. Elle n'attendait pas de client. *Saskia*, songea-t-elle, en descendant les marches. *Et le plombier qui est parti… qui va me protéger maintenant ?* Par précaution, elle prit un des lourds chandeliers en verre de sa grand-mère sur la console. Le reflet de son visage grave dans le miroir de l'entrée lui arracha un sourire. Ridicule. Elle garda quand même son arme.

Elle ouvrit la porte.

Sur le seuil se tenait, non pas Saskia, mais une fille petite et menue qui tirait nerveusement sur une cigarette et lui souriait d'un air désolé.

Son visage lui était parfaitement familier mais son nom ne lui revint pas tout de suite. Elle s'attendait tellement à ce que ce soit Saskia qu'elle n'arrivait pas à se sortir son prénom de la tête.

La fille laissa tomber sa cigarette par terre et l'écrasa avec le pied avant de ramasser le mégot qu'elle garda au creux de la main.

« Je n'arrive pas à croire que j'ai allumé cette clope en attendant que vous m'ouvriez. Je suis une idiote. Bon, comme vous voyez, je n'ai pas arrêté. »

Ellen regarda fixement le mégot dans sa main. « Rosie.

– Oui, répondit-elle. Je suis désolée. Je sais que je n'ai pas rendez-vous. Je suis rentrée de lune de miel ce matin et je suis venue comme ça, en espérant que peut-être vous auriez un moment à m'accorder…

– J'ai vu les photos de votre mariage dans le journal la semaine dernière », dit Ellen en s'efforçant de ne pas laisser la réprobation transparaître dans sa voix. *Vous l'avez quand même épousé après ce que vous avez découvert ! Pourquoi épouser un homme que vous n'aimez même pas ?*

« Quelle horreur, ces photos. J'étais tellement affreuse, et vous avez vu la couleur de la robe des demoiselles d'honneur ?

– Elles étaient en noir et blanc.

– Ah, oui, évidemment. Eh bien, elles étaient horribles. Bref. Est-ce que… vous pouvez me caser dans votre emploi du temps ?

– Oui, bien sûr », répondit Ellen chaleureusement car à présent, elle s'en voulait d'en vouloir à Rosie. Elle s'effaça pour la laisser entrer et replaça discrètement le chandelier sur la console.

« Vous devez vous demander pourquoi je l'ai quand même épousé, commença Rosie une fois installée sur le relax vert.

– Tenez. » Ellen lui tendit un mouchoir en papier pour qu'elle se débarrasse enfin du mégot.

« Je vous préviens, c'est la raison la plus débile du monde. Vous allez être horrifiée.

– Je suis sûre que non. » Quoique…

« Quand je suis partie d'ici après notre dernière séance, j'étais tellement décidée à annuler le mariage. Je savais que ce ne serait pas une mince affaire. Les invitations envoyées… dont celle au *Premier ministre* d'ailleurs, mais il devait être au Japon ou je ne sais plus où… ma mère qui avait perdu vingt kilos et acheté la robe la plus chère de toute sa vie, mon père qui avait passé des jours et des jours sur ce discours abominable et mes amies qui étaient toutes vertes de jalousie, ce qui, je vous l'accorde, n'est pas une bonne raison pour épouser quelqu'un, mais bon, tout le monde se comportait comme si je ne lui arrivais pas à la cheville, et c'est vrai, on ne joue pas dans la même cour lui et moi, mais vous savez quoi, ce n'est même pas pour ça que je l'ai fait – je l'ai fait à cause d'un truc qui s'est passé juste après notre rendez-vous.

– Que s'est-il passé ?

– En sortant d'ici, je me suis dit qu'une promenade sur la plage me ferait du bien. » Rosie se tapotait les lèvres avec l'index et le majeur écartés – il ne lui manquait plus que la cigarette. « Je voulais m'éclaircir les idées, réfléchir au moyen d'expliquer ma décision à Ian et là, j'ai vu ce couple assis sur le sable, ils s'embrassaient à pleine bouche, comme on s'embrasse au début d'une histoire, vous voyez ?

– Je vois, fit Ellen en pensant à ce baiser près du musée.

– Et j'ai pensé, oh, c'est trop mignon, mais en m'approchant, j'ai vu que c'était Joe ! Mon ex. On s'est séparés il y a un an. Je croyais que c'était de l'histoire ancienne pour moi, que je m'en fichais complètement, mais la *façon* dont il embrassait cette fille, comme s'il n'avait jamais rien connu d'aussi bon, ça m'a tuée.

– Ah.

– Et d'un coup, comme ça, je me suis dit, je peux pas, je peux pas annuler ce mariage. On devait passer notre lune de miel dans cet hôtel de luxe en Malaisie, là où mon ex et moi avions toujours rêvé d'aller sans jamais pouvoir nous l'offrir, et je voulais qu'il le sache. Je voulais qu'il m'imagine là-bas avec un autre homme. Je voulais lui faire perdre cet air béat qu'il avait sur le visage. Joe avait toujours eu un problème avec l'argent et les gens friqués, il faisait un complexe d'infériorité, et je savais que l'un ou l'autre de nos amis communs lui parlerait du mariage – et, je sais pas, c'était comme si j'avais perdu la tête. Je me suis mariée comme prévu et je me suis convaincue que j'étais amoureuse de Ian, évidemment je l'aimais, comment ne pas l'aimer ? Je me suis dit que la séance m'avait tout bêtement embrouillé l'esprit. Pour être honnête, je me suis même dit que c'était votre faute. Donc je me suis mariée, et tout allait bien, mais vous savez quoi ?

– Dites-moi.

– Deux choses. Primo, l'hôtel en Malaisie n'était pas si chouette que ça, il était même carrément nul, et on a dû écourter notre séjour à cause d'une coalition ou un coup d'État ou je ne sais quoi. Deuzio, vous ne devinerez jamais ce que j'ai appris ce matin. Mon ex n'est sorti avec cette fille que quelques semaines. Il est de nouveau célibataire. Mais en vrai, qu'il soit en couple ou célib', je m'en moque totalement ! Je n'ai jamais voulu me remettre avec lui ; juste, je ne supportais pas l'idée qu'il apprenne que j'étais de nouveau seule alors que lui, il était si heureux avec une autre femme. Alors ? Ce n'est pas le truc le plus pathétique que vous ayez jamais entendu ?

– Pas du tout. Il nous arrive à tous d'agir pour des raisons on ne peut plus bizarres. »

Elles se turent. Rosie gigota sur son fauteuil puis, tout à coup : « Vous êtes fiancée ! » Elle montra du doigt la bague d'Ellen, laquelle se rendit compte qu'elle la faisait tourner sur son annulaire depuis un moment, attirant ainsi l'œil de sa cliente. Ce geste était rapidement devenu une habitude.

« Félicitations ! Vous êtes amoureuse de lui, je parie. Vraiment amoureuse de lui.

– Eh bien… » Ellen sourit bêtement. Elle ne voulait pas avoir l'air de trop jubiler.

« Bref. Ian veut qu'on essaye de faire un bébé tout de suite.

– Donc vous êtes prête à arrêter de fumer une fois pour toutes, supposa Ellen.

– Non. Je veux que vous me fassiez tomber amoureuse de Ian. Après tout, l'amour, ce n'est qu'un état d'esprit, n'est-ce pas ? Je ne veux pas avoir un enfant avec un homme que je n'aime pas. Vous pouvez faire ça ? Me faire croire que je l'aime ? Pour que ce mariage ne soit pas la plus grosse erreur de ma vie ? »

13

> « La relation d'une femme avec son père aura un profond impact sur toutes ses relations futures avec la gent masculine. Les filles qui grandissent sans père n'ont pas de modèle. Elles auront une tendance accrue à la promiscuité sexuelle – oh ben, SUPER, merci maman, je vais être une salope !!!!! »
>
> Journal intime d'Ellen O'Farrell,
> entrée écrite la semaine
> précédant son quinzième anniversaire

Sa mère était nerveuse.

Ce constat lui apparut soudain dans toute sa clarté. Depuis qu'elles s'étaient attablées au restaurant pour déjeuner, Ellen observait sa mère et essayait de comprendre ce qui avait changé chez elle. N'importe qui d'autre aurait trouvé Anne parfaitement calme et à l'aise tandis qu'elle échangeait avec sa fille sur sa grossesse, houspillait gentiment ses marraines sur le choix du vin et posait des questions pointues au serveur sur le menu du jour. Pourtant, il y avait quelque chose de peu naturel dans sa façon de se tenir : le dos trop droit, le menton trop haut, les épaules trop ouvertes – même pour une femme qui jugeait absolument essentiel de maintenir une bonne posture. Ses beaux yeux violets revenaient sans cesse à sa fille sans pour autant s'arrêter sur elle. D'ordinaire, Ellen avait droit à un discret mais rigoureux examen médical : contrôle du teint, du poids, du blanc des yeux. Elle s'était toujours dit que sa mère aurait préféré lui passer un tensiomètre autour du bras ou lui coller un thermomètre dans la bouche que la prendre dans ses bras quand elles se voyaient.

Elle tourna son attention vers ses marraines. L'expression de Phillipa trahissait une excitation contenue, comme si elle s'apprêtait à assister à un spectacle olé olé. Quant à Melanie, elle ne lui trouva rien d'inhabituel au début mais ensuite, elle la surprit à jeter de petits coups d'œil en direction de sa mère, comme si elle attendait quelque chose. Ellen repensa à l'appel téléphonique de Mel qui, à peine deux semaines plus tôt, avait jugé Anne « un peu bizarre ». Entre la grossesse et les fiançailles, ça lui était complètement sorti de la tête.

« Bon, qu'est-ce qui se passe, là ? » demanda Ellen sitôt après que le serveur eut pris leur commande.

Anne porta une main à son cou, guidant le regard de sa fille vers un joli collier qu'elle ne lui avait jamais vu. C'était un bijou de prix. Ellen ne put s'empêcher de remarquer qu'à cet endroit, la peau de sa mère semblait plus marquée, plus fragile qu'ailleurs, telle une étoffe de soie froissée. Elle dut résister à l'envie de la lisser d'un geste de la main.

« D'où sors-tu ce collier, maman ?

– Oh, rien ne lui échappe, à notre Ellen, commenta Phillipa fièrement. Elle a toujours été ainsi. Vous vous souvenez de la fois où on a cherché à la convaincre que…

– Pip ! interrompit Melanie. C'est une histoire entre mère et fille.

– Exactement ! Tout à fait d'accord ! Je ne sais même pas pourquoi nous sommes là, à vrai dire ! Anne, on file si tu veux. Vous pourrez parler en privé. »

Anne soupira. « Nous avons élevé Ellen ensemble, toutes les trois. C'est pour ça que je voulais que vous soyez présentes aujourd'hui aussi. Vous avez été comme des mères pour elle.

Nous formons une famille toutes les quatre. Une famille, et ce que j'ai à dire est… une affaire de famille. »

Ellen prit peur. Ce n'était pas dans les habitudes de sa mère de s'exprimer ainsi.

« Tu as un cancer, c'est ça ?

– C'est une bonne nouvelle. » Anne sourit. Son visage parut soudain resplendissant. « Je suis passée chez toi pour te l'annoncer l'autre soir mais nous avons abordé un autre sujet, n'est-ce pas ?

– OK.

– Eh bien, je voulais juste te dire que j'ai revu ton père, c'est tout.

– Euh, c'est pas tout à fait tout, protesta Phillipa.

– Et je… disons que… je sors avec lui.

– C'est *tellement* romantique ! soupira Phillipa.

– Je ne comprends pas, dit Ellen. Je le croyais marié et au Royaume-Uni.

– Divorcé », annonça Anne avec un sourire heureux, comme si le divorce comptait parmi les plus doux plaisirs de l'existence.

« Et de retour à Sydney, ajouta Melanie. Ta mère le voit depuis plusieurs semaines. Elle ne nous en a jamais rien dit. Je *savais* qu'il se passait quelque chose.

– C'est grâce à moi, en plus, dit Phillipa. Il m'a trouvée sur Facebook ! M'a demandé si j'étais toujours en contact avec Anne O'Farrell. Quand j'en ai parlé à ta mère, j'ai vu dans ses yeux qu'elle avait toujours un faible pour lui, même après toutes ces années !

– Un *faible* pour lui ? » Ellen sentit une profonde irritation monter en elle face à ces trois femmes subitement transformées en adolescentes. « Mais tu l'as choisi sur une liste !

– Oui, oui, tout ça est vrai, concéda Anne. Ne t'inquiète pas. Ta vie n'est pas basée sur un mensonge. Ce que je ne t'ai jamais dit, c'est que je craquais quand même un peu pour lui.

– Pas qu'un peu, corrigea Melanie. Pip et moi, on s'en est vite rendu compte, évidemment. »

Sur quoi toutes les trois se mordillèrent la bouche telles des gamines qui se retiennent de rire en classe, à ceci près qu'elles portaient désormais du rouge à lèvres de marque de luxe. Anne remplit de nouveau leurs verres de vin et Ellen, qui buvait de l'eau minérale, eut la désagréable impression que les rôles étaient inversés. Quelle bande d'idiotes, toutes les trois.

« Et il se trouve que lui aussi, il a toujours eu un faible pour moi, reprit Anne fièrement. Il n'a jamais cessé de penser à moi toutes ces années. Apparemment, je me manifestais toujours dans ses rêves !

– La pauvre, fit Ellen.

– De qui tu parles ? » Sa mère fronça les sourcils.

« De sa femme ! Celle avec qui il était fiancé quand tu as couché avec lui pour me concevoir !

– Oh, ne sois pas si… » Anne s'interrompit et fit un geste de la main comme pour chasser un insecte inoffensif. Ennuyeuse, voilà ce que sa mère s'apprêtait sûrement à dire.

« Ellen, intervint Mel, ta mère n'a rien à voir avec leur rupture. Il n'y a rien de répréhensible dans ce qui se passe. »

Une pauvre femme qui, à Londres, nuit après nuit, dort près de son mari tandis qu'il rêve à une fille aux yeux violets sous le soleil de Sydney… non, bien sûr, rien de répréhensible, songea Ellen.

« Bien, dit-elle en essayant de ne pas être brusque. Tu lui as parlé de moi ? »

Anne se départit de son air rêveur. « Il a été très choqué bien sûr, avoua-t-elle d'une voix nerveuse. Et très en colère contre moi de ne lui avoir rien dit. Il prétend que s'il l'avait su, il aurait annulé le mariage et m'aurait épousée, moi. Tu imagines ! Ta mère dans le rôle de la parfaite petite femme d'intérieur !

– Oh, maman. »

Il y avait quelque chose de sournois et suffisant dans le ton de sa mère qui donnait à l'existence d'Ellen une coloration vulgaire et banale, plutôt que bohème et courageuse.

« Tu vas le rencontrer, n'est-ce pas, Ellen ? dit Phillipa. Ce sera comme dans cette émission où ils réunissent des proches qui se sont perdus de vue. J'en pleure déjà rien que d'y penser.

– Oui, je vais le rencontrer, bien sûr, mais il n'y a rien de romantique ni de déchirant là-dedans. On partage juste le même ADN.

– Mais maintenant que tu sais que tes parents s'aimaient !

– On pensait que tu serais ravie. » Mel leva un sourcil curieux et analytique, comme si Ellen était un écart de comptabilité à résoudre. « Toi qui voulais à tout prix rencontrer ton père. Il y a même eu une époque où cette idée t'obnubilait.

– J'avais quatorze ans », répondit Ellen. À présent, cette rencontre ressemblait juste à une obligation sociale plutôt embarrassante.

« Tu n'as pas envie de voir de quoi il a l'air ? demanda Phillipa.

– Je suis curieuse, naturellement », poursuivit Ellen, mais en réalité elle ne l'était pas particulièrement. Elle était trop concentrée sur sa propre vie en ce moment : son bébé, son futur « beau-fils », son futur « mari ». L'ex de ce dernier. Elle n'avait pas de temps à consacrer au développement d'une nouvelle relation.

« Rien ne presse, dit Anne. Quand tu seras prête… » Sa main revenait systématiquement caresser la pierre de son nouveau collier.

« Donc ce collier est un cadeau de lui ? demanda Ellen. De… euh… David ? » Personne n'attendait d'elle qu'elle l'appelle papa tout de même ?

Anne baissa la main. « Oui. Pour célébrer nos un mois. » Elle rougit. « Je sais qu'on a passé l'âge.

– Oh ! » commenta Phillipa.

La mère d'Ellen était à l'évidence amoureuse, de son père qui plus est, ce qui dans la plupart des cas était considéré comme tout à fait opportun – n'était-ce pas ainsi que le monde était censé tourner ? Ellen ne comprenait pas pourquoi la situation la rendait si malheureuse. Simple résistance au changement ?

Refus de voir sa mère aimer qui que ce soit d'autre qu'elle ? Il faudrait qu'elle y réfléchisse une fois chez elle.

« Je suis heureuse pour toi, maman. » Elle fit tout son possible pour avoir l'air sincère.

« Ne nous réjouissons pas trop vite, ce n'est que le début », répondit Anne d'un ton brusque. Après quoi, elle se fendit de ce nouveau sourire étrange et toucha la main d'Ellen. « Ton père est l'homme le plus charmant que j'aie jamais rencontré. »

*

Je vis dans un quatre-pièces dans une maison jumelée.

Je n'ai jamais trop aimé les maisons jumelées et pourtant, c'est là que j'ai atterri.

Quand Patrick et moi nous sommes séparés, j'ai eu besoin d'un nouveau logement rapidement, alors j'ai demandé à un agent immobilier que je connaissais de bloquer pour moi la première location disponible dans mes prix. Il m'a trouvé ce lieu quelconque et impersonnel dans une rue ou s'alignent des maisons jumelles identiques et trois immeubles de vingt étages. Les gens qui y habitent sont des cadres moyens. Les abeilles ouvrières de la société qui tendent vers quelque chose de mieux. Ce qui compte dans ce quartier, c'est que ce soit « commode ». On peut rejoindre la gare à pied facilement et le centre de Sydney n'est qu'à dix minutes de train. Il y a des dizaines de restaurants tout à fait convenables quoique pas exceptionnels, des distributeurs automatiques, des stations de taxis et des pressings ouverts vingt-quatre heures sur vingt-quatre. Les gens marchent à grands pas en consultant leur BlackBerry et en avalant leur café. Ce n'est pas un endroit pour les amoureux. Il n'y a ni musiciens de rue, ni librairies, ni galeries d'art, ni salles de cinéma. C'est bien. C'est comme un prolongement du bureau.

J'ai le même voisin depuis trois ans, un dénommé Jeff. Petit, chauve, il a une barbe rousse bien taillée, et la chose la plus personnelle que je sais sur cet homme, c'est qu'il ne ressent pas le froid – il porte des chemises à manches courtes à longueur d'année. Quand il est chez lui, c'est rare que j'entende le moindre bruit à travers le mur mitoyen : ni musique ni télévision. Je l'ai quand même entendu crier de détresse une fois : « Non ! Ce n'est pas comme ça qu'on fait ! » Qu'on fait quoi ? J'avoue, je n'ai pas été plus intriguée que ça. Je ne me suis jamais suffisamment intéressée à lui pour le regarder dans les yeux ni avoir une vraie conversation.

Si on se croise à la boîte aux lettres, si on entre ou qu'on sort de chez nous au même moment, on file comme si on venait de se rappeler qu'on est très en retard, ou alors on développe un vif intérêt pour le courrier qu'on vient de récupérer, choisissant une enveloppe qu'on ouvre d'un geste brusque, genre c'est hyper important. On se lance des petites phrases sur un ton distrait, pressé : « Fait chaud, hein ? », « Fait froid, non ? » ou, si le temps est difficile à qualifier, « Comment ça va ? » mais on n'attend jamais la réponse parce que ça ne nous intéresse pas. Parfois, dans ma tête, je lui dis : *Toujours à traquer mon ex obsessionnellement, à pleurer ma chère maman et à supporter cette douleur inexpliquée à la jambe, merci, et vous ?*

Alors oui, Jeff est le voisin idéal pour vivre en mitoyenneté. Pendant toutes ces années, on a réussi à vivre côte à côte, à relever le courrier de l'autre en son absence, à se mettre d'accord sur des questions telles que le ramassage des ordures et la tonte de la pelouse tout en entretenant une relation délicieusement superficielle.

Et voilà qu'aujourd'hui, alors que je rentrais à la maison après avoir récupéré ma voiture chez le garagiste, Jeff s'est approché de moi avec détermination, tellement près que j'ai discrètement reculé d'un pas. « Bonjour, Saskia », a-t-il dit. Je crois que c'était la première fois qu'il m'appelait par mon prénom.

« Bonjour, Jeff, ai-je répondu au diapason.

– Je voulais vous informer que je déménage. J'opère un changement de cap.

– Un changement de cap.

– Oui, je vais m'installer dans une petite ville sur la côte sud. Je vais tenir un café. Je vais l'appeler *La Jetée de Jeff.* »

Ça m'a sidérée. Je ne sais pas très bien pourquoi. Peut-être parce que je le voyais comme quelqu'un de trop insignifiant pour faire de vrais changements dans sa vie, mais bien sûr, il ne sait pas qu'il est un personnage mineur dans la mienne. *A contrario*, il tient le rôle de star dans son existence où je ne suis qu'une figurante. Pas de problème.

« Il n'est pas sur une jetée mais je vais lui en donner l'aspect. Avec des cordes, des ancres et... des seaux, vous voyez le genre. » Un voile d'incertitude est passé sur son visage. Il n'a pas la moindre idée de ce qu'il fait.

« Ça m'a l'air génial. » Ça va être un fiasco.

« Oui, j'ai décidé qu'il était temps pour moi de quitter la police.

– Vous êtes policier ? » Incroyable. Je ne l'avais jamais vu en uniforme. Je l'imaginais contrôleur de gestion ou consultant informatique, voire documentaliste. Ne devrait-on pas forcer les policiers à révéler leur métier à leurs voisins ? Imaginez un peu si je lui avais divulgué un délit à la boîte aux lettres ? Ou si je lui avais proposé une substance illégale ?

Sans parler de cette affaire avec Patrick. Il me menace toujours d'appeler la police. Ridicule. Pourquoi la police s'intéresserait-elle à une affaire essentiellement privée entre deux adultes ? Mais quand même. Techniquement, je rentre en effet chez lui sans sa permission.

« J'ignorais que vous étiez policier. » Impossible de réprimer le ressentiment dans ma voix.

« Agent infiltré. Plutôt stressant, comme boulot. Ça retourne le cerveau. Et empêche toute relation. Je ne rajeunis pas. Ce que je veux vraiment maintenant, c'est rencontrer "l'âme sœur". Et devenir papa un jour ! »

Rencontrer l'âme sœur ? Je n'avais aucune envie d'entendre ça. C'était comme si Jeff venait de partager un secret intime, un secret d'ordre sexuel légèrement révoltant.

« C'est une charmante jeune famille qui emménage chez moi. Deux enfants en bas âge. Un garçon et une fille. Vous les trouverez un peu plus vivants que moi. »

Sur quoi il a reculé brusquement, semblant soudain se rappeler le genre de voisins que nous avions été.

« Bon, je ne vous retiens pas plus longtemps. Je me disais juste que c'était mieux de vous prévenir, que vous ne soyez pas surprise demain en voyant le camion de déménagement arriver. Vos nouveaux voisins emménageront après-demain.

– Bonne chance pour la suite.

– Merci. » Et il m'a souri, d'un sourire étonnamment aimable et timide qui m'a emplie de regret et de tristesse. J'aurais pu être son amie. J'aurais pu l'inviter à boire un verre ou un café. Peut-être qu'il n'aurait pas eu besoin de ce stupide changement de cap.

Avant Patrick, c'est ce que j'aurais fait. Tout ça, c'est sa faute.

Maintenant, je vais avoir une « charmante jeune famille » à côté. Ma petite maison sans intérêt ne sera plus mon refuge contre le bonheur des autres. L'idée de devoir entendre et voir ces gens s'aimer chaque jour de ma vie est insupportable et inacceptable. Je déteste les familles avec un garçon et une fille, comme dans une publicité pour voiture. C'est tellement *propret*. Ils sont toujours tellement contents d'eux.

Je sens cette pression explosive monter dans ma tête. Il faut qu'il se passe quelque chose. Je dois faire en sorte qu'il se passe quelque chose. Vite. Mais quoi, je ne sais pas.

*

De retour de son déjeuner avec sa mère et ses marraines, Ellen s'assit sur le perron, son sac sur les genoux. Elle n'avait pas envie de sortir ses clés ni d'entrer dans une maison vide. Elle voulait sonner et attendre le bruit familier des pas traînants et lents. Les pas de son grand-père qui ouvrait toujours la porte avec une expression méfiante, presque belliqueuse sur le visage, laquelle disparaissait dès qu'il voyait que c'était elle. « La voilà ! » lançait-il d'un air ravi à sa grand-mère avant d'ouvrir la porte en grand, laissant l'odeur de pâtisserie envahir les narines d'Ellen.

Ils étaient morts depuis plus d'un an, pourtant, bizarrement, leur absence ne lui semblait pas vraisemblable aujourd'hui. Ils avaient dû lui ouvrir cette porte des centaines de fois. Ça ne ressemblait pas à de simples souvenirs. Il lui paraissait parfaitement raisonnable qu'ils soient toujours là, quelque part, à un autre niveau d'existence, et si elle passait suffisamment de temps tranquillement assise sur ces marches à vraiment se concentrer, alors elle pourrait glisser dans le temps ou dans la matière ou autre et poser la tête contre l'épaule de son grand-père une fois encore, rien qu'une, pour le voir rougir légèrement comme il le faisait toujours chaque fois qu'elle lui faisait un câlin.

« Qu'est-ce qui te tracasse, Ellie ? » Seule sa grand-mère l'appelait Ellie. (« Je n'ai pas… je n'aurais jamais appelé ma fille Ellie », s'indignait Anne.)

Elle voulait tant leur raconter ce nouveau développement dans sa vie, leur raconter que David Greenfield, ce nom étrange et attirant sur son certificat de naissance, n'était plus le donneur de sperme sélectionné avec soin de sa jeunesse mais « l'homme le plus charmant que sa mère ait jamais rencontré ». C'était comme entendre que finalement le père Noël existait vraiment une fois que vous ne vous intéressiez plus ni ne croyiez plus à la possibilité de la magie, si bien que c'était purement et simplement déroutant.

« Ah, ta mère… », se désolerait sa grand-mère en rallumant la bouilloire. Ellen sourit dans un soupir. Oui, il s'agissait bien de cela. Elle avait besoin que sa mère se fasse réprimander pour ce raz-de-marée qu'elle provoquait dans sa vie. Ses grands-parents se rangeaient toujours de son côté.

Pourquoi ce besoin ? La peur. Peur du changement. Peur de l'inconnu. Cette même peur à l'origine de l'expression de méfiance sur le visage de son grand-père quand il venait ouvrir la porte. *Est-ce le changement qui vient frapper à ma porte ?*

Elle soupira, prit ses clés dans son sac et se leva. Son regard s'arrêta sur la table en mosaïque et fer forgé à côté de la porte d'entrée. Une œuvre de sa grand-mère après qu'elle avait suivi un cours de mosaïque. (En réalité, elle n'était pas spécialement réussie. Les rectangles verts et orange n'étaient pas alignés. Le professeur se fâchait tout le temps contre sa grand-mère car elle parlait trop pendant le cours.)

Dessus, au centre, un livre soigneusement posé sur la tranche, comme en librairie. À côté, en diagonale, un camélia rose.

Un frisson lui glaça le dos. C'était le livre qu'elle avait prêté à Saskia. Rendu, comme promis. Ellen le prit et le feuilleta. Pas de mot. Juste cette façon méticuleuse et troublante de le disposer. Et la fleur. Que signifiait cette fleur ?

« C'est bien ici le cabinet d'hypnothérapie ? »

Ellen sursauta avec un cri aigu de petite fille surprise.

« Oh ! Pardon ! Je ne voulais pas vous faire peur ! » Au pied du perron, un homme d'environ cinquante ans la regardait d'un air désolé et timoré. Muni d'un carnet avec un stylo soigneusement accroché sur le côté, il portait une chemise habillée au moins deux tailles trop grande pour lui mais pas de cravate. On aurait dit un homme en retard à son nouveau groupe d'étude de la Bible.

Ellen posa une main apaisante sur sa poitrine.

« Je suis désolée, dit-elle. J'étais perdue dans mes pensées. » Elle sourit et descendit les marches main tendue à sa rencontre. « Vous êtes au bon endroit. Vous êtes Alfred, c'est ça ? Alfred Boyle. Je suis Ellen. »

Alfred l'avait trouvée sur Internet et contactée par mail voilà plusieurs semaines pour avoir une confirmation écrite de ses tarifs. Associé dans un cabinet de comptabilité, il avait besoin d'aide pour améliorer ses compétences en matière de prise de parole en public dans le cadre professionnel.

Tandis qu'elle lui ouvrait la porte et l'encourageait à monter les marches, Ellen jeta un coup d'œil à l'intérieur dans l'espoir d'apercevoir ses grands-parents ne serait-ce qu'une seconde (qu'auraient-ils à dire à propos de Saskia ?), mais la maison était vide. Elle eut beau humer l'air pour retrouver l'odeur des gâteaux de sa grand-mère, tout ce qu'elle sentit fut celle du poulet au curry thaï qu'elle avait cuisiné la veille.

Elle laissa le livre et le camélia sur la console dans l'entrée ; elle y réfléchirait plus tard.

14

« Freud a toujours dit qu'il avait cessé de recourir à l'hypnose après qu'un patient s'était levé d'un bond pour l'embrasser. Mais apparemment, la véritable raison, c'était que ses fausses dents ne tenaient plus correctement car ses gencives étaient trop endommagées par la cocaïne, l'empêchant de parler avec suffisamment de clarté pour induire des transes facilement. Quelle leçon devons-nous en tirer ? Ne pas lésiner sur le fil dentaire ! »

Extrait d'un discours de Flynn Halliday
à l'Assemblée des hypnothérapeutes
des Northern Beaches, août 2010

« Chère Ellen ! Tu as l'air en pleine forme ! s'exclama Flynn Halliday en se penchant pour déposer un baiser senteur menthe poivrée sur sa joue.

– Merci ! »

Flynn et Ellen disposaient d'une demi-heure pour préparer la petite salle de la maison de quartier où se tenait régulièrement la réunion de la branche locale de l'Association australienne des hypnothérapeutes dont ils étaient respectivement président et trésorière.

« Quoi de neuf depuis la dernière fois ? » demanda-t-il tandis qu'ils commençaient à mettre les tables et chaises en U.

Ellen marqua un temps d'arrêt. Elle se sentait coupable. Ce qui était toujours le cas avec Flynn, car elle avait le sentiment de l'avoir déçu à bien des égards.

Elle le connaissait depuis ses vingt-deux ou vingt-trois ans. Elle avait travaillé dans son cabinet d'hypnothérapie pendant des années, d'abord comme assistante, puis comme stagiaire en hypnose, puis comme praticienne. Il lui avait proposé de devenir son associée et elle savait qu'il avait été profondément blessé quand elle avait décidé de voler de ses propres ailes.

Il y avait aussi ce *truc* qu'elle avait toujours gardé pour elle, qu'elle ne s'était peut-être jamais vraiment avoué – la façon dont Flynn pouvait la regarder. Parfois, elle se disait que c'était dans son imagination, qu'elle réagissait comme toutes les filles qui ont grandi sans père en interprétant de travers l'affection parfaitement acceptable qu'un homme d'âge mûr pouvait avoir pour une jeune collègue. D'autres fois, elle était convaincue qu'au moindre encouragement de sa part, Flynn lui aurait sans aucun doute fait la cour : probablement à coups de poèmes, de compliments recherchés et de cadeaux attentionnés.

Flynn, qui n'avait jamais été marié, ni même en couple pour ce qu'Ellen en savait, approchait la soixantaine. Avec ses beaux cheveux fins et blonds et son visage d'ange aux joues roses, il ressemblait à un enfant de chœur version senior. L'idée d'une partie de jambes en l'air avec Flynn semblait illégale.

Inutile de mentionner la grossesse pour l'instant. Même si au cours des dernières semaines elle avait commencé à ressentir de profonds bouleversements (étranges petits coups dans son ventre, poitrine sensible, légère nausée qui durait toute la journée, sensation permanente d'être au bord des larmes), sa silhouette n'avait pas du tout changé, et de toute façon, elle se disait que Flynn préférait voir en elle une vierge.

En revanche, ce serait bizarre de passer les fiançailles sous silence.

« J'ai en effet quelque chose à t'annoncer, dit-elle en posant son pouce sur sa bague. Je suis fiancée. »

Flynn, de dos, mit une seconde de trop à se retourner.

Ellen sentit ses yeux se mouiller. *Oh, Flynn, gros bêta.* Si seulement c'était possible de vivre une vie parallèle, une vie en plus, dans laquelle elle pourrait le laisser lui faire la cour et l'épouser, le rendre heureux ! Sans sexe, cela dit.

« Félicitations ! » Il vint jusqu'à elle et lui fit un petit baiser maladroit.

Il recula d'un pas et joignit les mains tel un pasteur de campagne. « Merveilleux. »

Tandis qu'il cherchait autre chose à dire, Ellen pensa à Saskia. Si seulement sa relation avec Flynn n'était pas si compliquée, elle lui aurait demandé conseil. Elle avait beaucoup de respect pour ses opinions dès lors qu'il s'agissait de la psychologie humaine.

Ellen regrettait d'avoir dit à Patrick que Saskia lui avait rendu le livre. Depuis, il était en proie à l'insomnie, faisait les cent pas dans la maison, supportant mal sa propre impuissance.

« Je déteste que tu aies à subir ça, lui avait-il dit, les traits vieillis, alourdis par le stress. Je suis censé te rendre la vie plus belle. Pas plus compliquée.

– Elle m'a juste rapporté un livre. Pas de quoi avoir peur. » De fait, elle n'avait pas peur. Pas vraiment. Juste une légère inquiétude fébrile, probablement rien de plus qu'une réaction naturelle à tous ces changements dans sa vie, rien à voir avec Saskia.

« C'est une merveilleuse nouvelle », poursuivit Flynn. Puis une expression de panique passa sur son visage. « Ce n'est pas ce Danny, au moins ?

– Non. Je me marie avec un géomètre en fait. Je vais être femme de géomètre. » *Quoi ?* Trop bizarre, ce qu'elle disait quand elle était mal à l'aise.

« Un géomètre ! Un homme de terrain, bien, merveilleux. » Flynn avait toujours les mains jointes et il les secouait comme s'il se gratifiait d'une poignée de main chaleureuse. « Oui, bon, parce que ce Danny, là, tu es au courant de ce qu'il fait ? »

Danny et Flynn, qui ne s'étaient rencontrés qu'une fois au cours d'un congrès d'hypnothérapie, s'étaient déplu au premier regard.

« Je ne lui ai pas parlé depuis un moment.

– Il pratique l'hypnothérapie comme on vend des Tupperware. Il organise des réunions qu'il appelle…

– Hypno-Fest' ! » s'exclama Marlene Adams en entrant dans la salle. Appartenant à la même génération d'hypnothérapeutes que Flynn, elle partageait sa vision du métier. (Pourquoi n'était-il pas tombé amoureux d'elle ?) « *Affreux*, n'est-ce pas ? Je l'ai entendu à la radio pas plus tard qu'hier et je me suis dit : *Quoi ? J'ai bien compris ? Des HYPNO-FEST' ?* Voilà qui va faire des merveilles pour la crédibilité de notre profession ! »

*

« Au fait, dimanche prochain, c'est le dernier dimanche du mois, déclara Patrick plus tard cet après-midi-là.

– Vieux jeans, fit Ellen. Il y a écrit "vieux jeans" sur ce carton. »

Postée dans l'entrée, elle regardait, incrédule, la soigneuse inscription au marqueur noir qui figurait sur un gros carton poussiéreux. Patrick et Jack vivaient officiellement chez elle depuis une petite semaine mais leur installation s'avérait compliquée. Patrick n'était manifestement pas un adepte des déménageurs. « Des voyous surpayés », selon lui. Résultat, quand il avait un peu de temps, tous les deux ou trois jours, il rapportait quelques cartons avec le fourgon de son entreprise et se contentait de les entreposer dans l'entrée, laquelle était désormais si encombrée que les clients d'Ellen devaient marcher en crabe pour accéder au cabinet.

Pourquoi n'avait-il pas pris quelques jours de congé et engagé des voyous surpayés pour s'occuper de cet emménagement une bonne fois pour toutes ?

« Ça veut dire que ce truc est rempli de vieux jeans ?

– C'est une question piège ?

– Pourquoi tu gardes des vieux jeans ?

– Pour bricoler dans la maison, faire le jardin, ce genre de choses, répondit Patrick sur un ton patient et viril.

– D'accord, mais... tout un carton ? » Ellen passa un doigt dessus. La couche de poussière laissait penser qu'il dormait dans le garage de Patrick depuis des années. Il n'utiliserait jamais ces jeans, mais il ne les jetterait pas pour autant. Son nez la chatouilla et elle éternua.

« À tes souhaits. Donc, comme je te disais... c'est le dernier dimanche du mois. »

Elle jeta un œil au carton suivant. « Vieilles chemises ». Une odeur d'humidité lui montait aux narines. En regardant de plus près, elle remarqua de la moisissure duveteuse verte sur le côté du carton.

C'était un collectionneur. Voilà un trait de sa personnalité qu'elle ignorait. La maison de Patrick lui avait semblé parfaitement agréable quand elle y était allée. Très bien rangée et organisée, à vrai dire. Tous ces cartons devaient s'entasser du sol au plafond dans son garage ou derrière des portes de placard.

Sa gorge la chatouilla et elle éternua de nouveau.

« Combien de cartons supplémentaires tu penses apporter ? demanda-t-elle d'une voix qui se voulait dégagée.

– Ce n'est que le début, répondit Patrick gaiement. J'ai passé plus de vingt ans dans cette maison. J'ai amassé beaucoup de choses. »

Ellen se sentit gagnée par l'hystérie.

« Pourquoi ? Ça t'embête ? C'est temporaire, tout ça, tu sais. Je n'ai pas l'intention d'utiliser ton entrée comme débarras de manière permanente, si c'est ce qui t'inquiète. »

Il posa la main sur sa taille.

« Tu aurais dû apporter une bonne partie de ces... *trucs* directement à la déchetterie. » Ellen s'écarta un peu, se débarrassant de sa main au passage. « Tu ne t'en serviras jamais. »

Cette voix détachée et précise lui était familière. C'était celle de sa mère. Il y a peu, Julia lui avait confié qu'elle s'exprimait de plus en plus comme sa mère, sur quoi Ellen avait décrété : « Aucun risque que ça m'arrive. »

Anne avait une violente aversion pour les « trucs ». (Mot qu'elle crachait toujours comme s'il s'agissait d'une grossièreté.) Les affaires d'Ellen disparaissaient tout le temps quand elle était petite. « Tu n'avais pas touché ce *truc* depuis des semaines », disait sa mère quand Ellen découvrait qu'un jouet ou un vêtement avait été donné aux « pauvres ». Comme elle enviait ses copines lorsqu'elle leur rendait visite et voyait le comptoir de la cuisine jonché d'objets trahissant une vie de famille chaotique, les photos encadrées sur des étagères débordant de livres, les magnets en forme de fraise retenant des prix gagnés à l'école et des dessins pleins de couleurs sur le réfrigérateur. En comparaison, sa maison, et donc sa vie, semblait si aseptisée. Elle assimilait le désordre à l'amour, à la douceur et à ces adorables mères grassouillettes et distraites qui lui glissaient un sandwich au beurre de cacahuètes entre les mains avant de retourner à leurs fourneaux ou à leur lessive.

Les rares fois où Anne ne travaillait pas et acceptait de recevoir les copines d'Ellen à la maison, elle leur portait beaucoup trop d'attention, les suivant de ses yeux violets transperçants, leur proposant du jus de citron vert (quel enfant boit du jus de citron vert ?), s'enquérant de leur opinion sur les affaires du monde (elles n'en avaient pas, bien sûr, à l'exception de Julia qui trouvait la mère d'Ellen fabuleuse) et faisant des petites plaisanteries sarcastiques qu'elles ne comprenaient pas.

Ellen n'en revenait pas d'avoir utilisé le mot « trucs » exactement comme sa mère ; voilà qui montrait bien que les expériences de l'enfance étaient imprimées dans le subconscient. Dès qu'elle aurait un peu de temps, il faudrait qu'elle travaille sérieusement là-dessus, qu'elle explore ce qu'elle ressentait vraiment, sinon un jour elle se retrouverait à proposer du jus de citron vert aux copains de son enfant.

« Je vois bien que ça t'embête, dit Patrick. Écoute, je te promets de tout enlever d'ici ce week-end. »

Il avait l'air si doux et si désolé qu'Ellen sentit une bouffée d'amour lui étreindre le cœur et ses yeux se remplirent de larmes de culpabilité. (Les hormones de grossesse ! C'était assez fascinant d'observer leur impact sur ses émotions.)

« Ça va, rien ne presse, je ne sais pas ce qui me prend. » Elle cligna des yeux et se dirigea vers la cuisine sans regarder les cartons. « Qu'est-ce que tu disais à propos de dimanche ? »

Patrick la suivit et alluma la bouilloire. Un geste qu'il faisait systématiquement à l'instant où ils entraient dans la cuisine, comme s'il était évident qu'ils allaient boire une tasse de thé. Un geste quelque peu vieux jeu et cérémonial qui évoquait quelqu'un d'autre à Ellen. Mais qui ? Son grand-père, naturellement. Son adorable grand-père qui préparait le thé pour sa grand-mère.

Oui, elle adorait Patrick. Ouf ! Elle savait que c'était ridicule et irréaliste mais elle paniquait dès qu'elle ressentait ne serait-ce qu'une seconde d'agacement contre lui. Ils allaient avoir un bébé ensemble. Il fallait qu'elle reste vigilante ; toute fissure dans leur relation devait être colmatée immédiatement. C'était absolument vital. Cet enfant, son enfant, grandirait avec une mère *et* un père.

« Alors, qu'est-ce que tu disais à propos de dimanche ? » répéta-t-elle tandis qu'il posait une tasse de thé devant elle.

Ce dimanche, elle rencontrait son père pour la première fois. Son estomac se noua rien que d'y penser. Impossible de jouer celle qui s'en moquait ou n'était pas nerveuse. Son corps la trahissait chaque fois qu'elle y songeait.

« C'est le dernier dimanche du mois. On a des pancakes ? demanda-t-il en passant en revue les étagères du réfrigérateur. Ah, super, les voilà. Du coup, je me demandais si tu voulais venir avec nous. Oh, ils sont à la farine de blé complet. Quel gâchis.

– De quoi tu parles ? Le dernier dimanche du mois est censé m'évoquer quelque chose ? » Elle ne comprenait rien de ce qu'il disait. Et en plus, il allait manger tous les pancakes. Qu'est-ce qu'elle prendrait avec son thé demain matin ?

Patrick la regarda avec surprise tout en glissant les deux derniers pancakes dans le grille-pain. « Tu sais bien : le dernier dimanche de chaque mois, Jack et moi déjeunons toujours chez les parents de Colleen. À la montagne.

– Tu vois toujours les parents de Colleen ? s'étonna Ellen, perplexe. Tous les mois ?

– Ce sont les grands-parents de Jack. On va se recueillir sur la tombe de Colleen au passage.

– Tu ne m'as jamais parlé de ça. » Ellen sentait les battements de son cœur s'accélérer. Légèrement. « Jamais.

– Je suis désolé, je croyais l'avoir fait. Bref, ce n'est pas grave…

– Tu n'en as jamais parlé », répéta Ellen. Elle n'aurait pas oublié une chose pareille. Aucune femme n'oublierait une chose pareille. Du moins, pas elle. Quelle voiture il conduisait ou quelle équipe de football il supportait, ça, d'accord, mais qu'il passait voir la tombe de sa défunte femme et déjeuner avec sa famille une fois par mois, certainement pas.

« Ce n'est pas grave.

– Si, c'est grave. Tu ne m'en as jamais parlé. Je le sais. Je m'en souviendrais.

– Je n'ai pas dit le contraire. J'ai dit que je *pensais* l'avoir fait. Ce qui n'est manifestement pas le cas. Mais ce n'est vraiment…

– Quand ? Quand pensais-tu m'en avoir parlé ? »

Le grille-pain éjecta les pancakes. Patrick se tourna pour les retirer et se brûla le bout des doigts.

« Aïe. Écoute, je ne sais pas. Je croyais sincèrement te l'avoir dit !

– Eh bien non. » Ellen savait qu'elle était horrible.

« Très bien ! J'ai oublié de te le dire. Je suis désolé. On peut passer à autre chose maintenant ?

– Je *déteste* quand tu dis ça ! » s'écria Ellen qui se rendit compte aussitôt que Patrick n'avait jusqu'alors jamais prononcé cette phrase. C'était *Edward* qui répétait tout le temps « On peut passer à autre chose maintenant ? » sur ce même ton épuisé.

Incroyable comme un souvenir mort et enterré pouvait ressurgir à la surface de sa conscience après tant de temps.

« Quoi ? fit Patrick, interloqué. Qu'est-ce que j'ai dit que tu détestes ?

– Rien. Pardon. »

Elle se demanda s'il avait délibérément ou inconsciemment évité de trop parler de Colleen avant de la demander en mariage. Force était de constater que, depuis qu'elle lui avait dit oui, son nom surgissait plus souvent. L'autre jour, il était passé à côté d'elle au moment où elle lançait une machine à laver et il avait dit que, d'après Colleen, c'était mieux de mettre la lessive avant les vêtements pour qu'elle soit complètement dissoute ou quelque chose comme ça. Un frisson d'irritation l'avait parcourue. Apparemment, Colleen était une véritable déesse de la domesticité. Madame cousait également. Sur l'un des cartons entreposés dans l'entrée, il y avait écrit « machine à coudre ». « Colleen a fabriqué sa propre robe de mariée avec cette machine », avait révélé Patrick quand Ellen l'avait interrogé. « Ça ne risque pas de m'arriver, avait-elle répliqué d'un ton léger. Je ne sais même pas enfiler une aiguille. » Et Patrick de répondre : « Oh, je ne t'en demande pas tant. » Ce qui quelque part pour Ellen voulait dire : « Oh, je ne te demande pas d'être aussi extraordinaire que Colleen. »

Belle, blonde, blanchisseuse sans pareille... satanée Colleen.

« Bon, en tout cas, je me disais, maintenant qu'on est fiancés, qu'il va y avoir le bébé et tout ça... » Patrick s'éclaircit la gorge sans la regarder dans les yeux. « Je me disais que peut-être dimanche tu pourrais venir avec nous et les rencontrer. »

Ellen prit une grande inspiration pour se calmer. C'était important pour Patrick. Lui formuler cette demande le rendait nerveux.

« Eh bien, ce serait chouette, mais ce dimanche, je ne peux pas. Je déjeune avec maman et... mon père. Ce qui sera une grande première, tu te souviens. »

L'apparition soudaine d'un père dans la vie d'Ellen avait

enthousiasmé Patrick. Ils en avaient longuement parlé ensemble, se demandant comment il serait (y aurait-il une ressemblance avec Ellen ?), comment il devait se sentir, le caractère insolite, gênant, de la situation, l'étrangeté de l'attitude d'Anne.

« Oh, bien sûr. » Les sourcils froncés, Patrick tartina les pancakes d'une épaisse couche de beurre. « J'avais oublié. Tu peux décaler, tu crois ? Le voir au dîner plutôt ? »

Elle n'avait aucune envie de décaler au dîner. Un dîner, c'était plus intime, plus formel, plus important. Un déjeuner, c'était parfait. Léger, sans cérémonie. « Salut, papa ! Ravie de te rencontrer ! » Et puis de toute façon, changer de programme serait une véritable plaie. Sa mère piquerait une crise à coup sûr. Ellen ne l'avait jamais vue aussi tendue (ce qui n'était pas peu dire car c'était une seconde nature chez Anne d'être à cran), comme si toute sa vie reposait sur le bon déroulement de cette seule rencontre. Chose inhabituelle, elle avait beaucoup tergiversé pour choisir le lieu. Elle avait réservé un premier restaurant, puis annulé, puis sélectionné une autre adresse avant de l'exclure, faute d'obtenir une table avec vue. Quand enfin elle s'était décidée pour un restaurant malaisien, elle avait eu besoin de confirmer et reconfirmer le rendez-vous avec Ellen. Pip et Mel étaient sur des charbons ardents. Quant à ses amies, elles ne cessaient de dire qu'elles voulaient un compte rendu de la rencontre sitôt Ellen rentrée chez elle. Impossible de décaler juste comme ça.

« Ce déjeuner est vraiment important pour moi, dit-elle.

– Je sais. » Patrick posa l'assiette de pancakes sur la table et vint s'asseoir à côté d'elle. Puis, avec un regard implorant : « Mais ce n'est qu'une question d'horaire, ton papa n'y verrait pas d'inconvénient, si ? Pourquoi ne pas lui proposer le samedi à la place ?

– Ton papa. » Son choix de mot montrait bien qu'il ne saisissait pas l'énormité de cette rencontre. Il ne s'agissait pas juste d'un déjeuner en mode décontracté avec « son papa » comme lui pouvait en partager avec son adorable père au centre commercial du coin.

« Eh bien, pourquoi tu ne changes pas ton déjeuner avec la famille de Colleen ? » suggéra Ellen d'une voix neutre et agréable. Cette négociation entre eux, une simple histoire de date, devrait être facile. Le genre de choses qui pourrait provoquer un conflit chez d'autres couples mais pas avec une personne aussi émotionnellement avancée qu'elle.

Patrick se gratta la mâchoire avec une grimace. « C'est juste que c'est notre rendez-vous habituel. Le dernier dimanche du mois. Même du vivant de Colleen. C'est une tradition. Ça a toujours été comme ça. Ses parents sont assez vieux et conventionnels – ils aiment que les choses soient faites d'une certaine manière. Et puis, j'ai comme qui dirait… »

Il posa son pancake, l'air honteux.

« Je leur ai dit que tu venais. Ce n'est pas rien pour eux. Pour moi non plus d'ailleurs. Je ne leur ai jamais présenté une autre femme. Ça va être dur pour eux – ils vont vivre ça comme si tu prenais la place de Colleen. Ils ont toujours beaucoup de chagrin, tu t'en doutes. On ne se remet jamais de la perte d'un enfant. Mais ils sont impatients de te rencontrer ! Millie a dit : "Ellen va faire partie de la vie de Jack, alors on veut qu'elle fasse aussi partie de la nôtre." »

Patrick secoua la tête d'un air émerveillé puis se fendit d'un sourire triste et sentimental, comme s'il s'attendait à ce qu'Ellen s'émerveille elle aussi de la bravoure de Millie.

Elle sentit une vague de ressentiment contre le monde entier l'envahir. Elle n'avait pas particulièrement envie de rencontrer l'étranger qui lui servait de père. Ni la famille de la défunte femme de Patrick. (Comment ne pas se sentir coupable d'être en vie alors que leur fille unique était morte ?)

Elle était enceinte. Elle n'avait jamais été aussi fatiguée de toute sa vie. Son entrée était pleine de *trucs*. Elle voulait juste qu'on la laisse tranquille pour pouvoir dormir et dormir encore, et à son réveil, elle voulait que Patrick ait viré tous ces cartons.

Voilà ce qu'elle avait envie de faire dimanche.

Patrick suça ses doigts pleins de miel. « Jack est ravi que tu rencontres Millie et Frank. Il leur a dit que tu allais les hypnotiser.

– Tu as dit à Jack que je venais avant même de m'avoir invitée à me joindre à vous ?

– Je sais… je suis désolé. Je suis un idiot. Dans ma tête, c'était évident que tu allais venir.

– Mais je ne peux pas !

– Mais si tu lui demandes, ton papa…

– Ce n'est pas mon *papa* », lâcha Ellen, la mâchoire crispée. Elle s'efforça de desserrer les dents puis : « Je n'ai jamais rencontré cet homme. Ne l'appelle pas comme ça s'il te plaît.

– OK. Je sais que c'est important pour toi de rencontrer ton père. Évidemment ! C'est énorme. Mais je suis persuadé que ça ne le dérangerait pas si tu…

– Je ne déplacerai pas ce rendez-vous. Tu n'as qu'à expliquer à Millie et Frank que je ne peux pas venir ce dimanche. Je viendrai le mois prochain.

– Est-ce que c'est parce que ça te met mal à l'aise de les rencontrer ? Ils ne feront rien pour te mettre mal à l'aise. Sérieux, ils se sont montrés charmants même avec tu-sais-qui – et c'était très peu de temps après la mort de Colleen.

– Tu-sais-qui ? Tu veux dire *Saskia* ? Tu as dit il n'y a pas deux secondes que tu n'avais jamais présenté une autre femme aux parents de Colleen !

– Une autre femme *saine d'esprit* ! s'énerva Patrick. Elle ne compte pas.

– Elle comptait à l'époque ! » répliqua Ellen sur le même ton.

Sur le visage de Patrick, cette expression de furie contrôlée caractéristique des moments où le nom de Saskia venait sur le tapis. « Pourquoi tu prends son parti ?

– Je dis juste…

– Laisse tomber. Pour dimanche. Fais comme si je n'en avais jamais parlé. Tu as raison. On fera ça une autre fois. » Il se leva. « Je vais chercher d'autres trucs chez moi. »

Il sortit furieux de la cuisine sans même la regarder.

« Merci d'avoir mangé tous mes pancakes ! » lui cria Ellen.

Sur quoi, à son immense surprise, elle prit l'assiette et la jeta contre le mur.

*

Tout le monde va de l'avant.

Mon voisin Jeff s'installe sur la côte sud. Bientôt remplacé par cette nouvelle famille pleine d'entrain.

Patrick et Jack emménagent chez Ellen.

Il n'y a que moi qui suis dans l'immobilisme.

Ce soir après le travail, je suis restée assise dans ma voiture devant chez Patrick à le regarder charger des cartons à l'arrière de son fourgon. Apparemment, il est toujours fâché avec les déménageurs. Ça m'a rappelé le jour où j'ai emménagé chez lui. Il a tenu à se charger d'y apporter toutes mes affaires. Il s'est fait aider de Pépé pendant que moi, je gardais Jack. On est allés au parc à quelques pas de la maison. Il y avait une autre petite là-bas, à peu près du même âge que Jack ; l'occasion d'apprendre à partager. Jack se comportait comme si le parc lui appartenait. La fillette, exactement pareil. L'un comme l'autre, ils n'arrêtaient pas de dire « À moi ! À moi ! » tandis qu'avec l'autre mère, je répétais ces phrases ineptes que les parents disent : « Partagez ! », « Joue gentiment ! », « Chacun son tour ! ».

L'autre mère a soupiré. « Ils sont tellement épuisants à cet âge, n'est-ce pas ? » et j'ai acquiescé, sauf que bien sûr je n'en pensais pas un mot car j'étais étourdie de bonheur. J'étais amoureuse de Patrick, j'adorais Jack et tous les trois, nous commencions notre nouvelle vie ensemble.

Ce soir-là, au menu, pizza et bière. On a laissé Jack manger une part de pizza. Sa toute première. Un moment historique, a dit Patrick. Il a pris des photos. C'était tellement drôle de voir Jack, les yeux grands ouverts, une expression de pur bonheur sur le visage, comme s'il ne pouvait pas croire qu'il venait de passer trois années entières sur cette terre sans avoir conscience de l'existence de cette chose extraordinaire qu'on appelle pizza. Il s'est enfilé sa part en faisant de ces bruits ! Une vraie machine ! « Eh oui, mon grand, je te comprends ! a dit Patrick. Attends un peu d'arroser ça avec une bonne bière bien fraîche. »

J'étais là quand ton fils a mangé de la pizza pour la première fois de sa vie, Patrick. J'ai participé à lui apprendre à partager. Je ne peux pas être effacée. J'étais là, et je suis toujours là.

Il n'avait pas l'air très heureux ce soir en chargeant ses cartons à l'arrière de son fourgon. Il n'avait pas l'air d'un homme qui va se marier et avoir un bébé. Pour être honnête, il m'a paru grincheux et vieilli.

Je suppose que c'était peut-être parce qu'il savait que j'étais là à l'observer. C'est vrai, ma présence le rend furieux, mais je ne sais pas, j'ai eu l'impression qu'il y avait autre chose. Je le connais mieux que personne.

Une fois terminé son chargement, il s'est dirigé droit vers ma voiture. J'ai baissé ma vitre, il s'est appuyé sur la portière et a dit : « Salut, Saskia. »

Ça m'a soufflée. Il ne m'a pas appelée par mon prénom depuis si longtemps. À part en hurlant, comme si rien que le mot « Saskia » était toxique et répugnant.

Cette fois, il l'a prononcé tellement normalement, comme s'il s'adressait à une vieille amie.

Et, l'espace d'une seconde, un fol espoir triomphal s'est emparé de moi. Il la quitte, je me suis dit. Il est de retour. Il est de nouveau lui-même. C'est fini. Tout ce que j'avais à faire, c'était attendre.

Mais ensuite, j'ai vu qu'en réalité il était encore plus en colère que d'habitude. Je ne l'avais jamais vu dans cet état. On aurait dit qu'il avait une bombe entre les mains et devait garder son sang-froid pour ne pas la faire exploser. « Je ne veux plus que tu t'approches d'Ellen. Tu comprends ce que je te dis ? Suis-moi s'il le faut, mais elle, *tu la laisses tranquille.* Elle n'a rien fait pour mériter ça. »

Voilà qu'il jouait le preux chevalier, protégeant sa belle jouvencelle du dragon. De moi. Le dragon, c'était moi.

« Je n'ai pas…

– Le livre.

– C'était pour lui rendre !

– La *fleur.* » Il a craché le mot fleur comme si je lui avais laissé un animal mort.

« Patrick, j'aime bien Ellen. » Je voulais le rassurer, lui signifier que je n'étais pas un danger pour elle. La fleur était censée être un geste amical, un geste d'excuse même. Je rêvais de la voir disparaître, aller quelque part loin d'ici, c'est vrai, mais je ne voulais pas lui faire de mal.

« Arrête, a-t-il dit d'un ton sec. Je t'interdis de parler d'elle. Je t'interdis de… putain. »

Il a pris une longue inspiration, gonflé les joues et expiré lentement. Ça m'a rappelé ce que nous disions à Jack, « Inspire profondément, inspire profondément », quand il faisait un caprice et qu'on essayait de lui apprendre à contrôler sa colère.

« Tu te souviens quand…

– Quand est-ce que ça va s'arrêter ? a-t-il demandé de cette voix fausse, monotone, raisonnable.

– Je ne cesserai jamais de t'aimer, si c'est le sens de ta question.

– Tu ne m'aimes pas. Tu ne sais même plus qui je suis. Tu aimes le souvenir de moi, rien de plus.

– Tu te trompes.

– Très bien, tu m'aimes, a-t-il dit en soupirant. Mais à quoi bon ? Je me marie avec Ellen.

– Je sais. Félicitations pour le bébé aussi. »

Il a changé de tête. « Comment tu sais pour le bébé ? Non, ne me dis pas. Je ne veux pas savoir. » Sur quoi, il s'est redressé et a tourné les talons.

J'ai lancé : « Tu te souviens du jour où Jack a mangé sa première part de pizza ? »

Tout à coup, il s'est immobilisé, s'est retourné vers moi et a hurlé : « Oui, je m'en souviens ! On a eu des bons moments ! Et après ? *Et après ?* »

Il a levé les mains au ciel, les doigts écartés, et j'ai vu qu'il tremblait.

« Ça ne peut plus durer. » Il a dit ça d'une voix vraiment étrange. « Il faut que ça s'arrête.

– Je sais », ai-je répondu. Je me sentais parfaitement calme. « Tu dois revenir auprès de moi maintenant. »

*

L'assiette qu'Ellen avait jetée contre le mur appartenait à sa grand-mère. Elle faisait partie d'un service que ses parents lui avaient offert en guise de cadeau de mariage. Ellen adorait ce service de table. Si sa maison prenait feu, elle n'hésiterait pas à s'y précipiter pour le sauver des flammes. Elle n'arrivait pas à croire qu'elle avait jeté une de ces précieuses et irremplaçables assiettes. À cause d'un truc idiot et sans importance, en plus. Ce n'était pas comme si Patrick venait de lui annoncer qu'il la trompait. Ils avaient simplement eu un différend à propos de deux rendez-vous qui se chevauchaient !

Un tel comportement, ce n'était pas elle. Imaginez si ses clients la voyaient !

Elle se mit à genoux et ramassa les débris, emplie de regret.

« Pardon, grand-mère, dit-elle à voix haute. J'ai vraiment honte. »

Elle imagina sa grand-mère dans le monde des esprits, levant le nez de sa paperasse (elle était probablement en train de participer à un comité, aussi civique dans l'au-delà que sur terre) pour observer Ellen au-dessus de ses lunettes. « Ça ne te ressemble pas, ma chérie.

– Je sais, répondit Ellen. C'est tellement bizarre ! »

La sonnerie du téléphone retentit. C'était sa mère.

« Je viens de casser une assiette de grand-mère, lui dit-elle. Une du service qu'elle a eu pour son mariage.

– Je les ai toujours trouvées tellement vieillottes, ces assiettes. À ta place, je les garderais sous la main pour les jeter contre le mur en cas de grosse crise à la maison. Mais bien sûr tu ne ferais jamais une chose pareille, hein ? Quand tu te disputes avec Patrick, vous méditez, psalmodiez ou alignez vos auras, je parie.

– À vrai dire, je l'ai jetée contre le mur.

– Vraiment ? fit Anne, impressionnée.

– Oui. » Elle était soudain furieuse contre sa mère. « Et pour ta gouverne, Patrick et moi, on ne psalmodie pas ensemble, on ne médite pas non plus, et je ne crois pas aux auras, en tout cas, pas en tant que véritable manifestation physique, et de toute façon, on n'aligne pas son aura, mais ses chakras. Si tu tiens à être caustique, au moins tâche d'être au point sur la terminologie. »

Silence.

« Je ne cherchais pas à être caustique, dit finalement Anne d'un ton apaisant, plus doux. Je suis désolée. Je croyais être drôle. À propos, ton père, euh, David m'a fait remarquer hier soir que je pouvais être "acerbe" parfois. Il n'a peut-être pas tort. »

Étrangement, le fait que sa mère s'excuse l'énerva encore plus. « Eh bien, je suppose que tu ne vas pas modifier ta personnalité pour plaire à un homme ! J'avais tout juste huit ans que tu me le martelais déjà ! Le jour où Patrick Hood a voulu s'asseoir à côté de moi à la cantine, je lui ai dit d'aller voir ailleurs parce qu'il risquait de brider ma personnalité. Sur quoi il a piqué un fard en disant qu'il n'allait rien briser du tout et il est parti en pleurant. »

Anne se mit à rire. « Je n'ai jamais rien dit de tel, en réalité. C'est Melanie qui a dû te chapitrer là-dessus. Moi, je n'ai jamais pensé une seule seconde qu'un homme pouvait me brider. Et puis quoi encore !

– Tu as peut-être raison », fit Ellen en soupirant, quand bien même elle était convaincue du contraire. C'était ça, le problème, d'avoir grandi avec trois mères ; elle les mélangeait. Elle posa un doigt sur son front. « Je crois que j'ai mal à la tête. Qu'est-ce que tu voulais me dire ?

– Eh bien, je voulais juste savoir si on pouvait reporter le déjeuner de dimanche. David et moi sommes invités dans les îles Whitsunday pour passer un week-end prolongé sur un yacht – un soixante pieds, figure-toi – avec des amis de passage en Australie. Des banquiers britanniques, apparemment. Très riches. Ils ont l'air de plutôt bien résister à la crise financière. »

Il y avait une note de pur plaisir dans le ton détaché et sec caractéristique de sa mère. Ellen songea que c'était le genre de vie qu'Anne avait toujours voulu vivre. Siroter du champagne sur un yacht en bavardant avec des banquiers. Bientôt elle ferait du shopping à Paris.

« David ne voulait pas repousser notre déjeuner mais je lui ai dit que ça ne te dérangerait pas. Naturellement, je me suis abstenue de lui dire que tu n'étais pas plus emballée que ça à l'idée de faire sa connaissance.

– Pas de problème. » Elle était pourtant blessée. Face à une proposition plus alléchante, son père s'était dit qu'il pouvait rencontrer sa fille à n'importe quel moment. En plus, elle n'avait plus d'excuse pour échapper à la virée à la montagne chez les parents de Colleen. Génial.

« Tu es sûre ? Tu as l'air contrariée. Tu n'es pas contrariée, si ? Parce que c'est moi qui ai dit qu'on devrait accepter l'invitation. Je sais que c'est affreusement superficiel de ma part, mais je dois avouer que ce week-end m'a paru merveilleusement… décadent, oui, je crois que c'est le mot. »

L'honnêteté et la gêne de sa mère donnaient à sa voix un accent de vulnérabilité. Ce qui était inédit. Ellen se radoucit. Elle prit une longue inspiration. Au secours. Ses émotions dérapaient dans tous les sens.

« Pas de problème, je te dis. À vrai dire, ça tombe bien. Patrick avait besoin de moi pour autre chose.

– Parfait ! Oh, à propos, je me suis dit que ça t'intéresserait d'apprendre qu'en l'espace d'une semaine, pas moins de trois patientes m'ont dit qu'elles avaient perdu du poids grâce à l'hypnose.

– Vraiment ? fit Ellen, pas plus intéressée que ça.

– Oui. Apparemment elles participent à ces "hypno-fest'" qui font fureur à Sydney en ce moment. C'est le même principe que les réunions Tupperware, sauf que ces dames se font hypnotiser. Ensuite j'imagine qu'elles boivent du champagne et mangent des bâtonnets de carotte. Évidemment elles ont un certain âge et un certain niveau de revenus, mais elles en raffolent.

– Voyez-vous ça. » Ma foi, songea Ellen, tant mieux pour Danny.

La nouvelle lui inspira néanmoins un vague sentiment d'abattement. À quoi servaient les hypnothérapeutes ordinaires comme elle quand il y avait des jeunes gens dynamiques comme Danny qui révolutionnaient le secteur ?

« Bon, je dois y aller, dit sa mère. On va au théâtre.

– OK. Fais la bise à Pip et Mel.

– J'y vais avec David à vrai dire.

– Oh. Et que font Pip et Mel ?

– Je n'en sais rien, mais nous, on va voir la nouvelle pièce de David Williamson. C'est la première, ce soir. Et on sera au premier rang.

– Tu m'en diras tant.

– Je te demande pardon ?

– Rien. Dis bonjour à papa !

– Ellen ?

– Désolée. Je suis d'humeur extrêmement étrange. Mais ça va. Amuse-toi bien. »

Elle raccrocha et regarda les minuscules éclats d'assiette qui brillaient sur le sol.

Tout ce qu'elle avait toujours imaginé être source de bonheur pour elle était en train d'arriver. Un père et une mère qui allaient au théâtre ensemble. Un fiancé, un beau-fils et un bébé en route. Pourquoi n'était-elle pas aux anges ? Pourquoi était-elle si agitée et irritable ? Les hormones de grossesse combinées à une simple peur du changement ne pouvaient pas expliquer à elles seules l'état dans lequel elle se trouvait !

Elle ne pouvait pas être si ordinaire, quand même !

Ha ha ! Alors comme ça, tu te crois extraordinaire, Ellen ?

Un énorme fracas la fit sursauter. Elle se précipita dans l'entrée pour y trouver deux des cartons que Patrick avait entreposés en hauteur à présent ouverts sur le sol, répandant leur contenu dans un incroyable bric-à-brac.

Sous ses yeux, une vieille basket sale, des CD échappés de leur boîtier, des rallonges électriques entortillées, un sèche-cheveux de voyage, des décorations de Noël, une poêle, une voiture miniature, un énorme album photo, une vieille pelle à poussière, des pièces, des reçus… des trucs.

Elle s'approcha et lut le mot « divers » soigneusement écrit sur le côté d'un des cartons. Elle rit. D'un rire qui se voulait rempli de douceur et d'amour pour son futur mari, adorable quoique imparfait, mais qui, sorti de sa bouche, lui évoqua un jappement déplaisant et amer, celui d'une femme malheureuse dans son couple depuis des années et pour qui cet incident était la goutte d'eau qui faisait déborder le vase.

Elle prit le carton et sentit le fond céder. « Oh, non, pitié », dit-elle tandis qu'un nouveau flot d'objets « divers » s'écrasait par terre.

Elle laissa tomber les pans du carton poussiéreux et tapa du pied. Sa maison ne serait plus jamais sa maison. Elle allait disparaître sous une montagne de cochonneries. Ellen se gratta violemment le poignet, bientôt enveloppée par une rage urticante, comme si de minuscules insectes rampaient partout sur son corps.

Ta réaction est inappropriée. Il faut que tu respires. Inspire, expire. Imagine une petite lumière blanche qui envahit…

« Ferme-la ! Ferme-la ! Ferme-la ! » hurla-t-elle dans son entrée.

Il lui fallait quelque chose, n'importe quoi, pour détourner son attention. Elle se baissa et ramassa l'album photo.

Sur la première photo qu'elle vit, Patrick, incroyablement jeune, affublé d'une chemise blanche aux manches bouffantes avec une fille blonde sur les genoux. Elle portait un jean blanc rentré dans ses bottes, un haut à épaulettes, des plumes orange qui pendaient à ses oreilles. Patrick et Colleen. Un amour naissant à la fin des années quatre-vingt.

Elle feuilleta rapidement les pages.

Photo après photo, Colleen prenait la pose, vraisemblablement pour Patrick. Les mains sur les hanches, faisant la moue, ouvrant de grands yeux, prise de fou rire.

La jeune Ellen, son moi de dix-sept ans qui avait porté des boucles d'oreilles similaires mais n'aurait jamais posé comme un mannequin pour un petit ami, faute d'assurance, fit sa langue de vipère. « Mais oui, t'es canon. »

Son moi adulte, plus généreux, intervint : *Ellen ! C'est quoi, ton problème ? C'est une gamine ! Elle a dix-sept ans et elle va mourir jeune ! Fiche-lui la paix !*

Elle tourna la page.

« Juste ciel », laissa-t-elle échapper de la même voix que sa grand-mère.

Colleen était nue. Ses cheveux blonds étaient plaqués en arrière comme si elle sortait juste de la douche. Débarrassée des vêtements et de la coupe démodés, elle avait perdu cet air un peu ridicule que tout le monde a sur les vieilles photos. À présent, elle n'était plus seulement une jolie pépée des années quatre-vingt ; c'était une beauté classique, dotée de pommettes hautes et de grands yeux. Ellen étudia chaque cliché, se sentant à la fois bizarrement excitée et légèrement nauséeuse. Colleen avait un corps parfaitement proportionné, mince avec des formes pile là où il fallait. Une silhouette de top model.

Il n'y avait rien de pornographique dans ces photos. Seulement une sensualité innocente. Ellen percevait l'intensité brute du premier amour.

Vint ensuite une magnifique photo où Colleen était allongée entièrement nue sur un lit une place, les yeux fermés, la lumière du soleil sur le visage. Ellen imagina ce que Patrick, adolescent plein d'hormones, avait dû ressentir en regardant cette sublime fille. Elle-même avait été une lycéenne très attirante, une « jolie » fille – mais elle n'avait jamais eu une silhouette pareille, et à présent sa peau vieillissait, son corps s'épaississait, grossesse oblige, et son cœur se remplit d'un sentiment de pure jalousie. Elle voulait être cette jeune fille allongée nue sur un lit, le visage baigné de soleil, et la vérité, c'était qu'elle n'avait jamais été et ne serait jamais cette beauté.

Arrête de regarder, se dit-elle. *Cet album, c'est hyper personnel, hyper intime ! Tu n'as pas le droit ! C'est irrespectueux. Ta réaction est émotionnellement immature. Tout le monde garde des photos de son amour de lycée dans des vieux cartons, pas de quoi en faire un drame ! Ferme cet album, mets-le dans un endroit où Jack ne le trouvera pas – inutile qu'il tombe sur des photos inappropriées de sa mère décédée – et va plutôt chercher un landau pour le bébé sur Internet, ou occupe-toi de ta déclaration d'impôts, fais quelque chose.*

Elle s'assit en tailleur sur le sol au milieu de tout ce bric-à-brac et continua de tourner les pages, sentant naître en elle un étrange désir d'avoir une discussion entre filles avec Saskia.

« Tu crois qu'il est toujours amoureux de sa femme ? lui demanderait-elle. Tu crois qu'il a vraiment tourné la page ? Toi et moi, tu crois qu'on a vraiment eu notre chance avec lui ? »

Elle avait le sentiment que seule Saskia pourrait réellement comprendre pourquoi il lui était impossible d'arrêter de regarder ces photos.

15

> « Vous n'oublierez jamais votre première régression en âge ! »
>
> Flynn Halliday

« Décrivez les choses telles qu'elles vous viennent à l'esprit », dit Ellen.

Assis dans le fauteuil relax vert, Alfred Boyle, le timide comptable qui avait besoin d'aide pour prendre la parole en public, présentait tous les signes d'un état hypnotique idéal : joues empourprées, yeux agités sous les paupières closes, chaussures de ville noires écartées en dehors.

Pour sa deuxième séance, Ellen lui avait proposé une régression en âge.

Elle avait compris dès leur premier rendez-vous que sa peur de parler en public relevait d'une véritable phobie. Cela avait un impact important sur sa vie : il tremblait et bégayait rien qu'en évoquant le sujet, se faisait régulièrement porter pâle les jours où il devait faire une présentation.

Alfred avait déjà revécu le moment où, en stage dans un cabinet de comptabilité, il avait tellement cafouillé lors d'une brève intervention que son patron avait fini par l'interrompre : « Pas grave, vieux, laissez tomber. »

À présent, Alfred racontait un incident au lycée où il avait dû prendre la parole au pied levé sur le thème de la « musique ».

« Je me sens mal. » La voix d'Alfred sonnait plus jeune. Moins grave. Même la façon maladroite dont sa mâchoire bougeait évoquait un adolescent. « J'ai rien à dire sur la musique. La musique. C'est quoi d'abord, la musique ? Genre, des sons et des trucs comme ça ? J'ai rien qui me vient à l'esprit sur le sujet. Ils ont tous les yeux rivés sur moi. Ils se disent que je suis débile. Je *suis* débile.

– La peur, vous la sentez où ?

– Ici. » Alfred posa la main sur son ventre. « Je vais vomir. Sérieusement. Je vais repeindre la pièce. »

Ellen le dévisagea nerveusement, elle-même prise de nausée.

« Nous allons nous servir de cette sensation comme d'une passerelle, annonça-t-elle. Nous allons emprunter cette passerelle et retourner au moment où vous avez ressenti cette sensation pour la *toute première fois*. »

Elle cherchait ce qu'on appelait « l'événement sensibilisant initial ».

« Vous allez remonter le temps à mesure que je compte à rebours de cinq à un. Cinq, vous êtes plus jeune, plus petit ; quatre, vous suivez la sensation ; trois, vous y êtes presque ; deux ; un. »

Elle se pencha en avant et toucha le front d'Alfred du bout du doigt. « Vous y êtes. »

Elle attendit un court instant.

« Où êtes-vous ?

– À l'école maternelle. »

Ellen fut saisie d'un frisson en entendant sa voix. Elle était toujours stupéfaite quand ça arrivait. L'homme de cinquante-deux ans assis en face d'elle parlait comme un petit enfant.

« Quel âge avez-vous ? »

Alfred leva la main et plia le pouce.

« Quatre ans ? »

Il acquiesça timidement.

« Et que se passe-t-il, Alfred ?
– C'est le temps calme, mais Pam est au coin lecture et elle pleure. Elle est très triste. Je crois que je devrais la consoler.
– Comment ?
– Je lui fais un cadeau.
– Quelle bonne idée. Qu'est-ce que c'est ?
– Mon escargot. »
Oh non. Voilà qui n'allait pas aider Pam.
« Votre escargot ?
– Ouais, je l'ai trouvé sur le trottoir ce matin et je l'ai mis dans ma poche. Il est *énorme* ! Et vous savez quoi ? poursuivit-il, le visage illuminé d'un enthousiasme enfantin. Il y a des *poils* sur sa coquille ! C'est la première fois que je vois un escargot poilu !
– Que faites-vous à présent ?
– Je dis : "Regarde, Pam, c'est pour toi."
– Et Pam, que fait-elle ? »
À voir l'expression d'horreur stupéfaite sur le visage d'Alfred, l'escargot n'avait vraisemblablement pas eu le succès escompté. « Elle hurle et elle me pousse ! »
Oh, Pam, songea Ellen.
« J'atterris sur la bibliothèque qui tombe par terre avec les œufs de Pâques qu'on a peints ce matin ! Et miss Bourke crie comme pas possible et je trouve pas mon escargot et *tout le monde me regarde.* »
Alfred tape des pieds. « Miss Bourkc me frappe les jambes ! »
La garce.
Des larmes d'enfant inondèrent le visage d'adulte d'Alfred. « Et elle me met debout devant toute la classe et je dois dire pardon à Pam et à tous les autres parce que j'ai cassé leurs œufs de Pâques et tout le monde me regarde comme si… comme si j'étais un criminel. »
Ellen brûlait d'envie de remonter le temps, direction l'école maternelle d'Alfred, pour le sortir de là et l'emmener manger une glace.

Mais lui seul pouvait faire ça.

« Alfred, je veux parler à l'homme que vous êtes aujourd'hui, dit-elle d'une voix forte. Vous êtes là ? »

Alfred se redressa. Il s'éclaircit la gorge et leva le menton.

« Oui, répondit-il de sa voix grave.

– Bien. Alfred, je veux que vous retourniez dans cette école et que vous regardiez le petit garçon de quatre ans avec vos yeux d'adulte. Je vais compter à rebours de cinq à un. Cinq, quatre, trois, deux, un… vous y êtes. »

Alfred allongea le cou.

« Vous y êtes ?

– Oui.

– Vous voyez le petit Alfred ?

– Oui.

– Qu'est-ce que vous aimeriez lui dire ?

– Ce n'est pas grave, petit. Les filles n'aiment pas les escargots. Eh oui ! Elles sont bizarres. Tu essayais juste de l'aider. Rien de tout ça n'est ta faute. »

Ellen jeta un coup d'œil à sa montre. La séance avait dépassé l'heure prévue et Mary-Kate McMasters n'allait pas tarder, si toutefois elle honorait son rendez-vous. Il était temps de conclure avec quelques suggestions positives.

Elle visualisa le visage triste et terne de Mary-Kate.

Regarda Alfred Boyle d'un air songeur.

Mary-Kate et Alfred étaient tous les deux seuls.

« Célibataire », avaient-ils répondu du tac au tac sur le même ton résigné qui semblait dire « Pas étonnant, hein ? » quand elle les avait interrogés sur leur statut marital en remplissant leur dossier au cours de leur première séance.

Et dans la même tranche d'âge. Elle ne leur connaissait pas d'autre point commun mais après tout, nul ne pouvait savoir à l'avance quelle combinaison magique de traits de personnalité, d'histoires personnelles et de chimie rendrait deux personnes amoureuses, n'est-ce pas ?

Pourquoi ne pas leur donner une petite impulsion ? Elle pouvait, d'une infime chiquenaude, les faire rouler l'un vers l'autre telles deux billes. Qu'y aurait-il de mal à ça ? Elle se lança dans les suggestions posthypnotiques avant de se donner le temps de changer d'avis.

« Vous portez le fardeau émotionnel de cette journée d'école depuis longtemps maintenant. Il est temps de commencer à réécrire l'histoire. La prochaine fois que vous rencontrerez une femme qui a l'air triste, vous pourriez avoir très envie de lui faire un compliment… »

Ellen marqua une pause. En supposant que Mary-Kate soit cette femme, comment réagirait-elle ? Probablement pas comme la petite Pam, mais avec Mary-Kate… Ellen n'avait à vrai dire aucune idée de sa réaction. Peut-être que son idée était complètement folle.

« … et, *quelle que soit sa réaction*, vous serez content de vous. En fait, vous serez super content. »

Elle hésita. Jusqu'où pouvait-elle aller ?

Oh, et puis merde.

« Il se peut même que vous vous preniez à lui proposer de sortir. Vous vous adresserez à elle clairement, avec assurance, vous la regarderez dans les yeux, et si le petit Alfred essaie de s'en mêler, l'adulte en vous ne le laissera pas faire. Vous l'inviterez à boire un verre. Ce soir, si elle est libre. Peut-être au Manly Wharf Hotel. Vous pourriez vous installer à une de ces tables sur la… »

Voilà qu'elle se laissait emporter. Elle s'empressa de conclure.

« Et même si cette femme dit non, vous serez plein d'optimisme, de confiance, de positivité, parce que tout ce qui comptera, c'est que vous vous serez lancé. Hochez la tête si vous comprenez. »

La tête d'Alfred tomba sur sa poitrine. Il avait l'air d'un ivrogne qui accepte qu'on lui appelle un taxi.

Bon, songea Ellen. *Advienne que pourra.*

Elle le fit sortir de sa transe.

« Comment vous sentez-vous ? » demanda-t-elle en lui tendant un verre d'eau. Alfred le prit et le but avidement. Puis il reposa le verre sur la table et lui sourit. Il avait un sourire absolument charmant.

« Bien, je crois. » Il leva les yeux au ciel avec un petit rire. « Maintenant, vous savez pourquoi j'ai toujours eu un succès fou avec ces dames ! Un escargot poilu. Précisément ce dont rêvent toutes les petites filles. Je n'avais pas repensé à ce moment depuis des années.

– Une fille un peu garçon manqué aurait pu apprécier l'escargot.

– Vous n'êtes quand même pas en train de dire que c'est cet épisode qui a causé ma peur de parler en public ?

– Je ne dis rien du tout, fit Ellen en croisant les mains sur ses genoux avec un sourire.

– C'est juste que…

– Poursuivez.

– Eh bien… c'est tellement insignifiant. C'en est gênant. On aurait pu découvrir que, je ne sais pas moi, que j'avais été lapidé à mort par des moines égyptiens dans une vie antérieure après avoir fait un discours mortellement ennuyeux.

– Des moines *égyptiens* ?

– Je ne sais pas, je suis comptable, pas historien ! Et puis, je ne crois pas à la réincarnation. »

Parfait. Deuxième point commun avec Mary-Kate ! Ça leur ferait un sujet de conversation. Peut-être ces deux sceptiques avaient-ils été amants dans la Rome antique.

« Ou encore que j'avais refoulé un souvenir d'enfance vraiment traumatisant », reprit Alfred.

Intéressant, le nombre de clients qui avaient eu une enfance parfaitement heureuse mais tenaient à trouver dans leur passé un épisode épouvantable.

« Pour un enfant, l'événement le plus insignifiant peut être traumatisant, expliqua Ellen. Et votre inconscient en garde le souvenir. Ce qu'on va faire lors de notre prochaine séance, c'est qu'on va reprogrammer votre inconscient. Vous allez être *ébahi* de l'assurance que vous allez ressentir, Alfred. »

Sur quoi elle se pencha en avant et le regarda dans les yeux. Elle avait remarqué que ses clients restaient extrêmement réactifs juste après leur sortie de transe – l'occasion pour elle de consolider le travail avec quelques suggestions de réveil.

Elle consulta sa montre. *Allez, Mary-Kate. N'annulez pas votre séance. C'est peut-être votre destin qui vous attend, là.*

Elle rédigea la facture d'Alfred et, tandis qu'elle le précédait lentement dans l'escalier, la sonnette retentit.

Yes !

« Ah ! Mon prochain rendez-vous », dit-elle gaiement, comme si l'arrivée d'un autre client constituait une formidable surprise.

« Oh, euh, très bien », fit Alfred qui se demandait probablement si elle avait des problèmes d'argent.

Ellen ouvrit la porte. Sur le seuil, Mary-Kate, le visage renfrogné. Alfred s'effaça avec courtoisie pour la laisser entrer.

« Bonjour, Mary-Kate ! » lança Ellen avec enthousiasme.

Sa cliente la regarda avec méfiance. « Bonjour.

– Zut ! » lâcha Ellen en se tapant le front (trop fort – elle était très mauvaise comédienne). « Je voulais vous donner... quelque chose, Alfred. Si vous voulez bien attendre une petite minute, je reviens. Toutes mes excuses, Mary-Kate. Je ne serai pas longue. Euh... asseyez-vous, je vous en prie », dit-elle en montrant les deux chaises en rotin de part et d'autre d'une table basse couverte de magazines.

Tandis qu'elle remontait les marches, elle vit Mary-Kate se laisser tomber lourdement sur une chaise et prendre un magazine.

Alfred, lui, resta debout et toussota nerveusement. Il s'approcha d'une des gravures accrochées au mur et l'examina attentivement tel un acheteur dans une galerie d'art.

Dans son bureau, Ellen trouva une plaquette sur l'autohypnose pour traiter la peur de prendre la parole en public. Elle prit également un CD de relaxation pour faire bonne mesure.

Puis elle se posta devant la baie vitrée et contempla l'océan.

Franchissait-elle de nouveau la fameuse ligne éthique ? Ils ne se parlaient peut-être même pas. Elle regarda l'heure. Combien de temps avant qu'ils commencent à s'inquiéter qu'elle ait fait un malaise ou quelque chose du genre ?

Elle leur donnerait cinq minutes. Cinq minutes qui pouvaient aussi bien ne rien changer à l'histoire de leurs vies ou tout changer à jamais.

Alors, Alfred et Mary-Kate, ces cinq minutes, qu'allez-vous en faire ?

16

« Ne vous attardez pas sur le passé, ne rêvez pas au futur, concentrez votre esprit sur le moment présent. »

Citation bouddhiste
sur le miroir de la salle de bains d'Ellen

« Bon, je suppose que je vais, enfin, je veux dire, j'imagine que tu ne veux pas… euh… j'attends dans la voiture ? »

Ils venaient de s'arrêter devant le cimetière où Colleen était enterrée. À l'arrière de la voiture, les yeux rivés sur l'écran de sa Nintendo DS, Jack remuait les lèvres sans bruit. Il jouait depuis une heure et demie, le temps qu'ils avaient mis depuis Sydney pour arriver à Katoomba dans les Blue Mountains. Les parents de Colleen s'y étaient installés quelques années avant le décès de leur fille et ils avaient souhaité qu'elle repose près de chez eux. Sur la banquette à côté de Jack se trouvait un énorme bouquet de fleurs (les préférées de Colleen, des gerberas jaunes) que Patrick avait tout spécialement commandé pour le récupérer chez le fleuriste avant de prendre la route.

(Ce n'était pas comme si Patrick offrait des fleurs à une autre femme. Une rivale. Une maîtresse. Pas du tout. Ni comme s'il ne lui en avait jamais offert à elle. Au contraire. Il l'avait fait à maintes reprises. Des bouquets magnifiques. Alors, franchement, pourquoi ces satanés gerberas lui polluaient-ils l'esprit, sachant qu'il n'y avait rien, strictement rien, à penser sur le sujet ?)

« Non, je veux que tu viennes. » Patrick éteignit le moteur et défit sa ceinture. Il se tourna vers elle et sourit d'un air gêné. Il avait été agité toute la matinée, riant trop fort à ses plaisanteries, reprenant Jack trop sévèrement avant de chercher à se rattraper à coups de câlins inopinés. Il se comportait comme s'il éprouvait un trac ingérable avant de monter sur scène.

« J'aimerais vous présenter, en quelque sorte, dit-il doucement.

– Ah.

– Tu trouves ça trop bizarre ? demanda-t-il en posant les mains sur les siennes.

– Non, pas du tout », répondit-elle alors qu'en son for intérieur, elle hurlait *MAIS OUI C'EST BIZARRE ! TU AS PERDU LA TÊTE OU QUOI ?*

Patrick se tourna vers Jack. « Prêt pour rendre visite à maman, mon grand ?

– Attends juste que… », répondit-il sans lever le nez, tandis que ses pouces bougeaient à toute vitesse sur sa console.

« Jack, fit son père d'un ton brusque.

– D'accord », soupira-t-il en posant sa Nintendo.

Ils sortirent de la voiture. Le froid était plus vif qu'Ellen ne l'avait imaginé. Elle resserra son manteau autour d'elle puis jeta un coup d'œil alentour – une habitude qu'elle avait prise pour vérifier si Saskia les avait suivis. Mais il n'y avait personne en dehors d'un couple plus âgé qui sortait du cimetière, main dans la main, en parlant à voix basse. La femme lui adressa un sourire.

Depuis l'incident du livre et de la fleur, Ellen n'avait vu Saskia qu'une fois. Elle faisait les courses au supermarché du coin avec Patrick et Jack qui se chamaillaient à propos des céréales ; elle avait levé les yeux et découvert Saskia qui marchait dans leur direction en poussant un chariot vide. Leurs regards s'étaient croisés et Ellen n'avait pas pu s'empêcher de sourire. Et pour cause : c'était d'abord Deborah qu'elle avait vue, Deborah

Vandenberg, une cliente qui souffrait d'une douleur chronique à la jambe mais réagissait bien aux séances, une femme avec qui elle avait bavardé, plaisanté, une femme du même âge qu'elle, une femme qui, à certains égards, lui rappelait Julia et aurait très bien pu être une amie.

Une seconde plus tard, la véritable nature de leur relation, des plus singulières, lui était revenue en tête, et bizarrement, son système nerveux avait réagi comme si elle était gênée : ses joues s'étaient empourprées, sa gorge s'était asséchée et ses yeux s'étaient dirigés vers Patrick et Jack qui, toujours en pleine conversation sur les pétales de maïs aux noix, ne se rendaient compte de rien. Saskia avait fait un signe de la tête, presque imperceptible, l'air de dire « Pas un mot », puis elle était passée à côté d'eux sans bruit.

« Ça va ? avait demandé Patrick en regardant autour de lui tandis que Saskia disparaissait au bout du rayon.

– J'ai la tête qui tourne », avait répondu Ellen. (L'excuse de la grossesse était bien pratique.)

Depuis ce jour-là, elle se sentait confusément coupable, comme si elle était de mèche avec Saskia pour se jouer de Patrick. Mais à quoi bon lui parler de cet épisode ? Sa haine pour Saskia semblait avoir atteint un degré extrême depuis leur séjour à Noosa. Quand il parlait d'elle, la lueur qui brillait dans ses yeux suffisait parfois à effrayer Ellen. Le soir où elle avait jeté l'assiette de sa grand-mère contre le mur, il était revenu à la maison avec d'autres cartons qu'il avait empilés dans l'entrée et des fleurs, pour se faire pardonner d'avoir claqué la porte en partant, avait-il dit, non sans ajouter : « Elle était devant chez moi ce soir. Salope psychopathe. »

Pourquoi Saskia lui avait-elle fait ce signe de la tête ? Son caractère conspirationniste était indéniable. Sauf que, d'habitude, elle aimait que Patrick sache qu'elle était là. N'était-ce pas le but d'ailleurs ? Dans le cas contraire, c'était *quoi*, le but ? S'imaginait-elle vraiment que Patrick finirait par la reprendre ? Quand ce manège allait-il s'arrêter ? Et comment ? Saskia était une énigme qu'Ellen ne pouvait s'empêcher d'essayer de résoudre.

Patrick récupéra les fleurs sur la banquette arrière. Tenant le bouquet devant lui des deux mains tel un timide galant qui s'apprête à sonner chez son amoureuse, il adressa un étrange petit sourire à Ellen.

« Bon », fit-il d'un air gauche.

Jack frotta la terre avec son pied et émit un bruit de mitraillette : « Popopopopo. »

« Jack, dit Patrick.

– Quoi ?

– Arrête.

– Arrête quoi ?

– Allez, on y va. »

Jack s'élança en courant. Puis Patrick s'engagea dans le cimetière avec Ellen, laquelle regarda les noms sur les tombes, craignant que ce soit inapproprié de dire qu'elle ne se sentait pas bien. Si seulement elle n'avait pas oublié sur le comptoir la petite pile de crackers au blé complet qu'elle avait soigneusement emballée dans un film plastique pour le trajet !

Elle était à exactement onze semaines de grossesse aujourd'hui et il lui semblait que la nausée, qui jusque-là était restée au second plan, comme un bruit de fond légèrement désagréable, s'était subitement intensifiée. Ce matin, elle avait vomi. Elle qui ne vomissait jamais. Elle qui détestait le mot « vomir ». Quoi de plus inconfortable et dégradant que de se pencher au-dessus de la cuvette des toilettes à genoux sur le carrelage de la salle de bains ? Elle avait eu envie d'appeler sa mère, ce qui était absurde car petite, elle n'avait reçu d'elle aucune compassion lorsqu'elle était souffrante. Anne évoquait systématiquement les jeunes patients bien plus malades qu'elle avait soignés dans la journée.

Apparemment Colleen n'avait pas du tout souffert de nausées quand elle était enceinte de Jack. Elle avait joué au tennis toutes les semaines jusqu'à ses huit mois de grossesse !

Ce n'était pas dans son imagination. Patrick parlait davantage de sa femme morte depuis qu'ils étaient fiancés. Aucun doute. À vrai dire, Ellen avait commencé à compter mentalement les références qu'il faisait à Colleen et, depuis une semaine, il y en avait eu au moins une par jour. Elle savait désormais que Colleen avait fait écouter de la musique classique au bébé tous les soirs à l'aide d'un casque qu'elle posait sur son ventre (Ellen avait eu l'intention de le faire pour son bébé mais à présent l'idée ne lui disait plus rien du tout), eu des envies de chips au sel et au vinaigre tout au long de sa grossesse, *perdu* du poids au cours de son premier trimestre (ce qui avait inquiété Patrick), échappé aux sautes d'humeur, eu un accouchement cent pour cent naturel, et bla-bla-bla.

Ellen aurait pu bannir toute nouvelle allusion à Colleen s'il s'agissait d'une ex normale, vivante, mais comme madame était morte, qu'il était parfaitement compréhensible que l'arrivée d'un nouvel enfant fasse ressurgir des souvenirs de la naissance de Jack dans l'esprit de Patrick et que Jack adorait entendre des histoires sur la grossesse de sa maman, Ellen avait le sentiment qu'elle devait non seulement écouter poliment mais aussi encourager de nouvelles révélations sur cette femme apparemment parfaite en posant des questions avec un air intéressé, enjoué, aimant et empathique.

Honnêtement, ça la rendait dingue.

Elle adorait Jack, elle adorait l'idée qu'il soit un grand frère pour son bébé, mais elle ne pouvait pas s'empêcher d'imaginer comment les choses se seraient passées si Patrick n'avait pas déjà été père, s'ils avaient pu partager leur impatience et leurs inquiétudes rien que tous les deux.

Et puis, la nausée n'arrangeait rien. Elle avait entendu dire que ça pouvait être moche, mais elle imaginait que ça ne compterait pas vraiment, ou au moins pas autant, en fait pas du tout. Son esprit rationnel avait beau savoir que ça ne durerait pas éternellement, cette sensation de malaise épouvantable, sordide, contaminait tout. Quand elle se figurait avec son bébé dans les bras, tout ce qui lui venait, c'est « Comment pourrais-je m'occuper d'un bébé en me sentant si mal ? ».

« Elle est tout au bout à l'angle là-bas », dit Patrick.

Jack courait toujours devant. Patrick s'arrêta et toucha l'épaule d'Ellen.

« Ça va, chérie ? » Il planta son regard dans le sien, comme il le faisait parfois, pile au moment où elle s'y attendait le moins – il interrompait ce qu'il était en train de faire et la regardait au fond des yeux, la scrutant avec une telle intensité qu'il donnait l'impression d'attendre qu'elle lui fasse une révélation de la plus haute importance.

Ce qui la faisait totalement craquer.

« Oui, ça va. » Elle ne voulait pas qu'il s'inquiète de sa nausée maintenant ; il voudrait la raccompagner à la voiture ou n'importe quoi d'autre.

« Sûre ? Tu n'as pas trop froid ?

– Ça va.

– Bon, c'est juste là. »

Ils continuèrent de marcher, laissant derrière eux toujours plus de tombes, toujours plus de vies. Ellen avait déjà traversé un cimetière une fois ou l'autre, mais jamais elle ne s'était recueillie sur la tombe de quelqu'un qu'elle connaissait. Ses deux grands-parents avaient été incinérés et leurs cendres dispersées dans l'océan depuis le sommet d'une falaise où ils aimaient se promener. Bien sûr, elle les avait pleurés mais dans son chagrin, il y avait eu de la douceur et de l'acceptation – une simple tristesse pour elle-même qui devrait désormais se passer de leur compagnie. Rien à voir avec la douleur brute liée à une perte prématurée. Elle avait réussi à atteindre les trente-cinq ans sans jamais vivre une mort choquante.

Elle vit des fleurs fraîches devant une stèle. Laissées peut-être par le couple qu'elle avait vu partir ?

Elle s'arrêta pour lire l'inscription. Là reposait un garçon prénommé Liam, né en 1970 et mort en 1980. Elle jeta un coup d'œil en direction du parking ; la voiture du couple démarrait, le profil de la femme tout juste visible à travers la vitre.

Elle s'éloigna de la tombe, l'estomac barbouillé. Sa bouche se remplit de bile. À ce moment-là, rien n'importait, ni le charme de Patrick ni même le chagrin de cette malheureuse femme. Tout ce qui comptait, c'était cette nausée ; cette abominable nausée.

Finalement, ils s'arrêtèrent devant une stèle polie grise, ornée, dans sa partie supérieure, d'un médaillon photo ovale encastré – un portrait en noir et blanc où Colleen, les yeux détournés de l'objectif, les cheveux balayés par une brise à présent dissipée, souriait (à Patrick ?), rayonnante d'amour.

Pour la première fois, la réalité de la mort de Colleen frappa Ellen de plein fouet. Cette magnifique jeune femme ne devrait pas être morte ! Elle devrait être dans la voiture avec son mari et son fils pour rendre visite à ses parents, enceinte de son deuxième enfant.

Ou, mieux encore, être l'ex-femme de Patrick, bien vivante mais plus tout à fait aussi jolie qu'avant, et avoir des exigences déraisonnables en termes de pension alimentaire et de visites. Ainsi Ellen pourrait rester dans le tableau (et, après tout, elle aurait fait face sans problème à une ex querelleuse normale – elle aurait été si calme, si compréhensive –, ce qui l'aurait rendue d'autant plus attirante aux yeux de Patrick !).

Sous la photo, une inscription gravée :

COLLEEN SCOTT
1970-2002
ÉPOUSE BIEN-AIMÉE DE PATRICK
MÈRE DE JACK
FILLE DE MILLIE ET FRANK
LA VIE N'EST PAS ÉTERNELLE. L'AMOUR L'EST.

Bien.

« C'est ma maman le jour de mon premier anniversaire, expliqua Jack en touchant la photo. Elle me regarde en train d'ouvrir un cadeau de mamie. C'était un puzzle dinosaure, le cadeau. Je l'ai toujours.

– C'est une jolie photo, dit Ellen.

– Et même que le dinosaure, c'est un tyrannosaure. » Jack enfonça les mains dans les poches de son jean et réfléchit. « Il est plutôt facile, le puzzle. Il doit avoir quoi, cinq pièces peut-être. Je le fais en trois secondes. Ou même une seconde.

– Nous, euh, nous lui parlons en quelque sorte, dit Patrick sans regarder Ellen. Un peu idiot…

– Non, pas du tout. » Elle se sentait affreusement nauséeuse. Vomir sur la tombe de Colleen ne serait pas du meilleur goût. Elle regarda autour d'elle. Si ça venait, elle se décalerait rapidement sur la tombe de Bill Taylor. On se souvenait de lui pour « sa gentillesse et sa générosité », alors peut-être ne lui en tiendrait-il pas rigueur.

Patrick s'agenouilla devant la stèle de Colleen. Il se pencha et embrassa la photo.

Oh, l'angoisse.

Jack imita son père nonchalamment, sans la moindre gêne. « Salut, maman. »

C'était quoi, l'usage, en pareilles circonstances ? Ellen devait-elle également se mettre à genoux et embrasser la photo ? Certainement pas. Elle ne connaissait même pas Colleen. Ce serait totalement inapproprié. Pour une rencontre en chair et en os, une poignée de main aurait mieux convenu. Une petite tape sur la stèle pourrait-elle être un équivalent acceptable ? « Enchantée. » Ellen s'imagina raconter la scène à Julia, laquelle se mettrait à hurler « Quelle horreur ! Quelle horreur ! », en se cachant les yeux.

Patrick posa les fleurs dans un bruissement de cellophane. Il se racla la gorge. Ellen inspira puis expira par le nez.

« Eh bien, nous revoilà, Colleen. Nous allons déjeuner chez tes parents. Ta mère nous fait encore son risotto au poulet. »

Il poursuivit d'une voix plus naturelle.

« Tu te souviens comme elle était vexée le jour où tu lui as dit qu'il était trop fade ? Maintenant, elle y met tellement d'ail que l'odeur prend aux narines dès qu'on entre dans la maison. C'est une belle journée, aujourd'hui. On aurait tellement aimé que tu sois… Hé, tu sais quoi ? L'équipe de foot de Jack a gagné ce week-end. C'était leur premier match ! »

Ellen ne savait plus où se mettre. Que tu sois là – voilà ce qu'il s'apprêtait à dire. Ensuite, il s'était souvenu de sa fiancée enceinte.

« On les a éclatés, ajouta Jack spontanément.

– C'est bien vrai, renchérit son père. Et Jack a très bien joué. Tu aurais été fière de lui.

– Tu regardais, maman, pas vrai ? Depuis là-haut dans le ciel. Je parie que vous avez une super grande tribune où tout le monde va pour voir les matchs de ses proches sur terre, et vous avez à boire et à manger, tout ce que vous voulez, et si vous avez plusieurs personnes à regarder en même temps, vous avez cet écran, divisé en deux, et vous pouvez passer d'un match à un autre…

– OK, bonhomme, l'interrompit Patrick. Et… Colleen, on a une autre grande nouvelle à t'annoncer, pas vrai, Jack ? »

Jack ne saisit pas. Son père pencha la tête vers Ellen et dit : « Le bébé !

– Ah, ouais. Peut-être que maman sait déjà si c'est une fille ou un garçon ! Elle doit savoir, hein ? Elle l'a peut-être vu sortir de la chaîne de montage au paradis, comme dans une usine, genre une usine où ils fabriquent les bébés, et maman était là, et elle l'a repéré, tiens, mais tu es le bébé d'Ellen, tu vas être le petit frère de Jack ! Ou tu vas être la petite…

– OK, l'interrompit à nouveau Patrick. Donc, voici Ellen. »

Il leva les yeux vers elle et lui prit la main.

Je me mets à genoux ou pas ? Je devrais. Mais si je vomis ? Arrête, c'est sûr, là, mets-toi à genoux.

Elle s'agenouilla. Elle aurait des taches d'herbe sur son pantalon blanc cassé maintenant. Mais c'était manifestement la bonne décision car, tout à coup, une émotion indéfinissable se peignit sur le visage de Patrick et Jack lui passa un bras autour des épaules affectueusement, ce qu'il n'avait encore jamais fait.

« Ellen et moi allons nous marier, et je sais que tu serais heureuse, Colleen, car je n'ai pas oublié ce jour où tu m'as dit qu'il fallait que je trouve quelqu'un de chouette. » La voix de Patrick se brisa. Il serra la main d'Ellen si fort qu'il lui fit mal. « Et je t'ai dit que je ne voulais pas. Mais ce quelqu'un de chouette, de très chouette, je l'ai rencontré. Et elle nous rend très heureux.

– Ouais, fit Jack en appuyant doucement son menton sur l'épaule d'Ellen.

– Oh, les garçons », lâcha-t-elle, incapable de trouver quoi dire d'autre. Elle sentait l'odeur de la terre froide et humide mêlée à la lotion après-rasage de Patrick et à l'haleine de beurre de cacahuètes de Jack, la main chaude de son homme autour des siennes, et, l'espace d'un instant, les vagues de nausée s'atténuèrent pour laisser place à un soulagement éclatant.

Non, ce moment ne deviendrait pas une histoire insoutenable à partager avec Julia en riant. C'était justement son caractère gênant et effroyable qui lui conférait une dimension profondément humaine. Un de ces rares moments de pure émotion qui renfermaient tout ce que la vie avait de merveilleux et de tragique à la fois.

*

Aujourd'hui, c'était le quatrième dimanche du mois. Le jour où Patrick déjeune avec les parents de Colleen.

Un rituel immuable, autour duquel nous organisions nos vacances.

Je n'y suis allée qu'une fois, nous étions alors ensemble depuis quelques mois. Ça n'a pas été une réussite. Trop tôt. Je n'aurais pas dû accepter d'accompagner Patrick, mais il semblait impatient de m'y emmener. À vrai dire, il a insisté. Comme s'il était pressé, comme si c'était une tâche à accomplir, une case à cocher dans une liste. J'ai eu le sentiment qu'il pensait que ça ferait du bien à ses beaux-parents. Je me le rappelle, ma mère m'avait prévenue que c'était une erreur. « Oh, Saskia, n'y va pas – ce serait trop cruel. » Mais comme une idiote, j'ai pensé que Patrick savait mieux qu'elle.

Et bien sûr, maman avait raison. Ç'a été terrible pour Frank et Millie de me voir avec Patrick, de voir leur petit-fils accourir vers moi. Ils étaient toujours fous de chagrin. Il suffisait d'entrer chez eux pour le sentir, comme si les larmes avaient une odeur qui saturait l'atmosphère. Et cette expression de stupéfaction qu'ils avaient, comme s'ils venaient de recevoir un coup de poing dans la figure. Il y avait des photos d'elle *partout*. On aurait dit un musée dédié à Colleen. Colleen bébé. Colleen le jour de sa première rentrée scolaire. Colleen et Patrick. Colleen et Jack. Mon regard ne pouvait s'arrêter nulle part sans tomber sur Colleen. Mais, étrangement, je n'ai ressenti aucune jalousie en voyant toutes ces photos d'elle avec Patrick. J'avais totalement, bêtement, confiance en son amour. Les portraits de Colleen et Jack en revanche m'ont déstabilisée. La preuve que je n'étais pas vraiment la mère de Jack.

Après cette visite, j'ai toujours laissé Patrick et Jack aller dans les Blue Mountains sans moi, profitant de ces dimanches pour rattraper mon retard dans le ménage, voir une amie ou, avant d'avoir mal à la jambe, faire du sport. J'aimais bien ce moment de pause, de calme, avoir la maison rien que pour moi. L'idée d'apprécier de passer du temps seule me semble complètement étrangère à présent que j'ai toute ma vie pour moi et que le temps en dehors du travail est une gigantesque étendue de vide, un désert interminable que je remplis en surveillant Patrick.

Étais-je vraiment cette fille occupée et heureuse ? Cette fille qui courait dans les rayons du supermarché après le travail pour préparer des repas nutritifs pour un bambin et des plats gastronomiques pour son père, cette fille qui allait à des fêtes, à des barbecues, au cinéma, cette fille qui faisait l'amour le dimanche matin, cette fille comme les autres qui faisait simplement partie du genre humain ?

Cette Saskia ressemble vraiment à quelqu'un d'autre, quelqu'un que je connaissais bien et que j'aimais bien – mais qui n'est finalement pas moi.

Je n'ai jamais pris la peine de suivre Patrick dans les Blue Mountains le quatrième dimanche du mois. Je sais où il va. Je sais quelles fleurs il achètera et où. Je sais qu'il s'arrêtera au cimetière où Colleen est enterrée. Le jour où j'y suis allée, il m'a demandé de venir avec lui pour voir sa tombe. J'ai refusé. J'ai trouvé l'idée complètement farfelue. « Si je mourais, lui ai-je dit, je n'aimerais pas du tout que tu amènes ta nouvelle copine pour danser sur ma tombe. » Sur quoi il a répondu : « Je ne te demande pas de *danser* sur sa tombe. » Mais Jack s'était endormi dans son siège auto, alors j'ai prétexté qu'il valait mieux ne pas le réveiller pour rester avec lui dans la voiture.

Je me disais bien qu'il était grand temps qu'il y emmène Ellen. Maintenant qu'ils ont emménagé, qu'ils se marient et tout ça. À présent, il vit une *vraie* histoire, et Jack a une *vraie* belle-mère.

Je les ai observés depuis ma voiture tandis qu'ils sortaient de la maison d'Ellen – une vraie petite famille. Jack n'était pas habillé assez chaudement pour aller dans les montagnes en plein hiver. Il était en tee-shirt à manches longues. J'ai songé à lancer à Ellen « Allez chercher une veste pour Jack ! » mais je me suis abstenue. J'ai toujours essayé de ne pas perturber ou contrarier Jack.

Elle ne m'a pas vue, mais Patrick, oui. Il a même soutenu mon regard quelques secondes avant de renifler, hausser les épaules et mettre ses lunettes de soleil, comme un gangster qui repère des policiers à un enterrement.

Ça m'a fait bizarre de tomber sur eux au supermarché l'autre jour. En fait, je n'étais pas en train de les suivre. Je me trouvais là, simple coïncidence. Enfin… presque. J'étais dans leur quartier car j'avais fait un crochet par chez eux en sortant du travail, mais ensuite j'ai décidé de faire quelques courses. Je ne pensais même pas à eux – rare moment de répit. Je cherchais des flocons d'avoine. J'avais subitement eu une furieuse envie de biscuits Anzac. Je n'ai pas fait de biscuits depuis des années. Depuis que Patrick m'a quittée en fait. Lui et Jack adoraient quand je faisais des biscuits. Bien sûr, quand je suis rentrée à la maison avec tous les ingrédients, j'ai eu la flemme. Et puis à quoi bon ? C'est Ellen qui aurait dû être en train de faire des biscuits, pas moi.

Quand Ellen m'a vue, elle a vite détourné le regard, presque comme si elle était gênée ou coupable, comme si c'était elle qui me harcelait et non l'inverse.

C'est le mot qu'utilise Patrick. Il dit que je le harcèle. J'ai été tellement choquée la première fois que je l'ai entendu dire ça. Comme si j'étais une inconnue détraquée ! On avait partagé notre vie. On avait essayé de faire un bébé. La seule raison pour laquelle je le suis, c'est parce que j'ai envie de le voir, de lui parler, d'essayer de comprendre.

Mais peut-être que, techniquement, c'est ce que je fais. Je le harcèle.

Jamais je n'aurais imaginé être seule à quarante-trois ans. Ni ne pas avoir d'enfant. Ni harceler quelqu'un.

Au supermarché, j'ai fait un signe à Ellen parce que je ne voulais pas perturber Jack. Le pauvre, si jamais son père s'était mis à se comporter comme si j'étais une meurtrière. Quand ils sont ensemble, j'essaie de rester invisible. C'est mon éthique personnelle de harceleuse.

Je n'ai pas vu l'utilité de les suivre jusque dans les Blue Mountains aujourd'hui. Je n'aime pas ces routes sinueuses et puis je ne voulais pas que Patrick conduise trop vite avec Jack dans la voiture. Du coup, je me suis contentée de les filer jusqu'à l'autoroute pour m'assurer que c'était bien là-bas qu'ils allaient.

« Amusez-vous bien ! » ai-je lancé en direction de leur voiture tandis qu'elle disparaissait au loin et que s'étirait de tout son long devant moi la journée du dimanche telle une méchante plaisanterie. En rentrant chez moi, j'ai imaginé leur discussion sur le trajet. Ce ne sont pas les sujets qui manquent. À commencer par leurs projets. Le mariage. Le bébé. Ce qu'ils mangeront ce soir. Je me demande si Ellen s'occupe du déjeuner que Jack emporte à l'école. S'est-elle glissée dans le rôle de la maman avec autant d'aisance et d'enthousiasme que moi ? Je me souviens encore de ce que je lui ai préparé le jour de sa première rentrée. Un sandwich au pain complet jambon-fromage. Une pêche. Il adorait les pêches. Un petit sachet de raisins secs. Une petite brique de jus de pomme. Une tranche de son pain aux bananes préféré, avec un peu de beurre. L'attention que j'y ai portée ! J'en ai même parlé avec maman. « Il a tout mangé ? » m'a-t-elle demandé au téléphone ce soir-là. « Tout sauf les raisins secs. » Patrick n'aurait pas su dire ce que Jack avait dans sa boîte à repas. La nourriture ne l'intéresse pas vraiment.

Quand vous avez la responsabilité d'un enfant, que les minuscules détails de sa vie remplissent vos journées – sa boîte à repas, son cartable, ses chaussures, son tee-shirt préféré, ses camarades, les mères de ses camarades, ses programmes télé, ses caprices – et qu'ensuite, vous vous voyez signifier que vous n'en avez plus la charge, que vous n'êtes plus désirée, que vos services ne sont plus nécessaires, que vous êtes virée, comme un employé qu'on escorte jusqu'à la porte, c'est difficile.

Franchement affreusement difficile.

Jack a dû me réclamer. Il a dû se sentir tellement perdu.

Je l'ai abandonné. Je m'en veux de cette petite dépression que j'ai faite – si c'en était bien une – quand Patrick m'a annoncé qu'il me quittait. Je ne pouvais plus dormir dans le même lit que lui alors je me suis réfugiée chez mon amie Tammy. Tammy. Je me demande ce qu'elle devient. Elle qui a tout fait pour qu'on reste amies. Mais avec le temps elle est sortie de ma vie, comme tous les autres.

Je me rappelle m'être réveillée dans la chambre de Tammy cinq jours plus tard et, réalisant qu'on était vendredi, jour où Jack avait son cours de natation juste après l'école, ce qui m'obligeait à préparer ses affaires la veille, je me suis dit qui va l'emmener à la piscine ? Je travaillais de neuf heures trente à quatorze heures trente. J'avais adapté mes horaires pour pouvoir aller chercher Jack à l'école. Je l'ai fait avec plaisir. J'avais davantage de flexibilité que Patrick. Et j'étais la mère de Jack. Ça ne m'a fait ni chaud ni froid de ne pas avoir de promotion parce que je n'étais pas à temps plein. C'est ce que font toutes les mères ; elles mettent leur carrière de côté pour leurs enfants.

Ce jour-là donc, j'ai appelé Patrick, pour lui rappeler que Jack avait natation, et c'est là que tout ça a commencé. Mon habitude. Mon « obsession » pour ma vie d'avant.

La raison ? Patrick m'a traitée comme une étrangère. Comme si le cours de natation de Jack ne me regardait absolument pas, *alors que, pas plus tard que la semaine précédente*, j'étais à la piscine avec lui, je l'avais aidé à régler ses lunettes, j'avais parlé avec son maître nageur de l'éventualité de le faire passer dans le groupe plus avancé, fixé un rendez-vous avec la mère d'un de ses copains pour qu'ils puissent jouer ensemble. « C'est bon. On gère », a dit Patrick. D'un ton sec et énervé. Comme si j'interférais. Comme si je n'avais jamais eu quoi que ce soit à voir avec la vie de Jack. La rage qui est montée en moi ! Je n'avais jamais ressenti un truc pareil. Je l'ai haï. Je l'aimais toujours. Mais je l'ai haï. Et depuis, ça n'a pas été facile de faire la distinction entre les deux. Si je ne le détestais pas autant, peut-être que j'aurais réussi à ne plus l'aimer. Je sais que c'est insensé.

S'il m'avait laissée *me désengager en douceur* de mon rôle d'épouse – je me considérais comme son épouse – et de mon rôle de mère, s'il m'avait simplement écoutée avec le respect que je méritais quand je l'appelais pour lui rappeler telle ou telle chose à propos de Jack, s'il avait accepté de parler avec moi face à face, pour que je puisse lui dire à quel point il m'avait fait souffrir, si seulement il avait dit, en toute sincérité, « Je suis désolé », alors j'aurais réussi à laisser tomber, je crois. Peut-être que j'aurais fini par guérir, comme tout le monde. Mais, au lieu de ça, la blessure s'est infectée. Puis propagée.

Comme la gangrène. Elle s'est installée. C'est sa faute. Je sais que ce que je fais est inacceptable. Au fond de moi, je le sais. Mais c'est lui qui a commencé. Maman me disait souvent que mon père était l'homme de sa vie. Je croyais qu'avec Patrick, j'avais trouvé le mien. Mais c'est faux. Il est l'homme de sa vie à elle. L'histoire d'amour de l'hypnothérapeute. Un récit dans lequel je ne suis que l'ex-petite amie. Pas l'héroïne. Je suis un personnage secondaire.

Ou peut-être la méchante.

*

Après la visite au cimetière, le trajet jusque chez Frank et Millie se fit dans le plus grand silence.

Assis sagement à l'arrière, Jack s'absorba dans son jeu vidéo. Patrick se concentra sur la route qui montait en lacets.

Ellen bascula la tête en arrière sur le siège de la voiture. La nausée, toujours là, resterait gérable pourvu qu'elle n'ait pas à attendre trop longtemps avant de se mettre quelque chose sous la dent une fois arrivée. Un morceau de pain dur ferait l'affaire.

De l'autre côté de la vitre, le monde défilait comme un film en avance rapide. Chaque petit village de montagne pittoresque avait ses cafés, ses librairies d'occasion, ses boutiques d'antiquités. Elle se rappela un week-end romantique à la montagne avec Jon au tout début de leur relation. Elle laissa le souvenir s'échapper. Il se mariait. Elle aussi. La vie continuait. Il fallait qu'elle se concentre sur l'avenir. C'était valable pour Saskia. Et pour Patrick, en fait.

Pensait-il à Colleen en ce moment même ? La comparait-il à Ellen ? Se demandait-il à quoi ressemblerait sa vie si elle n'était pas morte ?

Si seulement elle pouvait lire dans ses pensées, songea-t-elle en jetant un coup d'œil à son profil indéchiffrable.

Naturellement, il y avait un moyen.

Tous les soirs ou presque, Patrick lui réclamait un exercice de relaxation. C'était entré dans leur routine. Il lui faisait une confiance totale. Elle n'aurait aucun mal à le plonger dans une transe profonde pour lui demander ce qu'il ressentait à l'égard de Colleen, après quoi elle pourrait utiliser une suggestion post-hypnotique pour qu'il ne garde aucun souvenir de ses questions.

Mais elle ne pouvait pas farfouiller dans son esprit sans son consentement. Ce serait mal. Contraire à l'éthique. Du même acabit que lire un journal intime.

Et puis ce serait injuste. Si encore il pouvait lui rendre la monnaie de sa pièce ! Auquel cas, ne détesterait-elle pas qu'il apprenne que Jon lui inspirait toujours des sentiments complexes ?

Donc non, elle ne ferait jamais une chose pareille. Danny, lui, en serait bien capable s'il avait une amoureuse.

Elle n'arrivait même pas à croire qu'elle avait laissé une telle idée lui traverser l'esprit. Ça ne lui ressemblait pas. Elle se décevait de plus en plus souvent ces derniers temps. Elle était loin d'être la personne compatissante, droite et patiente qu'elle avait toujours pensé être.

Mais comme c'était tentant !

« Papa ? » fit Jack tout à coup.

Ellen eut un sursaut coupable.

« Après le repas, on pourra faire la même randonnée que la dernière fois ?

– Bien sûr, répondit Patrick. Ah, en fait, non, mon grand, on va sûrement partir tout de suite après le déjeuner car je dois retourner au bureau cet après-midi. »

Jack soupira.

« La prochaine fois, ajouta Patrick.

– Tu retournes au bureau cet après-midi ? » demanda Ellen.

Patrick se tourna vers elle. « Oh, oui, désolé, je croyais te l'avoir dit. J'ai de la paperasse en retard. J'ai été submergé. »

Ainsi, en toute vraisemblance, ce serait à elle de s'occuper de Jack. Sauf qu'elle avait prévu de voir Julia cet après-midi. Elles ne s'étaient pas retrouvées depuis une éternité et son amie serait curieuse de tout savoir sur sa rencontre avec les parents de Colleen. Comment pourrait-elle parler librement avec Jack dans les pattes ?

« Du coup, je garde Jack cet après-midi ? » Autant vérifier.

« Eh bien, il est assez grand, il n'a plus besoin d'une baby-sitter, il jouera dans son coin, pas vrai, bonhomme ? D'ailleurs, tu as des devoirs à terminer, non ? »

Elle réprima un soupir. Depuis l'emménagement de Patrick et Jack, elle avait découvert les joies des devoirs à la maison. L'enfer. C'était une galère sans nom d'obtenir de Jack qu'il s'assoie correctement, prenne un crayon et ouvre ses livres devant lui. Il glissait à moitié de sa chaise, collait sa joue sur la table, comme s'il était malade, ou alors il partait toutes les cinq minutes en courant, se trouvant soudainement une mission imprévue.

Elle cherchait encore ses marques avec Jack. Pas parce qu'il était en rébellion contre elle, ou hostile comme avec une méchante belle-mère. Il était très sympa et tout à fait à l'aise avec Ellen ; c'était elle qui était tendue. Elle ne pouvait pas s'empêcher de prendre une voix hyper enthousiaste quand elle lui parlait. Ce qui la replongeait au temps où elle était amoureuse de Giles, l'unijambiste du lycée voisin. Il se montrait avec elle comme avec toutes les filles qui en pinçaient pour lui, adorable. Quand Ellen blablatait indéfiniment dans l'espoir de lui plaire en attendant le train de quinze heures quarante-cinq, il affichait la même mine patiente et distraite que Jack. Une mine qui disait : *Je m'en fiche complètement franchement, mais je suis un gentil garçon et je ne veux pas te faire de la peine, alors je vais continuer de sourire jusqu'à ce que tu arrêtes de parler.*

Et c'était encore pire quand elle essayait de la jouer cool, de faire comme si elle se moquait de ce que Jack pensait d'elle, parce qu'il était si indépendant, si occupé par sa propre vie, qu'il oubliait purement et simplement l'existence d'Ellen. Exactement comme Giles.

Bon, ce qui arrivait aujourd'hui était précisément ce pour quoi elle avait signé. Elle avait adoré l'idée d'un beau-fils, d'une famille instantanée. Elle devrait se réjouir que ça aille de soi pour Patrick qu'elle s'occupe des devoirs de Jack cet après-midi. Et se concentrer sur ce pauvre petit Jack qui avait perdu non pas une mais deux mamans avant même d'avoir cinq ans et souffrait probablement d'un terrible syndrome d'abandon.

« Yes ! s'écria Jack en tenant sa console en l'air.

– Dis donc, fit Patrick, arrête de donner des coups de pied dans mon siège. »

Mais quand même… Patrick n'aurait-il pas dû la consulter avant ? N'était-il pas en train de profiter d'elle, en partant du principe qu'elle serait disponible ?

D'un autre côté, elle-même n'avait pas pris la peine de voir avec lui avant de prévoir ce café avec Julia. Elle s'était comportée comme si elle était célibataire, comme si Jack ne relevait en aucune manière de sa responsabilité.

Pas si simple de déterminer ce qui était juste ou pas. Les parents devaient avoir une sorte de procédure, des modalités pour donner leur aval quand ils prenaient des engagements. Il faudrait qu'elle interroge son amie Madeline à ce sujet.

« Tu n'avais pas dit que tu devais débarrasser l'entrée de tous ces cartons cet après-midi ? »

Les activités sportives de Jack avaient occupé la journée de samedi et Patrick avait promis que les cartons auraient disparu d'ici la fin du week-end.

« Oui, bien sûr, ne t'inquiète pas. Je le ferai en rentrant du bureau. »

À d'autres. Entre la journée dans les Blue Mountains et son passage au bureau, monsieur serait trop fatigué. Sans compter qu'il serait déjà tard et que Jack réclamerait l'attention de son père. Ensuite, Patrick n'aurait qu'une envie : s'écrouler sur le canapé devant *60 Minutes*. Lui faire une piqûre de rappel à ce moment-là ne serait pas très sympa. À la limite du harcèlement. Et elle n'aurait plus qu'à supporter ces cartons dans l'entrée une semaine de plus.

Toute cette pagaille avait pourtant un effet désastreux sur

l'atmosphère Feng Shui de sa maison. C'était par l'entrée que toute l'énergie était censée pénétrer ; dans ses souvenirs, on l'appelait « la bouche du Qi ». Comment s'étonner qu'elle se sente si irritable ? L'énergie était bloquée au niveau de la porte d'entrée !

Évidemment, le moment était certainement mal choisi pour insister ; Patrick était suffisamment tendu à l'idée du déjeuner avec Frank et Millie.

Mais Ellen céda à la tentation, comme on cède à celle du dernier chocolat dans la boîte.

« Tu ne le feras pas », murmura-t-elle, tournée vers la vitre, comme si elle ne le disait pas vraiment.

« Qu'est-ce que tu as dit ? lança Patrick d'un ton sec.

– Rien.

– Ellen ! Je viens de te dire que j'allais le faire.

– Ah, ben tu m'as entendue.

– Vous vous disputez ? » demanda Jack, curieux.

Tu parles d'un moment de pure émotion, songea Ellen.

*

Au volant de ma voiture, j'ai décidé de passer le reste de mon dimanche à regarder la télévision. Il y a de ça quelques mois, Lance, mon collègue du bureau d'à côté, m'a prêté *The Wire.* Lui et sa femme développent sans cesse de nouvelles addictions aux séries télévisées et, chaque fois, il est intarissable sur le traitement des personnages – fabuleux –, l'intrigue – incroyable – et j'en passe. C'est télé, télé, télé. Moi, je n'ai qu'une envie, c'est de lui dire : « Écoute, Lance, la télé, ça ne me branche pas plus que ça. J'ai une vie. »

Ha ha. Elle est bien bonne, celle-là.

Dommage que le « harcèlement » ne soit pas un hobby socialement acceptable.

Bref, en dépit du peu d'intérêt que j'ai manifesté, Lance a tenu à me prêter *The Wire.* Je suis sûre qu'il veut que je regarde la série pour qu'on puisse parler en long, en large et en travers de chaque épisode. Lorsqu'il a prêté *À la Maison Blanche* à une autre fille de la boîte, il lui a demandé où elle en était chaque fois qu'il la croisait, après quoi il se lançait dans une analyse détaillée de l'épisode en question. Au bout d'un moment, elle a fini par se cacher, trouvant refuge dans le bureau le plus proche dès qu'elle le voyait arriver dans le couloir.

Je n'ai donc jamais eu l'intention de m'embêter à regarder sa série. Lance a d'ailleurs arrêté de me demander si j'avais vu le pilote. Mais tout à coup, ça m'a paru le moyen idéal d'engloutir la journée. J'allais manger des tartines au chocolat et tâcher de laisser les heures s'écouler sans avoir une pensée pour Patrick, Jack ou Ellen. J'avais même hâte.

Mais bien sûr, comme souvent, ça ne devait pas se passer ainsi.

Quand je suis arrivée chez moi, mes nouveaux voisins étaient aussi en train de se garer dans l'allée. Synchronisation parfaite, le cauchemar.

Ils ont emménagé vendredi et ils sont aussi insupportables que je l'avais anticipé. La maman a une queue-de-cheval qui se balance, le papa est chauve et fier de l'être. La fillette a des taches de rousseur et des cheveux bouclés. Le petit garçon, des fossettes. Ils sont trop chou, athlétiques, sympathiques et dynamiques. Ça va être comme vivre à côté de quatre labradors. Ils sont venus se présenter, m'ont dit espérer qu'ils ne feraient pas trop de bruit mais que, dans le cas contraire, je ne devais pas hésiter à le leur dire et puis d'ailleurs, il faudrait venir boire un verre chez eux bientôt. J'ai essayé d'être polie mais réservée, histoire qu'ils comprennent qu'un tel manège n'était pas nécessaire ; un simple coucou, ça suffirait. Jeff aurait dû le leur expliquer. Ou l'agent immobilier. La porte du garage a tendance à se coincer, les éboueurs passent le lundi, la voisine n'a pas besoin qu'on lui fasse la causette.

J'étais à peine sortie de la voiture qu'ils ont tous couru vers moi, langue dehors, queue frétillante. J'ai failli lever la main pour les repousser.

« Tu veux venir à la maison cet après-midi ? a dit la fillette.

– Ne saute pas sur Saskia comme ça », est intervenue la mère en riant avec tendresse. Elle a au minimum quinze ans de moins que moi. Peut-être davantage. Je ne me souvenais pas de son prénom. Je n'avais pas pris la peine de le retenir.

Ils organisaient un barbecue-crémaillère et voulaient savoir si ça me tentait.

« On fait ça en petit comité, a précisé la mère. En mode décontracté.

– Là où on habitait avant, notre voisine, elle s'appelait Mrs Short, a déclaré le petit garçon. Mais en vrai, elle se mettait jamais en short.

– Ah. »

Il m'a fait penser à Jack, quelque chose dans les yeux peut-être. À moins que ce soit simplement une question d'âge. Il doit avoir cinq ans, comme Jack quand Patrick et moi nous sommes séparés. Pas question de faire ami-amie avec lui. Rien qu'à le regarder, j'ai le cœur qui se serre.

« Vous pouvez aussi passer pour boire un petit verre rapide si vous préférez, a suggéré le père.

– Même qu'on a des saucisses spéciales, avec du piment dedans, a précisé la fillette.

– Ne vous sentez pas obligée ! a dit la mère. On s'est simplement dit… vous savez, comme on vit quasiment sous le même toit – c'est la première fois qu'on habite une maison mitoyenne –, si vous n'avez rien de prévu, mais vous avez sûrement d'autres projets, ou peut-être que vous préférez rester tranquille, c'est dimanche après tout. »

Elle s'est tue, un peu mal à l'aise. Son mari lui a lancé un regard. Ma résistance ne leur avait pas échappé, ils m'offraient une porte de sortie. Ils sont aimables. Aimables, polis, ordinaires. Il ne manquait plus que ça. Avoir des voisins charmants qui me font me sentir tellement inférieure.

Tant pis pour ma journée à la maison à m'anesthésier devant la télé. Je leur ai dit que j'aurais adoré me joindre à eux mais que je n'étais pas disponible de la journée car j'avais pris un autre engagement.

J'ai un peu forcé la dose, côté regrets. Je n'aurais pas dû la jouer en mode je suis navrée.

« Une prochaine fois ! s'est exclamé le père.

– Une prochaine fois ! a répété la mère.

– Une prochaine fois ! » ai-je acquiescé.

Et le petit garçon d'ajouter : « Une prochaine fois ! » Sur quoi nous sommes tous partis d'un rire chaleureux, ha ha ha, et le pauvre gamin de se mettre à bouder, parce qu'après tout, en quoi était-ce drôle quand c'était lui qui le disait ?

Génial. Maintenant, il y aura une prochaine fois.

Je suis rentrée chez moi et j'ai passé un bon moment à me préparer pour mon faux rendez-vous. J'ai décidé que j'allais aux quarante ans d'une vieille amie. Une fête chic et décontractée dans leur jardin. Avec plein d'enfants qui courent partout, et un service traiteur – mes amis sont riches ; à vrai dire, la terrasse à l'arrière de leur maison donne sur le port –, donc j'allais me régaler. Je ferais même un discours ! Drôle et sentimental. Le genre de discours qu'Ellen prononcerait aux quarante ans d'une amie.

J'ai enfilé une paire de jeans, des bottes, un haut bleu vraiment canon – celui que Tammy m'a offert pour mon anniversaire juste avant la mort de maman, je n'avais encore jamais trouvé l'occasion de le mettre ; une fête de quarante ans près du port, parfait ! – et une longue écharpe que maman m'a tricotée. Je savais que tout le monde me complimenterait sur cette écharpe. Ma mère était très douée, voilà ce que je répondrais. Pour finir, je me suis fait un brushing, je me suis maquillée et j'ai choisi de grosses boucles d'oreilles qui, de l'avis de Patrick, me donnaient l'air sexy.

Sur le pas de la porte, je me suis dit que je ne m'étais pas sentie aussi attirante depuis une éternité.

Puis, sur un coup de tête, j'ai mis dans un sac les ingrédients que j'avais achetés pour faire les biscuits Anzac et décidé de les déposer devant chez Ellen sur le chemin. Elle n'avait qu'à les faire, ces biscuits ; moi, je n'avais pas le temps avec toutes ces sorties !

En rejoignant ma voiture, j'ai croisé un homme et une femme qui remontaient l'allée, direction le barbecue-crémaillère des voisins. Lui portait une bouteille de vin et elle une grande assiette couverte de papier aluminium.

« Bonjour ! » ai-je lancé avec un sourire, comme si j'étais une personne moi aussi ; une personne qui se rend à une fête de quarante ans un dimanche.

Ils m'ont rendu mon sourire. J'ai trouvé celui de l'homme particulièrement franc et chaleureux, comme s'il m'avait déjà vue quelque part et cherchait à me remettre, ou presque comme si – était-ce possible ? –, comme s'il me trouvait jolie.

« Vous venez au barbecue ? a-t-il demandé.

– Non, j'ai déjà une autre fête. Un anniversaire de quarante ans.

– Oh, dans ce cas, amusez-vous bien ! »

Au même moment, la porte des voisins s'est ouverte et ils sont tous sortis en s'écriant : « Regardez qui voilà ! Vous nous avez trouvés facilement ? »

J'ai filé à ma voiture avant qu'ils se sentent obligés de faire les présentations. Quand Jeff vivait ici, il n'y avait pas ce genre de malaise ; ni lui ni moi ne recevions qui que ce soit. J'ai allumé le moteur, fait au revoir de la main et vu que l'homme me regardait toujours. Il m'a saluée et ça m'a réchauffé le cœur – une sensation qui ressemblait au souvenir que j'avais du bonheur.

J'ai enclenché la marche arrière puis, une fois sur la chaussée, j'ai jeté un coup d'œil dans leur direction, le sourire aux lèvres, prête à faire coucou si l'un d'entre eux me regardait. Le petit garçon tirait sur la main de l'homme pour lui montrer quelque chose. La femme tendait l'assiette couverte d'alu à la voisine tandis que l'homme lui posait la main sur la hanche, l'attirant vers lui d'un geste faussement dominateur qui m'a rappelé Patrick. Sur quoi, elle a ri.

La sensation de chaleur dans mon cœur a laissé place à un grand froid.

Il ne m'avait pas trouvée attirante du tout. C'était juste un de ces types sympas, charmants, qui appréciaient tout le monde. Logique. Mes voisins trop chou connaissent des gens trop chou. Ils ont tendance à se rassembler.

À moins qu'il m'ait effectivement trouvée à son goût mais en mode poisseux, miteux, je n'ai rien contre tromper ma petite amie si tu es chaude. C'était probablement le genre à sourire à toutes les femmes comme ça, au cas où il aurait une chance.

Et ensuite je me suis dit : *Putain, où je vais maintenant ?*

La fête de quarante ans dans la maison près du port avait pris des airs de réalité et j'avais presque hâte de m'y rendre.

Je n'avais nulle part où aller. Personne à qui passer un coup de fil. Autrefois, ç'aurait été différent. C'est fou d'ailleurs comme les amis peuvent vous filer entre les doigts, comme votre cercle social peut s'évaporer. À croire qu'il n'a jamais existé. Voilà ce qui arrive quand vous n'avez pas de famille et que vous vivez dans une ville conçue pour que vous n'ayez pas besoin d'entrer en contact avec qui que ce soit, une ville où vous utilisez la voiture en toute circonstance car il n'y a aucun lieu où aller à pied et saluer les gens en passant, une ville où vous pouvez faire l'intégralité de vos courses dans des supermarchés sans âme où des adolescents aux visages inexpressifs scannent vos provisions sans vous regarder, comme si vous n'existiez pas, car vous n'existez pas, pas vraiment.

Si je vivais dans une ville comme celles que j'avais autrefois l'ambition de concevoir, j'aurais un endroit où aller, un endroit où je ne me sentirais pas seule, un endroit où je pourrais boire un café, lire un livre, un endroit ouvert, lumineux, propice à la conversation.

Mais tout ça, c'est des conneries, de vilains mensonges que je me raconte, parce que je ne supporterais pas de vivre dans un endroit sympa où je serais obligée d'interagir avec les gens tous les jours ; une ville entière où des individus affreusement sympathiques me regarderaient, sourire enjoué accroché sur les lèvres, alors que moi, tout ce que je voudrais, c'est acheter une brique de lait sans que personne vienne me demander ce que j'ai fait de beau ce week-end.

Je ne me sens pas seule. Je suis seule, c'est tout. Et je l'ai choisi.

Je sais exactement ce qu'il faut que je fasse si je veux me resocialiser. Je pourrais regarder *The Wire* et en discuter avec Lance puis lui proposer de lui prêter une série, et un jour lancer : « Ça te dirait de venir dîner à la maison avec ta femme, un de ces quatre ? » Je me demande si je ne l'ai pas déjà rencontrée, sa femme. Ou alors, à plein de collègues : « On pourrait boire un verre après le boulot un de ces soirs ? » J'aurais pu participer à cette fête au bureau il y a quelques mois. Ou dire oui aux voisins. Je pourrais même m'inscrire sur des sites et rencontrer des hommes en quête d'une relation ou au moins en quête de sexe.

Je ne souffre d'aucun handicap social. Je suis réservée, parfois timide, mais pas au point d'être paralysée. Je pourrais retrouver une vie sociale. Je l'ai fait quand je suis arrivée à Sydney et que je ne connaissais personne. Je me suis prêtée au jeu. J'ai accepté des invitations. J'ai souri, posé des questions, fait le premier pas.

Mais aujourd'hui, je n'ai pas envie de faire l'effort. Je suis trop vieille, et le cœur du problème, c'est que *ce n'est pas juste.* Je ne devrais pas me trouver de nouveau dans cette position.

Je ne supporte pas la simulation, l'affectation de la gaieté, comme lorsque j'ai parlé aux voisins. Je ferais semblant en permanence. Parce qu'au début, il faut feindre ; c'est comme ça que ça marche.

Mais avant, j'avais de vraies relations avec de vrais amis. Avant, j'étais une mère, une femme, une amie, une fille. Aujourd'hui, je ne suis rien.

Et si je passais à autre chose, si je vivais une vie normale, ce serait laisser Patrick s'en sortir impunément, admettre qu'il avait raison, que nous n'étions pas faits pour être ensemble.

Je suis allée chez Ellen, et les émotions qui m'habitent en permanence – cette douleur, ce vide, cette furie – m'ont paru encore plus violentes que d'habitude parce que, l'espace de quelques secondes, elles avaient disparu.

J'avais simplement l'intention de laisser les ingrédients sur le perron – pas besoin de mot, ils sauraient que ça venait de moi – mais, alors que je m'apprêtais à regagner ma voiture, j'ai vu une statuette en pierre sur la corniche au-dessus de la porte, un hibou affublé de lunettes, et je me suis dit : *Je parie qu'elle garde sa clé de secours sous le hibou.*

Dans le mille.

17

« NE PENSEZ PAS À UN CHIEN !
Vous avez pensé à un chien, n'est-ce pas ? Voilà pourquoi c'est si important de faire attention à votre langage quand vous élaborez vos suggestions. C'est ce qu'on appelle la loi de l'effet inversé. L'imagination ignore la négation et se concentre sur le mot "chien". »

Extrait d'Ellen O'Farrell,
Introduction à l'hypnothérapie,
formation sur deux jours

À peine Patrick s'était-il engagé dans l'allée que les parents de Colleen apparurent sous le porche de leur maison.

« Ce sont eux. Frank et Millie », dit-il d'une voix inhabituellement faible tout en leur faisant un signe de la main et un sourire toutes dents serrées.

Jack ouvrit la portière et courut jusqu'à ses grands-parents pour leur faire un câlin. Il serait visiblement le seul à se comporter naturellement aujourd'hui.

« Bon », dit Patrick tandis qu'ils sortaient de la voiture et que Jack disparaissait à l'intérieur avec son grand-père.

« Vite ! lança Millie depuis le porche. Entrez vite, tous les deux ! Il fait bon dans la maison !

– Bonjour, Millie ! Oui ! Bonne idée ! » répondit Patrick d'un ton jovial qu'Ellen ne lui avait jamais entendu.

Ça promet, songea-t-elle.

« Bon-*jouuuuur* ! » dit-elle, animée par un besoin aussi soudain que désespéré de montrer aux parents de Colleen qu'elle était agréable, charmante et en totale empathie avec eux.

(Oh là là, pourquoi prendre cette voix pleine d'écho ? Un écho digne des plus hauts sommets. Elle avait l'air toquée.)

Millie avait raison. La maison, où une chaîne diffusait une musique douce, s'avéra un refuge particulièrement douillet et chaleureux après leur passage au cimetière.

« Que puis-je vous servir à boire ? » demanda la vieille dame en invitant Ellen à s'asseoir. Millie était un tout petit bout de femme, vêtue d'une tenue de jeune – jean et pull-over blanc. On devinait qu'elle avait été belle autrefois mais il y avait quelque chose chez elle, un air d'acceptation résignée, qui disait *Je sais que je ne suis plus belle et je m'en moque royalement.*

Son mari, Frank, était mince lui aussi, et très grand, comme un vieux joueur de basket-ball voûté. Sur leur visage, le chagrin avait laissé des marques pareilles à des coups de griffes désormais estompés.

Ils avaient l'air de gens timides mais étaient tout sourire, courtois et accueillants, parlant gentiment de la circulation et de la météo. Ellen en avait le cœur brisé. Pourquoi fallait-il qu'ils soient si adorables ?

« Ellen aurait vraiment besoin d'un cracker, dit Patrick. Elle se sent nauséeuse. La, euh, la grossesse, vous savez. » Tiens donc, était-ce dans son imagination ou avait-il baissé la voix sur le mot « grossesse », comme s'il s'agissait d'une maladie honteuse ?

« Je vais vous chercher ça tout de suite, répondit Millie.

– J'en avais préparé quelques-uns pour le trajet mais je les ai oubliés à la maison. Je suis tellement désolée de vous embêter », bredouilla-t-elle. Mais ce dont elle était tellement désolée en réalité, c'était d'être là, inopportunément vivante et enceinte, à prendre la place de leur fille.

« Quand j'étais enceinte de Colleen, je mangeais des crackers à longueur de journée, dit Millie en revenant avec une assiette. Mais elle a eu plus de chance. Quand elle attendait Jack, elle n'a pas eu la moindre nausée. »

Elle sourit à son petit-fils. « Déjà dans le ventre de ta maman, tu étais un bébé très sage, Jack. » Puis, à Ellen : « Ce qui ne veut pas dire que votre petit bébé n'est pas sage. »

Sur le mur, Ellen aperçut une photographie de Colleen avec Jack dans les bras ; le petit devait avoir six mois et il se faisait les dents sur la patte d'un lapin en plastique sous le regard plein d'amour de sa mère.

Et là…

Elle fondit en larmes, manquant s'étrangler avec son cracker dont elle cracha des miettes, s'attirant les regards inquiets et stupéfaits de tous.

Qu'est-ce que tu fais ? C'était comme si son corps venait de lâcher un pet sonore en plaisante compagnie. La honte. *Arrête*, s'ordonna-t-elle, mais les larmes continuèrent de couler sur ses joues.

Entre le visage de Colleen rempli d'adoration sur la photo, le soulagement exquis que le cracker lui avait apporté, la chaleur de la maison après l'air froid de la montagne, les mots de Millie : « votre petit bébé », l'étrangeté et le stress de la visite au cimetière, le fait qu'elle allait rencontrer son père pour la première fois de sa vie le lendemain… difficile de savoir ce qui la bouleversait, mais jamais ses émotions ne l'avaient embarrassée de la sorte jusqu'à présent.

« Ça va aller, là… » fit Frank. Il s'accroupit près d'elle et lui frotta doucement le dos en faisant des cercles.

Grandir avec un père si charmant… Colleen était décidément une veinarde. « Qu'est-ce que tu as, Ellen ? » demanda Jack.

Il s'était tourné vers son père mais Patrick n'était d'aucune aide. Il arborait une expression médusée, comme si sa petite amie venait de faire tomber un vase inestimable. Depuis leur arrivée, il avait maintenu un flot constant de conversation, usant d'un ton léger et familier où perçait la peur, évoquant à Ellen un homme qui essaie d'occuper l'esprit de quelqu'un qui veut sauter d'une falaise en attendant la police. Elle ne l'avait jamais vu parler autant et comprit que ces visites lui demandaient un très gros effort pour éviter tout blanc ou silence pesant susceptible de donner lieu à d'insoutenables démonstrations de chagrin. Et voilà qu'à présent elle avait bouleversé le délicat équilibre qu'il s'évertuait à maintenir.

« Je suis désolée, dit-elle en reniflant. Ça doit être mes hormones. »

Ses hormones ! Elle n'avait que ce mot-là à la bouche depuis quelque temps ; pourtant, faire porter le chapeau à son organisme pour son attitude était très éloigné de ses convictions ! À son avis, la connexion corps-esprit fonctionnait dans l'autre sens : le mental affectait le corps, pas l'inverse. Si un client lui avait fait part d'un comportement aussi irrationnel pour ensuite incriminer ses hormones, elle aurait dit (sur un ton tellement donneur de leçons, quoique réconfortant) : « Je crois que c'est votre inconscient qui s'exprime par le corps. »

Patrick reprit enfin ses esprits et s'approcha d'elle pour l'enlacer.

« C'est probablement la fatigue liée au trajet », lui dit-il de sa voix normale, ce qui, combiné au soulagement d'être au creux de ses bras et de respirer son parfum familier, faillit la faire pleurer de nouveau.

« Je suis désolée, répéta-t-elle d'une voix tremblante.

– Ce n'est rien, voyons », dirent Frank et Millie d'un ton réconfortant.

Ellen ne ménagea pas ses efforts pour se racheter au cours du déjeuner, suivant l'exemple de Patrick qui se montrait bavard et enjoué. Ils alimentèrent la conversation, se renvoyant la balle sans jamais la laisser retomber, comme s'ils jouaient une partie de ping-pong. Quand ils prirent congé, leurs hôtes avaient l'air épuisés, déplorant probablement qu'ils ne se soient pas tus une seule seconde.

« Vous viendrez le mois prochain, j'espère, Ellen », dit Millie en lui posant la main sur le bras.

Une voix gronda dans la tête d'Ellen : PLEURE ENCORE ET TU ES MORTE.

Dans la voiture, personne ne pipa mot tandis qu'ils laissaient Katoomba derrière eux. À l'arrière, Jack semblait dormir. Au bout d'un moment, n'y tenant plus, Ellen brisa le silence.

« Je suis navrée de ces larmes impromptues », fit-elle, comme si le mot « impromptues » pouvait transformer ce moment en un petit incident charmant, voire fascinant.

« Ce n'est pas grave, répondit Patrick. Sérieusement. Ne t'en fais pas. »

Bien sûr, elle aurait dû en rester là.

« Ils ont dû trouver ça tellement dur, poursuivit-elle. Me rencontrer, et ce bébé qui arrive.

– Je confirme. Pourtant, il a fallu que ce soit *toi* qui pleures ! »

La pique fut si cinglante qu'elle en eut le souffle coupé.

« Désolé, se reprit-il presque immédiatement en tendant la main vers elle. C'était censé être une boutade. Une boutade vraiment stupide. Quand je vois Frank et Millie, je me sens tellement coupable d'être en vie alors que Colleen est morte. Je trouve ces visites vraiment éprouvantes. Pénibles. »

Sans blague.

« Oui. Moi aussi, j'ai trouvé ce moment très éprouvant. » *Je me suis agenouillée devant la tombe de ta femme décédée ! Et ces taches d'herbe ne partiront jamais !*

« Je suis désolé, répéta-t-il en reposant la main sur le volant. Vraiment. Tu as été merveilleuse aujourd'hui. Je te suis très reconnaissant d'être venue. J'aurais juste aimé… »

Sa voix faiblit puis il se tut, regardant la route devant lui sourcils froncés, comme si conduire exigeait à présent toute sa concentration.

Que voulait-il dire ? J'aurais juste aimé que tu ne pleures pas ? Que Colleen soit en vie ? Ellen sentit bouillonner en elle diverses émotions qu'elle ne parvenait même pas à définir correctement :

honte, amertume et quelque chose qui ressemblait à de la peur. *Ce n'est pas moi*, se répétait-elle en boucle. *Je ne suis pas comme ça.*

À un feu rouge, elle reprit : « Je suppose que tu n'auras pas le temps de débarrasser l'entrée de ces cartons ce soir. »

Et, tandis qu'elle prononçait ces mots, une autre partie d'elle-même observait froidement la scène. *Oh, Ellen, c'est consternant. Tu te sens coupable de l'avoir mis mal à l'aise quand tu as pleuré, alors tu tiens à lui rappeler qu'il n'est pas parfait non plus. Très mature. Tu provoques une dispute pour qu'il s'occupe des cartons...*

« Je t'ai prévenue que j'avais du travail cet après-midi.

– Alors peut-être qu'on peut fixer le week-end prochain comme nouvelle date butoir ? lança-t-elle d'un ton léger et humoristique où perçait une note glaciale comme l'acier.

– Arrête de me harceler, Ellen, dit-il, la mâchoire tellement serrée qu'il avait les joues creusées.

– *De te harceler ?* Comment ça, je te harcèle ?

– Pas maintenant. Pas ici », siffla-t-il en tournant légèrement la tête en direction de Jack, manière de la prévenir de ne pas le chercher devant son jeune fils impressionnable.

Ils n'échangèrent plus un mot de tout le trajet dont Ellen passa chaque instant à se remémorer ce week-end à la montagne avec Jon, s'attardant intentionnellement sur les souvenirs de leurs ébats amoureux. Elle n'avait jamais rien fait d'aussi passif-agressif de sa vie.

Quand ils arrivèrent à la maison, l'habitacle de la voiture baignait dans un silence suffocant.

« On se voit plus tard », dit Patrick sèchement en laissant à Ellen le soin de porter Jack à l'intérieur. Il faudrait qu'elle pense à annuler son café avec Julia avant de se mettre aux devoirs avec le petit.

« Qu'est-ce que c'est que ça ? » fit-elle en ouvrant la porte à moustiquaire.

Par terre, un paquet emballé dans du papier aluminium. Elle se pencha pour le ramasser. C'était chaud.

Sa respiration s'accéléra. *Saskia.*

*

J'ai pris la décision sur un coup de tête. Je suis entrée dans sa cuisine avec le sac de courses et c'était comme si je rentrais du supermarché. Je me suis dit : *Pourquoi ne pas leur faire des biscuits ?*

Ça m'a plu d'être dans sa cuisine, d'utiliser son saladier, ses cuillères et ses plaques de cuisson. J'ai l'impression que la plupart de ses ustensiles appartenaient à sa grand-mère. Je me rappelle l'avoir entendue dire qu'elle n'avait pratiquement rien changé quand elle a hérité de la maison. « J'ai un faible pour le rétro », m'a-t-elle confié un jour que je venais de lui dire que j'aimais bien sa moquette. Voilà qui nous fait un point commun. En plus de Patrick, naturellement.

Je me suis sentie étrangement calme, comme si j'avais tout à fait le droit d'être dans cette maison, comme si j'étais elle et que je voulais faire une surprise à Patrick et Jack en leur préparant des biscuits. Je faisais ça quand Jack était petit et que son père l'emmenait au parc. J'ai imaginé leur retour, le bruit de la clé dans la serrure, le martèlement des pas de Jack dans le couloir.

La cuisine d'Ellen m'a fortement rappelé celle de ma mère. Peut-être que c'est pour ça que je me suis sentie si inopportunément à l'aise – j'avais l'impression d'être dans la maison de mon enfance. J'ai repensé au temps où, petite, je me mettais debout sur une chaise, un tablier de maman noué à la taille, et l'aidais à cuisiner. J'avais toujours imaginé faire la même chose avec ma petite fille un jour.

À vrai dire, je l'ai fait avec Jack, sauf que je ne me suis jamais embêtée à lui mettre un tablier et il ne se tenait pas debout sur une chaise mais assis sur le plan de travail près de moi. Il adorait ces moments. La farine dans ses cheveux, les doigts collants, les coquilles d'œuf dans le mélange. Une fois, je l'ai laissé utiliser le batteur électrique, il l'a trop levé et a éclaboussé toute la cuisine de pâte à gâteau.

Quelle explication aurais-je pu fournir s'ils étaient rentrés plus tôt ?

Je sais que ça semble étrange mais je ne supporte pas de ne pas exister dans votre vie. Je pourrais peut-être emménager avec vous, non ? Je m'assiérais gentiment dans le coin là, et je vous regarderais vivre. Bon, comment s'est passée votre journée dans les Blue Mountains ? Quelqu'un veut un biscuit ?

Ils n'ont pas débarqué quand j'y étais mais quelqu'un a sonné.

Pile quand je sortais les biscuits du four.

J'ai fait un bond. La culpabilité. Je n'ai pas complètement perdu la tête. Je sais qu'on n'est pas censé s'introduire chez les gens et se mettre à faire des biscuits.

Au bout de quelques secondes, j'ai entendu tambouriner à la porte.

J'ai d'abord cru que c'était Patrick – à cause de la fureur dans les coups. Naturellement, ça n'était pas logique : pourquoi frapperait-il pour entrer chez lui ?

Alors je me suis dit que c'était peut-être la police. Quelqu'un m'avait vue prendre la clé et les avait appelés. Peut-être un voisin avec qui Ellen s'entend bien. Elle est du genre à bien s'entendre avec ses voisins.

J'ai posé la plaque de cuisson et suis descendue sans bruit dans l'entrée, longeant les cartons de Patrick, empilés les uns sur les autres n'importe comment. Pauvre Ellen. Sa maison ne dégage plus tout à fait la même atmosphère spirituelle qu'avant avec tous ces cartons poussiéreux. Je me demande si ça la rend dingue ou si elle est au-dessus de ce genre de considérations bassement matérielles. Tel que je connais Patrick, les cartons ne sont pas près de disparaître.

J'ai regardé par la petite fenêtre près de la porte d'entrée et vu un homme d'une quarantaine d'années. Il avait les mains enfoncées dans ses poches et la mâchoire en avant, comme s'il était prêt à un face-à-face musclé. Il y avait chez lui quelque chose qui respirait la réussite, l'argent – son costume peut-être, ou ses cheveux un peu longs savamment ébouriffés, ou simplement sa façon de se tenir, les pieds solidement fichés dans le sol, comme quelqu'un qui prend les décisions.

Intriguant.

Un client en manque d'hypnose ?

Un ex-petit ami ? Il n'était pas son genre. Je suis sûre que Patrick n'est pas non plus son genre – trop ordinaire, trop viril. Elle devrait fréquenter un poète enchanteur au teint pâle et me rendre mon géomètre robuste et jovial.

Un amant ? *Et si Patrick n'était pas le père du bébé ?* Voilà qui serait parfait. Ce visiteur, cet homme qui avait l'air vraiment en colère, pouvait-il semer la zizanie dans leur couple ?

J'ai ouvert la porte.

18

> « C'est drôle que les gens associent l'hypnose au courant New Age. Des hiéroglyphes trouvés sur des tombes indiquent que les Égyptiens avaient recours à l'hypnose dès 3 000 ans avant Jésus-Christ. »
>
> Extrait du site
> www.EllenOFarrellHypnotherapy.com

« Écoute un peu ça, Madeline. »

Julia posa la main sur le bras de Madeline, laquelle se raidit, ce qui n'échappa pas à Ellen. C'était mercredi soir, dix-neuf heures trente, et le trio, entassé dans le box d'un restaurant thaï bondé, venait à peine d'obtenir la carte. Elles allaient être en retard à la séance de vingt et une heures, ce qui ne manquerait pas d'agacer Madeline tandis que Julia jouerait la fille insouciante et décontractée.

Julia et Madeline ne s'appréciaient pas spécialement, elles faisaient juste semblant pour leur amie commune. D'ordinaire, Ellen veillait à les voir séparément mais elle savait qu'elles avaient toutes les deux envie de voir le dernier film de George Clooney, alors elle avait trouvé idiot de ne pas leur proposer d'y aller ensemble.

On ne l'y reprendrait plus, se disait-elle à présent. Julia ne pouvait manifestement pas s'empêcher de faire comprendre à

Madeline que la plus vieille amie d'Ellen, c'était elle, évoquant des anecdotes de leurs années lycée ainsi que de vieux amis et se comportant un peu comme une adolescente. Madeline refusait d'entrer dans le jeu de la rivalité et se plaisait à se positionner comme l'unique mère du trio. Elle arborait continuellement un air préoccupé et stressé, comme si elle guettait les pleurs d'un enfant. Mais en ce moment, elle était pire que d'habitude. Enceinte de huit mois, elle avait une main posée en permanence sur son ventre. La grossesse d'Ellen lui donnait l'avantage sur Julia et elle ne se privait pas de le lui rappeler, ramenant constamment la conversation à la maternité et aux bébés. Julia rendait coup pour coup, ne ratant pas une occasion de laisser entendre qu'elle adorait sa vie de célibataire sans enfants et sa carrière de haute volée, le tout en tâchant de venir à bout de la bouteille de vin qu'elle dégustait seule.

Ellen mourait d'envie de leur attraper la main et de leur dire : *Détendez-vous !*

« Quoi ? » fit Madeline en dégageant son bras, l'air de rien. Elle n'était pas du genre tactile et Julia, consciente de la chose, l'embrassait avec ostentation et n'arrêtait pas de la toucher quand elles se voyaient toutes les trois.

« Madame foldingue lui laisse des biscuits maison tout juste sortis du four sur le perron. Crois-tu qu'Ellen les jette direct à la poubelle et appelle la police, comme le ferait n'importe quelle personne sensée ? Non ! Elle se prépare une tasse de thé et elle les *mange* !

– J'espère qu'il n'y avait pas de fruits à coque dedans, dit Madeline. Il vaut mieux éviter les arachides quand on est enceinte, on ne te l'a pas dit ?

– Les *fruits à coque* ? Comme si c'était le plus inquiétant ! s'étrangla Julia. Je parie qu'elle a craché dans la pâte, l'autre folle ! Ou pire. Oh là là, j'en suis malade rien que de penser à ce qu'elle aurait pu faire, Ellen. Ou à ce qu'elle a fait d'ailleurs. Je suis sérieuse.

– Dis-moi, ils étaient à quoi, ces biscuits ?

– À la merde ! » Julia partit d'un tel éclat de rire qu'elle chavira sur le côté.

Madeline se décala et sourit avec raideur. « Comment sais-tu que c'est elle qui les a faits, Ellen ?

– Il y avait des pépites de chocolat dedans ? demanda Julia, toujours à moitié affalée.

– C'étaient des biscuits Anzac, et je sais que c'est elle qui les a faits car il y avait un petit mot qui disait : *J'ai préparé ces biscuits aujourd'hui et je me suis dit que ça pourrait vous faire plaisir, bises, Saskia.*

– Oh, le cauchemar », lâcha Madeline avec un frémissement de dégoût, façon de dire qu'elle ne laisserait pas ce genre de choses arriver dans sa propre vie bien rangée.

« Ce n'est pas le pire, dit Ellen.

– Comment ça ? » fit Julia en se redressant. Madeline était arrivée avant qu'Ellen finisse de lui raconter l'histoire.

« Je crois qu'elle les a faits chez moi.

– C'est pas vraiiii.

– Qu'est-ce qui te fait dire ça ? demanda Madeline qui, laissant Julia en faire des tonnes, restait placide.

– L'odeur dans ma cuisine. »

Elle se revit dans sa cuisine, après cette épouvantable journée dans les Blue Mountains, respirant, le cœur battant, l'odeur caractéristique de mélasse raffinée et de cassonade qui lui rappelait tant sa grand-mère. Sa grand-mère qui faisait tout le temps des biscuits Anzac. Ceux de Saskia étaient presque aussi bons, peut-être meilleurs. Plus croustillants.

« Tu ne l'aurais pas imaginée, cette odeur ? demanda Julia.

– Certainement pas, intervint Madeline. Les femmes enceintes ont un odorat hyper développé. Quand j'étais enceinte d'Isabella, une fois, j'ai senti…

– Pas de miettes ? l'interrompit Julia. Ou d'autres signes, comme des choses qui auraient changé de place dans tes placards ?

– Tout le contraire : pas une miette, le four étrangement propre… Je crois qu'elle l'a nettoyé après l'avoir utilisé.

– Pourquoi venir cuisiner chez toi ? Qu'est-ce que cette folle essaie de te dire ? Quel *message* veut-elle te faire passer ?

– Moi, je déteste cuisiner chez les autres, dit Madeline. Je ne trouve jamais ce que je cherche. »

Julia la regarda en clignant lentement des yeux avant de se tourner vers Ellen.

« Et Patrick, comment il a réagi ?

– Il n'est pas au courant. Il nous a déposés, Jack et moi, avant de filer au bureau. Je ne vois pas l'intérêt de lui dire. Tout ce que ça va faire, c'est le contrarier. »

Elle garda pour elle que cet après-midi-là, Patrick et elle ne s'étaient pas parlé tout au long du retour des Blue Mountains.

« Qu'as-tu dit à Jack ? demanda Julia.

– Qu'une amie à moi les avait déposés. Il n'a pas été plus curieux que ça.

– Mais tu ne l'as pas laissé manger ces biscuits, rassure-moi ? s'enquit Madeline.

– Non, j'ai pensé qu'il ne valait mieux pas. J'ai détourné son attention avec des biscuits au chocolat qu'on a mangés en faisant ses devoirs.

– Des biscuits juste avant le dîner, murmura Madeline.

– Mais ensuite tu les as mangés ! Tu n'aurais même pas dû les *toucher*, s'indigna Julia. Ils auraient pu être empoisonnés.

– Sans parler des risques pour ton bébé. »

Voilà qu'à présent ces deux amies affichaient le même air sérieux et responsable, enfin complètement d'accord sur quelque chose.

« Je sais, dit Ellen. Je n'ai pas réfléchi. »

Et ils sentaient si bon, ces biscuits. Ironiquement, quand elle les avait découverts, elle avait été agacée et déconcertée mais ensuite, elle en avait pris un entre les doigts et il lui avait semblé que c'était *exactement* ce dont elle avait besoin pour se sentir mieux, se remettre du choc de les avoir trouvés. Et il était tellement bon qu'elle en avait mangé un deuxième. Puis un troisième. Après quoi l'idée qu'ils puissent être empoisonnés lui avait traversé l'esprit et elle avait passé le reste de la soirée à hyperventiler discrètement et à taper dans sa barre de recherche des choses comme « Combien de temps un poison met-il à agir ? ».

« Je te trouve étrangement désinvolte avec cette histoire depuis le début, dit Julia tout en essayant d'attirer l'attention d'un serveur à l'autre bout de la salle. Cette femme s'est introduite chez toi. C'est une violation de ta vie privée. Comment se fait-il que tu ne sois pas terrifiée ? Et pourquoi ce serveur fait-il semblant de ne pas me voir ? Tu me vois, je le sais que tu me vois !

– Je ne sais pas, dit Ellen. J'ai un peu peur quand même. »

Depuis l'incident des biscuits, elle avait l'impression d'avoir le souffle court en permanence, comme si elle était en retard pour un rendez-vous important. La nuit dernière, elle s'était réveillée juste avant l'aube avec la certitude que quelque chose de grave allait arriver. Saskia n'arrêterait pas avant qu'il se passe quelque chose. Mais quoi ? Que fallait-il qu'il se passe ?

Il lui semblait qu'il ne s'agissait plus tant de Saskia et Patrick que de Saskia et elle. C'était entre elles deux. Si elle parvenait à trouver quoi faire, quoi dire, peut-être pourrait-elle mettre fin à tout ça. Mais quels mots ? Quels gestes ? *Quoi ?* Elle avait l'impression de vivre ce moment interminable où, juste après avoir heurté un objet fragile, votre bras reste suspendu en l'air au lieu d'essayer de le rattraper, et une fois qu'il se brise au sol, vous vous dites : « J'aurais pu empêcher ça. »

« Tu devrais être *paralysée* par la peur, gronda Madeline. Tout le temps.

– Merci beaucoup. C'est très réconfortant.

– Ce que je ne comprends pas, c'est pourquoi vous ne faites pas appel à la police, souligna Julia. Elle devrait être sous le coup d'une injonction d'éloignement. Chaque fois qu'elle l'enfreindrait, un simple coup de fil et elle se retrouverait les menottes aux poignets. Problème résolu.

– Patrick est allé au commissariat une fois, dit Ellen. Et il parle souvent d'y retourner, mais bon, il ne trouve jamais le temps de le faire. Et puis je crois que ce n'est pas aussi simple que ce que tu décris.

– J'ai entendu dire que les injonctions d'éloignement ne servent pas à grand-chose, renchérit Madeline.

– S'il n'est pas fichu de le faire, vas-y, toi ! » insista Julia.

L'espace d'un instant, dans sa cuisine, tandis qu'elle imaginait Saskia glisser les mains dans ses maniques, les maniques de sa *grand-mère*, pour ne pas se brûler, Ellen avait été submergée par un tel sentiment d'indignation – l'audace de cette bonne femme ! – qu'elle s'était dirigée d'un pas déterminé vers le téléphone pour appeler la police. Mais elle s'était figée avant même de décrocher. Quelles preuves avait-elle ? *Sentez, monsieur l'agent ! Vous ne reconnaissez pas cette odeur de biscuits ? Et regardez mon four, comme il est propre ! Je ne l'ai jamais laissé aussi propre !* Elle serait passée pour une imbécile.

Sans compter que la décision appartenait à Patrick qui, pour une raison ou pour une autre, n'était toujours pas prêt à impliquer les autorités.

« Elle n'a jamais montré de signes de violence, dit-elle faiblement.

– Pour le moment, rectifia Madeline.

– Tu te rends compte qu'elle va s'inviter à ton mariage ! Et que, quand le prêtre va dire "Si quelqu'un a quelque raison que ce soit de s'opposer à ce mariage", elle va sauter sur l'occasion : "Moi, moi, moi !"

– Je crois qu'ils ne disent plus vraiment ça, objecta Ellen.

– Elle va descendre l'allée centrale au pas de charge et crier : "Moi ! La raison, c'est moi !" poursuivit Julia d'une voix forte.

– Elle aura peut-être une arme ! renchérit Madeline avec enthousiasme.

– Tu vas devoir porter un gilet pare-balles sous ta belle robe !

– Je crois que je vais venir sans les enfants, conclut Madeline d'un air songeur.

– Mmmm », fit Ellen. C'était précisément pour ça que Patrick et elle n'avaient guère avancé dans l'organisation de leur mariage.

Chaque fois qu'ils en parlaient, Saskia revenait dans la conversation. « Même si on se marie à l'étranger, je parie qu'elle nous retrouvera », avait-il dit.

Quand Ellen avait suggéré qu'ils attendent la naissance du bébé, il avait eu l'air soulagé, et ce en dépit du fait que sa mère ferait probablement un « caca nerveux » à l'idée que l'enfant naisse « hors mariage ».

De toute façon, elle ne se projetait pas vraiment dans sa robe blanche avec cette nausée qui ne lui laissait aucun répit.

« Tu dois la détester, dit Madeline. Moi, je la déteste ! Tu ne peux même pas organiser ton mariage !

– Pas vraiment, non. En fait, j'aimerais bien lui parler.

– Oui, super idée ! Invite-la à boire un café, s'esclaffa Julia.

– Passe-lui un coup de fil là, qu'elle nous rejoigne au cinéma ! » ajouta Madeline en adressant un sourire hésitant à Julia.

Julia rit plus fort que nécessaire. La bêtise d'Ellen les rapprochait.

« Je l'appellerai peut-être un jour. » Elle agita sa paille dans son eau minérale gazeuse et regarda, songeuse, les bulles monter dans son verre. « Oui, un jour peut-être. »

*

Depuis dimanche, je n'arrête pas de penser à cet homme qui a sonné chez Ellen.

« Ellen O'Farrell ? » a-t-il demandé en s'avançant brusquement quand j'ai ouvert. J'ai reculé et maintenu la porte moustiquaire fermée.

« Non. Elle n'est pas là.

– OK, vous êtes qui ? » Il avait le ton de quelqu'un qui exige et reçoit un service absolument parfait. Il me rappelait les développeurs à qui j'ai affaire au travail. Des hommes qui n'ont pas le moindre doute sur leur place dans le monde.

« Eh bien, la question c'est plutôt qui vous êtes, vous ? »

ai-je rétorqué d'un air assez prétentieux. Étant moi-même une intruse, c'était plutôt drôle, je trouve.

« Quelqu'un qui a besoin de lui parler, a-t-il dit, les narines dilatées. D'urgence.

– Je peux prendre un message ? » J'imaginais laisser un petit mot enjoué sur son réfrigérateur. *Visite d'un homme furieux qui veut vous parler d'urgence. Saskia.*

« Inutile. » Il semblait se contenir pour ne pas mettre un coup de poing dans un mur. « Je repasserai.

– Faites donc ! »

Sur quoi, il est parti.

Étrangement, en refermant la porte, j'ai été envahie par un élan protecteur envers Ellen. Il y a quelque chose de tellement candide chez elle, comme si elle était convaincue que tout le monde était aussi gentil et sincère qu'elle. Alors que, clairement, ce n'est pas le cas.

Aussi, j'avais la nette impression que je le connaissais de quelque part, cet homme. Mais d'où, impossible de savoir.

*

« Alors, c'était comment de rencontrer les parents de la défunte épouse ? » demanda Julia. Sous la lumière d'ambiance du restaurant, ses joues empourprées par le vin et son mascara qui avait légèrement coulé sous ses yeux lui donnaient le même style bohème et sexy qu'à l'époque du lycée où Ellen et elle se servaient d'une fausse carte d'identité pour pouvoir consommer de l'alcool dans les bars. (Leur brève phase rebelle n'avait impressionné personne ; Ellen savait que sa mère et ses marraines avaient fait bien pire à l'adolescence.)

« Oh, mais attends, il faut que tu nous racontes ta rencontre avec ton père ! » dit Madeline. Elle se cala confortablement dans son fauteuil et croisa les mains sur son gros ventre, juste en dessous de sa poitrine, heurtant au passage le coude d'Ellen qui prit brutalement conscience de la réalité du bébé de Madeline.

Oui, à quelques centimètres de son coude se trouvait un vrai bébé. Pas seulement l'idée d'un bébé. Un bébé bien vivant qui se lovait sous le haut de maternité rayé et la peau tendue du ventre de Madeline. Alors, discrètement, Ellen reproduisit les gestes de Madeline, croisant ses propres mains sur son propre ventre lequel, étant souple et à peine arrondi, semblait davantage trahir un excès de pizza que la présence d'un bébé. Elle commençait à se sentir plus à l'étroit dans ses vêtements mais comment imaginer que d'ici quelques mois, elle aurait le même énorme bidon que Madeline, un bidon qui lui donnerait cette démarche cambrée caractéristique des femmes enceintes et lui vaudrait sourires et autres amabilités – « Vous voulez vous asseoir ? » ou « C'est pour quand ? ».

« Sa vie est devenue un véritable feuilleton, pas vrai ? lança Julia.

– Amour, gloire et beauté, des mots qui font rêver », chanta Madeline en prenant un accent américain assez réussi. Ellen ne l'avait jamais entendue faire une imitation.

« Tu te souviens quand elle était si sereine, si zen ? Quand tout semblait si simple dans sa vie ?

– C'est faux ! protesta Ellen. J'ai eu des ruptures difficiles !

– Non ! répliqua Madeline. Même quand tu te sépares, tu te situes à un degré d'existence plus élevé que nous autres.

– À vous entendre, je suis ennuyeuse à mourir. » Ellen était blessée, comme si elle avait surpris une conversation où ses amies disaient ce qu'elles pensaient vraiment d'elle.

Julia et Madeline étaient trop occupées à s'apprécier mutuellement pour le remarquer.

« Oh, pas tant que ça, dit Julia. Bon, ma question d'abord ! Les parents de la défunte épouse ?

– Et si on se contentait de manger vite fait bien fait ? » suggéra Ellen tandis qu'un serveur arrivait avec trois belles assiettes en équilibre sur les avant-bras.

« Laissons tomber le cinéma, dit Madeline. Profitons de ce moment pour nous détendre.

– Excellente idée », renchérit Julia tout sourire.

À les observer échanger avec le serveur, s'assurer que chacune avait bien ce qu'elle avait commandé, se décaler poliment pour le laisser leur servir le riz, Ellen se rendit compte que Julia et Madeline se ressemblaient beaucoup en réalité. Derrière leur attitude sagement décontractée se cachait une vulnérabilité, comme si elles s'attendaient à tout moment à faire l'objet de critiques qu'elles ne toléreraient pas. Toutes deux s'accrochaient aussi fort qu'elles pouvaient à la personnalité qu'elles s'étaient choisie. *Je suis tel genre de personne, donc je pense ainsi, j'agis ainsi et j'ai raison, oui, j'ai raison, je suis sûre que j'ai raison !*

Mais peut-être que tout le monde jouait un rôle. Jusqu'à un certain point en tout cas. Et si les adultes n'étaient que des enfants qui chaque jour enfilaient soigneusement leur déguisement de grand et agissaient en conséquence ? Peut-être était-ce une caractéristique incontournable de la vie d'adulte ? Ou peut-être qu'Ellen avait simplement le sentiment d'avoir une personnalité plus nébuleuse, plus indéfinie que Madeline et Julia.

Ou peut-être que tout ça, c'étaient des conneries, que ses deux amies étaient juste elles-mêmes. Ces derniers temps, Ellen avait de plus en plus de mal à supporter sa propre tendance à toujours chercher un sens caché à tout. Ce qui d'ailleurs la laissait perplexe. C'était comme si elle se retournait tout à coup contre une vieille amie sans la moindre raison.

« Ça a dû être tellement embarrassant, ces présentations ! dit Madeline.

– Tu crois qu'ils te détestent ? De remplacer leur fille bien-aimée ?

– Ils ont été charmants. Ils ont eu l'air parfaitement à l'aise avec la situation, mais moi, je me suis ridiculisée.

– Oh, *non* ! s'exclama Julia, comme si c'était une habitude chez Ellen. Qu'est-ce que tu as fait ?

– Sur le mur, il y avait une photo de Colleen avec Jack dans les bras quand il était tout petit et j'ai…

– Tu l'as *critiquée* ? s'étrangla Julia. Tu as dit du mal d'une morte ? »

Julia était terrifiée par la mort. Quand elle y était confrontée, elle devenait nerveuse, bizarre, comme si elle pensait pouvoir l'éloigner d'une manière ou d'une autre.

« Comme si c'était mon genre…, fit Ellen en portant sa cuillère à sa bouche.

– Crustacé ! hurla Madeline en interrompant son geste brutalement.

– Mais non ! C'est le poulet.

– Oh, pardon, c'est vrai. Continue.

– De toute façon, je trouve que ça va beaucoup trop loin, toutes ces histoires autour de ce qu'on peut manger ou pas pendant la grossesse. Les Françaises ne se privent pas pour manger du fromage à pâte molle et boire du vin, les Japonaises mangent des sushis… et leurs bébés se portent très bien. »

Madeline fit la moue, comme si pour elle les bébés français et japonais n'étaient pas de la meilleure qualité. « Je ne prendrais aucun risque au premier trimestre.

– Bon, qu'est-ce que tu as fait quand tu as vu cette photo ? enchaîna Julia qui s'était quelque peu rembrunie en les écoutant parler grossesse.

– J'ai pleuré.

– Tu as *pleuré* ? Mais enfin, tu ne la connaissais même pas ! » Madeline reposa sa fourchette, comme si elle venait de manger quelque chose de dégoûtant. Elle était clairement mortifiée pour Ellen.

« Mais pourquoi ? demanda Julia, curieuse.

– Ses hormones, répondit Madeline. Mais tu ne peux pas passer les six prochains mois à te comporter comme ça ! Tu ne pourrais pas… je ne sais pas… t'autohypnotiser ou quelque chose dans le genre ? »

Si Madeline suggérait l'autohypnose, c'était qu'elle prenait le problème très au sérieux. Ellen avait conscience que son amie considérait l'hypnothérapie comme un tas d'inepties New Age, une perte de temps et d'argent, du charlatanisme ou encore une approche complètement idiote, délirante quoique bien intentionnée. À vrai dire, elle ignorait les termes exacts que Madeline emploierait mais, à voir le voile de perplexité polie qui passait sur son visage dès lors qu'elle évoquait son métier, elle se doutait que ce serait dans ce goût-là. Et d'ailleurs, à quoi bon creuser ? Par correction, Madeline mentirait, et comme elle faisait une piètre menteuse, ça la mettrait inutilement mal à l'aise. L'important, c'était que Madeline avait beaucoup d'affection pour elle et mettrait un point d'honneur à ne pas la blesser.

Jusqu'à présent, Ellen ne s'était pas offusquée du déséquilibre qui caractérisait leurs conversations. Pour être honnête, face aux préjugés de Madeline, elle s'était délectée avec une certaine suffisance de sa propre maturité. Et puis, elle n'avait pas besoin de l'approbation des autres pour avoir le sens de sa propre valeur. Pourtant, aujourd'hui, elle se sentait submergée par un puissant ressentiment. Son travail était important pour elle. Il prenait une part considérable dans sa vie. Pourquoi Madeline n'avait-elle pas au moins essayé d'en apprendre davantage sur l'hypnothérapie ? Elle ne lui avait jamais posé la moindre question ! Comment expliquer ça ? Quel manque de respect ! C'était rageant, en réalité.

« J'ai quelque chose entre les dents ? » demanda Madeline, troublée. Elle se tourna vers le mur-miroir. « Pourquoi tu me dévisages comme ça ? »

Ellen se racla la gorge. Ce ne serait guère approprié de crier tout à coup : « Pourquoi on n'a jamais parlé de mon travail, Madeline ? »

Qu'est-ce qui ne tournait pas rond chez elle, ces derniers temps ? La grossesse semblait lui ôter toute maturité émotionnelle. Des sentiments nouveaux, aussi bruts qu'incontrôlables, la traversaient sans crier gare. Le désespoir le plus sombre pouvait succéder à la furie la plus totale. À l'aide ! Elle se comportait comme ses clients.

« Désolée, articula-t-elle. J'étais dans mes pensées.

– À mon avis, ce n'est pas que les hormones, dit Julia. Est-ce que ça t'a fait te sentir coupable ? Tu vas avoir un bébé avec son mari… Bon, après, c'est toi, la spécialiste des émotions refoulées. »

Ellen la regarda avec gratitude. Contrairement à Madeline, Julia avait toujours été très respectueuse et admirative de son métier. Au fil des ans, elle lui avait adressé des dizaines d'amis et connaissances. Ça oui, on pouvait dire que c'était une bonne amie.

« Oh là là, mais tu pleures, là ? fit Julia. Rien qu'en y pensant ?

– Non, désolée, j'ai juste… » Ellen fut prise d'un fou rire.

Ses deux amies échangèrent un regard.

« Je sais que la grossesse rend un peu dingo, dit Julia, mais ce n'est pas excessif, là ?

– Si, admit Madeline.

– Eh bien ! Je préfère ne pas imaginer ce que tu as fait quand tu as rencontré ton père. Tu y es allée sans prendre de calmant ? » Julia porta le dos de sa main à son front, puis : « Papa ! Mon cher papa ! Je te retrouve enfin ! »

Madeline laissa échapper un gloussement et se reprit aussitôt, l'air coupable. « Sauf que… je suppose que rencontrer ton père a été un moment plein d'émotions, non ?

– En fait, j'ai eu le problème inverse. Je n'ai rien ressenti. Absolument rien.

– Vraiment ? » fit Madeline, d'un ton qui voulait dire « J'aime mieux ça ».

« C'est… un homme. Un homme sans intérêt, ordinaire. Comme ton dentiste. Ou ton comptable. Front dégarni, lunettes. Rien d'autre à ajouter.

– Pauvre papa, dit Julia, le nez dans son verre de vin.

– Vous savez de quoi j'ai vraiment envie de parler ? » Ellen reposa ses couverts. « Des cartons. Des cartons qui encombrent mon entrée.

– Tu parles d'un sujet de conversation ! ricana Julia.

– Les cartons de Patrick, c'est ça ? interrompit Madeline qui avait saisi le problème en une fraction de seconde.

– Oui. Je lui ai demandé cent fois de les enlever mais il ne le fait pas. Ça me rend dingue. Comment faire faire quelque chose à un bonhomme sans jouer les mégères ?

– Ça, c'est la question à un million de dollars », soupira Madeline.

*

Je regardais les infos de minuit quand ça a fait tilt.

L'homme. Je savais exactement qui il était.

Que voulait-il à Ellen ? Et pourquoi était-il si en colère contre elle ?

*

Ellen resta un moment dans sa voiture, moteur éteint, s'abandonnant avec délice à la pénombre et au silence qui tranchaient avec les babillages bruyants du restaurant. Elle avait les oreilles qui bourdonnaient et les sens hyper stimulés, comme si elle sortait d'une nuit de folie et d'ivresse en discothèque plutôt que d'un dîner calme et sans alcool avec deux vieilles amies. Bizarrement, elle avait trouvé Julia et Madeline un peu envahissantes ce soir. Leurs visages si près du sien dans ce box étroit : les traits délicats de Julia et les rides surprenantes autour de ses yeux (surprenantes parce qu'elle verrait toujours Julia comme une adolescente) et ceux plus ronds, plus doux de Madeline, avec son nez retroussé et ses lèvres en bouton de rose. Ellen avait encore le parfum de Julia dans les narines et le rythme de la voix éraillée de Madeline dans la tête (elle couvait un rhume).

« Je vois Sam demain soir, lui avait confié Julia sur le trottoir devant le restaurant après que Madeline avait filé.

– Pépé ? Il avait vraiment la grippe alors la dernière fois que tu m'en as parlé ? Je le savais ! Et depuis, tu l'as vu ? Pourquoi tu ne me l'as pas dit avant ?

– On évite ce surnom, d'accord ? Et interdiction de t'emballer et de te mettre à organiser des petits rendez-vous à quatre. On est juste copains. »

Pourtant, les yeux de Julia brillaient d'espoir.

« Arrête, fit-elle en voyant l'expression d'Ellen. Ne dis rien. » Mais elle la serra fort dans ses bras avant de s'éloigner.

Ellen regarda sa montre. Il n'était que vingt et une heures. Jack ne serait pas encore au lit quand elle rentrerait. Il semblait se coucher vraiment tard pour un enfant de huit ans, mais bon... qu'en savait-elle ?

Patrick serait entièrement à l'écoute si elle suggérait d'avancer l'horaire de coucher de Jack, mais dès qu'il s'agissait de prendre part à l'éducation de ce petit garçon si indépendant, elle ne se sentait pas à l'aise du tout, comme si elle jouait une pantomime. Elle aurait dû demander à Madeline à quelle heure Isabella se couchait. Ça lui aurait donné un repère.

C'était tellement agréable de ne pas trouver la maison vide en rentrant. Se garer dans l'allée et voir les lumières allumées, ouvrir la porte d'entrée et sentir l'odeur de tacos, de pop-corn ou de ce qu'ils auraient grignoté. Découvrir Patrick et Jack devant la télévision ou devant la Wii. À moins qu'ils ne se courent après dans toute la maison, brandissant le rameau qu'elle avait accroché au plafond pour penser à pratiquer la pleine conscience en guise d'épée, de pistolet laser ou autre (ils semblaient si violents parfois). Patrick lui demanderait comment était le film. Jack voudrait lui raconter un moment de sa journée. Ils boiraient du cacao et mangeraient quelques-uns des chocolats que Jack était censé vendre pour récolter de l'argent pour l'école. Patrick répéterait à son fils d'aller au lit une bonne vingtaine de fois avant qu'il s'exécute.

Oui, c'était tellement chouette de rentrer dans une maison pleine de l'effervescence de la vie de famille dont elle avait toujours rêvé.

Pourtant elle n'alluma pas le moteur.

Bien. Pense-le à voix haute, Ellen.

Ce serait aussi plutôt chouette de trouver la maison vide en rentrant, une maison calme, silencieuse, sans cartons dans l'entrée, de boire une tasse de thé en bouquinant, de prendre un bon bain chaud sans que personne lui demande si elle venait bientôt au lit.

À vrai dire, vu comment elle se sentait, ce serait agréable d'avoir sa maison rien qu'à elle, son lit rien qu'à elle, son ancienne vie juste pour ce soir.

Elle repensa à l'année qui venait de s'écouler et à toutes ces nuits où, en rentrant seule chez elle, elle avait bataillé avec sa clé dans le noir pour ouvrir la porte, n'aspirant qu'à *une* chose : y trouver quelqu'un qui l'attendait, quelqu'un exactement comme Patrick.

Elle songea à Saskia, si déterminée dans son désir de récupérer Patrick. Sa façon de s'accrocher à lui toutes ces années. C'était une femme attirante, intelligente. Elle aurait pu rencontrer bien d'autres hommes, mais elle ne voulait que Patrick. C'était peut-être fou mais quel dévouement !

Ellen savait qu'elle n'aimait pas Patrick aussi intensément. En fait, elle n'avait jamais aimé aussi intensément. Jamais elle ne serait submergée par ses sentiments au point d'enfreindre la loi – s'introduire par effraction chez quelqu'un ! – ou de commettre un acte socialement inacceptable. Elle entendait Julia et Madeline s'exclamer : *Encore heureux, idiote ! C'est ce qui fait de toi une femme sensée ! Une femme adulte !*

Elle soupira, tendit la main vers la clé avant de la laisser retomber sur sa cuisse. Un jeune couple qui se disputait passa à côté de la voiture. Soudain, la fille tourna les talons et s'éloigna avec un geste de rejet. Le garçon resta les bras ballants, la mâchoire serrée. *Suis-la*, songea Ellen. *Elle n'attend que ça.* Mais il haussa les épaules, enfonça les mains dans ses poches et partit de son côté.

Elle repensa à tout ce qu'elle avait dit à ses amies ce soir-là et à tout ce qu'elle avait gardé pour elle.

Toutes ces années passées à répéter d'un ton moralisateur à ses clients que « les relations, c'est du travail », sans jamais vraiment saisir la portée de ce qu'elle disait !

(En fait, elle avait probablement inconsciemment pensé que les relations, c'était du travail pour les autres, mais pas pour elle, cet être sachant, doté de solides compétences et d'une intelligence émotionnelle supérieure. Oh, quelle vanité !)

Après leur expédition dans les Blue Mountains, Patrick et elle avaient bien sûr fini par se réconcilier, plus tard dans la soirée. Et quel soulagement ! Exquis. Justifiant presque la dispute.

« C'était ma faute, avait dit Ellen dignement.

– Absolument pas, c'était la mienne », avait répondu Patrick avant de lui expliquer qu'il avait un souci au travail – un client qui refusait de payer une facture – et qu'il avait vu Saskia dans sa voiture devant chez eux quand ils étaient partis pour les Blue Mountains. « Je crois que, sans m'en rendre compte, j'ai déchargé mon stress sur toi. » Il faisait de son mieux pour adopter son langage, ce qui était plutôt adorable.

Puis, quand elle lui avait dit qu'elle avait dû annuler son café avec Julia pour rester avec Jack à la maison, il avait été effaré.

« Pourquoi tu ne me l'as pas dit ? C'est ridicule !

– Je ne sais pas. Je crois que j'essayais juste de me comporter comme une vraie mère.

– Tu *es* une vraie mère. J'adore comment tu es avec Jack. Tu ne pourrais pas être mieux. Je n'aurais jamais dû partir du principe que tu étais disponible.

– Je suppose que j'aurais dû te prévenir.

– Chut ! Je plaide coupable sur ce coup-là. » Sur quoi, il lui avait massé les pieds pendant vingt minutes.

Elle n'allait quand même pas lui parler des biscuits de Saskia à ce moment-là. Il aurait cessé de la masser sur-le-champ et se serait mis à faire les cent pas en jurant.

Sans compter qu'il avait déménagé deux des cartons ce soir-là.

Il les avait traînés dans la salle à manger, laissant sur la moquette ce qui ressemblait à d'énormes traces de pneu. Ellen s'était représenté la mine horrifiée de sa grand-mère, elle qui avait passé tant de temps à frotter cette moquette à quatre pattes pour venir à bout de minuscules taches qu'elle seule pouvait voir.

Pardon, grand-mère.

Les autres cartons étaient toujours dans l'entrée. Ils y semblaient désormais installés, avachis. Les imaginer ailleurs devenait impossible.

Elle démarra la voiture et alluma les feux de croisement, éclairant la rue devant elle.

Le garçon qu'elle avait vu un peu plus tôt revenait en courant, menton rentré, bras en action, comme s'il remontait un terrain de football. Oui ! Ellen sentit un frisson d'excitation. Il allait rattraper sa petite amie, la prendre dans ses bras et plonger son nez dans ses cheveux. Trop mignon.

À moins qu'il lui refasse le portrait. La vie n'était pas toujours aussi romantique qu'il y paraissait, songea-t-elle en s'insérant dans le flot de voitures.

Par exemple, on pourrait penser que rencontrer son père pour la première fois donnerait lieu à un moment rempli d'émotion, entre tendresse et fébrilité.

Quelle grossière erreur de se retrouver un lundi pour déjeuner ! Mais pourquoi s'était-elle imaginé qu'un rendez-vous en journée serait plus approprié qu'un dîner ? Le contraire était tellement évident ! Ils avaient fini par se retrouver tous les trois dans un café de North Sydney, quartier où chacun avait à faire dans l'après-midi. Pratique. Sauf que la rencontre s'était transformée en un engagement parmi d'autres dans leur agenda, une mission à rayer de la liste. Ellen avait eu le sentiment qu'ils échangeaient les banalités d'usage au début d'un rendez-vous d'affaires avant que l'un des partenaires dégaine son bloc-notes et lance : « Bien, on s'y met ? »

Sans parler de l'éclairage, abominable. Trop fort, trop réaliste. Elle n'avait aucune envie de remarquer les minuscules poils noirs de la moustache de son père. Ni les pores de son nez, ni les taches roses de son cuir chevelu que l'on devinait sous ses cheveux. Elle ne voulait pas le voir manger un wrap au poulet épicé et s'en mettre sur les lèvres. Et encore moins voir sa mère l'essuyer gaiement avec sa serviette ! (Sa mère ! Si douce, si accommodante, si féminine. À un moment, elle avait même joué avec ses cheveux.)

Cette satanée nausée n'avait pas aidé non plus. Elle faussait complètement sa vision du monde, lequel prenait une horrible teinte beige. Le phénomène semblait s'arranger en soirée. Pourquoi n'y avait-elle pas pensé ?

Déjà, en entrant dans le café, elle avait eu l'impression de se rendre à un premier rendez-vous après une rencontre en ligne : ce moment tellement bizarre où vous cherchez le visage d'un inconnu dans la pièce, un inconnu que vous imaginez en partenaire potentiel. *Est-ce que je me vois t'embrasser, me réveiller près de toi, me disputer avec toi ?* À ceci près que ce rendez-vous ne comportait pas de clause dérogatoire, car peu importait ce qu'elle penserait de lui : elle ne pourrait pas retourner sur le site pour choisir un autre père potentiel.

Au début, son regard ne s'était pas arrêté sur lui. Rien ne le distinguait des autres hommes d'affaires grisonnants en beau costume dont le café était plein. Puis elle avait vu sa mère. Elle avait failli ne pas la reconnaître. D'ordinaire, elle la trouvait en compagnie de Mel et de Pip, le trio parlant et riant plus fort que les autres, histoire de se donner gentiment en spectacle. Mais, assise face à cet homme, Anne lui avait paru étrangement diminuée. Elle qui se tenait d'habitude très droite sur sa chaise – elle avait le port d'une reine – était penchée en avant, les avant-bras sur la table, la tête inclinée docilement.

Quand elle avait vu Ellen, elle s'était redressée d'un coup, comme prise en faute, puis avait souri et agité la main dans sa direction. Une lueur de fierté avait éclairé son visage, presque aussitôt remplacée par de la peur.

Ellen s'était dirigée vers eux, laissant à David, son père, le temps de se lever pour l'embrasser délicatement sur les deux joues, une pratique qu'avaient récemment adoptée les hommes d'un certain âge et d'un certain niveau de revenu. (« Qu'est-ce qu'ils ont tous à faire la bise dans cette ville depuis quelque temps ? avait pesté Madeline au dîner ce soir. C'est devenu ingérable. Bientôt, il va falloir embrasser la caissière en partant avec ses courses. »)

« C'est une joie de te rencontrer, Ellen », avait-il dit. Puis, d'un ton solennel, tandis qu'ils s'asseyaient : « Tu es une très belle surprise dans ma vie. » Mais au même moment, une serveuse était apparue, parlant d'une voix forte et posant brusquement sur la table trois cartes plastifiées. Un bref moment de malaise s'était ensuivi, David ne sachant pas si Ellen l'avait entendu ou s'il devait répéter, mais elle avait laissé passer l'occasion de le rassurer et de lui rendre la pareille, tout occupée qu'elle était à demander à la serveuse d'apporter du pain aussi vite que possible, merci. Le pauvre s'était départi de son masque de courtoisie, donnant à Ellen le sentiment d'avoir vu quelque chose qu'elle n'aurait pas dû voir, comme si elle avait remarqué qu'il portait un postiche.

Après quoi ils avaient parlé de choses et d'autres. Leur week-end dans les îles Whitsunday (*Magnifique ! Incroyable !* La voix de sa mère était si stridente. Était-ce vraiment sa mère ?), la pièce qu'ils étaient allés voir, l'effet que ça lui faisait d'être de retour à Sydney après toutes ces années. Il était chirurgien orthopédique et prévoyait de pratiquer encore quelques années avant de prendre sa retraite.

« Ensuite, j'aimerais bien acheter un bateau et partir faire le tour du monde. » Il avait regardé Anne. « Ça te plairait d'être mon second ?

– Tant qu'il y a une machine expresso à bord ! » avait-elle répondu, rayonnante.

Par moments, Ellen se disait : *Ce sont mes parents. Je déjeune au restaurant avec mes parents.* Et de s'imaginer rencontrer un ami ou un client, quelqu'un qui ne connaissait pas son histoire. « Voici ma mère et mon père. »

Extraordinairement ordinaire !

Son père lui avait posé plein de questions pointues sur l'hypnothérapie, glissant de-ci de-là des références détaillées à des articles qu'il avait lus récemment. Il avait de toute évidence passé du temps à faire des recherches sur le sujet pour l'occasion, ce qui était touchant, presque douloureusement touchant. Ellen avait eu des picotements dans les yeux en le voyant l'écouter si poliment, si attentivement.

Ce qui sautait aux yeux également, c'était que, pour un chirurgien de sa génération et de son milieu, il était relativement ouvert aux « thérapies alternatives ». Sa mère quant à elle lui épargna ses habituels commentaires acerbes. Elle se fendit même d'une ou deux remarques vaguement flatteuses. « Ellen a souvent une liste d'attente, tu sais » puis, quelques minutes plus tard, sur un ton de médecin à médecin : « Apparemment, elle obtient de bons résultats dans la gestion des douleurs idiopathiques. »

Tu ne m'as pourtant jamais adressé le moindre patient, maman, songea-t-elle. Sa mère avait-elle le sentiment de devoir la vendre ? Comme si elle se positionnait en mère célibataire et qu'Ellen faisait partie du package que David devait accepter ? Au même titre qu'elle-même devait accepter Jack comme partie intégrante du package de Patrick ?

David parla de ses deux fils – l'un était dans l'immobilier, l'autre dans le marketing – avec la tendresse décontractée propre aux pères. Prononcer leur prénom suffisait à le faire sourire sans le vouloir.

« Ils ont des enfants ? » demanda Ellen. Elle refusait de trop penser au fait que ces inconnus, tous deux un peu plus jeunes qu'elle, vivant à l'autre bout de la planète – dotés, en toute vraisemblance, d'un accent et d'un teint britanniques –, étaient ses demi-frères. C'était comme entendre que les amis imaginaires de votre enfance avaient bel et bien existé tout du long. Petite, elle demandait tout le temps à sa mère si son père avait d'autres enfants et Anne de répondre, joyeusement ou laconiquement, selon l'humeur du moment : « Probablement. »

Ellen s'était inventé toute une fratrie : un grand frère sexy qui portait une veste en cuir, faisait de la moto et avait plein de copains super beaux, une petite sœur qui la vénérait et une plus âgée qui lui prêtait son maquillage. Naturellement, en grandissant, tout ça lui avait passé. Et à présent, quel besoin avait-elle de deux jeunes frères ? Elle était occupée. Et elle avait déjà assez de mal à rester en contact avec ses propres amis. Qu'était-elle censée faire ? Les chercher sur Facebook ?

« Non, je n'ai pas encore de petits-enfants, dit David. Callum est marié mais sa femme n'a pas l'air plus intéressée que ça par la maternité, et Lachlan semble se satisfaire de son célibat. » Il marqua une pause et fronça les sourcils. « Donc..., reprit-il en désignant le ventre d'Ellen avec sa cuillère d'un geste théâtral gênant, ceci est mon premier petit-enfant ! »

Sur quoi il rougit légèrement, comme s'il avait dépassé les limites.

« Oui, fit Ellen, s'efforçant d'être gentille.

– Qui aurait cru que nous serions grands-parents », murmura Anne en échangeant des regards aussi mystérieux que tendancieux avec David sous les yeux médusés d'Ellen.

Tout au long du déjeuner, Ellen avait scruté les traits de son père, à la recherche de preuves de leur ADN commun. Elle constata qu'il avait de petites oreilles et une bonne dentition, deux attributs que sa mère avait effectivement reportés sur sa fiche. (Rien ne lui permit de confirmer qu'il avait « un sens de l'humour un peu bizarre » mais c'était probablement parce qu'il était nerveux. Ils l'étaient tous. Ils n'étaient pas vraiment eux-mêmes.) David l'avait sûrement observée à la dérobée lui aussi car à un moment il avait dit sans crier gare : « Je crois que tu as les yeux de ma mère. »

À cet instant précis, elle avait failli ressentir quelque chose d'énorme. Un regret par rapport à tout ce qui aurait pu être ?

La famille qu'elle n'avait jamais connue ? Elle avait une tendresse particulière pour les grands-parents.

« La cartomancienne ? » demanda Ellen.

David eut l'air interloqué. « Oui. Elle lisait le tarot. Une drôle de passion ! Mais comment se fait-il que...

– Ta mère m'a tiré les cartes une fois », intervint Anne aussitôt. (Selon toute vraisemblance, David ignorait tout de son système de notation.) « Tu ne t'en souviens pas ? Elle m'a dit qu'elle voyait un voyage dans des contrées lointaines dans mon avenir. Je crois qu'elle espérait que je parte loin de toi. Elle ne m'appréciait pas beaucoup.

– Je pense qu'elle te voyait comme une menace, sourit David. Elle aimait beaucoup Jane.

– Jane... ta femme ? » s'enquit Ellen. Celle-là même qu'il avait trompée avec Anne quand elle avait été conçue, se rappela Ellen qui rougit, se sentant étrangement coupable.

David s'éclaircit la gorge. « Oui. » Il but une gorgée de cappuccino. Anne tapota sa petite cuillère sur le rebord de sa soucoupe. À la table d'à côté, deux femmes avaient les yeux rivés sur un écran d'ordinateur portable, discutant avec enthousiasme de « taux de réponse médiocres ».

« Ma mère est décédée en 1998, dit David. Elle t'aurait adorée. Et ton choix de carrière l'aurait beaucoup intéressée.

– Elle n'aurait peut-être pas approuvé mon existence », répondit Ellen, non sans lui adresser un sourire, histoire de lui faire savoir qu'il n'avait pas à s'inquiéter – tout cela n'avait pas vraiment d'importance, elle n'était pas une adolescente perturbée et c'était il y a tellement longtemps.

« Il n'empêche. » David se mordilla la lèvre. « Il n'empêche... »

Il regarda sa montre. « Je dois filer. Ça m'a fait très plaisir, Ellen. J'aimerais beaucoup qu'on se revoie. Et, bien sûr, j'aimerais rencontrer, peut-être, ton futur mari, euh, Patrick, c'est ça ? Enfin... si tu en as envie. »

Oh, l'abominable étrangeté de tout ça ! Exactement comme à la fin d'un premier rendez-vous, quand l'homme essaie de savoir si vous êtes partante pour un deuxième tout en se doutant qu'il n'a aucune chance mais bon, qui ne tente rien n'a rien.

« Bien sûr ! » répondit-elle, sourire de façade accroché aux lèvres.

Il les avait embrassées toutes les deux et était parti, non sans s'arrêter au comptoir pour régler l'addition vite fait bien fait. Il était à l'évidence de ces hommes qui invitaient ces dames machinalement.

« Alors… comment tu l'as trouvé ? » avait demandé Anne tandis qu'il sortait du café sans se retourner, les yeux rivés sur son iPhone. Dans le beau regard violet de sa mère, Ellen avait vu une expression qui lui avait rappelé celle de Patrick devant la tombe de Colleen. Une expression pleine de désir ? Ça l'avait rendue grincheuse.

« Tu as assisté à leur mariage ? demanda-t-elle brusquement.

– De qui parles-tu ?

– De lui. De son mariage avec Jane.

– Oh. » Sa mère avait retrouvé sa posture habituelle, ainsi que sa voix, plus basse de quelques décibels. « Eh bien, oui, j'y ai assisté, avec Mel et Pip. Nous faisions tous partie du même groupe d'amis. Une journée épouvantable. Je me sentais tellement mal.

– La culpabilité ?

– Non. Je voulais dire… parce que j'étais à trois mois de grossesse.

– Oh, *maman.* » Pauvre Jane ! Si elle avait su qu'une de ses invitées était enceinte de son tout nouveau mari…

« Je ne suis pas sûre de comprendre pourquoi tu fais comme si c'était une surprise pour toi. Tu as toujours su que ton père était fiancé à une autre femme.

– Oui, je le savais. Désolée. Je n'avais jamais songé au fait que tu étais à leur mariage. »

Elle était pleinement consciente de ce qui lui arrivait. Elle s'identifiait trop à la mariée. Parce qu'inconsciemment – non, assez consciemment en fait – elle n'était pas très à l'aise avec l'idée que, peut-être, elle allait épouser un homme qui en aimait une autre. Morte, certes, mais une autre.

« As-tu jamais envisagé de lui dire que tu étais enceinte ?

– Pas vraiment. C'est à peine si je m'avouais que je tenais à lui. Je refoulais, pour parler comme toi. Je jouais la féministe coriace qui voulait juste un bébé. »

Mais moi j'aimais bien quand tu jouais la féministe coriace, pensa Ellen. *Ça m'allait que tu sois si différente de moi. Ça me laissait plus de place pour être qui je suis.*

« Moi qui croyais que tu trouverais ça tellement romantique ! poursuivit Anne. J'étais sûre que tu allais adorer ! J'ai dit à tes marraines : c'est son truc, ce genre d'histoires ! Au lieu de ça, tu es hyper négative ! Ça ne te ressemble pas. Ma fille ! Miss Positivité ! Miss J'ai-de-l'empathie-pour-le-monde-entier ! Y compris pour l'ex de ton fiancé qui est folle à lier ! Et si tu avais un peu d'empathie pour ta propre mère ?

– Les hormones, lâcha Ellen d'un ton hésitant.

– Oh, je t'en prie. Ne me sers pas ton couplet sur les hormones !

– Très bien. » Et soudain, Ellen sut ce qu'elle devait dire. Sa mère venait de lui présenter son nouveau chéri, après tout. « Je l'ai trouvé charmant. David, je veux dire. Agréable. Bel homme. Il m'a vraiment plu. » Ce qui n'était pas faux.

Le visage de sa mère s'était éclairé. Comme une ampoule. « Je *sais* ! »

Puis elles avaient discuté pendant une bonne demi-heure des qualités exceptionnelles de David, comparé aux autres hommes qu'Anne avait fréquentés.

« Naturellement, aucun de ces malheureux garçons n'a jamais eu la moindre chance. Et pour cause, j'étais toujours amoureuse de ton père. Je le comprends à présent. Mais je refoulais, n'est-ce pas ? J'aurais dû te laisser m'hypnotiser ! On aurait pu travailler sur mes *problèmes*.

– Mais bien sûr ! »

Ellen avait trouvé étrangement réconfortant de voir une lueur de sarcasme dans le regard de sa mère quand elle avait prononcé le mot « problèmes ». Ç'aurait été vraiment trop si Anne s'était mise à poser un regard respectueux sur l'hypnothérapie.

Elle se gara devant sa maison et vit toutes les lumières allumées.

Elle n'aurait pas à batailler pour ouvrir dans le noir. La marquise de la porte d'entrée, cassée depuis des années, avait été miraculeusement réparée, comme tant d'autres choses dans la maison, une semaine à peine après que Patrick avait emménagé.

Les silhouettes de Patrick et de Jack apparurent soudain à la fenêtre pour lui faire coucou. Elle rit. *On est à la maison*, murmura-t-elle au bébé. *On dirait bien que ton père et ton grand frère sont encore debout.*

Elle posa les mains sur son ventre et soudain, tel un message que son avenir lui envoyait, elle sentit des fourmillements chauds délicieusement douloureux lui envelopper les seins. Quelle révélation que son corps puisse faire l'expérience de telles sensations.

« Salut, toi, dit-elle à haute voix. Ça fait un peu mal. Mais c'est bon, je ne t'en veux pas. Repose-toi. Continue de pousser. »

De nouveau, cette joie aveuglante. Un bébé. Pour l'amour du ciel, elle allait avoir un *bébé* avec un homme qui l'adorait. Rien d'autre ne comptait.

19

« Tous les jours, à tous points de vue, je vais de mieux en mieux. »

Classique de l'autosuggestion consciente,
inventé par Émile Coué (1857-1926),
psychologue et pharmacien français,
connu comme le « père de l'autohypnose »

« Tu as bien dormi, Jack ? » demanda-t-elle.

Ce mardi matin-là, Patrick, Jack et Ellen prenaient leur petit déjeuner. Patrick lisait le journal et Jack était inhabituellement silencieux. D'ordinaire, il était intarissable le matin, comme s'il avait emmagasiné une multitude de pensées pendant la nuit, lesquelles devaient forcément sortir pendant qu'il mangeait ses corn-flakes, mais aujourd'hui, il tapait mollement sa petite cuillère contre son bol. Sans parler des cernes qu'il avait sous les yeux. Des cernes particulièrement inappropriés sur son doux visage de petit garçon.

« J'ai fait un rêve vraiment très long, répondit-il. Il a duré, genre, toute la nuit. Comme un film qui ne s'arrête jamais.

– Hum, fit Patrick sans lever les yeux de sa lecture. Mange tes céréales.

– Et il parlait de quoi, ce rêve ? s'enquit Ellen.

– De l'Apocalypse. »

Patrick posa son journal et leva un sourcil en regardant Ellen. « Est-ce que tu sais ce que ça veut dire au moins ?

– Ouais, bien sûr. » *Comme il est pâle*, songea Ellen. « Ça veut dire la fin du monde. J'ai cherché sur Internet.

– Tu as dû en apprendre, des trucs sensés sur Internet, soupira Patrick.

– Ouais, fit Jack sans comprendre l'ironie. Elle arrive, tu sais. L'Apocalypse.

– Absolument pas.

– Comment tu sais d'abord ? L'autre jour, tu as dit que tu ne savais pas tout.

– Mais ça, je le sais, rétorqua Patrick en repliant son journal d'un geste brusque.

– Dans mon rêve, tous les gens que je connais mouraient. C'était plutôt flippant. » Il se leva pour déposer son bol à peine touché dans l'évier. « Je vais en parler à Ethan. Il est dans le Club Apocalypse avec moi.

– J'étais dans un Club Espionnage, moi, quand j'étais à l'école. Tu ne peux pas monter un club d'espions plutôt ? »

Jack regarda son père comme s'il était complètement dérangé. « Non, papa, je ne peux vraiment pas. » On aurait dit un jeune cadre stressé qui, en dépit de sa bonne volonté, ne voyait pas comment il pourrait se charger d'un projet supplémentaire.

Il sortit de la cuisine, le poids du monde sur ses étroites petites épaules.

« Bon, la fin du monde… c'est gai, comme sujet de conversation au petit déjeuner, n'est-ce pas ? » commenta Patrick tandis que Jack montait l'escalier d'un pas lourd. Il débarrassa sa petite assiette et sourit. « Impatiente ? »

Aujourd'hui, Ellen avait sa première échographie.

« Oui ! J'ai hâte de le voir. Pour l'instant, ce bébé ressemble plus à une horrible gastro ! Je veux la preuve que c'est bien un bébé qui me met dans cet état ! »

Je t'en supplie, songea-t-elle, *ne me parle pas de l'absence de nausée de Colleen ni de sa première échographie.*

Patrick ouvrit la bouche mais Ellen ne le laissa pas en placer une, de peur de hurler s'il prononçait le mot « Colleen ».

« C'est à onze heures, tu te rappelles ? Tu me rejoins là-bas ? Au cabinet de radiologie ?

– À vrai dire, je voulais te proposer qu'on y aille ensemble. Je vais déposer Jack à l'école et revenir ici pour enfin m'occuper de ces cartons. En me levant ce matin, je me suis dit : à quoi bon travailler à mon compte si je ne prends pas quelques heures quand j'en ai besoin ? Et puis, tu as assez donné, avec ce bazar dans l'entrée ! »

Avant même qu'Ellen trouve quoi répondre, Jack appela depuis l'étage : « Paaaa-paaaa !

– Je ferais mieux de monter voir ce que veut monsieur Apocalypse ! » Il fronça les sourcils. « Je me demande si c'était son idée, ce club. Qu'est-ce qui fait qu'un enfant s'intéresse à la fin du monde ? Tu as un avis ? Ce n'est pas un peu...

– Paaaa-paaaa ! » La première fois qu'Ellen avait entendu Jack crier comme ça, elle avait accouru, le cœur battant la chamade, persuadée de le trouver baignant dans son sang. On ne l'y reprendrait pas. Il avait probablement perdu une chaussette.

« J'arrive ! » rugit Patrick avant de s'élancer dans l'escalier qu'il grimpa exactement comme son fils, peut-être même encore plus lourdement.

Ellen posa sa cuillère et, les yeux rivés sur son porridge, plongea dans sa conscience.

Il prenait sa matinée pour s'occuper des cartons.

Un sourire se dessina sur ses lèvres. Un sourire satisfait, crémeux, espiègle. Trop forte ! Elle était vraiment trop forte !

La seconde suivante, son sourire se figea. Quelle horreur ! Pour un peu, elle serait partie d'un rire diabolique, tête en arrière, doigts crochus en l'air. Une sorcière, voilà ce qu'elle était. Manipulatrice, immorale...

Sauf que tout ça, c'était pour la galerie. Elle n'avait pas du tout le sentiment d'être une sorcière. Au fond, la seule chose qu'elle ressentait, c'était le plaisir serein et simple du travail bien fait.

Est-ce qu'elle se sentait coupable ? Uniquement de ne pas se sentir coupable.

Il n'y avait pas eu préméditation ; en tout cas, pas consciemment. Elle n'avait pas eu l'intention délibérée d'hypnotiser Patrick pour qu'il enlève les cartons de l'entrée. Ce soir-là, Patrick était de nouveau contrarié à cause de ce client qui ne payait pas sa facture. « Il ne me rappelle pas, ne répond pas à mes mails, avait-il râlé alors qu'ils étaient allongés côte à côte sur le lit. Il m'ignore, comme si j'étais en faute. Il me traite comme si *moi* je le harcelais *lui*, comme si j'étais *Saskia* !

– Tu veux qu'on fasse un exercice de relaxation ? » avait proposé Ellen, pour la première fois depuis le soir qui avait précédé la demande en mariage. Elle avait eu tant de préoccupations entre-temps : la grossesse, l'emménagement de Patrick et Jack, la rencontre avec son père.

Il lui en avait été tellement reconnaissant ! Il était tellement réactif aux suggestions. C'était ça, le truc. Comme Julia, il était capable de se concentrer et de visualiser. Il avait bien plus d'imagination qu'il ne le pensait.

Elle lui avait demandé de s'imaginer en train de gravir une montagne avec un sac à dos rempli des émotions négatives que lui inspirait cet horrible client et, au cours de l'ascension, de s'en débarrasser une à une, souci, colère, stress, jusqu'à se délester carrément du sac pour atteindre le sommet, inspirer profondément et, à chaque bouffée d'air pur et relaxant, se connecter un peu plus à lui-même.

Et tandis qu'il gonflait et dégonflait la poitrine, prenant de longues inspirations et de longues expirations, elle avait vu son front se déplisser et eu le sentiment d'être avec lui au sommet de cette montagne, respirant le même air. Elle avait suggéré que l'air pur et revigorant de la montagne allait l'aider à passer à l'action. « Tu feras exactement ce que tu dois faire pour reprendre ta vie en main, qu'il s'agisse d'appeler ton avocat, de déléguer l'administratif ou de t'occuper de ces cartons comme tu le souhaites depuis un moment. Tu mettras systématiquement de l'ordre dans ta vie, si bien qu'à la fin de la semaine, tu te sentiras aux commandes, capable de respirer, plein d'énergie, euphorique, comme si tu te tenais au sommet de cette montagne, les bras tendus vers le ciel. »

Sous hypnose, on ne peut pas vous faire faire quoi que ce soit de contraire à vos valeurs fondamentales ni même quoi que ce soit que vous n'avez pas envie de faire.

Elle l'avait expliqué tant de fois à ses clients.

Patrick *voulait* enlever les cartons de l'entrée. Il *voulait* se débarrasser de la paperasse. Il *voulait* appeler l'avocat. Il avait ouvertement admis qu'il avait tendance à procrastiner dès lors qu'il s'agissait de tâches désagréables.

Son intérêt à elle ne changeait rien au fait qu'il serait super content d'avoir déplacé les cartons.

« Persuade-le avec une petite gâterie ! » avait conseillé Julia l'autre soir.

Et Madeline de la contredire : « Refuse-lui plutôt toute gâterie avant qu'il les ait enlevés ! »

Une habile suggestion pendant une agréable séance d'hypnose valait sûrement mieux que de le harceler ou de lui crier dessus, non ? Sans parler de lui faire du chantage au sexe ! On n'était plus dans les années cinquante !

Et puis, elle n'avait pas demandé à son esprit conscient d'oublier la suggestion autour des cartons. Il saurait parfaitement ce qu'elle lui avait dit. Elle lui poserait la question d'un ton léger, détendu. « Ça t'a contrarié que je mentionne les cartons hier soir ? »

Une fois qu'il se serait exécuté, naturellement. À quoi bon en parler avant que l'entrée soit dégagée ?

« Bonne journée, Ellen ! lança Jack en entrant dans la cuisine avec son cartable sur le dos.

– Tu as pris ton déjeuner ? »

Quand Ellen avait vu le contenu de la boîte repas que Patrick lui donnait tous les jours – deux tranches de pain de mie blanc toutes molles et tartinées de Vegemite en guise de sandwich (qui mangeait encore du pain blanc ? Ce n'était pas un peu illégal ?) et une pomme verte –, elle avait pris le relais. « Il lui faut des protéines à chaque repas », avait-elle dit à Patrick. Il avait protesté, précisant qu'il n'était pas macho au point de s'attendre à ce qu'elle prépare le déjeuner de son fils dont, par parenthèse, il se chargeait depuis des années, simplement parce qu'elle était une femme, et de toute façon, Jack n'avalerait rien d'autre, et puis dans la Vegemite, il n'y avait pas un peu de protéines ? Mais elle avait insisté, y mettant une conviction qui l'avait étonnée elle-même. Elle s'était sentie responsable de l'alimentation de Jack sitôt qu'il avait emménagé sous son toit. N'était-ce pas un crève-cœur de le voir si maigre, ce petit garçon ? Chaque fois qu'elle parvenait à lui faire avaler quelque chose de sain, elle mâchait presque avec lui, emplie d'une immense joie, comme si un besoin biologique inné venait d'être satisfait. Chaque soir, dans sa tête, elle dressait l'inventaire de ce qu'il avait consommé dans la journée, comme pour pouvoir présenter un compte rendu de son alimentation à tout moment. Ce n'était certainement pas pour Patrick ; pour sa mère sûrement. *Voici ce que j'ai donné à manger à votre fils aujourd'hui, Colleen : un mélange équilibré de glucides complexes et de protéines.*

Aujourd'hui, elle lui avait préparé un wrap au riz et au thon et une salade de fruits à manger avec son yaourt. Jack prit la boîte qu'elle venait de sortir du réfrigérateur sans enthousiasme notable.

« Tu pourras verser le yaourt sur les fruits. »

Il la regarda d'un air ahuri.

Elle soupira. Il était peut-être encore préoccupé par la fin du monde. À moins qu'il regrette son sandwich à la Vegemite, le pauvre. Ses efforts pour qu'il ait une alimentation saine ne semblaient pas payer : il avait l'air épuisé.

« Ça va ? lui demanda-t-elle. Tu devrais peut-être rester à la maison aujourd'hui.

– Non. Je vais chez Ethan après l'école aujourd'hui. »

Elle croisa le regard de Patrick derrière son fils. Si elle insistait pour qu'il n'aille pas à l'école, il mettrait un point d'honneur à la soutenir. Comme chaque fois qu'elle se posait en figure d'autorité.

« Bon, il faudra te coucher tôt ce soir.

– Tout à fait. » Patrick ébouriffa les cheveux de Jack d'un geste paternel, bourru et affectueux à la fois. « Et terminé, les recherches sur Internet sans adulte. On va trouver un club d'espionnage. »

Jack leva les yeux au ciel.

Une fois seule, Ellen consulta son agenda pour voir quel client venait ce matin avant l'échographie.

Luisa Bell.

Voilà qui était tristement inapproprié – recevoir le jour de sa première échographie une femme qui consultait en raison d'une « infertilité inexpliquée ».

À moins que ce soit joyeusement approprié. Elle se dévouerait corps et âme pour aider Luisa.

Submergée par une vague de nausée, elle chercha sa « pierre de bien-être » – le galet blanc aux contours harmonieux qu'elle avait trouvé sur la plage peu après sa rencontre avec Patrick. Elle avait décidé de l'utiliser dans les exercices d'autohypnose qu'elle essayait de faire pour gérer ses nausées matinales, ou plus exactement ses satanées nausées qui ne la lâchaient pas de la journée. L'idée ? Chaque fois qu'elle faisait rouler le galet sur son ventre, son subconscient réduirait la sensation de nausée. Malheureusement elle ne parvenait pas à remettre la main dessus, et ce depuis qu'elle avait vu Patrick le lancer en l'air et le rattraper en faisant les cent pas au cours d'une conversation téléphonique houleuse. Tellement houleuse à vrai dire qu'elle n'avait pas osé lui dire : « Hé ! Rends-moi ma pierre de bien-être ! »

Elle soupira et se fit une tasse de thé au gingembre tout en imaginant sa mère ricaner. « Une pierre de bien-être ! Ben voyons ! Bois ton thé, va ! »

Une heure plus tard, Luisa remontait l'allée et faillit entrer en collision avec Patrick, lequel fonçait vers la voiture, les bras chargés d'un carton rempli de bricoles qu'il comptait donner à une association caritative. Il s'effaça pour la laisser passer, non sans la saluer d'un air grave. Il avait le front en sueur et le regard fou. Depuis qu'il était revenu de l'école, il s'activait à un rythme effréné, comme s'il tenait absolument à respecter un délai insensé.

S'il fallait encore une preuve que l'hypnose fonctionne…

« Désolée, dit Ellen. Mon, euh, fiancé fait un peu de rangement.

– Ah, oui, j'ai appris que vous alliez vous marier. » Luisa se tamponna le nez avec un mouchoir déjà trempé. Elle était la représentation parfaite de la femme qui a pris froid : nez rouge, yeux injectés de sang et bouffis. Elle aurait aussi bien pu jouer dans une publicité pour des comprimés contre le rhume. Ellen sentit ses propres sinus se boucher par solidarité.

« Comment le savez-vous ? » s'étonna-t-elle en précédant Luisa dans l'escalier. Bizarrement, elle pensa à Saskia. Annonçait-elle la nouvelle à tous ses clients ?

« Patricia Bradbury. »

La mère de Julia. Ellen avait oublié que Luisa était la fille d'une amie de Patricia.

Si Luisa savait qu'elle était fiancée, qu'en était-il de sa grossesse ? Les gens n'étaient quand même pas assez stupides pour révéler une grossesse accidentelle à une femme qui essaie désespérément de tomber enceinte.

« Voulez-vous que je vous prépare une tisane ? proposa-t-elle en l'invitant à s'asseoir sur le fauteuil vert. Citron-miel pour votre rhume peut-être ?

– Donc, *moi*, je ne suis pas enceinte, mais apparemment, *vous*, oui. »

Et si, les gens étaient stupides.

« Eh bien, oui, c'est vrai. Ce n'est que le début…

– Une grossesse accidentelle, à ce qu'on m'a dit. » Luisa renifla et prit une poignée de mouchoirs sur la table basse. Elle s'essuya le nez d'un geste hargneux.

« En effet, ce n'était pas prévu », répondit Ellen doucement. Elle s'assit et prit le dossier de Luisa.

« Si ça se trouve, vous vous êtes hypnotisée au lieu de m'hypnotiser moi. Accidentellement, bien sûr. » Luisa partit d'un petit rire amer qui se transforma en toux grasse.

« Vous devez trouver ça très injuste.

– Vous avez dit que vous pouviez me faire tomber enceinte.

– C'est faux ! » laissa échapper Ellen. Jamais elle n'aurait dit une chose pareille. Même si elle pensait avoir toutes les chances de réussir avec Luisa. Au fil des ans, elle avait aidé un certain nombre de femmes avec des antécédents similaires, lesquelles lui avaient envoyé des lettres pleines d'effusions accompagnées de photos de leur bébé. L'une d'entre elles avait même prénommé sa petite fille Ellen en son honneur.

« J'exige un remboursement. C'est la seule raison pour laquelle je suis venue aujourd'hui. Vous êtes un imposteur. Vous profitez des gens alors qu'ils souffrent, qu'ils sont vulnérables. Je n'arrive pas à croire que je suis venue vous voir sur recommandation. »

Une éruption de petits boutons rouges apparut sur la peau d'Ellen, comme une réaction allergique instantanée. « Luisa, je suis vraiment désolée…

– Rendez-moi mon argent, un point c'est tout. »

Ne rembourse jamais un client. Flynn le lui avait répété, maintes et maintes fois. *Tu proposes un service professionnel. Les professionnels ne remboursent pas sans raison. Respecte-toi. Respecte ton travail.*

« Vous êtes un charlatan, poursuivit Luisa avec un tremblement dans la voix. Pourquoi je devrais financer les affaires de votre bébé, ses *vêtements*, ses *couches* ? Vous croyez qu'avec tout l'argent qu'on dépense en FIV, on a besoin de cette dépense supplémentaire ? Mon mari m'avait prévenue, il l'a dit, tous ces trucs alternatifs, c'est des conneries, et il avait *raison.* »

Elle pleurait à gros sanglots à présent, se balançant d'avant en arrière comme si elle se tordait de douleur. Attendrie, Ellen sentit les larmes lui monter aux yeux. Que dire ? Que dire ?

« Luisa, je suis convaincue que nous pourrions toujours…

– Je veux juste mon argent.

– D'accord. Je vous rends votre argent. Donnez-moi une minute. Je vais vous faire un chèque. »

Ellen sortit son carnet de chèques du tiroir de son bureau et vit sa main trembloter en écrivant l'ordre. Tous ses symptômes de grossesse s'intensifièrent tout à coup : seins durs avec sensation de brûlure, goût métallique dans la bouche – comme si son corps voulait qu'elle se sente encore plus coupable d'être enceinte alors que Luisa ne l'était pas.

« Je vous préviens, si c'est un chèque sans provision…, fit Luisa en le fourrant dans son sac à main.

– Aucun risque. » Une partie d'Ellen avait envie de lui donner une bonne gifle, une autre de la prendre dans ses bras.

« Bien, je vais… » Luisa éternua trois fois. Elle porta son mouchoir détrempé à son nez et regarda Ellen de ses yeux pleins de larmes.

« À vos souhaits. » Elle tendit la main pour lui toucher le bras dans un geste de compassion involontaire. La pauvre, elle offrait un spectacle si désolant.

« Ne me touchez pas. » Luisa tourna les talons et descendit les marches en se mouchant. Patrick qui, dans l'entrée, s'apprêtait à se redresser, un énorme sac poubelle sur chaque épaule tel un haltérophile, leva les yeux vers elle. Il lui adressa un sourire poli qui se figea lorsqu'il vit sa mine défaite. Il interrogea Ellen du regard, laquelle haussa les épaules sans un bruit.

Ellen ouvrit la porte à Luisa qui sortit sans un mot et parcourut l'allée d'un pas vif, menton en avant et bras en action, comme si elle allait mettre un terme à quelque chose d'inadmissible.

« C'est quoi son problème ? demanda Patrick en rejoignant Ellen près de la porte.

– Elle est furieuse parce que je suis enceinte et pas elle. Elle… C'est qui, lui ? »

Luisa s'était arrêtée au bout de l'allée pour parler avec un homme de grande taille qui portait des lunettes de soleil et un costume élégant.

« Tu ne le connais pas ?

– Je ne crois pas. »

Elle eut un très mauvais pressentiment en voyant Luisa tendre le bras en direction de la maison tandis que l'homme, penché vers elle, semblait tout ouïe. Quelle que soit son identité, pas question de le laisser parler avec Luisa dans l'état où elle était.

« Ce n'est pas un nouveau client, n'est-ce pas ? fit Patrick. Parce qu'on dirait bien qu'elle est en train de lui passer un savon.

– Je n'attends personne. » Ellen plissa les yeux. L'homme se tourna de sorte qu'elle put voir son profil. Il avait un grand nez aquilin. Il lui disait vaguement quelque chose.

« J'ai l'impression de l'avoir déjà vu quelque part, reprit Patrick en repositionnant les sacs sur ses épaules pour plus de confort.

– Moi aussi. Il ne présenterait pas le journal ou quelque chose comme ça ? À moins que ce soit un acteur ? »

Ils virent Luisa ouvrir son sac à main et brandir un papier.

« Je crois qu'elle lui montre le chèque que je lui ai fait.

– Pourquoi tu lui as fait un chèque ?

– Pour la rembourser.

– La rembourser ? Tu la rembourses parce que tu es enceinte ?

– Je t'expliquerai. Qu'est-ce qu'il fait maintenant ? »

L'homme plongea la main dans la poche de sa veste et en sortit ce qui semblait être une carte de visite. Luisa y jeta un œil et sourit.

« Oh là là, fit Ellen. Mais qui *c'est*, ce type ?

– Je vais voir ça de plus près. Ils n'ont rien à faire sur ta propriété.

– Non, attends. » Ellen commença à se ronger un ongle tandis que Luisa rangeait la carte de l'homme dans son sac comme si c'était un précieux document. Sur quoi, elle s'éloigna. L'homme lui fit au revoir de la main avant de se diriger à grandes enjambées vers la porte d'entrée. Il retira ses lunettes de soleil d'un geste habile. Il avait l'air furieux et déterminé, comme quelqu'un qui va au comptoir des bagages manquants à l'aéroport.

« OK. » Patrick posa les sacs poubelles et ouvrit la porte moustiquaire. « En quoi puis-je vous aider ? »

Dans sa voix, une pointe d'agressivité. Ellen tira sur son tee-shirt. « Patrick, inutile de…

– Je veux voir Ellen O'Farrell », annonça l'homme sans l'ombre d'un sourire. La plupart des gens se fendaient au moins d'un sourire de façade en sonnant chez un inconnu.

« Vous avez rendez-vous ? demanda Patrick en redressant les épaules.

– Non. » L'homme leva le menton, l'air de dire : *Et alors ?*

Patrick bomba le torse. *Mon preux chevalier*, songea Ellen. « Dans ce cas, je vous suggère de revenir quand vous en aurez un. »

Bon… ça devenait ridicule. Elle s'avança d'un pas. « Bonjour. Ellen. Je peux… » L'homme se tourna vers elle avec une telle haine dans les yeux qu'elle bafouilla. « Je peux vous aider ?

– Ian Roman. Ma femme est une de vos "patientes". Rosie. Vous vous souvenez d'elle ? Elle venait vous voir pour arrêter de fumer, même si, curieusement, elle est toujours à un paquet par jour. »

Voilà pourquoi son visage lui était familier. C'était le riche mari de Rosie. Le « gros bonnet », comme elle l'avait appelé. Il était dans l'immobilier, non ? Ou dans les médias ? Ellen n'arrivait pas à se rappeler. Elle savait juste qu'elle l'avait vu dans les journaux.

« Peu importe qui vous êtes », dit Patrick, même si Ellen devinait à son ton légèrement différent qu'il savait exactement qui était Ian Roman et où il se situait dans la hiérarchie sociale. « Vous ne pouvez pas débarquer ici sans rendez-vous.

– C'est bon, dit Ellen. J'ai quelques minutes devant moi. » Elle se glissa entre les deux hommes et regarda Patrick, l'air de dire : *Merci, chéri, tu peux y aller maintenant.* « Mon bureau est par là, Ian, poursuivit-elle en insistant délibérément sur son prénom. Je peux vous accorder une dizaine de minutes.

– Je ne bouge pas de l'entrée, ajouta Patrick d'un ton dissuasif.

– Alors c'est ici que vous "hypnotisez" les gens », dit Ian Roman quand elle lui eut montré le chemin. Il regarda autour de lui et ses narines se dilatèrent, comme s'il se trouvait dans un lieu malsain et dégoûtant.

« Asseyez-vous. » Ellen indiqua le relax vert et, sans trop savoir pourquoi, la peur peut-être, elle ajouta avec désinvolture : « Et prenez un chocolat aussi. »

Ian s'assit sans prendre la peine de jeter le moindre coup d'œil aux chocolats. Il tira sur les jambes de son pantalon. Ellen prit place en face de lui tout en se repassant sa dernière séance avec Rosie.

Ian se pencha brusquement vers l'avant. « Alors, l'autre soir, Rosie reçoit sa sœur à la maison. Je rentre tôt du travail, je m'attarde dans l'entrée pour regarder le courrier ; de là, je les entends discuter. Je n'écoute pas vraiment, mais au bout d'un moment, je percute, et vous savez ce que j'apprends ? »

Il n'attendit pas la réponse.

« Que ma femme a découvert sous hypnose qu'elle ne m'aime pas vraiment. Incroyable ! Mais bon, aucun problème, parce que maintenant elle se fait hypnotiser pour tomber amoureuse de moi. Cent cinquante dollars la séance ! Laissons tomber le sevrage tabagique, c'est trop difficile ! Par contre je peux vous aider à aimer votre mari ! Le type à qui vous avez dit oui il y a pas cinq minutes ! »

Ellen prit une longue inspiration tremblotante. *Qu'est-ce qu'il y avait dans l'air aujourd'hui ?* « Inutile de dire que ce serait contraire à l'éthique de discuter de la thérapie de votre femme avec vous, commença-t-elle d'une voix qui se voulait professionnelle sans être indifférente. Cependant, je comprends…

– Oh, évidemment, l'éthique. Ça a l'air tellement important pour vous. »

Un bruit sourd suivi d'un fracas se fit entendre. Patrick avait vraisemblablement fait tomber un carton. Ellen sentit le feu lui monter aux joues.

Je ne suis pas un imposteur. Je n'ai aucune raison de me sentir coupable.

À moins que…

« Avez-vous abordé le sujet avec Rosie ?

– Je n'ai rien à lui dire. Notre mariage est à l'évidence terminé. Je n'ai que faire d'une femme qui a besoin d'être hypnotisée pour m'aimer. Sans déconner. C'est une farce. Une farce *absolue.* »

Son masque de colère contrôlée s'étiola l'espace d'une microseconde, laquelle suffit à Ellen pour tout comprendre. Il aimait Rosie et était profondément blessé mais par-dessus tout, son amour-propre était anéanti. Voilà ce qui l'animait. Le désir de rendre coup pour coup jusqu'à ce que la blessure infligée à son ego cesse de le faire souffrir.

« Ne jamais blesser leur ego, lui avait dit un jour sa grand-mère. Un homme blessé dans son ego est comme un lion en cage. »

Ellen se massa le ventre. Avant de recevoir Luisa, elle avait bu deux verres d'eau pour l'échographie. Elle avait désespérément besoin de vider sa vessie.

« J'ai eu le plaisir de rencontrer une autre de vos clientes en arrivant. Joli, votre petit fonctionnement. Satisfait ou remboursé, c'est ça ?

– Vous devez vraiment parler de tout ça avec votre femme », dit Ellen. Elle pataugeait. Tout à coup, son identité professionnelle semblait instable, ténue. Elle revit le visage de sa mère voilà de ça une éternité : « Ellen, ne me dis pas que tu envisages sérieusement une carrière dans ces bêtises », repensa à toutes les plaisanteries, tous les ricanements et les doutes auxquels elle avait passé outre. Pour la première fois, elle eut le sentiment d'être *effectivement* un imposteur, un charlatan. « Ce n'est pas ce que vous croyez.

– Vous êtes derrière ces réunions hypno-fest' ridicules, je parie ! J'imagine que ça vous facilite la vie d'arnaquer les gens en groupe. »

Oh non ! S'il connaissait ses liens avec Danny… Comment ce

dernier ferait-il face à de telles attaques ? Et Flynn ? Tous deux s'en sortiraient beaucoup mieux qu'elle dans cette situation.

« Je suppose que vous soignez le cancer, hein ? Laissez tomber la chimio. Utilisez simplement le pouvoir de votre esprit.

– Je m'interdis scrupuleusement toute revendication non attestée, se défendit-elle. Et puis zut, à la fin ! Je ne suis pas guérisseuse. Je suis psychologue et hypnothérapeute clinicienne. Dûment qualifiée avec ça. J'appartiens à la Société australienne des hypnothérapeutes cliniciens et à l'Association australienne des hypnothérapeutes. L'hypnothérapie est reconnue par l'Association médicale australienne. Des *médecins* m'adressent leurs patients. »

(Pas ma mère, je vous l'accorde.)

« Ce qui leur vaut une petite gratification, je suppose.

– Vous vous trompez. » (Elle avait, il est vrai, envoyé une jolie boîte de chocolats à Lena Peterson pour Noël l'année dernière. Était-ce mal ?)

Ian se leva et s'approcha de la baie vitrée sur laquelle il donna un petit coup, comme pour en apprécier la résistance. « Vue sur l'océan. Chouette maison. Les affaires marchent bien, à ce que je vois.

– Cette maison appartenait en fait à ma grand-mère… », commença Ellen. Dans sa tête, la voix de Flynn : pourquoi tu te justifies ? Ta situation financière ne le regarde pas.

Ian se tourna et la regarda dans les yeux. Puis, d'une voix douce, presque gentille, comme s'il lui adressait un compliment : « Je vais vous démolir.

– Pardon ? » Ellen faillit éclater de rire. C'était tellement gros. N'importe quoi !

Il se fendit d'un sourire affable. « Votre cabinet, je vais le couler. »

20

« Tout ce que nous sommes résulte de nos pensées. Si, avec un mental impur, quelqu'un parle ou agit, alors la douleur le suit. Si, avec un mental pur, quelqu'un parle ou agit, alors le bonheur le suit, comme l'ombre qui jamais ne le quitte. »

Citation bouddhiste
sur le réfrigérateur d'Ellen O'Farrell

Je retournais au bureau après un rendez-vous sur site quand je me suis rendu compte que je n'étais qu'à quelques minutes de chez elle.

Ne fais pas ça, ai-je pensé. Tu as cette réunion avec Toby tout à l'heure. Et une tonne de mails qui t'attendent. Tu es de bonne humeur. Pourquoi tu joues toujours à ça quand tu es de bonne humeur ?

Mais déjà je tournais à gauche au lieu de prendre à droite, comme si je n'avais pas voix au chapitre, comme si une force magnétique irrésistible m'attirait vers la maison de l'hypnothérapeute.

Je ne me sens pas très à l'aise avec ce que j'ai fait dimanche. Je n'arrête pas d'y penser et je suis tout étonnée de mon attitude : m'introduire chez quelqu'un et y faire des biscuits. J'imagine la réaction des gens s'ils l'apprenaient. Ceux que j'ai rencontrés ce matin sur le site du projet de construction par exemple. Une des femmes m'a dit qu'elle avait passé le week-end à Mudgee, et je me suis prise à penser : Si tu savais ce que moi j'ai fait dimanche, tu te décomposerais et tu reculerais prudemment d'un pas. Je passerais instantanément de la case collègue à la case foldingue.

Je n'ai jamais eu le sentiment de faire quelque chose de mal quand j'entrais chez Patrick, parce que, dans mon cœur, c'était toujours ma maison. Celle où j'ai passé les plus belles années de ma vie. Celle où j'ai récuré la salle de bains chaque samedi matin. Peint la chambre de Jack. Choisi le tapis de la salle à manger. Jamais je n'ai vu mes visites comme un acte illégal ou immoral. J'avais la sensation d'avoir le droit d'être là, même si personne ne serait d'accord avec moi.

Mais entrer chez Ellen, y faire des biscuits, ouvrir la porte à cet inconnu furieux comme si c'était chez moi… je me demande si je n'ai pas franchi une ligne.

La nuit suivante, je me suis réveillée à trois heures du matin avec, en tête, cette évidence : je dois me faire aider. Commencer une thérapie. Une vraie thérapie. Je dois arrêter. Je me suis même levée pour chercher des centres médicaux-psychologiques sur Internet. J'ai noté des noms et des numéros. Une décision responsable.

Le lundi matin pourtant, tout semblait si ordinaire à la lumière du jour que je me suis dit, oh, franchement, je n'ai pas vraiment besoin d'une *thérapie*. J'arrive à garder un travail. Je ne suis ni suicidaire ni boulimique ; je n'entends pas des voix. Je vais arrêter et puis c'est tout. Les biscuits, c'était mon dernier tour de piste. Mon cadeau d'*adieu*.

Je suis restée dans cet état d'esprit toute la journée et hier soir, je me sentais super bien. Je suis même passée chez mes voisins pour leur rappeler qu'il fallait sortir les poubelles. C'était une attention de bon voisinage, pas l'acte de quelqu'un qui a besoin d'une thérapie. Ils ont sauté dans tous les sens, comme quatre labradors pleins de reconnaissance, parce que bien sûr ils avaient oublié que les éboueurs passaient le lundi, et avec tous ces déchets après le déménagement… et, au fait, c'était comment, dimanche ? L'espace d'un instant, j'ai complètement oublié cette mythique fête de quarante ans, mais ensuite j'ai super bien joué la fille qui retrouve la mémoire : mais oui, cette fête ! Géniale ! Oh, le week-end paraissait si loin déjà, on n'était que lundi, mais dès qu'on reprenait le travail… et oh, ha ha ha, youpi-tralala, qu'est-ce qu'on s'amuse !

Aujourd'hui, en allant au travail, je n'ai pas eu une seule pensée pour Patrick, Jack, Ellen ou le bébé. Et j'ai trouvé la réunion tout à fait plaisante. Il s'agissait d'un nouveau centre commercial. Le site est fabuleux, sur les hauteurs, avec vue sur l'océan. Ce qui m'a fait penser au bureau d'Ellen avec ses grandes baies vitrées et la façon dont la lumière du soleil se réverbère sur la mer. Alors j'ai dit aux promoteurs qu'il fallait prévoir une zone semblable à une place de village, entièrement vitrée, un endroit où s'asseoir, boire un café, regarder le ciel, un endroit suffisamment grand pour que les petits puissent s'amuser à faire l'avion en courant en rond. Le genre de lieu dont j'aurais eu besoin quand Jack avait deux ou trois ans et que je l'emmenais faire les courses. Étrangement, je me vis toujours comme la maman d'un tout-petit alors qu'il n'est plus en maternelle ; et qu'il n'est plus à moi. C'est comme si j'étais figée dans le temps. Réaction des promoteurs : OK, petit rire, on l'appellera « l'Espace de Sérénité de Saskia », sur ce ton qu'ils prennent, un brin condescendant quoique charmeur, genre « tout ce que vous voudrez, ma petite dame », comme si je réclamais une cuisine plus grande. Mais je vais me battre bec et ongles pour m'assurer qu'il existe bien, cet espace. Pour les mères.

Gagnée par une intense satisfaction professionnelle et songeant à ce que j'aimais dans mon métier d'urbaniste, je retournais à ma voiture quand mon téléphone a sonné. C'était Tammy.

Ma vieille amie Tammy Cook. Celle qui m'a hébergée dans sa chambre d'amis quand Patrick a dit « C'est terminé ».

Elle a été une bonne amie pour moi à ce moment-là – elle

a pris soin de moi comme d'une invalide. M'a préparé du consommé de poulet et des tasses de thé, tenu la main quand, allongée sur le lit, les yeux rivés au plafond, j'essayais de respirer malgré le camion qui me comprimait la poitrine. Je me rappelle lui avoir demandé si la vie redeviendrait comme avant un jour, et elle m'a dit : « Bien sûr, ma belle ! » Elle se trompait évidemment, mais il n'empêche, elle a été gentille, le genre à vous appeler « ma belle » et à vous dire « je t'aime fort ». J'ai du mal à croire que j'ai pu avoir une amie comme elle. Ça me fait le même effet quand je repense au fait qu'avant je parlais français couramment alors qu'aujourd'hui je n'en comprends plus un traître mot.

Quand je suis partie de chez elle pour m'installer dans la maison où je vis aujourd'hui, elle a multiplié les efforts pour qu'on continue de se voir. Elle m'a proposé d'aller danser en discothèque, boire des verres dans les bars. Elle voulait que je me secoue, que je me ressaisisse, que je me remette en selle, pour montrer à Patrick de quel bois j'étais faite.

Je me rappelle m'être dit que ce n'était pas juste. S'il avait été tué dans un accident de voiture, on m'aurait laissée le pleurer pendant des années. On m'aurait envoyé des fleurs et des cartes de condoléances, apporté des petits plats mijotés. J'aurais pu garder les photos de lui, parler de lui et des bons moments passés avec lui. Mais il m'avait plaquée et il était on ne peut plus vivant, alors ma tristesse était inappropriée et pathétique, et moi, j'étais vraiment une féministe à la manque à répéter combien je l'aimais. Puisqu'il n'avait plus de sentiments pour moi, je devais mettre fin aux miens pour lui. Couic, couic. Leur tordre le cou. *Sur-le-champ.* Ils ne sont plus réciproques donc ils sont ridicules.

Patrick et Jack étaient sortis de ma vie comme s'ils étaient morts mais ce n'était quand même pas une tragédie. Les ruptures, ça arrive à tout le monde. Même réaction à la mort de maman. Les vieux, ça passe l'arme à gauche tout le temps. En plus elle était malade ! Franchement, quelle aubaine ! Tu n'entendras plus jamais sa voix ? Et alors ? Tu ne liras plus jamais l'histoire du soir à Jack ? Et alors ? Tu ne feras plus jamais l'amour avec Patrick ? Et alors ?

Reprends-toi, ressaisis-toi, réagis, meuf ! Il fallait que je me dépêche, que je me fasse plaisir – va chez le coiffeur, inscris-toi aux cours du soir – tout le monde trouvait prodigieusement agaçant que je m'y refuse, que j'en sois incapable. Pas étonnant que Tammy soit discrètement sortie de ma vie.

Et voilà qu'après toutes ces années, elle se manifestait, et dans mon téléphone, sa voix sonnait exactement comme avant, légèrement essoufflée, comme si elle venait de courir quelques centaines de mètres.

« Saskia, ma belle, je suis rentrée à Sydney ! » J'ignorais qu'elle en était partie. « Tu n'es pas sur Facebook ! Comment veux-tu que tes vieux amis te retrouvent, béotienne ! »

Elle a fait comme si on s'était simplement perdues de vue. Elle n'a pas parlé de Patrick. M'a demandé si j'étais partante pour boire un verre avec elle mercredi soir. Et, assise dans la voiture, les rayons du soleil sur le visage, j'ai répondu, bien sûr, en me disant : Moi, besoin d'une thérapie ? N'importe quoi ! Je vais boire un verre avec une vieille amie demain soir ! Je suis parfaitement normale.

Pourtant, cinq minutes plus tard, je me retrouvais à aller chez l'hypnothérapeute.

Je passe juste devant, me suis-je promis. Je ne m'arrête pas. Jack sera à l'école, Patrick au travail et Ellen installée dans le fauteuil à rayures de son petit cocon de verre à proposer des chocolats de sa voix ondulante tandis que le soleil danse sur les murs.

En chemin, j'ai regretté le temps où j'étais encore Deborah allant à une nouvelle séance pour ma douleur à la jambe. C'est curieux comme j'appréciais ces moments. La douleur s'est accentuée depuis peu. Je ne me suis pas donné la peine d'utiliser les techniques d'Ellen. À présent qu'à ses yeux je ne suis plus Deborah, je ne me sens pas autorisée à m'en servir.

Sauf que Patrick était là.

Je l'ai vu sortir de la maison avec elle à l'instant où j'ai tourné dans sa rue. Ils se dépêchaient, comme s'ils étaient en retard à un rendez-vous. Il était en jean. Tiens donc, monsieur avait pris sa journée. En semaine ! Et pour quelle raison ? Ça ne lui ressemblait pas. Ellen aussi portait un jean et un joli manteau gris ajusté avec d'adorables pompons qui rebondissaient au bout de petits cordons. Le genre de manteau que seule une femme délicieusement excentrique peut porter. Sa grossesse ne se voyait pas encore.

L'image même du couple bien assorti. Personne ne se serait dit le contraire en les regardant. C'est là que je l'ai sentie, cette étrange douleur, exquise et tendre, délicate mais cruelle, telle une longue et fine aiguille qui s'enfonce, étincelante, dans la chair.

Où pouvaient-ils bien aller ? Je n'ai même pas cherché à lutter ; il fallait que je sache. Si je pouvais juste savoir, je ne souffrirais pas autant. Je continue de me dire ça alors que savoir fait toujours plus mal.

Alors je les ai suivis. Je conduisais une des voitures de ma boîte car la mienne fait encore des siennes. Patrick n'a donc pas pu me repérer. Il n'a pas essayé de me semer avec ses habiles manœuvres.

Ils ont pris la direction de l'école de Jack.

Pour assister à un concert peut-être ? Ou à un match de football ? Un match dont je n'avais pas noté la date ? J'ai songé à lui envoyer un texto pour lui poser la question – non qu'il m'aurait répondu bien sûr – mais ensuite, je l'ai vu entrer dans l'école alors qu'Ellen restait dans la voiture. Il courait à moitié. Jack était-il malade ?

À peine quelques minutes plus tard, il est ressorti d'un pas rapide, portant le cartable de Jack qui courait pour ne pas se laisser distancer. Ils sont montés dans la voiture et hop, ils ont redémarré.

Je ne voyais pas où ils pouvaient aller à cette heure de la journée et mon besoin de savoir était à présent une soif inextinguible. Penchée vers l'avant, les mains crispées sur le volant, je les ai suivis, les yeux rivés sur la plaque d'immatriculation de la voiture de Patrick.

Je la vois dans mes rêves, cette plaque.

Mon collègue Toby m'a appelée sur mon portable mais je n'ai pas décroché pour qu'il laisse un message vocal. Rien d'autre ne comptait que les suivre. Je les ai perdus à un carrefour sur Military Road quand une idiote a pilé au feu orange, comme si son unique objectif était de me mettre des bâtons dans les roues. Frustrée, j'ai crié et frappé le volant si fort que je vais sûrement avoir des bleus. Chance inouïe, je les ai retrouvés. Au bout de Military Road, j'ai pris à gauche sur la Pacific Highway, sans raison particulière, juste parce que je roulais sur la voie de gauche, et je les ai vus remonter une allée à pied. Ellen a montré un bâtiment et ils ont disparu à l'intérieur.

J'ai trouvé une place à deux pas et, sans même prendre la peine de mettre de l'argent dans le parcmètre, je me suis dirigée vers le bâtiment en question, ma douleur prenant tout à coup ma jambe en tenaille.

Dans le hall d'entrée désert, je me suis postée devant le panneau d'accueil qui indiquait le nom des différentes entreprises. Cabinet de chirurgie dentaire. Comptables agréés. Consultants en immigration. Ils auraient pu aller n'importe où.

Et ensuite je l'ai vu : *Cabinet d'échographie*.

Voilà où ils allaient. Pour voir le bébé.

Le bébé.

Je l'ai pris personnellement, comme s'ils faisaient ça pour me faire du mal, comme si cet immeuble tout entier avait été placé là dans le seul but de me faire du mal.

Il allait lui tenir la main, ils allaient écouter les battements du cœur et échanger des sourires émus et radieux. J'ai vu la scène cent fois dans les films. Je connais la chanson. Jack allait voir son petit frère ou sa petite sœur pour la première fois.

Lorsque Patrick et moi essayions de faire un bébé, je lui répétais qu'il serait le meilleur grand frère du monde. Un jour, il a dit qu'il préférerait une petite sœur. À l'école maternelle, ses meilleurs copains étaient des filles, sans exception. « Je veux une petite sœur, je veux qu'on l'appelle Jemima et qu'elle ait les cheveux noirs. » Et d'ajouter : « S'il te plaît. » C'était l'époque où je lui apprenais la politesse. Pas de problème, j'ai répondu. J'aimais bien le prénom Jemima.

J'ai songé, heureusement que je les ai suivis. Sinon je n'aurais peut-être jamais su à quel moment ils étaient allés faire l'échographie. Ça me serait soudain venu à l'esprit, une nuit à trois heures du matin sans doute, tiens, à ce stade, ils ont déjà dû faire une échographie, et je ne me serais jamais rendormie, obnubilée par les détails, me demandant quand et où ça s'était passé, ce qu'ils portaient. Être là, ça me donnait au moins une forme de contrôle. Je faisais encore partie de l'aventure ; j'avais encore une existence. Ils ignoraient que j'étais là, mais *moi*, je savais. Quand ils sortiraient du cabinet, je pourrais lancer : « Tiens, vous ici ! », à moins que j'envoie un texto ce soir : « Comment s'est passée l'échographie ? » Je pourrais aussi ne rien faire du tout, mais je ferais partie de l'aventure dès le début. Depuis ce premier test de grossesse, bien sûr.

Peut-être qu'ils me demanderont d'être la marraine.

Oh, je suis trop drôle.

Je suis entrée dans une grande salle d'attente bondée – des couples qui se tenaient la main et discutaient à voix basse, des femmes au ventre rebondi, d'autres toutes fines qui lisaient des magazines, un sourire mystérieux accroché sur les lèvres. Autant de gens qui avaient chacun leur place dans la société, à l'image des pièces d'un puzzle ; des gens sains, irréprochables, amoureux et aimés en retour.

Je me suis assise sur la première chaise que j'ai vue, près de la porte, et j'ai pris un magazine. Ce faisant, j'ai entendu une infirmière appeler : « Ellen O'Farrell. » Un blanc puis de nouveau, plus fort cette fois : « Ellen O'Farrell. »

J'ai levé le nez et vu Ellen, bien embêtée – à sa manière naturellement, charmante et juvénile –, ne sachant que faire des deux gobelets en plastique qu'elle était en train de remplir à une de ces fontaines à eau cylindriques quand, à l'appel de son nom, elle s'était redressée trop vite et avait manqué faire tomber son sac à main. Jack et Patrick sont venus à sa rescousse, le premier lui replaçant la lanière de son sac sur l'épaule – un véritable petit homme, bien élevé avec ça ! C'est moi qui lui ai appris les bonnes manières –, le second la débarrassant des deux gobelets. Puis l'infirmière a dit quelque chose que je n'ai pas entendu, ils ont tous souri avant de la suivre dans un couloir. Tous les trois. Sans me remarquer.

Une femme à côté de moi a dit : « Est-ce que ça va ? »

Je ne m'étais pas rendu compte que je pleurais.

*

« Dis, Ellen, si tu mourrais, le bébé mourrait aussi ? demanda Jack.

– Jack ! intervint Patrick. Qu'est-ce que c'est que cette question ? »

Jack observait les clichés échographiques tandis qu'ils attendaient leur pizza dans le restaurant italien à côté de la maison où ils étaient venus pour dîner de bonne heure.

« Le bébé a besoin que je reste en vie pour continuer à se développer », répondit Ellen. Avait-il besoin d'être rassuré ? D'entendre qu'elle n'allait pas mourir comme sa mère ? Ou était-il simplement curieux ? Peut-être *espérait*-il qu'elle meure ? Il en avait peut-être ras-le-bol, des déjeuners sains qu'elle lui préparait.

« Tu as tout mangé à midi, Jack ?

– Donc, euh, le jour de l'Apocalypse, quand toutes les femmes enceintes vont mourir…

– Bon sang, arrête avec l'Apocalypse ! se fâcha Patrick. Pas étonnant que tu fasses des cauchemars et que tu t'endormes en classe.

– Je ne me suis pas vraiment endormi. » Jack posa les clichés qu'Ellen ramena vers elle du bout du doigt. « J'ai juste fermé les yeux une minute pour me concentrer.

– Ils n'arrivaient pas à te réveiller, mon grand. »

Juste avant qu'ils partent pour le cabinet de radiologie, Patrick avait reçu un coup de fil de l'école : Jack s'était endormi si profondément sur son bureau que l'instituteur l'avait porté jusqu'à l'infirmerie sans parvenir à le réveiller. Ils avaient supposé qu'il couvait quelque chose, mais à présent il était tout guilleret, ravi d'avoir manqué l'école pour accompagner Patrick et Ellen à l'échographie.

« Je parie que tu ronflais tellement fort que personne ne pouvait se concentrer », poursuivit Patrick. Il pencha la tête sur le côté et émit un ronflement des plus réalistes.

Jack sourit de toutes ses dents. « Même pas vrai. C'est *toi*, le ronfleur.

– Moi ? Je ne ronfle pas. Ellen, je ronfle ?

– Non », répondit-elle en dépit du fait qu'elle envisageait de dormir avec des bouchons d'oreilles. Elle regarda de nouveau le bébé. *C'est le mien*, songea-t-elle. *Mon bébé*. Elle leva les yeux vers Patrick et se reprit : *Notre bébé*. L'échographie avait quelque chose de fantomatique, comme si c'était celle d'un phénomène surnaturel. « Tout a l'air parfaitement normal, avait annoncé la manipulatrice. Félicitations. » Puis, montrant une main aussi minuscule que spectrale : « Oh, regardez ! Il ou elle vous fait coucou ! » Sur quoi, tous trois avaient fait un signe de la main en direction de l'écran.

« Tu parles ! Même qu'on dirait un tremblement de terre ! » Jack se pencha en avant, les coudes sur la table, manquant faire tomber le set de table au passage. « Un volcan en éruption !

– Fais attention, mon grand, répondit Patrick en repositionnant le set. Si tu veux tout savoir, ta maman m'a enregistré en train de ronfler un jour. C'est vrai que ça ressemblait assez à un volcan. »

Et de quatre ! Rien que dans l'heure qui vient de s'écouler !

songea Ellen qui, malgré tous ses efforts, ne pouvait s'empêcher de comptabiliser les références que Patrick faisait à Colleen.

« En Amérique, il y en a un qui s'appelle le supervolcan de Yellowstone. Quand il entrera en éruption – BOUM ! » Jack frappa la table du poing, renversant un verre plein de sachets de sucre. « Ce sera la fin du monde. Ça pourrait arriver n'importe quand.

– Vraiment ? fit Ellen.

– Je ne crois pas, non, dit Patrick. Elles arrivent, ces pizzas ? Ils ne sont pas au courant qu'on meurt de faim, nous ? Donne-moi un peu la photo que je regarde, fit-il en la prenant des mains d'Ellen.

– T'en as une de moi comme ça quelque part ? demanda Jack.

– Oui, ta maman l'a mise dans ton livre de naissance, tu ne te souviens pas ? Tu l'as déjà vue. »

Et de cinq !

Oh, Ellen, laisse tomber. Qu'est-ce qu'il était censé faire, le pauvre ? Ignorer les questions de son fils ? Faire comme si sa mère n'avait jamais existé ?

« Je vais au petit coin », annonça Jack.

Quand ils mangeaient dehors, il faisait toujours un petit tour aux toilettes, histoire d'explorer le restaurant.

« Je parie qu'il va s'arrêter dans le coin là-bas, d'où on peut voir ce qui se passe en cuisine », dit Ellen.

Comme de juste, Jack marqua une pause nonchalamment près d'une plante en pot et se hissa sur la pointe des pieds pour observer les cuisiniers qui lançaient la pâte à pizza dans les airs derrière un comptoir.

Ellen et Patrick éclatèrent de rire et, l'espace d'un instant, ce fut comme s'ils étaient tous les deux ses parents. « Il est marrant », dit Patrick en souriant. Il regarda l'échographie à la lumière. « Et toi, petit, est-ce que tu seras un jour obsédé par la fin du monde ou est-ce que tu seras au contraire un être serein et spirituel comme ta maman ?

– Je ne me sens pas au top de la sérénité en ce moment, dit

Ellen. Quelle journée. Entre Luisa qui a exigé un remboursement et Ian Roman qui a menacé de « couler mon cabinet », je crois que je peux dire sans exagérer que, sur le plan professionnel, c'était la pire journée de ma vie.

– Ian Roman joue les gros bras. Ne t'inquiète pas de lui. Il sera bientôt trop occupé par l'achat de sa prochaine chaîne télé pour entreprendre quoi que ce soit contre toi. » Il se tut un instant puis : « Sa femme… c'est vrai que tu essaies de la rendre amoureuse de lui par l'hypnose ?

– Mais non, voyons ! Je n'ai pas le pouvoir de fabriquer des sentiments ! Rosie m'a effectivement demandé de l'aider à tomber amoureuse de lui et j'ai suggéré qu'on travaille plutôt sur son estime. On ne peut pas aimer quelqu'un si on ne s'aime pas soi-même. Je ne peux pas t'en dire plus mais en gros je vais essayer de l'aider à avoir suffisamment d'assurance pour le quitter ou faire en sorte que leur couple marche.

– Mmmm, fit Patrick, perplexe.

– Quoi ?

– Je ne sais pas… je trouve que c'est un peu… farfelu. »

La remarque l'agaça prodigieusement. « Ah, donc maintenant, toi aussi tu penses que je suis un genre de charlatan ?

– Pas du tout. Écoute, je suis un simple géomètre, moi. Un homme de la terre. Alors franchement, tout ça me dépasse.

– Mmmm, fit Ellen.

– Sujet sensible ! Vite ! On change ! Tiens ! Si on parlait de notre magnifique bébé, par exemple ! Hein ? » Il lui tendit le cliché, sur quoi Ellen sourit malgré elle.

Puis, sur un tout autre ton, il demanda : « Tu l'as vue ? »

Elle savait parfaitement de qui il parlait. « Oui, fit-elle sans lever les yeux.

– Il faut que je fasse quelque chose… avec le bébé qui arrive… » Il toucha la photo du bout du doigt. « Je ne me suis jamais dit qu'elle pouvait être dangereuse, mais elle avait l'air un peu… je ne sais pas, dérangée. Plus folle que d'habitude. »

Ellen repensa à Luisa aujourd'hui ; malade de chagrin et de

jalousie parce qu'elle-même était enceinte. Puis elle revit le visage de Saskia au moment où elle était entrée dans la salle d'attente – elle l'avait tout de suite reconnue. Un visage fébrile, désespéré, comme si elle se dépêchait pour ne pas rater un vol de la plus haute importance.

« Elle voulait un enfant de toi, Saskia ? demanda-t-elle.

– Et alors ? répondit Patrick sans ménagement. Ça n'excuse en rien son comportement !

– Je me demandais, c'est tout. » *Je cherche juste à comprendre.*

« Suprême géante ? » interrompit une serveuse.

*

En rentrant à la maison, Ellen trouva sur son répondeur un message d'une journaliste répondant au nom de Lisa Hamilton. Elle disait écrire un papier sur l'hypnose et ses « prétendus résultats » pour le *Daily News* ; elle avait pu s'entretenir avec certains des clients d'Ellen. « Je voulais savoir si vous aviez quelque chose à répondre à certaines de leurs allégations. »

Son ton froid et sec, plein de certitude et d'assurance, était teinté de dégoût.

Ellen raccrocha.

« Tout va comme tu veux ? demanda Patrick.

– Je crois que je sais comment Ian Roman compte mettre ses menaces à exécution. »

21

« Les rêves sont la voie royale vers l'inconscient. »

Freud, 1900

« C'est quoi l'expression consacrée, déjà ? Toute publicité est bonne à prendre ? dit Patrick en rejoignant Ellen dans la chambre après s'être assuré que Jack dormait.

– Pas cette fois, j'en ai bien peur. » Elle avait rappelé Lisa Hamilton et accepté de se prêter à une interview le lendemain matin à onze heures. Au fil des ans, Ellen s'était entretenue avec de nombreux journalistes et, d'ordinaire, elle aimait bien l'exercice. Depuis qu'elle avait suivi, voilà quelques années, un séminaire intitulé « Promouvoir votre cabinet d'hypnothérapie », elle avait activement recherché des opportunités d'accroître sa visibilité et s'était rendue disponible quand on lui avait demandé de témoigner sur son métier. Chaque mois de décembre, elle répondait aux sollicitations de journalistes qui écrivaient des papiers pour la nouvelle année – « Bonnes résolutions, comment s'y tenir ? Les conseils de notre panel d'experts. » Elle avait été interviewée pour des magazines de santé – comment perdre du poids ? – et pour des magazines commerciaux – comment surmonter la peur de parler en public ? Elle contribuait à la rubrique « santé mentale » du journal local et participait régulièrement à des émissions de radio de milieu de matinée. Elle avait même été invitée sur des plateaux télé.

Chaque fois, les journalistes à qui elle avait eu affaire s'étaient montrés, sinon respectueux, à tout le moins parfaitement aimables et curieux. Elle entrait dans la catégorie de l'information de divertissement. Des petites histoires à dimension humaine. Ses témoignages offraient quelque chose d'un peu différent pour les lectrices, d'un peu amusant même. Personne ne faisait grand cas de ce qu'elle avait à dire. Ils ne croyaient pas *vraiment* à l'hypnose, mais était-ce si important de toute façon ?

Pourtant, dès son premier échange avec Lisa Hamilton, elle avait su que ce serait une interview bien différente. La journaliste n'avait même pas adouci la voix après qu'Ellen, dans un appel éhonté à la compassion, lui avait confié souffrir d'abominables nausées matinales et préférer éviter un rendez-vous de bonne heure. Lisa n'était clairement pas le genre à feindre d'être séduite pour obtenir davantage de révélations. S'il lui fallait démolir Ellen dans son article, elle devait la détester.

Ellen n'avait encore jamais fait l'expérience d'être détestée.

Ça ne soulageait en rien sa nausée.

« Je me rappelle que, selon Colleen, une mauvaise critique de produit n'a pas d'importance car la seule chose qui reste dans l'esprit des gens, c'est le nom du produit. » Patrick tira la couette et s'allongea près d'elle.

Était-ce le fruit de son imagination ou bien le regard de Patrick s'attendrissait à la seule évocation de Colleen, comme celui de son père quand il avait parlé de ses vrais enfants ?

Peut-être, et après ?

(Et qu'est-ce que ça voulait dire, ses « *vrais* enfants » ? Pas très subtil et vraiment ridicule, cette façon de geindre. Elle se comportait comme si son père l'avait abandonnée. Était-ce là ce qu'elle pensait en son for intérieur ? Son subconscient était-il donc si immature ?)

« Je ne suis pas un produit », rétorqua Ellen, même si le cours de marketing qu'elle avait suivi l'avait incitée à se considérer comme une « marque ».

« Tu vois ce que je veux dire. Ne va pas te rendre malade avec cette interview qui n'aura probablement aucun impact. Sans compter que, si ça se trouve, Ian Roman, alias J'en-ai-une-bien-grosse, n'a rien à voir là-dedans.

– Le *Daily News* lui appartient ! pesta Ellen. J'ai vérifié sur Internet. Ce n'est quand même pas une coïncidence !

– Tu as appelé sa femme ? C'est à elle de mettre un terme à tout ça.

– J'ai laissé deux messages. Je ne vois pas de quel secours elle pourrait être maintenant qu'il m'a dans sa ligne de mire. » Elle se tut un instant. « Il m'a dans sa ligne de mire ? Je viens bien de dire ça ? Je n'en reviens pas. »

Patrick ne répondit pas. Allongé sur son oreiller, il avait les yeux rivés sur son BlackBerry. Il y était complètement accro. Ce qui rendait plutôt risibles ses remarques sur le temps que Jack passait sur sa Nintendo DS.

« Non ! s'écria-t-il en se redressant.

– Quoi ? » *Saskia...*, songea Ellen.

« L'enfoiré ! Il veut me traîner devant un juge !

– De qui tu parles ?

– Ce client qui refuse de payer sa facture, compléta-t-il, incrédule. J'ai demandé à mon avocat de lui envoyer aujourd'hui une réquisition de paiement. Résultat, il dit qu'il va nous poursuivre en justice parce qu'on a mis trop de temps à faire le job. Quelle blague.

– Ce n'est probablement qu'une... comment tu dis, déjà ?... une contre-attaque.

– Putain ! Quelle injustice ! s'exclama-t-il, le corps raide de rage. Il voulait qu'on fasse vite. On a fait des heures sup pour finir dans les temps. J'ai raté le match de football de Jack à cause de ce con, et il a l'audace de dire qu'on a mis trop de temps ?

– Ton avocat saura quoi faire. »

La colère de Patrick la rendait nerveuse. La colère des hommes en général l'avait toujours impressionnée. Elle était tellement physique.

« Demain, tu le contactes à la première heure.

– Oui. » Il éteignit son BlackBerry, prit une longue inspiration et se tourna vers elle. « Quelle sale journée, pour toi comme pour moi !

– Chut ! fit-elle en montrant son ventre. C'était une journée magnifique au contraire ! Tu te souviens ?

– Tu as raison, bien sûr », dit-il en posant la main sur son ventre un instant.

Il laissa son terminal sur sa table de chevet et rabattit la couette sur Ellen.

« J'ai l'oreiller plat, annonça-t-il.

– Oups. » Ils échangèrent les oreillers.

Ils éteignirent chacun leur lampe au même moment et s'allongèrent dos à dos. Patrick lui caressa la jambe avec le talon pour lui souhaiter bonne nuit ; elle lui rendit la pareille.

Ils se fréquentaient depuis moins d'un an et ils avaient déjà tellement de rituels, habitudes et autres protocoles. Un royaume qu'ils avaient créé de toutes pièces, comme chaque couple qui se forme.

Saskia ne parvenait pas à renoncer à son royaume à elle.

Elle ferma les yeux. Aussitôt, le visage de Ian Roman surgit devant elle, comme s'il avait attendu derrière le rideau, prêt à bondir à la minute où elle essaierait de s'endormir.

Votre cabinet, je vais le couler.

Il n'avait pas ce pouvoir, n'est-ce pas ? Même si l'article contenait d'épouvantables insinuations à son sujet, elle ne perdrait pas tous ses clients, si ? Les trésors de bienveillance qu'elle avait développés tout au long de ces années ne pouvaient quand même pas être anéantis du jour au lendemain ?

Pas à cause d'un article ?

Sans compter qu'il ne pouvait pas être si méchant que ça ! Elle n'était pas une arnaqueuse pernicieuse ! Elle n'avait rien fait de mal !

Ils ne pouvaient pas inventer des choses, n'est-ce pas ?

Pfff ! Ils n'allaient pas se gêner ! La presse people annonçait bien tous les quatre matins que Jennifer Aniston et Brad Pitt se remettaient ensemble alors que pas du tout ! Cela dit, elle n'était pas une star. Sa vie n'intéressait personne. Par contre, tout le monde voulait voir Brad et Jennifer se retrouver. D'où ces articles incessants. C'était ce que les gens voulaient lire.

(Y compris Ellen.)

Cette Lisa Hamilton aurait certainement assez d'intégrité journalistique pour interroger d'autres clients que Luisa. À moins qu'elle n'ait pas le choix ? Ian Roman l'avait peut-être appelée en mode : « Si vous voulez garder votre job, vous mettez la réputation de cette bonne femme en pièces ! »

Et puis, si ça se trouvait, elle avait un mari violent et trois enfants en bas âge, dont un qui avait besoin d'une greffe coûteuse, alors elle devait à tout prix garder son travail, même s'il fallait sacrifier Ellen.

« Tu dors ? demanda Patrick, sa voix résonnant dans le silence de la chambre.

– Non.

– Pareil. »

Il ralluma sa lampe. « Tu veux que je nous prépare un lait chaud ? Ou un thé ?

– Non, merci. » Elle se redressa en bâillant.

« Tu crois qu'un petit câlin…, suggéra-t-il sans enthousiasme.

– Je n'ai pas particulièrement envie, avoua Ellen en riant.

– Moi non plus. Je crois que je vais aller lui écrire un mail incendiaire, à ce client. Ou alors je pourrais cogner quelque chose. Ou faire le tour du pâté de maisons en courant.

– Que dirais-tu d'un exercice de relaxation plutôt ? » Ça l'aiderait elle aussi à penser à autre chose.

« Non, tu es suffisamment préoccupée comme ça.

– Ça ne me dérange pas. J'en profite moi aussi pour entrer en transe.

– Oh, merci, je n'osais pas te demander. » Patrick s'allongea près d'elle. « Je suis devenu accro, je n'en reviens pas. »

Dix minutes plus tard, il était dans une transe modérée et Ellen dans cet agréable état vaporeux qu'elle atteignait quand elle hypnotisait Patrick.

« Je veux que tu reviennes à un moment où tu te sentais complètement détendu. Un moment où tu ne connaissais pas les tensions liées au fait d'être à ton compte. Un moment de détente totale, de bonheur total. Tu y es ? »

Il acquiesça.

« Où es-tu ?

– En lune de miel. » Sa voix avait ces inflexions stupides propres aux drogués.

Ellen s'immobilisa.

La voix de Flynn s'invita dans son esprit : *Arrête immédiatement.* Elle prit le temps de réfléchir tout en écoutant la respiration lente et régulière de Patrick.

Vas-y, demande-lui, souffla Danny. *Demande-lui ce que tu veux savoir.*

« Qu'est-ce que tu fais ? » Parfaitement inoffensif.

Sous la lumière douce de la lampe, Patrick paraissait dix ans plus jeune. Les rides entre ses yeux semblaient lissées, ses joues plus rebondies.

« On fait de la plongée avec masque et tuba.

– Toi et Colleen. » Simple vérification.

Qui d'autre ? fit Julia de sa voix sarcastique. *Oh, mais n'importe quoi*, commenta sa mère. *Il te raconte juste un souvenir. Il ne voyage pas dans le temps.*

« Oui. C'est éblouissant. » Patrick sourit. « Col porte un bikini bleu.

– Ah oui ? murmura Ellen.

– Elle est magnifique.

– Parfait. » Dans sa tête, Julia se tordait de rire. *Tu l'as bien cherché, idiote.*

Pas professionnel du tout, ajouta Flynn.

« Maintenant, décris ce que tu ressens, poursuivit Ellen, histoire d'aider Patrick à se recentrer.

– C'est la première fois que je fais de la plongée. Tout est calme, comme au ralenti, et je n'entends rien d'autre que ma respiration. Les coraux sont… oh, mais il faut que je lui dise ! »

Son visage se métamorphosa. Ses rides réapparurent, ses joues se creusèrent.

« Lui dire quoi ? » Parfois, un simple exercice de relaxation pouvait faire remonter des émotions négatives refoulées. Ça n'était encore jamais arrivé avec Patrick ; ce n'était pas censé arriver avec Patrick. Ce n'était pas une véritable séance ; elle voulait juste l'aider à oublier cet horrible client pour qu'il trouve le sommeil.

C'est exactement pour ça qu'il n'est pas recommandé d'hypnotiser son partenaire, gronda Flynn.

« D'aller chez le docteur ! Sans attendre ! Sur-le-champ ! On doit consulter et lui tordre le cou à ce cancer, avant qu'il soit trop tard. » Les mains de Patrick s'ouvraient et se refermaient par réflexe sur les draps. « Elle est tellement *stupide*, tellement bornée. Elle a senti cette grosseur il y a des mois et n'en a jamais parlé, espérant que ce n'était rien, espérant qu'elle partirait. Exactement comme elle espérait que le voyant d'huile moteur s'éteigne tout seul. Bon sang ! Espèce d'idiote, je lui ai dit. Espèce d'*idiote*. Je l'ai fait pleurer. Je n'aurais pas dû la faire pleurer. Mais c'était de son devoir. Envers Jack. Envers *moi*. »

Son visage était ravagé par le chagrin.

« Il est temps de laisser ce souvenir s'en aller », dit Ellen d'une voix qui manquait d'autorité. On aurait dit celle d'une débutante : tremblante et fausse.

« Je n'aimerai plus jamais une femme comme je l'ai aimée.

– À cinq, tu…

– Quand je regarde Ellen… »

Ellen se figea.

« Je me dis : Ce n'est pas pareil. Ce n'est tellement pas pareil. »

*

Quand ils ont disparu dans le couloir pour aller faire l'échographie, je me suis mise à pleurer et je n'ai pas pu m'arrêter. Il fallait que je sorte. J'étais en train de me donner en spectacle. Une des secrétaires médicales s'est levée et dirigée vers moi avec une expression gentille mais déterminée, l'air de dire : *Je compatis mais il va falloir la boucler.*

Je suppose que les gens ne pleurent pas toujours de joie ici. Les échographies n'annoncent pas que des bonnes nouvelles. La secrétaire a dû penser que j'avais perdu un bébé.

Qu'aurais-je pu lui dire ? Non, à vrai dire, je n'ai jamais été enceinte ; en revanche, j'ai perdu mon beau-fils. Est-ce que ça compte ? C'est le magnifique petit garçon qui a aidé à l'instant sa nouvelle belle-mère avec son sac à main. Je l'ai trouvé fatigué. Je crois qu'elle ne le nourrit pas correctement. Trop de tofu et de lentilles. Pas assez de protéines. Et même si je n'ai pas perdu un vrai bébé, j'ai bel et bien perdu le bébé dont je rêvais parce que cet homme là-bas, il ne m'aime plus et maintenant, je suis trop vieille ; d'ailleurs il a rencontré une femme plus jeune et plus gentille.

Non, ça ne compte pas, figurez-vous, aurait répondu la secrétaire. Arrêtez de vous ridiculiser. Un peu de dignité. Un peu d'amour-propre.

Très bien.

Dans l'ascenseur, je pleurais toujours mais je ne ressentais pas d'émotion particulière – pas consciemment. Mes larmes étaient comme le symptôme d'une maladie étrange. J'attendais simplement qu'elles passent.

Je marchais vers ma voiture quand ma douleur à la jambe est soudain devenue intolérable. Pour reprendre la métaphore du bouton du four d'Ellen, j'avais l'impression que quelqu'un l'avait monté au maximum.

Impossible de marcher. Il fallait que je m'assoie. J'ai cherché un arrêt de bus ou un muret, en vain. Alors je me suis assise dans le caniveau, comme une ivrogne. Comment croire qu'à peine une demi-heure plus tôt, je me débrouillais comme un chef avec ces promoteurs et qu'à présent j'étais en train de pleurer dans un caniveau ?

Un homme qui venait de se garer juste en face est venu me demander si tout allait bien. Il approchait les soixante-dix ans. Il avait un de ces visages burinés sympathiques, comme les gens qui vivent dans l'Outback. Il m'a fait penser au père de Patrick. Il semblait convaincu que je m'étais tordu la cheville, il disait qu'il fallait appliquer de la glace dessus et la maintenir en l'air ; j'ai mis un bon moment à lui faire comprendre que ma cheville n'avait aucun problème. J'ai finalement dû lui expliquer que j'avais cette douleur inexpliquée à la jambe que rien ne soulageait mais que ce n'était pas à cause de ça que je pleurais, non, je pleurais à cause d'un « problème personnel ». Il a sorti son portefeuille de sa poche et m'a tendu une carte. L'espace d'un instant, j'ai cru qu'il me donnait les coordonnées d'un psy, mais il a dit : « Voici la carte d'un kiné formidable. Je souffrais d'un mal de dos épouvantable il y a quelques mois. Une torture. J'en pleurais presque. *Moi !* Il m'a retapé en deux temps trois mouvements. Je suis comme neuf ! »

Je l'ai remercié. À quoi bon lui dire que j'avais déjà consulté sept kinés différents et que je n'avais aucunement l'intention de gaspiller plus d'argent ?

« D'ici là, prenez un antidouleur, quelque chose de vraiment costaud. Oh, et oubliez ce couillon ! Tant pis pour lui ! Et puis, vous savez ce qu'on dit : un de perdu, dix de retrouvés ! Surtout pour une belle fille comme vous ! » Il m'a tapoté l'épaule et, soudain, a eu l'air gêné, comme s'il s'inquiétait d'avoir eu une attitude déplacée. Il s'est levé d'un coup et, en entendant ses genoux craquer bruyamment, je me suis dit que son formidable kiné ferait bien d'y jeter un œil.

Ah, les gentils ! Comment deviennent-ils si serviables ? Et surtout, comment font-ils pour tenir sur la longueur ? Tous ces sourires, ces attentions, ces largesses ! Ça doit être éreintant et tellement chronophage – toujours garder un œil ouvert au cas où des inconnus auraient besoin qu'on leur porte secours.

En le regardant s'éloigner, je me suis dit, pour la première fois depuis des années : Ça doit être chouette d'avoir un papa. Je parie qu'Ellen a un père charmant, qu'il la faisait sauter sur ses genoux et l'appelait sa princesse quand elle était petite. Elle a tout l'air d'une femme qui a été aimée par son papa.

Toujours sur le trottoir, j'ai appelé le bureau pour leur dire que j'allais travailler à la maison pour le reste de la journée.

J'ai réussi à boitiller jusqu'à ma voiture et, en arrivant chez moi, j'ai suivi le conseil du vieux monsieur paternel : j'ai trouvé une boîte d'antalgiques opioïdes dans mon armoire à pharmacie, avalé deux comprimés et dormi. Au réveil, les enfants de la gentille famille qui vit à côté étaient rentrés de l'école et jouaient dans le jardin. J'ai essayé de travailler mais j'avais l'esprit complètement embrumé et le bruit des gamins ne m'aidait pas à me concentrer. Par parenthèse, pour des enfants sages, ils ne semblaient pas jouer si sagement que ça. Une minute, ils riaient et chantaient, la suivante, ils pleuraient et criaient « Arrête ! » – typique d'une relation toxique. Moi qui croyais que les gosses d'aujourd'hui restaient à l'intérieur pour jouer aux jeux vidéo.

J'ai fini par jeter l'éponge et ai ouvert une bouteille de vin rouge. Histoire de boire au bébé de Patrick.

Grave erreur. Je n'ai jamais été une grosse buveuse.

*

Ellen rêvait.

Des rêves fertiles, sans fin, épuisants. Elle se savait en train de rêver et s'efforçait de se réveiller complètement si bien qu'elle se retrouvait régulièrement dans la réalité de la chambre obscure, se tournant pour repositionner son oreiller, donnant un petit coup de coude à Patrick pour qu'il cesse de ronfler, avant de se rendormir malgré elle, basculant la tête la première dans un ravin de pensées, de visages et de sons tourbillonnants.

Sa mère et ses marraines couraient sur une plage, nues, riant de ce rire de lycéennes qui lui donnait toujours le sentiment d'être exclue.

« Elles crânent », dit-elle à son père assis près d'elle sur le sable. Il était, fort heureusement, vêtu de son costume-cravate. Il avait la bouche ourlée de sauce de son wrap au poulet épicé.

« La relation entre une fille et son père façonne toutes ses relations futures », poursuivit-elle fièrement, comme s'il s'agissait d'une remarque incroyablement subtile, spirituelle, humoristique.

Son père, qui lisait le journal, leva les yeux vers elle, une expression de pur dégoût sur le visage. « Cet article t'est consacré.

– C'est un tissu de mensonges, répondit-elle, envahie d'une honte et d'un chagrin incommensurables.

– C'est vous qui mentez. » En face d'elle, une blonde donnait forme à un château de sable à l'aide d'une pelle jaune.

« Colleen ! » s'exclama Ellen, déterminée à se montrer extrêmement sympathique car n'était-elle pas une personne extrêmement sympathique ? « Comment allez-vous ? »

Elle essaya de trouver un sujet de conversation susceptible d'intéresser Colleen. « J'ai cru comprendre que vous aviez fait votre robe de mariée vous-même ! Il en faut du *talent* !

– Tu es condescendante, commenta Julia qui faisait bronzette sur le ventre.

– Elle n'aurait jamais dû tomber enceinte, lui dit Colleen. C'était immoral.

– Peut-être, bâilla Julia. Mais elle est pleine de bonnes intentions.

– Immoral parce qu'il est toujours amoureux de moi, poursuivit Colleen d'un ton suffisant.

– Mais vous êtes morte ! » s'écria Ellen, se rappelant soudain cette réalité. L'injustice de cette accusation n'en était que plus frappante.

« Vous êtes une très jolie fille, Colleen, dit le père d'Ellen.

– Merci, David, fit-elle en minaudant.

– Oui, ben, désolée d'être tombée enceinte. » Ellen savait qu'elle cédait à la mauvaise humeur car elle était jalouse du compliment que son père venait de faire à Colleen mais, apparemment, elle était incapable de se contrôler. « Comment je peux me racheter ? » Elle se bombarda de pleines poignées de sable dans la figure. « Allez, dites-moi !

– Ellen. Arrête. Tu te couvres de ridicule », intervint Madeline depuis le vieux canapé qu'elles avaient lorsqu'elles vivaient en colocation.

« Tu n'as pas entendu quelque chose ? » La voix de Patrick la tira du sommeil. Assis à côté d'elle dans le lit, il se frottait les yeux.

« C'est rien. Le vent, je crois. »

Dehors, le vent mugissait, faisant craquer les fenêtres. Elle se redressa et prit le verre d'eau sur la table de chevet.

« Désolé », dit Patrick en se rallongeant.

Ellen porta son verre à la bouche. Vide. Elle ne se rappelait pas l'avoir bu. Elle regarda le réveil. Quatre heures du matin. Cette nuit n'en finirait jamais.

« Je fais tout un tas de rêves hyper bizarres. »

Un grand bruit se fit entendre sur le toit – une branche qui venait de tomber ?

« Moi aussi. C'est le vent.

– Il y a quelque chose que tu as dit tout à l'heure pendant le temps de relaxation…

– Mmmm ?

– À propos de Colleen… »

Elle attendit. Entendit Patrick ronfler.

Elle se rallongea, aussitôt assaillie par un nouveau rêve. Cette fois, elle descendait l'allée centrale dans la robe de mariée de sa grand-mère. Au creux de sa main tendue devant elle, le bébé, de la taille d'une perle, roulait dans tous les sens.

« Gardez la main bien plate ! Vous allez le faire tomber ! » s'écria quelqu'un dans l'assemblée. Ellen tourna la tête. C'était sa cliente Luisa, affublée d'un grand chapeau. « Vous ne savez même pas comment vous occuper d'un bébé ! C'est moi qui devrais être enceinte ! Donnez-le-moi !

– Je vous ai remboursée, protesta Ellen. Je ne peux rien faire de plus. Je suis quelqu'un de bien. »

Elle continua d'avancer. Elle vit Patrick, face à l'autel, se tourner vers elle. Elle lui sourit mais il fit une drôle de tête.

« Arrête de me suivre partout ! » hurla-t-il. Sa voix résonna dans toute l'église. « C'est ter-mi-né ! Tu ne comprends pas ? Je ne t'ai jamais aimée ! »

Elle rougit de honte. « Patrick, c'est moi, pas Saskia ! » dit-elle d'une voix légère et enjouée – c'était le jour de son mariage après tout – mais suffisamment forte pour qu'il l'entende à l'autre bout de l'allée désormais aussi longue qu'une piste d'aéroport.

« Fous-moi la paix !

– Chérie, je crois qu'il ne t'aime plus », dit Anne. Sa mère et ses marraines portaient une robe de demoiselle d'honneur tout droit sortie des années quatre-vingt : taffetas rose, épaules bouffantes, gros nœud.

« Ah, les hommes ! dit Pip. On n'a pas besoin d'eux ! Allons nous soûler !

– Tu rencontreras quelqu'un d'autre, dit Mel.

– Je ne l'ai jamais vraiment apprécié de toute façon, dit Anne avec une moue.

– Il me prend pour Saskia, dit Ellen. Je suis sûre qu'il nous confond, c'est tout. »

Mais en réalité, elle n'en était pas certaine. Se pouvait-il que ce soit *elle* depuis le début, la foldingue qui le harcelait ?

« Tu m'as hypnotisé pour que je sorte les cartons ! cria Patrick. Tu m'as manipulé !

– Je suis désolée ! » s'exclama Ellen. Il était en train de la quitter. Cette relation allait prendre fin comme toutes ses précédentes relations. Elle allait devoir élever ce bébé toute seule et il était tellement minuscule ! Elle ferma doucement la main sur le bébé-perle et se mit à courir mais fut bientôt trahie par ses jambes brinquebalantes, comme si elle venait de sauter d'une falaise.

Elle ouvrit les yeux.

Était-ce le matin ou la nuit ? La chambre semblait envahie d'une inquiétante lumière jaune orangé.

Une lumière pareille à celle d'un incendie, à ceci près qu'il n'y avait pas d'odeur de fumée. Elle entendait la respiration de Patrick, des cliquetis plus que des ronflements, et le bruit sourd et régulier des vagues qui se brisaient sur la plage.

Et un autre son. Un son anormal.

Au bout du lit, une longue forme sombre. Le cœur martelant dans sa poitrine, Ellen garda les yeux rivés sur la forme, attendant qu'ils s'adaptent à l'obscurité et lui donnent les contours d'un objet familier, comme une chaise ou un peignoir accroché derrière la porte.

La forme bougea.

Les poumons d'Ellen se remplirent d'air.

Une femme. Debout dans leur chambre, au pied de leur lit, à les regarder dormir, se tenait une femme. Ellen recula si vite que son crâne frappa douloureusement la tête de lit.

Colleen. Colleen, revenue d'entre les morts pour récupérer son mari.

« Qu'est-ce qu'il y a ? » demanda Patrick d'une voix endormie.

Il se redressa, se frotta les yeux puis, soudain, rejeta la couette et avança à quatre pattes jusqu'au bout du lit.

« Dégage ! rugit-il. Dégaaaaage ! »

Colleen ? Non. Saskia. Elle portait un bas de pyjama avec un maillot de foot. Elle avait les cheveux mouillés peignés en arrière. Elle était pieds nus.

« Patrick. » Elle recula d'un pas pour éviter de se faire empoigner. « Je voulais juste... »

Patrick s'étala sur le sol maladroitement.

Saskia tenait quelque chose dans sa main. Les clichés de l'échographie qu'ils avaient laissés sur la table de la cuisine.

« Hé ! » fit Ellen, surprise par sa propre voix. Une voix d'écorchée vive. « Rendez-moi ça. »

Elle sortit du lit et se dirigea vers Saskia. « C'est à *moi* ! »

Un cri terrifié se fit entendre à l'autre bout du couloir. « Papa !

– Jack ! » dit Saskia en se tournant à moitié vers la porte.

Patrick se leva, l'attrapa par les bras et la souleva du sol comme s'il allait la jeter contre le mur. Les photos tombèrent par terre. Ellen vit Patrick trembler de tout son corps, le regard fou de rage.

Il va la tuer, pensa-t-elle. *Je dois l'empêcher de la tuer.*

Elle s'agrippa à son tee-shirt tandis que Saskia essayait de lui passer les bras autour du cou.

« Je veux juste t'expliquer ! »

Patrick se dégagea de son étreinte.

« Papa ! hurla Jack. Ellen ! Qu'est-ce qui se passe ?

– Dehors ! » Patrick reposa Saskia par terre. « Dehors maintenant !

– Pardon ! » dit-elle, la voix pleine de sanglots. Elle se laissa aller contre son torse et, Ellen toujours cramponnée au tee-shirt de Patrick, tous trois sortirent dans le couloir dans une danse étrangement intime.

Le jour se levait. Dans l'encadrement de la porte de son bureau, en face de leur chambre, la plage et l'océan avaient laissé place à un brouillard orange apocalyptique. Une lumière jaune baignait la maison. Elle lâcha le tee-shirt de Patrick et ne put détacher son regard de la baie vitrée.

Que se passait-il ? L'état de guerre ?

« Papa ! C'est l'*Apocalypse* ! »

Ellen se retourna pile au moment où Patrick poussait Saskia sans ménagement tandis que Jack, les yeux exorbités de peur, arrivait à leur hauteur.

Saskia glissa sur le tapis du palier et tendit le bras dans un geste désespéré pour se rattraper quelque part.

Sa main s'agrippa au haut de pyjama de Jack et tous deux dégringolèrent l'escalier dans un fracassant roulé-boulé.

22

« Attention ! »

Toutes les mères du monde entier à toutes les époques

Un silence interminable s'installa sans qu'Ellen ni Patrick puissent bouger leurs mains agrippées à la rampe du palier ni détacher leurs yeux de Jack et Saskia en bas de l'escalier.

Saskia était sur le dos. Une de ses jambes formait un angle invraisemblable. Sa tête tombait sur le côté ; ses cheveux cachaient son visage.

Jack était étendu de tout son long sur le ventre, les bras au-dessus de la tête, paumes sur le sol, comme s'il dormait.

Ils sont tous les deux morts, c'est sûr, se dit Ellen, frappée par la révélation terrifiante que ces choses-là arrivaient, exactement comme ça, partout, tout le temps. Des gens mouraient, des *enfants* mouraient, dans des accidents stupides, il suffisait de quelques secondes, et ensuite vous continuiez de respirer, votre cœur continuait de battre, tout restait exactement comme avant. L'inacceptable se produisait et vous étiez censé l'accepter.

Patrick émit un gémissement pareil à celui d'un chien.

Puis Jack bougea et son père réagit immédiatement. Il descendit l'escalier si vite qu'Ellen, lui emboîtant le pas, ne put s'empêcher de crier : « Attention ! »

Jack se redressa, tenant son bras. Son visage était livide. « Je crois qu'il est cassé », dit-il sur un ton factuel avant de détourner la tête et de vomir par terre.

Ellen et Patrick tombèrent à genoux de chaque côté de lui.

« Oh, mon chéri », dit Ellen. Elle souleva la manche de son pyjama et vit l'os de son bras qui traversait la peau.

« Ça va aller, mon grand », dit Patrick faiblement. Il semblait au bord de la syncope.

Jack leva la tête et s'essuya la bouche. Il les regarda d'un air perdu, les yeux pleins de larmes.

« Qu'est-ce qui s'est passé ? Je comprends pas. Pourquoi Saskia est là ?

– Ne t'inquiète pas pour ça. Je vais t'emmener aux urgences, répondit Patrick en tendant les bras pour le soulever.

– Non, il ne faut pas le bouger, dit Ellen. Il pourrait avoir une lésion au dos ou un traumatisme crânien. Allonge-le et veille à ce qu'il garde son bras immobile. Je vais appeler une ambulance. Je regarde juste comment va Saskia.

– On s'en fiche, siffla Patrick.

– Qu'est-ce qu'elle fait là ? » répéta Jack. Il écarquilla les yeux en l'apercevant par-dessus l'épaule d'Ellen. « Est-ce qu'elle va bien ?

– On s'en fiche.

– Non ! » cria Jack d'une voix étonnamment forte dans le silence de la maison.

Patrick blêmit. « Tout va bien, mon grand. »

Jack le repoussa. « Pourquoi tu dis ça ? Arrête de dire ça ! Juste parce que *toi*, tu ne l'aimes pas. C'est pas juste !

– Là, tout va bien, répéta Patrick d'un ton réconfortant.

– Comment elle va ? Vérifie ! » Le visage de Jack passa du blanc au rouge, sa petite poitrine se souleva sous son pyjama et ses yeux étincelèrent de rage. Ellen n'avait jamais vu un petit enfant vivre des émotions si intenses.

« Je m'en occupe, Jack. »

*

Il y a des pans entiers de la soirée que je n'oublierai jamais, je le sais, et d'autres dont je ne me souviendrai jamais, je crois.

Par exemple, je n'ai pas le souvenir d'avoir appelé un taxi mais je me revois payer le chauffeur une fois qu'il s'est garé devant chez Ellen. Je lui ai donné un pourboire de dix dollars et on a parlé du vent. Il mugissait. Les arbres se balançaient d'avant en arrière telles des femmes qui pleurent la mort d'un enfant.

Je me sentais exaltée, déchaînée ; une femme dans la forêt prête à accueillir ce qui sommeille en elle, quoi que ce soit. Je me rappelle avoir touché mes cheveux et m'être étonnée qu'ils soient trempés car il ne pleuvait pas. J'ai dû appeler le taxi à peine sortie de la douche.

Au moins, je n'ai pas conduit en état d'ivresse. Une partie rationnelle de mon cerveau a été assez futée pour ne pas prendre le volant.

Je ne me rappelle pas pourquoi j'ai décidé d'aller chez Ellen, mais je devine le cheminement de ma pensée. J'étais probablement en train de m'imaginer Patrick et Ellen qui s'apprêtaient à se coucher ensemble, discutant de leur journée, se réjouissant d'avoir découvert leur bébé, et j'ai dû penser : *J'aimerais pouvoir les voir.*

Sur quoi, l'idée a dû me venir… *Pourquoi ne pas y aller, là maintenant ?*

Ou peut-être que j'ai ressenti un besoin impérieux de dire quelque chose à Patrick : que je l'aimais ou que je le détestais, que je comprenais ou que je ne comprendrais jamais, que j'allais le laisser tranquille, enfin, c'était terminé, je ne m'approcherais plus jamais de lui, ou que je ne renoncerais jamais, que je l'aimerais jusqu'à la fin de ma vie.

Qui sait ?

Ce dont je me souviens ensuite, c'est moi, me tenant au bout de leur lit.

Patrick dormait sur le dos, la bouche ouverte, ronflant à sa manière toute personnelle, chaque respiration se situant un peu plus haut sur l'échelle des décibels jusqu'à ce qu'un énorme ronflement saccadé le réveille à moitié et le réduise au silence avant que, quelques secondes plus tard, il ne recommence. Ellen, elle, était allongée sur le côté, les mains jointes en prière sous la joue, exactement comme je l'avais imaginée dormir, à ceci près qu'elle ronflait aussi, plus doucement et sur un rythme plus régulier que Patrick. C'en était comique, comme s'ils essayaient de jouer une mélodie ensemble mais se trompaient sans cesse et devaient recommencer.

Je n'ai ressenti ni jalousie, ni colère, ni chagrin. J'étais calme et bien intentionnée à leur égard. À cause du concert de ronflements, je crois. Alors quand ils se sont réveillés, leur réaction m'a fait un choc. L'effroi sur leurs visages ! J'avais envie de leur dire : « Non, non, n'ayez pas peur, ce n'est que *moi* ! »

On aurait dit que Patrick avait vu une bête dangereuse. Un grizzly qui se dressait au-dessus de lui. Ce n'était que moi. Moi ! Saskia ! Je ne tue même pas les cafards. Il le sait.

Ensuite Ellen s'est mise à me crier dessus en montrant ma main, alors j'ai baissé la tête et j'ai vu que je tenais les clichés de leur bébé. Je ne me souvenais pas de les avoir pris ni même de les avoir regardés.

Sa réaction... à croire que j'étais en train de lui voler son bébé.

Techniquement, c'est elle qui a m'a volé mon bébé. J'aurais très bien pu tomber enceinte de Patrick si nous avions persévéré. Enfin, peut-être.

Ils ont fait un tel boucan qu'ils ont réveillé Jack. Je l'ai entendu appeler depuis sa chambre. Alors moi, ce que je voulais, c'était que tout le monde se calme. Qu'ils sachent que ce n'était pas la peine d'être contrariés.

Mais ensuite, une petite voix a dit dans ma tête : *Saskia, tu es allée trop loin. Qu'est-ce que maman penserait de ton attitude ?* Comme dans un cauchemar, où vous vous rendez compte tout à coup que vous êtes nue au beau milieu d'un centre commercial.

Maman ne verrait pas d'un très bon œil que je perturbe Jack.

Personne n'a voulu se calmer. Patrick a refusé de m'écouter. Il me poussait, violemment. J'ai remarqué que tout avait pris une teinte sépia, comme si nous étions des personnages sur une vieille photo. La scène n'en a semblé que plus cauchemardesque et surréaliste.

Je revois Jack courant vers nous dans le couloir vêtu de son pyjama, les yeux exorbités, la bouche béante de peur. *Tu vois, Saskia, ça, c'est ta faute*, a dit la voix dans ma tête.

Et puis, je ne sais pas comment, on est tombés à la renverse tous les deux et, dans notre chute, j'ai essayé de le tenir fermement pour éviter qu'il se fasse mal. Une horreur.

C'est la dernière chose dont je me souviens avant de me réveiller à l'hôpital avec une douleur absolument insoutenable dans tout le bas du corps, comme si quelqu'un me jetait des briques du haut d'une tour, et Ellen qui regardait par la fenêtre de ma chambre. J'ai dû émettre un bruit parce qu'elle s'est retournée et m'a souri. Elle n'avait pas l'air d'avoir peur. Elle m'a souri, comme si j'étais une personne normale, pas un dangereux grizzly.

Puis elle a dit : « Il y a eu une grosse tempête de poussière. »

*

Ce fut la première chose qui lui vint à l'esprit.

« Sydney est couverte de poussière. La ville a pris des airs apocalyptiques. Pas étonnant que Jack ait cru que c'était la fin du monde. Moi-même j'ai pensé à une bombe nucléaire. »

Saskia dévisagea Ellen d'un air ahuri, comme si elle parlait une langue étrangère.

« Apparemment les images satellites sont frappantes. » Ellen prit une profonde inspiration et s'assit sur la chaise à côté du lit. « Bref, tout ça explique pourquoi les secours ont mis autant de temps à arriver ce matin. La ville est en proie au chaos. »

Le regard de Saskia passa lentement sur le drap d'hôpital blanc qui couvrait son corps.

« Vous vous êtes fracturé le bassin. Et la cheville droite. Vous aurez peut-être besoin d'une intervention chirurgicale pour la cheville mais pour le bassin, ils pensent que ça va se remettre tout seul. Le petit bouton qui est là, c'est pour augmenter la dose d'antidouleur. Il suffit d'appuyer dessus. »

Elle se tut et planta ses yeux dans ceux de Saskia. C'était troublant, comme s'il y avait entre elles une connexion plus intime qu'entre deux amants. Saskia avait les yeux marron clair. Presque dorés.

« Je ne sais pas si vous vous souvenez de ce qu'il s'est passé...

– Jack, dit Saskia clairement.

– Il s'est cassé le bras. Mais en dehors de ça, il va bien. »

Le visage de Saskia se décomposa. « C'est ma faute.

– Eh bien... oui. »

*

Quand il avait deux ou trois ans, Jack a eu une période où il n'arrêtait pas de se faire mal. Il se cognait la tête contre la table basse, le coude contre l'encadrement de la porte. Dès qu'un bleu ou une égratignure guérissait, il s'en faisait un autre. En général, je me trouvais à l'autre bout de la maison d'où j'entendais le bruit d'un choc, le silence puis un hurlement de douleur qui me déchirait le cœur. Je me disais : *Pas encore.*

Un soir, Patrick jouait avec lui à une heure où il aurait dû être déjà au lit et je n'arrêtais pas de dire : « OK, ça suffit maintenant », parce que je savais que Jack était épuisé et qu'il n'allait pas tarder à se faire mal. Comme de juste, cinq minutes plus tard, Jack hurlait et crachait du sang – il s'était mordu la langue en se cognant le menton. J'étais *furieuse* contre Patrick. J'ai dû lui répéter mille fois : « Attention ! »

Et voilà qu'à présent, à cause de *moi*, Jack s'était cassé le bras. Inutile de nier ma responsabilité. Impossible de tordre les événements de la veille pour incriminer quelqu'un d'autre.

Ellen était assise là, les yeux rivés sur moi. Elle avait l'air éreintée : cernes gris sous des yeux sans fard, lèvres pâles, cheveux en désordre. Son visage était quelconque. Tout à fait ordinaire.

Mais il y avait chez elle quelque chose de cristallin. Quelque chose de naturel et authentique.

Jack s'est cassé le bras par ma faute.

C'était comme si quelqu'un tenait un écran juste devant mes yeux et qu'y défilaient les images de tout ce que j'avais fait ces trois dernières années : chaque texto, chaque coup de fil, chaque lettre restée cachetée, jusqu'à ce final couleur sépia où Jack et moi avions dégringolé l'escalier.

J'ai fermé les yeux, espérant m'y soustraire. En vain. Elles passaient en continu, inflexibles.

La honte était en train de m'asphyxier.

« Respirez, a dit Ellen. Concentrez-vous seulement sur votre respiration. Inspirez, expirez. Inspirez, expirez. » Le son de sa voix, telle une mélodie familière, m'a ramenée tout droit dans son petit cocon de verre avec vue sur l'océan. J'ai écouté avidement, comme si ses paroles étaient de l'oxygène.

« Voilà. Comme ça. Inspirez. Puis expirez. »

J'ai ouvert les yeux, elle était penchée en avant, son visage à quelques centimètres à peine du mien. Elle a pris ma main entre les siennes. Elles étaient froides. Ma mère avait toujours les mains froides. *Mains froides, cœur chaud*, répétait-elle souvent.

« Toucher le fond – vous avez déjà entendu cette expression ? »

Elle n'attendait pas de réponse. Je l'ai compris au changement subtil de sa voix, désormais « professionnelle ».

« C'est ce qui arrive aux toxicomanes lorsqu'ils finissent par s'effondrer sur tous les plans, physique, spirituel, émotionnel, a-t-elle repris. Je crois que c'est ce qui vous arrive en ce moment, Saskia. Je n'en ai jamais fait l'expérience, mais j'imagine que ça doit être terrible. Comme si c'était la fin du monde. »

J'ai senti quelque chose se déchaîner dans ma poitrine, comme un oiseau pris au piège qui bat des ailes.

Et Ellen de poursuivre : « Mais c'est une bonne chose, c'est bien, excellent même, car c'est un tournant. C'est le début de la guérison. Le début d'une nouvelle vie. Je suppose que vous avez déjà essayé d'arrêter, n'est-ce pas ? » Là encore, elle ne semblait pas attendre de réponse. « Mais cette fois-ci, ça va marcher. D'abord, vous allez être coincée. » Elle avait les yeux pétillants, comme si tout ça était une énorme plaisanterie. « D'après les médecins, vous ne pourrez pas marcher pendant six à huit semaines, et après, vous aurez des béquilles.

« Dans le même temps, vous allez consulter un psychologue », a-t-elle poursuivi sur un ton plein d'assurance, joyeux, comme si nous discutions de nos projets de vacances communs. « Ce sera une bonne façon de vous occuper. Puis, quand vous serez sur pied, je crois que vous devriez déménager. » Elle a souri. « Ça vous paraît peut-être un peu présomptueux de ma part mais bon, je pense que j'ai le droit d'être présomptueuse. Je pense que vous devez vous éloigner de Sydney. Pour éviter toute tentation. »

Elle a serré un peu plus ma main. « J'imagine que Patrick va enfin se résoudre à demander une injonction d'éloignement. Donc, légalement, vous ne pourrez plus nous approcher. Il va avoir besoin d'en passer par là, mais moi, ce dont j'ai besoin, c'est une promesse de votre part, une promesse, là, maintenant, que c'est terminé, que la nuit dernière, c'était la fin, et qu'aujourd'hui, c'est le début. La fin de votre ancienne vie et le début de votre nouvelle vie. Est-ce que vous pouvez me faire cette promesse ? »

Je me suis vue acquiescer d'un hochement de tête, comme si j'étais une marionnette dont elle tirait les ficelles. Puis j'ai dit : « Promis. »

Elle m'a tapoté la main. « Bien. »

Tout à coup, j'ai repris conscience de la douleur. Elle m'a violemment enserré le bas du corps et j'ai eu le sentiment que quelqu'un avait une dent contre moi et me faisait sciemment souffrir. J'ai essayé de ne pas résister, d'accepter que c'était ma punition, mais franchement, c'était atroce.

« Prenez une dose », a dit Ellen en me mettant une sorte d'interrupteur dans la main. J'ai appuyé sur le bouton. Quelques secondes plus tard, une sensation de chaleur duveteuse pareille aux picotements d'une aiguille est remontée dans mes jambes et la douleur s'est estompée.

« Pourquoi vous êtes ici ? Pourquoi vous êtes gentille avec moi ? » J'avais l'impression d'avoir du coton dans la bouche, comme si je n'avais pas parlé depuis très longtemps.

Ellen s'apprêtait à me répondre mais elle s'est ravisée, comme pour mieux réfléchir à la question.

Puis : « Je ne sais pas vraiment. Vous m'avez fait peur mais en même temps votre attitude a piqué ma curiosité. J'y ai même trouvé une étrange forme de légitimation. Le fait que vous nous observiez a donné plus de relief à ma vie. » Elle a haussé les épaules. « J'étais un peu accro à vous.

– Vous devriez me détester. » Mon élocution m'a paru inhabituelle : je marmonnais, comme si j'avais eu une attaque cérébrale. « Patrick me déteste.

– Contrairement à lui, je n'ai pas de lien émotionnel avec vous. Il vous déteste parce qu'il vous a aimée.

– C'est gentil à vous de dire ça. » J'avais le nez qui coulait. J'ai voulu m'essuyer avec le dos de la main mais avec la perfusion, impossible. J'ai reniflé bruyamment. Je m'en fichais. J'avais perdu toute honte.

« Je ne suis pas aussi gentille que vous le dites. Quand je vous ai vue avec l'échographie, j'ai eu envie de vous tuer. Voyez, j'ai mes limites. Pas question de vous laisser approcher mon bébé. »

Son regard était glacial à présent.

J'ai songé à lui dire *Je suis désolée* mais ces mots m'ont paru ridiculement insuffisants.

Alors à la place, j'ai dit : « Patrick a de la chance de vous avoir. » Et je me suis rendu compte que je le pensais peut-être vraiment, que dans une lointaine partie de mon cerveau, une zone plus généreuse, je pouvais même être heureuse pour lui.

Là, l'expression de son visage a changé de manière très subtile. « Il est toujours amoureux de sa première femme, a-t-elle dit.

– Oui, bien sûr », ai-je articulé. Mes sens partaient à la dérive.

« Il aime toujours Colleen. Le premier amour, tout ça, mais bon, elle est morte, pas vrai ? J'ai toujours su que je l'aimais plus qu'il ne m'aimait. Je m'en moquais, je l'aimais tellement. »

Une immense vague de fatigue m'entraînait quelque part, loin, très loin.

« Je sais, oui. » Ellen s'est levée, a arrangé le drap, comme une mère. « Vous l'aimiez. Et vous aimiez Jack. »

L'espace d'un instant, j'ai eu le sentiment de surnager, de retrouver un peu de lucidité. « Vous m'avez hypnotisée ? »

Elle a souri. « J'ai plutôt essayé de vous *dés*hypnotiser, Saskia. »

Ensuite, j'ai laissé le courant m'emporter et, tandis que je m'éloignais, je l'ai entendue dire : « Il est temps de passer à autre chose maintenant, Saskia, d'arrêter de retenir tous ces souvenirs de Patrick et de Jack. Ça ne signifie pas que ça n'a pas existé, que Patrick ne vous a pas aimée, que vous n'avez pas été une mère formidable pour Jack. Je sais que vous l'avez été. Ça ne veut pas dire qu'il ne vous a pas brisé le cœur. Mais à présent, il faut laisser cette histoire derrière vous. Alors je veux que vous visualisiez une porte. Une grande porte en bois, lourde, dotée d'une serrure ancienne dorée. Et que vous fermiez cette porte. *Bang.* Tournez la clé. Jetez-la. La porte est fermée, Saskia. Fermée à jamais. »

Quand je me suis réveillée, la chambre était vide et la visite de l'hypnothérapeute semblait être un songe.

23

« L'amour ! Donnez-moi plutôt du chocolat ! Sans hésiter ! »

Pip, marraine d'Ellen

« Dites donc, les filles ! Les suffragettes se sont laissées mourir de faim pour le droit de vote ; ce n'est pas pour que vous vous laissiez mourir de faim pour un homme. »

Mel, marraine d'Ellen

Au secours ! Les inepties qu'elle avait sorties. *Fermez la porte. Fermez-la à jamais.*

N'importe quoi. Cette femme s'était introduite chez eux au beau milieu de la nuit pour les regarder dormir ! Elle était probablement schizophrène ou bipolaire ou que sais-je encore. Ce qu'il lui fallait, c'était sûrement une bonne camisole chimique associée à une thérapie intensive quotidienne. Les petites métaphores complètement mièvres d'Ellen, c'était comme donner des vitamines à quelqu'un qui avait besoin d'une intervention chirurgicale.

Sans compter que l'image de la porte n'était pas franchement adaptée. Fermer la porte à ses souvenirs ! Elle avait carrément encouragé le refoulement ! Elle aurait dû suggérer quelque chose autour de l'eau. Lavez-vous de… Oh, et puis zut !

Ellen bâilla copieusement sans se donner la peine de mettre la main devant sa bouche. Elle rentrait de l'hôpital. Il y avait moins de circulation que d'habitude : les gens restaient chez eux à cause de la tempête de poussière. Il y avait toujours du vent même s'il était moins fort que la nuit précédente. Le ciel était chargé de nuages sombres et la ville entière était couverte d'une fine couche de poussière orange. Comme une pellicule de crasse. En passant devant un café en extérieur désert, elle vit une femme qui passait la serpillière, un masque chirurgical sur le visage. Une mère ferma sa voiture et s'éloigna d'un pas rapide en portant un tout-petit dont elle avait protégé la tête sous une couverture, comme Michael Jackson. Puis un jeune homme en short et tee-shirt passa en trottinant, comme si son jogging l'avait téléporté depuis une journée ensoleillée au ciel azur, une journée propre et ordinaire.

Qu'est-ce qui t'a pris d'aller lui parler ? Voilà ce que tout le monde lui dirait. *Tu dois être encore plus tarée qu'elle ! Tu lui as apporté des chocolats et des fleurs ? Accompagnés d'une carte peut-être ?*

Elle regarda sa montre. Midi. Elle repensa aux événements du petit matin. Elle avait l'impression que des jours et des jours s'étaient écoulés depuis, non quelques heures.

Quand il n'avait plus fait de doute que Jack allait suffisamment bien pour bouger, Patrick avait décidé de l'emmener à l'hôpital. Ellen avait compris qu'il lui était insupportable d'attendre, bras ballants, une ambulance, il avait besoin de se mettre en mouvement, d'agir, et surtout de s'éloigner de Saskia. Sa colère bouillonnante était palpable, son corps dégageait une chaleur pareille à une petite fièvre. Elle avait proposé de rester avec Saskia le temps que les secours arrivent. « Tu ne peux pas rester avec elle », avait-il protesté, mais Ellen avait fait remarquer qu'étant à peine consciente (sa respiration était peu profonde et, visiblement, elle souffrait énormément), elle ne représentait aucun danger. Et d'ajouter qu'ils ne pouvaient décemment pas la laisser seule avec un mot sur la porte pour les ambulanciers. Patrick, qui n'était pas d'humeur à entendre ce genre de commentaire blagueur, avait suggéré d'appeler la police et de passer le relais. Sur quoi Ellen l'avait convaincu de se concentrer sur Jack.

Une fois sur place, les urgentistes avaient informé Ellen qu'elle pourrait retrouver la blessée à l'hôpital de Mona Vale mais qu'elle ne devait pas chercher à les suivre – qu'elle prenne son temps sur la route, Saskia était en bonnes mains. Comme ils étaient partis du principe qu'elle serait là, elle s'était habillée et avait rejoint l'hôpital où elle avait patienté pendant des heures dans une salle d'attente noire de monde – principalement des asthmatiques qui respiraient bruyamment à cause de la tempête de poussière – à lire des magazines people sans enregistrer le moindre potin. Finalement, une infirmière était venue lui dire qu'elle pouvait voir Saskia quelques minutes.

Entre-temps, elle avait eu Patrick au téléphone. Il avait emmené Jack dans une clinique privée de Manly où ils attendaient qu'on lui plâtre le bras. Il n'avait pas posé la moindre question sur Saskia et pensait manifestement qu'Ellen était à la maison car il lui avait dit d'essayer de dormir.

Comment réagirait-il en apprenant qu'elle avait rejoint Saskia à l'hôpital ? Qu'elle lui avait parlé ? Verrait-il ça comme une trahison ? Était-ce une trahison ?

À vrai dire, aux yeux d'Ellen, parler à Saskia n'était pas simplement ce qu'il convenait de faire ; c'était un impératif, pour Saskia comme pour elle-même.

Ellen revit le désespoir sur le visage de Saskia, allongée sur cet étroit lit d'hôpital. C'était le désespoir de quelqu'un qui venait de tout perdre dans une catastrophe naturelle, quelqu'un qui commençait à saisir que tout ce sur quoi sa vie reposait n'existait plus.

Avait-elle vraiment « touché le fond » ? Peut-être que ce désespoir qu'Ellen avait cru lire sur son visage n'était autre que la douleur (qui, d'après l'infirmière, serait très intense) et qu'une fois rétablie, elle reprendrait ses vieilles habitudes.

Son téléphone sonna sur le siège passager. Patrick. Il devait être rentré avec Jack à l'heure qu'il était ; il se demandait probablement où elle était. Elle serait à la maison d'ici quelques minutes alors elle ne prit pas la peine de se ranger sur le côté pour répondre.

Il ne faisait aucun doute que cet épisode marquerait un tournant pour lui. Maintenant que Jack avait été blessé, il ferait assurément appel à la police. Si Ellen essayait de le convaincre que Saskia avait elle-même probablement atteint un tournant, il ne la croirait pas. Elle le revit s'approcher de Saskia à genoux sur le lit dans cette inquiétante lumière aurorale, le visage déformé par la peur et la fureur.

Si elle se trompait, si Saskia continuait de les harceler, la haine de Patrick le détruirait à petit feu. Comme un acide qui le consumerait de l'intérieur. Ellen avait l'impression que son ressentiment avait déjà altéré sa personnalité, lui donnant des contours plus tranchants. La plupart du temps, ils s'effaçaient derrière le personnage que Patrick aimait donner à voir : le chic type, l'Australien direct et décontracté. Mais ces derniers mois, après qu'ils avaient dépassé le stade de la simple passade, à mesure qu'elle avait appris à le connaître, à le connaître vraiment, elle avait vu le tranchant apparaître au grand jour. L'amertume. La méfiance. L'anxiété. Dire qu'il avait déjà eu tellement de chagrin dans sa vie avant même de rencontrer Saskia…

Elle se demanda quel genre d'homme il serait devenu si Colleen n'était pas morte. Ils auraient probablement eu d'autres enfants après Jack. Patrick aurait été un père comme les autres, investi à l'école, mais déléguant à sa femme les décisions relatives au foyer – un homme plus simple, plus doux. Un homme plus heureux.

Et le petit bébé qui leur avait fait signe hier n'aurait jamais existé.

Mouais… à quoi bon penser à ça ? C'était idiot et stérile.

Elle bâilla de nouveau. À l'épuisement venait s'ajouter une faim de loup – ce besoin urgent et vorace de manger qu'elle n'avait jamais ressenti avant cette grossesse. En rentrant, elle irait au lit avec une *pleine* assiette de tartines et une tasse de thé, se blottirait sous la couette jusqu'au menton et s'endormirait aussitôt d'un sommeil profond et sans rêve. Elle dirait à Patrick qu'elle était trop fatiguée pour parler ; trop fatiguée quel que soit le sujet – passé, avenir, présent.

Il ne...

Arrête d'y penser, se fustigea-t-elle.

Mais c'était bien inutile car elle savait qu'une partie de son esprit n'avait pensé à rien d'autre depuis la veille au soir, et ce en dépit de tout ce qui s'était passé. Ça avait d'ailleurs renforcé la dimension cauchemardesque des événements.

Il ne m'aime pas autant qu'il aimait Colleen. Il a des doutes. Quand il me regarde et qu'il pense à elle, il voit que ce n'est « pas pareil ». Il n'aimera jamais personne comme il a aimé Colleen.

Elle sonda ses sentiments – lentement, timidement, comme si elle soulevait un vêtement pour regarder une blessure par balle.

Est-ce que c'était douloureux ?

Oui, très douloureux.

Elle pensa au détachement avec lequel Saskia avait accepté que Patrick ne l'aimerait jamais autant que Colleen et eut un éclair de lucidité surprenant : *Je n'aime pas Patrick autant que Saskia.*

Peu importait à Saskia d'aimer Patrick plus fort qu'il ne l'aimait en retour mais Ellen ne s'en moquait pas du tout. Si elle cédait une partie de son cœur à un homme, elle voulait recevoir une partie aussi grande du sien. À vrai dire, une partie encore plus grande lui irait très bien, merci beaucoup.

Ce qu'elle voulait en réalité, c'était être aimée *à la folie*. Elle allait avoir un bébé. Elle méritait d'être aimée à la folie.

Eh bien, en voilà une exigence puérile, n'est-ce pas ?

Elles étaient légion, les femmes qui mettaient un enfant au monde sans le soutien d'un partenaire fou d'amour pour elles. N'avait-elle pas un homme *aimant* dans sa vie ? Ça devrait lui suffire ! Sa propre mère avait bien fait un bébé toute seule !

Ellen était chanceuse. Elle avait reçu plus que sa part d'amour. En fait, c'était peut-être bien là le problème. Elle avait eu trop d'amour. Elle était pourrie gâtée.

Elle allait oublier ce que Patrick lui avait révélé sous hypnose. Elle veillerait à ne jamais y penser, à ne jamais en parler à qui que ce soit, et surtout pas à lui.

Oui, ce serait peut-être difficile, mais c'était ce qu'il convenait de faire.

Un coup de klaxon poli se fit entendre derrière elle. Le feu était passé au vert tandis qu'elle prenait ces bonnes résolutions. Elle leva la main pour s'excuser et appuya sur l'accélérateur.

Chanceuse, se répéta-t-elle.

*

« Vous allez avoir besoin de beaucoup de soutien au cours des prochains mois », a conclu mon médecin. Avec ses joues roses de poupon, il semblait très jeune. Il faut croire que je vieillis.

Je me souviens que, quand maman était hospitalisée, elle s'étonnait sans cesse du jeune âge de ses toubibs. « Je ne peux pas m'empêcher de rire. Ils s'adressent à moi d'un ton si sérieux alors qu'ils ont l'air de gamins déguisés en docteurs », me chuchotait-elle à l'oreille.

Sauf qu'ils savaient de quoi ils parlaient, les gamins. *Elle passera peut-être Noël, mais pas beaucoup plus*, m'avait dit l'un d'eux.

Je n'étais pas là quand elle est morte. Je devais être à la maison parce que Jack rentrait à l'école. Marrant comme pour moi c'était devenu « la maison ».

Mon médecin a confirmé ce qu'Ellen m'avait déjà annoncé. Bassin et cheville fracturés. Ils avaient programmé une intervention chirurgicale pour le lendemain. Après quoi j'allais devoir rester alitée pendant six semaines.

Je me suis demandé combien de temps le bras de Jack mettrait à guérir.

« Je n'ai pas de famille. » Je ne sais pas pourquoi je lui ai dit ça. Peut-être que j'imaginais qu'il pouvait m'en prescrire une.

« Eh bien, vous allez devoir vous appuyer sur vos amis. Vous avez reçu de la visite tout à l'heure. Une amie proche, n'est-ce pas ? Elle semblait très soucieuse de votre état. »

Ellen.

« Mmmm... je ne pense pas qu'elle reviendra en fait.

– Oh. Eh bien, comme je vous l'ai dit, vous allez avoir besoin de soutien, alors je vous suggère de ne pas hésiter à solliciter votre entourage. Ne vous inquiétez pas. Les gens sont ravis de donner un coup de main en temps de crise. Ça leur fait du bien. Vous savez... de se sentir utiles. Vous serez surprise de voir toute l'aide que vos amis vous proposeront.

– Je n'en doute pas. »

Je ne pouvais pas lui dire que personne ne se proposerait pour m'aider, que je n'avais pas le réseau social qu'ont les autres, que j'étais seule, que je ne voyais pas qui solliciter. Cet homme n'avait pas la moindre idée qu'il y avait des gens comme moi – des gens qui, sous des dehors cultivés, adaptés, étaient en réalité aussi seuls et fous qu'un SDF.

Puis je me suis rappelé la différence entre moi et un SDF, à savoir que j'ai de l'argent. Alors je me suis dit : Je paierai quelqu'un pour obtenir le soutien dont j'ai besoin. Il doit exister un genre de service d'accompagnement pour les gens comme moi.

« Vous allez vous en sortir. »

J'ai essayé de sourire poliment mais mes muscles faciaux en ont décidé autrement, comme s'ils n'en avaient pas l'habitude, comme si je n'avais jamais souri de ma vie.

Le docteur m'a glissé la pompe à morphine dans la main avant de me tapoter l'épaule. « N'hésitez pas, ça vous soulagera. Profitez-en tant que ça dure. On va vous sevrer rapidement. »

J'ai appuyé sur le bouton rouge.

*

Quand Ellen arriva à la maison, Jack dormait à poings fermés dans sa chambre. Pelotonné sur le côté, son bras plâtré au-dessus de sa couverture, il avait l'air minuscule et pâle.

« Le médecin lui a prescrit des antidouleurs bien costauds », dit Patrick à voix basse en le regardant. Il remonta sa couette et posa un instant la main sur son front. « Il va probablement dormir pendant des heures. »

Tandis qu'ils descendaient l'escalier l'un derrière l'autre, Ellen sentit la colère de Patrick monter d'un cran à chaque marche, comme une Cocotte-Minute. Une fois dans le salon, il se mit à faire les cent pas et à parler, parler, parler. Il n'avait toujours pas demandé à Ellen d'où elle arrivait. Il voulait lui dire qu'il avait déjà appelé le commissariat – on lui avait enjoint de se présenter en personne afin de déposer et lancer la procédure pour obtenir une injonction d'éloignement contre Saskia –, que les blessures de Jack auraient pu être beaucoup plus graves, qu'il l'avait cru mort en le voyant étalé par terre en bas de l'escalier – pas elle ? – et qu'il aurait dû demander cette mesure d'éloignement beaucoup plus tôt, il ne se le pardonnerait jamais, jamais.

« Je n'arrive pas à comprendre comment elle est entrée, conclut-il.

– Aucune idée », répondit Ellen d'une voix fatiguée. Allongée sur le canapé en cuir de son grand-père, elle avait l'avant-bras sur les yeux. Patrick lui avait proposé une tasse de thé à son retour mais elle ne s'était toujours pas matérialisée. « J'ai enlevé la clé de secours suite à la dernière fois.

– Quoi ? »

Ellen se rendit compte trop tard de son erreur. Elle rouvrit les yeux. Patrick s'était figé au milieu de la pièce. « Comment ça, "la dernière fois" ? »

Elle ouvrit la bouche pour répondre mais temporisa dans l'espoir de trouver le bon équilibre entre la nécessité d'être honnête et celle de ne pas le faire enrager davantage. Elle renonça.

« Elle a laissé des biscuits sur le perron le jour où nous avons rendu visite aux parents de Colleen. Je me suis demandé si elle ne les avait pas faits dans ma cuisine.

– *Quoi ?* Elle s'est déjà introduite ici et tu n'as pas jugé utile de me le dire ?

– Eh bien, j'ai pu me tromper. » Elle se redressa et croisa les bras sur son ventre d'un geste protecteur. « J'ai juste eu une impression. » Patrick la regardait presque comme s'il voulait la frapper. Elle le revit attraper Saskia par les épaules comme pour la jeter contre le mur. « Je ne suis pas Saskia, fit-elle involontairement.

– Je sais, répliqua-t-il, ulcéré. Mais pourquoi tu ne m'en as pas parlé ?

– Je ne voulais pas te contrarier. Je sais dans quel état ça te met.

– Tu les as aussitôt jetés, n'est-ce pas ?

– Bien sûr. » L'honnêteté, c'était souvent surfait.

« Parce qu'à tous les coups, elle avait mis de la mort-aux-rats dans ces biscuits. Ou je ne sais pas moi, de l'anthrax !

– Elle ne veut pas te tuer, Patrick. Elle est amoureuse de toi.

– Qu'est-ce que tu en sais, de ce qu'elle veut ? Rien du tout ! Cette tarée nous regardait dormir, bon sang !

– Je viens de lui parler à l'hôpital. Je crois que c'est terminé. Vraiment. Elle m'en a fait la promesse. De toute façon, elle va être coincée au lit pendant un bon bout de temps. »

Patrick se laissa tomber sur la chaise en face d'elle ; celle que sa grand-mère utilisait pour regarder la télévision. Patrick semblait trop grand, trop lourdaud pour cette chaise. Ellen dut se retenir de dire : *Ne t'assois pas là.*

« Tu lui as parlé ? articula-t-il lentement. Mais pourquoi ?

– J'ai simplement pensé qu'une petite discussion pourrait changer la donne.

– OK. » Il passa la main sur son visage d'un geste vigoureux, plissant sa peau mal rasée. « Alors comme ça vous avez gentiment bavardé toutes les deux ?

– Je crois vraiment qu'elle a touché le fond.

– Oh, la *pauvre.* »

Ellen se tut. Il avait gagné le droit d'être sarcastique.

Ils se fixèrent quelques secondes puis Patrick détourna le regard, dépité.

Il respira un grand coup. « Tu es censée être de mon côté.
– C'est le cas ! s'exclama Ellen aussi sec.
– On dirait pourtant que tu es de son côté à elle.
– C'est... ridicule.
– Si un de tes ex te harcelait comme Saskia me harcèle, je n'hésiterais pas une seconde. Je lui péterais la gueule.
– Qu'est-ce que tu es en train de dire ? Que j'aurais dû lui coller mon poing dans la figure ? » Une question ridicule et déloyale, mais Ellen avait bien besoin de marquer quelques points.
« Bien sûr que non », fit Patrick, à bout. Il s'adossa à la chaise et ferma les yeux.
Ellen ressentit un martèlement en plein milieu du front. Son poignet se mit à la démanger furieusement.
La culpabilité. Voilà ce qu'elle éprouvait, parce qu'il avait en partie raison. Elle avait essayé de se mettre à la place de Saskia davantage qu'à celle de Patrick. La maturité exigeait qu'Ellen se taise, cesse de se justifier et, naturellement, de défendre Saskia.
Mais ce fut plus fort qu'elle. « Et là, tu es en train d'y penser ?
– D'y penser ? À quoi ? demanda Patrick en ouvrant les yeux.
– Est-ce que tu es en train de penser à Colleen ?
– Qu'est-ce que tu racontes ? Pourquoi est-ce que je penserais à Colleen ? Qu'est-ce qu'elle a à voir là-dedans ? »
Son air totalement déconcerté semblait sincère.
Eh bien... les bonnes résolutions qu'elle avait prises dans la voiture n'étaient plus qu'un lointain souvenir. Une partie d'elle aurait voulu pouvoir revenir en arrière de quelques secondes pour retirer ces paroles mais une autre, plus primaire, plus instinctive, voulait tout mettre sur la table, tout.
« Hier soir, tu as dit que parfois, quand tu me regardes, tu penses à Colleen et tu trouves que ce n'est pas pareil, et aussi que tu n'aimerais jamais personne comme tu l'as aimée.
– J'ai dit ça ? » Une pause. « Je n'ai jamais dit ça !
– Sous hypnose », admit Ellen.
Tiens, il n'avait pas répondu : Je n'aurais jamais dit une chose pareille.

« Donc c'est comme si j'avais parlé dans mon sommeil, fit Patrick lentement.

– À quelque chose près. Tu étais quelque part entre le sommeil et la conscience.

– Alors quand on fait ces séances d'hypnose, tu me poses des questions ? À propos de Colleen ? C'est pour ça que tu le fais ? Pour pouvoir fouiner dans ma tête ?

– Bien sûr que non », répondit Ellen. La sonnerie du téléphone retentit. Elle se demanda si ce n'était pas là l'occasion de se soustraire à cette conversation qui n'avait pas l'air de prendre un très bon tour. Elle regarda son poignet ; elle s'était grattée si fort qu'elle avait la peau tachetée de sang.

« Laisse, ils laisseront un message », dit Patrick.

Ils restèrent là à se regarder jusqu'à ce que le téléphone se taise.

*

La morphine a tout fait fondre autour de moi. Le plafond ramolli s'est mis à tournoyer, le drap blanc sur mon corps à onduler comme de l'eau.

Quand j'ai fermé les yeux pour échapper à la dissolution de la pièce, j'ai vu des images de ma vie, jetées devant moi les unes après les autres en une succession effrénée, telles des cartes sur un tapis.

Patrick m'attendant à la sortie du cinéma, perdu dans ses pensées, l'air triste, dont le visage s'est éclairé en me voyant ; ma mère, au temps où elle avait toujours les cheveux blonds, me ramenant à la maison après ma journée d'école et éclatant de rire en réaction à ce que je venais de raconter ; les enfants des voisins me regardant d'un air dégagé et confiant ; Lance, mon collègue, entrant dans mon bureau et me donnant avec enthousiasme les DVD de la série *The Wire*.

J'ai rouvert les yeux et, me souvenant soudain que j'avais un travail, je me suis dit que je devrais probablement prévenir de mon absence pour les semaines à venir.

J'ai appelé depuis le téléphone à côté de mon lit. À l'autre bout du fil, Nina. Quand j'ai entendu sa voix familière et joyeuse, j'ai été frappée d'horreur, comme si j'étais dans un rêve et que je venais d'entrer nue au bureau. La partie était terminée. Ils allaient découvrir la vérité.

« Nina, c'est moi, Saskia, me suis-je entendue dire.

– Ah, salut, Saskia, je ne savais pas que tu étais en rendez-vous extérieur ce matin. Je voulais te demander…

– Nina », l'ai-je interrompue. Ma voix sonnait comme si j'étais sous l'eau. Je me suis cramponnée au téléphone.

J'ai dû rester muette trop longtemps parce qu'elle a dit : « Tu es toujours là ?

– J'ai touché le fond.

– Pardon ? »

*

« Je ne sais pas quoi te dire. » Patrick avait les yeux vitreux. « J'ai la tête qui déborde avec ce qui s'est passé hier soir. Je n'ai pas le souvenir d'avoir dit ça, ce truc à propos de Colleen.

– Je n'aurais pas dû en parler. » Ellen n'était pas du tout fière d'elle. Elle entendit son portable sonner quelque part dans la maison.

« On peut discuter de ça plus tard ? Je voudrais aller au commissariat pour faire ma déposition tant que Jack dort.

– Bien sûr. En fait, oublions ça, je n'ai…

– On ne va rien oublier du tout. On va en discuter plus tard. » Il sourit. Un sourire tellement inattendu qu'elle eut envie de pleurer. « Je te le promets, on va tout mettre à plat et on va tout arranger.

– D'accord. »

Sa ligne professionnelle se mit à sonner.

« On dirait que quelqu'un a vraiment besoin de te parler.

– Oui. » Tout à coup, ses poumons se vidèrent de tout l'air

qu'ils contenaient. « Oh, non, ça m'est sorti de la tête. Ça m'est complètement sorti de la tête.

– Quoi donc ? »

Ellen regarda la pendule derrière Patrick comme si, par sa seule volonté, elle pouvait faire reculer les aiguilles. Il était quatorze heures trente. « Cette journaliste. Je devais la retrouver dans un café à onze heures. »

Elle l'imagina en train de tapoter des doigts sur la table et vérifier et revérifier sa montre avec mauvaise humeur. Elle qui était déjà mal disposée à son égard... À présent, elle allait penser qu'Ellen lui avait délibérément fait faux bond. Qu'elle avait quelque chose à cacher.

« Propose-lui un nouveau rendez-vous, suggéra Patrick. Dis-lui qu'il y a eu un accident. Ce n'est pas ta faute.

– Oui. » En effet, ça semblait logique, mais Ellen savait d'avance qu'un désastre s'annonçait. Ce que confirmèrent les messages qu'elle écouta sur son répondeur professionnel et son portable.

« Je vous attends au café que vous avez suggéré », disait Lisa en insistant légèrement sur le « vous ». Les bruits du café derrière elle ne firent qu'ajouter au sentiment de culpabilité d'Ellen. « Je compte boucler cet article cet après-midi, alors si vous ne me contactez pas dans les plus brefs délais, je partirai du principe que vous n'avez rien à répondre et que vous ne souhaitez pas réagir aux problèmes soulevés par vos anciens clients. »

Sitôt qu'elle raccrocha, la sonnerie du téléphone retentit et elle se jeta sur le combiné, dans l'espoir d'avoir une chance de se racheter. C'était sa mère.

« J'ai essayé de te joindre toute la matinée, dit Anne d'un ton accusateur. Il faut vraiment que je te parle.

– Je ne peux pas, là. Je te rappelle. »

Le téléphone sonna de nouveau. « Devine qui sort juste de mon lit ? dit Julia d'une voix éraillée.

– Je ne peux pas parler là », répéta Ellen. Quelle comédie... quelle affreuse comédie. « Désolée. » Elle raccrocha.

« Respire, dit Patrick.

– Boucle-la. »

Ellen composa le numéro de la journaliste. Elle tomba directement sur la boîte vocale et s'efforça de ne pas laisser la panique transpirer dans sa voix quand elle dit :

« Mon beau-fils a eu un accident. J'étais à l'hôpital. » Ses mots sonnèrent faux à ses propres oreilles. Artificiels, frauduleux, mensongers. Et pour cause : elle n'avait jamais appelé Jack son « beau-fils » et elle n'était pas à l'hôpital avec lui, elle était avec Saskia.

Patrick lui mima de respirer profondément, sur quoi elle lui fit comprendre de débarrasser le plancher.

La culpabilité qu'elle ressentait était totalement disproportionnée : elle n'avait tué personne. En fait, à part oublier un rendez-vous, elle n'avait rien fait du tout.

Tandis qu'elle concluait – « je serais ravie de pouvoir échanger avec vous ! » (*ravie de pouvoir échanger avec vous* : au secours, elle avait l'air d'une démarcheuse téléphonique !) –, quelqu'un sonna à la porte.

Patrick alla ouvrir et Ellen sentit le désespoir la gagner quand elle reconnut la voix de son rendez-vous de quatorze heures trente. Mary-Kate. En voilà une qui mériterait bien un paragraphe dans l'article qui allait la descendre en flammes. La journaliste pourrait révéler combien Mary-Kate avait dépensé au cours des derniers mois sans obtenir la moindre avancée. Après quoi, elle pourrait mentionner le prix de ces bottes qu'Ellen n'avait portées qu'une seule fois.

Je suis une mauvaise personne, songea Ellen. Une mauvaise, mauvaise personne.

(Il ne m'aimera jamais comme il a aimé Colleen.)

(Il finira par me quitter et je me retrouverai mère célibataire, comme maman.)

(Sans emploi.)

(Et pour couronner le tout, dans cinq petites années, j'aurai quarante ans. Quarante !)

« Mary-Kate ! » lança-t-elle en la rejoignant dans l'entrée, plus déterminée que jamais. « Je suis vraiment désolée mais je ne peux pas vous recevoir aujourd'hui. À vrai dire, je ne pourrai plus vous recevoir du tout. »

Mary-Kate eut l'air interloquée. Ellen remarqua qu'il y avait quelque chose de différent chez elle aujourd'hui. Son teint était moins terreux que d'habitude. Elle portait un long foulard bouton-d'or et tenait un bouquet de fleurs dans la main.

« Je vais juste vérifier que Jack va bien avant de filer. » Derrière Mary-Kate, Patrick leva les sourcils d'un air interrogateur, ses yeux fatigués cherchant clairement à dire quelque chose comme : *Tu te débarrasses de tous tes clients maintenant ?* Puis il disparut dans l'escalier avec un petit haussement d'épaules.

« Est-ce que ça va comme vous voulez ? demanda Mary-Kate.

– Pas vraiment, répondit Ellen. Je crois que demain va sortir un article qui va détruire ma réputation.

– Dans quel journal ? demanda Mary-Kate du tac au tac, comme si elle allait se jeter dessus à la première heure.

– Le *Daily News*. Pour être honnête, je préférerais vraiment que vous ne le lisiez pas, mais je dois vous dire que…

– Attendez, on va voir ce qu'on peut faire. Ah, et j'oubliais, c'est pour vous ! » Elle lui tendit les fleurs.

« Merci. » Ellen remarqua qu'elles étaient du même jaune que le foulard de Mary-Kate. « Je ne vois vraiment pas ce que vous pourriez faire, mais j'apprécie…

– Dites-moi tout.

– Pardon ?

– Eh bien, racontez-moi tout ce qui s'est passé sans bien sûr trahir le secret professionnel.

– Excusez-moi, je ne suis pas sûre de comprendre.

– Je suis avocate. Spécialisée dans la diffamation. »

24

« Mais j'ai un petit garçon. »

Les premiers mots de Colleen Scott
quand on lui a annoncé
qu'elle n'avait plus que quelques mois à vivre

J'ai rêvé que mon collègue Lance était assis à mon chevet à l'hôpital avec une femme rousse au teint pâle que je ne connaissais pas.

« Non, Lance, je n'ai toujours pas regardé *The Wire*, ai-je dit pour m'amuser.

– Ce n'est pas grave », a-t-il répondu. Je ne rêvais pas. Lance était vraiment à mon chevet.

« Tu souffres beaucoup ? a demandé la femme aux cheveux roux. Ma cousine s'est fracturé le bassin il y a de ça plusieurs années. Elle a dit que la douleur était pire que lors d'un accouchement.

– Je n'ai jamais eu à accoucher. » Qui était cette femme ?

« Moi non plus. Mais c'est universel, non, de présenter l'accouchement comme la mesure étalon de la douleur ? Comme si on ne pouvait pas parler de douleur si on n'a pas accouché. Même si, apparemment, éliminer un calcul rénal est encore pire.

– Et si on essayait de l'aider à penser à autre chose qu'à la douleur ? suggéra Lance.

– Je cherchais à faire preuve d'empathie. Je ne dis jamais ce qu'il faut quand je vais voir quelqu'un à l'hôpital. » Elle me regarda. « Au fait, moi, c'est Kate, la femme de Lance, au cas où tu ne me remettrais pas. Nous nous sommes rencontrées à la fête de Noël l'année dernière.

– Bien sûr. » En réalité, je n'étais pas sûre de me souvenir d'elle. D'habitude, je trouvais une excuse pour ne pas aller à la fête de Noël, non ?

« On voulait te faire un petit coucou, dit Lance.

– On va au cinéma », ajouta Kate.

Silence. Je ne savais pas quoi dire. Je ne comprenais pas pourquoi ils me rendaient visite.

Puis ça m'est venu : « Vous allez voir quoi ? »

Au même moment, Lance a dit : « J'ai une carte pour toi de la part de tous les collègues. » Il m'a tendu une enveloppe blanche avec mon prénom écrit dessus.

« Et des chocolats. » Kate a levé une boîte de chocolats et l'a désignée d'un geste de la main comme une animatrice de jeu télévisé. « Et des magazines people. Oh, et du raisin. Pas très original, quoi ! »

J'ai essayé d'ouvrir la carte mais j'avais les mains tremblantes.

« Je vais t'aider, a proposé Lance avec douceur.

– Un chocolat ? a dit Kate.

– Peut-être plus tard.

– Je peux t'en prendre un ?

– Kate !

– Désolée !

– Sers-toi. »

J'ai repris la carte que Lance me tendait et lu quelques-uns des messages griffonnés par les collègues.

Chère Saskia ! Quelle idée de te jeter dans un escalier pour te sortir du projet Eastgate ! Rétablis-toi vite ! Malcolm

Pensées pour toi, Saskia. Je te rends visite très bientôt. Je t'embrasse, Nina

Chère Saskia, je suis désolé de ce qui t'arrive. Garde le moral ! J.O. (Je passe samedi avec des brownies au chocolat.)

« As-tu besoin qu'on passe chez toi pour te rapporter des affaires ? demanda Kate en prenant un deuxième chocolat. Je me rappelle t'avoir entendue dire que ta famille était en Tasmanie, alors... » Elle a jeté un coup d'œil à son mari, manifestement inquiète de mettre de nouveau les pieds dans le plat. Lance s'est raclé la gorge et a levé les yeux vers le téléviseur éteint près de mon lit.

« Ma famille est à Brisbane, a-t-elle poursuivi, alors je sais ce que c'est. Les autres, ils ont une sœur, une mère, une cousine, que sais-je. Vraiment. Il n'y a pas de souci. »

Je les ai observés. Lance d'abord. Il avait des yeux fatigués et gentils et des épaules carrées, comme s'il faisait de la musculation. Je crois que je ne l'avais jamais vraiment regardé jusque-là. Puis sa femme. Elle était extrêmement fine et plate avec les cheveux très courts et de grands yeux, comme une créature des bois – « un garçon manqué », aurait dit ma mère. Elle se tenait bizarrement sur sa chaise et continuait de manger mes chocolats. J'avais peut-être bien discuté avec elle à la fête de Noël, de vacances qu'elle avait passées à Cradle Mountain en Tasmanie. J'étais partie de bonne heure pour surveiller la maison de Patrick et je l'avais vu rentrer chez lui avec Jack qui dormait dans ses bras, la tête pendante.

J'ai repensé à Jack, à son bras cassé, à Ellen qui m'avait suggéré de quitter Sydney, à ce que mes deux gentils visiteurs penseraient s'ils savaient ce que j'avais fait hier soir et ces trois dernières années, et j'ai eu une sensation de vertige.

« Quel choc, n'est-ce pas, quand une chose pareille arrive, a dit Kate. On va son petit bonhomme de chemin et tout à coup, bam, on prend un mauvais coup. » Elle a bougé la tête brusquement comme pour esquiver une droite et fait tomber la moitié des chocolats de la boîte qui était sur ses genoux.

« Kate ! » Lance s'est accroupi pour ramasser.

« Oups !

– Je ne suis pas… » Ce que je voulais dire, c'était : *Vous ne comprenez pas. Vous croyez que je suis comme vous, une fille normale, mais non.*

Les mots se sont taris. Ma personnalité tout entière semblait s'être désintégrée. Je respirais encore, mon cœur battait toujours, mais je n'étais plus là. Il y avait eu la Saskia alerte et professionnelle que Lance avait côtoyée, et la Saskia folle à lier que Patrick avait connue, mais à présent c'était comme si aucune des deux n'avait jamais existé. Je ne savais plus quel genre de personne j'étais : drôle ou sérieuse, réservée ou exubérante. Si je renonçais à récupérer Patrick, qu'est-ce que je voulais désormais ? Quel centre d'intérêt m'animait ? Est-ce que seulement j'existais ? Lance et Kate me regardaient comme si j'existais en effet mais mon existence même me semblait incertaine.

« Le bodyboard, ai-je dit tout à coup.

– Oh, oui », a répondu Kate aimablement, comme s'il était parfaitement normal de lâcher ce mot hors contexte.

« Je croyais que tu étais tombée dans un escalier, a dit Lance en fronçant les sourcils. Nina a dit que tu étais somnambule. »

Je ne me souvenais pas de lui avoir dit ça mais c'était logique.

« J'aime bien le bodyboard. » *Est-ce que je venais de dire ça à voix haute ?*

« Moi aussi ! s'est exclamée Kate. Enfin, je n'en ai jamais fait mais j'aimerais bien essayer ou, pour être plus précise, j'adorerais essayer le surf. Avec une vraie planche, quoi ! Ça fait un petit moment que je songe à prendre des cours. »

Lance a ricané, sur quoi Kate lui a mis une tape sur le bras en me regardant avec un grand sourire.

« Dis-moi, ça a l'air pas mal ces antidouleurs qu'ils t'ont donnés, hein, Saskia !

– Ne sois pas désagréable, Lance ! Elle est parfaitement cohérente.

– Je n'ai pas dit le contraire.

– Tiens, qui c'est qui sonne ? »

J'ai reconnu la sonnerie de mon portable. Kate a soulevé mon sac en cuir. « Tu veux que je réponde ? »

Tiens donc. J'avais encore mon sac. Comment était-ce possible ? Après tout ce qui s'était passé ? Je ne sais pas pourquoi mais j'ai trouvé ça drôle. J'ai ri.

« Je voudrais bien qu'ils me donnent la même chose, a dit Lance.

– Bon, je réponds ! » Kate a plongé la main dans mon sac et a décroché.

« Elle ne t'a rien demandé ! a protesté Lance.

– Vous êtes bien sur le portable de Saskia ! » Kate s'est levée et s'est éloignée de mon lit avec mon téléphone contre l'oreille. « Oui, elle est à côté de moi mais… bon, ne vous inquiétez pas, elle va bien, mais elle est à l'hôpital en ce moment.

– Désolé, a murmuré Lance. Kate peut être un peu… » Il a haussé les épaules, incapable de trouver le bon mot pour décrire sa femme. « Tu es sûre que tu ne veux pas un chocolat ?

– Va pour un chocolat. » J'en ai pris un tout en écoutant Kate. Quelques minutes plus tard, elle a posé le téléphone sur ma table de chevet.

« C'était ton amie Tammy. Vous deviez bien vous retrouver autour d'un verre ce soir ? En tout cas, elle arrive. Je lui ai donné toutes les indications.

– On devrait y aller. » Lance a posé les mains sur ses genoux et commencé à se lever. « On ne voudrait pas te fatiguer, Saskia.

– C'est vrai. » Kate a consulté sa montre. « Cela dit, on a largement le temps. On pourrait te tenir compagnie jusqu'à ce que Tammy arrive, qu'en dis-tu, Saskia ? »

J'avais bien l'intention de dire quelque chose du genre : *Oh, je ne voudrais pas que vous ratiez votre séance*, mais ce ne sont pas du tout les mots qui sont sortis de ma bouche. « Oui, restez. »

Et mes visiteurs de répondre en chœur : « Pas de problème. »

*

La maison d'Ellen s'était remplie inopinément en début de soirée.

Les parents et le frère de Patrick étaient venus pour signer le plâtre de Jack et lui apporter des cadeaux de prompt rétablissement. La mère d'Ellen avait également fait son apparition, suscitant une légère irritation chez sa fille, même si elle n'aurait su dire pourquoi. Son présent, *Le Guinness des records*, avait remporté un franc succès auprès du garçonnet.

Ils étaient tous serrés autour de la table de la salle à manger à déguster des saucisses que Patrick avait fait cuire au barbecue. Ce dernier était rentré du commissariat de meilleure humeur. La police l'avait complimenté sur le journal dans lequel il avait méticuleusement consigné les faits de harcèlement subis depuis trois ans : tout un classeur contenant la version papier des mails de Saskia, ses lettres et des descriptions des « incidents ». (Quand Ellen l'avait feuilleté, elle avait été impressionnée par la concision des commentaires : « *27 juillet, 12 heures 30 : S a frappé à la porte, exigé que je lui ouvre, ignorant mes demandes répétées qu'elle s'en aille.* ») On lui avait dit qu'une injonction d'éloignement provisoire allait être prononcée et que Saskia aurait la possibilité de se présenter au tribunal pour la contester. Il y avait également de grandes chances qu'elle soit inculpée pour violation de domicile. Apparemment, cette fois, la personne qui avait reçu Patrick lui avait manifesté l'empathie respectueuse qu'il attendait de la part des autorités. Il ne bouillait plus de colère. Il arborait la mine d'un homme qui allait bientôt être reconnu comme victime après un long combat pour la justice.

Ellen avait posé son téléphone portable sur le buffet pour ne pas rater l'appel de Mary-Kate qui allait chercher à empêcher la publication de l'article. Elle n'avait pas grand espoir. Il lui semblait peu probable que Mary-Kate – l'ennuyeuse et morose Mary-Kate – puisse quoi que ce soit contre le puissant Ian Roman et son sourire ultra-bright.

« Je ne vous promets rien », avait dit Mary-Kate après avoir écouté l'histoire d'Ellen en prenant des notes succinctes et claires dans un petit carnet en cuir. « Mais je vais demander une injonction interlocutoire sur-le-champ. On a zéro chance de l'obtenir – les tribunaux sont complètement obsédés par la liberté d'expression alors ils ne vont pas interdire la publication – mais l'idée, c'est de convaincre les avocats du *Daily News* du contraire. Il y a clairement intention de nuire et je pense que l'article serait *vraiment* préjudiciable à votre réputation. Bref, je vais frapper fort.

– Je croyais que vous étiez assistante juridique, avait répondu Ellen faiblement.

– Nan ! »

En voilà des façons de parler, pour une avocate ! avait songé Ellen.

À y bien réfléchir, Mary-Kate lui avait dit travailler dans le « domaine juridique ». C'était elle qui en avait conclu qu'elle était assistante. Se serait-elle montrée plus patiente et respectueuse avec sa cliente si elle avait su qu'elle avait affaire à une avocate ? Honteusement, la réponse était oui.

« Vous savez ce que c'est le record du monde des fractures osseuses ? » demanda Jack en feuilletant le *Guinness* tout en mangeant. Il n'attendit pas la réponse.

« Trente-cinq ! Un gars qui s'appelle Evel Knievel !

– Vraiment ? Je ne savais pas que nous avions autant d'os ! » s'exclama Maureen qui surjouait l'intérêt pour ne pas montrer qu'elle était contrariée que Jack délaisse son cadeau au profit de celui d'Anne.

« À vrai dire, on en a deux cent six, dit Anne.

– Ça alors ! fit Maureen avec un sourire par trop enthousiaste.

– Les bébés naissent avec environ trois cents os mais ils se soudent au cours de la croissance.

– Quelle chance d'être médecin quand on élève un enfant ! Moi, j'ai passé mon temps à les emmener d'urgence chez le docteur alors qu'ils n'avaient rien ! Qu'est-ce que j'ai pu me sentir stupide ! »

Ne sois pas condescendante, maman, s'il te plaît, songea Ellen.

« En réalité, je crois que ça rend les choses plus difficiles. » Au grand soulagement d'Ellen, sa mère adressa un sourire à peine doctoral à Maureen. « Savoir ce qui peut arriver de pire... La moindre fièvre et je m'imaginais qu'elle allait y rester.

– En parlant de fièvre..., commença le père de Patrick. Enfin, pas vraiment de fièvre mais de *douleurs*, ça fait un petit moment que j'ai cette douleur bizarre au...

– Papa, l'interrompit Patrick.

– George refuse de prendre rendez-vous chez le docteur mais dès qu'il en croise un, il se met à lui parler de ses problèmes médicaux, commenta Maureen.

– J'ai pensé que ça l'intéresserait, se défendit George.

– Ça t'intéresserait, toi, que les gens te parlent de leurs problèmes électriques ? demanda Maureen.

– Absolument. Vous avez des fusibles qui ont sauté dernièrement, Anne ?

– Mais, pour vous, Ellen, ça a dû être une chance de grandir avec une mère médecin, non ?

– Maman ? fit Patrick.

– Quoi ? »

Il haussa les épaules et croqua dans son sandwich à la saucisse.

« Elle était plutôt énervée quand j'étais malade, répondit Ellen.

– On a connu la même maman à la maison ! s'exclama le frère de Patrick. Je n'ai jamais vu maman aussi en colère que le jour où je me suis fait assommer par une balle de cricket. Quand je suis revenu à moi, elle était là à hurler : *« Simon ! Réveille-toi ! Tout de suite ! »*

– J'ai cru qu'il était mort, expliqua Maureen.

– Et tu t'es dit que me crier dessus allait me ramener à la vie !

– Je comprends tout à fait, dit Anne. La peur rend furieux.

– Vous comprendrez quand vous aurez votre bébé, Ellen.

– Je veux bien vous croire », répondit Ellen, qui n'avait qu'une hâte, être aussi différente que possible de sa propre mère, et s'imaginait soulager tendrement le front fiévreux de son enfant d'une main douce et fraîche.

« Papa ne s'est pas fâché contre moi quand je me suis cassé le bras, dit Jack. Il s'est fâché contre Saskia. »

Un silence tendu se fit autour de la table.

« Je me suis fâché parce que c'était sa faute, dit Patrick.

– C'était un accident, protesta Jack. En vrai, c'est toi qui la poussais.

– Oui, chéri, c'était un accident, intervint Maureen, mais ce que ton père veut dire, c'est que Saskia n'aurait pas dû être ici en plein milieu de la nuit.

– Comment ça s'est passé au commissariat ? demanda George.

– Tu as dénoncé Saskia à la police ? s'écria Jack en regardant son père d'un air accusateur. Elle ne va pas aller en prison, hein ?

– Elle n'ira pas en prison, non, mais mon grand, tu comprends qu'elle ne peut pas s'introduire chez nous par effraction. La police va simplement lui dire qu'elle n'a plus le droit de s'approcher de nous.

– Oui, mais elle viendra quand même me regarder jouer au football, non ? »

Ellen retint son souffle.

« Mon Dieu, fit George.

– De quoi tu parles, Jack ? » Patrick reposa son sandwich sur son assiette.

« Elle vient voir tous mes matchs.

– Je ne l'y ai jamais vue.

– Tu es bigleux alors, fit Jack avec dédain. Elle reste à l'écart. Près d'un arbre ou un truc dans le genre. Elle porte toujours ce bonnet en laine bleu, aplati comme une crêpe.

– Un béret ? suggéra Anne.

– Ça alors, je crois que c'est celui que je lui ai tricoté, dit Maureen.

– Si je la revois dans les parages, je la ferai arrêter, dit Patrick.

– Non ! s'écria Jack.

– Oh que si.

– Si tu fais ça, je te parlerai plus jamais !

– Très bien. Ne me parle plus.

– Les garçons ! » intervint Maureen en tendant les mains vers eux d'un air impuissant.

Le téléphone d'Ellen sonna.

« Je vais… excusez-moi. »

Elle se précipita dans la cuisine et décrocha. « Mary-Kate ?

– Oui, bonjour, Ellen. Bon, ils repoussent la publication. La journaliste a accepté d'entendre d'abord votre version de l'histoire. Et j'ai l'impression qu'elle est prête à laisser tomber. La plupart des journalistes sont encore intègres – et celle-ci déteste l'idée que Ian Roman se serve d'elle pour régler ses comptes avec vous. Même s'il règne en maître sur son monde. »

Ellen sentit tout son corps se dégonfler sous l'effet du soulagement. « Merci. Je ne pourrai jamais assez vous remercier, Mary-Kate.

– Pas de problème. »

Ellen entendit un grommellement masculin derrière l'avocate.

« Au fait, vous avez le bonjour d'Alfred.

– Alfred ? Alfred Boyle ? »

Mary-Kate gloussa. Ellen ne se rappelait pas l'avoir déjà entendue rire. « Ne faites pas mine d'être si surprise, Ellen. »

Ellen rit. D'un rire un peu nerveux.

« Alfred me demande de vous dire qu'il a pris la parole devant deux cents comptables aujourd'hui et qu'il les a fait marrer. Vous vous rendez compte ! Il a fait marrer un parterre de comptables.

– C'est super.

– Je vous tiens informée de la suite des événements. Mais je pense que lorsque la journaliste et le rédacteur en chef sauront toute l'histoire, ils laisseront tomber.

– Je tiens à ce que vous m'envoyiez votre facture. » (Les avocats ne facturaient-ils pas à la minute ?)

« Ne soyez pas ridicule », dit Mary-Kate d'une voix enjouée avant de raccrocher.

Ellen laissa tomber sa tête en avant et, les yeux fermés, tapota le téléphone contre son front. Ainsi, jouer les cupidons n'avait pas été vain. Il faudrait qu'elle pense à en parler à la journaliste si elle avait l'occasion de la voir. « Quand une hypnothérapeute clinicienne joue les entremetteuses avec ses clients. » Voilà qui promettait de renforcer sa crédibilité.

« Ça va ? »

Ellen rouvrit les yeux. Sa mère se tenait devant elle, un saladier dans les mains. « Je me suis dit que j'allais commencer à ranger. La tension est montée d'un cran à côté. Je ne suis pas surprise. Cette Saskia est clairement dérangée.

– Elle ne nous embêtera plus. Je lui ai parlé aujourd'hui.

– Tu l'as hypnotisée, hein ? » dit Anne sur un ton malicieux mais machinal, comme par habitude. Puis, avant qu'Ellen puisse répondre, elle posa le saladier sur la table et reprit : « Écoute, je dois te dire quelque chose. À propos de ton père.

– Vous vous mariez », supposa Ellen.

Elle voyait ça d'ici : un mariage feutré et élégant, sa mère dans une toilette violette assortie à ses yeux, des tenues griffées en veux-tu en voilà, des flûtes de champagne au bout de doigts manucurés – le genre de mariage qui trouverait sa place dans la rubrique mondaine des journaux. Un sourire de façade sur les lèvres en permanence, Ellen finirait par avoir le visage endolori.

« Tu vas demander à Pip et Mel d'être tes demoiselles d'honneur ? Je pourrais moi aussi ! Ta fille comme demoiselle d'honneur ! Une adorable demoiselle d'honneur avec un gros bidon !

– Ellen.

– Mes demi-frères pourraient être garçons d'honneur. Des garçons d'honneur XXL !

– C'est fini.

– Oh, non ! » Pour une fois qu'elle prenait du plaisir à faire la garce, c'était totalement inapproprié et blessant. (D'ailleurs, elle aurait été parfaitement heureuse que ses parents se marient ! La cérémonie aurait été touchante et charmante. Qu'est-ce qui n'allait pas chez elle ?)

« Que s'est-il passé ? » demanda-t-elle. Il est retourné auprès de sa femme, évidemment. Ou alors il est passé à un modèle plus jeune. À moins que le problème, ce soit elle ? Peut-être qu'il ne l'avait pas appréciée. (Ah, écoutez un peu son Enfant Intérieur qui réclamait de l'attention.)

« Je l'ai quitté. » Anne s'assit à la table de la cuisine et prit une tomate cerise dans le saladier.

« Mais pourquoi ? » Ellen tira une chaise et s'installa en face de sa mère. « Tu avais l'air… euh… tu avais l'air follement amoureuse de lui.

– C'est vrai. » Anne esquissa un demi-sourire et haussa les épaules. « Je l'étais. Tu sais, je suis totalement mortifiée. »

Ellen fut momentanément distraite par un éclat de voix en provenance de la salle à manger. Patrick. « On peut parler d'autre chose que de Saskia ? Je ne sais pas, moi, de la fin du monde, par exemple ? Allez, la fin du monde, ça n'intéresse personne ? »

Puis : « Ne le sois pas.

– J'ai été tellement idiote. Avec tout ce qui se passe dans ta vie en ce moment. » Elle désigna la pièce voisine d'un signe de la tête. « Un mariage, un beau-fils, un bébé qui arrive, cette malade qui vous harcèle – et moi, comme si ça ne suffisait pas, je te rajoute ton père !

– Maman, je suis une adulte », dit Ellen d'un ton solennel destiné à dissimuler sa duplicité car sa mère venait de verbaliser ce qu'elle avait pensé. « Dis-moi pourquoi tu as rompu.

– Je viens de passer trente-cinq ans à être amoureuse d'un souvenir. C'est fou, et je ne l'aurais jamais admis, mais chaque fois que je sortais avec un homme, je le comparais à ton père. Ton père que je n'avais jamais réellement fréquenté et que je ne connaissais même pas si bien que ça. Et naturellement, aucun d'entre eux n'a jamais été de taille. » Elle gloussa. « À plus d'un titre d'ailleurs !

– Maman ! protesta Ellen avec un mouvement de recul. Je t'en prie.

– Désolée. Donc quand David et moi nous sommes enfin mis ensemble, j'étais follement heureuse. Il était tout aussi charmant que dans mes souvenirs. D'ailleurs, que ce soir clair : il *est* charmant. Il reste l'homme le plus charmant que j'aie jamais connu.

– Alors ? Quel est le problème ?

– Eh bien, j'ai commencé à sentir ce quelque chose s'insinuer en moi quand nous passions plus d'une heure ensemble. Au début, je n'arrivais pas à définir ce que c'était et puis, la semaine dernière, ça a fait tilt. Je m'ennuyais.

– Tu t'ennuyais. » Ellen se prit soudain à plaindre son père.

« À mourir, confirma Anne.

– Euh... mais... ça peut arriver.

– Non, dit Anne, catégorique. Ce n'est pas un homme pour moi. Et ça n'a jamais été le cas. Il manque affreusement de conversation. Sans parler de tous ces moments où il ne fait strictement rien. L'autre matin, il s'est installé dans un fauteuil et il est resté là à ne *rien* faire pendant vingt minutes – vingt minutes montre en main. Il n'a pas lu ni décroché le moindre mot. Il a fixé un arbre, point. Pourquoi fixer un arbre comme ça ?

– Peut-être qu'il contemplait la beauté de la nature en silence. Ou qu'il prenait quelques instants pour méditer et exprimer sa reconnaissance. Ou alors il pratiquait la pleine conscience...

– Ma question n'appelait pas de réponse, Ellen. Honnêtement, j'ai cru qu'il avait perdu toute fonction cérébrale. Mais peu importe. Ce qu'il fait, je m'en moque ! Le problème, c'est que ça me rend dingue ! Nous resterons amis, naturellement. C'est une séparation à l'amiable. Et il dit qu'il aimerait beaucoup te revoir si tu es d'accord.

– Ce serait chouette, oui. » En fait, l'idée de voir son père lui semblait à présent parfaitement acceptable, et même plutôt réconfortante. Elle repensa à ces dimanches après-midi pluvieux où, enfant, elle restait allongée par terre sur un tapis, hypnotisée par les gouttes de pluie qui perlaient sur les carreaux pendant que sa mère ne cessait d'entrer et sortir de la pièce en disant : « Ellen, qu'est-ce que tu fabriques ? Tu ne veux pas sortir ? Parler ? Faire quelque chose ? »

Peut-être que son père et elle pourraient passer du temps

ensemble sans avoir à prononcer un mot. S'épargner ces conversations empruntées censées les aider à mieux se connaître. Se contenter d'être. Un père et sa fille. Et s'ils ne ressentaient l'un pour l'autre qu'un attachement superficiel, eh bien soit.

« Je suis peut-être enfin prête pour une vraie relation, maintenant que je peux me détacher de cette obsession ridicule pour une idylle qui n'a jamais vraiment existé. Et au tendre âge de soixante-six ans, ta mère va peut-être même chercher un partenaire sur ces sites de rencontres en ligne. Apparemment, c'est très en vogue chez les plus de soixante ans. Ce qui est sûr, c'est que ça t'a drôlement bien réussi, à toi !

– Oui ! » Il n'aimerait jamais aucune femme comme il avait aimé Colleen. Une réussite en demi-teinte.

« Puisqu'on en parle, poursuivit Anne à voix basse, ça fait un petit moment que je voulais te dire que j'aime beaucoup Patrick à présent. Sincèrement. J'ai mis du temps à l'apprécier…

– Il est juste à côté !

– Et alors ? Ce n'est pas grave, je dis des choses gentilles sur lui. J'aime sa façon de te regarder. Tu as raison. Jon était amusant mais il ne te regardait pas comme Patrick te regarde.

– Et comment il me regarde, Patrick ?

– Et c'est un bon père.

– Je dérange ? »

Ellen et Anne se retournèrent pour découvrir Maureen sur le seuil de la porte, une pile d'assiettes dans les mains.

« Je disais à l'instant que je trouve que votre fils fait un très bon père », expliqua Anne en se levant pour la débarrasser.

Maureen fit un grand sourire. Des bruits de pas galopants se firent entendre, puis la voix de Jack : « Je te déteste !

– Très bien ! répondit Patrick en criant. Casse-toi l'autre bras tant que tu y es ! »

Le sourire de Maureen vacilla mais elle se reprit et commença à gratter des restes de nourriture sur les assiettes avec la pointe d'un couteau.

« Ce vent met vraiment tout le monde sur les nerfs, n'est-ce pas ? Je me demandais, y a-t-il une explication médicale à cela, Anne ? »

*

J'ai dû m'endormir parce qu'à un moment, Tammy était là, comme sortie de nulle part. Lance, Kate et elle avaient disposé leurs chaises en demi-cercle à côté de mon lit et ils mangeaient des chocolats.

Tammy n'avait plus ses longs cheveux bruns mais une coupe courte blond vénitien. Pas vraiment une réussite, je me suis dit.

Lance et elle parlaient avec un accent bizarre, épaules levées, menton en avant ; ils avaient l'air tout excités.

« Ils essaient de parler comme des dealers de Baltimore, a expliqué Kate quand elle s'est rendu compte que j'étais réveillée. Ils se sont découvert une passion commune pour *Sur écoute.* » Puis, plus bas : « Parfois le week-end, Lance peut parler comme ça pendant une journée entière. Tu imagines ? Franchement, s'il pouvait passer pour un vrai caïd, ça pourrait être sexy, mais bon…

– Tammy ?

– Saskia, ma belle ! » Elle s'est levée puis m'a embrassée sur la joue. Elle devait porter le même parfum que cinq ans plus tôt parce que j'ai aussitôt été transportée dans un autre espace-temps. « Ça me fait tellement plaisir de te voir ! Mais c'est dans un bar qu'on devait se retrouver, pas dans une chambre d'hôpital ! Lance et Kate m'ont dit que tu as dégringolé un escalier pendant une crise de somnambulisme. C'est affreux ! Depuis quand tu es somnambule ?

– Depuis qu'on s'est perdues de vue », ai-je répondu. C'était du second degré – le genre de remarque qu'Ellen apprécierait – mais Tammy l'a pris au pied de la lettre.

« Vraiment ? Ça se soigne ? Tu sais, sur le chemin, je repensais à la dernière fois qu'on s'est vues. Tu avais le cœur brisé. À cause de ce géomètre, là… comment s'appelait-il ? Pete ?

Patrick ? Ça fait tellement longtemps que tu ne dois même plus te souvenir de lui ! »

Ha ha ha, comme j'ai ri.

*

« Elleeeeeen ! hurla Patrick depuis l'étage.

– Ma parole, qu'est-ce qui lui arrive ? fit Anne, interloquée.

– Je suppose qu'il a besoin de vous pour arranger les choses avec Jack, dit Maureen. Besoin d'une touche féminine, en gros ! » Elle se tourna vers Anne et lui adressa un sourire entendu, lequel lui passa complètement au-dessus de la tête.

Ellen se sécha les mains sur un torchon et s'affaira un peu pour ménager sa mère qui, elle le savait, supporterait mal de voir sa fille rappliquer dans la seconde où son homme l'appelait. Quand finalement elle monta, elle trouva Patrick et Jack dans la chambre du petit, tous deux assis par terre, le dos contre le lit, les mains qui pendaient entre leurs genoux pliés, regardant droit devant eux.

« Peux-tu expliquer à cette tête de mule pourquoi Saskia ne peut pas s'introduire chez nous au milieu de la nuit ? » lui demanda Patrick en la voyant dans l'encadrement de la porte. Puis il articula silencieusement : « *À l'aide !*

– Je suis pas *stupide*, papa, répondit Jack avec véhémence. Je sais qu'elle n'aurait pas dû faire ça.

– Bien. Dans ce cas, quel est le problème ? Pourquoi es-tu si furieux contre *moi* ? »

Ellen entra et s'assit par terre à côté d'eux. Elle regarda Jack et ses petites jambes maigrelettes perdues dans son pantalon de survêtement.

« Qu'est-ce que tu as ressenti quand papa et Saskia se sont séparés, Jack ? »

Père et fils s'immobilisèrent, comme si elle venait de soulever un sujet profondément honteux. *C'est pas vrai !* songea-t-elle. Elle était remontée à bloc. Autant tout mettre à plat maintenant ! Ça suffisait de toujours tourner autour du pot dès qu'il s'agissait de Saskia !

« Euh, ce n'est pas..., commença Patrick.

– J'aimerais savoir », insista Ellen. *Tu m'as appelée à l'aide, que je sache, coco.*

« Je m'en souviens pas vraiment, dit Jack. J'étais tout petit, genre, j'avais cinq ans. » Les yeux dans le vague, il semblait plongé dans l'immensité temporelle qui séparait ses cinq ans de ses huit ans.

« Tu l'as dit, tu étais tout petit. » Patrick lança un regard triomphal à Ellen. « Donc, l'idée, c'est...

– Ah oui, je me souviens d'un truc, l'interrompit Jack. Je me suis dit que ça avait un lien avec sa bille porte-bonheur. »

Patrick se décomposa. « Quoi ? »

Jack tapota son plâtre du poing.

« Sa bille porte-bonheur ? » demanda Ellen.

Patrick répondit sans quitter Jack des yeux. « Elle avait cette grosse bille très colorée qui avait appartenu à son père ; elle la tenait au creux de sa main quand quelque chose la stressait. Elle l'a donnée à Jack quand il est entré à l'école. » Il se racla la gorge. « Elle lui a dit de la garder dans sa poche, qu'elle lui donnerait des pouvoirs magiques.

– C'était pas une arme, précisa Jack en levant les yeux vers Ellen. Elle se transformait pas en pistolet laser ou quoi. En fait, elle faisait rien de spécial.

– Moi-même je la lui avais prise le jour de mon tout premier rendez-vous client pour ma boîte. Je la tenais dans ma main à l'accueil en attendant d'être reçu », raconta Patrick.

Jamais Ellen ne l'avait entendu évoquer un bon souvenir de sa vie avec Saskia. Pour la première fois, elle entrevoyait l'autre facette de leur histoire.

« J'ai perdu la bille à l'école, reprit Jack. J'ai cherché, cherché, et une des maîtresses m'a aidé mais on ne l'a pas retrouvée. Je ne voulais pas le dire à Saskia parce que je savais qu'elle serait triste, et le lendemain, elle est partie. Alors je me suis dit, oh oh, elle a découvert que je l'ai perdue. »

Patrick croisa le regard d'Ellen au-dessus de la tête de Jack.

« Tu as pensé que c'était ta faute, dit Ellen.

– J'ai pensé qu'elle devait être vraiment furieuse contre moi. Et que papa était furieux qu'elle soit partie à cause de moi et que c'est pour ça qu'on n'avait pas le droit de parler d'elle.

– Oh, mon grand, lâcha Patrick, se pressant le front des doigts. Tu n'as pas pensé ça ?

– Si ! répondit Jack gaiement.

– Mais ça n'avait rien à voir avec toi ! Saskia t'*adorait* ! » Les yeux brillants, Patrick tendit le bras pour enlacer Jack. « Elle aurait fait n'importe quoi pour toi ! Elle...

– Calmos, papa, fit Jack en repoussant son étreinte. Je sais que ce n'était pas ma faute. Saskia et toi, vous vous êtes séparés, comme les parents d'Ethan. Là, je te parlais de ce que j'ai pensé quand c'est arrivé et que j'étais un gros bêta. » Il bâilla. « Bon, moi je retourne lire mon *Guinness des records*.

– On n'a pas terminé ! » protesta Patrick.

Jack haussa les épaules. « C'est bon.

– Je veux juste m'assurer que tu comprends...

– Tout ce que je veux dire, c'est que t'es pas obligé d'être aussi méchant avec elle. » Jack voulut croiser les bras mais se rendit compte qu'il ne pouvait pas à cause de son plâtre. « Tu fais comme si c'était une meurtrière qui tue des vraies gens ! Elle n'a pas fait exprès de me casser le bras. C'était un accident.

– OK, fit Patrick d'une voix fatiguée. Je sais, mon grand, tu as raison, mais c'est compliqué...

– Coucou ! » Simon apparut dans l'encadrement de la porte. « Je file. Je dois retrouver des amis. »

Jack profita de l'arrivée de son oncle pour s'échapper. « À plus ! s'écria-t-il en lui tapant dans la main.

– Vous avez des mines de déterrés, constata Simon, incrédule, avant de redescendre.

– Merci, Simon, vraiment ! » cria Ellen.

Patrick se leva et tendit la main à Ellen pour l'aider à se mettre sur ses pieds.

Elle grogna. « Arf ! Il n'a pas tort ; je suis morte. »

Patrick l'attira contre lui et elle se laissa aller un instant contre son torse. La tête lui tournait. *Pauvre petit Jack, convaincu que c'était sa faute ; pauvre Saskia qui avait perdu sa bille porte-bonheur ; pauvre David, jeté par maman parce qu'il est ennuyeux ; et pauvre de moi, parce que Patrick ne m'aime pas vraiment et je vais avoir un tout petit bébé et au secours, j'ai tellement mal aux seins.*

« Tout va bien se passer, lui chuchota Patrick à l'oreille.

– Vraiment ? »

Ils découvrirent en redescendant que la mère d'Ellen n'avait pas persévéré dans son effort déjà peu enthousiaste pour aider celle de Patrick : assise à la table de la cuisine, elle sirotait un verre de vin tandis que Maureen remplissait le lave-vaisselle.

« Bon, je dois filer, moi, lança-t-elle en voyant Ellen. J'ai rendez-vous avec Pip et Mel pour boire un verre. Il y a un nouveau bar à vin en ville, ça fait un petit moment qu'on veut l'essayer.

– Vous allez en ville à cette heure-ci ? » s'exclama Maureen en regardant la pendule accrochée au mur de la cuisine. Il était vingt heures. « Ça alors !

– Nous sommes des oiseaux de nuit toutes les trois ! » s'esclaffa Anne.

C'était comme si sa récente idylle avec David n'avait jamais eu lieu. L'apparition de ce père dans la vie d'Ellen, censée être un raz-de-marée, s'avérait finalement être une petite ondulation insolite.

Anne prit finalement congé en même temps que Simon qui, par coïncidence, devait retrouver des amis dans une discothèque voisine du bar à vin où elle se rendait. Une aubaine pour lui que d'économiser le taxi. « Oh, c'est si gentil de votre part, Anne », commenta Maureen, loin d'être aussi ravie que son fils.

Ellen et Maureen finirent de ranger la cuisine (les placards avaient retrouvé la propreté étincelante qu'ils avaient du vivant de la grand-mère d'Ellen), après quoi le père de Patrick, qui avait repéré un Monopoly sur une étagère, proposa de jouer, se frottant déjà les mains à l'idée de tous les amener à la faillite dans l'heure qui suivait.

Tandis que George préparait le plateau, s'appliquant à empiler les billets de banque, Patrick demanda s'ils pouvaient jouer sans Ellen et lui.

« On pourrait faire une petite promenade sur la plage », suggéra-t-il en interrogeant Ellen du regard. Elle acquiesça. Ça lui changerait peut-être les idées.

« Une promenade au beau milieu de la nuit en plein hiver ! protesta Maureen. Il fait froid, il y a du vent et ta femme est enceinte !

– On est au printemps et il est vingt heures trente, maman. Il fait plutôt doux et je crois que le bébé ne nous en voudra pas du tout.

– Et je ne suis pas sa femme », précisa Ellen. Un silence gêné s'ensuivit. « Pour l'instant ! ajouta-t-elle sans attendre. Je veux dire, ce sera bientôt le cas, évidemment.

– Comme vous voudrez. » Maureen leur lança un coup d'œil scrutateur telle une experte en quête d'éventuelles fêlures qui pourraient mettre leur relation à mal. Puis elle se recomposa et dit : « À votre retour, George et moi, on s'esquivera gentiment pour aller jouer au tennis au clair de lune.

– Oh, mon épouse est si sarcastique ! dit George. Viens, chérie ! Je t'ai mis le fer à repasser. » Il montra le pion du Monopoly.

« Tu sais parfaitement que je prends toujours le navire de guerre. » Maureen s'assit en bout de table et fit rouler les dés dans le creux de ses mains. « C'est parti, Jack ! Et ne crois pas que je vais te ménager sous prétexte que tu as le bras cassé ! »

Patrick avait raison. Le vent était tombé et la promenade sur la plage déserte leur fit du bien. Le sable avait toujours une teinte orange après la tempête mais il n'y avait pas de poussière dans l'air froid iodé. Couverts d'une veste et d'une écharpe, tous deux prirent de longues bouffées vivifiantes avant de se diriger d'un pas lourd vers le sable dur près de l'eau.

Ils marchaient côte à côte sans se toucher. Ellen se concentrait sur le son creux et régulier des vagues sur la plage et sur sa propre respiration. Patrick finit par briser le silence. « Eh bien !

– Eh bien.

– On peut dire que ça m'en a bouché un coin.

– Jack ?

– Oui. Moi qui pensais que c'était plutôt bon signe qu'il ne pose pas de questions sur Saskia ! Ça ne m'est jamais venu à l'esprit qu'il puisse se sentir responsable de son départ. » Sa voix se fêla. « Pauvre petit minot. »

Ellen avait remarqué que lorsqu'il était tendu, Patrick parlait davantage comme son père, empruntant au langage usité dans les années cinquante.

« Les enfants se prennent pour le centre de l'univers, dit Ellen. C'est pour ça qu'ils se sentent responsables de ce qui arrive.

– Je crois qu'il est en colère contre moi à propos de Saskia depuis des années.

– C'est possible. » Ellen s'abstint d'ajouter quoi que ce soit. Il appartenait à Patrick de réfléchir à tout ça par lui-même.

De nouveau, le silence. Au bout de plusieurs minutes, Patrick reprit : « Elle a vraiment été une bonne mère pour lui. Elle… »

Ses mots s'évanouirent. Il regarda les étoiles, en quête d'inspiration peut-être puis, prenant une profonde inspiration, il commença à parler à toute allure, sans la regarder, tel un agent secret qui ne disposerait que de quelques minutes pour briefer un autre agent secret.

« Quand Colleen est morte, j'ai eu du mal à faire face. Je n'avais jamais ressenti ce genre de chagrin auparavant, et ça m'a terrorisé. Je me suis demandé : Qu'est-ce qui m'arrive ? J'ai mal ! Alors je n'ai rien trouvé de mieux à faire que résister. Je me rappelle m'être dit : Les sept étapes du deuil ? Mon cul. Hors de question d'en passer par là. Si ça fait mal de penser à elle, alors ne pense pas à elle. Occupe-toi. C'est pour ça que j'ai lancé ma boîte. Je croyais que si j'essayais de toutes mes forces, si j'étais suffisamment solide mentalement, je pourrais échapper à la douleur. Ça a super bien marché, comme tu peux l'imaginer. Je suis devenu un robot. Marcher, parler, respirer, je faisais tout machinalement. Sauf qu'autour de moi, tout le monde pensait que je m'en sortais comme un chef. Les gens me complimentaient. Et quelque part, c'était vrai, je m'en sortais. Ensuite j'ai rencontré Saskia à cette conférence et, tu sais, elle m'a plu. Il se peut même que je l'aie vraiment aimée, en mode étrange, automatique. Mais elle ne semblait pas se rendre compte que j'étais un robot ! On faisait des trucs, elle me souriait, et de temps en temps je me disais, un peu surpris : Elle est vraiment heureuse, elle ne fait pas semblant, elle est heureuse, sincèrement. Alors tu sais ce que je me suis raconté dans ma petite tête ? C'est pas grave, parce que je suis comme ça maintenant, et puis Jack est heureux – attention, tes pieds. »

Une vague venait de se briser plus près que les autres et l'eau mousseuse remontait rapidement vers eux. Patrick souleva Ellen dans les airs, sauvant ainsi ses chaussures de l'écume, avant de la reposer sur le sable. La chaleur aussi soudaine qu'inattendue de son corps remplit Ellen d'un désir étrange pour lui, comme s'ils n'étaient pas en couple, comme si elle se promenait avec un homme pas disponible, un ami.

« Saskia a assumé une part tellement importante de l'éducation de Jack. C'est la faute de Colleen d'ailleurs.

– Pardon ? » fit Ellen, perplexe mais pas mécontente d'entendre Patrick reprocher quelque chose à cette pauvre Colleen.

« Colleen était une super maman, mais à l'entendre, c'était *son* territoire. Elle était tellement condescendante quand j'essayais de participer, comme si j'étais un gentil bouffon, comme si Jack n'était pas vraiment en sécurité avec moi. Alors quand elle est morte, j'ai été paralysé par la peur. Je me disais : Je suis incapable d'élever ce gamin tout seul ! Je vais pas savoir l'habiller, il aura froid ou trop chaud, je le nourrirai mal, j'achèterai pas la bonne crème pour les fesses, et j'en passe. Je n'avais pas la moindre idée de ce qu'il fallait faire, et ma mère et celle de Colleen étaient tout le temps là, à s'occuper de lui, et bien sûr, elles étaient pires que Colleen, comme si ce n'était à la portée d'aucun homme de changer une couche. Et puis j'ai rencontré Saskia. Elle semblait si heureuse de prendre la place de Colleen, de jouer le rôle de la maman. Et moi, je l'ai laissée faire. Je suis resté en retrait et j'ai laissé faire. Jack l'aimait, elle aimait Jack. Je n'aurais pas dû faire ça. » Il regarda Ellen. « Même si, je ne sais pas, peut-être que je suis en train de faire la même chose avec toi en te laissant préparer le déjeuner de Jack ?

– J'aime bien préparer le déjeuner de Jack », répondit Ellen prudemment. La présence de toutes ces autres femmes dans la vie de Jack – ses grands-mères, Colleen, Saskia – était palpable ; rassemblées autour d'elle, regardant Patrick avec cet air désapprobateur et condescendant que peuvent avoir les femmes, elles pensaient toutes la même chose : *Tu lui ferais des sandwichs au pain blanc !*

« Bref, je crois que j'essaie de trouver un meilleur équilibre cette fois, poursuivit-il. De ne pas juste remettre mon fils entre tes mains pour que tu t'en occupes. Et puis quand notre bébé sera né, je veux m'impliquer, d'accord ? Dès le début.

– Tu as plus d'expérience que moi avec les bébés », dit Ellen.

Patrick lui adressa un sourire plein de reconnaissance. « C'est vrai. Ce sera moi, l'expert. Je t'apprendrai, chérie, je te dirai l'essentiel.

– Et… tu as arrêté d'être un robot ? C'est pour ça que tu as rompu avec Saskia ? » *Tu es toujours en mode automatique ? Et moi ? Je ne suis qu'une autre Saskia ?*

« Un jour, je me suis mis à pleurer. Dans la voiture. De Gordon à Mascot non-stop. Le truc le plus bizarre qui soit. Ensuite, ça m'est retombé dessus, encore et encore. Chaque fois que j'étais seul dans la voiture, j'ouvrais les vannes. Parfois je surprenais le regard des gens quand j'étais à l'arrêt à un feu. Ce grand type qui pleure tout son soûl derrière son volant. Ça a duré des semaines. Et puis, un matin, en me réveillant, je me suis senti différent. Comme lorsque tu as été très malade et qu'un jour au réveil, tu te rends compte que tu vas mieux. Ce n'était pas tellement que je me sentais heureux, mais j'avais le sentiment que, peut-être, le bonheur était possible. Et en regardant Saskia allongée près de moi, j'ai su que je devais la quitter, que c'était la seule chose à faire, que Jack et moi, on devait se retrouver juste tous les deux pendant un temps. Ça m'a sauté aux yeux. Mais elle venait juste d'apprendre que sa mère était malade, alors j'ai attendu, attendu encore.

– Et sa mère est morte.

– Oui. Et puis j'ai fini par lui parler. Je crois que je me disais bêtement qu'elle ne serait pas si affectée que ça, que je lui rendais presque service parce qu'elle pourrait trouver quelqu'un qui l'aimerait vraiment. J'ai été stupéfié par sa réaction et je pense que je ne l'ai pas prise au sérieux. Comme si je me disais qu'elle ne pouvait pas avoir été vraiment amoureuse de moi parce que je n'étais même pas là. Tu vois ce que je veux dire ?

– Je crois, oui », fit Ellen d'une voix essoufflée. Patrick avait accéléré le pas en parlant, si bien qu'elle avait eu du mal à le suivre.

« Désolé. Asseyons-nous un moment. »

Ils remontèrent sur la plage et s'assirent sur le sable mou, face à l'océan, épaule contre épaule.

« Je crois que si je n'ai pas arrêté de remettre à plus tard la demande de mesure d'éloignement, c'est parce que, même si je refusais de me l'avouer, au fond de moi, je savais que je l'avais maltraitée. Quand je décidais d'aller au commissariat, je me disais, hé, elle a appris à mon fils à *aller sur le pot*. Elle a mis sa carrière entre parenthèses pour s'occuper de lui. J'ai une dette envers cette femme. Elle va bien finir par arrêter. Je ne l'ai pas prise au sérieux. J'aurais dû. J'aurais dû réagir après ce week-end à Noosa, dès que j'ai su qu'elle t'avait approchée. Quand je pense à ce qui aurait pu arriver hier soir, à toi ou à Jack ou au bébé. » Il frémit.

« Ça n'aurait peut-être pas fait la moindre différence, dit Ellen. Même si tu étais allé au commissariat. »

Patrick leva une épaule, l'air de dire « Qui sait ? », puis :

« Bref, ras-le-bol de Saskia. » Il leva la tête et regarda le ciel étoilé. « Seigneur, faites qu'on passe à autre chose.

– Oui », dit Ellen en revoyant le visage pâle de Saskia sur son lit d'hôpital. Que pouvait-elle bien faire en ce moment ? Avait-elle des amis ou de la famille qui lui rendaient visite ? Que se passait-il dans son esprit perturbé ?

Patrick respira profondément. « Tu sais, si je t'ai proposé une balade, c'était pour te parler de ce que j'ai dit, euh... à propos de Colleen. » Son ton était totalement différent à présent – raide et solennel, comme s'il prenait part à une procédure judiciaire qu'il ne maîtrisait pas.

« D'accord. » L'estomac d'Ellen se noua. Elle comprit qu'en réalité, elle ne voulait pas qu'il revienne sur le sujet. Les mots ne feraient qu'emmêler davantage les choses ; ils se sentiraient encore plus mal. Comme c'était étrange. Elle qui avait toujours pensé que les mots étaient la réponse à tout ; car finalement, avec quoi traitait-elle les gens, sinon les mots ?

Laissez ces canaux de communication ouverts ! disait-elle toujours à ses clients lorsqu'ils avaient des difficultés relationnelles. Voilà qu'à présent, rien ne lui paraissait pire que mettre des mots. Sûrement ce qu'un homme ressentait chaque fois qu'il entendait une femme lui dire « Il faut qu'on parle » ; et tandis que madame dévoilait son âme dans toute sa nudité, lui ne voulait qu'une chose, qu'elle se couvre, songeant, désespéré : SACRÉE BONNE FEMME ! TU NE PEUX PAS JUSTE TE TAIRE ?

« Le truc, c'est que..., commença Patrick.

– Ce n'est pas ta mère ? » l'interrompit Ellen.

La silhouette de Maureen avançait prudemment sur le sable, comme si elle traversait un champ de mines.

« Téléphone pour Ellen ! » Sa voix flotta jusqu'à eux, étonnamment claire. « Elle dit que c'est urgent ! »

25

« L'amitié est le seul remède à la haine, la seule garantie de paix. »

Citation bouddhiste
sur le tableau d'affichage d'Ellen O'Farrell

Pour finir, Tammy est partie en même temps que Lance et Kate après s'être invitée au cinéma avec eux. Ces trois-là allaient devenir amis, ça sautait aux yeux. J'avais oublié que Tammy avait, comme les enfants, cette capacité à se faire des amis en deux secondes. Ça s'était passé comme ça avec moi à l'époque.

Une infirmière est entrée pile au moment où ils se levaient pour y aller. Tout le monde riait à la suite d'une remarque de Kate et elle s'est excusée. « Je repasserai quand vos amis seront partis. »

Elle m'a prise pour une personne normale avec des amis normaux, des gens qui m'aimaient et avaient accouru à mon chevet à la seconde où ils avaient su que j'avais eu un accident. Elle ignorait que Lance était un collègue que je n'avais jamais vu en dehors du travail, un homme à qui, pour être honnête, je n'avais jamais vraiment prêté attention en tant qu'individu, que sa femme était une totale étrangère pour moi – leur visite était pour le moins curieuse – et que Tammy et moi avions perdu le contact depuis trois ans. Elle ignorait qu'aucun d'eux trois ne connaissait la vérité sur cette fracture du bassin.

Le plus bizarre, c'était que Lance, Kate et Tammy semblaient résolus à poursuivre ce petit jeu. Ils avaient tous l'intention de me rendre de nouveau visite. De m'aider à passer ces six semaines d'alitement forcé. Ce qui m'a amenée à me demander s'ils ne s'étaient pas tous inscrits à un de ces programmes de développement personnel qui circulaient sur Internet, à un défi Bonnes Actions peut-être.

Lance allait m'apporter un lecteur de DVD portable pour que je puisse enfin regarder *The Wire*. « Plus d'excuse, maintenant ! » avait-il dit sur un ton léger et taquin qui m'a laissée penser que peut-être, étrangement, il m'aimait bien.

Kate, quant à elle, prévoyait de m'apprendre – tenez-vous bien – à tricoter ! L'idée était venue après que Tammy m'avait conseillé de mettre ce temps à profit pour faire quelque chose que j'avais toujours rêvé de faire sans jamais en trouver le temps. Me mettre à l'espagnol par exemple. Et moi de répondre : J'ai toujours voulu tricoter. Ce qui était en quelque sorte une demi-vérité. En fait, j'avais toujours *dit* que je voulais apprendre à tricoter, sans jamais avoir vraiment l'intention de m'y mettre. Mais une fois que j'avais lâché le mot, les yeux de Kate s'étaient mis à briller de la même lueur évangélique que ceux de Lance quand il parlait de *The Wire* ; elle était désormais fin prête à me donner des cours de tricot.

Une autre idée avait curieusement émergé : Tammy allait vivre chez moi le temps de mon séjour à l'hôpital. Depuis son retour à Sydney, elle logeait chez sa sœur qui la rendait complètement dingue ; lui proposer ma maison jumelée avait semblé évident. Ainsi, elle me rapporterait des vêtements le lendemain, après mon opération de la cheville.

Qu'allait-elle penser de mon chez-moi ? Ni livres, ni cadres, ni photos sur le réfrigérateur. Si j'avais su, j'aurais fait un effort de décoration en vue de sa visite. En arrivant, elle trouverait la bouteille de vin vide et la boîte d'antalgiques sur la table de la cuisine. En dehors de ça, chaque surface de mon intérieur était nue et extrêmement – étrangement – propre. Le réfrigérateur et le garde-manger étaient remplis d'aliments de base – lait, pain, beurre. Pas de biscuits ni de gâteaux – pas la moindre douceur. Elle verrait à quel point j'avais changé et m'en ferait la remarque. Quand je vivais avec Patrick et qu'elle passait chez nous, elle me taquinait sur mon côté fée du logis : les vases de fleurs, la boîte en fer toujours remplie de biscuits maison. À présent, mon chez-moi ressemblait à celui d'une solitaire pleine de TOC, d'une tueuse en série.

Après le dîner – décrit sur la fiche posée sur le plateau comme un repas « léger » mais en réalité le plus copieux que j'avais mangé depuis des mois : d'ordinaire, je me contentais d'un bol de céréales le soir –, la tête contre l'oreiller, j'ai écouté les bruits industrieux de l'hôpital : les pas rapides dans les couloirs, le cliquetis des chariots à desserte contre les portes, les voix qui enflaient puis s'estompaient.

La plupart des gens se seraient sentis seuls, soudain livrés à eux-mêmes dans une chambre d'hôpital, mais pas moi. J'ai trouvé le bruit étrangement réconfortant. C'était mon village. Le village de ceux qui étaient malades, tristes et brisés comme moi.

La douleur a commencé à revenir et, en bon petit rat bien dressé que je suis, j'ai actionné la pompe à morphine d'un geste machinal.

Comme à mon habitude, je me suis demandé ce que Patrick, Ellen et Jack pouvaient bien faire au même moment, si Jack avait très mal au bras, si Patrick était allé au commissariat pour porter plainte contre moi. Mais la morphine m'a rendue paresseuse. Je m'interrogeais nonchalamment. Je ne ressentais aucun désir d'être effectivement là-bas à les observer.

Et puis mes pensées ont dérivé vers Kate, Lance et Tammy – avaient-ils apprécié le film, dîné au restaurant coréen dont ils avaient parlé ? J'ai imaginé Lance et Tammy en train d'imiter les dealers de Baltimore tandis que Kate levait les yeux au ciel.

Je crois que j'ai même ri tout haut avant de m'endormir.

*

« Je n'ai pas entendu son nom, désolée, dit Maureen en tendant le téléphone à Ellen. Je ne voulais pas interrompre votre promenade mais on dirait qu'elle pleure.

– Bien sûr, bien sûr. » Ellen prit le combiné nerveusement. Qu'y avait-il encore ? Elle s'éclaircit la gorge. « Allô ?

– Ellen, je suis navrée de vous appeler si tard, fit une voix légèrement enrhumée et pleine d'entrain, mais je viens juste de l'apprendre et il fallait absolument que je vous le dise, que je m'excuse pour mon comportement scandaleux d'hier. Je suis tout simplement impardonnable. »

Si la voix lui semblait familière, elle ne put toutefois l'identifier. Elle avait vu quelqu'un d'enrhumé récemment… mais qui ?

« Je ne suis pas sûre de…

– Ellen ! Je suis *enceinte* !

– Luisa ! » Ellen revit le visage livide et furieux de Luisa quand elle avait exigé d'être remboursée. Rétrospectivement, c'était évident. Ça sautait aux yeux qu'elle était enceinte. Elle avait cet air pâle si caractéristique qu'Ellen avait vu sur son propre visage dans le miroir de la salle de bains. Mais elle était tellement en colère de *ne pa*s être enceinte qu'Ellen n'y avait pas prêté attention.

« Mon médecin essayait de me joindre depuis un petit moment. On devait commencer notre nouvel essai de FIV et quand j'ai fini par décrocher, elle a dit : "Vous ne pouvez pas commencer ce cycle." Alors j'ai dit : "Quel est le problème ?" Et elle : "Le problème, c'est que vous êtes enceinte." Une grossesse naturelle ! Après toutes ces années ! Tout ça grâce à vous ! Je suis tombée enceinte grâce à vous !

– Je pense que votre mari y est un peu pour quelque chose, dit Ellen.

– Je n'arrive pas à croire que je vous ai demandé de me rembourser. Je suis horrifiée par mon attitude. J'étais folle de jalousie et je ne sais pas… j'étais folle, voilà tout ! » Elle baissa légèrement la voix. « Et puis, je ne sais pas si vous êtes au courant, mais le *Daily News* écrit un papier sur vous.

– Oui, je sais.

– Je suis tellement, tellement désolée, mais je suis tombée sur Ian Roman en sortant de chez vous, et peut-être qu'il m'a un peu intimidée ou alors j'étais en admiration devant lui, c'est une célébrité quand même, mais bon, franchement je me cherche des excuses pour mon attitude impardonnable. Il m'a donné les coordonnées d'une journaliste, elle m'a interviewée et si vous saviez les horreurs que j'ai dites, j'en suis malade. Je lui ai laissé une bonne trentaine de messages pour me dédire. Si c'est trop tard et que le papier sort quand même, il faudra m'attaquer en justice. Je suis sérieuse. C'est la seule solution. M'attaquer et m'arracher jusqu'à mon dernier sou. Je ne roule pas sur l'or mais quand même. C'est tout ce que je mérite. » Elle se tut un instant puis Ellen l'entendit s'adresser à quelqu'un d'autre d'une voix étouffée. « Mais c'est vrai ! C'est tout ce que je mérite ! » Apparemment, le mari de Luisa n'avait pas très envie d'avoir un procès sur le dos.

« Je crois que j'ai réussi à retarder la publication de quelques jours, dit Ellen.

– Ouf ! Quel soulagement ! Quand la journaliste me rappellera, je rétablirai la vérité. Je lui dirai que vous faites des miracles !

– Je vous en prie, ne lui dites pas ça. Je suis sérieuse.

– Eh bien, ce ne sera que la vérité. C'est un bébé miracle ! Oh, désolée, Ellen, je dois y aller, mes parents viennent d'arriver, mais merci, vraiment, et une fois encore, je suis désolée, *profondément* désolée. » Puis, laissant libre cours à sa joie : « Papa, je ne peux pas boire de champagne ! »

Une voix d'homme se fit entendre : « Mais grand-papa en a bien le droit !

– Félicitations, dit Ellen. Félicitations à tous. » Mais Luisa avait déjà raccroché.

Elle inspira. Expira. Elle sentit les larmes lui monter aux yeux en pensant au futur grand-père avec sa bouteille de champagne. Oh là là, c'était le tout début de cette grossesse. Si on lui en attribuait le mérite, serait-elle également tenue pour responsable en cas de problème ? Bon, sa réputation professionnelle semblait sauve pour l'instant.

Elle retourna dans la salle à manger. Penché au-dessus de sa mère, Patrick suivait l'avancée du jeu de Monopoly tandis que son père déplaçait son pion sur le plateau en secouant la tête tristement.

« À la caisse ! À la caisse ! s'écria Jack. Tu dois trois fois le loyer !

– Je crois que tu l'as ruiné, mon chéri. Bon, on en reste là ? proposa Maureen, la voix pleine d'espoir.

– Ça va ? demanda Patrick en regardant Ellen.

– Oui, je te dirai plus tard.

– Aboule le fric, papi ! cria Jack en tendant la main.

– Il est tard, intervint Patrick. On devrait peut-être s'arrêter là.

– Mais tu as dit que demain, j'allais pas à l'école, protesta Jack.

– Oui, mais le but était que tu te reposes.

– J'ai dormi toute la journée. » Il semblait en effet éclatant de santé, les yeux brillants et clairs.

« Il est en pleine forme, dit Maureen. Vous deux par contre, vous avez l'air épuisés. Pourquoi ne pas nous le confier pour la nuit ?

– Je ne sais pas, dit Patrick. Après ce qui s'est passé la nuit dernière, je préférerais…

– On l'emmènera au McDonald's pour le petit déjeuner, histoire de lui faire un petit plaisir », poursuivit Maureen sur un ton détaché en restant concentrée sur les dés qu'elle agitait au creux de ses mains.

« Ouais ! s'écria Jack. Des galettes de pomme de terre !

– Maman », fit Patrick. Mais il était clair pour Ellen qu'il n'avait pas l'énergie de parlementer. Avec Maureen, Anne aurait une adversaire redoutable dans la course au titre de grand-mère en chef.

Une heure plus tard, Ellen et Patrick avaient la maison rien que pour eux. Au lieu de dormir, ils jouaient à *Dragon Blade Chronicles* sur la PlayStation de Jack tout en vidant consciencieusement un sachet de marshmallows. Depuis qu'elle avait un beau-fils, Ellen avait beaucoup joué aux jeux de combat de ninja.

« Tu deviens plutôt bonne pour une hippie mangeuse de lentilles, dit Patrick après l'avoir battue cinq fois.

– C'est étrangement addictif. Et, pour ta gouverne, les lentilles ne sont pas mes légumineuses préférées.

– Légu-quoi ?

– Tais-toi et mange tes marshmallows. »

Ils mâchèrent en silence quelques secondes.

Après quoi, Patrick s'éclaircit la gorge et dit avec diplomatie : « Bon, il y a encore un sujet à l'ordre du jour… on ne peut pas l'éviter éternellement.

– Oublions ça. Franchement. On fait une autre partie ? »

Elle prit la manette sur la table basse. Patrick la lui enleva des mains et la reposa.

« C'est la première fois que je dis ce genre de choses sous hypnose ?

– Oui.

– Un jour tu m'as dit que l'hypnothérapie était complètement consensuelle, qu'aucun hypnothérapeute ne pouvait te faire faire ou dire quelque chose contre ta volonté, et je suis certain que je ne voulais pas dire une chose pareille devant toi. »

Mais peut-être que ton inconscient voulait me le dire, songea Ellen.

« Eh bien, c'est là que ça se complique parce que je ne suis pas n'importe quelle thérapeute, je suis ta partenaire, dit-elle de sa voix professionnelle. Je ne m'allonge pas tout contre mes clients d'ordinaire. » Elle ponctua ses propos d'un affreux petit rire forcé qui n'amusa guère Patrick. « Je pense que tu devais être à moitié endormi, à moitié en transe. De toute façon, ce n'est pas grave…

– Pas grave ? Bien sûr que si, c'est grave ! Quelle horreur

pour toi d'entendre ça ! Sans compter que ça te donne une idée complètement biaisée de ce que je ressens vraiment. Depuis que tu m'en as parlé, je n'arrête pas de réfléchir à la meilleure façon de te dire les choses.

– C'est bon », murmura Ellen. Si elle n'avait pas compromis son intégrité professionnelle si gravement, il n'y aurait jamais eu à avoir cette conversation atrocement gênante.

« T'est-il arrivé d'avoir des doutes concernant notre histoire ? De me comparer à tes ex ? D'être assaillie par une pensée que tu ne voudrais pas partager avec moi ?

– Je ne sais pas, je suppose, oui. » Elle se tortilla. Depuis le début de leur relation, elle avait été assaillie par mille pensées ou émotions qu'elle ne voudrait surtout pas partager avec lui !

« Le jour où nous avons rendu visite aux parents de Colleen par exemple. Je me suis comporté comme un con au retour. Tu ne t'es pas dit, oh là là, dans quoi je me suis embarquée ?

– Je… ne me rappelle pas vraiment. » Elle se souvenait très bien d'avoir revécu son week-end à la montagne avec Jon sur le trajet retour.

« C'est *évident* que tu en as eu, des moments de doute. Je suis sûr que tu avais envie de m'étrangler quand j'ai laissé traîner ces cartons dans l'entrée, mais le truc, c'est que tu ne dis pas à voix haute tout ce qui te traverse l'esprit.

– Oui. » Elle ne put soutenir le regard de Patrick. « Je veux dire… non. »

Une immense tristesse l'envahit. Toute la journée, elle avait espéré qu'il nie, qu'il se justifie d'une manière ou d'une autre, et quand bien même elle ne l'aurait pas cru, elle aurait été tout à fait disposée à se mentir à elle-même. À présent, elle n'avait plus qu'à serrer les dents : son mari ne cesserait jamais de la regarder en regrettant qu'elle ne soit pas sa première femme.

« Je comprends, dit-elle courageusement.

– Non, tu ne comprends pas.

– Ah, d'accord.

– Tu crois que l'amour c'est tout noir ou tout blanc. Toutes les femmes en sont convaincues. Et elles se trompent. Vous les femmes, vous êtes super intelligentes, sauf quand vous êtes vraiment stupides. »

Elle lui décocha un bon coup de poing sur le bras.

« Aïe. Écoute, je n'ai toujours pas les bons mots. » Il se mordilla l'intérieur de la bouche avec un air tellement frustré qu'il semblait au supplice.

« Ce n'est pas grave. » Elle lui frotta le bras à l'endroit où elle l'avait frappé. « Je comprends. Vraiment.

– J'ai trop parlé de Colleen ces derniers temps ? » demanda-t-il sans autre cérémonie.

Ellen haussa les épaules et sourit.

« Je suis désolé. » Il lui prit la main. « Je pense beaucoup à elle depuis qu'on est fiancés et que tu m'as annoncé qu'on allait avoir un bébé. C'est parce que je me sens tellement heureux. Même avec Saskia qui rôde toujours autour de nous. Je n'ai pas été aussi heureux depuis l'époque où Colleen attendait Jack. Et ça m'a fait penser à elle, ça a fait ressurgir des souvenirs. »

Il lui caressa les doigts avec le pouce. « Colleen m'a prévenu que je retomberais amoureux, que j'aurais d'autres enfants, et moi je lui ai soutenu que non. Que je ne serais plus jamais heureux. Mais je le suis. Parfois je me prends à penser qu'en fait, ce qui arrive aujourd'hui est *mieux* que ce que j'ai jamais vécu avec Colleen. C'est plus profond, plus adulte. Tout simplement… mieux. Et je remercie le ciel et Internet de t'avoir rencontrée ! Mais ensuite je m'en veux parce que c'est comme si j'étais content qu'elle soit morte.

– Je vois. » Elle n'était pas sûre de le croire. Peut-être disait-il tout ça pour la réconforter.

« Je ne sais pas si tu me crois, mais c'est la vérité. Ça ne t'arrive jamais d'avoir des pensées totalement contradictoires ? Ce n'est pas possible de ressentir quelque chose un jour et son contraire le lendemain ?

– Je suppose. Enfin, oui. » Elle n'appréciait pas du tout d'être dans cette position. Elle trouvait ça quelque peu humiliant.

C'était *elle* qui était censée poser les questions avisées et guider avec douceur les gens émotionnellement moins avancés vers de nouvelles perspectives.

« Le plus bête, c'est que lorsque j'ai ces pensées, j'ai le sentiment que je devrais me rattraper vis-à-vis de Colleen en repensant à tous les bons moments que j'ai eus avec elle. En guise de pénitence. Du coup, plus c'est chouette avec toi, plus je pense à elle. C'est absurde, ce que je raconte ? Je sais pas. C'est peut-être un truc catho.

– Non, ce n'est pas absurde.

– Cela dit, je ne passe pas mes journées à vous comparer. Dans ma tête, vous ne vous mesurez pas dans un combat de ninja sans fin. Pour être honnête, la plupart du temps, je pense à des trucs plutôt superficiels, comme, mmm, je mangerais bien des côtes d'agneau, ou comment battre Jack au niveau quatre de *Tomb Raider*. Tu vois le genre. »

Ellen prit deux marshmallows et les écrasa du bout des doigts.

« Quand Colleen est morte, tout le monde s'est mis à parler d'elle comme si c'était une sainte. Les gens prenaient une mine éplorée comme si nous avions eu un mariage extraordinaire, comme si nous ne nous disputions jamais. Et je crois que j'ai adhéré à cette version des choses. J'étais plus jeune. Tout était plus simple. Je crois que ça explique ce que j'ai dit hier soir. Évidemment que je n'aimerai jamais une autre femme comme j'ai aimé Colleen, parce que je n'aurai plus jamais dix-huit ans et que je ne tomberai plus jamais amoureux pour la première fois, mais ça ne veut pas dire que je ne suis pas amoureux de toi. Et la réciproque est valable. Je n'ai jamais aimé Colleen comme je t'aime, toi. »

Contre toute attente, Ellen bâilla, ce qui fit rire Patrick. « C'est moi qui devrais être en train de bâiller pendant que tu me parles de ce que tu ressens, non ? Bref, tout ça pour dire que je t'aime de tout mon cœur. Et ce n'est pas un amour en demi-teinte ou un pis-aller. Je t'aime, toi. Et tout ce que je peux faire, c'est passer le reste de ma vie à te le prouver. Tu comprends ce que je te dis, mon adorable hypnothérapeute ? »

Il posa la main sur sa nuque et l'embrassa, fort, comme s'il lui disait adieu sur le quai d'une gare en partant au front.

Ellen sentit un calme profond déferler dans ses veines. Pas tant grâce à ses paroles que grâce à l'expression d'intense concentration qui lui avait creusé deux sillons entre les yeux tout au long de son explication, comme s'il lui importait au plus haut point qu'elle comprenne. Ou peut-être que c'était simplement parce qu'elle tombait littéralement de sommeil, que Luisa était enceinte et que cet horrible article ne sortait finalement pas.

« Je crois que je comprends, dit-elle quand il décolla ses lèvres pour qu'ils respirent.

– Dieu soit loué, parce que je ne crois pas avoir autant parlé de mes "sentiments" de toute ma vie que ces deux dernières heures. » Il lui tendit un marshmallow. « C'est le dernier. Tu vois, ça, c'est de l'amour. Allez, au lit maintenant. »

26

« Enrique Peñalosa, ancien maire de Bogota, capitale de la Colombie, pensait que l'homme doit s'efforcer de bâtir des "Villes heureuses". Son objectif était de créer une infrastructure urbaine visant au bonheur. En tant qu'urbanistes, pouvons-nous planifier le bonheur ? Nous y employons-nous ? »

Extrait d'un discours entendu par Saskia Brown lors d'un séminaire tenu peu après le décès de sa mère. « Planifier le bonheur », écrivit-elle dans son carnet.

C'était un samedi après-midi, deux semaines après l'accident, ou l'événement, ou appelez ça comme vous voudrez. Il faisait chaud. J'avais été transférée dans une nouvelle chambre près d'une cour où le personnel me sortait parfois en fauteuil pour que je prenne un peu l'air frais. Y flottaient le parfum du jasmin et celui de l'été en puissance.

D'après les médecins, mon opération de la cheville s'était bien passée et la fracture de mon bassin se consolidait comme prévu. Je n'avais plus la pompe à morphine. Juste des antalgiques ordinaires distribués dans des petits gobelets en plastique.

La femme de Lance, Kate, était assise sur la chaise à côté de mon lit. Nous tricotions. Elle était déjà venue deux fois pour m'enseigner les bases et avait refusé que je lui rembourse la laine et les aiguilles qu'elle avait achetées pour moi. Mon premier projet : un bonnet écarlate avec un gros pompon blanc. Je le faisais pour moi. L'idée m'avait traversé l'esprit de tricoter quelque chose pour Jack ou même pour la mère de Patrick, Maureen, parce qu'elle m'avait fait un béret une fois. Un cadeau d'excuses, m'étais-je dit. Ou d'au revoir. Un geste gentil. Mais la seconde suivante, une image s'était formée dans ma tête, l'image d'une immense porte en chêne – de celles que l'on trouve dans les châteaux médiévaux – qui me claquait au nez.

Kate a dit que j'étais une « tricoteuse-née ». Je n'ai pas compris pourquoi elle se montrait si gentille avec moi. Elle n'avait pas le profil de la « bonne âme », pour reprendre l'expression de ma mère lorsqu'elle parlait de certaines femmes de notre paroisse – celles qui affichaient un sourire de sainte en nous déposant des plats mijotés et des sacs de vêtements de seconde main mais qui étaient trop occupées à secourir d'autres pauvres gens pour accepter la tasse de thé proposée par maman. J'ai toujours considéré que si j'étais athée, c'était à cause de ces bonnes femmes.

Quoi qu'il en soit, Kate m'a plu. Je l'ai trouvée un peu bizarre. Pas vraiment excentrique, mais légèrement décalée. Le genre à toujours prendre la parole avec un temps de retard ou un temps d'avance. Sympathique, mais pas en mode « j'étale mes aptitudes sociales ». Je me suis sentie étrangement à l'aise avec elle.

Elle m'a confié qu'après notre rencontre à la fête de Noël de la boîte, elle avait dit à Lance de m'inviter un soir à dîner mais il n'osait pas. Ils étaient de Melbourne et vivaient à Sydney depuis un an seulement.

« On se cherche de nouveaux amis. Toi, maintenant que tu es clouée au lit, tu ne peux plus m'échapper. Appelle ça du harcèlement si tu veux ! »

J'ai ri un peu trop fort quand elle a sorti ça.

Elle s'est raclé la gorge et nous n'avons plus rien dit. J'ai écouté le léger cliquetis de nos aiguilles à tricoter et les sons étouffés de l'activité de l'hôpital qui étaient devenus le bruit de fond de mon existence.

« En parlant de nouveaux amis, je suis allée à un cours de yoga avec Tammy ce week-end, a dit Kate. Je suis passée la prendre chez toi.

– Je sais, elle me l'a dit. »

Tammy était venue me voir tous les deux ou trois jours, avec des livres, des DVD, des plats à emporter et des nouvelles fraîches de notre ancien cercle d'amis. J'appréciais ses visites mais, chaque fois qu'elle repartait, je me sentais épuisée. Curieusement, celles de Kate étaient plus reposantes. Le tricot, peut-être.

« C'est bizarre ? Que j'aille chez toi sans que tu y sois ? »

C'était légèrement bizarre mais je m'en moquais passablement.

« Pas du tout.

– J'avais un peu peur que tu penses que je te vole ta copine », a dit Kate d'une façon étrange, presque enfantine. Je me suis rendu compte que ce qui la rendait étrange, c'était précisément son honnêteté. Elle était sans filtre. Un peu comme l'hypnothérapeute.

« Tammy et moi, on n'était plus en contact depuis des années. Elle est toute à toi. »

Kate a souri. « On pourrait y aller toutes les trois au yoga une fois que tu seras sur pied. »

Je n'ai rien répondu. Je n'avais aucune envie de m'imaginer confrontée à ma vie en sortant de l'hôpital. « Vous devez compter les jours », m'avait dit une infirmière. J'avais dit qu'en effet, je comptais les jours, mais pas dans le sens où elle l'entendait. L'idée même de rentrer chez moi, de retrouver la réalité de ma vie, me rendait malade.

« Ensuite, on a passé un moment dans ce café où ils font le meilleur fondant au chocolat que j'aie jamais mangé. J'en ai eu les larmes aux yeux tellement il était bon.

– Une tisane aurait été plus appropriée après le yoga !

– Je sais ! La caféine, c'est mauvais pour la circulation de l'énergie ! »

Nous avons recommencé à tricoter en silence. Le mouvement rythmique des aiguilles, piquer, passer dessus, faire glisser, et le sentiment d'accomplissement que le tricot m'apportait à mesure que les rangs se multipliaient me faisaient du bien.

« Tu es en train de devenir accro », a fait remarquer Kate en désignant mon tricot d'un signe de la tête.

Et moi de répondre : « C'est assez hypnotique. » M'est alors apparu le visage de l'hypnothérapeute le jour de ma première séance en tant que « Deborah », lorsque nous nous tenions debout côte à côte dans son cabinet à regarder l'océan. Il m'a semblé qu'une éternité s'était écoulée depuis.

Le lendemain de mon opération, j'avais reçu la visite de deux policiers. Un homme et une femme. Très jeunes à mes yeux, ce qui ne m'avait pas empêchée de céder à la peur et à la honte. Une honte brûlante. Que penserait maman ? Elle qui était si respectueuse de la police. Ils m'ont lu un avertissement. Un peu différent de ceux qu'on entend dans les séries policières américaines, plus sec, plus prosaïque et donc plus flippant.

« Bien. Qu'est-ce qui vous a valu de vous retrouver sur ce lit d'hôpital ? » avait demandé l'homme en sortant un carnet. Ils m'avaient écoutée, impassibles.

Ils avaient sans doute entendu pire.

Ils m'ont demandé si j'avais conscience que le harcèlement était désormais un délit pénal. M'ont informée que je faisais l'objet d'une mesure d'éloignement à effet immédiat, laquelle m'interdisait d'approcher à moins de cent mètres de Patrick, de son domicile et de son lieu de travail ainsi que de le « molester, harceler, menacer, intimider ou suivre ». S'offrirait à moi la possibilité de contester ladite ordonnance au cours d'une audience à laquelle je serais convoquée. Mais au vu de leur ton, il était évident que je n'obtiendrais pas gain de cause. En cas de non-respect de l'ordonnance, j'encourais une amende de cinq mille dollars ou une peine de prison de deux ans.

Molester. Harceler. Menacer. Intimider. Suivre.

Ces mots ont marqué ma mémoire au fer rouge à jamais. Ces mots utilisés pour parler de moi. Une gentille fille. Une élève modèle. Une pacifiste. J'ai pleuré le jour où j'ai eu ma première contravention pour excès de vitesse.

Ce n'était pas tout.

En plus de la mesure d'éloignement, j'ai été inculpée pour effraction. La policière m'a tendu une assignation à comparaître qui m'a échappé des doigts tellement je tremblais. Elle l'a rattrapée juste à temps et l'a posée soigneusement sur mon chevet. L'espace d'un instant, ses yeux ont perdu leur lustre officiel et j'y ai aperçu un soupçon de pitié.

Après quoi, ils sont partis, couvre-chef bleu sous le bras, pistolet à la ceinture. Trois heures plus tard, mon cœur battait encore la chamade.

« C'est grâce au tricot que j'ai rencontré Lance, a dit Kate. Il s'est assis à côté de moi dans un tramway et il a dit : “Qu'est-ce que vous tricotez ?”

– Super phrase d'accroche !

– N'est-ce pas ! Tellement original. Et toi ? Tu es célibataire, si j'ai bien compris.

– Je suis seule depuis trois ans mais je crois que, pendant tout ce temps, je ne me suis pas vraiment vécue comme célibataire.

– Qu'est-ce que tu veux dire ? » Elle a levé les yeux de son ouvrage sans pour autant arrêter de tricoter.

Je n'avais pas l'intention de répondre, je la connaissais à peine cette fille, j'avais le droit de rester muette, mais tout à coup, les mots se sont déversés en masse.

*

Tiens, il est en avance, songea Ellen en allant ouvrir.

Son père l'emmenait à un événement appelé la « Fête de l'olive », à Parramatta. C'était son idée, un peu bizarre.

« Ça pourrait être intéressant, avait-il dit au téléphone. C'est à

Elizabeth Farm. Je ne sais pas si tu y es déjà allée. C'est la plus ancienne maison coloniale encore debout de tout le pays. » Il lisait manifestement un document sur ladite demeure. Il s'éclaircit la gorge. « Ça me semble plutôt amusant. Et original. »

Si seulement elle cessait de comparer ses rendez-vous avec son père à ceux qu'elle avait pu avoir à la suite de rencontres en ligne (c'était tellement inapproprié) ! Mais c'était plus fort qu'elle : il lui rappelait ces hommes en manque d'affection qui, tellement désireux d'impressionner, en faisaient un peu trop pour trouver quelque chose « d'original et d'intéressant » à faire.

Ça la chagrinait un peu d'imaginer son père chercher des « événements » sur Internet en espérant tomber sur l'activité qui plairait à sa fille de trente-cinq ans. S'ils s'étaient rencontrés trente ans plus tôt, il l'aurait probablement emmenée à la fête foraine où il lui aurait acheté une peluche. « Nous ne sommes pas obligés de faire quelque chose, on peut juste discuter », avait-elle envie de lui dire, mais en réalité, elle ne savait pas trop de quoi ils parleraient. Elle maudissait sa mère.

Elle se composa un sourire affectueux de fifille à son papa et ouvrit la porte pour se retrouver nez à nez avec une femme affublée de lunettes de soleil et d'une casquette de baseball enfoncée sur la tête.

« Vite, laissez-moi entrer.

– Pardon ? »

La femme baissa ses lunettes, dévoilant des yeux bleus ronds familiers. « Désolée de cette mascarade. C'est moi, Rosie. J'ai eu des photographes aux trousses toute la sainte journée. »

Ellen n'avait pas eu de nouvelles de Ian Roman depuis sa visite deux semaines plus tôt ; la journaliste ne s'étant pas davantage manifestée, elle avait arrêté de laisser des messages à Rosie.

« Des photographes aux trousses ? Pourquoi ça ?

– Vous n'avez pas vu les journaux d'aujourd'hui ? » Rosie retira sa casquette et ses lunettes. Elle était toute belle et bronzée ; Ellen ne l'avait jamais vue aussi radieuse.

« Non. » Ellen sentit les battements de son cœur s'accélérer.

Mary-Kate lui avait dit que l'article ne serait pas publié mais ça ne l'empêchait pas d'avoir la nausée chaque fois qu'elle tournait les pages d'un journal à l'idée d'être confrontée à son propre visage sous un horrible titre citant son nom. Elle avait d'ailleurs développé une empathie inédite pour quiconque était un jour tombé sous le coup d'une mauvaise presse. Elle qui croyait avoir des trésors d'empathie ! Voilà qu'en fait, pour être véritablement empathique, elle devait vivre elle-même la chose !

Rosie sortit de son sac un tabloïd plié en deux et le brandit sous les yeux d'Ellen, tapotant la première page du bout du doigt. Dessus, une photo en noir et blanc représentait Ian Roman accompagné d'une grande femme tout en jambes quittant ce qui ressemblait fort à un hôtel. Pas besoin du titre – « Ian Roman batifole » – pour comprendre.

Ellen lut le premier paragraphe :

Ian Roman, le très en vue magnat des médias, a convolé en justes noces il y a à peine trois mois, mais la lune de miel semble bel et bien terminée.

« Ian a une liaison avec un top model, dit Rosie. Alors ils veulent une photo de moi dévastée et mal fagotée.

– Je suis désolée.

– Ça va. Il sauve juste la face. Il s'est laissé dire que je m'apprêtais à le quitter alors il a préféré me devancer. Je ne serais pas étonnée d'apprendre qu'il a lui-même prévenu les photographes. Mais passons. Il m'a dit qu'il vous avait rendu visite.

– J'ai eu ce plaisir en effet », répondit Ellen en prenant la voix sèche et froide de sa mère. Utile parfois. Elle précéda Rosie dans le salon. « Thé ? Café ? Quelque chose de frais plutôt ?

– Non, non, je ne reste pas. Je suis désolée de débarquer à l'improviste comme ça. » Rosie s'assit en face d'Ellen sur le fauteuil en cuir de son grand-père. Ses jambes étaient si petites que ses ballerines touchaient à peine le sol. Elle se pencha en avant, les mains jointes, comme pour implorer le pardon. « Je voulais juste vous parler de vive voix et vous présenter mes excuses pour ce que je vous ai fait subir. J'ai pris un peu le large, vous voyez, et je n'ai pas pris mon téléphone portable. Je n'ai eu vos messages que ce matin et je suis venue aussitôt. »

Ellen grimaça à l'évocation de cette journée affreuse où elle avait inondé la boîte vocale de Rosie. « J'ai dû vous paraître complètement hystérique...

– Oh là là, mais il y avait de quoi ! J'imagine tout à fait ce qu'il a pu vous dire. Il se prend pour... je ne sais pas moi, Rambo ou Tony Soprano.

– Il s'est montré assez... intimidant. Il a dit qu'il allait “me couler”.

– Quel connard. » Rosie sortit une plaquette de son sac et en tira un chewing-gum qu'elle se mit à mâcher énergiquement. Elle désigna sa bouche. « Gomme à la nicotine. J'ai finalement arrêté de fumer.

– Eh bien, comme votre mari l'a souligné, je n'ai pas été d'une grande aide de ce côté-là.

– Vous plaisantez ? Je vous recommanderais à n'importe qui ! » Rosie regarda au loin, cherchant probablement une bonne raison de conseiller à quiconque de consulter Ellen.

« Si j'ai bien compris, Ian vous a entendue parler de moi avec votre sœur, dit Ellen pour inciter Rosie à se recentrer sur le sujet.

– Je n'en savais rien. » Rosie se cala au fond du fauteuil. À présent ses pieds ne touchaient plus le sol. « Écouter aux portes ! J'aurais pensé qu'il était au-dessus de ce genre de choses ! En plus, il a mal compris, évidemment. Je racontais juste à ma sœur que je vous avais *demandé* de m'hypnotiser pour que je tombe amoureuse de lui, ce à quoi elle a répondu que j'étais une idiote. Ensuite, elle m'a convaincue de partir quelques jours dans le Queensland avec elle et sa famille. C'était merveilleux. Des vacances en bord de mer sans chichis, à construire des châteaux de sable avec mes nièces et à manger des sandwichs aux crevettes. Ian aurait détesté. Ça m'a confortée dans l'idée que nous sommes en tout point différents, lui et moi. Je suis tellement... ordinaire.

– Personne n'est ordinaire, répondit Ellen machinalement.

– Moi si. Je suis totalement ordinaire. Je ne sais même pas pourquoi il s'est intéressé à une lilliputienne comme moi. Je ne suis pas son genre. La géante hyper canon dans le journal, ça, c'est son genre. Elle ira bien avec son yacht.

– Je n'en suis pas sûre, Rosie. Je crois qu'il vous aimait vraiment. C'est pour ça qu'il était tellement en colère.

– Non. C'était juste une question d'orgueil. De toute façon, c'est terminé. Nous nous sommes lourdement trompés, lui comme moi. Je ne l'ai jamais vraiment aimé. Je ne vous l'apprends pas. Et c'est vous qui m'avez aidée à le comprendre.

– Je pense que vous ne vous êtes pas autorisée à l'aimer ni même à le connaître vraiment parce que vous étiez trop occupée à vous demander pourquoi il vous avait choisie. Je pense que vous avez été aveuglée par le "produit Ian Roman". L'argent. Le pouvoir. Le numéro du gros bonnet. Mais le vrai Ian Roman aurait peut-être apprécié un séjour en bord de mer sans chichis. »

Rosie cligna des yeux. Elle mâchait toujours son chewing-gum vigoureusement.

« Il vous a choisie, vous, poursuivit Ellen. Un homme dans sa position pourrait avoir n'importe quelle poupée Barbie. Mais il n'a pas choisi un top model. Il vous a choisie, vous. »

Le fait qu'il ait choisi une femme ordinaire comme vous signifie qu'il a vu quelque chose d'extraordinaire en vous et ÇA, c'est le signe que peut-être, il vaut mieux que ce que l'on croit. Voilà ce qu'elle essayait de dire.

Elle repensa aux mots de Patrick. *Pour vous les femmes, l'amour, c'est tout noir ou tout blanc.*

Rosie fronça les sourcils. Une lueur passa dans ses yeux. Elle regarda ses mains sur ses genoux et balança les jambes. Puis Ellen vit son visage se fermer – sa décision était prise. Non. Elle n'avait ni l'estime de soi ni le courage nécessaires ; son mariage avec Ian Roman était mort à cet instant précis.

« Peu importe, fit-elle. Il m'a trompée en plus maintenant. C'est fini. Mais que ça ne vous tracasse pas. Je le vis très bien, moi. Comme je vous l'ai dit, je suis venue pour m'excuser et vous informer qu'il ne tentera rien contre vous. Je lui ai dit que si jamais je lisais quoi que ce soit de négatif sur vous dans les journaux, je déballerais tout à la presse sur mon mariage avec Ian Roman et que je ne me priverais pas pour lui prêter quelques fétichismes sexuels dont sa réputation ne se remettrait jamais. Vous ne risquez rien.

– Merci.

– Pour info, il n'a pas de fétiches bizarres. » Rosie se leva et ramassa son sac. « À vrai dire, côté sexe, c'était plutôt bien. »

Pourquoi fallait-il que la fin de ce mariage attriste Ellen ? C'était ridicule. Rosie n'était pas amoureuse de Ian Roman. Quant à lui, il y avait fort à parier qu'il se trouvait en ce moment même sur son yacht à siroter une coupe de champagne avec son top model. Sauf qu'elle ne pouvait pas s'empêcher de penser que Rosie et Ian auraient pu être heureux ensemble s'ils avaient mis leur fierté de côté.

Rosie tendit la main et sourit. Elle avait vraiment un très joli sourire. « Je retourne à ma vie ordinaire. »

Tandis qu'elle descendait l'allée, le père d'Ellen apparut au portail qu'il retint ouvert pour elle.

« Une patiente ? demanda-t-il à Ellen quand elle le fit entrer.

– Une cliente, le corrigea-t-elle. Nous autres hypnothérapeutes avons des clients. » Elle regarda Rosie s'éloigner. « Avec le recul, je l'aurais traitée complètement différemment.

– Le recul… ça arrive toujours une fraction de seconde trop tard. »

*

« Ben dis donc… » Kate a balayé la chambre des yeux en quête d'inspiration. Puis, sans me regarder : « Merde alors. »

Elle m'avait écoutée sans dire un mot. Elle avait continué de tricoter, hochant la tête ou fronçant les sourcils de temps à autre. Je n'avais aucune idée de ce qu'elle pensait. Je lui avais raconté tout ce qui s'était passé, tout ce que j'avais fait. Sans essayer de minimiser quoi que ce soit. Si seulement j'avais eu une enfance horrible, j'aurais pu tenter de me dédouaner. Mais en réalité, je ne pouvais accuser rien ni personne pour mon attitude. Ma responsabilité, avais-je précisé, était absolue.

« Tu ne te doutais pas que tu rendais visite à une folle », avais-je conclu.

Tout lui déballer m'avait fait un bien fou. Je n'avais pas pu m'arrêter. Comme quand on gratte une affreuse croûte avec les ongles. Mais, maintenant que j'avais terminé et que j'étais assise en face d'elle, à nu, j'étais remplie de regret et d'un terrible sentiment de perte. Je l'appréciais vraiment. Nous aurions pu être amies. Et j'avais tout gâché.

« Oh, tu sais... j'ai fait des trucs un peu fous moi aussi.

– C'est vrai ? »

Kate a penché la tête et réfléchi. « Euh... non, pas vraiment. Rien de comparable en tout cas. J'essayais juste de te réconforter.

– Merci.

– Je parie que tu es Scorpion, a-t-elle dit, les yeux rivés sur son tricot.

– Eh bien, oui, c'est exact, mais je ne...

– Tu ne crois pas à l'astrologie. C'est une caractéristique du Scorpion. Peu importe. Ce qui est sûr, c'est que vous êtes passionnés, sombres et mystérieux. J'aurais adoré être Scorpion. Ou Lion. Je suis Balance. On est indécis, nous. » Cliquetis des aiguilles. « Moi non plus, je n'y crois pas, à tous ces trucs. »

Elle déroula un peu plus sa pelote. « Tu devais vraiment l'aimer. Ainsi que son fils.

– Oui. Mais je suppose que, par amour, j'aurais dû leur "rendre leur liberté" ou... c'est bien ça l'expression ? L'amour n'est pas une excuse. »

Depuis cette fameuse nuit, je n'arrêtais pas de revoir le visage de Patrick au moment où il m'avait reconnue au pied de son lit. Le problème, ce n'était pas seulement qu'il y avait quelqu'un dans sa chambre, c'était que c'était *moi. J'étais devenue son pire cauchemar.* Et je ne pouvais m'en prendre qu'à moi-même.

« Tu sais ce que tu devrais faire selon moi ?

– Voir un psy », ai-je répondu d'une voix fatiguée. Elle avait raison, l'hypnothérapeute aussi, naturellement. J'avais besoin d'une « aide professionnelle ».

« Mouais, si tu veux. Mais ce n'est pas ce que j'allais dire. Je pense que tu devrais arrêter.

– Arrêter.

– Oui, c'est mon conseil. Un conseil extrêmement judicieux. Arrête.

– Arrête… c'est tout. »

Kate commença à glousser. « C'est ce que je dirais si j'étais ta psy. Saskia, arrêtez, point. Vous n'avez qu'à tricoter à la place. »

J'ai repris mes aiguilles. Kate a souri. « C'est ça. Tu vois, tu es guérie. Ça fera deux cents dollars, s'il te plaît. »

L'univers avait manifestement jugé bon de m'envoyer une nouvelle amie. Je me suis demandé si c'était ma mère qui avait arrangé le coup. Je l'ai imaginée dans l'au-delà en train de danser avec mon père dans une salle de bal étoilée. Peut-être avaient-ils évoqué ensemble mon attitude d'un air affligé. Peut-être qu'en nous voyant dégringoler l'escalier Jack et moi, maman s'était exclamée : « Je te l'avais dit, que ça ne lui passerait pas ! Ce dont elle a besoin, c'est d'une nouvelle amie. » Puis l'inspiration lui était venue : « Je sais ! Une fille qui tricote ! J'ai toujours voulu qu'elle apprenne à tricoter ! » Sur quoi, elle était allée remplir une demande en bonne et due forme.

« J'arrête la traque, je tricote, a murmuré Kate. Répète après moi : j'arrête la traque, je tricote. »

*

Contre toute attente, la « Fête de l'olive » s'avéra très agréable.

Mais oui, très agréable ! Ellen ne savait pas trop pourquoi c'était si inattendu. Elle avait toujours aimé ce genre de manifestations : kermesses d'école, salons d'artisanat, marchés de plein air. Les petits stands où des gens charmants et sérieux présentaient leurs produits du terroir bio sur des nappes blanches : miel, confiture, chutney, vin ou, en l'occurrence, olives et huile d'olive. Le bruit des carillons et l'odeur des huiles essentielles. Ces gens, c'était sa tribu ; ces lieux, son monde. (« Des hippies qui ont du fric », dirait Julia.)

Tandis qu'Ellen déambulait avec son père parmi les rangées de tentes blanches dont les toiles battaient doucement sous la brise, respirant les senteurs méditerranéennes d'ail, de pain frais et de glycine avec le soleil du printemps qui lui caressait les épaules, un profond sentiment de contentement et de paix l'envahit.

Et pour cause : primo, elle avait enfin compris qu'elle n'était pas à un rendez-vous galant – il n'y avait (vraisemblablement) aucun risque que David tente soudain de l'embrasser ; deuzio, sa nausée semblait avoir disparu pour de bon, un soulagement aussi bienvenu que le départ d'un invité fatigant.

Mais peut-être que la vraie raison, c'était qu'en découvrant les photos de son bébé, son père avait eu les larmes aux yeux et en avait été gêné. À ce moment-là, aux yeux d'Ellen, il était devenu une véritable personne, et non la chute d'une blague sur sa vie. Sur le trajet, tandis qu'elle observait son père conduire (habilement, nonchalamment, comme Patrick), elle avait senti quelque chose s'adoucir au plus profond de son être. *Pourquoi s'interdire d'être émue par ce qui se passe ?* avait-elle songé. *C'est ton père. Tu as le droit. Tu peux l'apprécier si tu le souhaites. Tu peux t'autoriser à l'aimer.*

Ils s'arrêtèrent devant le stand d'une petite dame qui se lança aussitôt dans une explication passionnée et incroyablement détaillée sur l'Association australienne de l'olivier et les critères qu'elle appliquait pour l'obtention du label Huile d'olive extra-vierge. À croire qu'elle s'imaginait qu'ils préparaient leur demande d'attribution dudit label. Et qu'ils ne le décrocheraient probablement pas.

« Bien ! fit David quand elle se tut enfin. C'est… On pourrait goûter… Qu'en dis-tu, Ellen ? »

Ellen trempa un bout de pain dans un petit carré d'huile d'olive dorée.

« Divin », fit-elle en levant les yeux vers les cieux, comme en extase. Et elle était sincère, même si elle savait d'expérience qu'une fois rentrée chez elle, l'huile de la dame aurait probablement un goût similaire au produit industriel qu'elle achetait d'ordinaire au supermarché. Tout avait une saveur particulièrement délicieuse sur ce genre de stands. L'œuvre du grand air et du pouvoir de suggestion. Elle était gentiment hypnotisée.

« Laisse-moi t'en offrir une bouteille. » David sortit un billet de cinquante dollars de son portefeuille.

« Quel adorable papa », commenta la dame.

David toussa dans son poing. Ellen le regarda d'un air compatissant.

La dame fronça les sourcils. « Oh, pardon, vous n'êtes pas père et fille ?

– Si, vous avez vu juste, répondit Ellen.

– Ah, je me disais aussi », fit-elle sur un léger ton de reproche, comme s'ils avaient essayé de la rouler. Elle tendit à David la monnaie et la bouteille d'huile d'olive dans un sachet en papier blanc. « Vous avez le même menton. »

Ellen et son père se touchèrent simultanément le menton du bout des doigts avant de laisser retomber leur main.

Ils mangèrent un plat de spaghettis assis à une table en plastique blanche sous un chapiteau. La conversation fut plaisante quoiqu'un peu forcée, comme entre deux étrangers qui, ayant échangé quelques mots à un arrêt de bus et ce dernier se faisant attendre, se sentaient obligés de poursuivre.

« Je suis désolée que ce soit fini entre maman et toi », dit Ellen après une longue discussion sur le printemps en Australie par comparaison avec le printemps au Royaume-Uni.

« Moi aussi, répondit David. C'est probablement ma faute. Je n'aurais pas dû me lancer dans une relation alors que j'étais toujours un peu abattu et blessé.

– Abattu et blessé, répéta Ellen, perplexe.

– Eh bien, ma femme m'a quitté au bout de trente-cinq ans de mariage. Je ne m'y attendais pas du tout. Ce n'était même pas pour un autre homme. Elle m'a dit qu'elle "ne savait plus comment être elle-même". Alors moi, je lui ai dit : "Sois toi-même ! Ce n'est pas moi qui t'en empêche !" Mais d'après elle, si. » Il enroula ses spaghettis d'un geste expert autour de sa fourchette qu'il considéra d'un air triste.

« Je suis navrée, dit Ellen qui peinait à réajuster sa perception des choses. Je crois que je m'étais fait une fausse idée... Pour moi, tu l'avais quittée ou alors c'était d'un commun accord.

– Certainement pas.

– Maman ne m'a rien dit.

– J'ai comme qui dirait minimisé le côté "Ma femme m'a brisé le cœur".

– Mais elle m'a dit que tu avais pensé à elle tout au long de ton mariage. » Pourvu que son père ne perçoive pas la pointe de reproche dans sa voix, songea Ellen.

David lui lança un regard penaud. « Elle t'a répété ça. » Il repoussa son assiette et posa les bras sur les accoudoirs de son fauteuil. « Je n'ai pas menti. Au fil des années, j'ai pensé à ta mère de temps à autre, j'ai même parfois rêvé d'elle, mais ça ne veut pas dire que je n'étais pas amoureux de Jane. »

Ellen repoussa elle aussi son assiette.

« Même si ça ne t'a pas empêché de la tromper quand vous étiez fiancés », remarqua-t-elle sur un ton sec mais spirituel, histoire de lui montrer qu'elle ne le jugeait pas. « Plus d'une fois, d'après ce que j'ai compris », précisa-t-elle en se désignant d'un geste pour souligner le résultat de son infidélité.

« En effet. J'étais jeune et stupide, et ta mère était splendide. Ces *yeux* qu'elle avait ! » Puis, avec un haussement d'épaules puéril destiné à se dédouaner : « J'ai bien fait, non ? »

Ellen eut du mal à savoir si elle devait être charmée ou pas.

C'était donc ça, la réalité, confuse et imprécise, de sa conception : ni tout à fait une grande histoire d'amour, ni tout à fait une minable erreur de jeunesse, ni tout à fait un acte de bravoure féministe.

« Quoi qu'il en soit, ta mère et moi restons bons amis, et entre nous, je ne désespère pas encore.

– Vraiment ? » Ellen se demanda si elle devait lui dire qu'à son avis, il n'avait pas la moindre chance, mais après tout, qu'en savait-elle ? Ces derniers mois, elle avait appris que tout ce qu'elle pensait savoir avec certitude pouvait changer en un instant. Rien n'était permanent. Les bouddhistes savaient de quoi ils parlaient.

Ils restèrent assis en silence un moment à regarder les préparatifs d'un genre de représentation qui allait manifestement avoir lieu au centre du chapiteau.

« Patrick a l'air d'être un chic type, dit David. Il a un fils, si j'ai bien compris ? D'un précédent mariage ?

– Jack. Il est à une fête aujourd'hui. Sa mère est morte quand il était tout petit.

– Un-deux, un-deux, un-deux-trois, dit une voix dans un microphone.

– Ce qui bien sûr rend ma relation avec Patrick un peu compliquée. » Voilà ce qui arrivait quand on parlait trop longtemps avec un étranger à un arrêt de bus. La conversation prenait soudain un tour intime tout à fait inconvenant.

« Pourquoi ? » La question de David déconcerta un peu Ellen. N'était-ce pas évident ? (La plupart des femmes qu'elle connaissait lui auraient dit un truc du genre : « Oh, *oui*, bien sûr, j'imagine, une amie de ma sœur a fréquenté un veuf et ç'a été un désastre… »)

« Je veux simplement dire que… eh bien, que sa première femme est morte et que… »

La sono émit un son perçant. Les gens autour grimacèrent et se bouchèrent les oreilles.

« Désolé, lança la voix dans le micro une fois le problème résolu.

– Je ne crois pas que tu aies le moindre souci à te faire, dit David.

– Pourquoi ? »

Il se tourna vers elle. « Ellen », commença-t-il. (C'était peut-être la première fois qu'il l'appelait par son prénom, songea-t-elle, alors que dans sa bouche à elle, ç'avait été David par-ci, David par-là – elle avait tendance à utiliser le prénom des gens à tout bout de champ quand elle les connaissait mal.) « On parle de l'homme qui *posait des rideaux* pour toi pas plus tard que ce matin.

– Oui, je sais…

– Comme mon père l'aurait dit, il n'y a pas plus crispant comme petits travaux.

– Ah bon ?

– Et il avait très envie de me montrer l'échographie du bébé. Je n'appellerais pas ça une relation compliquée, moi. »

Le chapiteau résonna des notes d'une guitare. Trois danseuses de flamenco entrèrent fièrement sur scène, imprimant un mouvement rapide à leurs magnifiques robes, rejetant la tête en arrière, affichant un beau visage farouche et majestueux.

« *Olé !* » s'exclama David. Il leva les mains au-dessus de sa tête et fit mine de jouer des castagnettes. Un geste de paternel ringard au possible qui aurait fait mourir de honte n'importe quel adolescent digne de ce nom.

« *Olé !* » répéta Ellen gaiement.

Elle se cala dans son fauteuil pour regarder le numéro de danse et sentit s'évaporer sans bruit un dernier doute sur l'amour que Patrick lui portait – un doute persistant dont elle n'avait pas vraiment eu conscience.

C'était donc à ça que ça ressemblait, d'avoir un père.

*

« Toc toc toc ? »

Derrière la porte de ma chambre d'hôpital, la voix de Tammy.

« Tu gardes ça pour toi… », ai-je dit à Kate. Ce n'était pas tant la crainte que Tammy me juge – même si naturellement elle n'y manquerait pas – que la certitude qu'elle serait curieuse à l'excès. Elle pousserait des oh ! et des ah ! et poserait mille questions. Sa fascination la pousserait à explorer pendant des heures mes motivations et les réactions de Patrick. Elle n'abandonnerait jamais le sujet.

« Bien sûr. » Kate a posé son tricot. « Je n'en parlerai même pas à Lance. »

Naturellement qu'elle lui en parlerait. Aussitôt qu'ils se retrouveraient chez eux ce soir. C'était impossible de cacher ce genre de secret à son conjoint.

Mais j'avais l'intuition que, même si Lance me considérerait pendant un bon moment comme une garce doublée d'une folle et se féliciterait de ne pas m'avoir choisie comme petite amie – pauvre Patrick, songerait-il –, d'ici quelques années, lorsque Kate évoquerait le sujet, il dirait vaguement : « Oh, oui… c'était quoi cette histoire, déjà ? » Il n'était pas homme à emmagasiner des informations personnelles et quelque chose me disait qu'une sorte d'intégrité innée, de moralité ou d'aversion pour les ragots l'empêcherait de tout répéter à nos collègues. De toute façon, j'avais aussi l'intuition que je ne reprendrais pas mon poste dans la boîte. Les choses allaient changer.

« Quoi de neuf, les pouffes ? »

Kate et moi avons levé les yeux au ciel : Tammy et Lance n'avaient toujours pas renoncé à imiter le parler des caïds de Baltimore.

« Regardez-vous, les grands-mères, avec vos tricots ! » a-t-elle repris de sa voix normale. Puis, laissant une pile de courrier sur mon lit : « Au fait, tu as le bonjour de Janet et Peter.

– Janet et Peter ? ai-je répété d'un air ahuri.

– Tes *voisins.* » Ah, la famille labrador. J'ai essayé de visualiser leurs visages, en vain. Je ne les avais peut-être jamais vraiment regardés.

« Je suis allée dîner chez eux hier soir. »

Intéressant, de voir quelqu'un d'autre vivre chez moi, vivre ma vie et me montrer à quel point ça pouvait être facile et naturel.

Elle n'aura pas hésité, elle, quand ils l'ont invitée. « Avec plaisir ! Qu'est-ce que j'apporte ? » a-t-elle probablement répondu.

« Ils sont sympas ! On a fait une partie de Monopoly avec les enfants.

– Je déteste le Monopoly, a dit Kate en reprenant ses aiguilles.

– Avant que j'oublie, on veut faire une fête chez toi pour ton retour.

– Une fête ? Ce n'est pas trop mon truc, de recevoir à la maison.

– Qu'est-ce que tu racontes ? J'ai parlé à Janet et Peter de cette fête d'Halloween que tu as organisée il y a quelques années... Tu te rappelles ? Une des meilleures fêtes de toute ma vie ! »

Je m'en souvenais, en effet. À l'époque, Patrick et moi commencions tout juste à nous fréquenter ; nous n'avions pas encore emménagé ensemble. J'avais mis le paquet côté décoration : lampes citrouilles, toiles d'araignée... J'avais même mis de la glace carbonique dans des bassines pour avoir un effet de fumée... Effrayant ! Tout le monde s'était déguisé. Patrick était venu en Dracula et il avait passé la soirée à se pencher au-dessus de moi pour me planter ses canines dans le cou. Moi, j'étais en Morticia avec une longue perruque noire et un collier araignée. Je me revois sur les photos : jamais une Morticia n'avait été aussi heureuse.

Mais la fille qui a organisé cette fête n'existe plus, ai-je pensé.

« Tu avais fait une tarte à la citrouille. Divine !

– J'en ai jamais mangé », a glissé Kate.

Et moi de répondre : « Je t'en ferai. » Et voilà que, tout à coup, je me suis surprise à lister les ingrédients dont j'aurais besoin dans ma tête – fromage frais à tartiner, cannelle, gingembre – et à avoir super envie de faire une tarte à la citrouille pour Kate, Lance, Tammy et peut-être même pour mes voisins. Voir les gens apprécier ma cuisine et demander une deuxième part ! Depuis combien de temps n'avais-je pas joué les hôtesses et préparé à manger pour les autres ?

J'avais fait ces biscuits Anzac dans la cuisine d'Ellen mais j'ai frémi rien que d'y penser. J'ai pris le courrier pour me concentrer sur autre chose.

« Apparemment, le frère de Janet a craqué pour toi, a poursuivi Tammy. On compte bien vous arranger le coup à ta fête.

– Le frère de Janet ? » N'importe quoi. « Je ne le connais même pas. » J'ai classé mon courrier : facture, publicité, facture, publicité, re-facture.

« Il dit qu'il t'a croisée une fois quand tu partais. Et il est persuadé qu'il t'avait déjà vue sur un bodyboard à Avalon Beach. Est-ce que c'est possible ? »

Je suis tombée sur une enveloppe où mon adresse était soigneusement écrite à la main ; vaguement familière, l'écriture.

« J'ai essayé le bodyboard deux ou trois fois. » J'ai tourné et retourné l'enveloppe entre mes doigts, revoyant l'homme aux cheveux crépus et son ombre sur mon corps ce matin où je m'étais réveillée sur le sable dans ma robe rouge. La veille, j'avais débarqué à l'improviste chez les parents de Patrick alors même qu'Ellen s'y trouvait.

Puis j'ai repensé à l'homme à la casquette de baseball que j'avais croisé devant chez les voisins au moment où je filais à cette fausse fête d'anniversaire de quarante ans. Il m'avait en effet regardée comme s'il me connaissait.

J'ai fusionné les deux images enregistrées dans ma mémoire et compris qu'il pouvait tout à fait s'agir de la même personne. Ça m'a fait un drôle d'effet, comme si la nécessité de revenir en arrière pour examiner ma vie entière et regarder tout ce que j'avais raté s'imposait à moi.

« Mais il a une petite amie », ai je dit en le revoyant passer son bras autour de la taille de cette femme. Ça m'avait brisé le cœur.

« Il vient de se séparer. Il est de nouveau sur le marché ! Il faut que tu passes à l'action avant qu'une autre lui mette le grappin dessus.

– Qu'est-ce qu'il fait dans la vie ? a demandé Kate. Désolée… trop superficiel comme question ? Mieux vaut demander à quoi il rêve, à quoi il aspire.

– Tiens-toi bien ! a répondu Tammy d'un air théâtral. Il est… *menuisier* !

– *Non !*
– Oh que si !
– J'en suis toute chose ! »

Ça m'a fait rire. D'un rire que j'avais oublié. Un gloussement de gamine, idiot et débridé. Je croyais avoir passé l'âge de glousser comme ça, mais en fait, on n'est jamais trop vieux. J'aurais dû le savoir. À plus de soixante-dix ans, maman continuait de déjeuner une fois par mois avec ses vieilles copines de tennis. Un jour que c'était elle qui recevait à la maison, je me rappelle avoir entendu des éclats de rire dignes d'une bande d'adolescentes en provenance du salon.

J'avais aussi oublié que le plus sympa, quand on a un rencard, ce n'était pas le rencard en lui-même mais d'en parler avec les copines – d'étudier en détail les petits amis potentiels.

« Je peux venir à cette fête moi aussi ? a demandé Kate. Trop envie de voir le menuisier !

– Bien sûr, a répondu Tammy. Je me demande si on ne pourrait pas trouver un prétexte pour lui faire faire un peu de bricolage à cette fête ?

– Poser une étagère par exemple ?

– Dans l'idéal, quelque chose qui donnerait de Saskia l'image d'une femme impuissante et vulnérable.

– Eh bien, pour le féminisme, on repassera ! » me suis-je exclamée.

Kate a claqué des doigts. « Une rampe d'accès ! Pour son fauteuil roulant !

– Les médecins disent que je marcherai d'ici mon retour à la maison. » Ils voulaient que je passe aux béquilles dans les sept jours.

« Oh, a dit Kate, déçue. Tu es sûre ? »

Je n'ai repensé à l'enveloppe avec l'écriture familière qu'une fois seule, plus tard dans la soirée. J'ai regardé l'adresse de l'expéditeur au dos : *Mrs Maureen Scott*.

La mère de Patrick. Qui d'autre ? Comme ma mère, elle aimait envoyer des cartes. Elle nous en envoyait souvent quand on vivait ensemble, Patrick et moi. « *Chers Patrick, Saskia et Jack, merci pour cette agréable soirée de samedi. Nous avons beaucoup apprécié la salade de bœuf thaï de Saskia. Un délice.* »

Pourquoi cette carte maintenant ? Me dire que trop c'est trop ? *Mon petit-fils a le bras cassé par ta faute, affreuse sorcière ?*

J'ai ouvert. Le papier à lettres mauve illustré de brins de lavande tout autour ne m'était pas inconnu. Elle utilisait probablement le même depuis des années.

Voici ce qu'elle avait écrit :

Chère Saskia,

Jack a tenu à t'envoyer cette carte de « prompt rétablissement » (il l'a achetée lui-même avec ses propres sous) et m'a fait promettre de trouver ton adresse et de te l'envoyer. Patrick n'est pas au courant, alors je te serais vraiment reconnaissante de ne pas répondre, au vu des circonstances. J'aurais dû te le dire avant, Saskia, mais tu as été une mère formidable pour Jack et moi, sa grand-mère, j'aurais dû faire plus pour m'assurer que vous restiez en contact. Je suis désolée. Ce sera pour moi un éternel regret. Jack est un jeune garçon adorable, ce qui est à mettre à ton crédit.

Je te souhaite de tout mon cœur de parvenir à poursuivre ton chemin et à trouver le bonheur. Je sais que ta mère l'aurait voulu comme moi.

Je t'embrasse,

Maureen

Sur la carte, le dessin d'une girafe assise dans son lit avec un thermomètre dans la bouche. Et ces mots de Jack :

Chère Saskia,

Guéris vite. Moi ça va. On m'enlève mon plâtre la semaine prochaine. Papa ne veut pas que je te rende visite. Je suis désolé.

Bisous

Jack.

PS : Je me souviens des villes en pâte à modeler. Elles étaient trop bien.

PPS : Je t'envoie une autre bille porte-bonheur pour remplacer celle que j'ai perdue.

En effet, au fond de l'enveloppe, se trouvait une bille.

Je l'ai regardée à la lumière pour examiner les taches de couleur qui s'entremêlaient et ma vision s'est troublée.

J'ai pleuré pendant tellement longtemps. Il n'y a pas eu de sanglots déchirants, juste des larmes silencieuses et cathartiques, comme une longue et douce averse un dimanche après-midi.

Quand les larmes se sont enfin taries, je me suis mouchée, j'ai éteint la lumière et dormi plus profondément que je ne l'avais fait depuis des années. D'un sommeil sans le moindre rêve je crois. À l'image d'un animal qui avait hiberné tout l'hiver, j'ai eu l'impression en me réveillant de sortir d'une grotte profonde et obscure pour respirer l'air frais du printemps.

Je me suis frotté les yeux avec la paume de la main et j'ai senti l'odeur du bacon pas assez cuit et du café sans goût. Sally, l'aide-soignante incroyablement grincheuse qui m'apportait mon petit déjeuner presque tous les matins, se tenait au bout de mon lit. Elle a posé le plateau sur ma table avec le même fracas désagréable que d'habitude et a levé les sourcils.

« Bien dormi ?

– Comme un bébé. »

27

« Avant la rencontre avec votre bébé, vous ne pouvez pas imaginer l'intensité de votre amour pour lui et de votre inquiétude quant à sa survie et son bien-être. »

Extrait de *Baby Love*,
LE guide du nouveau-né en Australie,
de Robin Barker

« Oui, c'est mon nez, et oui, c'est très amusant. Tu veux bien te concentrer maintenant ? »

Le bébé lâcha le nez d'Ellen et posa sa main sur sa bouche.

Ellen fit mine de la manger. « Miam miam. »

Le bébé sourit. Elle tourna la tête et ferma la bouche autour du téton de sa mère, buvant avidement d'un air concentré, un doigt en l'air, comme pour dire : *Un instant. Je suis à toi dans un tout petit instant.*

Ellen ferma les yeux brièvement, assaillie par une sensation de chaleur et de picotements tandis que le lait montait comme sous l'action d'innombrables et minuscules aimants. Une sensation encore inconnue six mois plus tôt, mais aujourd'hui aussi familière qu'un éternuement.

Même si, chaque fois, il y avait quelque chose de légèrement extraordinaire.

Grace téta quelques minutes, sa toute petite main décrivant

des cercles comme si elle dirigeait une symphonie. La tête en arrière, les paupières battantes, son âme semblait habitée par la musique.

« Où est ma petite fille ? »

Au son de la voix de son père, Grace tourna la tête si vite dans sa direction qu'elle tira violemment sur le téton d'Ellen, faisant voler des gouttelettes de lait.

« Et *bonjour*, mon adorable petite Gracie, bonjour, bonjour, *bonjour* ! » Patrick s'accroupit près du fauteuil d'Ellen. Le bébé gazouilla et se tortilla dans un ravissement d'amour. Son père tendit les mains et guetta l'approbation dans les yeux d'Ellen.

« C'est bon. Ce n'était qu'une petite tétée. »

Patrick prit le bébé dans ses bras et enfouit le nez dans son cou. « Fee-fi-fo-fum ! Je renifle le sang d'un bébé fort appétissant ! »

Ellen rattacha son soutien-gorge et ferma sa chemise tout en regardant Patrick.

« Ma parole, je n'ai jamais vu un père aussi gaga », avait déclaré Anne la veille au soir après l'avoir vu à l'œuvre. Son ton, légèrement désapprobateur, voire grincheux, avait interpellé Ellen. Que trahissait-il ? Le regret que sa fille soit passée à côté d'un père gâteux ou la jalousie parce qu'elle-même l'avait élevée seule ? À moins que ce ne soit l'attitude de Patrick qu'elle jugeait peu virile ou inconvenante ?

« Désolé. » Patrick se leva avec le bébé sur la hanche et embrassa Ellen sur la tête. « Salut, toi.

– Oh, oui, ne t'occupe pas de moi », fit-elle en haussant les épaules.

Ellen ne trouvait rien à redire à l'attitude de Patrick. Au contraire, elle ne se lassait pas de le voir interagir avec Grace. À l'instant où elle avait été ramenée en fauteuil dans sa chambre d'hôpital et l'avait vu bercer la petite contre son torse nu (les infirmières lui avaient dit de faire du peau à peau avec Grace le temps qu'Ellen revienne de la salle de travail ; il avait alors déboutonné sa chemise et installé le bébé contre sa poitrine comme un koala endormi), elle avait été envahie par une émotion si intense – quelque chose qui ressemblait à un désir dévorant, sauf que c'était autre chose. Comme pour l'allaitement, il s'agissait d'une sensation totalement inédite. Elle s'était demandé si c'était purement biologique : la satisfaction de voir son partenaire créer un lien avec sa progéniture et d'en conclure qu'il resterait certainement auprès de sa famille et la protégerait de tous les dangers. Mais peut-être que c'était parce qu'elle s'identifiait à Grace et que Patrick comblait son besoin refoulé d'amour paternel.

Dans un cas comme dans l'autre, elle se sentait reconnaissante. À présent, toutes ces tracasseries à propos de l'amour que Patrick portait encore ou non à Colleen lui semblaient tellement ridicules. Tout ce cinéma inutile ! songeait-elle avec tendresse et condescendance en se revoyant un an plus tôt. Il y avait bien assez d'amour pour tout le monde.

Il y en avait même assez pour faire face au coup de fil de Harriet qui, lundi, lui avait annoncé que la femme de Jon attendait des jumeaux.

(Bon… Presque assez ! Imaginer Jon incapable de supporter le manque de sommeil lui facilitait la tâche. Il n'y avait rien de plus sacré que le sommeil pour lui. Alors elle espérait que ses jumeaux seraient en pleine forme. Surtout à trois heures du matin.)

Après ledit coup de fil, elle s'était rendu compte qu'elle pensait rarement à ses ex désormais. L'arrivée de Gracie les avait éjectés de son esprit. Place nette ! Auparavant, son amour pour Patrick la satisfaisait en grande partie parce qu'il dépassait largement les sentiments qu'elle avait éprouvés pour ses précédents partenaires. Comme si elle avait mis leur relation en compétition permanente avec toutes ses relations passées. *Yes, là encore, on gagne ! Visez un peu notre vie sexuelle, tellement plus épanouie ! Et ce bonheur qu'on partage, vous le voyez, ce bonheur !*

À ceci près que personne ne regardait (plus maintenant) ni ne se sentait concerné.

À présent, son amour pour Patrick était simplement un fait, une composante fondamentale de sa vie, comme s'il avait toujours existé.

Elle se demandait quand même parfois si tout ce bonheur n'était pas lié à l'allaitement qui libérait « l'hormone de l'amour » – l'ocytocine –, ce qui augmentait la confiance et l'empathie tout en réduisant la peur. Eh bien soit. Elle allaiterait aussi longtemps que Gracie serait en demande. (« Promets-moi que tu ne vas pas faire comme toutes ces néo-hippies à la noix qui donnent le sein jusqu'à ce que leur gosse rentre à l'école ? » lui avait dit Anne. Et Ellen de répondre innocemment : « Qu'est-ce qu'il y a de mal à ça ? »)

Grace Lily Scott, ainsi prénommée en hommage à ses deux arrière-grands-mères maternelles, vint au monde le jour de la Saint-Valentin par césarienne planifiée. Une naissance par voie naturelle avait été exclue en raison d'un « placenta bas », ce qu'Ellen avait d'abord vécu comme la fin du monde. Elle s'était toujours imaginée accoucher naturellement, sans médication, en utilisant les compétences hypnotiques qu'elle avait enseignées avec succès à tant d'autres futures mamans. Il ne lui était jamais venu à l'esprit qu'on ne la laisserait même pas *essayer* un accouchement naturel.

« Oui, je comprends que ça te contrarie », avait alors dit Julia. (Elle venait d'emménager avec Pépé et irradiait de bonheur, lequel n'était pas étranger au fait que la nouvelle femme de son ex-mari venait de le quitter pour un autre : le karma ne faisait-il pas bien les choses ?) « C'est parce qu'une césarienne ne correspond pas à ton identité profonde. Tu devrais accoucher chez toi en psalmodiant des chants entourée de bougies et de bâtons d'encens.

– Ce n'est pas exactement ça », avait geint Ellen, même si Julia avait mis dans le mille.

« Tu es trop distinguée pour pousser, je l'ai toujours su », avait décrété Madeline avant d'admettre qu'elle était simplement jalouse car, pour mettre au monde le petit Harry, le travail avait duré seize heures – pas exactement son meilleur souvenir. (Madeline avait aussi admis récemment que si elle ne posait jamais de questions à Ellen sur son métier d'hypnothérapeute, c'était parce qu'elle croyait que son amie ne la trouvait pas assez « spirituelle ou profonde » pour comprendre. Ellen en était restée sans voix.)

« Ce n'est pas l'accouchement qui fait de vous une mère, mon petit », avait dit Maureen.

« Tu aurais sûrement préféré vivre au début du siècle dernier, subir des jours et des jours de travail naturel pour finalement mourir de mort naturelle suite à une hémorragie », avait ironisé Anne.

Naturellement, au final, ça n'avait pas eu la moindre importance. Ellen avait eu recours à l'autohypnose pour maintenir une tension artérielle stable tout au long de l'intervention et il n'y avait pas eu de complications. « Je n'ai jamais eu une patiente aussi calme et sereine que votre femme », avait confié l'anesthésiste à Patrick.

Et lui de répondre : « Vous devriez la voir quand elle joue à *Dragon Blade Chronicles* ! »

Ellen était restée dans sa petite bulle de sérénité jusqu'à ce que l'obstétricien lui présente le bébé, sur quoi elle s'était retrouvée hors d'haleine comme si on venait de la tirer du fond d'une piscine – tout le monde s'était inquiété – et incapable de parler normalement pour leur dire qu'elle allait parfaitement bien, c'était juste que : Oh mon Dieu, vous avez vu, c'est un vrai *bébé* !

À croire que pendant que son esprit conscient lisait des livres sur les bébés et aménageait une chambre d'enfant, son inconscient, lui, s'était imaginé qu'elle allait pondre un œuf ou accoucher d'un ours en peluche mais pas d'un bébé.

« Alors, Grace, qu'est-ce qu'on va faire pendant que maman hypnotise ses clients ? demanda Patrick. Tu as envie qu'on aille sur la plage avec ton grand frère ? Ou qu'on traîne ici à tailler une bavette ? »

Grace se lança dans un long babillage, ses grands yeux fixés sur son père. Elle avait hérité des billes violettes de sa grand-mère. Ellen en tirait une grande fierté, habillant délibérément la petite dans des couleurs qui les faisaient ressortir. Elle ne pouvait littéralement pas sortir sans que quelqu'un l'arrête pour la complimenter sur les yeux de Grace, même si chaque fois, elle faisait mine d'être surprise et flattée comme si c'était une première. « Elle les tient de ma mère », disait-elle modestement.

« D'accord. » Patrick acquiesça respectueusement tandis que Grace continuait de gazouiller. « Oui. Je vois. Compris. Donc tu n'es pas sûre. Tu n'arrives pas à te décider ? Eh bien, c'est parce que tu es une fille, évidemment.

– Dis donc, protesta Ellen.

– À vrai dire, c'est probablement parce que tu tiens de ta mère et que tu analyses trop la situation. Tu te dis : M'emmener à la plage ? Qu'est-ce que ça signifie ? Papa essaie-t-il de me dire quelque chose inconsciemment ? Réprime-t-il ses véritables envies ?

– Je ne t'écoute même pas. » Ellen se leva et s'étira.

Elle avait récemment repris le travail à temps partiel. Sa mère et ses marraines prenaient Grace le mercredi matin. Elles l'habillaient comme une princesse et l'emmenaient dans des restaurants où elles la nourrissaient de minuscules bouts de saumon fumé et de lamelles de chocolat et Dieu sait quoi encore. La mère de Patrick s'occupait de Grace et de son frère tous les jeudis après-midi. Chez elle, la petite avait droit à de longs bains et à de la purée de citrouille. Maureen ne la renvoyait jamais à la maison sans un nœud rose sur ses fins cheveux qui sentaient bon. Jack avait jugé sa sœur d'un intérêt limité quand elle était tout bébé mais à présent qu'elle commençait à réagir à ses sollicitations, il s'était donné pour seule mission de la faire rire en jouant à lui faire coucou de manière toujours plus exubérante. Gracie avait un petit rire espiègle qu'elle réservait tout spécialement à Jack.

Le samedi, jour où Ellen faisait sa plus grosse journée et recevait quatre clients, Patrick prenait les commandes.

Ellen avait une liste d'attente de trois mois mais pour le moment elle ne voulait pas faire davantage d'heures. Avoir un bébé, c'était comme commencer un nouveau travail exigeant, entamer une histoire d'amour passionnée et partir vivre dans un pays étranger où la langue et la culture étaient différentes au même moment. Le bébé occupait entièrement son esprit, son cœur, ses sens. Elle avait envie de la respirer, de l'engloutir.

L'amour qu'elle ressentait pour Grace semblait la faire osciller en permanence entre joie et terreur. « Les bébés sont plutôt résistants », disait la mère de Patrick quand Ellen exprimait une inquiétude quelconque, sur quoi Ellen avait envie de répondre : « Vous plaisantez ? Ils peuvent mourir dans leur sommeil ! »

Un jour que sa mère lui rendait visite sans ses marraines, Ellen était sortie de la chambre de Grace en disant : « Je l'aime tellement que c'en est…

– Insoutenable, avait terminé Anne. Je sais. Et ça ne s'arrange pas avec le temps. On apprend juste à vivre avec. »

Ellen avait croisé son regard. Elle avait toujours su que la lueur farouche qui y brillait visait à cacher à quel point elle l'aimait, comme si l'amour était une faiblesse. C'était à ses yeux un des défauts les plus adorables de sa mère. *Si seulement elle pouvait être un peu plus comme moi ! Ouverte à l'amour !* Pour la première fois ce jour-là, Ellen avait compris qu'en réalité, sa mère ne résistait pas à l'amour ; elle le supportait. Elle savait à présent qu'on pouvait aimer si fort que ça faisait littéralement mal : une vraie douleur au centre de la poitrine.

Heureusement, lorsque ses sentiments menaçaient de la déborder, les banalités de son quotidien de mère la faisaient redescendre sur terre. Ce n'était pas franchement possible de se laisser emporter par l'émotion quand il fallait gérer une couche qui débordait ou essayer de comprendre pourquoi tout à coup l'avocat et le fromage blanc avaient un goût atroce. Sans parler de ces doutes permanents : qu'est-ce que c'est ? La fatigue ? La faim ? Les dents ? Et c'est *quoi*, ce son monotone – mm mm mm – qu'elle fait, et comment on l'arrête ?

« Je crois que je vais les emmener à la plage, dit Patrick. Ça sortira Jack de devant cet ordinateur.

– Bonne idée. Le chapeau de Gracie est sur la commode. Et la crème solaire est…

– J'ai la situation en main.

– Bien. Il y a un peu d'air, alors…

– Ellen. Un peu de respect pour le papa.

– OK. Mais… OK.

– Rôôô, tu as vu ça, Grace, ça la tue. Il y a tellement de choses qu'elle voudrait ajouter. Tellement de consignes. »

Ellen leva les yeux au ciel. « Je vais me changer avant que mon client arrive. » Son jean et son tee-shirt étaient tachés de nourriture pour bébé. « Amusez-vous bien tous les deux ! »

Patrick leva la menotte de Grace et fit au revoir. « À plus, maman. »

Ellen resta un instant à observer les deux paires d'yeux qui la fixaient. « Ses yeux sont de la même forme que les tiens. Ils ont la couleur de ceux de maman mais la forme des tiens.

– Et on a le crâne dégarni au même endroit aussi ! Regarde ! » fit-il en montrant l'arrière de la tête de Grace et son début de calvitie.

Ellen sortit de la pièce mais, à mi-chemin dans le couloir, elle revint sur ses pas et passa la tête dans l'encadrement de la porte. Elle parla très vite : « Si-tu-veux-son-gilet-bleu-il-est-dans-le-sac-dans-l'entrée-c'est-tout-je-file ! »

En montant l'escalier, elle l'entendit murmurer : « Elle ne peut pas s'en empêcher, Gracie. Elle ne peut vraiment pas. »

Vingt minutes plus tard, elle s'était rendue présentable et, debout devant la baie vitrée de son bureau, la main sur le rideau récemment posé par Patrick, elle le regardait marcher sur la plage avec le bébé sur la hanche, un parasol sous le bras et le sac de plage à l'épaule. Jack marchait devant eux à reculons, probablement en train d'essayer de faire rire sa sœur. Ellen plissa les yeux. Grace portait son gilet bleu.

Elle les vit s'arrêter près de l'eau. Patrick confia le bébé à Jack, s'agenouilla et commença à creuser un trou pour le parasol. Il le plantait toujours avec tant de zèle qu'il ne bougerait probablement pas en cas de cyclone.

« Fais vite. Elle est en plein soleil. »

Patrick s'arrêta de creuser et regarda en direction de la maison comme s'il l'avait entendue. Il leva les bras et les agita dans un geste ample comme s'il était au sommet d'une montagne. Ellen rit et lui rendit un coucou inutile.

Même la façon dont Patrick habitait son corps avait changé depuis qu'ils s'étaient rencontrés : ses mouvements étaient plus larges, plus libres, plus relâchés. Voilà plus d'un an qu'ils n'avaient pas eu le moindre contact avec Saskia et, les mois passant, Patrick s'était métamorphosé, devenant un homme plus détendu, plus heureux – il s'était même mis à faire l'idiot –, moins méfiant, moins irritable, moins en colère. Il chantait de la country avec un accent américain quand il bricolait dans la maison – des chansons qui parlaient de « femmes infidèles » et de « cœurs de pierre ». Ellen avait l'impression de découvrir le vrai Patrick ; à croire qu'elle était tombée amoureuse d'un Patrick malade qui avait guéri depuis. Elle vivait la chose comme un bonus-surprise, un cadeau inattendu qui venait compléter sa commande.

Ce constat la rendait, avec un temps de retard, furieuse contre Saskia mais aussi contre elle-même de n'avoir pas du tout mesuré à quel point la situation avait affecté Patrick et continuait peut-être de l'affecter.

Un jour, alors que Grace avait à peine quelques semaines, tous deux s'étaient retrouvés devant un documentaire sur une femme harcelée par son ex-mari pendant des années.

« Je ressentais exactement ça », avait dit Patrick à un moment.

Ç'avait été un choc pour Ellen de l'entendre dire ça. Pas une seconde elle n'avait songé à lui. *Elle n'avait même pas percuté qu'un tel témoignage lui rappellerait sa propre expérience avec Saskia.* Elle avait compati à cent pour cent avec la femme du documentaire. La pauvre ! Le comportement de son ex-mari était injustifiable. Il n'y avait aucune question à se poser sur ses motivations. C'était tout bonnement un fumier, une ordure qui méritait la peine maximale. Tandis qu'elle regardait cette femme pleurer à la télévision, la petite Grace endormie sur son épaule, Ellen avait été frappée de constater qu'elle n'avait pas du tout manifesté à Patrick l'empathie et l'intérêt qu'elle ressentait pour cette étrangère. Elle n'en revenait pas de ses *a priori*, de son refus de voir. Elle était consternante.

« Je suis désolée que tu aies dû subir une chose pareille, avait-elle dit à Patrick.

– Oh, bon, c'est pire pour une femme », avait-il répondu en haussant les épaules.

En voiture, Patrick continuait de jeter un coup d'œil dans le rétroviseur plus souvent que la moyenne des conducteurs – un réflexe – et, quand ils entraient dans un restaurant, il balayait toujours la salle du regard à la manière d'un espion, même s'il ne fronçait plus les sourcils d'un air méfiant et ne semblait plus sur la défensive. Il ne souffrait plus d'insomnies et avait davantage d'énergie. Il paraissait plus jeune. « J'ai l'impression d'être en rémission d'une maladie grave, avait-il confié à Ellen. Chaque fois que je consulte mon téléphone ou ma boîte mail et que je ne vois pas le nom de Saskia, c'est comme si je venais de gagner un prix. »

Ellen et Patrick n'avaient pas trouvé le temps de se marier mais ils avaient recommencé à évoquer le sujet, gentiment, paresseusement, se demandant quel genre de journée ils voudraient que ce soit. Patrick semblait tenir à un mariage à l'étranger, ce qui signifiait probablement qu'il n'était pas tout à fait guéri – il pensait toujours qu'il y avait une chance que Saskia s'invite.

Ellen se demandait si Saskia avait quitté Sydney comme elle le lui avait suggéré. Si elle avait toujours mal à la jambe. Si elle avait fini par rencontrer quelqu'un d'autre. Elle aurait vraiment voulu savoir mais elle était trop superstitieuse pour ne serait-ce que taper le nom de Saskia dans sa barre de recherche et risquer de la faire réapparaître dans leur vie.

Elle regarda Patrick ouvrir enfin le parasol, reprendre la petite des bras de Jack et la balancer dans les airs. Elle imagina sans peine le bébé s'accrocher aux cheveux de son père en gloussant. Des gloussements si généreux, si délicieux qu'elle en mangerait.

Jack s'élança sur le sable, se mit en équilibre sur les mains et marcha ainsi quelques secondes, les jambes dressées bien droites.

« Attention », murmura-t-elle.

Ce matin au petit déjeuner, il lui avait parlé du cross de l'école qui devait bientôt avoir lieu. « J'ai dit à tout le monde que t'allais gagner la course des mamans parce que tu vas toutes les hypnotiser ! Poum, poum, poum ! Elles vont toutes s'effondrer par terre ! »

La façon décontractée et insouciante dont Jack l'avait incluse dans les mamans avait ravi Ellen. Dans sa tête, elle avait envoyé un mot d'excuse à Colleen.

Elle se demanda ce qu'elle ressentirait si elle savait qu'elle allait mourir et que quelqu'un d'autre allait élever Grace. Avant de l'avoir, elle avait secrètement éprouvé un plaisir chagrin à imaginer son propre enterrement. À présent, l'idée qu'une autre personne prenne des décisions concernant la vie de Gracie lui était intolérable.

Je suis tellement désolée que les choses se soient passées ainsi, Colleen, mais je vous assure que je fais de mon mieux. Et que j'aime Jack. Je l'aime vraiment.

Pas au point d'en souffrir, certes. Pas comme elle aimait Gracie.

Mais ce n'était pas grave, se disait-elle. Ce n'était pas quelque chose qui la tracassait au point de l'empêcher de dormir. Il y avait mille façons d'aimer. Pour preuve, le lien qu'elle était en train de tisser avec son père ; cette tendresse, ce respect qui grandissaient. Ce n'était pas la même chose qu'avec ses fils mais leur relation n'en était pas moins spéciale.

Bien sûr, Jack était un enfant, pas un adulte, et peut-être que s'il sentait inconsciemment qu'Ellen ne l'aimait pas de cet amour douloureux qu'elle éprouvait pour Gracie, s'ensuivraient des dommages psychiques incalculables. Ce ne serait probablement pas du luxe de consacrer quelques soirées à y réfléchir, histoire de s'assurer qu'elle n'était pas une horrible marâtre.

Elle soupira. Si seulement elle pouvait gagner la course des mamans ! Malheureusement, courir n'était pas son fort. Elle envisageait sérieusement de simuler une blessure.

À présent, Jack sprintait autour du parasol, envoyant probablement du sable dans les yeux de Patrick et du bébé. Hmmmm. Elle n'avait pas l'air vraiment traumatisée.

La sonnette retentit.

C'était sans aucun doute ce nouveau client qui l'avait trouvée sur Internet. Au téléphone, il avait été abrupt et dubitatif. Et désespéré. Il avait dit avoir besoin d'aide pour arrêter de fumer, mais Ellen suspectait que le vrai problème était ailleurs. Elle savait qu'elle était son dernier recours.

Elle jeta un dernier coup d'œil à sa famille et se dirigea vers l'entrée pour voir en quoi elle pouvait être utile.

28

« S'il vous plaît, pouvez-vous dire à ma fille combien je l'aime ? »

Requête de la mère de Saskia,
murmurée dans son dernier souffle
à l'oreille d'une infirmière
qui, accroupie près de son lit, essayait de démêler
le tuyau de sa perfusion.
« Pardon ? » avait dit l'infirmière,
agacée, mais c'était trop tard.

Je n'ai pas fait tout ce que l'hypnothérapeute m'avait suggéré, mais j'ai bel et bien vu une psychiatre, une fois par semaine pendant plus d'un an.

Je n'ai pas eu le choix.

Après ma sortie de l'hôpital l'année dernière, j'ai été convoquée à mon audience dans le centre-ville. C'était au début de l'été. J'ai enfilé mes vêtements les plus sérieux, des vêtements qui disaient « je ne suis pas folle » et, en attendant l'appel de mon nom, j'ai repensé à la première fois où j'avais vu Patrick à Noosa. Je participais à un atelier intitulé « Architecture écologique » auquel il est arrivé en retard. Je l'ai vu balayer la pièce du regard à la recherche d'un siège libre, et j'ai pensé *Viens t'asseoir à côté de moi* ; nos regards se sont croisés et il a souri.

C'était le début et cette audience signait la fin.

Ç'a été plié en un temps record. Je n'ai pas contesté la mesure d'éloignement et, concernant l'inculpation pour effraction, j'ai plaidé coupable. J'ai été condamnée à un an de sursis probatoire lié à une obligation de suivi psychologique.

Ma psychiatre n'était pas une bavarde, la plupart du temps elle me laissait blablater sans fin, mais quand elle parlait, j'avais l'impression d'être un papillon épinglé sur une page. Au début, ça concernait toujours Patrick.

« Comment pensez-vous que Patrick se sentait quand vous n'arrêtiez pas de l'appeler ? »

« D'après vous, qu'est-ce qu'il s'est dit quand vous vous êtes invitée là-bas ce jour-là ? »

« Pensez-vous que Patrick a eu peur ce soir-là ? »

Quelle ironie ! Ces trois dernières années, je n'avais rien fait d'autre que penser à Patrick et pourtant, je n'avais jamais réellement pensé à lui.

« Je n'ai jamais été violente, disais-je pour ma défense.

– La violence n'est pas uniquement physique, répondait-elle. Vous l'avez privé de tout pouvoir.

– Ça n'a jamais été une question de *pouvoir*. Je l'aimais. Je voulais juste qu'on se remette ensemble.

– Réfléchissez-y, Saskia. »

Pas question pour elle de me laisser m'en tirer à bon compte. C'était comme si elle me plaçait debout face à un miroir dont j'essayais sans cesse de me détourner et que, chaque fois, elle me prenait par les épaules et me replaçait face à mon reflet. Et quand je mettais les mains devant les yeux, elle me prenait doucement les poignets et me remettait les bras le long du corps.

Et, finalement, j'ai arrêté de bouger et j'ai regardé.

Ça n'a pas été très agréable.

D'une voix sèche et clinique, elle a dressé la liste des incidences possibles de mon comportement sur Patrick : anxiété, dépression, stress post-traumatique.

« Je ne crois pas vraiment que… », ai-je commencé avant de m'interrompre.

Et elle de poursuivre : « C'est très bien documenté.

– Qui l'eût cru ?

– Vous le saviez. Je pense qu'une partie de vous-même savait exactement ce que vous lui faisiez subir.

– Je pourrais lui envoyer une lettre d'excuses », ai-je fini par dire d'une voix idiote.

Une blague tellement nulle qu'elle n'a pas pris la peine de relever. Elle a juste planté son regard dans le mien, façon épingle en plein cœur, alors j'ai battu des ailes, je me suis tortillée pour finalement m'immobiliser.

Cette histoire de lettre, ce n'était qu'une plaisanterie. Après mon séjour à l'hôpital, je n'ai jamais cherché à revoir ni à recontacter Patrick. J'ai arrêté d'aller aux matchs de Jack. Je n'étais même pas tentée. Pas vraiment. C'était comme si un aliment que j'avais adoré par le passé m'avait un jour rendue malade comme un chien. J'avais beau me rappeler son goût délicieux, quand j'y pensais ou que j'en prenais machinalement, le souvenir de mon indigestion me revenait et le dégoût dépassait l'envie.

Nous avons beaucoup parlé de deuil : de ma mère, de Patrick et de Jack, des enfants que je n'aurais jamais. Nous avons analysé comment j'avais utilisé mon chagrin comme une arme contre Patrick, comment j'avais dirigé la douleur et la rage vers l'extérieur, loin de moi, comme si on m'avait tendu une épée flamboyante et que je l'avais retournée contre Patrick dans une tentative désespérée, frénétique et finalement vaine de ne pas me brûler.

Je lui ai emprunté beaucoup de mouchoirs en papier.

Nous avons mis des mots sur cette rupture décidée par Patrick, à savoir qu'elle n'avait vraiment rien à voir avec moi ; elle parlait de lui et de sa douleur au sujet de Colleen. « S'il avait rencontré Ellen à cette conférence, il l'aurait probablement quittée de la même manière, a dit ma psychiatre.

– Non, avec Ellen, il a rencontré son âme sœur. Son grand amour.

– Ce n'était qu'une question de timing. »

Nous avons aussi parlé d'amitié et de la façon dont je m'étais coupée de tout entourage. De passe-temps – autre que harceler son ex. De comment gérer mes futures relations et d'éventuels rejets.

J'ai utilisé moins de mouchoirs en papier.

Puis un jour nous avons discuté d'un film que j'avais vu au cours du week-end, d'une nouvelle recette de poisson que j'avais essayée, et d'ailleurs, elle comme moi avions envie d'en manger davantage, du poisson, et à la fin de la séance, elle a dit que selon elle, ce n'était pas la peine que je prenne rendez-vous pour la semaine suivante, alors je me suis abstenue. Je me suis offert une pédicure à la place.

Contrairement à ce qu'Ellen a suggéré, je n'ai pas quitté Sydney.

Mes amis me manqueraient trop.

Tammy vit maintenant avec moi et nous passons beaucoup de temps avec nos voisins, Janet et Peter. Leurs enfants vont et viennent chez nous à leur guise. Tammy et moi les avons gardés le week-end dernier pour que leurs parents puissent s'échapper quelques jours.

Je suis finalement sortie avec le frère de Janet pendant quelques mois. Monsieur bodyboard. Toby. Il était amusant et ça m'a valu une bonne distraction pendant un temps, mais il venait de se séparer et, d'une façon un peu étrange, c'était aussi mon cas, alors nous étions tous les deux fragiles et pas tout à fait nous-mêmes. Ça s'est gentiment essoufflé entre nous.

Nous sommes toujours bons copains, ce qui est une expérience singulière pour moi. Je ne suis jamais restée amie avec un ex avant lui. Je ne comprends pas vraiment comment ça fonctionne, ou quelles sont les règles, mais jusqu'à présent, ç'a été, même si parfois il y a une gêne. On discute mais on évite de se regarder dans les yeux.

Kate dit que Toby et moi, on est destinés à finir ensemble, rapport à je ne sais trop quoi dans la façon dont il me regarde (je n'avais pas conscience qu'il me regardait mais apparemment si, quand je ne fais pas attention à lui), mais je ne suis pas convaincue. Elle est enceinte alors elle fait preuve de sentimentalité. Elle m'a appelée hier soir pour me raconter qu'elle avait passé sa première échographie avec Lance, que le bébé était un garçon et qu'ils aimeraient que je sois sa marraine. *Moi.* Elle a dit : « Je sais qu'on ne se connaît pas depuis si longtemps que ça alors si c'est une demande importune, tu n'hésites pas. » Puis : « Saskia ? Tu es toujours là ? »

Mon filleul naîtra l'année prochaine.

En parlant de bébé, j'ai vu l'hypnothérapeute avec le sien aujourd'hui.

Accidentellement. Je n'ai jamais enfreint la mesure d'éloignement et je mets un point d'honneur à éviter les endroits où je suis susceptible de tomber sur eux.

C'était en début de soirée, j'étais sur le port où j'avais rendez-vous avec Tammy et Kate pour boire un verre au bar de l'Opéra avant d'aller voir une pièce. Kate avait trouvé des billets bon marché sur un site Internet. Il faisait beau, les quais étaient pleins de gens qui allaient et venaient entre les ferrys et l'Opéra.

Ellen marchait droit vers moi avec une poussette, un de ces énormes engins pleins de couleurs. Je n'ai fait qu'apercevoir le bébé. Le bébé de Patrick. Une petite fille. Avec une robe violette. Et des chaussettes blanches au bout de ses deux petites jambes étendues devant elle.

Je me suis arrêtée net et quelqu'un derrière moi a dit : « Hé, faites attention ! »

J'ai vu le visage d'Ellen s'illuminer. J'ai eu l'impression qu'elle me regardait droit dans les yeux. J'ai souri, parce que j'ai toujours pensé que, dans un monde différent, on aurait pu être amies elle et moi, et puis j'avais vraiment envie de lui dire que, bizarrement, depuis ces fractures du bassin et de la cheville, ma mystérieuse douleur à la jambe avait disparu.

Et puis elle a levé la main pour faire coucou et j'ai compris qu'elle souriait à quelqu'un derrière moi. Je n'ai pas pris la peine de me retourner pour voir si c'était Patrick ou Jack ou quelqu'un d'autre. Je me suis remise à marcher et je me suis fondue dans la foule.

REMERCIEMENTS

Un immense merci à l'équipe de Penguin dont le talent a permis de transformer ce manuscrit en livre. Je pense tout particulièrement à Celine Kelly et Karen Whitlock. Merci également à mon merveilleux agent, Jonathan Lloyd, pour son indéfectible soutien, et à toute l'équipe de Curtis Brown.

Écrire ce livre m'a donné une formidable excuse pour m'intéresser au monde incroyable de l'hypnothérapie. Merci à Lyn Macintosh pour tout le temps qu'elle a consacré à me faire découvrir son fascinant métier. S'il y a des erreurs ou des idées farfelues, elles sont de ma seule responsabilité.

Merci à mes amis : Mark Davidson qui m'a expliqué les procédures policières, Janelle Atkins qui a répondu à mes questions sur l'urbanisme et Jackie Mikhael qui a accepté de se faire hypnotiser dans l'unique but de me fournir un compte rendu de son expérience.

Merci à mon père, Bernie Moriarty, qui m'en a beaucoup appris dans le domaine de la topographie, et à ma mère, Diane Moriarty, qui ne manque jamais une occasion de parler de mes livres.

Merci comme toujours à mes sœurs, Jaclyn Moriarty et Nicola Moriarty, qui ont lu mon premier jet, et à Katrina Harrington qui m'a aidée à relire les épreuves.

Les ouvrages suivants m'ont été d'une aide précieuse pour écrire ce roman : *Hypnosis and Hypnotherapy* (2001) de Calvin D. Banyan et Gerald F. Klein ; *Hypnosis: A Comprehensive Guide*

(2008) de Tad James avec Lorraine Flores et Jack Schober ; *Finding True Magic* (2006) de Jack Elias ; *The Art of Hypnosis* (2010) de C. Roy Hunter ; *The Psychology of Stalking* (1998) de J. Reid Meloy.

DU MÊME AUTEUR

Aux Éditions Albin Michel

LE SECRET DU MARI, 2015

PETITS SECRETS, GRANDS MENSONGES, 2016

UN PEU, BEAUCOUP, À LA FOLIE, 2018

À LA RECHERCHE D'ALICE LOVE, 2019

NEUF PARFAITS ÉTRANGERS, 2020

TROIS VŒUX, 2021

SET ET MATCH !, 2022

Composition Nord Compo
Impression CPI Bussière en janvier 2023
Éditions Albin Michel
22, rue Huyghens, 75014 Paris
www.albin-michel.fr
ISBN : 978-2-226-47120-8
N° d'édition : 24831/01 – N° d'impression : 2067920
Dépôt légal : février 2023
Imprimé en France